一中书匠

独穿廊道

坐驰臆想

二中耕读

盐池留声

桂林寻胜

石林踢梦

老屋情结

静听花开

笑卷书叠

品茗教研

盐池邂雪

景山抒怀

飞临雪峰

沉浸顿悟

指点江山

福从食降

笑傲江湖

挺立画岸

舌尖尝乐

神驰味界

一"面"之缘

雪光水影

响沙蝶舞

何惧艰险（加榜梯田）

书海寻胜（墨尔本图书馆）

起舞弄影（新疆）

心有灵犀

火山降彩

莞尔一笑

寒窗镀光

情思相通

处险不惊

"龙飞凤舞"

心驰神往（墨尔本）

木兰点兵

关门弟子

姹紫嫣红

心领神会

遇鸭笑谈（加榜）

风雨兼程

形影相随

莲子同心

沙场点兵

如胶似漆

心领神会

同耕共读

一往无前

相濡以沫（澳洲庄园）

心心相印（环库公路）

共破龙阵（龙门石窟）

爱心永驻（格兰特维尔）

攀峰涉险（张家界）

林臂相护（十里桃花）

知"蓝"而进（卡通罗）

雪拥蓝山

心手相系（千户苗寨）

笑靥如花

三代同筑

步调一致

桂林斩波

牛仔听瀑

情真意切

"三江融汇"

爱意融融

草原牧歌（喀拉峻草原）　　　遇见神木（阿里山）　　　儿孙绕膝

历经八卦（八卦城）　　　　　　　八十造梦

众星捧月　　　　　　　　　　　其乐融融

环拥台岛　　　　　　　　　　　父慈子孝

婆孙情深（千岛画廊）

心花怒放（杭州）

"染"来福气（苏州）

太极归心（双龙峡）

心爱同旅

情郁于中（新加坡）

整装待发
（禾木）

江山历险

扶摇直上（凯恩斯）

继往开来

独领风骚

兵雄将威

群英夺宝

迎新大会

鼓振半马

白鹅抖羽

祥云飞渡

军阵威武

轮胎传奇

"一键启动"

戏剧串烧

感天动地（张万久）

高山流水

花香袭人

曾经沧海

积分拿奖（用积分高低奖励员工）

见证未来

感恩有你

跟我飞吧

红雁飞飞

看谁最棒

大鹏展翅

一腔赤诚

擂响战鼓

凌云壮志

品尝美味　　　　　　再造武当　　　　　　声震晴空

以礼相待　　　　　"骑乐无穷"　　　　　光影播客

驾球而行　　　　　　金蛇狂舞　　　　　　我本勇士

重振山河　　　　　　未来球星　　　　　　齐心协力

勇闯川藏（318险段）

背负大观（丹江大观苑）

别来无恙（杉木观村神仙岩）

穿越飞瀑

甘之如饴（墨尔本巧克力工厂）

盛世慨叹（晋祠）

行诵郭亮（郭亮村）

山城夜光

甲板飞歌

飞夺泸定

栀子花开（印保菊）　　　　见山里红（王东萍）　　　　辉子闪亮（许红慧）

玉兰花开（张小红）　　　　姐妹柿树（敬云、生梅）

香樟花开（陈永福）　　　　　　橡树人生（杨富海）

向日葵花（郑小丽）　　　　　　槐树花香（曾艳华）

# 大泾水畔歌飞飞

徐若学◎著

光明日报出版社

图书在版编目（CIP）数据

大江水畔歌飞飞 / 徐若学著 . -- 北京：光明日报
出版社，2024. 10. -- ISBN 978 - 7 - 5194 - 7844 - 5

Ⅰ . I267

中国国家版本馆 CIP 数据核字第 2024KB3974 号

# 大江水畔歌飞飞

**DAJIANG SHUIPAN GE FEIFEI**

| | |
|---|---|
| 著　　者：徐若学 | |
| 责任编辑：张　丽 | 责任校对：刘兴华　乔宇佳 |
| 封面设计：中联华文 | 责任印制：曹　净 |

出版发行：光明日报出版社

地　　址：北京市西城区永安路 106 号，100050

电　　话：010-63169890（咨询），010-63131930（邮购）

传　　真：010-63131930

网　　址：http：// book. gmw. cn

E - mail：gmrbcbs@ gmw. cn

法律顾问：北京市兰台律师事务所龚柳方律师

印　　刷：三河市华东印刷有限公司

装　　订：三河市华东印刷有限公司

本书如有破损、缺页、装订错误，请与本社联系调换，电话：010-63131930

| | | | |
|---|---|---|---|
| 开　　本：170mm×240mm | | | |
| 字　　数：397 千字 | | 印　　张：25. 5 | |
| 版　　次：2025 年 3 月第 1 版 | | 印　　次：2025 年 3 月第 1 次印刷 | |
| 书　　号：ISBN 978 - 7 - 5194 - 7844 - 5 | | | |

定　　价：95. 00 元

序

# 序

　　我有幸见证过作者徒步三个月的坚持与独守，领略了作者用第三只眼看汉江水畔的独特的视觉美，倾听南水北调源头少年的奇闻趣事，从一个个画面走进一组组镜头，景中有情，事中有理，理中有悟。丹江口虽小，但文字中的丹江口闪着钻石般的光芒。本书散发着真诚、质朴、执着、蓬勃向上的气息，袒露在我们面前的是有梦、有爱、有责任的厚重、温情的儒雅情怀。

　　在生活中，本书作者是我的良师益友，他对长辈的孝顺、对朋友的坦率、对少年的关爱以及对陌生人的真诚，可从他的字里行间里感受到。记得一句话："要让英雄走下神坛，走进人间。"事实上，本书作者就是我心目中的英雄，从小家到大家，他一直在默默行走，一路播种，一路分享。读他的文字是一种享受，希望你也能从中感受到生命的厚重，有所启迪。（许红慧语）

　　在工作中，本书作者是我的引路明灯，在他的规划指引下丹江口语文掀起了一次次改革的浪潮——金太阳作文、西瓜籽技术、金字塔学习理论、"一管四学五法"、名著导读等，"只要思想不滑坡，办法总比困难多"，他发动丹江口市语文老师采用讲座、观摩、金点子分享、读书分享、积分制等活动，一次又一次克难攻坚。更难得的是他像"伯乐"一样独具慧眼，挖掘培养出一个又一个名师，之后他又像导演站在幕后统筹策划，让一个个"名师绝招"闪亮登场，感召更多的语文同人。（印保菊语）

　　他在繁忙的工作之余笔耕不辍，撷取生活的点滴挥毫成一篇篇饱含深情的美文、富含哲思的随笔，启迪滋养着我们。

　　第一章"那是一个秋天"。秋天是引人情思的季节，作者以悠悠情思

1

和饱含深情的笔调回顾了丹江大坝的建设、盐池河陶罐、茅芽、火垅坑、金银花、站在阳光中晒太阳的老屋及老屋后的竹林。于是往事、故乡就像袅袅的轻烟萦绕脑间，挥之不去。

第二章"她嫁给了北京"。作者深情地描绘了亚洲第一人工淡水湖——丹江口水库，她的柔情、她的朴素以及她的担当。丹江口是作者的家乡，这里的人、这里的山水无不萦绕在作者心中。本书以汉江为背景，在作者笔下，我们可以领略汉江的柔情、浪河的浪漫；欣赏井沟村书记的传奇、山里那条丁字街的变迁；聆听山雨的纯情、蜜蜂的耳语。作者在遭遇中年"身体危机"后，坚持三个月不间断的快走，并记下在快走期间写下的关于对生活、诚信、生命的顿悟，引人深思。在《健康算盘》这篇文章中，作者用诙谐幽默的笔调分享着减肥，降高血压、高血脂的成功经验。其余的文章有作者对生活的感悟，《咋看诚不诚》《独行者有梦》《顺逆之间》呈现在字里行间的睿智、执着、从容以及做人的一些感悟，相信在某个时刻会给前行的你一些启迪；也有对儿时欢乐时光的追忆与怀恋，《山里娃品秋天》《挑着担子悠出山》再现了童年的成长历程；在《柿树情结》《苞谷人生》《灯芯草香》《担子》等一系列文章中，作者笔下的亲情浓厚、质朴、真实，那种不受时间隔离的温情让人感动。

第三章"有个女孩名叫逗逗"。小时候她是快乐的小燕子，长着长着她变成了书虫、动物爱好者、"吃货"。一个大方、自律、豪爽、睿智的姑娘已经长大。她是无畏的猎奇者，是清纯的红莲，是求精的匠人，是远飞的鸿雁。生女当如徐逗逗！作者饱含深情地写出了《我妈》智慧坚毅的性格和"舍得敢为"的朴实情怀，《我爹是王老师》写出了王老师以德服人的人格魅力和痴心为民的奉献精神，《我的九年"抗战"》写出了作者沉浸教改的激情和排沙见金的修为，《这个娥子不简单》写出了对爱人细致入微的关心和流淌于笔尖的赞美。

第四章"野人 野人 野人"是作者在从教期间以家乡为背景写下的有关青少年成长的故事，其中融入了教育者的思考。野人、致富、环保、民歌、手拉手等一系列题材反映了汉江河畔少年的睿智、勇敢、执着、关注环境和未来。

第五章"桂树十里列香阵"。在家乡"四季桂"的天地灵气中聆听着父母乡邻的教诲，浇灌心底桂芽萌发；在校园里的"银桂"引领下茁壮成长，结下了深厚的师生情、同学谊，村小的"桐子花"、初中的"柚子树"，都寄予着他的成长情结；走向工作岗位的他，在"金桂"的指点下枝繁叶茂，收获了累累硕果，那些槐花、玉兰花、香樟花、栀子花或多或少给过他滋润，那些橡树、竹林、山里红、柿子树或多或少与他生命结缘；生活中有"丹桂"的相助不断发展壮大，迈过了人生一个又一个的坎。"桂"也，"贵"也！他们是人生的贵人，珍之，惜之，爱之，谢之。

第六章"游戏池塘荷生香"。作者痴迷幼儿教育，沉浸幼儿教育，发现魅力幼教何尝不是一方荷塘，天光云影，鸟鸣蝶舞，露珠在荷叶上滚动，荷叶护佑着红莲，小青蛙在叶面上跳跃，小蜻蜓在点击水面，一派生机勃勃、昂扬向上的景象，对中国式幼教做了全新的注解、诠释和诗化。

第七章"我听到雪的心跳了"。将一个指点江山、激扬文字、思想先行的教育者的诗情点燃，一首诗、一堆火，点亮自己，也点亮了同行者前行的路。

翻阅一篇篇美文，唇齿留香、甘之如饴，眼前总是闪现出这样一幅幅图景：

行走在乡间小路，

他是追梦的稚子，

用一根窄窄的扁担挑着生活的艰辛，

挑出了人生的希望，

他是故土难舍的游子，

用一篇篇满含深情的文章书写故乡的山水，

写着故乡的风俗人情。

跋涉在人生旅途中，

他是激情的少年，

用一双敏锐眼睛洞察人生百态，

看到了师长亲朋的关怀，

他是热血的诗人，
用一曲曲荡气回肠的诗篇歌颂大江的变化，
歌唱着人间挚爱真情。

漫步在语文百花园，
他是睿智的匠师，
用一腔热情精心栽种、修剪着新苗，
他是热情的画家，
用一幅幅绚丽多彩的蓝图描绘丹江的教改，
规划着丹江语文的未来。

他热情、豪爽、真诚、包容、奋进、坚韧……
他沉静、淡远、灵动、隽永、哲思、厚重……
读他感受生命的宽度和广度，
读他领悟生活的温度和进度。

许红慧（中科院心理研究所博士、中南民族大学教师）
印保菊（丹江口市浪河中学语文教师）

目

录

# 第一章　那是一个秋天

## 那是一个秋天

被秦岭奶水喂大的丹水，怀揣岁月的积淀和丰润姗姗而来，水波的琴弦一唱一和地弹拨着。

吃百家饭成人的汉水用澎湃点燃丰厚和辽阔，河水的牵挂一页一页地翻过。

有一种相遇叫不期而至，有一种牵手叫一见钟情。那是一个秋天，丹水和汉水在均水喜结良缘，浣洗梳妆，牵山擎云，波风浩荡，白日乘奔御风，晚枕沧浪绿水。不信？你看汉江石的纹路，那里刻满了因水结缘、真爱一场的壮阔，千古之爱，山高水长。

而在遥远的北方却有萤火虫般密集的眼在张望，那干裂的嘴唇渴盼相濡以沫的滋润，那龟裂的泥土缝隙思念及时雨的缝合，麦地的虫鸣、林间的鸟语呼唤着雨水的爱情。

南低北高，路陡坡长，季节点燃了梦想又将它熄灭。

那是一个秋天，有一位老人在历史的船头上画了一条曲线。

汉江的秋雨满地打滚，秋风絮语："吃饱了撑的，咋不到北方去撒欢？"被雨水打湿的鸟鸣握住了飘飞的秋叶，呼唤在啄羽的回眸中变得凄厉。

通向北方的路正开始在阵阵鸟鸣里延伸，大雁从北方驮着焦渴的种子，张口欲言。思想和顾盼被秋风种进了土里，等待着长出收成和信心，那秋叶毫不犹豫化成了种子的爱人。

秋雨也打湿了一个叫润之的老人，他手扶着天，脚踏着船，画了一条曲

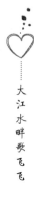
线，一条龙似的线，旁边还批注了一个字：借。

鲲鹏借风九万里，我自借水润北方。

汉水歌唱出鹏鸟风格，俯仰之间，学尽飞翔者的汪洋恣肆。汉江的波纹生出一对对飞翔的翅膀，影子藏在心中，逆风而飞，腾跃在北方的光亮里。

那是一个秋天，十万精卫鸟一把火点燃了爱情的古战场。

一只鸟叼来一根绳。

两只鸟拉直了绳，日夜不息，一棵大树，被锯断了！

白喙、红足、彩羽，扇动着翅膀，咕咕声点燃了汉江石的坚硬柔肠；一只只、一群群、一阵阵，精卫鸟衔来原始的箩筐、棍棒、绳子，编织出截断汉江的大网；漫山枫叶一起烧出红色的理念，在均水的八卦炉里炼出改天换日的金丹。

打铁的均州擂响八面威风的锣鼓，咚咚嚓，一道响彻天际的闪电像无数钢针深深地扎进了肌肉里，铁钎子倾斜了，铁锤子直挺挺砸在手背上，一摊淤血向手臂蔓延，硬是没有一滴血落下，堪比关羽刮骨疗毒般慷慨凛然，脚下被夕阳烧成了血色，空气里弥散着带血的金属声。

每一朵浪花都藏着精卫鸟的催促声，每一滴露珠里都闪耀着精卫鸟的不屈，每一条汗巾都拧得出精卫鸟的汗水。丹水剧烈地晃动，可是你红足的步频；云彩在头顶旋转，可是你日夜奔忙后的眩晕；霜刀把秋草砍成悲壮的霜花，可是你历经磨难长出的精神。

白喙如凿，一把把石凿把一代代人梦想的顽固凿成现实的柔情，把一个个村庄凿成再也没有苦痛和伤悲的桃源，把七零八落的星辰凿成唇齿相依的独特的生命。红足如轮，小车轮滚滚，把石头、钢筋、水泥滚成坚不可摧的水上长城；渡轮声声，把上游和下游焊接得天衣无缝、富饶丰盛；闸轮升起，把丰盈的储存输送到季节干涸的河流沟渠，一直到大海入口。彩衣绘图，一张张彩图就是一把把钥匙，绚丽的灯光准时打开黑夜的暗门，清亮的水声触手可及；一幅幅繁华的图景就是一箱箱故事，打开目录就能看得见乡愁，听得见乡音；一帧帧相片就是一坛坛老酒，拧开瓶盖的那一瞬间，四溢的香气定会自报家门：丹江好水天上来。

那是一个秋天，水木兰替父送一渠清水润泽了北方的心田。

在陶岔，一尾尾翘嘴白鱼儿使劲跳跃，是你我都无法想象、无法触及的高度和速度；一只只藕白的水鸟盘旋在回水湾，林樾里秋虫的呢喃是难以释怀的留恋和牵挂；一张张高搁的渔网装饰成过时的篱笆墙的影子，满库秋风凝重而迅疾地拽着水木兰的衣襟。

芦苇的根须太顽强，清波的涌动太透亮，出征的脚步太激烈。

古有花木兰替父从军，今有水木兰替父送水。

秋风激荡了一库清水，皓月搅乱了满腹情思。以山为马，以渠为鞭，水木兰驱驰着水兵一路向北。过渡槽，穿黄河，奔少林，过焦作，入北京，进天津。旦辞爷娘去，暮至黄河下，不闻爷娘唤女声，但闻导流明渠哗哗声；旦辞黄河去，暮至邯郸市，不闻黄河流水鸣溅溅，但闻京城百姓呼唤声……

策勋十二转，转转有木兰：跋涉1432公里，穿越27座渡槽、翻过51座路段交叉工程、回环于102座倒虹吸、跨越1237座桥梁，历经15城，城城都相迎，步行25天，天天传捷报。

北京的厨房里哗哗的水声拧开了一个世纪的赞美，京剧的唱腔里多了水木兰的豪情，天津的麻花里嚼出了丹江水的奉献精神，北方的麦地里虫鸣都叫着"我要感恩"。

李白会改一句诗："君不见，丹江之水天上来，水流高处不称奇！"

## 天大的误解之后

犟是一个形容词，与有血性、有性情、有灵魂的人结合在一起，就有白皮松树那样一抽屉一抽屉的故事。

我是个犟人，绝不仅仅是惺惺相惜，几乎每年我都要去见一下比我还犟的。从蛤蟆口的舌根启程，我骑着湿漉漉的蚯蚓一拱一拱地弹着上山，从丹江口水库吹进来的风，把树林的裙摆翻起来，露出细瓷样的花纹，藤条树上蹦跳的松鼠"不悔、不悔"的叫声被太阳的光影镀得锃亮。

蚯蚓一头拱进了土里，把我留在"抓髻"幻境，恍恍惚惚仿佛梦中亲历，真武大帝造天柱峰，七十一峰弟子跪地膜拜，唯有抓髻山心细：都去行高贵的膜拜礼，四方仙人来，谁人迎来送往？就转身面向南海方向双臂做迎客状。霎时，雷霆刀光剑影，闪电的光影在群山中回响："叫你朝，你不朝，一年拔你三万六千根毛！"

神话一旦经过蛤蟆的长舌，就不再是传说。没听说过牛犟马犟犟得过天的，从此在血红的傍晚，总有人对着那绿白交融的山顶说："看，那就是犟山！"

墙倒众人推，窗坏邻人破。拔树做拐，就像在活鸡身上拔毛；树根做发髻式的木雕，就像从活牛身上割肉。漫山染血，每一条沟壑都驮着受伤的夕阳，那些呼喊的红腹锦鸡引领着炊烟，从呻吟声中闪身而过。终于，"抓髻"名副其实了。

犟是一个形容词，与青葱挺拔、巍然屹立的山结合在一起，就有令人浮想联翩的问号叹号。

犟山没有在血泊里倒下，疯牛般地挺起腰杆子，定下天下第一迎客山之宏愿：一年四季磨响黄牛与猕猴造访的猜拳声，绘出一盘盘惊艳舌尖的菇香、菌香，借助天外之力建造丢石即可下雨的"黄龙潭""黑龙潭"，把一颗颗红果果、黄果果镶嵌在山的耳垂下，教化着山民的晨昏，把人脉、情脉以及经山纬水深耕在惊险而惊艳的山涧。

用风霜雨雪冶炼着山气、地气和人气，用天光云影聚拢着精神、精华、精彩。

从未想着自证清白，因为清者自清。从闪电回响的那一刻起，犟山就已经用是非刀斩断了自己未来升天的神根。削去千年青丝，说来也怪，顿生撼天动地的白发——白皮迎客松！长长的手握着澎湃的昼夜，站成岁月相迎的雕塑，气宇轩昂，神情比如来安详。那一棵棵千年的白皮松，从高耸的巉岩中直冲云霄，把脚稳稳地钉在犟山的头顶上，高傲地立着，千百年守候着一个信念：顶天立地，笑迎四方。

多事的后人把宫殿修了又修，为着让人了解这天大的误解。其实，那直冲云霄的白皮松树，就是达利在上边做的人体抽屉画，打开抽屉就会发现天大的秘密：那洪荒的年轮记载着一颗修炼千年的忠心。

我多次到黄山看迎客松，但已经伤痕累累，用铁棍夹持着，可能会在某个时间离去。到哪里才能看到永葆千年青春的迎客松呢？到武当山膜拜的人会抚摸抽屉式的画，用手机"咔嚓"个不停，怀揣天大的惊喜，告诉世人：犟山的迎客松比黄山还美。蓝天净土，鄂西大山，白皮松在松涛声中唱着接续永生的歌，伴着真武帝的忏悔声。

难怪有人说，到鞏山来看迎客松是你一生的幸运，千年孤独，千年修美，盛世见证。

站在鞏山上，你、我、他，每一个生命，都身披光亮，在正能量的灵魂和精神的炮制下印制成一本本如山如水的明晃晃的鞏语、鞏史。（吴远彩：老师笔下的鞏山更有故事，更有个性，更有灵魂。）

## 三岔河水库

三岔河有三个岔，是一棵树生三个权，一个藤开三朵花。

从神仙岩各个沟壑流出来的水，像是一唱一和，像是齐刷刷地报名，像是争先恐后参加疫情救护的医疗队，叮咚叮咚，哗哗淙淙，泼墨着油亮的山林，唑唑慧慧，咿咿呀呀，拖着长音的鸟鸣收集着满山雾气，向平坦处低洼处头也不回地流去，一种决绝的告别。

从水竹园坡地沟渠里拐弯抹角涌出来的，是水也不是水，是说书人的长袍子一甩一飘，是折扇子一张一翕，无不讲述着庄稼与水的缠绵故事。而后，时而跳下高坎，时而冲进草丛，是"且听下回分解"的套路，每一次水回路转，都伴着庄稼人吆喝牛的乡音。

从分水岭的藤蔓摇缀里渗出来的，是山林的汁液，是杨桃花的魂灵。两匹马驮着两片沾满花香的雾从山的两个侧翼飞下来，一头扎进藤花盛开的花瀑里，碎成银链，湿润的风从下面吹翻花瀑的裙裾，露出了柔情、厚实和健美的三岔河的腰肢。

三个权交错是带年轮的根，三朵花同时开是根上沸腾的爱和追逐。

三国故事最起波澜，三个人的舞台能掀高潮，三条小溪汇成水库昂扬着鄂西北的山水文脉。三岔河水库是大自然一笔一画勾勒出的不规则三角，状如牛肚，吞吐水光，张扬着支点理论落地生根，论证着小小杠杆撬动深藏人间的小小宇宙。

三岔河水库是我的，正如我是三岔河水库的，我掬一捧清甜的水，牛饮，水波里都会留下我的烙印。修三岔河水库的总指挥是我的亲大伯，我父亲的亲哥哥，因为事故牺牲在工地上，3000多民工排成一蛇长龙，送葬的壮观场面仍镌刻在一滴滴的鸟鸣声和一串串的水波里。大伯成为大地之子的那天，

正巧是我出生的那天。我和三岔河同龄，我就是三岔河的上世情人。

三岔河水库是古董商爱不释手的大匣子，匣子里收藏着天光云影，晨来泼洒一库霞光，晚去涂抹满库红紫。我在三岔河小学教过一年书，啃书的孩子和库水一样清澈，就像库里的小磷虾拼命蹦跳出生命的高度，每个孩子和库里每滴水一样，活出了你我都无法想象的深度、宽度和强度。我曾经在库里划着木船，用小鱼网兜起鲫鱼，用手捉起鱼儿，这里灵性的鱼却能一蹦三尺高，那水库边雪白的芦苇花遮蔽了云朵，清波涌动，激荡着鄂西北人的脉搏。

三岔河水库，你目光清澈，你是有情调的诗人，你的每条波纹都拨动着太阳下的生命。我终于晓得库里游动的鱼群私语，水面翻动翅膀的鸟鸣，空气中闻香而动的虫吟，都是你运筹帷幄的掌纹。

三岔河水库，你跳个舞吧，你撩起裙摆的那一瞬，天籁早已响起。我看见扑棱着翅膀的大鸟从远处飞来为你伴舞，听那山中的黄鹂组团唱响"道是无晴却有晴"的古老山歌；我因为爱，而精疲力尽地为你四处召集。在你的舞姿里，我看到了你，因为证明了自己而内心战栗。

三岔河水库，你甩响牛鞭吧，四周如耕牛般的山像唐诗立在那里，你骄傲一声，那静默百年的牛就会澎湃成一片海，被你驱使得滴溜溜转；你扬起的鞭子，就会让云阵带上血性，手指相扣，在红枫的晕染下爬过天柱峰的峰顶，看着你绽放，漾着初恋般的亢奋，我读懂了你在为自己庆幸。

三岔河水库，你绣一双花鞋子吧，你用山做鞋布，水为针，沟渠为线，绣上鄂西北的美丽乡村，让水竹园村从溢洪道里奔跑出来，融进汉江，到京城亮亮你的独一无二。未来憧憬在点与线的缝制中，缝制出怦然心动，涌动着粼粼波光；听着你绣在胸口的葛藤花香，在情感和理智中你有了坚定，我听出了针与线的浪与漫。

（张国勇：时光定格在晚上9时23分。我站在静默的汉江边，满眼飞舞着诗文里的每个字符，如酒、如花、如画，满满都是漫山遍野奔跑的醉人乡音……那个美啊！直到现在，我仿佛才刚刚从诗文里走出来。）

## 盐池河那陶罐

偶尔翻看地图，盐池河分明是一个圆溜、蜿蜒起伏、穗穗饱满的生命陶罐，是花草树木、泥土石头与清凌凌的水烧制的：猎猎风声翻动树浪叶涛，爱管闲事的风，把会唱歌的泥土和会生火的石头从八百里汉水一粒粒衔过来，成百上千的山岭揉搓出溪流和泉眼，时光千百次地锻打，岁月千百次地揉捏，在阴风和酷暑的鼓噪下，在阳光和火的雕刻下，萃取与磨砺，终于，成为武当秀女裸露在肩膀的倒悬尤物……

我是在盐池河这陶罐里长大的，我对烧窑制陶有着满腹"火烧火燎"的记忆。跟着泥匠在啪啪的打泥声中打出清晨与黄昏，打出瓦罐陶盆娇柔的身躯，温度和猛火把他们变得坚韧顽强，三天三夜的火刑拷打，成就了一个响当当的硬汉。而如今，窑就成了天外来客的风景。

我在这陶罐里走进走出。有两条藤蔓从丹江口水库生长进陶罐里，然后它们踮着脚尖和武当山耳语。

水做的藤蔓，羞赧地转着身子，抖落星辰，在五颜六色的鸟鸣声中唤醒褶皱的生命，于是，娃娃鱼学吃奶娃子大哭，各种鸟雀吟咏声渐渐稠密，就连水雾也半遮半掩地笑出声来，太阳把这藤蔓送进水田、塘堰，又通过雷电送到武当山的左肩。密不透风的苇草真要命，傻姑嫩（鱼）、昙花匍子（鱼）、带须的游匠都在里边生闷气。苇草别淘气，信不信，我拉林子挤出大水，关你禁闭。

泥做的藤蔓，拉着汽车的衣角去看盐池深处的秘密：绿色的绸布上挤满了紫色的花，"七月一枝花"鼓起紫色的帆，可是为草药大师李时珍山中领航？悬崖峭壁上倒悬着翠绿欲滴的故事，金钗如袖珍的竹子挺着厚实的叶肚，可是武当山仙人的指路绿灯？那刚露出和尚头就齐排排敬军礼的天麻，如天上使者被菌丝缠缠绵绵，莫不是必须出外闯荡但又心心念念的盐池河先人？

水的藤蔓是河，泥的藤蔓是路。他俩一见钟情、如胶似漆、相敬如宾；他俩卷曲着、紧靠着，倾诉古老与文明的衷肠；他俩风雨兼程、相濡以沫、生死相依。如玉佩般的盐池河水从陶罐里流出来，又在阳光下流回滋滋作响的陶罐；如银带的路从外边长进陶罐，又从陶罐里蔓延出去，眨眼工夫扳动浪河、扳动白马峰、扳动分水岭乃至房县的水天坪。藤蔓的故事也在天长地久的人间流传。

事物开始的启示由藤的开始去证明什么是盐池河人，盐池河人匍匐在"绿水青山就是金山银山"的波浪里，他们的筋骨碰着铁打的梦想抽搐着，让藤蔓在盐池河的每个角落拔出扎进肌肉的山花刺，让风带着遍地的药香草香

到外边去，张罗着一场爱情大戏，张罗着一场站在盐池看世界的大戏，在盐池的水墨画里，简化成两支藤蔓，两支与世界万物交融的藤蔓，疯狂地蔓延又合二为一。

# 饶氏庄园

黄龙的胸脯上，敞开了一条饥瘦的羊肠小道，铺展的胸膛上躺卧着饶氏庄园。龙身上闪耀着封存已久的三颗明珠，那三个"登堂入室"的清末庄园，收藏着智慧的音乐，种下了建筑的阳光。

阳光从窗子钻进去，慢腾腾地走进前庭、天井，飞也似的穿过中厅，立在后院，惊叹一声：一粒米中藏世界！

一座巨大的雕刻博物馆，放着一曲曲流动的音乐。石雕的，强劲奔放，如脱缰的野马，激荡着山野；砖雕的，深情厚重，若鹧鸪与杜鹃对唱，撞开山林的笑靥；木雕的，柔情甜蜜，像风和雨在奔走相告，揭开树花的崭新盖头。

每一个木雕都装满一篓新鲜故事，每一个故事都盖着雷电的印章。在挑头木布上飞针走线，绣出"十八学士登瀛洲"；在檐枋、楼板的立面上搭台，演出"三岔口故事""刘海砍樵"；锋利的锉刀绘声绘色地讲述"梁祝故事"，三刨五削绘就"赴京赶考图"。可以窥见，锯子、斧子、凿子纵情放歌，深山老林也有过不同凡响。

我带着放大镜来的，有意放大你的风景，却无能为力。是什么样的绣花针，才能在木头上绣着栩栩如生的龙凤、麒麟？是什么样的石子抛下湖面，才能泛起精彩绝伦的云纹、龙纹、缠枝纹？是什么样的心境，才能在方寸之间耕种下太极的哲学精髓？我只得扔掉放大镜，让小小的心套上犁铧去翻腾过往那闪着光芒的土地。

四层炮楼仰望碧空，俯视群山子民。明月拉着远山离去，犬吠在山坳裸奔，饶氏壮汉从炮楼瞭望，打开收纳了百年精气的瓶子，四野黑黢黢，鸡鸣狗盗之徒闻风丧胆，望风而逃。于是起床，披上月色的清香，女人像野百合一样笑着，男人挽着起伏的高山追赶月亮的梦。

月亮下山了，庄园流动着清晨悸动的鸟鸣，泼洒着孕育一夜的泥土和腐叶的新香。庄园里的爱情正赶上抽穗，雀声阵阵。男人要跋山涉水挑回一江汉水，说是为了女人，为了爱情。庄园外的池塘里此起彼伏的蛙声，律动着思念和盼望的荷香阵阵。

我再次来到庄园，你大门紧闭，说是怕疫情感染了你的身躯。我不信，你以顽强著称，有史无前例的免疫力。我默默地站在庄园门口，轻叩着装满钢钉的木制大门，不肯离去。

## 藤蔓上的女魔术师

### （一）

蹲在小溪边掬一捧清甜的溪水，我惊呆了。

如镜的溪水里，泛着一团团金光，就像水里忽然间铺上了金毯子；波纹晃动，金光中泛着点点银，就像太阳在眨眼睛。仔细一看，是花的倒影，金灿灿的，白花花的。安徒生说过，太阳是金子做成的花，莫不是太阳这个魔术师在和我逗乐？太阳用她那金色的手指点在胳肢窝，花咯咯地笑，越是笑太阳就越飞快地追，一不小心，花跳到水里，金子做的太阳也跳到了水里！

抬头一看，太阳还好端端地挂在山顶上呀；揉揉眼睛再看时，溪水旁低矮的丛林里挂满了柔软的金箔，雪白的绸缎半遮半掩，这不就是金银花吗？一丛丛，一簇簇，黄灿灿组团造访，穿着旗袍的风给溪水送来了金银花的自有品牌——一股清香。满溪的小鱼儿探出脑袋，枝头的野鸟在树间雀跃，稻田的青蛙更是一蹦三尺高，都知道这香气没有蔷薇那样浓烈，没有葛花那样野性，却是地道的不显山不露水的清淡持久的藤花香。

树上滴溜溜转动着的露珠，小溪里用胡须划桨的游匠，诗中惊动过山鸟的那轮月亮，都见证了金银花的成长。

"我们要长本领"，金银花相互激励着！

"我们要实至名归"，她们捶着胸脯发誓！

她们拼命地扎根，舞枪弄棒、勤耙苦犁，披星戴月地生长着，因为她们说，她们有个别名叫银棒花；她们忍受一冬的风霜雪雨，战天斗地、披荆斩棘，因为她们说，她们还有个别名叫忍冬花；她们一心一意，放长线钓大鱼，

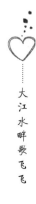

抢占制高点，藤蔓伸展得更远更高，因为她们说，她们第三个别名叫金藤花；她们勤学苦练、精益求精，精雕细琢地传扬工匠精神，因为她们说，她们有个名字叫金银藤；她们一藤双花、文武双全、德艺双馨，因为她们说，她们有个别名叫二宝花藤。就这样，她们成了藤上能言善辩、出神入化的魔术师。

中华民族是她们的祖先，肥沃的褐色土地是她们母亲的胎盘，她们把纤细的腿脚浸染成褐色，她们的身躯上布满橙黄、杏黄、泥土黄，身躯上布满了绒毛白，无论走到哪里她们都自豪地说：我们是中华儿女。

她们在春的指缝中缝制披风，披风上缀满椭圆形的饰物，那饰物或深绿，或亮绿，或嫩绿。深绿的饰物还带着艺术的齿轮状，新绿的饰物边缘则圆润光滑，怪不得画家们都说她们穿得很讲究，那是独有的渐变绿，是旺盛生命的颜色，有独特的美学理论依据。

清代王夫之在《金钗股》中说她们"雾鬟欹难整，烟鬟翠不分"，虽然不修边幅，但她们回眸生媚。几分绿中晕染着几分黄，几分野性中蕴藏着几分柔美，几分自在撩拨着几分柔情，几分狡黠中透着几分真诚，几分滑稽中透着几分灵性，这才是魔术师的魅力。

## （二）

"出来混，总是要还的！"金银花可是懂得涌泉报滴水之恩的道理的，她们要使出浑身解数，给养育她们的溪水表演她们练就的功夫。

人间芳菲，她们登台表演，她们知道台下的观众有她们的父亲和母亲，有她们的恩人和朋友，有她们的追随者和同行，她们的表演极具亲和力和表现力。

她们把身躯藏进被阳光照得发亮的绿色绸布下，来个大变活人。时间定格，时而快放，时而慢进。白花花的米，一粒、两粒、三粒……说声"变"，变成了白色柔软的手指，齐刷刷地指着空中的太阳，就像无数双嫩白的小手在课堂上齐刷刷地举着，争着要上台展示：我要飞，飞到那白云上边，为小溪衔回外边的精彩。

想啥就变啥。她们从绿色的绸缎上变出了一群群藕白的鸽子，还扑棱着翅膀跃跃欲试想要起飞。一会儿，她们做起数字游戏，七八只鸽子飞到一块，变出一个穿着白裙子的小姑娘在叶尖跳健美舞，而另一侧则出现一位少女仿佛遇到了初恋，娇羞地用翠绿的小手捂着脸蛋，就这样，时间在爱因斯坦的相对论里变得好短。

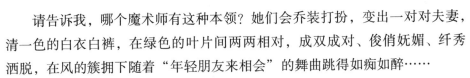

请告诉我，哪个魔术师有这种本领？她们会乔装打扮，变出一对对夫妻，清一色的白衣白裤，在绿色的叶片间两两相对，成双成对、俊俏妩媚、纤秀洒脱，在风的簇拥下随着"年轻朋友来相会"的舞曲跳得如痴如醉……

跳着跳着，笑着笑着，从一对对夫妻的怀抱里，分别诞出四到六个纤细腰身的儿女，他们个个精神抖擞、意气风发。多胞胎中一女多男，或者一男多女，男孩子戴着棕色的帽子，女孩子却戴着绿色帽子，听说这样的穿着，就是一种幽默，一种表演，一种生活。

藤蔓上的魔术师还有个绝活叫变脸，那喇叭形的脸蛋第一天是雪白、橡木白、象牙白，可第二天就变成了浅黄、深黄、金黄，佝偻的双背变成了卷着的风铃，在风中孤零零地，没有一点响声。魔术师说，这是金银花在讲神话故事："从前有金哥和玉妹青梅竹马，一次村里人得了瘟疫，太白金星给他俩一人一粒种子，告诉他俩要用生命化出种子种到地里，才能救活一村的百姓。金哥和玉妹没有丝毫犹豫就吞下了种子，奇迹发生了，地上长出了一株花，先开白花，再开黄花，人们唤作金银花，百姓用金银花水治好了瘟疫。"

魔术师的语气很和缓，听的人无一例外地想到了自己的父亲、母亲，还有好多人……他们和她们都在变着法为别人；她们和他们都在变着法感恩。而那些魔术师，就是通过魔术来提醒世人：变了的是形式，不变的是真情；变了的是背叛，不变的是永恒；变了的是外在的诱惑，不变的是内心的真诚；变了的是金花银花，不变的是花中的金银。

（石桂均老师：神奇的魔术师演绎了对自然界的奉献、对人生的诠释，展示了人际交往的万花筒。）

# 在火垅坑和灶台之间舞蹈

## （一）

"哎，夏天靠日头，冬天靠火头……"一到秋天，鄂西北的农户锄地回家时肩膀上少不了两样东西：左肩上一个树疙瘩或树杆子，右肩用锄把支着，构成一个 V 字形。嘴里哼着自编的山歌。

家家户户厨房的房檐下，柴火桦子、树疙瘩列着整齐的队伍，雄起起气昂昂集合在一起，而那些干燥的细小的树枝、竹竿、棍子等引火柴则像临危受命的敢死队，随时准备为国捐躯。

深秋，农户人家的厨房和侧房房顶经常青烟袅袅，在私语和缠绵下，上演着一个个暖烘烘、乐呵呵、香喷喷、甜蜜蜜的舞台剧，舞台就设在厨房和火垅坑之间。鄂西北的火垅坑是有讲究的，是在靠墙的一侧用泥巴和砖石砌成的微型灶，火垅坑红红的火苗直接穿透灶洞，土罐子的水一生闷气就咕咕嘟嘟地跳起来。

忙碌了一天，大人们在开放式土灶台上炒菜做饭。我们这些小孩子就被安排去烧火垅坑，用吹火筒给引火柴扇风。引火柴没有感动填满的柴桦子，吹来斗去，我们总是在烟熏火燎中鼻涕眼泪一起流地败下阵来。请来救兵，"人要忠心，火要空心"，大人们边说边把兵撤走一半，中间留着空洞，引火柴在火柴的引诱下，滋滋地冒着火苗，不一会儿火苗就窜得尺把高，还哧哧地笑，"叫你笑，叫你笑"，我们搬来树疙瘩放在大火的脑门上，滋滋滋滋，树皮爆裂。柴火原来不是势利眼，人有做人的道理，柴火有做柴火的道理。火借火势，噼噼啪啪，如太阳般有声有色地暖人心，亮人眼，叫你知道世界上美好的东西都是简单的、实在的、淳朴的。

"把土罐子的水提过来"，老妈一声令下，锅里用猪油炒香的土猪肉和野菌子，在土罐子热水的浸润下渗出扑鼻的香味和亮眼的色彩，文火舔着锅底，锅里吐着泡泡，漾着波纹；又像泉水掀开头巾，露出羞涩的笑脸；又像蒸煮一锅冒着热气和激情的童话。

"把火垅坑的明火撤到一边，把火炭和石子拣出来。"老妈在灶台和火垅坑之间像个导演，又是演员，鼻尖上闪着亮晶晶的汗珠子。她在案板上把面揉了一百道，用拳头在面上舂了一百次，面变得细软而顺贴，她把一坨面放进另一口锅里用手掌按压，用握着拳头的指背在面上跳芭蕾，带着整个火烧馍转着跳着笑着，翻过来按下去，一会儿火烧馍上烙出一朵朵梅花，绽放着。

她用手顶着烫手的火烧馍飞快地跑向火垅坑，用火钳刨开比火烧馍还大的火灰窝，火烧馍舒舒服服地钻进热烘烘的被窝，用不了几分钟，在火灰和面的热恋下，精致印花的火烧馍成了爱的结晶。我们小孩子就成了舞台的主持，从火垅坑跑到厨房打探消息，从厨房跑到火垅坑"新闻联播"，这个时候我们开始心领神会地表演："筛箩箩，打转转。舅舅来了吃啥饭？烙馍馍，打鸡蛋。不吃不吃三大碗。"老妈给我们每人掰一块儿，"趁热吃！"看着这白底黄花，香气缭绕，就像昙花瞬间绽放出的花蕊，惊艳了我的视觉和味觉，我突然舍不得咬开。

"开饭喽"，大盆青菜豆腐，大盆土菌炖肉汤，还有嘎嘣脆的腌制萝卜条，一摞摞火烧馍，都赶趟似地挤到火垅坑边的小方桌上。我们这些小孩子一高兴，拿起火钳子在树疙瘩上来回戳着，火星子如脱缰的野马，四散蹦跳，大人们扬起糙手，我们几个吓得四处躲散。

"小孩子都爱玩火，快回来吃饭"，老妈赦免了我们的罪，一坐下，火垅坑里火苗照得满屋亮堂堂的，暖到了手心。"好马配好鞍，好菜配好酒！"老爹总在这个时候亮一嗓子，农家自酿的苞谷酒必定在这个时候登场，浓烈而醇畅的酒香，飘散在充盈着天伦之乐的餐桌上，就连猫和狗也在餐桌下享受到了火垅坑带来的红利。

## （二）

灶台和火垅坑是一个屋檐下的两个世界，是专制和民主的高度融合，是男性和女性的各得其所和共享共建。

鄂西北山里，女性是灶台的专制统治者，吃什么，怎么吃，为什么吃，都由她们说了算。20世纪七八十年代，粮食骗不饱肚子，"菜多一半粮"是奶奶的灶台经济学。一把牛枯草、一把绿豆熬锅汤就是消暑茶点，一盆青菜开几朵油花花，一个个硬邦邦的红薯面饼或玉米面馍，就是奶奶口中的"粗茶淡饭能养"人。那时，顺口顺舌的饭菜奶奶都留给了父亲，我们都觉得奶奶偏心，因为父亲是他的亲儿子，我们是她亲儿子的儿女，还隔着辈。但大字不识一个的奶奶自有她的哲学：把养身体的，给劳动力吃，能挣到更多工分才能更好地养活一家人。

后来老妈做了新一届灶台的"专制统治者"。我到山外上学，姊妹四个而我成了"另类"。大家吃红薯汤配馒头，而老妈早早把我叫到灶台边的长凳上，让我把仅有的白菜肉丝汤喝了；大家吃红薯苞谷糁，而老妈给我单独下一碗臊子面；大家吃出芽的麦子面馒头（有好几年收麦时雨水多，堆积着时间久了就出芽，好麦子都交了公粮，出芽的麦子留着自己吃），而老妈专门给我蒸白胖馒头……老妈的灶台哲学是，新军子在外读书辛苦，都瘦得皮包骨了，要补补。

一次老妈照例蒸了两种馒头，我提议老妈打开蒸笼，老妈说，还差一口

气，可能下边还不熟。"上学就像蒸馒头，差一口气都不行，老话说旧了，馒头熟不熟全靠'争口气'。"老妈没有大道理，只是信口一说，但于我是一种鞭策和顿悟，我把老妈的蒸馒头论藏进了我的"藏经阁"，耐心等待胜过千百次无把握的打开。"可以了"，老妈有闻香知熟的本领，打开蒸笼的一刹那，雾气腾腾，那出芽的灰白馒头和蒸笼亲密接触，我抢在老妈前头挑了个出芽面馒头，一口咬下去，馒头和牙成了扯着衣襟的闺蜜，舌尖在热浪中充盈着麦芽苦和麦面甜，我终于知道，麦子还是那个麦子，味道却不是那个味道，或许人生就是这样。

鄂西北的深秋之后，男性是火垅坑的主宰者。烧什么柴，熬什么肉，都由他们说了算。爷爷曾经是火垅坑的统治者，什么时候生火，都由他定，冷气钻裤管就是火垅坑开张的日子。爷爷张罗着：令竹篮子抱着煮熟的红薯娃，命竹篓子揣着板栗，让它们一起在火垅坑四周感受着人间的温暖。过年放假刚走到旱地梯田边，爷爷就像毛小伙子，用他特有的速度爬上楼，通知他养在深闺的红衣少女——红溜溜的红柿子下楼，被深情地煨在火垅坑里。刚走进家门爷爷就递给我一个冒着热气的红柿子，少年邂逅"红衣少女"的冲动和激情一下子展露得淋漓尽致。

20世纪七八十年代，吃上一顿肉就像过年，年迈的外婆三五年难上门一次，深秋外婆来访，全家上下如迎国宾。老妈照例到邻居家借鸡蛋和烧酒，父亲打开楼上粮仓，把他锁在深闺的腊肉（把冬天的新鲜猪肉晾干后存放在粮仓里）请出来，反复清洗，剁成巴掌大的肉块，开启吊锅人生（火垅坑的顶上悬挂着一个秘密武器，用粗铁棒组成的一个"互"字不要上下两横的吊锅架，可以上下抽动、固定，挂上吊锅，就是赫赫有名的煮肉"神器"）。

"山里厨子一把盐"，父亲用凉水加一把花椒、几节辣椒、一点盐巴让它们来一场爱恨情仇，大火舔着吊锅，小喽啰在锅里大闹天宫，肉香在空气中弥漫着、冲撞着、撩拨着……趁父亲外出取柴的当口，我们用筷子迅速挑起肉块，冒着被烫伤的风险，猛地揪了一下，那肉却偏偏和我们杠起来了，还咬不动，我们只得在哎哟哎哟声中吮着手指逃开，吃肉的狼狈相至今定格在记忆中。

灶台和火垅坑分别从两个点出发，但都一样开启了美丽生活的每一天，经历了燃烧的考验、沸腾的煎熬、艰苦的锻炼、日子的磨砺，见证了烦琐中有真爱，平凡中有珍奇，苦难中有福报，亲情中有深情。

灶台和火垅坑虽只有几步之遥，但串起欢笑、成长、记忆和守望，灶台和火垅坑是美不胜收的风景，是历久弥新的珍藏，是家和万事兴的薪火相传，更是家国情怀的生生不息。

## （三）

灶台和火垅坑，聚拢了烟火，铺展了人间。烟火飘散成烟云、烟雾、烟树、烟花……在烟火中深耕着人情世故，延展着人缘人脉，延续着家风、家俗、家规，滋养出亲情、爱情、乡情。

在鄂西北，女人们追求经得起磨难的爱情。

逼近年关，六个瓣的雪花会盛开，冰条子会魔法般地一夜间挤满屋檐。山上、路上、树上梨花到处盛放，啥也干不成，有着鸡刨命之雅称的农户人家，乖乖地安安生生地在自家瓦屋里过年。白嫩嫩如鸡蛋清般的豆腐、乌嘟嘟如鸦雀般的魔芋、黄澄澄如碎金般被柏树枝煮过的老玉米，一筐筐被塞进雪窝里，要在酷寒中冻三遭。

大年前一天，是人气最旺、烟火最盛、舞姿最美的一天。经过严格挑选的红薯、土豆从堂屋的地窖里，从一米高的空中，跳着蜿蜒起伏的蛇舞跪到火垅坑边，做热身；经过地气蕴藏的萝卜，从菜园的地窖拱出玉米秆、黄土和白雪形成的三层被窝，走着模特特有的猫步，跳着猫舞蹲在火垅坑边，观看示范表演；猪肉、羊肉、鸡肉等从堂屋的梁上跳着华尔兹跃入灶台的几口大锅，开始焚香沐浴。红薯被火烘如泥才罢休，萝卜被火烘烤出萝卜甜才停止……就这样，在火垅坑里烤三遭。

红薯捣成泥，混合炒香的麦子面，搓揉成团团圆圆；切块的鸡肉，蘸上焙熟的玉米面，打扮成开屏的孔雀；心眼多的冻豆腐、冻魔芋，被裁剪成细腰状，显得虚怀若谷；一声令下，跳入油锅，渐变中经过三种颜色……就这样，在灶台的油锅里炸三遭。

老妈绝不会乱点鸳鸯，她懂得门当户对、生辰八字、性格秉性、才貌互配的婚姻十六字诀。她要给平凡的食材来个宏大而有纪念意义的集体婚礼。红得发紫的窑碗像编钟一样齐刷刷地摆在案板上，等待老妈敲响。红枣上坐着穿雪白裙子的糯米，霉干菜上卧着混着炒面的五花肉，魔芋条上顶着炸黄的鸡块，豆腐条抱着猪蹄块……过年开饭前半个小时，就上蒸笼大火蒸煮，直蒸得狼烟大冒，香气四溢。打开蒸笼，把窑碗里的食材和玉白的细瓷盘子

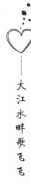
倒腾两次，撒上葱花、芫荽，让美味伴着雾气跳着芭蕾舞上餐桌，鄂西北的八大碗就变成国色天香，不信你不垂涎……就这样，在沸水里蒸三遭，终成正果。

普普通通的食材，实实在在的操作，本本分分的搭配，在爱的磨难中萃取出味道的精华。这里有从相识、相知、相恋到相爱的苦苦追寻；这里有挑挑选选、雕雕刻刻、琢琢磨磨的悉心培植；这里有冻三遭、烤三遭、炸三遭、蒸三遭的磨难经历；这里有整装待发、苦口婆心、细心经营、弥足珍贵的仪式感：或许这就是鄂西北女人对爱情的诠释和注解。

在鄂西北，男人们追求原汁原味的爱情，就像吊锅煮肉，简简单单，不显山不露水，默默不语。就是执手相看泪眼那种，就是清水出芙蓉那种，就是敢爱敢恨的那种……

火塘坑边，男人用吊锅煮肉，被洗过三遭的大块肉像从十米跳台一跃而下，水花压得和中国游泳梦之队一般好。火烧萝卜嫁带皮羊肉，八孔面藕拥抱猪排骨，野香菇依偎猪蹄子，不管咋配，一律凉水下锅不除浮沫，要的就是羊肉的膻味、猪肉的腥味，这样吃起来才有本味，才不会在羊肉中吃出猪肉味来。

在水火两重天的舞蹈下，鄂西北男人喜欢八成熟的肉，并配以铿锵的音乐。八成熟的大块肉被拉拉扯扯地送到高高烟囱的铜火锅里。大块肉在铜火锅的狭小圆形水道里游动，在男人们的撕扯下，大块肉也有了艺术细胞，它们变得柔顺、细腻，肉丝缝隙里闪着油光，骨与肉难舍难分。男人们把肉放到女人的碗里，塞进女人的嘴里，也把浪漫和日子塞进了女人的心里。

正因为难舍难分，男人们才有用武之地，才有机会向自己的女人展示柔软和体贴的另一面；正因为撕扯的动作大，才显得霸气，进而证明男人天生就是舞蹈教练；正因为不会入口即化，才吃出了羊肉的膻味和猪肉的腥味，其实这膻味腥味才是人世间少有的独特美味；正因为大块吃肉，才有了男人大碗喝酒。鄂西北的房县不单大碗喝酒，男人和男人之间喝酒还要在大碗上面用筷子赶一下，以表示酒是满的，心是满的，男人都是实在的。倘若你能吃却不吃，你能喝却不喝，鄂西北的男人也会像吊锅里边炒苞谷花，噼里啪啦地数落你，他会自斟自饮，且一饮而尽，你会为你的客气付出后悔的代价。

## （四）

火塘坑、灶台与中国哲学风马牛不相及，在鄂西北，在农历小年后却扎扎实实、明明白白、糊糊涂涂、朦朦胧胧地碰出过火花。火塘坑与灶台俗不可耐、司空见惯，当属下里巴人，中国哲学则高不可攀，深不可测，当属阳春白雪。中国哲学令人望而生畏，但不管你愿意不愿意，高兴不高兴，它已经悄悄地触碰着世人的神经，催开了不属于这个季节的荆棘玫瑰，绽放着独特熏香。

在鄂西北的农户家中大多都有一个农历本，在阴阳八卦和相生相克的五行的隐形指挥下，日常造屋、出行、婚嫁、修路、治病等依照或宜或忌行事，不管干何事都得手舞足蹈地知会灶神一声，每一天都在思考三个古老的问题：我是谁，我从哪里来，我要到哪里去？

腊月二十三晚上，灶王爷要进天庭述职，用啥照路，骑啥座驾，鄂西北的先人比庄子的想象还要瑰丽，"吾家有鸡，化而为马，抟扶摇直上九万里"。吃完肥肠、白菜、灶饼馍后，全家奔忙起来，洒扫火塘坑、灶台，直到一尘不染。从公鸡的鸡冠上取几滴血滴在火纸上，从火塘坑里虔诚地取火种点燃（就像奥运会在希腊取火种那般），郑重其事地捧送到灶台上烧了，让灶王爷骑上"万里马"。用灯芯草插进倒满桐油的盂心，点亮后放在锅里，让灶王爷连夜赶路，因为大年三十还得如期赶回来上班。初一早上若灶台上有谷物或者麦粒，定兆丰年。图腾崇拜的哲学雏形就留在灶火旁，现实与神话，男人与女人，凡人与仙人，天上与地下联结一体就是阴阳合体；锅碗瓢盆，树木草芥，溪流沟渠，刀耕火种，土肥地厚，世界就是由金木水火土组成的吗？这种探求是痛苦的。

小年后的六七天，农户人家自觉不自觉地经历春秋战国的百家争鸣，对话碰撞中用程朱理学的格物致知理论探求做事的道理，让王阳明的心学立竿见影，怎么想就怎么做。这样就有了：

二十三，糖瓜粘；二十四，扫房子；二十五，炸豆腐；二十六，炖羊肉；二十七，杀只鸡；二十八，把面发；二十九，蒸馒头；三十晚上熬一宿；大年初一扭一扭。

这样，在火塘坑和灶台，定格了原始舞蹈动作和音乐节拍。

大年的守夜和除夕的迎新，火塘坑、灶台和哲学之间形成了你中有我、我中有你的守正和创新。灶火上烟气飘飘，地面上雾气腾腾，天上冷气下降、热气上升，宇宙是由气组成的吗？

三十晚上，一筐筐胖嘟嘟的饺子，说着福禄寿喜之类；群情激昂的柴火，唱着红红火火的梆子歌；脆甜生津的半干栗子，讲述着哲学的发展；柏香的苞谷花，笑得露出三颗门牙……熬呀熬，熬到深夜十二点的最后一秒钟，全家人一股脑儿像鸟一样飞到院子里看天，看天上的神仙把天门打开，看着看着，眼睛都花了，揉揉天门穴再看，星星眨巴着眼睛，是在聊着什么吧。这就像哲学，总想打开，但谁也不知道什么时候打开，打开又能破解什么谜团。"开了天门，随便抓点什么赶紧回屋就会变成金的了！"老妈像个哲学家。一旦进入哲学的大门，你就像站在巨人的肩膀上，成为世间的智慧大师。

大年初一早上，全家像鸟一样梳理好羽毛，小鸟们一律换了一身崭新崭新的羽毛。远山处传来了第一声鞭炮响，回音把小鸟们惊得在林子里扑棱着翅膀。全家又像演练过似的，拿鞭炮的带火，拿贡香馍的带火纸，拿粮食的带把香，挺胸收腹提臀，迎接神秘而神圣的祈福仪式。向着太阳升起的地方，放贡香馍、点香烧纸作揖，向着东方一起礼拜。然后头也不回地抱着柴向厨房走去（寓意抱财回家），一家之主迅疾到牛圈看牛头所在的方向，"牛头向东南，牛尾向西北"，大利东南不利西北，这样就定下一年行走的方向和做事的调子。这里有哲学的唯心，也有鄂西北人意识中的自信，还有辩证唯物的启蒙，鄂西北人只有向着东南才能走出大山，走到山的外面，互通有无，逐鹿中原。

## （五）

年过了，月过了，平常日子也一天天地过着。退耕还林，种香菇种木耳那种靠山吃山的日子一去不复返。一江清水送北方，又一批鄂西北人捧着黄土第二次离开故乡去他乡定居。精准扶贫，把每一个经受身心痛苦的人解放出来，又有一些山里人搬离。山脚下，房连房，路连路，一次次，一步步，火垅坑和土灶台正在退出历史舞台，但实实在在成了哲学的一部分，留在鄂西北人的思想和历史深处。

前不久，七十四岁的老妈接到远房亲戚打来的救急电话，说远房亲戚在北京做了胃癌部分切除手术，手术后，胃部一直渗血，过了一个多月仍无计可施，北京大医生说是世界难题。老妈信誓旦旦地说："这个好办。"老妈要我赶快回盐池河老家，叮嘱我找到老房子的土灶，把土灶内底部中心的焦黄土块挖一块寄过去。"死马按照活马医"，远房亲戚收到后捣碎煮水喝下，一天后奇迹出现了，血止住了，不久，我那远房亲戚就出院了。世界性难题在老妈这儿变成了小儿科，"五行相生相克，木克土，土克水，水克火，灶心土就是克水的"，老妈竟然出口成章。我翻看了医书，《本草汇言》中把灶心土叫"伏龙肝"，"温脾渗湿，性燥而平，气温而和，味甘而敛"。《本草汇言》《名医别录》中都提到灶心土有止血的作用。这就是怪事了，一个土生土长的农民竟然知道如此深刻的哲学和医学道理。

灶台、火垅坑是凡夫俗子，但创造了火红的奇迹，有化腐朽为神奇的力量；灶台、火垅坑一生光明磊落，匠心独运，无私解密着正确三观的基因密码；灶台和火垅坑，是生命和灵魂合二为一的锻造者，是推动历史和哲学发展的前后轮；灶台、火垅坑都土得掉渣，但植根于民间，即使消亡了，也会鞠躬尽瘁、化土护花、精神长存。

灶台上有科学，火垅坑里有学问，灶台和火垅坑是灵性的哲人，用画布、诗行、节奏、舞姿、哲思联结起来，创造出彩虹般奇幻神秘的世界。鄂西北人用勤善简朴编织镶金镀银的过去，展现流光溢彩的现在，铺开粲然可期的未来。

## 茅芽青青茅根白

### （一）

风霜雨雪，一冬的考验和孕育，枯黄的茅草缝中诞出如矛的茅叶，雨后春笋般，挤拼着顶破土层，眨着嫩绿的眼睛，在春的鼻息中，凝神听雨丝为她们下达生长的指令。

吱吱吱吱，嗞嗞嗞嗞，耗尽最后力气的黄茅叶托起生气无限的青茅叶，那哪里是叶，是生命，是希望，更是周而复始的责任轮替。那青叶难道只是青？那是清新，是青春，更是从柔弱到刚强的勇敢者的本色。

"杨柳春风三月三，画桥芳草碧纤纤。一双燕子归来后，十二红楼卷绣帘。"这是宋代陈允平的词。就在这诗情画意的三月三，茅芽露尖尖。在青叶

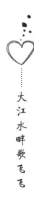
的簇拥下，茅芽如一杆袖珍的茅竹，从叶丛中跃出，修长、挺胸、倔强、正直，又如一支支箭，以地为弓，雄壮、激昂、活力四射。

每一根茅芽都是上尖中圆，一色青青，纤纤细细，身怀绝技，极像一身青绿绸缎的天鹅在跳天鹅舞；又似少女手中的棒针，要为心爱的人儿织出爱的密码。

这青青的茅芽是不能拔的，那样太粗野了，经不起大力摧折。轻轻地，弯下腰鞠躬状，用大拇指和食指或中指向上猛地一提，只听"噗"的一声，茅芽便从根里跳出来，脚蹬白筒靴，身着绿色比基尼，还对着你笑呢。

提茅芽是一项技术。在青葱的茅叶中一眼寻到茅芽是需要火眼金睛的，而提茅芽那种"仰手接飞猱，俯身散马蹄"的重复更需要耐心加持。

吃茅芽却是一种艺术。茅芽有三种吃法，粗野的有趣，文明的有劲，高雅的有范。

男孩子常提一支茅芽，熟练地用指甲在茅芽中间的圆肚上拉开一个长长的口子，放在舌尖一抵，纤长嫩白芽丝从绿色的肚子里掏出来，嫩香和着甜香充盈口舌，仿佛沾满微甜汁水的扬州豆丝，入口即化，在童年的记忆中婉转回旋。

男孩子提一把茅芽，摆在手上，清一色，一头尖一头白，就像操练士兵，摆出各种阵势，就像猫玩老鼠，手握圆肚突然将尖头扎向女孩的手背，女孩哇的一声跑开了。男孩子开心过后，把一把尖尖全部捏在一起，用两个指头揉搓，然后顺着芽尖双手四指撕开一个口子，向两边一撕，刺啦一声白嫩嫩的丝芽，全部露出来，一条一条放进嘴里，咀嚼着，品咂着，是最原始的口香糖，所不同的是嚼着嚼着忍不住吞进肚子里了。

女孩子心细如茅芽，提一根茅芽便如获至宝，不时发出惊叫声，采一根叫一声，视茅芽为艺术品，把玩端详，久不释手。从白色的根部开始剥开一层绿色的外衣，里面又一层粉绿色半透明的内衣，如蝉翼般透亮丝滑，楚楚动人。那细长白净缠绕的银丝入唇生津，清香绵长，留着童年的形状。

## （二）

世间没有永远的青葱，岁月总会在马不停蹄的奔波下褪色。

阳光和燕子呢喃，茅芽在半个月的潜滋暗长下蜕变为花。男孩子总是与男孩子拌嘴：吃茅芽，屙套子，给你媳妇编帽子。好在茅芽并不生气，青葱的茅芽滋滋地抽穗，擎着白白的花絮，那是白色的火焰，一团一团燃烧，向天上的火烧云暗送秋波；一片片一堆堆，如雪白柔软的毯子铺在地上，男孩子和着衣服就地一滚，滚得满身雪白，天上是白云苍狗，地上是白毯雪人，天地之间眉目传情。

茅根质轻而韧性十足，学着边塞诗人挑灯夜看断面处：中心黄白色，并有一小孔，外圈色白充实，或有无数空隙如车轮状，让人想起车轮滚滚，鼓震马啸的战场。

茅根多半通体纯白，茅花也是白的，根正苗红，上行下效。

人有经络，茅根也有筋节，难怪有成语说"拔茅连茹"，茅根细长，根上连根，盘根错节；茅根有节，是蜗居土里的微缩竹节，一节连一节，一丝勾一丝，一针连一线。茅根是最会经营人生的。既有理有节，有张有弛，又自力更生，不卑不亢；既运筹帷幄，当机立断，又呼风唤雨，如鱼得水；既储备蕴藏，集腋成裘，又鞠躬尽瘁，吐甜献心。白软而带节的根，是袖珍的甘蔗，细品慢嚼，甜汁虽少得可怜，却是真正地道的集日月精华天地灵气的阳光味道。

做一棵茅草，并不是一件容易的事。你得守得住清贫，耐得住寂寞，受得了严寒。无论在田边、地头、荒山野岭，还是在城市乡村，你都得自力更生，自我发展，自我壮大。这不，天下最普通平凡的就是这茅草，野火烧不尽，严寒冻不死。没有一棵茅草不想开花。她要让一生都光彩，一身都是宝，一世都风光。

小时候，好流鼻血，老妈就是用这茅花揉成团塞进鼻孔止住了年轻的血流。邻居陈奶奶吐血不止，老妈就用这白生生的茅根熬水喝，让我们见证了奇迹。夏天，透明的玻璃壶里卧着一把带节的茅根，老妈叫作神仙茶，喝下神清气爽，"茅根茶，有点甜"成了一生挥之不去的收藏。杜甫草堂上铺的就是这冬暖夏凉的茅草，"八月秋高风怒号，卷我屋上三重茅。茅飞渡江洒江郊，高者挂罥长林梢，下者飘转沉塘坳"。住茅屋，成就了杜大人"安得广厦千万间，大庇天下寒士俱欢颜"的济世人生。

我敢说，中国人往上数三辈都是农民，虽然抖落了脚上的茅花，但潜意识里传承了茅草情结，只要春天一招手，就想去踏青，去验证似曾经历的"茅芽青青茅根白"的日子，有意无意地掀开大地的门帘，与自然、生命、价值和爱撞个满怀。

# 教学是什么？

教学是不停旋转的小石磨。

被水浸润得黄亮亮的黄豆，从石磨缝隙中涌出白嫩嫩的豆花香，黑色的土地上生长出灵性象牙白。这里摇曳着《湖心亭看雪》"痕""点""芥""粒"渐微渐缩，这里舒卷着《岳阳楼记》中一暗一悲风雨画、一明一喜春晴图，这里荡漾着刘姥姥二进贾府搅动出的笑声……石磨在吱吱呀呀的一推一转中，倾吐着阳光丝丝饱满的七彩，酝酿着细腻而生动的故事，弥漫着快乐而充盈的热气。光亮和师生一起晚睡早起不离不弃，露水和白鞋子一起在操场上转圈圈，铃声和脚步从教室飞进飞出，步调惊人得一致。

教学是善使魔法的小石磨。

一盆黄豆变出一大盆白花花的豆汁，用蚊帐布包单一过滤，就滤出了看得见的真善美，上锅一煮，就煮得活色生香。窗外榆树上的大鸟左一声右一声地织出了苦口婆心，教学楼旁的桂花树上开满了立德树人的芬芳，窗台上还摆着不同个性、不同笑脸的绿植，说是要进行光合作用。热气腾腾的豆浆喝得师生如痴如醉，香气四溢，不容分说。办公室的门微笑着露出三颗乳牙，批改后的作业如成桶的豆浆，每个人都有一杯，热腾腾，香飘飘；教室的门默默地箍着，像没有开锅的豆浆，读、思、问、议、练是冒出的浆水气泡，气泡多得如晒场上的黄豆，瞬间就沸腾了；钟声是沸腾的起点也是终点，去追赶清风、明月和暴风雨中的闪电，去将一茬一茬的梦想张贴在课桌的翻盖下，为的是每天都让自己沸腾。

教学是"点石成玉"的小石磨。

一坨石膏在瓷碗碗底一圈一圈地磨着，在泉水的浸润下，清亮乳白，水膏交融；木盆里铺满布包单，刚盛进的豆汁盛开着一朵朵梅花，勤快的擀面杖左三圈右三圈；石膏水神秘一跳，立即变成碎玉，三五成群，星星点点。不食"鬼食"豆腐的孔夫子道出"不愤不启，不悱不发"的"小石磨理论"。冬雪盖麦，春雨惊春，阳光揉开了培根的雄心；梧桐摇曳，杨树冲天，操场边桂树花瀑正铸魂，如挺起胸膛的旗杆。布包单把豆腐包得严严实实，放在小石磨架子上，压上一盆水，下边放一个盆子，浆水就嘀嗒嘀嗒地歌唱起来。

压实的豆腐在浆水的节拍里登场，又在画着红"√"和红"×"的田间地垄里东升西落。第二天，鸟鸣再次惊醒了新鲜空气，争先恐后的小分子从寝室门里冲出来，呼扇着小翅膀扇得太阳一阵娇羞，一轮红艳艳的希望飞升。

教学是口舌生香的小石磨。

打开布包单，一方印着丝纹的通体白玉飘散着透着水火味的豆香。物理老师小葱拌豆腐，堂堂清白；数学老师文火煨豆腐，循循善诱；语文老师大火煎豆腐，激情澎湃；英语老师红烧豆腐，麻辣鲜香；化学老师豆腐焖肉，变化看得见；历史老师水煮豆腐，滔滔不绝；政治老师鸡汤炖豆腐，兢兢业业；生物老师猪血烩豆腐，呕心沥血；地理老师白菜煎豆腐，诲人不倦；音乐老师扬州豆丝，精彩纷呈；体育老师麻婆豆腐，高潮迭起；美术老师肉末豆腐，画龙点睛。在火的热情拥吻下，煎炸烹煮烧，焖烩炖熬煨，一盘盘来世的豆香，喂饱了舌尖的快感，更替着成长的晨昏。把快乐切成小块，多法并举，多管齐下，挥舞教学长袖，定格教学姿态，丰满教学双翼，细微的虫子叫声镀亮远方的风景，的卢马奋起一蹄越过檀溪的瘴气，霹雳箭射穿黎明的霞帷。

# 老屋情歌

## （一）

我家的老屋，神气地立在太阳穴上。

一块块石头反复打磨砌成的墙脚，砌着原始的坚固和古老的整齐，砌进了厚实的阳光和快活的时光，砌出了蚁群的望石兴叹和山洪的闻风胆丧。

一筐筐黄土一夯一夯被捶打成带着土温的墙，夯进了爷爷的理想、奶奶的张望，夯进了风的咒语、雨的张狂，也夯出了父亲的坚韧、母亲的温情和山里人的模样。

一根根木柱榫卯顶起屋内的房梁，顶着雷电的恐吓和无骨的泥塘，顶着山的摇头晃脑，水的软磨硬泡，顶出了正直厚道和坚韧顽强。

一片片黑瓦俯仰着铺在屋脊的椽梁，铺成接卧水沟的逗哏和扣着水沟的捧哏，铺开了一行行黑色的幽默和一幕幕瓦亮的话剧，铺开了"万绿丛中一

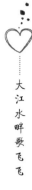

点黑"的油画，舒展开了树梢撩拨青瓦的卷轴。

风盘着树林的发髻，阳光揉着太阳穴上的土屋，蟋蟀在墙脚下唱得有声有色。

## （二）

我家的老屋，快活地立在太阳穴上。

房后葱绿的竹林铺满"个"字形叶掌，取一片向舌尖一抵，屋瓦吹出了低低的颤音；挨近山墙的杜仲树粗皱的树干上好多"树疤"，用手一按就啪的一声叫着"好痒"；怀抱厨房的柿子树满身琴键，夏季浓烈的炊烟弹奏出秋日灯笼的红曲调。

老屋握着一挂学大寨时修的灰框梯田，一个挂一个，一层接一层挂在老屋的胸前，挂成颗粒饱满、"绿肥红瘦"的翡翠胸串。吱呀一声响，晨雾抱着丰满的梯田在山间奔跑，土屋墙洞麻雀叽叽喳喳地要赶走那色胆包天的外来雾郎。院子右角那棵露着肚脐的棕树和土屋青梅煮酒论英雄，国色天香的芍药花展示着屋主人的厚道、热情和好客。

老屋厨房的炊烟袅袅叙述着梯田的新鲜故事，嫩生生、水灵灵的黄瓜娃有一肚子粘嘴的爱情，笑盈盈、脆生生的萝卜和芫荽有一场舌战，火辣辣的红椒眉飞色舞地引爆厨房的锅碗瓢盆。济济一堂的老屋弥漫着厨房蒸笼打开时腾腾的烟火雾气，打猎、采药和串亲戚的客人则让刚出蒸笼的蒸馍、蒸菜平添舌尖的深情和绕梁三日的回音。

风揉着老屋的灰瓦，阳光透过瓦的缝隙洒下一把温暖的诗意，筑巢檐下的燕子斜飞的翅羽呢喃着满屋的温馨。

## （三）

我家老屋，满腹经纶地立在太阳穴上。

两扇厚重的木门咯吱着打开祖祖辈辈的梦境，从木门走出去就被镀上过关斩将的豪情。木门吱吱，关着一家人的吉祥和牵挂，木门背后藏着心领神会的安全密码和福音：

"两个兄弟一般高，腰里别着两把刀。"两扇门两道闩，上边的闩从右向左插入，下边一道闩从左向右插入，这叫双保险。从下边门闩右侧凿开一个深深的缺口，缺口处有一个插销，插销落下，门就锁死了，拔起插销抽开两道闩，门吱呀一声就开了。神秘的木门隐藏着灵慧和秘密，也慰藉着土屋的生命和魂灵。

堂屋两侧的隔山墙是木板做的装修，松木的油香灌醉了从屋顶亮瓦射进来的阳光，也灌醉了从庄稼地里跌撞进屋的低低吟唱。堂屋靠山墙那耸着双肩的长条神桌摆着风调雨顺的祈祷和日进斗金的狂想。神桌上方墙上垂贴着领袖的中堂画，撕开一角向内边翻看，翻看几辈庄稼人的崇敬、爱戴，一股松木的油香灌满了厚厚的想念和深刻的积淀。

杂树板阁楼上竹围粮仓里堆着麦子丰产的喜悦，谷子清香的推搡，玉米粗喉大嗓的叫嚷。年猪一杀，楼上整杆猪肉列阵拥抱新年，不安分的几块猪肉跳进麦仓里玩捉迷藏，直到来年夏天才跑出粮仓，那肉的新鲜模样，惊得客人连连打听这神秘的贮藏。

列阵斜飞的麻雀像稠粥一样流过屋瓦，梯田里一道亮光穿堂而过不知去向，风絮叨着别停，庄稼人的故事继续在堂屋里开讲。

## （四）

我家老屋，神采奕奕地立在太阳穴上。

不大的院子演变着一年四季的风光。初春，院子边爷爷的牛药铺准时开张，从九架梁子、八架山一镢头、一挖掘刨回来的陡禾、八匹麻、大九架、细辛、吴桂子、柴胡、半边莲、米蒿等，经过清水按摩、阳光拥吻、微风抚慰、七琢八磨，炮制成"灵丹妙药"，爷爷就是用这家传秘方医好了七村八组的牛病，闻名而牵牛来治的人络绎不绝，爷爷挽起袖子，用火针蘸着桐油，在牛的经络上飞针走火，那场面惊艳了老屋。

春末夏初，厨房的瓦楞捧着一筐筐煮过的天麻，透亮透亮的，拿着这"放大镜"看老屋就像雾里看花，放在嘴里尝一下，有股骚味，我那时也曾呸呸地吐口水。五天后，天麻晒到半干，拣小而软的吃，味道微甜。老妈用晒到半干的天麻杆子炒腊肉，软脆劲道，油而不腻，就像老屋墙上的中堂画耐人寻味。

秋收时分，院子箩筐里挤满了俏皮的栗子红，筛子里滚动着笑容可掬的核桃黄，苗条的红薯娃在水火的爱情里变成一副软心肠。柿饼被竹篾串成动感十足的风火轮，悬挂在屋檐下，让风和雀儿来来回回地跳火圈。一群半大的孩子用舌尖检阅着老屋的美味：半阳干的栗子生脆回甜，牙齿喀嚓一声咬

开的核桃脆甜浓香，风干的红薯娃绵甜酱香，酥软的柿饼透甜软香。

季节摆下八卦阵，蛇卷风般揉过小院的角角落落，暖阳一抬脚跌进门槛笑得直不起腰，斜雨拍着暖阳的细腰打湿了木门的脚踝。

## （五）

我家老屋，生机勃勃地立在太阳穴上。

打鸣的公鸡雄赳赳地印在老屋的名片正中，代言着老屋的阳刚；咕咕的母鸡夫唱妇随，默契成就了老屋的名气和地位，打鸣的公鸡兴起时扑闪着翅膀飞上房顶，母鸡踱着风姿绰约的步子跃上院角构树树梢，深情地对望。

这时候，那白毛狗吐着舌头去追赶小鸡们，咯咯哒，咯咯哒，连跑带飞，连蹦带跳，顿时乱作一锅粥。树上的白头喜鹊扇动着翅膀离开是非之地，偏有好事的麻雀一头栽进院子，抢食小鸡的白米白面，地上留下一个个行窃者的蛛丝马迹。

黄牛领着白羊在夕阳的簸动中哞哞地回到老屋的牛圈里，其中还有一只唧唧叫的白花黑底小猪，小猪快嘴快舌地讲述了牛吃悬崖上嫩芽的惊险故事，好在牛只扭伤了左脚，摇晃成了问题，却不是焦点。

叫声回荡在老屋通向野外的路上，也揉过晨昏模糊的日子，喜鹊飞行的光斑落在老屋处变不惊的额头上，露水打个激灵，屋瓦湿过又干，干过又湿。

## （六）

我家老屋，义无反顾地立在太阳穴上。

父亲、母亲、我，被时代的车轮推进了县城，土屋用大把大把的时间思念它的主人，品咂它的过往，顿悟它的哲思。父亲三天两头地回到土屋，那是他的命根子；母亲隔三岔五地回到老屋，那是她的宝贝蛋子。后来兄妹几个将它贱卖给了姓柯的庄稼人，为的是断了父母的念想，在城里好安心。

精准扶贫，柯家人还是丢下了我心心念念的土屋。我走进半掩着门的土屋，土屋的墙上还有唱《中国心》的张明敏和《万里长城永不倒》的叶振棠，我感叹着：土屋永存，精神常在。

几乎，每年过年前我都要在老屋门口坐上一阵，土屋独有与四周厮守的棕树、柿树、杜仲树互相斟满老酒，在风里、雨里顽强地立着，在信念和理想的河岸上扬起猎猎大旗。

去年小年后，再次回到土屋，背后的山墙已经被岁月撕开了一道口子，雪水把后墙染得猩红，却像《老人与海》中打败鲨鱼的强人没有一滴泪痕。

岁月翻开尘封的往事，也揉过坚强屹立的土屋，太阳用崇敬的目光点赞"站着不趴下"的精气神，历史常在关键章节为平凡者著书立说，绝不是为了扬名。

## 竹书交响

我家无万卷书，却有千竿竹。竹根交错纵横，叙述盘根错节；竹叶繁茂溢翠，描写活灵活现；竹枝柔曼轻唱，抒情动人心弦；竹竿有礼有节，议论画龙点睛；竹色青葱不渝，说明一身清廉。

我家竹林，笔走龙蛇，竹书自成一家。刀子一样的冬风握着竹笔，蘸着冬日暖阳的绿墨水，在竹林地上写下了一个个象形的篆书，记录着日子、月子，"黄梅时节家家雨，青草池塘处处蛙"，竹林地上横着的影子一下拉得很长，竖着的影子又一哆嗦，蚕头燕尾的隶书满地走动，走出了一波三折，走迷了阵阵蛙声。竹林边的蛙鸣触动了竹风的心事，竹枝趴在老屋的瓦楞上用正楷写了一张问候的留言："纷纷红紫已成尘，布谷声里夏令新。""阿公，阿婆，割麦插禾！"布谷字正腔圆每分钟20次复制、粘贴、发送到竹林的梢头。夏风轻摇竹枝，竹影斜摇，斜影似动，地上用行书写着《兰亭集序》，张扬着竹林的激情；猛风飘电黑云生，霎霎高林簇雨声，风掀开竹的盖头，雨打湿了竹的纤纤腰身，在迪斯科的节拍里舞动着，时而跳着"一"字太空舞，时而跳着"S"形印度舞，形断神连，飞沙走石，龙飞凤舞，舞接千年。

手指粗细的竹子邂逅一撮柔软而富有弹性的毛发，酿造成一坛儒雅风流的封坛老酒，流淌在中国人书写的大河里，成为秘而不宣的文物珍藏。

我家竹林，挥毫泼墨，竹画别具一格。摇曳的竹握着成团的丝雾，蘸着乌漆墨黑的云，"竹大师"闪亮登场。举雾纸边，一抹渐渐淡去的远山时隐时现；随雾弄云，或明或暗的天光一件件褪去，亦庄亦谐；团雾一抛，纸中央洒满雨点的脚印，竹影落地听无声，细雨湿衣依问谁？那是竹在时空里行走，且走且顾盼，时近时远。竹林沙沙，小雨淅淅，一纸写意画，落墨处，几笔"个"字微动，几只雀儿跳跃，指尖的热气哈满了凝望的朦胧，心头的轻颤慰藉了竹林的苍茫。

秋日竹林用换季的黄叶勾勒出轮廓，一抹阳光白描出竹节、竹枝，竹节虫的触须也微微扇动，成阵的麻雀若诸葛亮发明的连弩噗噗地染着成簇的竹叶，时而分染，时而罩染，时而烘染，浅绿、青绿、深绿、墨绿，开始绿的渐变。突然，一只黄鹂鸟在竹林的柿树上来个点染，像绣球一样的柿子来个醒染。一群半大的孩子在竹林里爬高上梯，嘴边衔着的竹叶历历可数。竹露滚滚，竹笛声声，一幅写意画，取神得形，以线立形，以形达意，竹林的掌纹印在涓涓流淌的竹香里，艺术的炉火点燃着竹林的纯情。

我家竹林磊落大方，郑板桥笔下遒劲的《竹石图》的原型，极像我家的竹石。我家的竹林画自能"掀天揭地""震电惊雷""喝神骂鬼"。

# 第二章　她嫁给了北京

## 她嫁给了北京

她明眸善睐，长腿细腰，柔情万般，天津人为她折腰，北京人为她倾倒。

她在鄂西北大山沟算是金凤凰，她在古楚人眼里是西施，她用沧浪之水沐浴，用武当山的百花净身，用百鸟的翅膀梳妆打扮。伍家沟村（号称中国民间故事第一村）里的老人都会讲关于她的上百个故事，吕家河村（号称中国汉民歌第一村）里的女人都会唱她的民歌。美女如过江之鲫的老均州城里的女子都受过她的教化。

她在武当山下起舞，水袖婀娜多姿，一颦一笑，眉目传情。她通武当拳，精太极剑，柔中有刚，刚柔相济，绵里藏针，剑锋含柔。她最懂一生二，二生三，三生万物，利万物而不争，孕山山秀气，催树树繁花。古净乐国太子仰慕她的美，来到武当深山修行，永乐皇帝为了她修建了 999 间宫殿；李时珍帮助她遍采百药为百姓医病。她是天地间的精灵，是青山中的碧玉簪，是人们心中的女神。更为神秘的是在她身边有一个双龙峡，远望极像阴阳太极图，明明是两座山交错，可为啥这么神奇？有人说，这是她精心编制的象征思想的魂。

到了现代，这位刚强的女人有两次柔情落泪。

公元 1958 年，均州人给她系上一条宽大的腰带，这条腰带高达 172 米，更不用说长了。为了这条腰带，几十万老均州人迁移外地，看到乡亲鼻涕一把泪一把地离开故土，她流泪了。

她给了一代伟人毛泽东灵感：北方水少，南方水多，从南方引点水造福北方。于是公元 2003 年人们又在她的腰带上加高了 15 米，又有 10 万人牵着

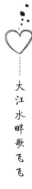

黄狗捧着黄土离开家园，这次她又哭了。人们在南阳陶岔开挖了新渠，让她和北京牵手，她嫁给了北京。

有位作家叫碧野，他在《人造海之歌》中反复提到她的真、善、美。

仿佛在一夜之间，中国人因为她而知道湖北有个丹江口。你知道她叫什么名字吗？她叫丹江口水库。

# 丹江口情书

今晨，我穿越时光的隧道，以美女如云的楚国为 Word 文档，以波澜不惊的汉江为输入法，输入屈原流放汉水之滨的咏叹调，插入孺子歌处的沧浪水美图；输入沉入水下的千年古城均州，插入气势磅礴的净乐宫的近照；写下伍家沟民间故事村，插入故事大王声情并茂的视频；写下吕家河民歌的悠扬，插入委婉动听的曲调。

我向无数爱我的人们，向整个世界，发出爱的首封电子邮件。

我是丹江，如果你来，你会爱上我。

爱上清水，爱上"亚洲天池"，池中白鹭翻飞，翘嘴白鱼戏斜阳，小太平洋上水茫茫。

爱上名山，爱上道教圣山，72 峰朝金顶，36 岩住神仙，24 涧水长流。

爱上古建筑，爱上千间宫殿，太子坡九曲回旋，紫霄南岩翘首企盼，金殿闪闪峭立云端。

爱上道教，武当武术以柔克刚、以静制动，道教音乐圆旋柔绵、长生久视，道家讲究自然和谐、清静康宁。

被誉为"亚洲第一大人工淡水湖"的丹江口水库年年向京津冀豫 4 省市供水 90 亿立方米，北方人喝到嘴里的水就是从这儿流过去的。

我是丹江，如果你来你会爱上我。

爱上"雁落莲池""黄峰晚翠""龙山烟雨"，

爱上"方山晴雪""槐荫古渡""天柱晓晴"，

爱上"沧浪绿水""东楼望月"，

爱上一柱十三梁的奇异宫殿，

爱上金顶永不熄灭的神灯。

没来过丹江的人就不知道什么叫好山、好水，顺着环库路转一圈就像绕着中国台湾岛看海景，一路涛声、一路鸟鸣、一路欢声、一路惊喜。

我是丹江，如果你来你会爱上我。

爱上高峡出平湖的旷世奇观，

爱上铁打均州的无坚不摧，

爱上2300多年的古楚文明，

爱上濯足、濯缨的沧浪文化。

来过丹江的人才理解什么叫沧海桑田，太极湖恋上太极峡，汉江水缠绵武当山，800里汉水一路高歌向大海，一路深情走北京。

我是丹江，如果你来你会爱上我。

武当峡谷漂流玩的就是心跳，

武当花谷鼻游闻的就是心醉，

千岛画廊目游过的就是眼瘾，

丹江大坝心游悟的就是神怡，

全鱼宴上舌游品的就是精彩。

来丹江口吧，你会把心留下，因为我会用激情的盐池河锣鼓欢迎你，我会捧给你一碗神仙叶凉粉请你吃下当神仙。

## 浪漫的河

"这水真清甜啊！"这是3800万京津人喝了这甜滋滋的丹江水后，由衷地赞叹。行走在丹江口水库，你会看到成百上千条知名的、不知名的小河从青山的沟沟湾湾曲曲折折地流进丹江口水库，而武当山南面的浪河就是这样一条不出名的河。

浪河是一条浪漫的河。浪河峡长谷深，两岸重峦叠嶂、峭壁耸立、怪石嶙峋、林木蔽日、瀑布飞溅；浪河有奔腾的浪花，有喷涌的水泉，有九曲十八弯之美誉，河道时宽时窄，水流时缓时急，泉水激石，泠泠作响，"女人一路尖叫，男人一路欢笑"；浪河鸟语如爱情话剧，藕白的、花尾巴的、红腹的各种鸟或嬉戏，或高鸣，或翱翔，似窃窃私语，似卿卿我我，似热恋情人耳语，平和而又躁动，热烈而又急切，深情而又熨帖，鸟们演绎着山水文明的神话。

浪河是一条有故事的河。浪河老街的门楣、石墩、雕花都讲述着一个个古老而又神秘的故事。清末庄园像一座古城堡，四层炮楼高耸着，显示着主人的尊贵与富有，雕梁画栋，技艺精湛，方疑鬼斧神工助，始信凡辈技亦精，显示清代建筑装饰纤细繁密风格典范，堪称"一粒粟中藏世界，半生铛中煮山川"。

浪河是一条诗意的河。顺着浪河向上溯源，"金蟾峡"就如蟾蜍深卧山中，"一线天"一脉一脉的细流从石缝、草窝中流淌出来，如美颜的村姑，平静、贤淑、温情，打着旋，唱着歌，那一回眸，一梳理，俊秀而不媚俗，自然而不趋同，柔情而不放荡，从柔软走向坚韧，从舒缓走向激荡，从绿亮走向清新。

浪河是一条绸缎河。如果说浪河是一棵树，那更小的河就是一个个树枝，改板河、七星河、长滩河、草房沟、盐池河、吴家河、两河口、三岔河就是这树上的枝丫，这些枝丫纹理有疏密，但向着一个方向流动。这些河与河的交汇处，到处是疏朗的芦苇，她们或为鸟鸣伴舞，或随河水唱和，或与绿树合影。一穗一穗或紫或白，华丽柔软的芦苇就如华丽的绸缎铺在河上，她们本身就像流动的河水，朦胧又飘逸，水让芦苇超脱，芦苇让水碧绿。

不管你是否意识到，浪河，就是一条走向丹江的浪漫之河，就是一条唱着奉献之歌生生不息的河，就是一条不知疲倦永远向前的河，就是一条流进北方人血脉里的河。

# 凡夫俗子的味道

今天下乡到习家店，6点20分回丹江城区，我的第一个动作就是打开"咕咚"（运动软件）。

习家店的特产是红薯粉，习家店的红土地孕育了红薯独有的味道，这里的红薯堆山似海，聪慧的习家店人把它制成了粉，这种粉我年年都吃，汤色清醇，黄亮显柔，劲道中透着憨厚实诚。

红薯是凡夫俗子，因其形状各异、外表粗糙、呆头呆脑，农人常笑笨人：看他傻得像个红薯。我钟情于红薯，因为它有泥土混合腐叶的味道，它有少年爱的印记，它有生活相伴的朴实情结。

红薯虽质朴，但它疯长的生命力令人称奇。将红薯母子上的绿色芽苗剪成斜茬，插进一尺宽的红薯埂，用三个指头把苗周围的土一捏一按，再浇两三天水，就会在炎炎的夏日开始爬藤，四五天时间只需一场雨，就会长一丈来长，夏天最热的时候它长得最欢实，我和弟会比赛翻红薯秧子，因为要让它长红薯，不允许它三心二意地扎根。

时间让我们看到惊喜，红薯埂炸开了，红薯就要拱地而出。

于我，红薯的味道是妈妈的味道。傍晚炊烟弥漫，厨房里传出梆梆的声音，那是妈妈在做红薯汤（那时食物缺乏，只得将红薯当饭）。吃饭时妈妈给我先盛一碗红薯汤面条（那时米面只能在过年三天吃，平时就吃粗粮，红薯、土豆之类），我会悄悄把面条拨给爷爷吃，然后装出狼吞虎咽的样子喝红薯汤，汤甜而厚实，咬一口红薯，甘甜中带着面味，现在想来仍难忘。

过一两个月我们姊妹几个闹着要吃馒头，妈蒸几个馒头，再蒸几笼小而长的红薯，我们把馒头混着红薯一起吃，面香薯甜爽口，全家吃得好开心。没吃完的煮熟的红薯，妈用竹篾穿起来晾在房顶上，放学后我们姊妹几个都会抢着搭梯子去吃，那又是另一种滋味——红嘟嘟，晶亮亮，紧实弹软，甜而不腻。妈也会把生红薯切成片，晒干，我们都会用它练牙口，嘎嘣嘎嘣，脆干中生甘甜。用它煮稀饭，软硬兼得，别有风味。

最喜欢妈妈做的红薯糖爆米花。苞谷与柏树果同煮后在冰雪里冻上半个月，上柴火灶用小火爆炒，噼里啪啦，噼里啪啦，爆米花与红薯打糖混合，甜香脆又粘牙，美味在舌尖上立显。要是吃上一块覆着熟苞谷面红薯打糖，哪怕一小块也会爽到心底。

回味那平凡、朴实而深刻的味道，品味平凡中的奇伟，是为了寻觅灵魂栖居的那根枝。


## 山里娃品秋天


晚上零星小雨，借着路灯看到路边摊上的带雨点的枣子，唤起我童年的回忆。

伯说：七月枣八月梨九月柿子红了皮。妈说：七月核桃八月炸九月栗子笑哈哈。（注：农村孩子把父亲叫伯。）

七月是脆甜的味道。阴历七月开始，果子成熟了，喜鹊、黄雀、麻雀叽叽喳喳叫，山鼠、松鼠、地老鼠跳来蹦去。我家房后的枣子从青黄的枣叶中露出来，我腿一夹哧溜哧溜爬上枣树，用脚一踩抱着树一摇，枣子哗哗啦啦落下来，落在树下的小伙伴头上咚咚直响，听见有人喊疼。一次小弟被枣子雨打得大哭，妈从厨房出来边笑边哄大哭的娃子："看树上哥哥好勇敢给你摇枣子吃，来吃枣子！"最后不忘叮嘱我："新军，注意抓紧树，快下来。"捡起地上的枣子咬一口，脆酸中透着一丝丝甜。

我们老往邻居家核桃树下张望，巴望着松鼠从树上踩个核桃下来，啪的一声风摇下一个核桃，我们跑过去一看，核桃脱掉青衣露出了黄白色的内衣，砸开剥去核桃仁外边的皮，嫩香嫩香的。意犹未尽，跑回家把伯打回来野核桃皮褪掉，锤开，用针挑出瓤吃，香中有点青涩。农闲的时候，伯把核桃仁砸出来，妈把枣子核挑出来，把核桃仁放到枣子里，包进馒头里，哇，软甜中有股清香。

八月是甘甜的味道。村里雷家种有梨树，梨个头很小，每次路过，我们总要多望几眼。"晚上十二点去摘梨吃。"几个伙伴约定好后按时赴约，刚爬上梨树，"汪汪汪"一阵狗叫声，我心一紧，梨树枝劈落，我重重摔到树下，小伙伴早跑光了，我一瘸一拐回到家里。第二天早上还是没逃过伯的眼睛，"饿死不做贼，气死不告状，这是我们庄稼人的规矩"。伯不容分说拉着我给雷大叔道歉。在大山沟边，最喜人的是八月炸，形状像弯弯的粗香蕉，外表颜色有青、半青半粉红、通体粉红，成熟的会张开嘴就像炸开的模样，咬一口硬中带软，软中含糯，吐了籽，满嘴甜滋滋的味道。

九月是蜜甜的味道。柿子挂在树上黄澄澄的，我们最喜欢吃硬柿子，在石头上狠劲一碰涩水流走了，皱着眉头啃一口酸涩微甜，妈妈常把小小野柿子和家养水柿子切成片晒成柿干，旱柿子则把外边的皮削去用竹子穿起来制成柿饼，还有个头饱满的则放在竹筐里等变红变软，直到红扑扑，软乎乎。妈妈最喜把柿子放在火窝里烧热给我们吃，妈说，这样吃虽有点涩，但不会凉了胃。伯在竹竿上倒着拴把镰刀，把板栗割下来，毛茸茸的板栗炸开了一条缝，露出了2~3个黑红色的栗子，用弯刀一敲栗子就蹦出来了，板栗的脆生甘甜至今难忘。伯有个保管栗子的绝招：放在黄豆里，既不生虫，又不变干，处于半干的板栗直到过年吃起来还软中生甜。我们做了错事时伯会瞪着眼说："栗子核桃砸着吃！"话是这样说，但伯从没打骂过我们。

秋天的味道是枣子、核桃、梨、八月炸、柿子、栗子的味道，也是父母的味道。

## 山里那条丁字街

从武当山索道翻过朱坡垭向南望，四周是高山，像个巨型大盆，盆底有一条丁字街。顺着蜿蜒公路看下去，就像一个巨大的丁字风筝，这线就在武当山手上牵着。走到丁字街口，向左能看到头，向右能看到顶，穿着钉掌的皮鞋叮叮当当说话间就能走到街尽头。晨起，闭上眼睛就能听到各种清脆的鸟鸣声，偶尔听到有大鸟扑棱一声从树梢飞到河滩上。盐池河青烟袅袅，划着大"S"从街边悠闲地流过，潺潺的流水与街道构成一个阴阳八卦图。

**二十年前**

我在盐池河教书，在我心中，丁字街就是一幅铺在地上的画。一头通向黄草坡，一头通向白杨坪，一头通向武当山。上午十点钟是最热闹的时候，山民从三条路三个方向走向丁字街，手里提的，肩上扛的，担子上挑的，是清一色的香菇。憨厚的山民遇见山外人，把袋子往地上一摞憨憨地说："挑吧挑吧，拣你喜欢的挑！"山外人不解："不怕我把好的挑完你卖不出呀？"山民笑答："瞎子买，瞎子卖，还有瞎子在等待。"卖到最后把剩下的几把还硬是塞给你："都是自家产的，拿回去尝尝，我这香菇可是杂木种出来的，可不是袋料生产，香着呢。"街上到处是菇香，店里到处是香菇，堆成菇山，收香菇的都是当地的土老板，他们喜欢山民的爽快，山民信任他们的厚道。土老板们随便抓一把香菇放在地上，花菇、平菇、片菇、菇丁各占多少，掰着指头算下，价格就出来了。到了晌午，收山货的老板们一定要留山民吃饭，"吃喝不拧，货品过硬"，收山货老板会炒一桌子菜，少不了香菇汤和苞谷酒，酒过三巡，老板会主动跟山民划拳，酒后，还要上一钵子锅巴笋子饭，街上飘荡着酒香、笋香、饭香。

**十年前**

我已调到市里工作十年了，在我心中盐池河街就是挂在墙上的立体画。浪河到盐池河街早已通了公路，这河就像带子一样从山外绕过盐池河街绕到

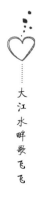
山顶上，盐池河街就像一个大写的"Y"字，街周边山上的树就像仪仗队，威武齐整地护着"Y"字街。街上最流行的是"土"。山民袋子里提的是土鸡，篮子里拎的是土鸡蛋；挑的是土猪肉，拎的是山羊肉；竹筐里是菜豆腐，神仙叶凉粉。这神仙叶凉粉绿莹莹、亮晶晶，聪明的山民从山上采下带着粘丝的神仙叶放在木桶里，倒入开水后用擀面杖不停搅动，点上草木灰水，就魔法般地制作出这种绿色食品，初夏用青花椒、蒜瓣、盐、滴几滴麻油拌着吃，色绿而养眼，味嫩而过牙，土腥而饶舌。

**现在**

在我心里，盐池河街就是一幅流动着诗意的画。站在通向七星河的山路上，盐池河街就如一个"上"字，这仿佛生发出一种寓意。街面与巷路交织，楼房与庭院错落，那道路就是白色琴键，楼房就是凸起的彩色琴键，盐池河人正在弹奏着未来的曲谱。洪水过后新修了漂亮的河堤，河堤上栽上了从山沟移来的冬青树，这冬青树绿意盎然，流线型的树纹，流动着诗的韵律；盐池河水任性地流淌着，用清澈收纳云影，用甘甜逗乐鱼虾。春秋时节，山民们挑来了麦冬、兰花草，挖来了树根、葛藤，还有七月一枝花、大九架，草草根根成了抢手货。

山里那条街，藏在山里，变得更秀气了。我喜欢读那群山绿水掩映的街书，那是一本引领盐池河人走向远方的街书。

# 苞谷人生

"奶奶，我们要吃你做的苞谷浆卷饼"，我们兄妹几个央求奶奶，奶奶说："有个条件，给你们出个谜，猜出来了就给你们做。""说吧说吧！""一个老汉八十八，先长胡子后长牙。"我们脱口而出："苞谷砣！"

奶奶挎着竹篮，踏着三寸金莲，像点水雀一样掰了一篮子青绿色的苞谷砣，倒在地上，从苞谷须子处一撕两半，就露出了玉一样的苞谷米。抠下苞谷米放进豆腐盆，加水后上小磨子去推，我们姊妹几个喂苞谷米，奶奶掂着她的小脚有节律地转着小磨子，白嫩嫩的浆水就流到腰盆里。奶奶先炒好青南瓜丝，然后在锅里涂了点猪油，把苞谷浆沿着锅沿画圆，苞谷浆哗哗地流到锅底，奶奶用铲子一赶就铺满了一蒸锅，一面炕好后用铲子一翻再炕另一面。把南瓜丝铺满煎饼一卷，用刀切成段。我们都抢着吃起来了。卷饼里里外外热气蒸腾，包着清香的南瓜丝又嫩又脆，煎饼轻咬一口，汁水满口，饼香入心。要是再喝碗煮熟的甜中带点微酸的苞谷浆，那可是干稀相宜，软硬兼得，众香杂烩，美到了舌尖，酣畅了全身。

我家住在大山里，一年到头三百多天就是老苞谷饭，但在我童年的食谱上却记录着不识字的奶奶的智慧：苞谷面馍、苞谷面糊糊、苞谷米糊、苞谷锅巴、苞谷米酒、苞谷花、油炸嫩苞谷米、苞谷打糖、烤苞谷砣、苞谷面蒸肉……

"人争一口气！"我到山外读书了，奶奶分享她蒸苞谷面窝头的经验。听妈说，奶奶这一生很苦，一个大户人家的姑娘嫁到山里，三次改嫁，但从没听奶奶说起自己的身世，就像谜语一样看得到谜面看不到谜底。我想起了那站立的苞谷，狂风暴雨把它们推得东倒西歪，但不出几天，苞谷又昂首向天站着。苞谷的心里有一种声音："站直了，别趴下！因为倒了见不到阳光就不能结果。"在那缺粮食的日子里，一家九口人吃饭就成了问题。奶奶每天都会提着篮子到苞谷地去找野菜，每天炒两大盆子菜，奶奶总说："菜多一半粮。"到了冬天猪没东西吃了，奶奶突发奇想："把苞谷芯用粉碎机粉了煮熟喂猪。"别说，临近过年奶奶喂的两头猪还长了膘，一头交国家做统购猪，一头宰了炼油，供一家人一年炒菜用。奶奶年岁大了，我们劝她休息，她一句话把我们呛了回来："你让我吃闲饭呀，只要我还动得了，就不会叫你们养活。"

终于知道为什么苞谷叫玉米。苞谷叶由嫩绿、深绿到橙黄，苞谷粒由浅白、玉白到金黄，在嬗变中不变的是苞谷玉一般的心。苞谷的精神更贵在尽尽心力，粉身碎骨。苞谷叶、苞谷杆养牛，苞谷芯养猪，苞谷米养人。这种奉献、担当、无私何尝不是人的化身，是爷奶辈、父母辈及众多站直了的凡人的形象代言。苞谷，这个土得掉渣的生命，那生存的智慧、生活的态度、处事的境界无不启迪着人们的哲思。


## 她的日子浪漫而甜蜜


她，一个舞者，整天跳着圆圈舞，摆着八字形，她的舞蹈比过杨丽萍，赛过黄豆豆。

她，一个诗人，整天在青山绿水中生活，她能给每朵花写一首诗，她的诗意象唯美，她的诗意境深远。

她，一个歌者，整天在鸟语花香中歌唱，嗡嗡嗡，嗡嗡嗡，她自己谱曲，自己写词，自己演唱，她唱的歌是神秘的神曲。

她们从山洞、树穴中来，翻山越岭，从树梢头落到我家门前的梧桐树上，一阵阵，一片片，黑乎乎的，开始有小碗大，不一会儿就有葫芦大，十几分钟就有水桶大。我小爷最懂她们，赶快腾出一个装粮食的圆木桶，把木桶盖打出几十个通透的圆孔，用一把干艾蒿点着，把桶里里外外熏几遍，倒着放到我家后檐洼沟。然后戴上草帽和遮脸布，用布袋把她们收进袋子里，迅速把袋子放入木桶，把带孔的盖子与地面垂直盖上。

我常去观战：她们还是蛮拼的，出去巡猎二三十分钟就回来了，用三四分钟时间把战利品交给战友，进进出出，来来回回，东西南北，每天几十次。一天又一天，我在心里为她们点赞。

她们的乳名叫蜂，她们的大名叫蜜蜂，她们的工作是酿蜜，她们的日子浪漫而甜蜜。她们各怀绝技，但从不张扬和自负；她们含辛茹苦，但从不叫苦叫累；她们把一件事做到极致，但从未想到回报和获取。

她们中有的是建筑大师，在桶上边向下悬吊着盖楼房，一片片蜂片，就是一排排倒挂的高楼大厦，每栋房子通风保湿，冬暖夏凉，每间房子大小、形状、结构都惊人地相似。这是世界上最高级的悬挂建筑。

她们中有魔法大师。她们把采来的花粉经过巧手、心智和感情进行酿造，几天半月时间就把那蕊、粉变成了浓稠而带色的产品，有白色，有浅黄，有浅琥珀色，有深琥珀色，人们把这叫作蜂糖。

她们是一个战无不胜的团队。一人指挥，分工合作，各司其职，一呼百应，她们没有成文的制度和纪律，没有天平和利剑，她们都是自主、自愿、自觉地服从，因为她们懂得"我为人人，人人为我"。

她们最懂得感恩。为了感谢人们为她们搭建的平台，每年秋末她们都有一次敬献。这个我小爷最懂，早上太阳出来了，小爷用一把干艾蒿点燃后在蜂箱周围转几圈，她们心领神会一个个飞出蜂房，小爷用蒿草熏过的菜刀割下蜂片，必须给她们留六片，够她们过冬，且有六六大顺的好兆头，小爷给我掰一块，那糖黄亮亮，如琥珀流动，我想起东晋郭璞在《蜜蜂赋》中的句子："散似甘露，凝如割脂。冰鲜玉润，髓滑兰香。百药须之以谐和，扁鹊得之而术良。"咬一口，甜味深入每个毛孔，触动每个味蕾，世间没有什么能比过这天然的百花魂灵的味儿。她们心底无私，她们最懂"滴水之恩，当涌泉相报"，难怪人们把她们作为真善美的化身。

其实，她们就在你我中间。

## 行走井沟，感念一个人

从央视扬名的太极湖步行 3 公里左拐爬上一座小山，站在山顶向下看，一条村级公路像一条带子弯弯曲曲向王家河伸展，穿橘子林，拐进井沟一条街。

20 年前，井沟街在武当山名气不小呢。公路两边是齐刷刷的两层楼，路两边还有当时最先进的太阳能路灯，晚上路灯自动点亮井沟村人的夜生活：孩子们不怕冷，嘴里吃着橘子，从沟底到沟脑追月亮，还哼唱着"月亮走、我也走，我给月亮赶牲口"；老人们围坐在堂屋烤树疙瘩火，火笼边煨着橘子，吃着热橘子笑看《西游记》；年轻人围成一圈，打升级，斗地主，看牌的比打牌的还着急，指指点点，输的给赢家一个橘子。

井沟两面山顶是松树和花栗树，山腰到沟底都是清一色的橘子树，一年四季满坡绿意盎然，那橘子树横成排，竖成行，那阵势就像布满了天兵天将，无论风暴冰霜，有山顶的树护佑，橘树总能安然无恙。这种有意的设计彰显了人的智慧，自然与人和谐共生。

井沟有位传奇人物叫王长华，35 年前他放弃教师的安稳岗位担任井沟村书记，他也是全国退休最晚的"村官"，组织信任他，直到 65 岁才同意他退休，人们都习惯地称他王老师。

上任之初，王老师立志带领村里人致富奔小康，他常说："毛主席教导我们，共产党员是块砖，哪里需要哪里搬。""让村里娃娃都有学上。"他带领村里人到山里弄木头，走西山，转东山，砍树、抬树、运树，一个冬天凑够了一个学校盖房的木材，他回到家时脚后跟还淌着血。

"让村里人富起来必须走出单一种粮的路子"，这是他在市里开完三级干部会后给村里人开会时说的一句话。坡上开荒种橘子，他用镢头、锄头在自己自留地里干起来，不出 5 年，他的地里年产五六万斤橘子，村里人有样学样，家家户户"念起了橘子经"。橘子多了，道路泥泞，没人愿意来收。王老师就带上全家和村里人一起挖山，硬是用最原始的办法开挖了一条运输线。

几百年来村里人吃水肩挑背驮，王老师用自己的收入在深沟泉水口接上自来水通到各家各户，清凉的泉水日夜唱着："吃水不忘挖井人，幸福想起一个人。"

王老师最喜欢东呀平呀这样的字眼，他给大女儿起的乳名就是东平，他说这字眼吉祥。村里人都知道，王老师经常贴油、贴盐，以前村里来领导检查，架设变压器等招待都在他家，但从不到村账上报销一分钱，村里他是最后一家盖新房的。这位朴实的老人，一生无所求，"只要大家过得比我好，我也就满足了"。井沟村今天的发展画卷就是对老人最大的赞美和褒奖。

一个好村必有一个好当家人，一个好当家人会造一方世外桃源。这样的故事在中国最基层每天都在上演。

# 和松的那些事

今天看到盆栽中虬枝如盘龙的松，它那委屈的样子让我想起了老家的松。

我家房后和房屋右侧山坡上最茂盛的是松树，披挂满身绿针，威风凛凛，风来呼呼作响，十里涛声，生气勃勃。喜鹊最爱在松树枝丫间筑巢，外边用松树枯枝编成圆球形，最里边用干松针环绕铺垫，巢的开口朝向背风面。伶俐的松鼠摇着尾巴从树根唰唰地跑到枝头，采松果，树上响起沙沙声，扑嗒一声松果落在地上，满地蹦跳。

奶奶最喜欢到松林里捡松针、松果，她蹑着小脚，提着一个篮子，与小松鼠、小刺猬来一场偶遇。遇到毛茸茸的刺猬她会像点水雀一样去追，这时刺猬会突然缩成圆球从松树根滚到坡底，奶奶会哈哈大笑。捡回的松针、松果作引火柴。奶奶常用松针垫在蒸笼里先蒸一会，然后放入用黄酒发酵的湿面馒头上，然后用松果蘸点紫草汁往馒头上一按，就做成了彩色花馍馍，好吃、好看、松针香。春夏之交，我们会到松树根底下去捡黄柿菌，一把把黄伞，新鲜水灵，奶奶就割一把韭菜一起炒，油热后菇和韭菜一起下锅，用铲子转两圈就起锅，味道再鲜美不过了。

松树树蔸和树干中有凸出的部分流着松油，父亲会把这个部分砍下来，晒干剖开，劈成一瓣一瓣，做成松亮子。那时老家不通电，一家人晚上吃饭时就在神桌上点一堆松亮子，大家围着桌子闻着松亮子的香味和烟气，还觉得很快乐呢。最有趣的是点着松亮子去看戏。村里人大大小小、老老少少呼来嚷去要到六七里外的生产队大厅看戏，大家带着夹着松亮子的火把早早地去占据一个有利的位置。回来时天黑路窄，松亮子照得通明，"前走一后走十"，大家相互照应，边走边谈着剧情，欢声笑语随着山路一起蜿蜒向前。

我们几个小伙伴最喜欢在松林里找松香，大松树树根有一小堆一小堆颗粒状的松香，白而硬实，松香扑鼻。黑夜，我们在院子里用大把松香画一个松树的形状，然后用火柴点燃，伴着哔哔的声音，松香明亮地燃烧起来，不一会儿就像一棵松树在燃烧，现在想想，也许那就是我们年少特制的烟花吧。

感谢松树，一路陪伴我走过童年、少年、青年、壮年，忘不了的是岁月点点滴滴的印痕。走过千山万水，松树总在心中，快乐永远萦绕心间。

# 山中听雨

在市集的喧闹中生活久了，更怀念在山中听雨的日子。

春雨沙沙，轻轻地飘洒在麦叶上、油菜苗上、嫩叶上，那细细的声音如蚕虫在咀嚼桑叶，如蝴蝶在扇动翅膀，如藕白的鸟蹬落了叶片；细雨飘落在瓦上、斗笠上、溪水波纹里，哔哔地响着，溪水穿过枯树干，流水激石，泠泠作响，钟鼓之声与鸟鸣唱和，空谷传响，是一曲悠扬的琴音奏鸣。静与动，恒与变，细与宏在耳朵中幻化。

夏天的雨说来就来。"雨来了！雨来了！"孩子们在稻场里跳喊，暴雨从远处飞奔而来，落在树梢上呼呼大作，如万马蹄踏之声。那雨偶或急促，偶或缓慢；偶或激荡，偶或深沉；偶或瓢泼，偶或稀疏。若暴雨从山顶滚下来，那高树、花草、溪水瞬间俯仰回旋，惊魂未定，绿红摇曳，色彩和香味散了满野，涛声、水声、树叶击打声，是狂风指挥的惊天动地的交响乐。

冬天雪水用特有的嘀嗒声演奏季节的音律。雪花簌簌地飘落，若秋虫私语，若树叶碰撞，若鸟抖羽毛，这是自然界的天籁。冰挂在树上、石缝里、屋檐下，太阳一出来，就开始嘀嗒个不停，如钟摆声自然而和谐。阳坡的积雪在与太阳的温存下慢慢变薄，害羞地往草里钻，往石缝里淌，往地下渗，

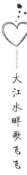
此时无声胜有声。

在山里，听雨是一种心灵的享受，是用耳与雨交流，用心与雨对话，用思想与雨碰撞。在山里静静听雨，山雨也有七情六欲，会哭、会笑、会怒、会叫，雨懂人情，感时雨溅泪，恨别雨惊心！

当你烦心时，我带你去山里听雨；当你疲惫时，我带你到山里淋雨；当你得意时，我带你去山里赏雨。在学习中能听到雨声的人，一定是个智慧的人；在生活中能听到雨声的人，一定是个幸福的人；在事业上能听到雨声的人，一定是个有梦想的人。

你听到雨声了吗？

# 叩问内在

家里养了绿萝、"一帆风顺"、粉掌，得闲就去看，抚摸绿叶，闻闻花香，喷点儿水，施两颗肥。这几天下了点儿零星小雪，把它们从窗台请回房间给予特殊照顾，但它们闷闷不乐耷拉着脑袋。它们在提醒人们：要坚守内在不易，筑牢内在更加不易，因为现实的洪流裹挟着太多坚硬的"价值观"，时不时冲击敲打得人疼痛不安。这些花是娇气，但内心仍向往窗台的空气、雪水、光亮，它们内在就属于自然。把它们挪到窗台，有的叶片黄枯，但更多的叶片活泛起来，在风中自在摇曳。

这个无法妥协无法躲避的"内在"，甚至更多地影响了我们快乐不快乐、通达不通达、轻松不轻松。今天的社会，好像选择越来越多，各样的趣味，各样的穿着，各样的流行，但实际上人们本质上选择更多的还是同样"主流"的东西。只有不断拷问自己、质疑自己、批判自己，我们才有可能慢慢变成自己希望的样子。但倘若混沌中陷入某种习惯的陷阱，在一天一天平淡的日子过后，我们可能会变成我们不希望成为的样子。因为失去很容易，恢复与建设总是很难。

新的一天，让我们从开启"内在"的生活开始，好好关爱自己，不断地放飞自我——我们的所思所欲，我们的灵魂与梦想。了解自己，才会内生出勇气，也才会储备好勇气去承受、去接纳因与众不同的选择所带来的种种压力。

# 火垅坑

"来，到火垅坑里坐坐！"这是盐池河人招待客人的一句话，又粗又长的柴火架起来，火熊熊燃烧，十几个人围坐在一起喝着暖茶，"围定亲人团团坐，心里话飞出心窝窝"。

在盐池河大山里，家家户户都有火垅坑，有的放在堂屋四面坐人，而我家三面坐人。厨房用一道隔墙隔开，一进门是火垅坑，再进去是厨房。火垅坑的陈设极为简单，在靠门口的墙中间地方，用石头砌一个40厘米高的长方形台子，形状就像一个简易的微型土灶，在台子前边挖或者砌一个深坑，柴火就放在火坑里。点燃绒柴，那粗粗的柴火就噼里啪啦地烧得红红火火，就这样，在吊锅里煮出乡村的味道。

火垅坑里燃烧的是乐趣、热闹。小孩子在火垅坑里烧洋芋、红薯、苞谷砣。烧有两种，一种明烧，一种暗烧。明烧就是直接放在火里烤，洋芋、红薯外边烧煳了，剥开里边香甜味美，苞谷砣头部插个木棍转着烤，烤得噼啪响。暗烧就是把热灰扒出一个深窝，拨去火炭和火石，把要烧的东西放进去，再把火灰子覆盖严实，等上 10 分钟就大功告成了。母亲在锅里把馍捶成圆形，边捶边在锅里转圈，直到出现漂亮的花纹，然后放进火灰子里烧成火烧馍，烧好后用火钳刨出来，用包单布把灰打干净，外硬内软，热乎乎，赶快掰一大块嚼起来，又香、又脆、又绵软，滋味入心。有时我们也会用缸罐烤苞谷花，在缸罐里放一把苞谷米，让缸罐在火里烤，一会儿，苞谷米就像小鞭炮在罐里炸得啪啪响，倒在桌子上，大家抢着吃。

火垅坑里燃烧着的是亲情、乡情。家里人谁不舒服，奶奶就会用缸罐煨药，那药是山上采下来的，常常药到病除。谁没有胃口，奶奶就会抓一把米用缸罐煨米汤，那米汤黏稠适中，喷香软糯。火垅坑上边有个"井"字形的火镗沟，左边有指头粗的吊丝，横着两个短板，右边是插在短板里的火垅钩，这个钩厉害得很，能上能下。家里来了客人，母亲就要用火垅钩挂上吊锅熬肉，那吊锅上圆下尖，火舔着锅底，发出呲呲的笑声，水咕咕嘟嘟地在肉上左右翻滚，迸出带香味的油花，满屋烟雾缭绕，肉香馋人。父亲就在火垅坑边的桌子上招待客人，吃着热气腾腾的吊锅肉，喝着自酿的苞谷酒，喝得高

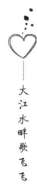
兴，还在火垅坑边划拳猜谜，那个快乐没得比。

如今，有电热器、空调、暖气，火垅坑渐行渐远，耳畔总是响起："来，来火垅坑烤烤火！"山里人永远纯朴、好客、热情，火垅坑是山里人厚道、实在的名片，山里人不管走多远都会怀想这个暖意融融的火垅坑。

## 在雪的节拍里舞蹈

在山里生活久了，回想起来很有趣味。下雪了，踏着积雪走 10 里 8 里路到校，8 岁的娃娃没感觉到什么，只觉得踏雪的声音咯吱咯吱很好听，看着树上的冰条忽地落到地上，要是碰见松鼠在雪球的扑打里奔跑，你肯定会情不自禁地鼓掌呢！

早上起来，漫天的雪。在小火盆中加了柴火烧得旺旺的，火炭便一个个留了下来，哼着自编的新歌，用手把火盆沿从右到左画圈，圈越画越圆，旋转越来越快，火势越来越旺。雪下着，漫山遍野都是白色。火苗噗噗地发出蓝莹莹的颜色，和着白雪交相呼应，仿佛一种幻觉，一种从未有过的欢呼扑面而来！火盆放在学校的厨房边，一到中午便熄灭了。中午的厨房用大火烹煮着苞谷糁，红色的火苗舔着锅底，煮着煮着苞谷糁泛着咕嘟声，香味真的出来了！开饭啦！每人给两勺，热腾腾的苞谷糁稀饭就着冰凉的苞谷糁馒头一起下肚，当时的感觉真就现在一个字，"爽"！下午天放晴了，雪化了，我们拼命地奔跑，仿佛要比谁是第一。跑一阵停下来，看看后来的未到，就趴在石头上把今天老师布置的作业做一气。当别人赶上来，再不停地奔跑。周而复始，等到家时，作业基本完成。便重新准备新一天的火盆。屋檐下的冰条子下垂得越来越长，我们谁也不忍心去弄掉它，任它生长着。偶尔，爹妈撞掉一些，我们还生气呢！太阳照着，冰钩高挂，亮晶晶的！有时啪嗒一声落在地上，我们的心猛地一紧，仿佛最珍贵的东西碎了，"可惜了，可惜了"，心里不是滋味。

冬日的山是一幅画。画中的主演是谁？我敢说是水。大雪把山盖得严严的，绝没有济南冬天的想象！冰清玉洁的雪压得山白了头，雪把树压趴下了，倒在路上，倒在小河边，倒在稻田上。路人把树折断了，推搡放在路旁；路人把雪铲平了，堆在路外边；路人把草压实了，与雪一起踩出深沉的脚印。

喜鹊在枝头叫着，"好了！好了！"雪化了，溪水汩汩地流淌，山由白变浅黄，太阳一出来连个影子也没有了。河里的水哗哗地流着，青青的草，清清的水，绿绿的河岸和袅袅的炊烟。阳光洒在雪上，映照在山崖上，亮点慢慢转移到山沟里，仿佛有一场大戏正要上演。

一群娃娃在山沟里野炊。山沟的路湿漉漉的，山沟的岩石湿漉漉的，山沟的柴火湿漉漉的，一切都是湿漉漉的样子。娃娃们用湿漉漉的岩石砌出湿漉漉的灶，往湿漉漉的灶塘里添着湿漉漉的柴火，噼噼啪啪，啪啪噼噼，湿漉漉的灶塘里冒出红红火火的火苗，啪！竹竿燃着了，火苗呼呼地蹿着！架起锅灶，抓几把雪放在锅里，一会便烧得吱吱作响。从家里带来的猪肉烧得滋滋冒油，香味蔓延开来。一道道菜、一阵阵香，混着柴火味，叫人垂涎欲滴。"老师，我们组请你做客！""老师，到我们这儿尝尝！""老师，我们专门请你做客的！"山里后代的子民用他们朴实的方式感恩着他们的老师。

雪，簌簌地下着！一只山鸟扑棱一声便为这白雪增添了一道亮色。雪化了，露出了青青的蒜苗、葱，还有挽着头髻的白菜。我总爱在化雪的时候走进菜地，拔一株黄葱，把根须去了，有滋有味地品尝着雪后的葱香。葱白长长的，葱秧青青的，雪嫩嫩的。太阳早把阳坡的雪撵走，饿了几天的兔子就在夕阳走过天边的时候登场了，我们几个伙伴提前寻找到了兔子必经之路，用一根钢丝拴成圈放在路中央，另一头拴在树根上。手持木棍，猫着腰等在阳坡的菜地边，大气不敢出一声。过了好一会儿，一只兔子竖起耳朵侦查着，"没有危险！"兔子后腿一蹬，前腿并拢，跳跃着前进，两只、三只兔子像听到了口令般一起奔向菜地，我们猛地扬起木棍去追赶。好机灵的兔子呀，向上直蹿，身体像拉动的皮筋，又像拉满的弓弦。"唧唧唧唧"，一只灰色的兔子中了我们的圈套，它就地打着滚，拼命地挣扎着，但越挣扎，圈越紧，痛得它叫声不断。我们顾不上满身是泥和雪水，向兔子奔去。一把抓住看看，原来是一只小兔崽子。它用可怜的眼光望着我们，那眼神是乞求，是讨饶。"放了它算了"，我首先提议。"那可不行，弄回家养起来！"于是我趁大伙不注意，把小兔子扔出老远，小兔子一溜烟地窜出好远。那次小伙伴埋怨我，我到现在都不觉得委屈。

雪在冬里舞蹈着，人在雪里呢？

# 柿树情结

"七月枣，八月梨，九月柿子红了皮"，5 年前，81 岁的爷爷在柿子红的季节，吃着红柿子，听着小孩子们唱的儿歌，永远地离开了人世。

爷爷生前爱吃柿子，爱种柿树，爷爷在房后按照两个五角星的 10 条边种了 20 棵柿树，爷爷对父亲说，两个星是"福星"高照。那时，我们很小，不知道"福星"为何物。等我们长大了，爷爷绘声绘色地说："你看，鸡鸭平安，大人孩子没有灾星。"爷爷不懂得从高度上去认识柿树的重大意义，但他认定保一方水土的柿树能佑一方人。

柿树在长，我们也在长，爷爷的胡子也白了，但身子骨很硬朗。爷爷有祖传的医牛的秘方，四邻八乡的村民一到开春就会找爷爷看牛。但爷爷看牛有一个怪习惯：他喜欢在柿树下看牛。他要主人把牛牵到柿树下，牛针先蘸着桐油，火苗跟着牛针走时，爷爷麻利地向牛耳、头、背、腿扎一遍。说来也怪，一个多小时后，站都站不稳的牛竟被爷爷救活了，爷爷说那不是我的医术高，是柿树保佑的。一到没有柿树的人家看牛病，爷爷就会嘟囔着说，咋连棵柿树都不种呢。

春天到了，柿子林叶翠如碧，柿子花并不逊色于槐花，雀儿、蜂儿在柿叶间逗弄着，柿花如雨纷飞。夏末，柿叶开始变黄，我们钻在柿树下，随手摘了一抱子青柿子跑到稻田里，扒开泥巴糊，把青柿子一个一个塞进去。过个三四天，扒开泥巴糊，捧着带着泥巴的青柿子在小溪里一洗，将皮一口口咬掉，露出嫩生生的柿肉。咬一口，甜中带微酸，酸中盈着泥土味的甜。

秋风扫过，柿叶开始黄落。我们抓住树枝，双腿一夹，哧溜哧溜就爬上了树杈。树下的伙伴指着枝头喊："红柿子！"我们脚踩一根柿枝，手扶一根柿枝，双脚换着往枝梢走，小心翼翼地，那种感觉像走钢丝。看到了红溜溜的柿子，但用手够不着，树下的伙伴便递一根带钩的棍子，勾到手一看，呀，红柿子被长尾巴鸟啄了一个洞。树上的我们用小棍将鸟吃的部分刮掉一层，忘情地大吃起来，甜得要命，树下的伙伴急了，跺着脚喊："快扔下来尝尝！"我们用脚踩摇脚下的树枝，不经意间，一个红柿子啪的一声落在仰着头、瞪着眼的小伙伴的头上，滚落脚下。

霜过后，柿子橙黄橙黄的。我们几个小伙伴，挑个大的黄柿子，一人摘好几个，拿一个梆硬的柿子在树下的石头上狠劲一碰，柿子一分为二，咬上一口，甜、酸、涩俱全，那种自然味今天想起来仍回味无穷。要下柿子了，爷爷领着我们提着竹篮，手拿一根长长的竹竿，竹竿头剖开一个口，卡入一根小木棍。爷爷拿着竹竿把叉口插入梢头的柿子，一转，柿子连枝梢一起带下来，有时柿子晃悠悠地滑落下来，我们扯起衣服跑过去兜着。爷爷手提着几篮柿子倒在楼板上，放红后供平时和过年吃。余下的大部分放在屋中间，爷爷用刀切成片晒一些柿干，那柿干晒好后吃起来甜而不腻，脆而生爽。最诱人的要算柿饼了，爷爷用片刀把柿皮削去，用一根竹篾将柿饼串起来，挂在高高的屋檐下的横竿上，一串一串，排起来构成一道风景线。经风吹、霜打，日久，柿饼由乳白变肉红，由肉红而紫红，由紫红而黑红，表面还长出了白色的霜毛呢。咬一小口，酥软绵甜，甘味入心，清香绕口不绝。

快过年了，爷爷挑上柿饼第一次到山外去卖，爷爷不会吆喝，老老实实地坐在街口的台阶上，一个脸色红润的姑娘蹲下来问价钱，爷爷随手抓一把递给她："先尝尝吧，价钱你说。"卖完柿饼回去，爷爷无意间赞叹道："人家城里的姑娘长得就是有柿子色。"我们几个扑哧一下笑出声来。哥哥胆大："爷爷，怎么是柿子色？"爷爷脱口而出："脸像红柿子呗！"哦，我们恍然大悟。爷爷板着脸说："你们也要种柿子，将来学不出个名堂可以卖柿子，做柿子罐头，娶个有柿子色的媳妇回来。"

刚开春，我们背几个玉米面饼子，扛着镢头，跟在爷爷后面，爬过道道山梁，在荒地石窠间挖柿子苗，根上带一坨土，五棵一捆装进尼龙袋，挎在肩上，走走挖挖，渴了趴在谷水中就喝，饿了啃几口玉米饼，太阳落山了，我们背着树苗，深一脚浅一脚往家挪，刚到家就瘫坐在椅子上。第二天，天刚亮爷爷就拽醒我们，挖窝，浇水，栽树，不出几天，柿苗就返青了。

过了几年，爷爷的柿子大丰收，但爷爷没有去城里卖柿子。这年秋天，我到山外的遇真宫读书了。快到腊月了，我天天盼爷爷来，来看看他的孙子，来给他的孙子送柿饼，但终究没有盼到。放假回去的路上，遇到了邻家二叔。我问起爷爷，二叔说："今年你爷光柿饼就晒了好几百斤，你爷是个好人，都给别人了！"爷爷不是说今年要将卖柿饼的钱买一个棉大衣吗？他没厚衣服穿，一到冬天老是咳。二叔说，张家的女娃子爬到你们家柿树上摘柿子吃，手抓的朽枝断了，一下子从老高的树顶落在树杈上，摔伤了。他家哪有钱医

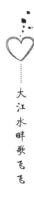

治，你爷就把几百斤柿饼给她家，让卖了给女娃看病。我背着重重的行李已跑了近百里路，又渴又饿，在二叔的帮助下，我终于走到了家门前的坡地上，爷爷在院子看见了，便噔噔地爬上楼梯，抱了一抱子红柿子煨在火里，等我踏进门槛的那一瞬间，爷爷双手递给我一个热乎乎的红柿子，我来不及放下行李，剥开柿皮，一口咬了一大半，甜到了心底，热遍了全身。

花开花谢，柿子树日见生机，爷爷日渐衰老。爷爷离开人世的前一天，把我叫到床前说："新军，明年你帮我再种一棵柿子树吧！"我噙着泪说好。遵照爷爷的嘱托，父亲把他安葬在荒地上，坟头栽了一棵柿树，爷爷要看着荒地变成柿子林。

（2002 年《东方少年》（阳光阅读版）第 7 期；作者：徐若学，王文娥）

## 挑着担子悠出山

盐池河，武当山南麓的一个大山乡。高山溪水瓦屋，杨柳松柏梧桐，司空见惯的一幅幅写意画，人们仿佛品腻了，只是超然地凝视着它的永恒与寂寞。

有谁能理解盐池河的孩子跨出山门的酸甜苦辣呢？

30 多年前，我就是从这里走出了大山。

这里距县重点中学均县（今丹江口市，后同）二中有百里之遥，考上了重点中学就意味着将用脚反复丈量家与校之间的距离。山民的孩子从小就练就了一双铁脚板，想起来真有点不可思议。盐池河的孩子到山外念书，向来以能走路闻名。虽然从盐池河到学校早已通上了大篷车，但下雨、下雪不通车，人多了挤不上公交车，坐上了公交车七颠八旋地站在车上又好晕车，况且谁舍得那两元钱，大家宁可徒步。

天刚蒙蒙亮，我们从七沟八壑、十山八岭约到了一起，全是十多岁的孩子，每人挑着担，一头是馍干、火烧馍、腌菜，一头是换洗衣服、书等，脚上穿的是清一色的草鞋，悠悠上了路，五里换一肩，十里歇一脚，大家吆喝着，那劲头，就像父辈上山抬树一样，毫不含糊，且没有一个人喊一声苦和累。

最难走的要数爬朱坡垭。从两河口向上，一抬头便望见"十八盘"公路和公路尽头的白房子（道班），上山的便捷小路将盘山公路一点点斩断，走到半山腰已快十一点，太阳如火焰临空，热浪一阵阵迎面扑来，肩上的担子从左边换到右边，又从右边换到左边，停下来，喝一气水（要是冬天去上学，碰上下雪天，口渴时就抓把雪塞进嘴里），在树荫下歇足了，不知谁吆喝了一声，大家又挑起担子向前奔，谁也不望那白房子。因为它总是那样百无聊赖、无动于衷地立在那里，人人只低头倾听着肩上担子的嘎吱声。终于有人在山头喊了一声：白房子快到了。那白房子便很快立在面前。仿佛是最后的冲刺，伙伴们在一口水井旁美美地饱饮一顿，因为到山顶还有七八里路是没有人家的。

从白房子到朱坡垭是一段平上坡，这时，脚上的酸劲上来了，但是谁也不敢停歇，一停下来就赶不上"大部队"了，好不容易到了山顶，向下一看，一条带子似的路延伸向学校。嗵嗵地向下挑去，担子两头的东西一甩一甩的，这样甩了多半个小时，便到了大湾，路已走了近一半。一个个拿出家里准备好的午餐，尽数摆在地上，五花八门，应有尽有，堪称丰盛的农家宴。此刻是没有人会客气的，一起品尝各家带来的美食，是这场远途跋涉中的一大乐事。

这段充满浪漫色彩的求学生涯，不仅锻炼了意志、毅力和锲而不舍的吃苦精神，而且培养了同学间无比亲密的情谊。

记得一年的端午节后，我们相约一起返校，真不巧，行至两河口，突然涨了水，滚滚的大水挡住了前进的路。

"游过去！"有人提议，人群中有不少是游泳好手。

"我怕，会淹死人的。"不会游泳的女同学首先胆怯了。

也不知道是谁出的主意，所有的人都把衣服顶在脑袋上，并用绳子系好，一个会游泳的同学牵着一个不会游泳的同学，然后全体同学牵着手，成为一支逶迤的队伍，大家约定：即使淹死了，也不准松手。十几个人就这么手牵着手，从上游斜斜地蹚进滚滚的洪流，大概是为了壮胆吧，有人唱起了"雄赳赳，气昂昂……"

刹那间，十几个人一起唱了起来，那雄壮激越的歌声，驱散了恐惧。队伍行至河中，有几个矮小的同学不会游泳，几乎被水淹没了脑袋，但始终没有松手。终于，被强拉硬扯地拖到了对岸。当然，这次冒险行动，受到了家长和老师的严厉批评。岁月淘走了桩桩旧事，却怎么也淘不走这动人的一幕。

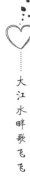
一到元和观放下担子的那一刻，是最惬意的，我们脱下草鞋在水磨河里洗脸、洗脚，换上家做的布鞋，拍净一身尘土，干干净净地到学校去。末了，把草鞋藏在石窠里，留着下次回家时再穿上它。

山里人不富裕，种地、砍树、采点木耳，只能维持基本生活。家贫好读书，或许，正是这种艰苦的生活才激起了山民后代对外面世界的渴望。盐池河孩子念书的学费，几乎只靠母亲养猪收入支付，而我还靠爷爷挖中草药的钱上学。每当捏着这来之不易的钱，手里仿佛捏着一团火，谁也不敢懈怠。山里孩子那种在艰苦的环境中求学的拼命劲儿，是城里孩子难以体味的。

学校常停电，但每人都备好了用墨水瓶改制的煤油灯，只要电灯一熄，校园里瞬间仿佛点亮了无数的星星。深秋时节，在嗖嗖的冷风中还穿着衬衣的大多是盐池河的学生，他们保暖的衣服并不多，穿了下雪怎么办？我真真切切地记得，那时一感冒，咳嗽起来就是一两个月。山里的孩子能吃苦，而且从小品味了生活的艰辛和沉重。最有趣的是他们所写的作文，笔底字字洋溢着浓郁的乡间气息，以至把老师都深深地吸引住了。

"盐池河，真的像你们笔下写得那么神奇吗？"我的老师，竟不止一次地提出这样的疑问。一位历史老师看过我们的作文说，他到过盐池河，那儿很苦，那的老年人都得了大脖子病。我们同班十几个盐池河老乡站起来和他辩白："那是歪曲。"

收到录取通知书的日子最开心。山区闭塞，信件是托人捎的。那一天我正在树上摘山楂果，突然远处有人双手比成喇叭喊："若学，你被录取了！"突如其来的喜讯使我手忙脚乱，丢下山楂果撒腿就往回跑，品尝我用担子挑出来的喜悦。

如今，山里人都富起来了，进山出山都有中巴车，但我还是怀念那段挑担子的日子。

（2000 年《中学时代》第 9 期；作者：徐若学）

## 咋看诚不诚

昨夜两点胃里总觉得缺点啥，用一盘生大葱凉拌木耳糊弄它，它识破了，感觉受到了欺骗，我出卖了善意的诚信，但不得已呀。今天咋格外轻松，大

概是运动后的快感吧。

今天下午受朋友之托，接通了锦江之星湖北区胡总监的电话，那头很热情，我想大概是因为生意找上门都会这样吧。一来二去说明缘由，胡总监一句："建议慎重！"我心想："你傻呀，给你四五十万加盟费，你不要呀！"对方毫不隐瞒地告诉了我丹江、郧县（今郧阳区，后同）分店的业绩，建议县市级不要投资加盟，算一算，我那朋友要加盟的话，花下来也得七八百万，可不是个小数字呀。这商家却替别人着想，这是何等的诚实、何等的企业胸怀，都说商人唯利是图，今天我被震撼了。想起前不久北京一家幼教联盟，把县市加盟权没有门槛地放给连锁园去做代理，后续的服务和质量有何保障？企业家失去了核心价值观——诚信，这个企业有未来吗？我祝福锦江之星前途似锦！

边运动边思考诚信。路旁树是诚信的，风景柳、冬青、玉兰，城里人把他们从山野请来，要的就是四季常绿；他们不辱使命、呕心沥血、废寝忘食，就是让人们在风景里享受，在氧吧里快活，在绿色中演绎人生。路灯是诚信的，无论把她放在哪，她都从不计较、无怨无悔、任劳任怨，按照设计者的心意，放光照亮路人，按照人们的审美，眨巴眼睛美化街市，应夜的邀请诚意相伴。

水是诚信的。她有自净的爱好，她有一心向前的争先精神，她有迂曲飞溅的屈伸姿态。前边有只宠物狗，它也是诚信的。狗不需要为三餐发愁，它只需要用真实亲昵主人，就会赢得主人的欢喜和信赖。它没有危险，既不要同你成亲，也不要你的事业，但它就是死心塌地地跟你好。

万事万物以诚信为本，我坚信，诚信更是立身之本。

## 苏州印记

刚从苏州回来，想说说苏州。苏州是三重天，老城古朴、厚重、拥挤，有历史感和故事感，园林有一百多处，每一处园林就是一幅绝伦的名画，而园林里无论从何处看都是画中画。我们游的狮子林、厅台、假山、池沼、小桥、流水、回廊、百年银杏、雕花门窗……无论哪几个，组合一起都美得诱人。

乘船游走在大运河，右依古城，古城窄巷深深，犹传古江南艺妓的悠悠琴音，织机唧唧复唧唧，绣女飞针走线；左握新城，虽未进闹市但恍如身在高楼之林，扮装猪八戒的导引员挥手致意，把你我的思绪放飞到新时代的天堂。

古城东边是洋城，充溢着豪华、气派和阔绰，人性化的街道，便利的交通，应有尽有的吴邦美味。晚上从文化博览中心到沙湖邻里中心，机动车道、电动车道、人行道三道分离，走在绿草和绿树簇拥的人行道上，安全、舒适、清新。路遇毕业才三年的女生，被她的直率热情所感染，她虽才来三个月就已深深地爱上了这个城市，"做两份工作，虽然苦，但苏州的人好，想永远留下来！"

听北师大钱教授讲，苏州人最懂享受生活，"白天皮包水，晚上水包皮"，这里流传三大怪——绸缎做被盖，蚕屎入枕袋，老头怕老太。苏州古城到处都能看到身体硬朗的老人，据统计，苏州人平均寿命为84岁，居中国首位，在美食和味汤的滋养下，先后出了77个院士，这是一个奇迹。

## 小话襄阳

今天中午来襄阳了。如果说苏州是贵妇，丹江是村姑，那襄阳就是少妇；如果苏州的氧吧指数是9，丹江是8，那襄阳最多是6。

襄水以其旷达、豪迈、利落穿城而过，打造了具有2800年历史的襄阳美名，楚文化、三国文化沉淀了这个"纸糊的襄阳"。襄阳古城墙、护城河、北街见证了历史的浑厚、浩大，隆中的茅庐、八卦阵、田地唤醒了历史的智慧、谦恭。

值得一提的是新建的盛世唐城，悬崖上的宫殿、回廊给人的视觉盛宴；形若贵妃的创意唐亭、唐灯，让人一见倾心；庞大的灰白弧形城楼、水榭，让手中的相机无计可施；大红大黄的高大宫殿、宽阔广场，展现了盛唐之盛色；桥梁、假山，曲径通幽，彰显着强中藏柔的秘密。所有的构想、设计、谋划、呈现都归于一句话：唱响了盛唐之音。

襄阳还有个迷人的鱼梁洲，是被襄水环抱的小岛，岛是尚未开发的处女地。岛上有几十亩薰衣草值得赏玩，紫色粉红，连块成片，秋来每天都有十来对新人在草丛中激情享受婚纱与薰衣草之美。

# 独行者有梦

今天决定独行过江完成 10 公里，白炽灯高悬，道旁树缠腿相迎，40 多岁的人独行的主题是责任、担当、健康、阳光。

少年求学是在苦中独行。十几年前曾刊发过拙文《挑着担子悠出山》，十二三岁，天不亮我挑着二三十斤的担子走 100 多里的山路到遇真宫，日间涉深水，爬九曲连环的朱坡垭，深一脚浅一脚地下大湾，晃晃悠悠地穿回龙观，一跛一拐地历老君堂，精疲力尽地走向水磨河，最后把爷爷打的草鞋藏到石窠里，这时候晚自习的铃声正好响起。

记忆深处是独行者饥饿和寒冷的胶片，家里粮食支拨没划来得饿上两天，晚餐是飞奔食堂买回一个馒头蘸门口 1 分钱的酱豆，冬天是两件的确良衬衣和两条单裤，被子窟窿有眼睛那么大，咳嗽两三个月是家常便饭。有次冬天放假回家，半夜启程，雪已经淹没脚脖；走到磨针井，有人说困了，就在雪里睡一会儿，等冻醒来再走，天亮走到大湾。有同学叫一碗萝卜排骨汤，我只能蹲在火边吞咽着口水。冬天回家跟父亲在 80℃的窑里烧炭、出炭、卖炭。夏天随爷爷上山挖牛药，日薄西山我们还得负重回家，这是为我挣学费。少年求学的独行让我知道——苦是灵丹妙药，苦难是堂人生课。

18 岁毕业后我在教者的思想里独行。我回到了大山盐池河，创新我的教法，用语文的方法教政治，用政治的方法教语文，歌诀记忆，再现构思，每天要写四五百字的教者日记，7 年下来有厚厚 9 本。独行者必须有思想才能叫活着，7 年历练我成了名师，25 所学校 2 年推 5 个，我是其中之一，那也算是凤毛麟角吧。

我也在文字里独行。我被县城高等学府相中，后被杨副局长和汪副局长一帮好人抬爱，8 年间在一中、教研室、教育局、人事局、组织部跳来蹦去，枯燥乏味的公文外，我在自己的文字里独行。后 5 年我制作了几百个"豆腐块"，还有 80 多个超 3000 字的文章见诸报刊，其中一篇 14000 字的小文刊登于《少年文艺》头版，害得作家都排我后边，也算是吹吹自己。那时一年稿费两三万元也是常有的事。人是有惰性的，后感觉玩文字累，那就玩点新的。

在市场经济的大潮里独行。于是开了个打印坊，很小，只够两年换一茬设备。再办福利事业，用心做了，建了团队，创了四乐八环模式，创造了自己的品牌，事业正蒸蒸日上，但身体有了些不良预兆。我开始在健康路上独行。

独行是人生的起点。独行的路上不种鲜花就种杂草，我闻到了梅香，你呢？独行的路上有藕白的鸟阵飞过，有燃烧的云彩邂逅，有飞流的瀑布袭来，你准备好了吗？

# 顺逆之间

顺逆之间，逆顺之间，相互转换，相映成趣，相辅相成，相克相生，才有峰回路转的美景，才有惊心动魄的故事，才有波澜壮阔的画卷，才有流芳百世的英雄。

顺者，福也，乐也，幸也。一帆风顺，瓜熟蒂落，水到渠成，雨中撑伞，雪中送炭，喜从天降，乘势而上，扶摇万里；顺者，蓄势待发，斗志昂扬，踌躇满志，大有运筹帷幄，决胜千里之势；顺者，风和日丽，沙鸥翔集，鲲鹏展翅，大有不鸣则已，一鸣惊人的豪气；顺者，激石飞瀑，一泻千里，浩浩汤汤，大有摧枯拉朽，惊涛拍岸的气魄。

逆者，伤也，泄也，怆也。花开无果，种豆无芽，水落石不出，雁过声未留，落花流水，更有甚者，屋漏偏逢连夜雨，喝凉水也塞牙；逆者，冰天雪地，风声鹤唳，百草卷折，大有不寒而栗，退避三舍的阵势；逆者，四面楚歌，围追堵截，万夫当关，大有置之死地，万劫难赴之困窘；逆者，倒车滚滚，墙推树倒，片甲不留，大有狂风骤雨，世界末日的感念。

逆顺之间，死灰复燃，枯树开花，水滴石穿，风绿江南；逆顺之间，逆流而上，迎刃而解，逢凶化吉，柳暗花明；逆顺之间，百鸟朝凤，人心思齐，蒸蒸日上，蔚为奇观；逆顺之间，化腐朽为神奇，化平淡为激情，点石成金，铿锵绽放。

逆袭，是你我的期冀。人为困难、挫折、麻烦而生，解疙瘩，破难题，除烦心，这是生命的意义。健康可以逆袭，事业可以逆袭，命运可以逆袭。生活的逻辑是不如意十有八九，关键是用你的心智去改变，用你的双手去逆转，用你的魅力去推动。

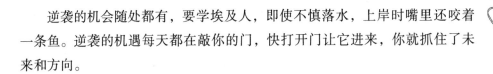

逆袭的机会随处都有，要学埃及人，即使不慎落水，上岸时嘴里还咬着一条鱼。逆袭的机遇每天都在敲你的门，快打开门让它进来，你就抓住了未来和方向。

## 甲板下的钢板

生活的逻辑是，无论从政经商，高情商常做 CEO，高智商则被 CEO。故本人提出情商高的人能统领智商高的人的论断。

情者，青心，心上不败的绿地，春风吹拂，绿意盎然，偶或暴风骤雨，它自昂首挺胸，岿然不动，不变颜色，不改初衷。智者，知日，比太阳懂得多，日出蓬勃而发，激情四射，日落凄寒幽冷，随心逐波，变幻无常。

情商高者，能保持正常恒温，于外静如水，于内如泉汩汩流淌，怒不形于色，愤不发于声，能在自我、本我和超我之间找到平衡点，如高山流水知急知缓，是情绪控制的高手。东方人顶礼膜拜观音，西方人敬仰圣母，开口便笑，大肚能容，内外兼修，一以贯之，自始至终，方得真谛。特别是在浮躁和物欲横流的当下，心静如初更值得珍视。

情商高者，能聚合人脉，因其诚、其善、其真而涵养人气。唐三藏何德何能，统领本事通天的徒弟，无他，靠情。积小流，积跬步，成江海，至千里，任正非从三五人开始聚合几十、上万人去完成高科技的梦。情商高的人有强大的磁场，他的亮相便注定改变现实。一代篮球明星乔丹的口头禅是"给别人机会"。这样的情怀才成就了篮球王国统帅的美名。

情商高者，有水滴石穿的意志和韧劲。内心强大，可以战胜自我的怯懦和恐惧；敢于穿透，用自己的自信去征服别人。"不达目的誓不罢休"，勇往直前，义无反顾，因为认准了，所以不会退却。《棋王》中的阿城说："人是要有点精神才叫活着。"这精神就是持久不变的热情和态度。接纳和开放，让自己变得更强大。小米的领军人雷军开放微博让客户来怒骂，洗耳恭听客户的冷嘲热讽，终于，一个个性化的软件让小米异军突起。

情商高者有超常的抗挫能力，经得住三起三落，九死一生，失败如山倒。如果智商高的人是甲板，那情商高的人就是这甲板下的钢板。情商高者是在雪水里泡过三遭，在碱水里洗过三遭，在沸水里煮过三遭，是一颗响当当硬

梆梆，锤不烂砸不扁的铜豌豆。正如《老人与海》中的老渔民所说："可以毁灭，但不可以被打败。"就如滴滴的投资人王刚所说，太聪明的人做不了CEO，CEO是能跪着生活的人。有了这种精神，还有什么抗不住呢！《情商》一书中说："20%的智商加上80%的情商就等于成功。"那智商和情商都具备不就是天下无敌了吗？

## 敲门声响起

中国有句古话："机会是留给有准备的人的。"

有对青年夫妇在医院生下小孩，担心孩子没奶吃，丈夫情急之下去吸媳妇的奶，但使了九牛二虎之力仍无济于事，有过来人告诉他一招：把刚生下的孩子抱来。丈夫心想：我都没办法，宝贝哪成？孩子抱来后三下五除二硬是吸出奶来了，还美美地吸了个饱。丈夫高兴得手舞足蹈："还是我的宝贝比我有本事！"其实宝贝在娘胎里就开始练功了，9周就开始喝羊水，12周能用手推开吸盘咕咚咕咚喝羊水，15周就开始模拟吮吸，有的吸大拇指，还有的吸脚趾，要知道这可是个体力活，得动用口腔、胸腔、腹腔，难怪难度大的事得"使出吃奶的力"呢。孩子的充分准备让他刚来人世就受到了夸赞！

成功来自点点滴滴的准备，甚至需要经年累月的坚守。Facebook（2021年改为 Meta）的创始人马克·艾略特·扎克伯格（Mark Elliot Zuckerberg）辍学后，为一个大学学生在社交平台上传照片，后来发展为多所大学的学生，直至欧美大学生都加入其中，Facebook 现在用户达到 9 亿，扎克伯格在互联网上做了准备，他的成功也是必然。住在杭州马云会所对面的漫画大师蔡志忠曾经在日本隐居 10 年潜心画《漫画庄子》，他能 52 个小时不离凳，42 天不出门，他的漫画已被翻译成多国语言，风靡欧美。诺贝尔医学奖得主屠呦呦接受香港卫视采访时，记者问："你发现青蒿素已 40 年了，挽救了几百万人的生命，为什么现在才得奖？"屠呦呦机智地回答："是诺贝尔奖等了我 40 年。"中国人把成功叫机会，当你心无旁骛地追求、付出，并用超常的耐心坚守，机会才可能敲你的门。机会敲门时赶快让它进来，否则它会转瞬即逝。

我喜欢听贝多芬的交响乐《命运》的第三乐章——咚咚咚，咚咚咚……仿佛命运在敲门。康拉德·洛伦茨（Konrad Lorenz）提出了教育的机会之窗说，要抓住关键期，在关键期机会之窗打开时，要紧紧抓住。2~3 岁是幼儿规矩形成期，若在这时让孩子形成规则意识，那孩子一生都会遵纪守法，否则会出现问题。若想再改正需要绕很大圈子，花更多精力。64 岁的齐白石北漂到北京后，推出了自己的大量作品，把蕴聚一生的国画思想通过虾传递出来，一下轰动了京城。马云的网购营销很有思路但当时缺少资金，恰好日本人孙正义有些意向但只给马云 3 个小时的时间，马云破例借款租了游轮在海上用三寸不烂之舌说动了孙正义，马云抓住了机会，才有了淘宝、一淘、天猫这样独霸中国互联网的网购企业。

我们追求成功，但成功也会像兔子一样，追着追着躲进树林，最好的办法是看准时机紧紧抓在手中，切莫放过。

成功真的来了，更需淡然处之。莫言、屠呦呦获奖后都平静如初，扎克伯格成为亿万富翁后仍穿牛仔裤，开普通车，全然平常人一般。要知道，成功都是暂时的，就算世界 100 强企业也只有 40 年活力，而 500 强一般只有 30 年的寿命。反观那些百年企业，都有一种平常心、危机意识和把控未来的变革意识。麦肯锡咨询公司就是这样，1993 年该公司 70% 的人员是 MBA（Master of Business Administration，工商管理硕士）顶尖人才，2003 年下降到 40% 左右，则启用了 MFA（Master of Fine Arts，艺术硕士）这种艺术人才，他们更懂得用艺术手段获取效益。

守得住寂寞，顶得住名利，看得清未来，才能在成功的路上走得更远，才能永葆活力和生机。

## 行走是在赏画

晚上加班到 7：40，从单位开始行走。

于我，感觉行走就是在赏画。不同的画品、不同的颜料、不同的画法、不同的画师给赏画者异样的惊喜、异样的味道、异样的想象。

步行就是在看一幅线条画，穿过闹市，转入林荫氧吧，踏进湖边滩头，家是起点又是终点。在北京胡同坐黄包车围着故宫转一圈，听司机师傅绘声绘色地讲王公贵胄的故事，就像在翻老皇历上的旧画。坐卧铺火车，常看到一家人出游，下铺的老人是主角，儿女削着水果塞到老人嘴里，而或还有孙

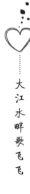
子做着鬼脸、吐着舌头，是一幅其乐融融的儿孙绕膝图。坐飞机时，更像是看动画，瞬间坐到云彩上，向下一看沉底像小积木散落着，若有带着阳光的彩云从眼前掠过，则恨不能伸手撕下一片来。

曾从西陵峡到瞿塘峡欣赏作古的美女王昭君，仰慕神女峰的傲骨；曾从张家界到凤凰古城赏"采药老人"的大爱，翻看沈从文《边城》中的插图，翠翠还是那样可爱；曾从台北绕岛一周，阿里山的姑娘美如水，日月潭的男儿壮如山，海浪声声，一切尽在画中；曾从桂林到阳朔，桂林的山水给人想象的美，阳朔的山水给人美的想象，也许，这就是画。

我曾游历离家最近的竹溪龙王垭，品赏戴着花头巾的采茶女轻盈采摘的幻妙，炒茶大师用双手在热锅里翻动、揉搓，一叶一片地搓揉，游刃有余、得心应手，分明是一场酣畅淋漓的茶舞，一幅行云流水的大写意。

我赏过黄山石，那是《西游记》中奇石变猴的蜡笔画；我赏过云台山的石，那是隐藏在山中一石一故事的彩粉画；我赏过华山石，那是以石为山，以险著称的雕版画；我赏过台湾野柳的石，那是海蚀作用下的女王的人物素描。

行走看到更多的画是特写：在云南丽江吃一种将牛反刍的液体涂在面皮上的小吃，壮着胆子吃一口；在西安城里端着大碗大口吃着羊肉泡馍；在台湾地摊上吃过十里香，原来就是孜然鸡屁股串；在沈阳吃猪肉炖粉条，肉还是那个肉，粉还是那个粉，品的是那里的人情味。这何尝不是一幅幅风俗画。

行走最有生气的是写意画。在海南的猴岛，只听一声哨音，上百只猴子就从树梢翻滚悬吊着沙沙而来；在哈尔滨的太阳岛，成百只松鼠翘着帽缨式的尾巴，蹦跳跃动，叽叽叫个不停；在大连的鸟语林，几百种鸟用翅膀扇出千姿百态，用歌喉炫耀"鸟国好声音"；在北京的海洋馆，海狮玩魔术，海豚唱歌，动物与人抢镜头。

我喜欢哲人说的一句话：没有离开故乡出去行走的人就没有故乡。没有比较，没有参照，没有赏玩就无法理解什么叫画。

行走是从家到家，从家乡到家乡，从画里到画里，最后都是画，都是在画圆，人在赏画，画中的人也在赏人。

行走过了，才更觉得家人是自己画中的主角；行走过了，才更晓得家乡是最难舍弃的风景；行走过了，才更懂得最珍贵的画是团圆。

# 灯芯草香

中午点了一碗郧县三合汤，老板热情地送了块卤豆腐，令我惊喜的是那卤豆腐用灯芯草捆着，灯芯草变得黄绿，那豆腐紧实、味厚，咬一下灯芯草，溢出的汤汁还混着清香。

我老家在盐池河深山老林里，我小的时候，几十户邻居挑一口泉水井吃，井水清甜，就像童话中的宝瓶，永远也用不完，冬天还时常冒热气呢。井的四周不知什么时候种满了灯芯草（后来，听雷家老爷子说是我家小爷种的，这样暴雨来了也不会浑水），圆滚滚的杆直立，翠色欲滴的叶摇曳，头上还顶着一髻白花，我每次只能挑大半桶水，水里先放一根灯芯草可以防止水因晃动而泼洒。有时舀一瓢水旋转一周向上抛起喊道："下雨啦！下雨啦！"受淋的灯芯草羞答答、水灵灵的样子叫人怜爱，我总不由自主地蹲下身子摸摸那草，闻闻那草花的清香。

说起我小爷，我只知道他是个老兵，新中国成立后回家务农，一生无子女伴，随我父母同住。有一回我小便肿痛，小爷就割了一把灯芯草熬水给我喝，那草腥味重难以下咽，在小爷的糖衣炮弹攻击下却药到病除。一年到头，我们全家上坟、祭祀等仪式性活儿都由小爷一人包揽。小年二十三晚上，小爷等大家都睡了，就把灶房打扫干净，灶台清扫洁净，两口锅清洗三遍，剥开灯芯草外皮，把灯芯草放进油碟点亮后，把油碟放在锅心。接下来，小爷迅速去鸡笼里捉一只公鸡，点破鸡冠血滴在火纸上。小爷把火纸在油碟的青灯上点燃，然后在公鸡头上转三圈，嘴里念念有词："灶王爷，骑大马，早早去早早回，带回五谷收成大！"我们不信，夜起悄悄在灶台撒了一把米，小爷起来后高兴地说："灶王爷回来了，明年大米收成好！"我们听后躲在旮旯偷笑。

我去山外的遇真宫念书了。60岁的小爷执意要送我到校，他穿着草鞋，挑着腌菜、馒头干，还有栗子等晃悠晃悠地把我送出山，等送到校门口，时间已经是晚上8点钟了。小爷伸进口袋，掏出一把灯芯草让我也嚼嚼，说可以解除疲劳，还能清醒头脑。早上他要回山了，他从内衣口袋里掏出一个布包，布包外边密密麻麻地缠满了能吸汗的灯芯草，他小心翼翼地一层一层解

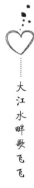
开，把沾满汗味的纸币递到我手里，"这点儿钱是我一年摘野香菇、木耳攒下来的，你拿着买个热乎菜吃"。

我暑假回家，小爷每天天不亮就上山了，他的铁夹子百发百中，小山雀、小山鼠、刺猬等，每三两天就有一个小收获。他里里外外收拾干净后，用芭蕉叶包裹严实，灯芯草捆扎紧固，在高温的炭灰下灼烧。剥开的一刹那，灯芯草的炭香，小野味的浓香，草肉混合香飘四野。

我回味灯芯草，怀念有灯芯草的日子！

# 担子

前天夜里又梦见了父亲：他挑着两袋子金银花枝喊我们姊妹几个来摘金银花，嘴里衔着纸烟吞云吐雾，我细细端详，父亲还是那样有神采，那样祥和。父亲已经去世 11 年了，又一次笑着走进我的梦里。

父亲是个地道的农民，一辈子与担子结下了不解之缘。

在我看来，父亲是水担子的魔术师。父亲的水担子两头都有一串铁环，下面连接着铁双勾。他将两只水桶一头挂一只，水桶随他前后飞舞。父亲每天天不亮要到三四里远的井上挑水，一家人洗洗涮涮都靠他的肩膀挑来挑去。父亲的水桶装得很满，在回来的路上洒满嗨哟嗨哟声，水桶像钟摆一样有节奏地摆动，行走中还能转着担子从左肩换到右肩，从右肩换到左肩，但水不会泼洒一星半点儿。

我家那桑树扁担陪伴了父亲半生。春种，父亲用扁担挑牛粪、猪粪，一挑就是半个月；秋收，父亲用扁担挑红薯、玉米，父亲肩膀上厚厚的茧子记录着他挑担子的历史。父亲挑担子到山外去卖木耳、香菇的时候总哼着他根据民歌曲调改编的民歌："桑树扁担轻又轻，挑着发财出山林；扁担扁担你显灵，明年给我好收成。"父亲说，以前家里没吃的，他曾到河南挑红薯干子，他挑了 100 多斤，走了 5 天 5 夜，路上就啃红薯干子喝凉水，他挑回一挑子让一家子吃了一个冬天，这扁担救了一家人的命。父亲特别珍爱他的扁担，没事的时候常找出来擦擦，换几个竹钉。

父亲还自制了一幅钎担，在担子中间 1 米长两头各有一个牛脚形状的担肩，担肩两头各有一个 30 厘米长的扁平钎子，形似红缨枪的枪头。这家伙是挑麦子、谷子、菜籽、柴火等的利器。父亲把钎担一头扎进麦捆子，举得高高的，然后麻利地走到另一个麦捆子边，把钎担的另一头插进去，往肩膀上一扛，一路小跑，麦子忽闪忽闪，汗水从脸上流到担子上，又溅到地上，那样子就像一个"巾"字在舞蹈。

小时候父亲让我挑这挑那，我反问父亲："我奶奶、我妈、我姐她们为什么不挑呢？""挑担子是男人的事。"父亲严肃地说。父亲还给我讲了个故事：生产队两个人比谁运麦子快，各运 10 捆麦子，一个瘦高个儿啥也没想拿起钎担就去挑，有个出了名的聪明人借了手推车，你猜结果怎么样？结果推车在田里推的过程中轮胎被扎破了，那个用钎担挑的人赢了。父亲说，你要记住，实干才是真正的聪明。后来听母亲说，那个瘦高个儿就是我父亲。

当我遇到挫折、失意、打击时，常会想起父亲，这些都是男人担子上必挑之物。当我在飞机上向地面看时，那些不理解、误会、失落都像鸟粪那样微不足道，是男人担子上的一粒灰尘，我又鼓起勇气在黑夜里行走。

## 健康算盘

我从 2015 年 12 月 2 日至 2016 年 3 月 2 日，行走了 175 小时，895 公里，成功减肥 16 斤，其间写日记 68 篇，血脂正常了，脂肪肝不见了，血压接近正常，我终于乐了。

2015 年 12 月 2 日，丹江天气晴。

下了天大的决心，做了地大的准备，开始我的行动计划——3 个月不间断快走，3 个月晚上尽量少吃。心里在打鼓，因为意味着风雨兼程，雷打不动，其间要经历腊八、小年、大年，要经历出差、朋友聚会、亲人团聚，晚上饥肠辘辘，身心备受煎熬，那是否会三天打鱼两天晒网，是否会半途而废？这些疑问从今天起我开始打消：我是一切的根源，战胜自己靠自己。

15 天前在丹江我拿到了体检报告单。那是两年前的故事，一个八竿子打不着的高姓陌生人缠上了我，从相识、相知到相恋，仅用了半年，以后我每天按时在早上讨好她，给她比指甲还小的点心，奇怪的是，她吃了就乐一天，可第二天我还得送她，天天如此。今年暑假有半个月没送，她就翻脸了，念紧箍咒，温柔劲儿一下子跑没了，她身高 110~140，说叫"高血压"，咋起这个不靠谱的名字呢？

今年年初在体检时突然又偶遇了个姓高的，个头比我高，说话声音婉转，但我的意志力太弱了，被她俘虏了，她叫高血脂。一打听不要紧，据说她们是孪生姊妹。这下媳妇不答应了，有她无我，有我无她。这可是难办哦。

10天前在北京感觉右胸时有痛感，我早在电视上都听说过的小汤山医院又碰到一个陌生人叫"主动脉迂曲"，有个叫李云的"华佗"给我支招，"管住嘴，迈开腿"。学习期间，同室高人陕西宝鸡的李军平，年龄比我小，气色比我好，听了他90天变瘦的故事，我如获至宝，如鱼得水，恍如看到了我的救星。

5天前在苏州见到了20年前的学生，生意如日中天，可心情比身体还差，我拿自己安抚他，放开些，洒脱些，好好在被誉为人间天堂的地方享受日子。可我回想自己，也得学会享受日子。

于是，今天早上起来我就给媳妇说了句豪言壮语："我要过3个月苦行僧的日子，这90天晚上我会很少吃东西，我会疾走1.5小时到2小时。"媳妇没信，很多人都一样为我喝倒彩。但这回是为了活命，你知道啥叫"主动脉迂曲"吗，医生说就是主动脉硬化，现在你是40多岁的人50多岁的血管，听起来后怕呀。想想我爷我奶那可是八九十岁的长寿之星呀，我丢不起祖宗的脸，我要找回年龄和梦。

今天定下了"122减肥行动计划"，也是实施的第一天。

今天做了2项工作：到超市买了大葱2根600克，西红柿4个700克，想看能吃几个晚上；另外下载了一个"咕咚"软件，可计步，还可计算消耗了多少卡路里。

早餐：2两热干面，半碗苞谷水（只有几粒苞谷粒）。

中餐：腊肠锅巴饭套餐（酸萝卜条6根，蛋糕1盏，紫菜蛋汤1盏）。

晚上：木耳拌大葱（木耳拌两棵大葱4两）。

今日行走1小时53分，9.17公里，消耗703卡路里。


2016年3月2日，有你真好。

截至今天已经整整3个月了，体检所有的指标都正常了，只有一句话可以表达我的心情：快乐着我的快乐。

有行走习惯真好。这3个月每天都走，我敢拍着胸口说：一天不落。每天有"咕咚"卫星定位，行走的时间、地点、路线图、消耗的卡路里等都在QQ空间的"说说"栏里一目了然，况且还有好多双眼睛盯着呢，怕落个"说话不算话"的差评。前21天是一种煎熬，感觉有种"盼着天明咋天总不亮"的痛感。起初是腿疼、气喘，想停下来，但那个"为了保命"的信念强烈地占据了心头，我只能咬着牙挺住。下雪了，我一个人踏雪行走，咯吱咯吱的声音为我打着节拍。下乡出差回来已经晚上10点，把车停在坝下，快走将近10公里后12点钟回家。外出南昌，晚上就在南昌城里看风景，"咕咚"照例为我导航。过年在六里坪亲戚家，每天下午在山上行走2个小时再吃年饭。早上和中午饭菜数量不减，晚上适当减量，饥饿感与我更亲密，行走时还专门经过闹市地摊闻那种馋嘴的香味，考验我的意志力。回到家啃一个水果，坐在沙发上用手机写点文字，1个小时过去了，咋一点饥饿感都没有了，这个办法还真好。现在每天都想走，一天不走就闷得慌。于我，行走成了一种特别的乐趣。

有支持者真好。自从开始写减肥日记后，朋友圈几乎一夜之间变大了，我写道："每天都有千字拙笔，博众人笑谈，以鞭我继行，心存感念。"之后，每天都是几十、上百人为我点赞，我回复道："感谢大家点赞，你们的点赞会赐我灵光。"大坝中学有老师知道后，纷纷要求加我媳妇的微信，天天晚上等着看我的减肥日记。我的同学李荣甫回复道："我都看了，很励志，坚持下去可以出本书！"就是这个建议更让我像打了鸡血，每天走不停，每天写不辍。我几乎在一夜之间成了朋友圈的"名人"，我感受到有追随者的快乐。更值得称道的是，有一批人天天为我做一个动作，在我的文字和"咕咚"下敲击他（她）的食指，有一批人在空间里隐姓埋名地激励我，特别是有一位女大学生到现在都每天为我点赞，哈哈，她就是我的外甥女许红慧（到6月23日，她已经为我点了近200个赞）。

有减肥秘籍真好。个人总结了4条减肥秘籍。秘籍一：食药减肥不靠谱。有的广告说1周减10斤，其实就是用泻药减去你的宿便3斤，水分5斤，还有肌肉、脂肪1~2斤，但很快就反弹了。试想，世界上有减肥灵验的食药，那这个公司上市的话一定天天飙升，那些打着瘦身广告的公司效果如何不攻自破。秘籍二：每天有氧运动不少于30分钟，以连续运动1个小时为宜，快走、打球、骑车、游泳等适合自己的运动都可以。20分钟内身体消耗的是糖分，20分钟后脂肪才参与消耗。每月减肥不超过8斤，据测算减去20斤脂肪

需要步行 200 个小时，骑车需要 100 个小时。秘籍三：运动强度必须达到减脂心率，我的经验是 35 岁以下，运动的心率要达到静态心率（晨起心率）的 2~2.5 倍，36~50 岁运动心率要达到静态心率的 1.7~2 倍，51 岁以上运动的心率要达到静态心率的 1.3~1.7 倍。秘籍四：节食减肥不可取。突然不吃或者吃得极少，身体以为出现了状况，就节省开支，代谢反而降低 20%~30%，一旦食量恢复，体重将快速反弹。有减肥愿望的朋友可以参照哟。

# 第三章　有个女孩名叫逗逗

## 有个女孩名叫逗逗

### （一）小燕子

"小逗逗，穿花衣，每年春天来这里，我问逗逗你为啥来，逗逗说，这里的春天最美丽！"教研室院子里的许伯伯一见逗逗，就将《小燕子》改编着唱，一唱逗逗就笑。逗逗小时候就是一只快乐的燕子。

呢呢喃喃的燕子在田野里啄着新泥，尾巴和头有节律地一上一下起伏着。两三岁时，逗逗每天晚上会缠着妈妈给她讲故事，讲着讲着，她学着妈妈的样子给玩具讲故事，给洋娃娃边穿衣服边讲故事。周六日，我们仨就去坝下公园或者汉江河边，逗逗戴着丝绒线小帽，手里拽着塑料拖车，拖车上放着铲子和桶，铲着沙唱着自编的歌，就像燕子边啄着泥巴边喃喃自语。铲出一条扭屁股蚯蚓，逗逗没有一点惧色，还追着用手去捏，蚯蚓黏黏的，七拱八翘，钻进了土里，逗逗就用桶去盛水，要把蚯蚓浇出来，嘴里咿咿呀呀叫人半懂不懂的。

爱笑的燕子咕咕咕咕地衔着田里的稻草，用天真和快乐编织着梦的乐园。逗逗的小名不少，丫头、豆姐、逗逗、小豆豆，每个名字都喊得很响亮。一遇到街上有人叫卖"鸭头、鸭脖、鸭掌"，逗逗定会四处张望，然后"扑哧"一声笑出来："我叫丫头不是鸭头！"因为爱笑，院子里的大人小孩都喜欢她，就连刚上初中的廖家姐姐也经常来找五岁的逗逗玩。墙外边的黄德玉比逗逗矮一截，也老远跑进院子喊："小豆豆，小豆豆。"逗逗笑着，把黄德玉带到家里好吃好喝款待。逗逗一笑就露出小虎牙，蓝天幼教机构的吉祥物中最出

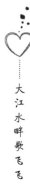

彩的就是逗逗，排在康康、乐乐、聪聪、优优之前，逗逗的可爱是出了名的。

贴心的燕子叽叽喳喳飞来飞去，一抹一抹的泥水在屋檐下粘连着、接续着。我一出差逗逗就拽着我的衣襟，不让走，还眼泪一把鼻涕一把地说："爸爸，我给你剪个三角！剪一个角一天，剪三个角三天，三天到了你一定要回来哦！"我点着头。那次到武汉出差，她非要跟我一起坐卧铺车，坐到新港，她突然想起了妈妈还在家里，就哭着说："我要回去看妈妈！"我说："逗逗长大了，妈妈没在身边就是大人了！"到了武汉，我们在听讲座，她在礼堂里读她的书；到了晚上，她自己洗脚、洗澡，自己提前上床睡觉。虽然只有五岁，但逗逗说："我是逗姐，我是大人了！"

文艺范的燕子咿咿呀呀地纵情歌唱，在斜风细雨中用双翼剪开春的想象。逗逗一口气能背十几首古诗，关键是流利；一上台主持节目就会惊艳小观众，关键是磁力大；一演讲就滔滔不绝、眼随手走，关键是有神采。喜欢想象是天生的本事，记得七岁时，逗逗还编出了三千字的《泥娃历险记》，她坐在床上编故事，我就在电脑上打，那时她就是一个满肚子故事的故事家，下边就是其中一个片段：

> 魔女看见跟她同在一个箱子里的泥娃，就自言自语地说："只有他才能拯救这个村子，因为有一个魔鬼想独霸天下，我要把泥娃变成真的。"正说着，只听唰的一声，泥娃真的可以动了。魔女把魔鬼独霸天下的事告诉了泥娃，泥娃听了说："我知道了，我一定让这个村子变得宁静！我现在就去拯救这个村子。""等等，还有七个仙女和你一起呢！""我知道了！那她们都在哪里呀？"魔女说："不用着急！我带你去。"魔女用她的魔棒画了一个圈，只听一声响，就出现了一个漂亮的森林，泥娃进了那个圈子以后对魔女说："这是哪呀？这么美呀！""这个森林叫彩花谷，七个仙女都在这里，我给你几个糕点和几杯水，还有一个什么都可以变的盒子（因为不能变食物），你只能吃这些东西。"

逗逗编的故事一波三折，就像燕子在空中盘旋，突然俯冲过屋顶，冲进山的影子里，又穿过太阳的缝隙钻进春雨的帷幕。

燕子箭一般地冲向高空，上演着一幕幕生机勃勃的春的动画片。逗逗的房间里到处是木娃娃、布娃娃、瓷娃娃，会动的，不会动的，还眨巴着眼睛，

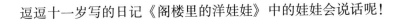

逗逗十一岁写的日记《阁楼里的洋娃娃》中的娃娃会说话呢!

> 我被抚摸了一下午,有一丝奇妙的感觉。傍晚降临时,我被安置在柜台上,我和许多布娃娃在一起,我的心莫名其妙被感动了,我发觉是一种人类的爱,那种爱,是无法形容的……

逗逗的小屋里还有一对翅膀,外出时穿上就像燕子一样在草地上尽情奔跑飞翔。

那年,到大姨家过年,逗逗和杨家小姐姐两人还编排了一场节目,没有化妆品,逗逗就撕下大姨家大门对联的一角含在嘴里,算是涂口红,有主持人串词,有旱地滑冰,有诗朗诵,有唱歌伴舞,节目真够丰富多彩,就像在大姨家开了一场私人定制的春节联欢晚会!

## (二)书虫

上大班时,逗逗能认识近千个汉字,一个人在房间里读书读得有滋有味,到学前班会拼音识字,几乎所有的拼音读物,她都读得酣畅淋漓。

逗逗大名不少,徐逗、徐翠萍、徐默然、徐榴歌、徐怡冉,但叫徐怡冉的人更多,是真正的学名。十三岁的作品《梦想的色彩》一文在全省获得一等奖后发表在《少年写作》上,徐怡冉在文末写出了思路,这个思路体现了书虫思维之清晰:

> 不知何时起,心中就有一个梦想——希望人们能生活在绿色中,不再有喧嚣相伴。参观了上海世博会,领教了俄罗斯馆中的奇思妙想,脑海中留下的只有无穷的震撼。"绿色中的世界,世界中的绿色"在这里尽情表现……
> 用太阳能、风能和机器人代表未来生活中的高科技;用松鼠和鸟群代表未来和谐。梦想中,城市与自然真正和谐统一。"一家人品尝着自然赐予的美味佳肴,倾听着鸟儿关于绿的啼叫,享受着天伦之乐",未来人的生活是令人向往的奇境,想着、想着,《梦想的色彩》便在手中诞生,这个梦想,便在手中用笔墨挥洒,演绎着美好与激情。

我在文末写下了如下感言：

> "我想读""我爱读"到"我想写""我要写"是水到渠成的过程。徐怡冉是一个"书虫"，读起书来太投入，有时甚至可以不吃饭，读《格林童话》《茶花女》《汤姆索亚历险记》《鲁滨孙漂流记》《少年文艺》等，读的书越来越多后，她便喜欢上了写，而且是用电脑写作，一写就是一两千字。享受写作是一种境界，是一种最高的作文境界。

后来这个书虫多次参加全国作文竞赛，其中《绿色的天堂》《梧桐、老人和我》被分别评为湖北省特等奖、全国一等奖，散文《雨的随想》发表于《读与写》，《给天堂里雪花的一封信》发表于《高中生学习》。

读书成瘾的人一定是个痴心的人，与漂亮大方、开朗自信、自尊自强、乐善好施、乖巧善良、人缘好等词语零距离，是可爱可亲的形象代言人；再与钢琴、绘画、演讲、主持、服装设计、音乐等沾上边，就成为智仁双全、兴趣广博的生活大使。

忙碌的高三，她却能抽空写作并出版《兔眼看世界》，其中第一部分"AHA 灵蝶"充满神秘色彩的幻想和想象；第二至五部分"小脚丫子作画""兔子也要大声叫""兔子蹦蹦跳""兔眼看世界"都是她对生活的精彩再现，读来如沐春风、如见其人，如沭汁酒般清香醉人。

2017 年夏天徐怡冉说服了固执的我："老爹，我在上海上学一年回来两趟，我到澳大利亚上学一年也回来两趟！让我出去上吧！"我和她妈是被说服的。于是她开始了漫长的雅思学考之路。第一次在上海考，走错了校区无功而返；第二次在成都考，差一点点通过；第三次是在贵阳考试，和我位置共享中断了，可把我吓坏了，好在到宾馆后联系上了，虚惊一场。雅思过关，悉尼大学的录取通知书也到了。临行前我按下了暂停键：你出去可以，但是要把学习生活的见闻写下来发给我，两个字一元，你一学期花多少钱，就寄回多少文字，我称之为"文字换大米计划"。让我高兴的是，第一个月我就收到了一万八千字，是日记体，配有美丽的照片，下边是其中的一段文字：

> 外面下起了倾盆大雨，住宿条件和环境基本上熟悉起来，便不用Google，一伞一人，便可到达目的地。没走几步，我被"excuse me"拦

了下来。抬眼看见一个棕色脸的妇女带着小孩子正在问路。混浊还打着战的口音让我无法猜透，在几句连续的询问下，我明白她是想找 train。刚好我也要去充卡，再加上对于火车站的位置并不是那么清楚，抱着试试看的想法，我强烈要求当起导游。妈妈有些戒备，几次推脱不成，才带着小孩在后面跟着我。小孩子细嫩的皮肤，大大的眼睛，嘴巴秃噜瓢，总是说不清，生性好动，在后面跑来跑去不安生。我在前面走着，心里也很不确定，拿出手机翻看 Google 地图，没想到火车站就在正前面，我自信地快步向前，妈妈在后面跟着。她从迟疑变成了信任，末了，她对我真心地说了一句"谢谢"，还让小朋友和我击个掌。我开心地说了一句"have a good trip"，妈妈又是一愣，警惕的表情一闪而过。这是值得我今天津津乐道的事情之一了。

从文字中我感受到了她已经适应国外的生活，遇事沉着冷静，应变自如，我和她妈从此放下了心。

收到文字，我给怡冉写了如下回信：

你的眼光独到，文字别具一格，撼人心魂，一口气读完余味无穷。读的过程中，老爹流泪了。求学之艰辛，待人之厚道，叙景之美妙，美食之翘舌，你一个月已经写出了别人数年的感悟。语言风趣幽默，表达曲径通幽，只有光照在心底的人才有如此深厚的积淀和酣畅淋漓的述说。读你的文字，是一种享受。跟你一起指点风物，如临其境品尝人生百味。继续，继续，继续。老爹期待着。

## （三）猫仔

爱小动物似乎是逗逗与生俱来的天性。

逗逗喜欢蹲在地上看蚂蚁搬家。"蚂蚁哥哥你为啥要搬家呀！""你们搬的都是啥呀？"她常自言自语地问着，还把手放在地上让蚂蚁从自己手背上走过，从一只手走到另一只手，乐此不疲。

外婆家在武当山下的井沟村，睁开眼就能看到枝头跳跃的鸟儿，逗逗和"小脸"、珺珺追着鸟鸣，脸上糊得乌漆麻黑，笑得直不起腰。母鸡领着小鸡咕咕地叫着，被太阳镀上一层金色，每当这个时候，逗逗总是拿着一碗麦子唤小鸡来吃，还挺身而出赶走了傲气十足的公鸡。

"明天要杀年猪了！"这个消息传到逗逗耳朵里，逗逗急得团团转："老爹，你给外公说，别杀猪，我们不吃猪肉！""除了我们吃，过年还有客人要吃呀！"那夜逗逗辗转反侧。早上，听到了猪的号叫声，她一骨碌爬起来："我求求你们别杀猪，好吗？猪也是一条命呀！"但杀猪的不管三七二十一，拽头的拽头，扯腿的扯腿，硬是把猪按在红案上。逗逗看了，伤心地大哭。那天中午，她没有吃饭，她的心头仿佛有块石头压着。

逗逗属兔，对兔子情有独钟。"小白兔，白又白，两只耳朵竖起来，爱吃萝卜和青菜，蹦蹦跳跳真可爱"，她和珺珺唱着儿歌，天天去照顾猪圈里的兔子，她俩偷喂过兔子，悄悄拿过舅母厨房里的青菜，拔过别人家的萝卜，快乐着她们的快乐。逗逗和珺珺有时和兔子零距离接触，兔子一点也不胆怯。"你看，兔子前腿短，后腿长，跑起来几乎是跳跃式的！"逗逗把这个发现讲给珺珺听，珺珺就在圈里追着兔子："快跳跃呀！快跳跃呀！"

逗逗念念不忘的是"雪花"。一个冬天，她偶遇一只脏兮兮的流浪猫，觉得可怜，轻唤了一声，谁知那猫竟跟着她走。逗逗弯下腰把它抱回了家，她用温盐水给猫洗澡，毛发顿时雪白雪白，那猫眼里透着警惕和羞怯，逗逗给它取了个高雅的名字——雪花。逗逗尝试着把牛奶放在手心亲近它，把鱼肉捣碎喂它，用双臂搂在怀里亲热它，不知不觉中，逗逗爱上了雪花，雪花也恋上了逗逗。"初三学习任务紧张，你得把它送给别人！"妈妈下了通牒。"不能送别人！"逗逗大声嚷起来。妈妈说："你外公不是别人，那送到你外公家养吧，放假你还可以去照看照看！"放假后猫却不见了，逗逗急得跳起来，外公只得一五一十地告诉她："雪花太黏人了，我出去倒垃圾，它跟在身后，一辆摩托车过来，它没来得及躲闪，就倒在血泊里了。"就为这件事，逗逗于2014年12月31日写了一篇长达2000字的《道歉信》，表达她对雪花的深深怀念和愧疚。信写好了，物是人非，寄给谁呢？逗逗充满惆怅和无奈。

2020年春有朋友送给逗逗一只英国的纯种猫，逗逗取名"逗花"，叫逗逗姑姑，叫她妈姥姥，叫我外公，俨然就是家里的一个成员。那猫，细瘦的身子布满银灰而有光泽的毛发，眼珠大得惊人，就像嵌着一对闪着光的钻石。走起路来，踱着方步，俨然名门出生的派头。逗逗为逗花张罗了猫砂、猫屋子、猫别墅（三层），准备了猫粮、猫罐头，还有逗猫的毽子、球，简直让人眼花缭乱。一开始，逗花水土不服，一直排稀便，逗逗可着急上火了，三天两头跑宠物医院，开始了为逗花寻医住院的旅程。病情好些了，她就用绳子拴着羽毛逗逗花让其练跳跃，用追滚球练赛跑，用蟑螂训练它的捕捉能力，这一切都是智力的打拼呀！

一次，逗花跟着人脚后跟悄悄溜出去了，逗逗回来发现找不到逗花，急得直跺脚。我们全家总动员，逗花跑到楼顶上不知道回家的路了。大夏天，它热得直喘粗气，舌头还伸得老长，逗逗看此情景，心痛地抱着逗花眼泪巴巴的。"哎，可怜天下姑姑心呀！"还好，逗花只是轻微中暑，不久又有了生机。春三四月份开始，逗花整天"喵喵喵"地大声叫着，从书中查知，逗花这是发情，这可愁坏了逗逗，她开车一百多公里到十堰给逗花做了绝育手术，就在逗花住院期间，逗逗每天寝食不安。我和她妈都笑："你这比对爹妈还好呀！""爹妈哪不舒服会说，逗花不会说话，我都要照顾好！"逗逗对小动物的爱超出了爱她自己。

一次，逗花在丹江城区宠物医院洗澡后，患上了疮疾。逗逗带着逗花到十堰几家宠物医院去看病，弄回来的药，就用手直接涂抹，但好了这块，另一个地方又开始长出来。逗花身上的毛发剪得一处凸一处凹，身子也明显消瘦了。我提醒逗逗：你涂抹药物时，应该戴上手套，防止重复感染。经过几个月的精心治疗，逗花的疮疾痊愈了。逗逗也跟着高兴起来，还专门给逗花洗澡、吹风，抱着逗花亲不够，还唱着改编的歌。

从小到大，逗逗进过很多动物园，她对动物有着特殊的情分，河马的笨拙，海豚的聪慧，老虎的张扬，猴子的通达，等等，在她心中都是可爱的代名词。

在澳大利亚，她用面包屑喂过飘飞的海鸥，在森林里抚摸过袋鼠的绒袋，在墨尔本海边探究过迷你企鹅的家庭秘密。

我敢说，爱动物的人一定是善良可爱的人，想动物所想，急动物所急，心中装着生命和爱，充盈着包容和理解，闪耀着人性的光辉。

## （四）吃货

吃了一顿美食，就脱口而出：啊，真幸福呀！这就是吃货逗逗的标配。

小逗逗有多套餐厨玩具，塑料的色彩艳丽，铝制的闪闪发亮，锅碗瓢盆一应俱全，戴上厨师的高帽子，系上白围裙，念念有词地烹饪心里想的美味，还装模作样地大口啊呜啊呜，这是逗逗童年的厨师梦。

逗逗对吃是有研究的。西餐的烤面包要加花生酱，烤薯条要外脆内鲜，螺蛳粉要臭得地道，火锅底料加牛油才香，烤肉要加蒜泥，冒菜的汤水要用大骨熬制，吃面、吃粉要以筋道为标准，新鲜海鲜白水煮最得劲……

徐逗的大方是出了名的。邻居家孩子都喜欢找逗逗玩，逗逗有一大堆玩具和零食，她舍得把这些东西分享给那些玩伴，不知不觉中，逗逗成了教研室小院的孩子王。上小学，我家离实验小学近，逗逗常邀请同学到家里玩，她会做一盘盘水果拼盘给大家吃。有时周末，她做东请同学来家里做客，她和她的伙伴享受"独处"的快乐。

吃货徐逗，遇到合口饭菜总会吃得忘情。我用啤酒蒜泥做过3斤大虾，她就着房县黄桃气泡米酒一个人就能吃完，这样她可以连吃3顿，但会在后来的一周肠胃"大闹天宫"。火锅是她的最爱，她能席卷桌上的牛肉、羊肉、虾滑、黄喉、鹌鹑蛋、生菜，而且蘸完干椒，再蘸辣椒酱，满头是汗，满脸是汗，直吃到嘴里嘀咕"我实在吃不动了"才肯罢休。

吃货徐逗，吃"水货"有一套方法。吃对虾，先吸吮虾子周身的汤料，剥开虾头的硬壳，吮吸虾黄，然后取出虾段蘸醋吃；吃盘鳝时，她用右手掐住鳝鱼头，左手撕开鳝鱼肠子，鳝鱼有肉的身段就进入她的舌尖。徐逗吃大海蟹，她爱吃用葱姜烧出来的，外边咸甜口，内里嫩滑口，多种滋味汇聚舌尖。在厦门吃1元钱1只的海参，她称为捡漏；吃几百元一只的海虾，她摇着头说："这叫奢侈。"但那次，在澳大利亚，晚上要点一只1200元的澳大利亚大龙虾，我嫌太贵，没吃。过了四五年，逗逗还声讨我，老爹还是舍不得花钱呀！我说："你不是说太奢侈了吗？""你们到澳大利亚去一趟不容易，应该奢侈一回！就算坐飞机来吃了顿大龙虾！"我明白了，在逗逗眼里，偶尔的奢侈也是一种节省。

会做饭的人是浪漫的，会吃的人是有生活技巧的，那次我到谷城车站去接回国的逗逗，逗逗推着两个大皮箱，有些吃力。回家路上，我开玩笑似地说："逗逗，你又长胖了哦，老爹担心你，朝横处长怕嫁不出哦！"逗逗说："老爹，你放心，我有数！"回去后，逗逗每天该吃吃，该喝喝，三个月后，体重从120斤减到了108斤。我心生疑惑："这是咋回事呀？""老爹，我一日三餐少吃主食，多吃蔬菜和肉类，少吃油盐！"逗逗的减肥秘诀颠覆了我的"三观"，我前10年也减过肥，采用的是每天晚上少吃，但过了四五年又反弹了。"老爹，我指导监督你减肥，一定会成功的!"现在我在女儿的指导下健康减肥，已经减了4~5斤了，在女儿的指导下，我想一定会回到健康的生活中去。

到一个地方如何吃到正宗美食？徐逗自有自己的攻略。前段时间到西藏，我们晚上要吃羊肉，我在大众点评上查看了八廓街一家食铺好评多，而徐逗说："老爹，好多店铺花钱买好评，现在佛爷都调屁股了。"我有些不服气："那看啥？""看差评呀!"她把从小红书软件上选的一家发到"我们仨"群里，晚上去她转发的那家，店面很小，只有三张长条桌，但菜都做得很精致，水煮羊肉细嫩醇香，可以当饭吃。"没有差评，便是好评"，我又学了一招。

### （五）猎奇

一只眼睛看，只看到一隅；两只眼睛看，能看清全貌。男人的眼睛是用来盯的，大概是因为先祖狩猎就用眼瞄准。女人的眼睛是用扫的，大概因为整理内务需要观全局。

徐逗的眼睛还有猎奇的功能。古、老、陈、旧的人、事、物、情、景等都是徐逗猎奇的对象。3岁时，"我们去挖宝!"逗逗一定会跑得很快，她能一口气走三四公里，刨看汉江河的沙粒，寻遍静乐宫的宫殿，寻觅均州古城的踪影。

游历台北故宫博物院时，逗逗说她想看尽台北故宫博物院的书画作品，还想与北京故宫做个比较。看着眼花缭乱的宝贝，徐逗慨叹着说："这就是中国历史的活宝呀!"也曾俯瞰凤凰古城的夜景，沿着沱江走一圈，看尽吊脚楼和民宿，石板路摩擦出千姿百态的人间故事。徐逗说，这熙来攘往的人群中是否还有个写《边城》的沈从文呢，她慨叹地说："凤凰古城让我们穿越了历史，穿越了历史的沉淀，游古城就是在读历史。"也曾游历迷宫般的丽江，大水车吱吱呀呀炫耀着沧桑的岁月，四方街晚上的篝火晚会中，游人成了转动的呼啦圈，万子桥到南门桥的房檐上风铃吵吵嚷嚷，樱花餐厅的多肉植物噘着小嘴一副娇滴滴的模样……徐逗遗憾地说："丽江古城穿着古老的外衣，而内心已经装满了商业化的急功近利。"

经过厦门的一间小屋，徐逗停下了脚步，她毫不犹豫地买下了一小块刻有花纹的古老方砖，许是想听听南方建筑遗留下的流动音乐；到张家界的十里画廊，她在一个烙画艺人的摊前驻足，一只烙铁在一块桦树木板上烙出黑白灰三色山水画，木板烙画收藏在她的"宝物架"上，许是想重温烙铁的吱吱声和木屑带煳味的香。

原始、古老、闭塞，这样的地方是徐逗旅游攻略的优选打卡地。那次在新疆的禾木村，突然大雨如注，清溪、桦林、木屋被撩拨得激情满怀；水笑、鸟鸣、马嘶又在晨雾散尽时叫醒了一个个鲜活的生命，照相机在徐逗胸前飞舞，她用第三只眼诠释了山花的粗犷、房舍的儒雅、森林的神秘、水的奔放和人的释然。上次，又是晚上，徐逗带着我们住进了雅鲁藏布江旁边的索松村，黄昏就看到了南迦巴瓦峰雪山的部分山峰，山顶那时隐时现的云雾在捉迷藏。早上 7 点多，徐逗推窗指景："老妈，老爹，你们看!"云雾散了，南迦巴瓦峰露出了真面目，虽然没看到日照金山，但我们也心满意足了。前年暑假晚上，徐逗把酒店订到了西江千户苗寨，数不清的吊脚楼让我们过足了眼瘾，银铃声声的苗族转圈舞是徐逗追拍的对象，她说服她妈一起下到河里、跑到田里、爬上屋顶去拍写真，看着她们高兴，我们这些男人们也下到河里、跑到田里、爬上屋顶去喝苗族人自酿的酒。

从 318 国道回家路上，徐逗说："老爹，听说色达县有个五明佛学院，壮观得很呀! 我们去看下吧!""好呀，小探险家!"我们绕了半天路绕到佛学院。"你们看，成千上万间红房子环拱一座寺庙，这里是红色海洋!"徐逗在山顶叫着、喊着，"真没想到，在这山沟里还有如此壮观的佛学院，这可是佛学院中的北大清华呀!"我们走进去，这里和小县城一样，上万僧人、游客的衣食住行问题如何解决? 带着疑问和好奇，我们沉浸在寻寻觅觅的快乐时光里。布达拉宫的神秘是徐逗最向往的，她这次买了拍立得，要拍下布达拉宫，因为预约不上，只得等上三五天才进入布达拉宫，在导游的讲解下，她对藏族的建筑充满了浓厚的兴趣，神秘、神圣、神奇的布达拉宫成了徐逗新的话匣子。

无限风光在险峰。贵州有很多梯田，但徐逗执意选择了游加榜梯田，一路上泥泞崎岖，山高路远，经过一天的奔波才涉险到达。这里山顶顶着一丛森林，山腰到谷底挂着一格一格的稻田，徐逗说："这就是人间仙境!"她的稻田自拍充满着诗意和豁达，又充盈着对苗族人民的敬重。那次，到马来西亚坐着民船去红树林看萤火虫更是惊险，民船装备简陋，我们被溅得满身水湿，晚上橡皮艇在乌漆麻黑的红树林里穿行，虽然看到了星星点点的萤火虫，但更多的是后怕。前不久，我们去卡若拉冰川，徐逗要我陪她接近冰川，当登到 5400 米时，她感觉不舒服就紧急下撤，晚上开始肚子痛，耳朵也听不到了，但她仍然忍着说："没事。"后来拗不过我们才去看医生，医生说是高原反应压迫神经导致的。打了一针，才见好。

猎奇之心，人皆有之。"不怕一万，单怕万一"，探奇与安全必须成为双翼，才能飞翔。徐逗似有所悟。

## （六）红莲

一处藕塘，"接天莲叶无穷碧"；一枝红莲，"映日荷花别样红"。

徐逗最在意"我们"。班级有一个人扰乱纪律，那老师若生气了，不认真教"我们"班怎么办？所以她会充当班级的侠客挺身而出；爹妈说话声音大了，如果爹妈有了矛盾不解决，我们家出现大的问题怎么办？徐逗常想到开家庭会议，到现在已经开了三次，每次会议都由她主持：凡事商量是主调。有的议题是关于她的想法不被我们接受，开家庭会议进行沟通；有的议题是关于爹妈相处中的言语矛盾，开家庭会议进行自我剖析；有的议题是关于家庭大事的，大家各抒己见，采用民主集中的原则确定方案。

我不经意说过的一句话而徐逗也会放在心上："逗逗，你要保护好眼睛，要是眼睛近视了，爸爸就不要你了！" 11 岁时，她妈感觉逗逗视力有异常，带她去太和医院检查，逗逗硬是不去。最后徐逗说出了心声："我爹说，近视了就不要我了！"听了原委，我后悔不迭，大人一句不经意的话，也会给孩子带来心理阴影，怪不得人们常说，对待幼小的心灵我们要百倍呵护呢！

徐逗和我一样是急脾气。上二年级了，下午放学回家她拧自己的脸和腿，呜呜地哭着。我关切地问："逗逗，咋啦？"她不肯说，我拍着她的背："遇事别急，总有解决的办法的，你说出来看我能帮你吗？"她哭着说："我不会两位数进位加法和减法。"我说："这是小事，我俩一起来研究一下，我保证帮你 5 分钟解决问题。竖式加减法你会吗？""老师没教过。"她答道。"好，那先写一个数，第二个数写在下边，十位和十位对齐，个位和个位对齐，逢十进一，写成一点，加该位时记得加上！"我说着。训练了 3 道题后她就会了。我说："多位数加多位数呢？"不一会儿，徐逗跳起来说："老爹，我又会了！"自那以后，徐逗学会了遇到问题想办法解决，学习成绩一直名列前茅，中考以全市第 38 名的成绩被五中录取。

徐逗的独立自主是出了名的。七八岁时，她妈上武汉音乐学院，逗逗习

惯了自己做作业、吃饭、练钢琴、洗澡、睡觉的 5 步流程。逗逗脱口而出的话就是：自己的事自己干，等靠观望非好汉！我每天用手给她简单梳理下头发，用皮筋扎个马尾，她还觉得挺漂亮。逗逗说，我的快乐其实很简单。我和她妈第一次送她出国，在天河机场徐逗突然回身哭着跑到我们身边，我唱道："我从来没有想到过离别的滋味这样凄凉，这一刻，忽然间我感觉好像一只迷途羔羊不知道应该回头，还是在这里等候，在不知不觉中泪已成行！" "走，我们回丹江（白）！"徐逗却"扑哧"一下笑了。

徐逗的车技是放心牌的。拿到驾照第三天就驾车到武汉，"胆大心细"是徐逗总结的驾车要领。我开车好打瞌睡，每次外出徐逗都做我们的驾驶员，坐过她车的人都说她开得稳。到长沙，她开车带她妹妹苗苗周游了长沙的大景小致，在她眼里城里开车就像骑牛。她还带她的同学游玩了宜昌的山山水水，开车去神农架滑雪场滑雪。坐过她车的人，都叫她"女汉子"，但她喜欢别人这样叫，每当这时她会随口唱道："刘大哥讲话理太偏，谁说女子不如男，男子打仗到边关，女子开车走四方……"开车听音乐是徐逗的解困秘诀，不是吹，她会唱上千首英文歌曲，车一开动，音箱中就响起激越的英文歌曲，在听曲中享受着开车的快乐，在开车时享受着音乐的快乐。记得徐逗说过，听英文歌曲开车是最快乐的事情。或许车子外风、雨、路、树都在为她奏乐，而她是运筹帷幄的指挥。

要论人脉，徐逗比我强。徐逗的交友原则是"德在人先，利在人后"，从小学、初中、高中、大学到现在，她的身边聚集了一批高人，有北大、清华、武大、人大等名校的高学历人才，也有与人为善、情趣相投的同学，更有相见恨晚、无话不谈的朋友，这些人都滋养了她的性情和心灵，她从没感觉到寂寞和无聊。

徐逗说话也有词不达意的时候，有次逗逗冒出一句话："我爸爸好不要脸呀，说好在门口等我们，结果没等我们！"我和她妈都哈哈大笑，逗逗也不好意思地憨笑着："我说错了，我的意思是我爸爸应该等我们！"

## （七）匠人

匠人得有技术和艺术，得有独到的匠心和匠才，需注满精益求精的精神。

徐逗只简单学过平面设计，却设计了多套房屋，在我眼里，堪称优秀作品。

作品一：襄阳五中94平方米的学区房，风格为仿欧式。配有落地窗和飘窗，白色的墙壁，灰色的顶，过道顶用木地板砌扣而成，地板为白色大理石，走廊两侧装有古老的马灯，餐厅与客厅相连，餐桌正对的墙壁装有木格栅，木格栅里装着薰衣草。整个房屋设计简单、大方，给人整洁舒适且高雅的感觉。

作品二：老营200多平方米复式结构房屋，风格为仿欧式。一层设计为开放式厨房和休闲娱乐客厅。厨房与餐厅之间有一个大理石台面隔开，厨房地面用仿古地砖，而餐厅和客厅用木纹地砖，楼梯在餐厅的靠墙处，楼梯顶端是二层的顶，悬挂着竹编的艺术灯具。二层，有3个房间和1个客厅，都铺设了木纹地砖。顶灯全部采用仿古电扇灯。这个设计大气通透、舒爽气派。

作品三：蓝天碧水幼儿园花园隧道。从地面生出的彩虹扭着身子穿过隧道顶，大鸟飞翔的翅膀是飞鱼的集体跃动。花园隧道用简单的彩色线条营造出勇敢、快乐的意境，让人心驰神往。

徐逗的设计灵动而自由，明快而有韵律，亮丽而清新，就如她自身的甜美、自在和飘逸。

徐逗喜欢揣摩各种独特风格的建筑，就像与内涵丰厚的人交往，内涵之美充盈心底而溢现于表。徐逗慨叹新加坡的天空树、空中花园、室内青山；欣赏上海世博会上的中国馆夸张的中国结、意大利玻璃导管建成的种子博物馆、清明上河园的动画再现。记得徐逗说过，建筑是一门技术，又是一门艺术，技术意味着付出艰苦的劳动，艺术意味着不断创新，创新才是建筑的生命。

"我今后要盖一栋仿欧式大别墅，养几匹马，养一群猫狗鸡鸭，让我爹妈住进我设计的别墅。"这是徐逗的心愿。建个什么样的仿欧别墅呢？徐逗至今还在琢磨，参观后自己画出来，买微型欧式别墅的材料自己搭建。壁炉放在哪儿，咖啡机与面包机如何摆放，如何让猫爬上屋顶，如何与中式搭配，外观色彩如何与周边环境协调，等等。就这样，叮叮当当忙起来没日没夜。

"理须顿悟，事须渐修。"要练出沉静和淡然的匠心需要沉浸式的体验。徐逗暗暗定下计划，要除去杂念和怯懦，修炼出响当当的匠心。她毅然决然地到武当山逍遥谷明月道院静修，我和她妈都心存顾虑，她却笑而不答。就这样，蜗居山中两个多月，清风明月，清心寡欲，粗茶淡饭，乐哉其中；日练太极，晚修坐功，晨来站桩，夕去拉练，不亦快哉！"气沉丹田，手捧日

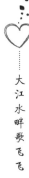
月，以柔克刚，以静制动"，悟在道中，胸有日月，眼有山水，心藏锐气，脚踏实地，功在诗外。看着年轻漂亮、衣袂飘飘的白衣道人，坚毅中透着睿智，自信中融着几分执着，我们都坚信徐逗成仁了。

"复杂的事情简单做，我就是专家；简单的事情重复做，我就是行家；重复的事情用心做，我就是赢家。"这是徐逗的口头禅。"我要在实习中历练出匠人的品质，"徐逗说，"都说幼儿园教师是苦差事，我想在幼儿教师岗位上实习！"徐逗用一个半月时间分别体验了主班、配班和保育3个岗位的工作，"装狼像狼、装虎像虎"。"没想到高学历的徐逗如此用心！"跟她一起搭班子的雷曼对她更是赞美有加，"她一进班很快就熟悉了一日流程，守住岗位职责，出了一身又一身的汗，从不叫苦叫累！"园长钱珍说："徐逗工作有悟性，善于总结和改进，难能可贵的是她有一颗爱孩子的心！"

记得徐逗说过，三百六十行，行行出状元，这状元就是有工匠精神的克难进取的人。想当状元，你得做好充分的准备。

## （八）鸿雁

都说女儿是爹的小棉袄，我说徐逗是我的心尖子。

徐逗15岁那年，我过生日时她给我写了第一封贺卡，其实是"任务清单"：

老爹：

　　祝你生日快乐！嗯，除了生日快乐，你还得听女儿的话，完成如下任务，不得有误：

　　任务一：多走路，每天1万步！

　　任务二：少吃肉，少吃饭，你要爱自己哦！

　　任务三：少动气，学会温柔。

　　自从开学到现在，身边同学父母发生了那么多事情，只想对您说，你若安好，便是晴天！

爱你的女儿：逗逗

收到宝贝女儿的"任务清单"，我深知我在女儿心中的分量。于是坚持做到每月30万步，做到"一多三少"，做个听话的老爹。

徐逗 18 岁那年，我过生日，徐逗写了一封千字长信（摘录部分语句）：

亲爱的老爹：

......

这 18 年来，说实话，我情绪变化很大。小时候，你在教育局办公室工作，我不理解你为什么总是在外应酬，你为什么不陪我。那时听《爸爸去哪儿》，"空贝、宝贝，我是你的大树，一生陪你看日出"，总是莫名其妙地想哭。初中、高中以后，我理解了你，你每个星期开两个小时车来看我，虽然只是为了多和我吃两顿饭，但我已经感受到你的无言父爱。

随着年龄的增长，我越来越明白你背后的付出，小时候你给我买的成堆的玩具啊，成堆的贴画啊，那都是父爱的见证。那爱，在我看来，虽然粗糙但滋养着我前 18 年的时光，你是我最亲的亲人，你或许不善言辞，但是你的白发透露了你不为人知的艰辛；你的眼袋和皱纹泄露了你肩头的担子比常人更重。

或许因为压力大你会时不时发脾气，你是个常人，需要释放，但你没想到释放给了你最亲近的人，你肯定也后悔过。

女儿希望你一生平安，"活不到 90 岁都是自己的错"。女儿要见证你90 岁的微笑，90 岁的活力，90 岁的精彩。

成人礼意味着我要长大，但是我的内心里是非常抗拒的，我希望时光就驻足在这一刻，我不长大，你不变老。我可以永远在你和我妈的呵护下潜滋暗长，风雨来时还有你和我妈为我抵挡，但是，我无法留住时间，我仍要长大，我要担当起责任，且行且珍重。

如果我发达了，也许我会买一幢海景大房子，我们住在一起，让美好时光延长，再延长，你和我妈陪我长大，我陪你和妈变老！

我要对你说：老爹，我爱你！！！

突然间，发现女儿已经长大了，岁月已经把我和她妈定格在影子里，这个影子越拉越长，最后将与土地一起，成长为女儿的念想。是高兴还是伤感，连我自己都不知道。

徐逗研究生毕业那年，我过生日，又收到了徐逗从澳大利亚寄来的贺卡。字迹更为清秀，字里行间盈满了责任和担当，我和她妈都为逗逗的长大而欣慰：

　　亲爱的老爹：

　　记得吗？上次你翻出抽屉里的两封信的那种激动，感染了我。我再次给你寄出我的第三封信！作为向老爹献上的生日礼物，请老爹笑纳！

　　今天是 2023 年的 4 月 27 日夜晚，我在异国的公寓里给你写信，时间定格在这一天，想让你今后每一次打开这封信，都能知道你的女儿无论何时何地都在思念着、牵挂着你，满心希望你和我妈天天沐浴着源源不断的快乐！

　　在家里那段时间，晚上听到你不规律的鼾声我就替你担心，相信老爹能减下大肚腩，今后有精气神陪女儿和老婆环游世界！

　　希望老爹压力变小点，快乐多一点，希望老爹多听听我和我妈的想法，我也会虚心接受老爹的意见建议。

　　老爹之于我的存在像定海神针一样，你和我妈是我的导师，今后我会迎难而上，向你们学习，做一个奋斗者。

　　　　　　　　　　　　　　　　　　　　　　　　　女儿逗敬上

　　有女儿真幸福，有知书达理、孝顺感恩的女儿是我三生修来的福分，愿我们下辈子还做父女，我会用温柔的父爱和温馨的陪伴让你的童年更精彩，青年更出彩。这是老爹的心里话，也是珍藏已久的悄悄话。

　　今天老爹也要大声说："逗逗，老爹爱你！"

# 我妈

## （一）

　　映山红一年 365 天，在日子的风声中翠绿；妈在映山红盎然的生机中摆渡着叫得响的平凡人生。

　　我家房前有两棵树，一棵是构树，另一棵还是构树。妈常站在枝杈上拉构叶，一把一把的构叶塞满了竹篮，也塞满了我们小时候的记忆。

满篮子的构叶剁碎后拌上麸皮喂猪，炊烟袅袅，妈总是用火把食物煎炒得满院生香，让我们兄妹在饥饿的年代饱餐大山的馈赠。我们品尝到了黄柿菌的劲道清香，青番茄炒黄瓜的酸爽嫩欢，韭菜炒尖椒的麻辣新鲜。

山里的雾就像飞来飞去的蝴蝶，妈刚在院子里叫那些小鸡、小猫，话还未落到房前的庄稼地里，妈却钻进了对面林子里采摘木耳。木耳是用花栗树截成一米长的圆木，打孔的冲子有序地穿越树皮打上几排孔洞，妈用手点上菌种，然后叮叮当当地敲上圆形迷你小盖子。妈有个惯例，码杆、散杆时絮絮叨叨地祈祷，蕴藏一冬的山野精气深入杆子肌体，春雨的奶水喂出了一杆子一杆子灰黑色的木耳。

"我要唱歌！"

"我要去看世界！"

妈总能看懂那些扇动着耳朵的木耳的心思，用指甲切断木耳与杆子的联系，妈就像接产技师一样让第一批木耳幸福落地，还要保证耳根完好如初。那些一面灰一面黑的木耳眨巴着可爱的眼睛，探着胖乎乎的脑袋，"憨家伙！"妈扑哧一下笑了。

这些木耳被晾晒到晒席上，和阳光较劲，最后被妈说服卖出去换来针头线脑，也换来了我们过年的新衣和布鞋。

长在石窠中的映山红总在杜鹃叫第一声时孕出米一样大的花骨朵，这星星点点或白或粉的小花蕊就像闪烁的星星，那里盛装着勤劳者的智慧和灵动。

映山红的树干盘虬，分枝多而纤细，腰身被墨绿紧束出曲线，树形被风裁剪成婆娑坚毅的模样。

犁田耙地，伐薪烧炭，这些粗重的活都是男人的专利，就像烧菜做饭，缝缝补补是女人的专利一样，而我妈却有多种专利。

20世纪七八十年代，我家有9口人，上有爷爷、奶奶、小爷，中有伯（我们当地都喊父亲为伯）、妈，下边是还在上学的哥哥、姐姐、我和弟弟，属于家大口阔的人家；又住在盐池河山顶上，土地贫瘠，就是用上化肥种地，也得靠肩扛背驮，一年下来收的粮食，除了交国家供应粮外，勉强够吃，而更为艰巨的任务是用劳动换钱，供我到山外的遇真宫读重点初中。父亲在重压下用酒精麻醉自己，妈用行动证明自己也是"花木兰"，收割庄稼时，妈和男人们一样挑着麦捆子、谷捆子，嗨哟嗨哟，赶起趟来气定神闲；芒种时，

妈套上牛蠢头，左手扶犁，右手执鞭，嗒喔、嗒喔、过来喔，牛也变得服帖。

更叫人称赞的是，妈整水田简直是一幅木兰鏖战图，只见她站在耙上，左手牵牛鼻绳，右手挥鞭赶牛，耙在水和泥中吱吱嘎嘎响，牛呼哧呼哧喘气、摇肩甩尾，妈却稳稳当当地站在多处悬空的耙上，就像一个霸气的武士，决胜千里之外。在田顶头拐弯处，妈下耙站在田埂上，用耙钩从泥水里拽起七八十斤重的耙悬在空中，沿着田埂急走，在几乎 180 度的旋转中，瞬间放进田里，几乎同时，妈也站上耙，嗒嗒、嗒嗒，耙齿荡开泥水嘎嘎地唱着战斗的歌。

时值冬日，妈和伯自导自演了 20 世纪 80 年代的《卖炭翁》，两人联手打造土窑，两人砍树、截树、扛树、装窑、烧窑、出炭、背炭、卖炭，"满面尘灰烟火色，两鬓苍苍十指黑"，"卖炭得钱何所营"，只为儿女付学费。虽然100 斤炭才 5 元，但经过一冬的苦心经营，总算筹齐了我上二中的学费，妈和伯的脸上总有梅花绽放浩然之气。后来，国家倡导退耕还林。妈不忘在门前屋后种上杜仲树、栗子树。

叶都在季节的催促下飘落得随遇而安，唯有映山红拼命在冬日的苦寒中积攒着力量，收藏着、充盈着希望和期待的精气神。

（舒登菊：读来有荡气回肠之感。古小云：亦真亦幻的画面令人动容。红孩儿：你家母亲吃苦耐劳，智慧刚毅，苦尽甘来的人生最值得品味。）

## （二）

杜鹃花初开像二人转的手绢，红的、淡红、杏红、雪青、雪白都在风中旋转、流动、欢笑，不停变化，就像朝向四方的喇叭，吹着好人有好报的歌调。

粮食的匮乏只有厨房里的人知道，面糊、红薯省粮，手擀面条比蒸馒头省粮。妈的逻辑是来的都是客，无论是过路的、打猎的、采药的，只要来我家都会蒸馒头，以示殷勤和实诚。有时还会到邻居家借酒、借肉、借鸡蛋，因为无酒不成席，无肉不客气，无鸡不义气。因此我家常有来客，妈的口头禅是吃不穷、喝不穷，就怕无人登门一辈子穷。妈的善良总会获得惊喜：打猎的会把猎物放到我家收拾而回馈给我家头和五脏，采药的会留下稀罕的四叶参和党参，过路的会留下一串一串善言善语。有人提醒妈，那留下的算不得啥，妈一脸严肃地说：对别人好，是不求回报的。

打出菜籽油，妈和面炸出第一轮面香，油条、油馍都是发过的面，现在想起来比面包味道还好，油炸出两筐色香味俱全的油条、油馍，一筐放在灶台上全家人吃，一筐用布包单包了趁热送到娘家给外婆和小舅吃，翻过五道梁爬六道沟过九道河，四个多小时才能到外婆家，妈没顾得喝一口水，放下包袱就往回赶，等回到家已经月上三竿了。妈就慢跑在这羊肠小道上，野鸟的扑棱声、流水的恶作剧都盖不过妈驱赶恐惧的盐池小调。

一来二去，习惯了，妈就不怕了。新麦下来的第一笼白面馒头，新谷下来的第一袋米，杀年猪的第一顿杀猪菜，妈总是会想起外婆没吃，要给外婆送去。"娘，我回来了"，妈在院子里喊一声，我外婆就会踮着小脚，像点水雀一样从菜地里走回来。"跑恁远，回来干啥？看把你累的，我这儿啥都有！以后可别这样了！"外婆心疼地说着，接过妈手中还冒着热气的美味。"就是让你尝尝，顺带来看看你，帮你洗洗浆浆！"妈总穿着那碎花白色的确良小褂，脚上满是泥巴，裤腿湿了半截。没等外婆回话，妈已经把外婆床上的被子、床单拆下来，开水泡了，搓洗起来。每隔两个月，妈总会在外婆家过夜，给外婆做一顿热乎饭菜，给40多岁还没结婚的小舅张罗对象，陪外婆扯闲话细说家长里短，妈总是说那些阳光味的段子，外婆总会像云雀笑个不停。

外婆家房后的映山红开得正盛，妈将在来时路上采摘的兰草花插进竹筒，用一把含苞欲放的映山红装饰起来，竹筒里放入水加一勺子盐，外婆家的堂屋顿时满屋生香，妈给外婆添了一个念想，一个有花陪伴、有人牵挂的念想。

杜鹃叫声有些凄厉，它从山腰飞到山顶，又从悬崖边滑向谷底。杜鹃花谢了，地上铺满了琐碎的红色带纹路的画布，阳光在风的揎掇下摇晃出难耐的酷暑。

疾病并不因为你的善良就绕道走。放假了，我从山外的遇真宫读书回来，听人说我妈病了，"认不得人了"，这消息如晴天霹雳。不知她是为生活想得太多，是因为受到了惊吓，还是想她在山外读书的儿子。

妈披头散发，莺歌小唱，旁若无人。"妈，我回来了。"妈像没听见似的，我的眼泪扑簌落下来。

整整三年，妈就像外星球的人，她认不得周围的人，周围的人也不认得她了。伯四处求医问药，要治好我妈的病。

从此我妈开始了人间的磨难。请官山那个半流子神人，在我妈床头放枪

（土枪，那时农村家家户户都有装火药打牲口的土枪，后来被国家统一收起来了），"啪""嗵""啪""嗵"，房间成了战场，刺鼻的火药味，呛得人直流眼泪，我妈就是在那样非人道的战场上遭遇折磨，我们心里流泪，但想只要能治好我妈的病，再大的难也认了。

病情越来越坏，妈的身体越来越差。自称"发官"的河南道人，竟然要我妈下油锅，就是把我妈的手放进沸油里，我妈的双手被烫伤。过几天，又要过火砖，要我妈赤脚走在烧红的砖上，我妈双脚又被烫出血泡。

愚昧就像山里的雾气，如果不拨开，愚昧就会如影随形。我们从未提出过异议，也没有一点儿反对，充当了麻木的看客和冷漠的局外人。

"不如归去""不如归去"，说来奇怪，在第三年的春天杜鹃叫着"不如归去"的时候，我妈的病奇迹般地好了，莫不是病魔被杜鹃撵走了？那是一群灰褐色的杜鹃鸟，脖子上有一圈红羽。"阿公阿婆，割麦插禾"，妈又生龙活虎地割麦插禾了。

（柯勇：文章中既有烟火味，又有血浓于水的情。红孩儿：你用朴实平淡的文字缓缓道出了母亲的勤劳善良，把苦难的日子过成诗，历经磨难成彩虹！郑小丽：如此细腻，好有画面感呀！）

## （三）

喜鹊从长满映山红的山腰飞到我家门前的核桃树上叫着。"打箩箩，推转转，舅舅来了吃啥饭？打鸡蛋，烙油馍，不吃不吃三大碗。"一听喜鹊叫我们就唱民谣，这靠第六感出名的喜鹊真灵验。我有好几个舅舅，无论哪个来，喜鹊总会叫。这时候，妈脸上总会露出难以掩饰的杜鹃红。

做油馍是妈的私房手艺。打两个鸡蛋混合花椒面加水和面，反复揉捏，面变得顺服妥帖，用手压成圆形，撒上捣碎的鱼香叶拌猪油，旋转几次折叠过来，压成圆形再撒上芝麻鱼香叶，反复数次。妈在灶前指点江山，把握火候。用"艺术家"的双手托着面饼放进用油涂过的冷锅，中火慢炕，右手不停地捶着面饼旋转着，翻过来，继续捶打。橙黄脆软椒香扑鼻，咬一口，满嘴热香，细细一品，藿香、椒香、油香、面香，一层层地揭开吃，软糯脆交织，舌尖充盈着魔幻的感觉。

家住深山，一年四季少米少面，多苞谷。妈总用巧手把粗粮变得比细粮更让人有食欲。苞谷长黑缨子后，妈就掰一篮子，扔几个给我们，我们的童年在火边烤出苞谷香。妈抠下嫩苞谷米加清水一瓢，嘎吱嘎吱，玉白中夹着金黄的苞谷浆从小磨子的石缝中汩汩流出，青皮饱含浆水的嫩南瓜切成细丝，妈用大蒜大火炒香备用。满瓢的苞谷浆顺着锅沿画圆，木铲子赶着浆水，整个锅里像铺着一层金色的太阳，时间和温度的双重定制成就了妈的得意作品，弹软绵柔的金色苞谷浆薄饼卷上嫩香的南瓜丝，看着就流口水，吃起来软嫩过牙，一软一硬一热一温，相得益彰。加一瓢水煮出来的苞谷浆在锅里一直向上跳，越跳越高，越跳越欢实，越跳越有味道。吃着卷馍，喝一碗黄嫩嫩的苞谷浆，有点甜，还有点微微酸，这是人间最美的味道组合，五脏六腑过足了瘾。"真过瘾！"我们不由得说着。"肚饥好吃麦仁饭！"妈随口说道。"啥麦仁饭？妈，我们要吃！"

新麦麦梢刚黄，妈就割一挑子，打出麦子，一筐新麦子跳进石窝子，在椭圆石臼的武力征服下，新麦脱去外衣，簸箕簸出闪亮而羞涩的麦仁。冷水下锅，大火烧煮，麦仁在锅里大闹天宫。在火的催促下，麦仁啪啪啪地炸开了花，催生了独特的麦香和沸腾的柴火香。热着吃喷喷香，冷了吃过牙而润嗓。妈虽不识字，却能将前辈讲的故事一字不落地讲给儿女听：王莽追刘秀，跑了好多天，眼看要被抓住。刘秀饥饿难当，一位秃头女孩送给刘秀一碗麦仁饭，刘秀感叹着：从没吃过如此香的饭。后来刘秀做了皇帝，总惦记着麦仁饭，就去寻秃女，并把秃女纳为妃子。最后妈还不忘学着文人文绉绉地来一句："一碗麦仁饭，秃女成天仙；好人有好报，天道酬姻缘。"

苦日子也可以有色彩。山腰的映山红花谢了，与叶子连在一起，墨绿色的绸缎伸展到山顶，成为一道流动着色香味的风景。

我到山外的县城上班了，我接妈和伯到城里住。丹江城绿化带中探出淡红色的映山红的笑脸，空气里也弥漫着淡红色的香气。城里到处是人，不像山里到处是映山红，还有好听的鸟叫。没住几天，妈就悄悄回到山里的老屋，她想那红缨子庄稼，想那鼓着肚腩的冷豆，想那白头好事的喜鹊。我就在离县城不远的王家庄给伯和妈买下一户农家房屋，还搭有几亩地。那地又黏又瓷实，不像山里用挖镢头挖地，而是用铲子铲地，半天才铲出晒席大一块地。没一个月，妈又悄悄地回到山里的老屋，她想那松软的菜地，想那林子里的松鼠和刺猬，还有一下雨就长出一地能吃的菌子。妈常说："靠山吃山，山里就是好！"

我又给妈和伯在丹赵路租了房子，坡下就是橘子树，和山里有几分像。忙惯了的人，一旦闲下来就着急。妈常跑到人家橘子树地里弄野菜吃，到金岗山挖鱼腥草、米蒿熬水喝。最多的时候是走街串巷捡废品。不多久，屋子里堆满了她捡回的宝贝。"是缺吃还是缺喝，你要这样呢？""你们花销也大，垫一指头高一指头，你们的负担就轻些！"

"要是闲不住给幼儿园买菜吧！"妈爽快地答应了，可谁知道她大字不识一个，每天五六点钟起床到张家营菜市场询问菜价，肉、豆腐、白菜、葱、姜、蒜，多到十几种，她都能一一记住数量和价钱，原来她有个小本本，上边画着只有她能看懂的文字。人们常说的民间高人，我妈能算一个吧。

"'人挪活，树挪死'是瞎话，你看那映山红挪到城里的绿化带中，不也照样开花，照样想着法做着发达梦吗？"妈不服气地说。

（杨平老师：徐若学的文字中有深情回忆，有画面迭出，有时代变迁，有孝道文化。人间烟火气，成就大作家！你已具作家风范！红孩儿：你笔下的母亲兰心蕙质，还是个美食达人，苦难日子也能过成诗，精神富有，你是幸福的。我却身在福中不知福，我最喜欢吃苞谷、红薯，小时候拿鸡蛋跟农村小朋友互换，大家都高兴，却不知你们之苦。）

## （四）

金岗山的映山红开了。映山红上边盛开下边待放，上边粉红的颜色仿佛流动积淀到下边鲜红嫩小的花苞上。每一朵花都像穿着表演盛装的少女在绿色的绸缎上闻香起舞，又像染了颜色的蝴蝶跟随风的节奏抖动。

妈第一次坐飞机是到台湾旅游，姥姥式的幽默时常把我们逗乐。妈坐在舷窗旁边，飞机进入对流层时颠簸得厉害，妈担心地说："这莫不是在敞篷车上呀！"飞机冲出云层，妈小声嘟囔："这云能托得起飞机吗？"女儿逗逗说："奶奶，这是飞机飞到云层上了。"飞机降低高度，妈向下一看又说，那下边就像你们小时候穿过的格子衬衣，还补了补丁。围绕台北、台中、台南、台东转一圈，看到了海，妈最兴奋。我们都赞美海大而无边，妈却不以为然，"海再大，不还是喝我们那山沟里的水长大的！"到野柳地质公园，都在"女王头"下照相，妈说："你们去照，那分明是块奇形怪状的石头，睁着眼睛说瞎话。"听导游说，台湾是大陆失散的孩子，妈接嘴说，那孩子要想办法回家呀，长期在外不是办法。没读过一天书的妈自有她的一套逻辑。

外出旅游是妈的一种向往，她虽然嘴上不说，但我们能悟得到。妈不喜欢游山玩水，"我一辈子都在山里住，山里有啥好玩的"。而那次到张家界去，看到了鬼斧神工的十里画廊、清丽幽深的金鞭溪，妈感叹地说："山和山不同，山外有山呀，出来走走长见识啦！"到黄石寨人多，我拽住妈的衣襟，妈说："你不用跟我，我丢不了。"奇怪的是，每到一个观景台，妈都在我前头，终于发现妈念的经：导游走我也走，跑过导游不松手。

妈不喜欢照相，她听人说照一回相就丢一回魂。在四川九寨沟瀑布前，妈要我为她照个相，我不解，妈说："这是《西游记》开头的那个景点，回去给老姐妹们看看，孙猴子走过的路我们也走了。"到重庆的渣滓洞，妈看了瘦骨嶙峋的小萝卜头，不停地抹眼泪，听到江姐的故事，眼圈红红的，她把头扭到别处，她怕我们看见也怕自己哭出声来。

也就在旅游中，妈知道山里的映山红其实还有个名字叫杜鹃。杜鹃鸟是映山红的化身，妈说，她亲眼看见杜鹃鸟鸣叫时，大张的口鲜血一般殷红。那些为革命献身的人是否都化作了满山的杜鹃花呢？妈陷入了沉思。

杜鹃花倔强地生长着，无论是石缝还是悬崖，无论是高岗还是平地，杜鹃花都以它旺盛的生命在土地上扎根。

夏天，妈直接睡在瓷砖地板上。如为自己辩解："以前地里干活，瞌睡时就倒头睡在地里，也没啥。"妈就是这样犟，而且犟得有理有据。

那个冬天下了一场雪，我让妈换双有沿的鞋子，妈说："这鞋都跟了我上十年了，从没摔过跤。"就在她说完这话的第三天回家途中，手腕摔骨折了，我问病床上的妈："痛不痛？"妈装作淡定地说："你看关老爷刮骨疗毒都不怕，这点痛算什么！"一个多月，疼痛和妈形影不离，但妈硬是没叫一声。

过完春节，妈把积攒的废品送给以捡废品度日的老姐妹，弟弟要帮忙，妈坚持不让，当她使劲卸下废品的一瞬间，咔嚓一声，"不好！腰不听使唤了！"妈被剧痛拽到了太和医院的病房里，腰椎第 12 节断裂，好在上了骨水泥，减轻了疼痛。回家时，医生反复叮嘱，一定要躺卧两个月。"反正不痛，就是好了。"妈的姐妹一来看她，妈就一骨碌坐起来，3 天后剧痛又找上门来，一查，第 12 节扭曲，第 13 节也断裂，再做手术，妈这次感慨地说："不信医学不行呀！"妈乖乖地在床上躺了 3 个月，还习惯了阳光浴和转街。

白花花的雪把杜鹃树枝压得好低，风掀开雪的魔爪，露出了青葱闪亮的

绿色。

（红孩儿：有爱心，有智慧，还有个性。）

# （五）

一丛丛、一簇簇杜鹃花开得这么密，这么盛，红得发紫的杜鹃花瀑遮住了粗壮的枝干。

妈面色红润，说起话来杠杠响，可走起路来已经慢了半拍，像初春的风走走停停。妈的背明显驼了，但身子还是努力地挺着。到马来西亚红树林去看萤火虫时，一股海水从民船的顶篷上冲过来，打在妈脸上、眼睛上，1个多小时妈没吱声，等下船妈睁不开眼才说起这事。妈的忍耐和坚毅是有口皆碑的。

孙女徐霞远嫁浙江，妈老是嘀咕："要去看看才放心。"看到徐霞在江山过得好，妈笑着说："我的经没白念，我的祷告灵验了。"孙女徐霞激将奶奶："奶奶，我们这儿有个江山，陡峭得很，就怕你爬不上去。"妈反问："你们不是常说，'明知山有虎，偏向虎山行'吗？我偏要登！"妈硬是从羊肠小道爬上去，从木梯爬下来，3个小时大汗淋漓，妈征服了江山，江山也服了我妈。心中装着执念，做了才有话语权。

到澳大利亚最北方莱恩斯，妈和我们一起坐小飞机去海上看珊瑚礁，飞机的马达声和机翼的转动声震天响，妈却能呼呼大睡。"心底无私，才能旁若无人；曾经沧海，方能处变不惊。"妈说这是《圣经》上说的。

到新疆禾木村，妈异常兴奋，这个封闭的村落和我们杉木观有几分相似。一个个小木屋就像一个个古老的传说，清亮的河水像一群尥蹶子的小马，挺拔的白桦树像维吾尔族的姑娘甩着长袖。妈迫不及待地登上马鞍，拽着缰绳，吁……吁……在六七十度泥泞的九曲回肠的斜坡上骑马登山，那时，妈就是佘太君，挥马扬鞭，驰骋疆场。"老骥伏枥，志在千里"正是她的写照。

如今，妈成了玩抖音的师父，她教会了她身边的姊妹，还在网罗着新的徒弟。去年妈帮她妹妹买了一个二手智能手机，硬要我小姨上网，说要带着妹妹齐步走。妈还时不时地给她那8个里孙、外孙嘘寒问暖，给他们在微信上讲她看到的稀奇事，特别叮嘱："注意安全哦！现在骗子多，把灯捻子拨亮些哦！"我敢说，活到老，学到老，妈是一个典范。

我喜欢杜鹃花，因为妈也喜欢，像一簇红色的火苗，随时随地都会点亮生命的光彩，点燃时间和空间，开在每一个听得见杜鹃叫声的人的心中。

妈走在开满杜鹃的路上，前边的路还很长，前边的风景更迷人，还有好多事要做，还有好多路要走，还有好多梦要做。

妈正马不停蹄地走在不同凡响的路上，"健康生活一百岁，是诗和远方，只争朝夕"。妈成了晚辈们的标杆。

（姚文波：文采飞扬，再读一遍，触及了内心的柔软。姚海生：徐老师的母亲很优秀，上初中一年级的时候去神仙岩玩，晚上怕我们吃干粮不顶事，还给我们几十人做饭吃呢，想想就让人感动！）

# 我爹是王老师

**题记**：1998 年我成了井沟村的女婿，发现井沟村藏着好多秘密。井沟村地处偏僻，为什么却成了老营的一张名片——井沟一条街？井沟有个传奇人物，23 年教书，25 年当书记，可为什么别人都喊他王老师？

## （一）溪谷清清

在草店码头上游，有个小滩涂叫王家河口，顺着王家河山沟向沟里走三四里就是井沟村。这里山高坡缓，密密麻麻的松树与杂草覆盖着丰腴的山体，勾勒出山的曲线和天的轮廓，山间小路交叉蜿蜒。

20 世纪 80 年代，井沟村共 3 个小队，五六十户人家，100 多口人。我老泰山的家就在二队。从老营镇过土门，穿杨家畈，经石家庄，爬过山的腰窝，跟随一条小溪流，沿着弯弯曲曲的山体拐三道弯就到了平缓的溪谷底，老泰山的家就在这三岔路口。这里就是陶渊明诗里所写的"暧暧远人村，依依墟里烟。狗吠深巷里，鸡鸣桑树颠"。

我媳妇王娥子讲起老爹来情绪就高涨："爹是村里有名的王老师，不论男女老少都这样叫。晚上在王老师家听故事，这是无须预约的。王老师白天在村小教书，晚上在家里开故事堂。王老师把树疙瘩烧得旺旺的，讲起故事来天南海北、古今中外，有桃园结义、聊斋志异的影子，也有历史更替、伟人形象，更有书生佳人的良缘。"

"你对爹印象最深的是哪件事？"我追问道。"我 9 岁那年夏天，爹要午

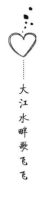

休，让我2点15分叫醒他。爹给我一个老式闹钟让我到时间喊他，我坐在门前的那棵白杨树下，边写作业边盯着闹钟。心里嘀咕：短针指向2是2点，15分怎么数呢？对了，闹钟的盘面一圈分成12份，一份会不会是5分钟呢？15分钟应该是数字12右边的第3格位置，应该是数字3的位置，也就是长针应指向3的位置。我盯着闹钟数格子，时间到了，我准时叫醒了爹。爹起来后看了看钟，又看了看我，笑了。爹布置的'报时'任务让我尝到独立思考、自主探究的甜头，懂得了遇事先琢磨，后验证的道理。"

"爹的教法还很有一套呢，从生活中来到生活中去，用的还是启发式！"我不禁肃然起敬。

我问："你是井沟唯一一个考上二中初中部的学生吧，从这山沟能送出一名优秀学生，你和爹哪个厉害？"王娥子激动地说："那肯定是我爹呀！我要升初中了，爹不知从哪里找到一本厚厚的自编手写油印的数学资料，每天晚上一张单元试卷，开启了强化刷题模式。记得有一个晚上，一个相遇问题难住了我，爹提示了关键点，笑着说再想想，自己做！我在煤油灯下又练习了半个小时，爹在隔壁说九点半了睡觉，明天到班上听答案。不一会儿，我做出来了。在爹的强化训练下，我与伙伴们学习进步很大，小考时我的数学考了98分，也因此顺利考入市二中，另外2名伙伴考入老营镇中学，6名伙伴考入石家庄村办中学，升学率100%。学生用成绩回报了爹的爱岗敬业！"

"爹是村小负责人，肯定操了不少心吧！"我又问道。王娥子回忆道："王家河口有时会涨起滔天的大水，有时河水会退下去很远，露出大片的土地，爹带着学生抢种油菜，到仲夏抢收时，爹安排小点的学生抱油菜，大点的学生割油菜、挑油菜。记得那时我憋足劲颤颤巍巍地挑起两捆油菜，爹看见了，点着头冲我笑。爹让我懂得了扎实肯干才是硬道理。"

"爹是村里的文化人，肯定也有不少趣事吧！"说起趣事，王娥子眼前一亮，接嘴说："我爹还很幽默呢！记得小爹谈未来的小妈那会儿，未来的小妈带着妹妹杨永莲来'看人家'。晚上，一大堆人坐在火堆旁，仰着脸等着我爹讲故事。我爹想了一会儿，看了看四周，不紧不慢地开讲了：一个如花似玉的姑娘要去进城赶集，路途遥远，被一条宽宽的湖面拦住去路，这时一位年轻的艄公摇着船靠近岸边，让姑娘坐上船，摇着木桨高唱着自编的歌谣慢慢划着，只听见断断续续地唱道：'欢歌笑语……迎接贵宾……扬帆开船……勇往直前……莲花盛开……'后来，姑娘上岸了，问年轻的艄公唱的什么。艄公说，每句词语的开头第一个字连起来，就是'欢迎杨永莲'！哈哈哈哈！客人杨永莲羞涩地笑了，我们对着爹和杨永莲鼓着掌笑着。"瞧，爹编故事是信手拈来。

## （二）松针尖尖

井沟村漫山遍野的松树，王老师教村里的孩子读诗："大雪压青松，青松挺且直。要知松高洁，待到雪化时。"孩子们说："在我们眼里，您就是青松！您看，您身体板直，公正无私，教我们一个月没有几个钱，但您无怨无悔！"王老师谦虚地说："我不是松树，充其量我是松针，冬天给你们取暖，夏天为你们遮阴！我要把你们培养成松树，将来成为国家的栋梁！"

"松针尖尖，顶风击雨，战寒斗暑；为人师表，含辛茹苦，披肝沥胆；守住师德，历经苦难，痴心不改。"这就是王老师23年教书生涯的写照。

"村里的孩子没人教，我去！"王老师（大名王长华）在均县二中教了半年便自愿回村当起民办教师。那时气象小学教学点只有30多名学生，王老师采用复式教学，给左边的一年级上完数学，让一年级学生写作业，再给二年级学生上语文，如此循环往复，一天下来腰酸背痛，但他从不叫一声累。后来，丹江大坝蓄水，移民搬迁，他又转到太山庙中心学校教书，每天来回要走二十几里路程，这样一干就是8年。

"1972年那时我四五岁"，王娥子眨巴着眼睛，仿佛有重要故事要讲，"井沟村大队部有3间土房子，靠河口那边一间关着村里的五六头牛，另外2间就是井沟村里的小学。小学的校长是我爹，还有一位教师叫罗圣启，学生50多人。那时男生们剃着光头，手持木质'红缨枪'，那枪头用墨水涂抹得红一块白一块，列队进行操练，现在才知道那时他们都叫'红卫兵'。男女生排着整齐的队伍唱着《东方红》，读着'大字报'，进行着轰轰烈烈的校园生活，看着我姐、我大哥和同村里大哥哥、大姐姐们的'学习'，我好生羡慕。"

大队部那3间土房子还是危房，墙壁开裂，冬天风往屋里灌，一遇到雨天，外边大下，屋里小下，用几个盆子接雨水，雨水把盆子打得当当响。"没有校舍怎么办学？我们自己建所小学！"新加入队伍的罗圣启老师提出疑问："盖小学谈何容易，木料从哪来，资金从哪来？""有条件要盖，没有条件创造条件也要盖！"王老师不容置疑地说。

说干就干，秋天树叶落后，一到休息日，老爹和罗圣启带村民等十几人

到长房岭放树，每个人都带着粮食到附近农户家里一起搭伙吃饭。砍树、截树、去皮，然后把树干支在石头上，风干晾晒。花梨树做柱子选直条的，栗子树做过梁选无疤的，松树、桦树做椽子选树径大的。他们的衣服被挂破了，手划出了血口子，一个工友幸亏跑得快没被树压倒，几乎每个人的身上都留下了疤痕。等下雪了，踩着尺把深的积雪，在树干小头的下侧拴一根粗绳，顺着雪地向河边拉，人在前边跑，树在后边撵，一不小心，脚后跟就被树蹭掉了皮。

王娥子回忆道："有一次，我和几个小伙伴正在家附近小溪里玩冰，有伙伴对我喊道'你爹回来了！'我抬头一看，爹拿着一根扁担在河堤上远远走来，我喊声'爹'，他对我笑笑，却不自然地'扭'着回家了，我看见他脚后跟一片红。'是什么？爹穿的新鞋子？'我暗自疑惑，爬出水沟，飞快地跑回家想看个究竟，回到家才知道，爹的脚后跟被树蹭掉了一大块皮，血顺着草鞋往下滴呢！我心痛极了，问爹：'痛不痛？'爹说：'小伤不下火线，习惯了，不觉得痛！'"

春夏之交，下了大暴雨，爹带着队伍去金沙萍捞树，放进水里的树，一浸泡就变得十分笨重。有的树听话，顺着水流走；有的不听话，在水里打转；有的叛逆，树根硬是挂着石头不走。爹的队伍和那树、那水斗智斗勇，软磨硬泡，绳绑伺候，但仍无济于事。爹想了个办法，让村里人把小渔船划到这儿，把树干和树干用绳索或者铁丝连接，用渔船牵引着，顺水流而走。队伍浩浩荡荡开向王家河，下了船，这些树被肩扛背驮送上拖拉机，运到井沟2组与1组山岭半坡碾山，7年时间先后盖学校8间。"读书不出村"，家家户户为爹和他的队伍感激不尽。

有村民记得，那时复式班有5个年级，70多人，靠王老师指挥得当。带着人定胜天的信念，自己的学校自己办，也把村里的教育办得有声有色。

（许红辉：好有画面感，而且读起来欢快有趣。）

## （三）藤树蔓蔓

1983年春季，教管会领导找到老爹王老师要给他转正，"当上公办教师，吃皇粮了！"但王老师高兴不起来："村里没有通路、通电、通水，老百姓的日子过得还很苦，学校还是土房子，教育还很落后！村民没有经济收入，生活困苦。我当了公办老师，自己和家庭可以衣食无忧，但大家怎么办？"他有个更大的梦——当村书记，全心全意为村民服务，带领大家致富奔小康！

全村人十分感动，都纷纷投票选举他担任村书记，他的义举也得到了管理区领导和政府领导的高度评价。

"再穷不能穷教育，再苦不能苦孩子！"王老师上任书记的第一件事，就是建一所宽敞漂亮的村小。他说："你看，二战后日本一片废墟，但很快发展成为世界经济大国，靠的是什么？是人才和教育，人才和教育是大炮轰不掉、飞机炸不毁的。我们村要想发展经济，首先不能让孩子们当睁眼瞎！"没有请"阴阳仙"，他自己反复勘探，确定把新校址选在人烟稠密的井沟村二组小溪对面的山梁上，这里向阳、离水近，是块风水宝地。

王老师带领全村劳力利用农闲时间修板车路。叩石垦壤，镢头向土里钻，铁锹向天上扬，板车在路上飞，"王愚公"带着他的村民硬是把山梁子挖成了平地，不到两年工夫，就建起了砖瓦结构的教室。村里的孩子坐在窗明几净的教室里放声读书。孩子们读着，家长们笑着，山雀儿们叫着。

当时村里流行"四个基本"顺口溜：出行基本靠脚走，照亮基本靠煤油，找媳妇基本靠哀求，吃水基本靠担悠。

"要想富，先修路！"1985年春季，王老师带着村里的明白人勘察线路。他让人在石家庄山根、半山腰、山顶分别立一根杆子，杆子上绑着红布，杆子和杆子之间拴上葛藤，拉直，地面顺着葛藤用草木灰画出线。又从山顶、后山腰、三岔路口3个点对齐，如法炮制。他拉着板车带着村里人热火朝天地干起来，没有资金，没有炸药，只得按照大致线路随弯就弯，用板车四处拉石头砌路基，把挖出来的土混合沙子垫在低凹处，然后用筑墙的木夯夯实。太阳照在井沟山上，朝阳把王老师和筑路工的影子向西边拉长，夕阳把他们的影子向东边隐藏，正午的阳光抚摸着他们手上的血泡，腿上的口子，还有用泥土化过妆的脸。阳光被感动，撕下一块云帕拭泪，躲在了乌云背后。

接近山顶有几十米十分陡峭，"路修好了，即使摩托车也冲不上来"，年轻人担忧起来。王老师琢磨了好几天，他硬着头皮去找镇里要了些雷管和炸药，点燃引线轰的一声炸开了一道大口子，大石头也炸开了花。他们用炮钎、十字镐、锤子，一点一点，一寸一寸，镢头、铁锹齐上阵，硬是用小刀割大树的精神把山剁下一截。

王东萍说："我二妹王文娥是第一个考出去的，村里人都说，等二姑娘出息了回来把路修通，没想到最后老爹把路修通了，等二姑娘找个有本事的女

婚就不用步行走回来了，而是顺顺利利地开车回来。"路修通了，顿时热闹起来。板车、自行车、拖拉机奔忙起来，偶尔还有镇上的摩托车过来摆谱，小汽车跑到王家河撒娇，小货车来村里转悠。王文芳回忆说："村村通路修好后，我爹还带着村民在每条沟修板车路，通到各家橘园，修通了发财致富路。"

村里有十几个大龄男青年找不到对象，这些家庭的父母都找到王老师，让王老师做媒给儿子配个媳妇拴住心。王老师眼前一亮，河对岸有的是姑娘呀，何不到寨河、支河那边去看看。王老师把河对岸的聋爷请到井沟居住，用王老师的话说，这叫"人才引进"。聋爷能说会道，以前成功地配成了几对鸳鸯。"梧桐树下也有了红娘，但为什么还引不来金凤凰呢？"王老师犯嘀咕问道。"人家都嫌你井沟村人穷，'嫁汉嫁汉，穿衣吃饭'，饭都吃不上，姑娘凭啥嫁到你王家河？"聋爷有话直说。

井沟山上有好多藤树，树上生藤，藤上生树，藤缠着树，树拥着藤。在王老师眼中，村民的大事小事都是他的事，他和村里人就是藤缠树，谁也离不开谁。

（李荣甫：积善之家必有余庆。杨富海：教育少了一个精英，村里多了一个为民办实事的书记。晏根合：优美文笔加上真实故事，读来情真意切。）

## （四）秋橘累累

"嫌我们娃子穷，我们得打个翻身仗，让那些姑娘们看看，井沟村的爷们是纯爷们！"王老师愤愤不平地说，"会选的选儿郎，不会选的选田庄，我要让那些'选田庄'的姑娘小姐们后悔！"

王老师想起 1983 年那年政府宣传开发经济林，各家都发了几棵橘子树苗试着栽种。他到王计耀沟去看当地村民栽下的橘子树，树上竟然结满了果子，黄澄澄的。他随手摘下一个，在鼻子上闻闻，有股钻鼻的果香，剥开，取下一瓣，放在嘴里，细细品尝，酸中回甜。这是井沟村的吉祥果，我们要大力推广种植这种水果，让老百姓的口袋鼓起来。他越想越激动，越想越有思路。

他和村干部商量如何做好老百姓的思想工作，如何让大家立即行动起来。王老师在村民会上给老百姓算了一笔账："我们住的这个地方是北温带，就这儿能种橘子，而且橘子口感好。大家听说过吗，离我们这不远的黄家沟，以前可是给朝廷生产贡橘的。我测算了下，一亩地可种 90 棵橘子树，每棵树可产果 150~200 斤，每斤 0.5 元，产出能有 6500~9000 元，是种麦子收成的 10 倍。我们提倡大家种橘子树，想发展的报名，村里免费提供橘子树苗，有需要技术指导的村里来请。"王老师还把种橘子树的要领，编成一页纸，分发给各家各户。

"说一千，道一万，不如做给群众看！"王老师带领家人干起来。各家各户就如火如荼地改造橘园、坡地、菜园、林地的空隙、撂荒地。田沟地头人头攒动，抽槽子是个规范活，得挖 3 米深 6 米宽，横成排竖成线，树间距为 3 米，这样 2 年育苗，3 年挂果，5 年见收。有的农户五六年还没见收，急得去找王老师，王老师到地头一看，橘子树长势喜人，"人要管，树要砍，你这树要修剪枝条，树忙着长枝不长果"。王老师拿着长剪子咔嚓咔嚓地剪起来。"要留强剪弱！把弱枝剪去，让树一心一意挂果。"在王老师和技术员的指导下，村民们都念起剪枝经、翻地经、施肥经和销售经。对每棵树公平对待，果子的形状和大小才会匀称，才能卖出好价钱。

一名住在村里的外地橘商对王书记说暗语："你们这儿，坡上结满瓜，家里不开花，要想卖出瓜，家里得开花。"王书记脑子灵，明白橘商说的是，村里晚上电灯"两天亮，三天不亮"。因为井沟和西沟共用一个变压器，电压不稳，电量不足，点灯就是亮着也是一星半点儿光。如何让家家户户晚上开花，关键是要有自己村的变压器。他四处化缘找供电局出规划，村里拿出全部积蓄，村民户户动员，出工出力，用蚂蚁啃骨头的精神把几千斤的电线杆抬到了山上，安装调试新变压器，从此，山村亮堂起来了。王杰说："我们小孩子最盼望天黑，一到天黑就飞快地跑到门口，咔嗒一声拉亮院子的灯，恍如白昼的灯下，我们一群小伙伴尽情地追逐嬉戏。灯照亮了山村，也照亮了我们的童年。"

（尚秀丽：王老师为村里办了 5 件大事，叫"5 件事书记"，这是真心真意为百姓呀。）

## （五）星光闪闪

天上的明星现了，井沟村的路灯亮了。孩子们在星光和灯光的簇拥下唱着改编的儿歌：

"一闪一闪亮晶晶，到处都是小星星，挂在院里放光明，好像许多小眼睛！"

"吃不穷，喝不穷，没客登门一辈子穷！"王老师在带领全村发展种橘子树时，他除了自己自学管理技术和销售知识，还常请技术人员来给各家各户一对一指导，有时是现场开讲。王皓说："我爷爷骑着自行车去请技术员，改良橘子品种和口感，橘子产量大增。"王老师还请教管委会的领导来村小学指导教学，请管理区领导来指导村级发展。他的虚心求教，赢得了各方的支持。他请人来，都是自掏腰包，在他家吃、在他家住，他家成了村里客人的老饭店。村里有人说："王老师真傻，给村里办事，自己贴酒、贴肉，值得吗？"王老师微微一笑："毛主席说过，天下为公！"

王老师是毛泽东思想培养出来的人，他吃苦耐劳，一心为公，毫无半点私心杂念。一是一，二是二，卤水点豆腐，清清白白。有人给他算了笔账：他们全家舍不得吃、舍不得喝，用自己家养的鸡、猪、羊款待村里来的客人。他当书记25年，自己贴生活费十几万元，他其实就是一个没拿工资的义务书记。

"天不下雨，天不刮风，天上有太阳。"1990年天旱无雨，村里的橘子树都旱死了。王老师没有怨天尤人，带领全村人从头再来，硬是用三四年时间，重整旗鼓，建成了抗旱能力强的橘园。讲起1990年橘园遭受旱灾重建，王文富激动地说："那时王老师指导我们做了3件事，换橘子树品种、深挖树槽、四周留林地，后来的二三十年，橘园再没有被旱灾打倒过。"

耕耘和收获在科学管理下成正比，王老师把十几亩自留地全部种上橘子，丰年每年能产十几万斤橘子。

2002年我来井沟村过年，看见井沟村的小溪两侧新盖了许多两层小洋楼，路两边还有太阳能板路灯，干净整洁的道路旁还栽种了各种花草和果木，家家的厕所改造成分男分女的隔间，听村里人说，井沟村上十堰市电视台了，被称为"井沟一条街"，王老师的纪录片还在各村巡回播放。2005年冬季王老师还被评为劳模，登上了领奖台。可那时，我看到的是王老师一家还住在3间砖瓦房里，他这是为了大家，舍了小家呀。他的小女儿王文芳说："我们家虽没盖楼房，但老爹的证书码了一柜子，这比房子珍贵吧！"虽然她小女儿说这话时有点酸酸的，但那大红的证书却真真正正见证了王老师的精神和人格。

大姐王东萍抱怨过，"老爹在村里当书记，认识了好多人，但他没有给他的儿女谋得一官半职，我们姊妹都没沾到他的光！"她接着转过话头，"但就是因为心底无私，他退休后才被人牵挂着！近几年老爹没在井沟村住了，不少老百姓专门去找他，去感念他，现任的村书记王成被他的口碑所感动，还专程拜访他！"

"先做人，再做事，做事凭良心，别为了蝇头小利而丢了人品。"王老师用他的一生践行着他的做人做事准则。

大姐王东萍现在是六里坪镇的村医，她还道出了一个惊天的故事："1969年春天我刚记事，老爹在汉庄教书，和在大柏树村当会计的王长明九爹交往多，王长明九爹患肝癌在丹江住院，老爹担心他孩子还小，顶梁柱不能出问题。虽然老爹又黄又瘦，但毅然决然地跑八九十里路给他输血，细心护理他。王长明九爹还是走了。老爹擦干眼泪，拉上板车、穿着草鞋把九爹拉回井沟村，回村时双脚已经布满血泡，双肩已经破皮。老爹还承诺帮他把孩子养大成人，老爹兑现了他的承诺。"

王老师的一生是用义壮行的一生，无论是教书还是当村书记，一桩桩，一件件，无不是一个个义举、一段段传奇。

王老师喜欢和半大的孩子一起数星星，小孩子们指着最亮的那颗问王老师叫什么。王老师说，那是北斗七星中最亮的一颗，叫启明星，就是它把天空点亮的。孩子们似有所悟。

（赵志康：王老师是正能量的化身，是村民心里的启明星。）

## （六）库水汹汹

建校、修路、说媒、种橘、改电，短短 8 年时间，井沟村在王老师的"金手指"下点石成金，村民慢慢富裕了。王老师又回归生活，用巧手慧心激活村民的幸福指数。

"记得小时候，桶挑缸储，吃水如吃油，一盆水几个人轮流洗脸、洗脚！"王杰回忆着，"我爷扛着镢头漫山遍野在山沟找泉水眼，我爷火眼金睛，众里寻他千百度，功夫不负有心人，我爷在计耀沟一镢头下去，终于挖出了水。我爷带领全村人深挖井，长铺管，泉水通到各家各户灶台、院子和厕所。"杨露说："有了水，我们到外公家玩，拧开水管就可以咕咚咕咚畅饮山泉；有了水，家家户户房前屋后绿意盎然清清爽爽。"徐怡冉补充说："外公不是水的生产者，而是大自然的搬运工，用的是水往低处流的智慧搬运。"

部分农户只种橘子不种菜，吃菜是靠到别人地里打游击；有的农户一心种橘子，不养鸡鸭猪，吃肉靠买。王老师提出有钱了还要会吃，还要吃出健康。他要求每家每户必须有供应自己厨房的四季蔬菜，年底家家要吃上自给自足的绿色生态肉蛋。

王老师厨艺是属于不鸣则已，一鸣惊人那类的。他做的火烧馍，花纹细密而逼真，客人都夸他的手艺高；他做的蒿子粑粑，微苦中有甜香。杨筱说，他最喜欢吃外公做的蒿子粑粑，外脆内软，忆苦思甜。王老师做的甜辣口味的小鱼，当时是他那群里孙、外孙追捧的美食。

王老师的酿酒技术更是一绝，熬制的米黄色的大曲水晾冷后装入酒坛子，把小坛浗汁酒用干净的纸盖在口上（不要粘贴），把浗汁酒坛口向下倒过来放进大坛子，慢慢抽出白纸，让浗汁酒和大曲水慢慢融合。这种黄酒黄而亮，色泽、口味都出奇的好。

王老师还有一个夏天让肉保鲜的小诀窍，他把肉放进小桶存于井底，虽然没有冰箱，但夏天仍然能吃到鲜肉。

杨筱说："也出现过啤酒爆炸、高压锅从堂屋飞出去等惊心动魄的事，但外公提前都有预判，最后化险为夷，我们都没有受到伤害。"

王老师童心未泯，他喜欢陪小孩子打扑克牌，和小孩子一起翻绞绞，猜谜语；跟随小孩子一起去田里捉泥鳅，他总结的浑水摸泥鳅是孩子们学到的新招；他还在插秧前鼓动孩子们去捉水蚂蟥，然后用打火机烧，他说这叫为民除害。

王老师是这样快乐，村里大人小孩都喜欢到他家玩，王老师家成了快活堂。

但灾难并不因为你是中国好人就不降临到你的头上。那是1991年的端午节后，王老师的二儿子春娃到他老丈人家帮忙割麦，春娃划着船去的，河上一碧万顷，波澜不惊。但就在傍晚划着船回家时，突然山洪涌动，库水汹汹，狂风大作，把春娃划的船掀翻了，春娃和他丈人不幸身殁。当王老师得知此事时，捶胸顿足，号啕大哭，要知道春娃相貌堂堂，一表人才，是村小学的教师，也是王老师的接班人呀。这种打击如晴天霹雳，猝不及防。王老师的精神一下子垮了，仿佛天塌下来了。

村里人都来看望王老师，政府各级部门的朋友都来安慰王老师，亲人自家人都守在他的身边。"没有过不去的坎！""人走了，但活着的人还得好好活着！""再说你还有一个儿子三个女子！""算命先生不是说你有三个女儿三坛子酒吗！""我们还等着你带领我们奔小康呢！""王老师，你是见过世面的，天大的事都不会把你压垮!"在大家的安慰鼓励下,一年后,王老师走出了中年丧子的苦痛。

屋漏偏逢连夜雨。1993年春,王老师接到法院传票,春娃的媳妇起诉到法院要多分房子和橘子树。王老师只说了一句:"人间自有公道。天要下雨,娘要嫁人,让她去闹吧。"最后,春娃的媳妇败诉,王老师说:"人要讲良心,该给你的都给你了,不该给你的也给你了,想让死去的人不安生吗?老天有眼呀!"

"我是村里的主心骨,我要振作起来!"王老师暗暗提醒自己,"把心思放在老百姓身上,回报他们帮我渡过的难关。"那次,三组有家家庭闹矛盾,要死要活的,王老师上门调解,调解完后,往回走,天黑路远,山高林密,王老师一下子迷路了,因为急着找出路,不小心被石头绊了一下,摔进了刺架,胸脯疼痛,动弹不得,直到早晨才爬起来。路人发现后,送到医院,左胸肋骨骨折,医生惊讶地说:"老爷子太刚强了,竟然不怕痛。"

2007年,王老师65岁,光荣退休,在村书记位置上任职25年。

退休后的王老师不改党员本色,积极为村里建言献策,用他的刚正不阿影响着周围的人。10年前,王老师因为轻微中风住进了武当山医院,一个病房的三个病人进去时大家有说有笑,但没过半个月,两位病友相继离世,王老师十分伤感,第一次感觉到生命的脆弱和不可预知。出院时,医生嘱咐他出院后,要戒烟限酒。这次,他显示出了共产党员的坚定决心,出院后一根烟都没再抽过。要知道,王老师抽了一辈子烟,烟对他意味着什么。他的决心和毅力,再一次令我吃惊和佩服。

王老师80多岁了,跟随儿子儿媳住在我们身边,但他总是顾虑重重,有时眼泪汪汪。"有什么呀,儿子女子都是你的子女,都有义务为你养老!""老爹不要有老思想,女儿女婿都是你的儿女!""再说,你现在是儿子儿媳妇伺候你,你就别多想,天天快快乐乐的!""老爹,你现在耳聪目明,要制定个目标活到100岁哦!""要想健康长寿,你要多吃饭,多运动,多与人交流!"亲人们都在劝他。

"大姨父,你要是晚上不走路,娥子姐姐一会儿来陪你走!"王老师一听,晚上就走得更起劲了。"健康长寿得靠自己,我的上帝是自己!"王老师遇到他的老弟兄不停地诉说着儿女的孝顺。

有妈在,家就在!有爹在,家就在!众人都期盼王老师王书记不减当年

风采，做最美的夕阳，在井沟村的上空唱响《最美不过夕阳红》。

（陈黎钰：朴实文字道出真、善、美的"王老师！王书记！"也展现出一家人对老人晚年幸福生活的良苦用心。关键是对身体和心理给予了全方位照顾。扶老、养老传家久，尊老、敬老泽世长。杨富海：王老师真是多面手，家里家外都是行家。文章是为王老师立传，也见证了井沟村的发展史。尚秀丽：徐大师写出了朴实真实的王老师的辉煌岁月。）

# 我的九年"抗战"

引言：我不是水做的，但我爱水。孔子说，水有九德，而我固执地认为教师是水。或泉水汩汩，或溪水潺潺，或小河悠悠，或江水浩浩，只有一个目标，那就是东向入海。

## （一）那个树

神仙岩的泉水眼就像一个宝瓶，清甜的水一个劲儿地淌着，淌成一条瓦亮瓦亮的小溪，装着天光云影，装着山花鸟鸣，也装着我的梦中春秋，就这样，流着、流着……

那年我18岁，我被分配到水竹园小学上班了，这是鄂西北大山里的一所袖珍学校，是一所只有3个班管理区小学。

我穿着黄色喇叭裤，留着小分头，我奶奶说，你瘦得像麻秆，长得像帅猴，管得住学生吗？我做了个成吉思汗弯弓射雕的动作，告诉奶奶："可别门缝里看人，把你孙子看扁了。"

"上课！"五年级学生站起来就像地里的红缨子玉米，齐刷刷地用一双双眼睛射向体重不足110斤的"麻秆"：你，就凭你，教得了我们？我深知草船借箭的奥妙。"同学们，都说我们五年级班充满了力量和智慧，哪个敢跟我掰腕子？上来几个。"比我高半头的谢同学败下去了，班上的掰腕子冠军张开手掌，我用大拇指顶住掌心，四个手指像钳子一样握住了金同学的手，稳稳地，慢慢地，金同学连败三局。全班同学叫着："徐老师牛！"明眼人知道，我借了大拇指的力呀！

溪流旁，树站得笔挺笔挺，还在水里照个影，风一吹树就沙沙地响，没

有谦谦君子默不作声的故作高雅，溪边的树给了我启迪和暗示。

上课铃响了，教室里乱作一锅玉米粥。我没有立即进教室，也没有大声呵斥。在教室外足足站了30秒，之后三步并作两步，像溪边树稳稳地站在讲台上，又一个30秒，眼睛扫视着整个教室。班上42名学生像被吸进了泉眼里，一点儿声响也没有。我把声音压到最低但字字都清清楚楚："君子慎独！"同学们疑惑不解，我提高音量激情地解说着："品德高尚的人，就像那溪边的树，任何时候都不越雷池一步，老师在与不在一个样！有人看见没有人看见一个样！有人管与没人管一个样。"同学们不约而同地望向窗外溪边那树。以后，班级就像变了个样，"动若脱兔，静若处子"，铃声响歌声起，歌声落书声起。

后来当了教研员，我还把这个故事总结为15个字，讲给刚上讲台的新老师：站得稳，盯得住，打得开，说得脆，不谦虚！我怕新老师听不明白，还现场演示，足见我的书呆子味。

溪边高树林立，启迪着、引领着、感召着像我这样胸无成竹的小先生。

神仙岩的溪水流到了三岔河水库，然后打着旋流向两河口；红石岩的溪水从学校旁擦肩而过，走上百十米与三岔河水库的溪流邂逅，每一次邂逅都是一次心花绽放。

溪边的树一定记得，我们站在溪水里晨读，薄雾围观过，鸟鸣伴奏过，我们摇头晃脑，忘情于书本里的情境，琅琅读书声时常错过铃声。每周的自然课，我们都在田埂上、河滩里开讲，苦苦寻找，细心观察，按图索骥，读读讲讲，议议练练，阳光做助教，为我们的自然课撒上了花椒面。

碧绿的菜畦，没有光滑的石井栏，却有高大的皂荚树，形似超长扁豆角的皂荚，被接连不断地玩出魔术，男孩子的脸越洗越白净，女孩子的头发越洗越亮，记忆中聂同学和吴同学的辫子最长，还夹杂着小辫子，就像《射雕英雄传》中的黄蓉，在花衬衣的招展下格外闪亮。

我教学的第一桶金是在草店小学挖到的，郭老师声情并茂，像铁扇公主扇得学生激情飞扬；方老师大师放招，《猴子捞月亮》妙趣横生，还有一帮学法见长、身怀绝技、个性张扬的学生小老师建长议短。我把这些资源整缸整缸地搬给我的那些山村学生，课堂每一节都要新的，这节课我从课文末尾的一个句子开始溯源，下节课我可能从课文中的一个词辐射全文，我也可能在某节课上让学生当小老师备课讲课，教学设计就像溪流，流动起来了，在阳光下泛着粼粼的银光。

学校派我参加全镇优质课竞赛，我讲的内容是《白杨》，我读了十几遍，强烈的画面感感染着我，以读带讲，在主问题下层层追问，还配上写意画和自编的短歌。课在盐池河小学讲完后，我的课成了争论的话题，一派认为好课是读出来的，一派认为语文课配画、配歌，成了大杂烩。最终我拿到了第一名。据说，事后，盐池河小学魏校长多次从多侧面研讨《白杨》设计的流程，以在全校推广借鉴，这个是我没有料到的。

"居高声自远，非是藉秋风。"草店小学的同学来信了，说外边的世界很精彩；水竹园小学学生的信寄出去了，说山里的世界很神秘。校园里，树上的蝉垂下像帽缨一样的触角，吸吮着清澈甘甜的露水，响亮的声音从挺拔疏朗的梧桐树枝间传出，同龄人之间的友情就是这样流淌着，像溪水无拘无束、无遮无拦地流过青草地和芦苇丛。刘同学记忆犹新地说："正是受过那时男女正常交往的友情观影响，我们有能力引导自己的孩子顺利度过青春期。"

掬一捧溪水，淡淡的花香搅动绿色的山影子，从唇齿间舒爽地流到心底。

（点评：山东有个杜郎口现象，数以万计的校长、教师去学习取经；丹江口有个盐池河中学，30多年教学质量名列全市前茅，质量长盛不衰，作者被称为"盐池河中学现象"！《我的九年"抗战"》，从"我"的角度，将用20期文稿探究这个现象！）

## （二）那个戏

曾经沿着校园外的溪流上溯，溪水从石缝里探出来，跳进水潭，在鸟鸣的催促声中哗哗地消失在乱石滩，又在不知不觉中渗出一股股清凉。

三岔河水库是水竹园小学的一张名片。"这节体育课是水库45分钟游！有两条路分两队，一条爬坡穿越半山腰，一条沿溪水顺路而上，自由选择！以所有成员全部到达计算胜负。"一声哨音，学生们脱缰而出。

结果爬坡那组胜了。"请两队发表感言！""我们队是小路，路途险要，我们互相扶持，打整体仗！"快嘴李同学说。"我们队是坦途，但路途远，各自跑各自的，没有照顾到落在后边的。"张班长愧疚满满。我问大家："谁知道这三岔河水库是怎么建成的吗？""人多""肩挑背扛""吃得苦中苦"，都有理，其实就是把人心拧成了一股钢丝绳。

"人心齐泰山移"，元旦晚会如火如荼地筹备着。晚会进行曲敲掉了冷风的獠牙，提前写好的颁奖词沸腾了只争一流的誓言，合唱队被《一条大河》唱哑了，课本剧的排练被漫山热情的树叶染红了，金老师的手风琴悠扬激越，奏响元旦迎新的序曲。

麦芒与麦芒碰撞出金黄，太阳和云碰撞出抢收。刘同学家麦子无人收割，班级的抢收游击队就挥镰放歌、挥汗如雨；张同学家要插秧，班级的抢种游击队就挽起裤腿、踩泥种绿、俯仰生姿。我吃到了你家的香菇焖肉，他喝到了我家的鸡汤豆腐。短暂的相处，却你中有我，我中有他。芒种假，我又一次体验了什么叫心往一处使。

树根里渗出了水，石缝里挤出了水，泉眼里涌出了水，一点一滴，一丝一线，一泉一潭，涓涓细流汇聚成溪，溪水钻出草丛，收纳沿途水兵水将，汇聚、抱团、奔流，成为河。

涓涓细流，跳下悬崖，跌落成瀑，是碎银玩高空蹦极？是风挂的一帘幽梦？是湛蓝的天空流下的激动的泪？阳光把它们从半空的石头上抱起来，把片状的翡翠摔成碎末。

"全乡六一节目比赛我们要去拿奖！"魏校长眯着眼，点着头，盯着我。"我……""你什么，你是个正牌师范生，是万金油，啥都会！"就这样，我这个半搭子当上了导演。竖起招兵旗：《西游记》4人，舞蹈《阿里山的姑娘》4男4女。每个节目我推选一人当小老师，和我一起创编指导排练。

龙利演唐僧，世良演悟空，顺龙演沙僧，世权演八戒。龙利脑瓜子好使：扮演者各自准备行头哦！就是自己准备自己角色的服装、鞋帽和兵器。世良为金箍棒转不起来而着急，他从自然课上的蜜蜂8字飞行图悟出：8字旋转，即从胸前到右腰，从右肩到胸前，划8字，这样长久练习，金箍棒就转起来了。白龙马的马蹄声是用铁棍敲击石片发出来的，采用的是点一击二的艺术敲法。《敢问路在何方》音乐一起，搔首蹦跳的孙猴子、憨态可掬的猪八戒、任劳任怨的沙和尚、一本正经的唐僧，历经磨难，终成正果。演出结束，街头百姓追送着演员。

4个姑娘一台戏。"阿里山的姑娘"有玉荣、远彩、贤璞、守萍；"阿里山的少年"有克诚、光顺、顺龙、正洪。手持红纱巾，穿红色布衫、黑裤白鞋的阿里山姑娘似溪水潺潺，戴红头巾穿中山装的阿里山少年，似山巍峨挺拔。在队形变换中"倾诉着衷肠"，在纱巾的舞动中"张扬着风采"，在双人旋转中"展露着纯真"，"姑娘和那少年永不分呀，碧水长围着青山转！"节目一经亮相便掌声雷动，也给沉寂的小镇打了鸡血。

半空中的瀑布一头撞上突兀的岩石，水柱向上飞溅，像盛开的一枝枝泡桐花，像立着一只只象牙白的花杯。

## （三）那个火

"黄梅时节家家雨，青草池塘处处蛙。"溪水涨起来了，野花树果在昏黄的溪水里四处游荡，它们想趁着梅子雨玩个躲藏游戏；枯枝败叶被溪水用大手推动着，在河滩上堆积着，等待着天晴跳进农家的灶塘。

雨水太猛，一下起来就铺天盖地，肆意汪洋，不一会，就填满了小溪的肚腩，翻腾着溪边的花草，摇晃着斜倚的树根。但雨一停，溪水又温和如初，小鸟般依人。

教师食堂是小锅小灶，红色的火苗舔着圆形锅底，听得见柴火笑。猪肉炒青椒萝卜干，柔香而有嚼劲，手擀面条下锅刚变色，有面味还劲道，筷子一挑就是一大碗，我蹲在厨房门口忘情地吃起来，一大早吃得大汗淋漓。曾经我还吃过一段时间的"饕餮盛宴"，一家农户送给我们几十斤疯牛肉，大小先生们都避而远之，说吃疯了咋办。我却天不怕地不怕，把疯牛肉用花椒、辣椒腌制了一周，然后用高压锅煮了，大块大块地撕着吃，那吃青草和药材长大的牛有独特的香。其实前一周我在丹江看电视就了解到，疯牛肉只要超过 100℃ 高温灭杀就可以放心食用，我用高压锅制成的放心牌五香牛肉，成了我和李杰的独食。（没办法，我只说服了李杰。）

学生食堂是大锅大灶，柴火烧得"哔哔啵啵"响，火苗子蹿出灶塘尺把高，看得见大火掀掉锅底的土匪气。锅里的玉米粥金黄金黄，像百米冲刺后的心跳停不下来，半尺高的玉米柱上下跳跃，越跳越慢，最后仿佛被一种无形的力量拉住了，"咕嘟咕嘟"地冒着泡泡，怪不得都说大火灶饭香。禁不住诱惑，我常端着空碗去，专吃锅底的黏黏的，软软的、糯糯的、香香的粥。有时去晚点专吃玉米锅巴，大锅的锅巴有大锅的派头，厚厚的、脆脆的，有浓浓的五谷香，再硬些的，放些酸菜、酱豆、菜汤泡着吃，我敢说放到现在也是一种美味。常听同学们说，他们经常吃到玉米虫，还给我比画大小，我却没有一点儿反应，因为无知者无畏。那种饭香到现在还是我梦里的尤物。

我的酒量是李杰和铁良软硬兼施锻打出来的。那时每月工资只有 68.5 元，但每周五 AA 制加餐，好在食材大多是自种、自收、自养的，慢炖野鱼汤、酱豆焖土公鸡、绿豆芽凉拌粉条、青菜豆腐……这些菜都是我的最爱。围坐一桌准备动筷，铁良发话："今天立个规矩，不喝酒的只能吃饭，不能动菜。""我是从来不沾酒的！""你先喝一点儿。"杰王子把一两酒递给我，我仰起脖子拼了，喝得太猛，呛得鼻涕眼泪一股脑出来了，喝口凉开水，再来一两。就是这样的魔鬼训练，我的酒量被规矩慢慢逼出了高度。

稻秧下温润安详，青蛙把带着黑点的卵安放在远离下流水口的秧苗下，稻田的上水口与溪水一渠相连，就像婴儿的脐带，供给着营养和活力。溪水上涨时，上水口闭合，稻田无恙。过不了多久，小溪十里听蛙鸣。

春的绿在晕染，春的嫩在招摇，春的鸣叫在奔跑。一年一度的野炊在班级悄悄地酝酿着。"男女搭配，8 人一组，分工协作"是野炊的 12 字方略。6 荤 4 素 1 汤是标配，写个菜谱组内民主分工。张同学带锅碗瓢盆，李同学带米面油盐，敖同学带肉和鸡蛋，李同学带鱼和豆腐……民主的结果，大家选定在三岔河水库有一溪清水的第三条沟野炊。一路上，"炊事班"是唱着歌去的。

各组一声令下：王同学砌灶烧火，黄同学捡柴火，姚同学担水洗菜，魏同学炒菜，聂同学做饭……

炊烟在一条沟评点指导，鸟雀在树梢头催促督办，时钟指挥着锅碗瓢盆的乐章。"哼，徐老师你偏心，到我们组尝尝！""李老师，我们组给你带了'八加一'。"我们被学生拽来拽去。"每个组，我和李老师都去吃一筷子菜！"菜香饭香都被树记下了，这不，任何时候再去那个地方，鸟都会叽叽喳喳地诉说那时每个人的奔忙和笑声。

幸运的是我刚出道江湖，就遇到了一帮义士，他们善良、敬业、仁爱，没有成见和城府，没有高傲和歧视，多的是淳朴厚道，有担当更有责任感。魏校长的以身作则，沈同事的祥和慈善，杰王子的沉稳内敛，铁良的耿直豪爽，世武的敬天爱人，都给了我身心的滋养，我时常会想起。

在学校靠近溪水的高台上有我的一间单身宿舍，从宿舍出来就是堂屋，老师们一到冬天都会在这烧火烤。那是冬天周五的晚上，厚道的同事接全校同人去十几里外的山上吃杀猪菜，临走时我们只把大柴拆走了，还有少量明火。杀猪菜吃到一半，有人带信："学校失火了！"我们连滚带爬地跑回学校，我的房间和一位同事的房间化成了灰烬，幸亏周围的居民勇敢救火，还救下

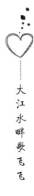

了旁边一间房子里的一桶汽油，否则整个学校将面临灭顶之灾。所有的同事都给了我安慰："没事，一切都会好的！有我们！"很快政府送来了棕床和被子。

一进教室我若无其事地说："大家不要为我担心，只要人还在，一切都可以从头再来！""老师，你那好多书，那影集，那学习笔记，都没有了，咋办？""那些都是身外之物，该去的让它去吧！"

烧坏的屋瓦房梁倒向溪流，溪流里的鱼虾照样游来游去，倏尔远逝，往来翕忽，似与师生为乐。溪流的逻辑是，生活不如意十常八九，重要的是该当主角的时候投入过了，该当配角时旁观过了。

（红孩儿：真情实感最动人！）

## （四）那个楼

三岔河弯弯曲曲地流着，大岭坡的河水斗折蛇行，汇聚成英俊的少年河。吴家河这个羞涩苗条的少女款款而来，坦荡的盐池河谷偷窥了他们的柔情蜜意，就这样一路欢笑一路尖叫，奔向浪河。

我要走了，三岔河，你流的泪层层浪波；我要走了，三岔河，你在追我个个漩涡。秋季开学我被调到盐池河中学上班了，别了水竹园的溪流，别了我的学生，别了我的"战友"！

在盐池河中学，我先后搬过 3 次家。一开始住在山顶的发电机房，每晚与电机的轰鸣声为伍，我在轰鸣声中记住了我班所有学生的名字。当我指着学生并随口喊出学生的名字时，大多都会抖肩缩背，我知道这其中有意外和认可。我得出了结论：记住学生的名字，而且很轻易地叫出来，等于给学生一个赞美。

第二次搬家是从山上向下搬了 400 米，搬到教管会右侧的平房里，早晚我都能看到操场的寂静和教室的空荡。在这儿我可以放肆地大声朗读，我会把教材读八九遍，摇头晃脑，如痴如醉。"汝果欲学诗，工夫在诗外"，我称这为练功。林军回忆说："那时候，徐老师读书总是抑扬顿挫，最有感情。"可能跟我平时练功有关吧。我坚信书是读出来的，课堂没有琅琅的读书声就不能称其为课堂，后来我固执地认为：随机抽班级 10 名学生，抽不同段文字，按照读错一字扣一分，丢一字、添一字扣一分，重复一处扣一分，停顿错一处扣一分，如果平均得分在 90 分以上，那这个班语文成绩一定好。这个结论以后只有交给那些专家们去论证了。

　　我第三次搬家是向下再移动 100 米，搬到筒子楼的最顶头。这个筒子楼中间有一个长长的通道，直通向最顶端。筒子楼两边住着十几位我的新老"战友"。刘杰和我一墙之隔，我俩常用脚打墙传递信息，比如，起床了，吃饭了，去打球，我俩还会隔墙对歌。男学生也常光顾我的房间，有问问题的，有送辣椒酱之类的，有反映班级情况的，我都会给他们倒一碗热水喝，这可是非常待遇，因为有好多学生都是喝河里的水。正菊回忆说，那时，她常年喝河里的水，用河水泡自带的干粮。"食堂当时供应开水呀！"我说道。她打趣地说，当时都没水瓶，再说喝开水烫嘴，喝得慢，大家都在争分夺秒！正菊还补充道："夏天我打了一钵子河水，端到教室问：'谁喝？'你猜咋的？都抢喝！奇怪的是，那时学生们没有一个闹肚子的，正应了老农说的'不干不净喝了没病'，大概是长期如此，提高了免疫力吧。"

　　河水漫过长满车前草和牛枯草的河滩，师生的影子留在河流的黑白照片里。


　　高高的筒子楼用友善的眼光打量着从深山老林中流淌出来的河流，诉说着往事。

　　自从住进筒子楼后，我时常会带来或多或少的深山牌小零嘴。半阳干的栗子、核桃，还有红薯、柿饼，甜口而养舌，耐嚼而留香，常有"战友"光顾我的小屋，和我分享此中滋味。到了秋天，我还会包皮蛋，金黄带花纹的糖心皮蛋亮晶晶的，香而不涩，稀而不黏，再品上一口酒，身心俱醉。我的小屋是反锁的，但门旁边有个小洞，手一伸进去就打开了。不少兄弟知道这个秘密，会常去光顾，"小零嘴不见其增，日有所减"，但我乐在其中。

　　筒子楼晚上下自习后有半个小时是黄金时刻。大家不请自来，聚在一个房间，或弹吉他唱曲，或侃大山吹牛，或说段子逗笑，或聊班级趣事，或献管理金点子，总之话题天天换，哨声一响自散。也有恶作剧，头号活跃分子在一名"女战友"门口放一条蛇，"女战友"早上起来推开门吓得直哭，原来是一条木头做的活灵活现的玩具蛇。"女战友"也不示弱，过天，看那"活跃分子"的门半开着，就在门上沿放半盆水，活跃分子推门出去，淋了个透心凉，"不打不相识"，巧的是他们后来还成了夫妻。

　　筒子楼里的"战友"在双休日常结伴外出，我们称之为"拉练"。那次

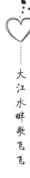

我和刘杰、勇哥、群哥绕武当山骑行了两天，白杨坪的土路把我们掀翻到沟里，我们泥一身水一身爬起来再骑，腿摔伤了，胳膊出血了，手按住几分钟再走。从好汉坡到朱坡垭我们几乎是推着车上山，等上了朱坡垭看见月亮大家咯咯地笑，我们四人手拉手对着月亮喊："嗨，我们赢了！"

"我请师傅给你做的鸡蛋面片辣椒放得多！快趁热吃出点汗！""今天你过生日，没有蛋糕，特采野菊花一把送给你！请你笑纳。"筒子楼里有温情的光互相照着，照进了每个人的心里。一个冬天有雪的日子，晚上11点多，芙蓉从丹江出差回来，看见我的房间还亮着灯，发现窗外的沟渠里仿佛有根电线，他快步走过去。"不是电线是人"，芙蓉自言自语。走过去一看，"原来是若学呀"，芙蓉把我扶进寝室。原来是晚上我在亲戚家醉酒了，不知道如何进门，跑到灯光处睡着了。醒来后怕，若是没人关照怕是睡在雪地上小命难保，这成为我的一个笑话。

几年后，刘杰重返故地，筒子楼已经拆掉了，但战友相逢紧紧抱成一团，脚踩在先前的地方，重温往日的故事，唏嘘不已。

河水静静地流淌着，在不经意间融化了心的冰雪，贮满了友情的潭水，丰润了干涸的河滩。筒子楼和河水应和着，在《友谊万岁》的曲调里深情对望。

（肖力：文字是向那个朴实而丰盈的年代致敬，带给了我们满满的回忆。红孩儿：看你们的故事很费眼，感觉如知青下乡，生活普通平实，但乐在其中，通过故事我开始佩服你们了！）

## （五）那个课

"流水争先"是河水的座右铭，一层涟漪摇动另一层涟漪，一朵浪花催开另一朵浪花，前赴后继，生生不息。

在盐池河中学，我的第一个角色是政治老师。一年后，石教研来做问卷调研发现，学生最喜欢的课是政治课。这就奇怪了，城里的学生最讨厌的课，为什么盐池河中学的学生却百分百喜欢。

当她听了我的课后就微笑着说："你是个有心人！"

我用语文的方法教政治。政治教材通俗易懂，初中的教材小学生也能一看就懂，有啥可讲的。我采用"一读二划三讲四编"的办法设计教学流程。

课堂开始，自读教材1~2遍，可以摇头晃脑地读，可以用播音员的腔调读，可以自问自读。重要观点用红笔画出来，大家齐读，有的反复读5遍以上。

教材中的例子我一概不讲，偶尔会对教材中重要的例子进行改编，如讲"精神文明"时我把华西村的例子改编成快板词让学生表演："中国有个华西村，农民住新房还用自来水，这一切都是小事，更有精神文明味，自己富了三不忘：国家、集体和他人。"我从《半月谈》《参考消息》等处收集最新的故事、事件等去印证观点，学生听得津津有味，沉浸在情境里。用观点说事，我常让学生联系国内、国际和生活实际，按照是什么、为什么、怎么样来阐述，不少学生讲起来头头是道，口若悬河，也令我佩服不已。

最后一个环节是编歌诀，把观点集中到一块，用取字头、谐音和奇特想象等方法编歌诀，谁编的歌诀易懂易记就用谁的名字命名。比如《公民的基本权利》编为"他（政治老师）平总教人正经"，意思是政治老师平时教人要正儿八经。其中，"平"指平等权利和自由，"总"与"宗"谐音，指宗教信仰自由，"教"指文化教育权利和自由，"人"指人身自由，"政"指政治权利和自由，"经"指社会经济权利和自由，最后叫"修猛'公民基本权利和自由'歌诀"。被命名的学生有成就感，要知道，每个人对自己的名字看得比世界上所有人的名字加起来还要重要。

这年中考我班47人，15人考上一中，我们班政治科目平均91.5分，政治学科综合评价名列全市第一，第二名的班级平均分和我们相差16分呢。

河水日夜不停地流着，总有一种力量在推动着，那就是故事里总结的3个字"跑得快"。说乡村邮递员开了一天会，同事问他开会的内容，他概括说3个字：跑得快。其实，教师不也是要带着学生跑得快嘛。


河水从石峰中奔涌而出，从大石上跳入水潭，又从水潭旁边的低洼处漫过青草、砂石。它不能选择，但愿意挑战。

我的第二个角色是语文老师。我定了个规矩：把课堂还给学生，我的课堂学生做主。

我把语文课堂定为3个三分之一，15分钟时间学生读书，15分钟时间教师精彩讲授，15分钟时间学生思问议练。

我自创了再现构思教学法，就是先不读教材，先提供作者文章的背景材料、内容提示，然后出示课题，学生根据自己的生活和积累构思文章的内容、

结构、主题，并列出提纲，然后再读文章，比较自己的构思与作者构思的异同，在比较中体验惊人相似的惊喜，获取构思的经验。比如，学习朱自清的《春》之前提示学生：春天的景和物可以分哪几类？要你写，你该如何写？学生列出春草图、春花图、春雨图、春风图，而每方面如何具体写，需要在提纲上添加关键词。然后对照《春》，说说自己的构思与名家的异同。

以构思促阅读，以阅读促作文，学生的语文能力不见其增日有所长。

好刀要磨，好剑要试。每单元一测是必要的，最考验功底的是刻钢板。取一张薄如蝉翼的蜡纸放在钢板上，用钢针在蜡纸上刻字刻图，你得拿捏好轻重快慢，太重蜡纸就破一个洞，太轻印出的字迹模糊，就这样吱吱嘎嘎，嘎嘎吱吱，接连不断地凭感觉刻。刻好的蜡纸平整地放到油印网的背面（把刻字的一面贴着网子），在滚筒上均匀涂抹黑色的印油（不要太多），用滚筒轻轻地滚过网面，就像鸟雀在水面上匀速飞行，如此来回多次，直到整个网面和蜡纸沾满了不多不少的印油，就可以印刷了。

取一沓纸放在印网下边，滚一次滚筒取出一张已经印好的作品。若印纸张反面，如法炮制。我是笨拙的那一类，每次印下来手指、手背、手心各处是"雨露均沾"，手就像做了个黑白"纹身"。

在中考前3天，我昼夜奋战研读了十几本语文中考书籍，然后给学生出了一套模拟试题，出好后我向学生吹牛：只要做好我这套题，保证你们都考90分以上。运气就是这样，它敲响了我的门，学生们中考考场上见到了熟悉的面孔。在我毕业的第四个年头第一次带语文，我所带班级语文成绩又一次名列全市第一。我知道，这叫赌，但这是以平时扎实不偷巧为基础的。

我家邻居突然问我："你都当老师4年了，感觉还好吧？"我顺口改编了《我是小小粉刷匠》，并哼唱给他听：

"我是一个教书匠，教书本领强。我要用那粉笔头，建个新楼房。扎了根脚又砌墙，设计指挥忙。哎呀翻飞的粉笔灰，呛得我够呛。"

"哎，埋怨啥，当老师就是吃粉笔灰的！""没有人吃粉笔灰，你家孩子谁教！"我的邻居从此对我敬而远之。

（卢美秀：有创意的教学方法。徐老师是个有心人，把自己工作的点滴都用文字记录了。我很怀念我们老师刻钢板印试卷的情景，每张试卷上都有墨香和老师的辛勤付出！）

## （六）那个吃

20世纪八九十年代，盐池河中学的学生对"食"的集体记忆是，每个夏天或多或少都吃过与玉米糁相依为命的玉米虫。

91届开荣记忆犹新：饭钵里飘着黑头的，带脚的，长得老长的苞谷虫；90届登菊调侃地说：周五晚上吃上半斤重馒头，做一回舌尖上的皇帝；夏天人手一钵自带肉虫的苞谷糁，做舌尖上的勇士。至于那玉米虫多长，数量多少，要看每个人的运气，能否咬断玉米虫还要看每个人的眼力和态度。还有人打趣地问："吃了一只玉米虫可怕，吃多少最可怕？""半只虫子"，有人突然像中邪似的一跳三尺高尖叫着说。

玉米虫从何而来？这个悬而未决的案子，其中不乏好奇的师生侦探要弄个究竟，那里面还有个我。

是做饭师傅放进去的？91届正菊清楚地记得，那时做饭师傅脚穿发白的解放鞋，站直身子用一只铁锹在一口特大的锅里旋转，酷似农村用小磨子拐豆腐，铲、拉、抢、翻、拽。那时的师傅必须有三得：累得，只有几个人担任几百人的饭食，5点得上灶，晚上七八点离开，忙得直不起腰；受得，夏天要在火炉似的狭小厨房被热气蒸三遭，冬天要在冰冷的水里淘洗，被寒气冻三遭；气得，汗珠子滚太阳穴不说，还得经受住抱怨和不理解。

是学生娃塞进粮袋的？每个周日下午都能看到，盐池河的山道上一群群小后生背上扛着一捆柴火，手里提着要交的玉米糁或麦子面，他们都着了魔似的朝向一个点奔来。91届的清怀还对十几里外咬牙背捆柴火的事记忆犹新。

"蹦蹦弹弹，1斤粮食3斤柴，少了不行哎！"食堂收柴火的年轻人一面学着走村串户的弹棉花匠嘴里念叨着，一面指挥着学生把散乱的柴火码出"山"形。

收粮食的，是个心软的阿婶。"收白不收黑，收干不收湿。""我家天天吃的就是这黑面。""我家的玉米糁是新玉米刚打出来的！"禁不住五尺高娃的央求，阿婶都收下了。这样，粮仓就成了百家粮，干湿不匀黑白不分，一到夏天就生虫。夏天，就有了大家碗里的那些小家伙，一个再高明的厨师也没办法把这些家伙请出饭锅。

就是这段贫而不苦、短而不缺、辛而不酸的经历，让一个小小的虫子成为当年师生挥之不去的"珍贵"记忆。

水沉淀着艰苦锻打出的沙金，这些沙金又被时光冶炼成利器，收藏在山里娃的心中。每当岁月的刀枪逼着这些盐池河后生的时候，他们从容地抽出利器披荆斩棘。盐池河，其实不是河。

你见过运动员的百米冲刺，但你绝对没见过什么叫"抢滩登陆"。91届正菊的描述就够精彩："放学铃声还差几秒，男生们的半个身子已经离开座位，接着是肩膀触碰教室门的砰砰声，还夹杂着饭钵子相互磕碰的金属声。"说时迟，那时快！学生们像蜜蜂搬家一样集聚成了黑色喧闹的人河。就在这紧急关头，"一位身高一米七左右，挺着身板的赵先生，双脚像站马桩，双手往后一背，一声不吭，队伍立马整整齐齐，仿佛河水一下子停止了流动"。93届郑同学还编了一句顺口溜：风吹白杨哗哗响，争分夺秒排队忙；熙来攘往长蛇阵，唯有赵老护卫忙。

争先恐后，争的是分秒，争出来的时间匀给课桌上的奔忙和奔向目标的暗暗行动。

夏天的早饭，河边聚集了各式各样颜色和质地的饭钵子，饭钵子里盛的一律是金黄黏稠的玉米粥。这饭钵子下层内容相同，上面却各有风情：酱豆炒豆腐丁的黑白配，青番茄炒辣碎儿的青红配，腌三丁三色配……

91届勤波从一个非住校生的角度看住校生的诗意吃相：

你尝下我的盐焗薯条，我品下你的香菇酱；你挑下我钵子里的腌黄瓜条，我翻下你钵子里的一星半点瘦肉。"先吃完的不管，后吃完的洗碗！"后吃完的顺便从河边揪一把艾草叶，一摞饭钵子"扑通扑通"在水里做艾灸，三下五除二，饭钵子搭肩贴背集合了，就像俄罗斯的套娃服帖。洗钵子的人还不忘衔根狗尾巴草，纤细如针的长杆杆儿咬在嘴里，嚼出清甜来。

91届正菊是个地道的住校生，她也有她的说道。

饭钵子大小都有讲究，男生比女生的口径大一圈，遇到心软的阿婶看不过去，"刚打的那一勺不起眼"，心里打鼓。就又泼泼洒洒再倒半勺进去，这半勺够男生们炫耀一天。

遇到一顿"馒头宴"，就有一场精彩的哑剧上演，小女生把馒头从左手换到右手，又从右手换到左手，鼻子贴近馒头连吸数下，像要吸尽馒头里的面香，然后用拇指和食指拧下一小坨，塞进嘴里，贪婪的舌尖还没碰到面分子，那热香味就"咕噜"一声进肠胃了。

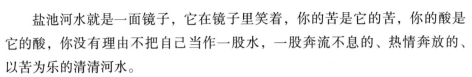

盐池河水就是一面镜子，它在镜子里笑着，你的苦是它的苦，你的酸是它的酸，你没有理由不把自己当作一股水，一股奔流不息的、热情奔放的、以苦为乐的清清河水。

（熊巨涛：徐老师这一篇是专门为我们91届写的，我从中看到了好多同班同学，包括我自己。饶克云：文思泉涌，写得停不下来！）

### （七）那个铺

河滩和河水平起平坐，一起谈论吃喝拉撒睡，那些水草真要命，白条、鲫鱼、石斑鱼、螃蟹挤在狭小的水窝里，出不来了。

一条扁担睡6个人是笑话，而3间房子睡100多号男生或女生，还是笑话吗？

现在学生都很好奇，一间寝室住七八个人都你鼻子我眼睛的，那100多人如何相处呀？想象中得像关羽那样过五关吧。一过缩骨关，就像排红薯母子，每个人都得收紧自己吧；二过气味关，臭鞋子臭袜子以及各种复杂气味，你得长久忍受吧；三过噪声关，晚上有说梦话的、磨牙的、打鼾的，你得充耳不闻吧；四过碰踩关，你踩我一脚，我碰你一下，被踩的你还得幽上一默，"对不起，我把脚放到你的脚下啦"；五过骚扰关，要经得起老鼠的半夜惊梦、蚊子的无帘幽魂、苍蝇的横冲直撞吧。

91届清怀回忆说，那时候的宿舍没有楼板，没有天花板，睁着眼能数清楚有多少根房梁。一个宿舍住上百人，木头床上下层，个子小的睡上铺，天天再现《背影》的镜头——双手攀着上面，双脚再向上缩，他矮小的身子向左微倾，显出努力的样子。床底下木头箱子，一个挨着一个，那里放的可是"舌尖上的美味"——酸菜啦，酱豆啦，上等菜可能就是豆腐丁，条件稍好一点儿的学生或许还带着几个黑色的馒头或烧饼，那可得计划着吃，一到天气热时，这些东西都扯粘丝，可谁舍得扔呢？

就是这样，为什么那通铺却平安而祥和？

92届玉梅回忆道，寝室3间房里住着全校的女生，床铺是拉通的木板床，沿着四周的墙壁呈"回"字形摆放，分上下两层。安排床位时，先按班分区，然后又按人分块儿，大多是两人一床或4人一床的。睡觉时，每床的人都会分睡在床的两头，虽然空间有限，但也很有条理。

忍字当头，让字在心，你中有我，我中有你，大包大揽，大肚能容。

螃蟹乖乖地钻进石板的缝隙里，石斑鱼闭上了眼睛，虾米一动不动，仿佛所有的生灵在这一刻一起睡去。河静静地淌着，被夜魔法般地弄癔症了。

月光填满了沟壑、洼地和河谷，还用长长的手臂把河水和校园揽在怀里，让他们静静地睡去。

20世纪八九十年代，盐池河中学学生有关"宿"的集体记忆是老鼠。

半夜，谁在房梁上你追我赶唧唧叫着？一更天，谁在床下咯吱咯吱地响，晨起一看木头箱子被咬开一个大窟窿？三更天，谁在床铺上跑来跑去弄走了你的瞌睡虫，还惹得你大声尖叫着？

最先向老鼠发起战斗的是均华先生："你个小家伙，跟我斗，还嫩着点儿。"他刚毕业不久，年轻气盛，又心高气傲，一到周末他就约附近住的学生深入寝室开展游击战，起初是石块、棍棒，接着均华先生用自行车内胎和粗铁丝制作了弹弓，在弹弓的精、准、狠围攻下，老鼠落花流水般溃逃，不久老鼠又换了时间出没，学生和老鼠斗智斗勇。据93届郑同学说，均华先生后来还成立了捕鼠队，那时候老鼠再也不敢轻易出动，除非它不想活了。

学生和学生之间暗暗较着劲："我要超过他！""我要稳坐前三的交椅。"熄灯后，被窝里常有学生持手电筒挑灯夜战，学生会成员的眼睛贼亮，拍拍床铺："有本事拼方法，别拼时间！"

月亮从窗子里照进寝室，地上明晃晃的，熄灯已经好几分钟了。"你俩起来！"学生会干部突然出现在寝室的角落里，"你们俩找到再讲话的，再上床睡，找不到你们自罚30分钟"。寝室里出奇的静，仿佛能听到月光落地的尾音和花开的鼻息声。

寝室一向平静，但有时候也会掀起波澜。一位学生的餐票放在箱子里，有人把箱子后盖螺丝拧掉拿走了，我调查发现，晚自习时间有6位同学先后到过寝室。我让他们每人带上自己的洗脸毛巾来政教处，"谁拿了那箱子里的钱，放进纸箱，既往不咎"。6人一律用毛巾蒙上眼睛，然后一一走过小纸箱。过了十几年，我遇到了一位学生，他问我还记得他吗？我说，学生恁多咋记得呢？他说他就是那个拿饭票的人，他说家里新粮没打下来才拿的。我说："当时我也蒙着眼睛呀。"那位同学恍然大悟，紧紧地抱住我感激地说："恩师呀，恩师呀！"我的眼泪也流了出来。

（卢美秀：艰而不难，还充满趣味和快乐。红孩儿：不愧为人师表。）

## （八）那个跑

我穿着白色球鞋沙沙地腾跃在泥巴公路上，就像驾驭着白兔马飞奔在茶马古道，我的终点是长滩河小学对面的小石桥，跑去是10里，跑回来还是10里，但必须在学生上操前准时赶回来，就因为我还是班主任。

我骑着晨雾沿河而行，道路就像蚯蚓扭来扭去，鸟将扩音器架在河对岸的树梢上，给我加油；河水拐来拐去，时而溅出水声，时而平静。我一脚踩在白得要命的石子上，把它种进松软的沙路里。

我喜欢在雨水长长的针下晨跑，雨针落在脊背的穴位上，就像透过衣服的一次针灸，又像女儿生气时的捶背，风一哆嗦，雨水就蒙住了双眼，浑身水湿后才发现原来雨是刚强和温柔的合体。

最酣畅的是雪里晨跑，到处都铺满白亮亮的绒毯，沿着白色的路影抬脚向前，雪却拽着我的后跟想让我来个狗趴式，但忠诚的鞋子坚决不答应，这样就传出一阵阵"咯吱咯吱"的短兵器打斗声，被压瓷实的雪上留下了鞋子的牙印，也验证了它们肉搏战的惨烈。

一切都是刚刚好，当几百双鞋子刚抬起还未落地时，我的白兔马已经站到班级最前头，"一、二、三、四"几百张嘴同时喊响，几百只脚同时锤下，锤得操场这面特制大鼓原地跳跃，锤得操场边的树叶急急翻飞，锤得河里的流水沸腾出雾气。"立定""解散"，几百只鸟扇着翅膀飞回巢穴，操场这面大鼓又静得出奇，仿佛拧一把，白杨树上就能落下亮晶晶的水滴和新鲜的鸟鸣。

也曾跟随大部队在课外活动"跑山"，有时是对面的岩屋，有时是学校背后的山顶，有时是后河的公路。一声令下，我的白兔马总是哗哗地叫着，大步流星，像两只白色的箭领着一双双鞋子向目标冲去，然后把红旗插在第一的位置，让红旗给我的白兔马颁奖。

河水早已流过时光隧道，河两岸的印痕成了历史收藏的鞋架，装下了那坚持跑的鞋子，装下了那会击鼓的鞋子，装下了五颜六色的或旧或破的鞋子。

晨跑中我爱上了河，清绿的河就像一根长笛，与石头那白白的唇一相吻，便发出奇妙的笛音，那笛音婉转、悠扬、激越，我的耳朵中灌满了欢快、乐观和执着。万般痴情，在河水里吹奏；千般天籁，在河水里呈现。

我的白兔马还在篮球场上飞奔。操场是泥土做的，一下雨就成了"扶不起来的阿斗"。千等万盼，操场晒硬了，就可以一展拳脚了。我是老前锋，虽然高度上比不过小白杨，但瘦猴自有一张好牌：白兔马生风，在人缝里穿行如入无人之境；脚上装有弹簧，脚一弹身高长了尺把。驾着白兔马溜底线是一绝；中线运球急停，双腿岔开投篮是二绝；中线背对球筐运球，立停投球是三绝。那次体委来和学校友谊赛，我们灵活机动，体委的球员不时喊："跟住那个没肉的！""堵住那个没肉的！""盖住那个没肉的！"但瘦猴骑的可是白兔马，赛过刘备的的卢马。一场酣畅淋漓的赢球，让场边的观众记住了我的白兔马，白兔马再次扬名。

穿咖啡色喇叭裤，黑色皮鞋是我的标配。学生们记住我的不是白兔马，而是黑兔马（黑色皮鞋）。有大型正规的篮球赛事必有我的黑兔马现身。比赛开始，黑兔马跟着球的方向划着平行线跑动，有时还会马不停蹄地抵近侦察画个树杈形。哨子响亮而坚决，哨子响手势出，比如，走步，吹哨子时双手握拳在胸前转动，同时用手指定发球方。动作干净利落，绝不拖泥带水。就像法官击法槌，响亮而干脆。我还做过全乡篮球联赛总裁判，那时负责赛事的郭老竟喊我这个二十啷当的小伙子"徐老"。我回答："不敢当，使不得！"郭老说："你的裁判动作潇洒，手势标准，我都服。"那时我正在母校读函授，每次去时总有母校的女生私下托人给我送饭票，到现在都不知道是谁送的，后来才略知一二，以前在校当篮球裁判时吸了不少"女粉"，这个艳福我把它收藏在心中，感恩"女粉"，感恩饭票，感恩我的"黑兔马"。

（卢美秀：婉约风与豪放气并行，读之如沐春风。）

## （九）那个室

我总认为，办公室就是窄河道，窄河道流急流深。窄长的河道是上弦的箭，力量、信念贮藏于弓，蓄势待发。

一把褪色的靠背木椅填满了备教辅改考的时光，一张掉漆的长方木桌堆满了奏章式的作业本、试卷、摘抄本。"战友"就在对面，只能天天欣赏"战友"头顶以上的头发和头发拱起处的飞白。"我班的张同学今天心情不好呀"，任课教师对班主任反映。"刘同学最近成绩下降了"，班主任对任课教师说。班级学生的心情、成绩升降、专注度等信息，附着在空气里，在办公室鼻息里来回扇动。

再冷再热的天，办公室的门始终开着。热心的教师会把开水送到生病的山雀的嘴边，办公桌上有山雀衔来的一瓶瓶浓香飘飘的花，春有杜鹃，夏有莲，秋有菊花，冬有梅。下课铃响，每个办公桌旁都停着三五只山雀儿，叽叽对喳喳，咕咕对嘎嘎，雀儿们一会儿点头一会儿仰头，上课铃声一响雀儿们又飞回教室。

办公室中间用砖砌成的火垅坑一到冬天就聚拢人气。课外活动时间，分教研组轮流围坐、集体备课、问题沙龙、金点子分享、考试分析，火花四射、脑洞大开。更多时候火里煨着一壶水，火边排满烤馍，金黄金黄、外脆内软、热气腾腾，边吃边说，边议边喝。午休后，火边有班主任的诸葛会，"商量商量"烧旺民主的火焰。晚自习，火边与学生以心换心，常常从冰冷开始，以温暖结束。

灯是忠实的记录者，所有的灯都熄灭了，办公室的灯却拍下了石老的圈点勾画，小魏先生的奋笔疾书，大刘先生的难题演算……晨来，所有的灯都没睁眼，办公室的灯第一个亮起，那闲不住的灯录下了小黄先生的深情朗读，小熊先生的情境对话，大汪先生的进出方步……爱管闲事的灯还记录了每个办公桌作业的轮换时间，最短的 45 分钟，最长的不超过 12 小时……灯无言，但年底的评优和它的记录完全吻合，灯成为考评公正的验证官。

窄窄的水道涌动里，新的水花替代先前的水花，永恒汹涌的水花里，是珍珠玛瑙般的拼搏进取、奉献敬业。那是激扬的元素，你在元素周期表里找不到它，但在每朵亦师亦友、亦父亦母的浪花里一定能找到它。它就像开放的雪莲，神圣而珍贵，不可采摘，永世流传。


蕴聚力量的窄河道很快流入宽河道，宽河道水面绿莹莹的，点水雀成为表演的主角，河边的学生打的水漂荡开一个个圆圈，耐不住寂寞的鱼儿突然冲向天空，风再一次吹皱映着山影、树影、鸟影、花影的水面，那山就晃动起来，水墨画就变成了滚轴画。

几十只笔尖赶着思维的犁在纸上深耕，泥土翻动，唑唑唑唑，种子落下时钻进碎土的怀抱，也种下热爱、勤奋、智慧与灵动。那个手托着半边脸的女生，那个咬着笔头眨眼的男生，是否都在为船出暗礁而绞尽脑汁？犁又动了，闯出去，海阔天空。麻雀站在窗台上咕咕地叫，是在报告一个个惊喜吗？

白粉笔在黑板上耕作的犁音就像黄鹂鸟的歌唱，它歌唱那些深奥的公式

定律，也歌唱那些观念感情，更歌唱陌生的字符。它的歌唱都是强音，学生们一笔一画地记在本本上，工整地记下了歌唱的谱调和诀窍。过几天，把本本上的文字变成黄鹂鸟的歌声。再过段时间，他们就学着黄鹂鸟唱得更为动听。有同学幽默地总结：记笔记—复习笔记—运用笔记，这是盐池河学生都会的"吸星大法"。

讲台节节都在换主人，讲台对主人选择也有苛刻的规矩：清一色的铿锵高音，但抑扬顿挫；清一色的充盈激情，但没有矫揉造作；清一色的思路清晰，但没有废话；清一色的讲练结合，但没有避重就轻；清一色的激励启迪，但没有体罚责备。"课要大声讲出来，爱要大声说出来。"你身处校园任何角落，一定能分清是谁的声音，就像校园内的钟，响得很。

学校晚上突然停电，一阵"哎"声后，各个教室都亮起了煤油灯，这就是人们常说的"星星点灯"。有瓷杯子做的豪华型的，有墨水瓶做的普通型的，有萝卜挖个窝做的简易型的，冒着黑烟。煤油比油稀缺，郑同学说，均华先生曾经步行二三十里给大家扛回来煤油。讲台前，思华先生用手电照着在黑板上写字讲题，学生透过烟雾眯着眼看板书。一下自习，大家脸上都化了黑黑的厚厚的浓妆，"从灶洞里爬出来的吧！"走读学生的父母看到后，常常笑得直不起腰来。

读书声和笑声交替，解说着一张一弛是文武之道。逢节日班级在教室开展活动，师生攒得满股子劲玩个笑翻天。学生会主席晶记得，她应邀到姐妹班玩蒙面画画，她被布条蒙着眼睛给黑板上的人像画眼睛、鼻子，开始点错地方了，大家一阵笑。镇定下来后，她果断画上去，完美。赢得了掌声。

宽阔的河道就是一个练兵场：晴日，波光粼粼；雨天，鼓点敲出浪；洪水时，飞沙走石，铁马金戈，刀光剑影，杀声震天。千日练兵敢打仗，一日用兵打胜仗。这就是河水的练兵哲学。

（杜权成：拜读班长大作，深有同感！）

## （十）那个茶

学校后山上有零零星星的茶地，就像一页纸上散落着几个字。在不动原来字的基础上，那一垄垄茶树书写出一张漂亮工整的答卷，就像盐池河学生的字那样，齐整如队列，美观如仪仗。整治茶园，这是中学劳动基地的一个大手笔。

按班分垄，按组分段，男女搭配，比宽比深。男生一镢头接着一镢头，女生一铁锹连着一铁锹，不怕慢单怕站，血泡破了用布垫在木把上再继续。文艺部长改编歌曲原地休息时领唱："开茶园，呀么嗬嗨，挖'战壕'，呀么嗬嗨，老师和学生，西哩哩哩嚓啦啦啦嗦啰啰啰嗨，齐上阵呀么嗬嗨……"

到山上去砍活树枝，刺条用锋利的牙齿咬破了腿肚子，毛辣子发狠地在手臂上辣出红疙瘩。理顺捆扎结实了，扛向茶园。左肩换到右肩，右肩换到左肩，磨破的肩膀染红了秋衣。羊肠小道边的树枝斜伸下来插进了柴火，一退一拽，柴火捆子砸到脚背上，钻心地痛。

种茶就种茶，砍柴火干啥？这是创新种茶的一种思维，是茶园发展的长久性战略，几十年后垫底的柴火仍然是茶园出好茶的根基。

"一米宽，呀么嗬嗨，一米五深，呀么嗬嗨，垫一层树枝再铺土，西哩哩哩嚓啦啦啦嗦啰啰啰嗨，再垫枝呀么嗬嗨，又铺土呀么嗬嗨，都争先呀么嗬嗨。"大家的声调更为激奋了。

一垄垄茶地就像学校厨房那刚架上锅的空蒸笼，等待着一个个面坨子。从长滩河茶厂背回来的茶籽滚圆滚圆的。披着蓑戴着笠的正奎先生领着学生下种，铁铲"嚓""嚓""嚓"，拨开了湿热的茶垄，手一松，茶籽骨碌碌滚进洞里。

阳光拨动温暖的琴弦，宣布抽芽的第一道诏书；见风就长的新芽，沉浸于露水的殷勤里。闪电、雷鸣，恍惚间新茶在枝头万马奔腾。

河水被师生用担子挑上了茶地，那茶树就绿出了水的声音，时远时近，茶树的叶脉里有河水的掌纹，茶树的血管里淌着河水的生命。

粪水喂饱了茶籽的肠胃，菜籽饼成了茶林的季节奶粉。"我要抽芽！""我要长高！"有苗不愁长，一千个日晒夜露，一千个风雨兼程，一千个你追我赶，茶园出落成漂亮俊秀的山村少女，像一条绿玉招惹来一芽一叶的羞怯。

楚楚茶园，芽芽新绿。采茶成了学生们最追捧的活儿。葱根一样白嫩的手在绿叶间起舞，拇指、食指、中指三指一开一合，嫩芽就飞进了茶篮，芽离开枝头的声音轻柔得像情话。

盐池河学生不乏天生的歌者，边采茶边唱改编的《采茶歌》，茶园洋溢着采摘的快乐。

"你我提篮茶园走，茶歌飞上白云头。叶上蜜蜂窜过坡，枝头画眉离了窝。你我采茶上茶山，一层白云一层天，满山茶树亲手种，辛苦换得茶满园。

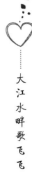

春天采茶抽茶芽，快趁时光掐细茶。风吹茶树香千里，盖过园中迎春花。"

兴奎先生和正明先生是炒茶的高手。岔开五指贴近锅底向上抖芽，每一次贴近锅底都是手背的历险，快准狠成了标配；双手轻轻揉捏，每一次揉搓都是凭借肌肉记忆，轻重长短得恰到好处；用念想造形，用滚烫塑形，每一轮塑造都是一种智慧的探究，得色香味形一体。

品茶是一种雅致的文化。盐池河山高林密，水丰雾浓，茶品不俗，翠微显毫，香在舌尖，美在心底。一撮芽茶带着师生的体温在杯子里舒展开来，舒展出绿色的希望。

## （十一）那个竹

吴家河与黄草坡的河水一靠近，汇合成一条长长的舌头，汇合点魁星楼就是舌头尖。舌头尖翘起，出现了落差。就在这舌头尖上上演过中学师生古法造纸的连续剧。

拼命三郎镢头嗨哟嗨哟，浪子铁锹接连不断地飞起，学生娃用稚嫩的双手刨出了比他们还高几头的池子，河水调皮地跳进池子玩耍，很快成了青蛙、鱼虾的泳池。一捆捆青溜溜的竹子抢走了蛙们的地盘，那些竹子要玩倒竹墙游戏，就这样竹子要在里边泡上3个月。

泡好的竹子被弄到另一个新池子。两人一组抬着沉重的袋子，蹚着河水，给新池子送秘密武器。一不小心绳子脱了，一袋子东西掉进河里。天哪！河水顿时沸腾起来，还冒着浓烟，那声音就像柴火燃烧的声音，吱吱哑哑中伴着啪啪声，在场的人看呆了，无不扭头、伸颈、侧目，一句话也不敢说。"快看，石灰掉到水里了"，有人叫喊着，人群也随之散了。

一袋袋石灰被压在竹子身上，河水不嫌事大，也来凑热闹，满池的竹子就像被煮沸了，咕咕嘟嘟冒着热气，烟雾升腾到半空，浓烈的水泥味四处张扬。

一股激流冲向木制水车，水车就滴溜溜地转动起来，在巨大空旷的河谷里复原着古法造纸的全过程，水车每次转动就带动长臂木夯向下狠狠地砸去，"咚呲、咚呲、咚呲……"就像在山谷的响琴上装了节拍器，河水就在滚滚的浪涛里歌唱。被石灰驯服的成捆的活竹就在木夯下反复被捶打，每一次捶打，山谷就发出"哎啰哎啰"的回音。兴奎先生和业权先生在夯下定时给竹子翻身，黄亮亮的竹浆就潺潺地流进了石槽，那些竹浆呀，舒舒服服地睡在水帘子做的摇床上，摇啊摇，摇啊摇。水帘翻个身，满身水湿的纸像黄皮肤的娃娃落在长板子上，纸张堆积上千张，好事的木板背着大卵石压在上面，多余的水就娇滴滴地跑出来了。

湿纸一张张晾在河两岸，就像给河谷穿了一件黄亮亮的粗布马褂，那马褂在风中飘扬。

河水在秋日的山谷里弄出了响声，把青春和深情托付给水车的吱呀，一声赞叹，一行热泪，换来喜庆和收获。

河两岸的山沟里，小溪叮咚叮咚地响着，长尾巴鸟拖着长音，一边叼着八月楂，一边警惕地四处张望，竹子就在不远处的石岩下摇落竹露，那鼓肚的竹露滴到岩石上，又飞溅到小溪里。

竹子摇晃着一骨碌倒向岩石的脚下，刀背磕掉竹枝，日光躲到山那边偷闲，坎坎伐檀兮，置之河之干兮，河水清且涟漪。德龙同学清楚地记得："那次砍毛竹时，一不小心踩到一个刚砍的竹根尖上，哎哟，我痛得满头大汗，当时一屁股坐到地上，脱下解放鞋，脚掌中间血肉模糊，我抓起一把细土按在伤口处，几分钟后血不流了，我又继续砍着竹子。"学生用九牛二虎之力灌进圆溜溜的竹肚，血和汗水染红了翠绿的竹节，"不怕""不怕"昂扬了学生砍竹的激情。

"走啦——"对岸山上有人喊，岩石上下左右就有人答应："好啦——""喂——等一等！""快点哦！"山谷两岸就像开锅的水，回音就在山谷里重复，吓得松鼠翘着帽缨式的尾巴在岩石的边沿蹑手蹑脚地逃跑。劳动委员打前锋，班长殿后，闯过一道道关卡，胜利出山。过磅称重，自己把自己吓了一跳，过了100斤，连自己都不相信自己的眼睛，要知道那可是十几里鸟道鼠路，空手走下山已经不容易，何况还要扛着好几米长的竹竿捆子，这是在挑战"不可能"。

"与天斗，其乐无穷；与山斗，其乐无穷；与自己斗，其乐无穷。"据说，后来这句话成了中学生的口头禅。

竹子的故事后，还发生了菌种的故事、鱼塘的故事，地点换了，学生也换了，但先生们一直没有换，故事的内容一样精彩。魁星楼上演着古法造纸的情景剧，阴平垭的卵石浸润在师生建造鱼塘奔忙的汗水里。

阴平垭水库在涨水期流成宽宽的瀑布，就像一面锦旗挂在山垭子上，学生们都看到了，这是给全校师生颁发的五一劳动奖章。

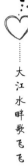

（尚秀丽：第一次知道你还有过造纸的经历呢，有趣有味。红孩儿：你笔下的盐池河人杰地灵，真的要去看看了！）

## （十二）那个游

盐池河的祖辈在哪起家？他经历了哪些艰难困苦？他的爱情故事有哪些波澜起伏？他有哪些不为人知的故事？

原学生会主席晶回忆说：历届学生都和盐池河那山山水水亲密接触。一次次长跑，就是用耐力提升盐池河的肺活量；一次次爬山，就是步履记录盐池河的高度；一次次野炊，就是用火拉近盐池河与人的距离；一次次野游，就是深入它的毛细血管采集它的生命密码……

有的班级野游到了七星河，搜寻北斗七星曾经经历人间的蛛丝马迹；有的班级野游了马迹岭，用耳朵贴近留下马蹄印的石头，想象战马萧萧的激烈和悲壮；有的班级野游到盐池湾，为盐龙吐盐的传说找回一星半点证据；有的班野游了朱坡垭，感受九曲回肠的盘山公路的壮美……

那时的野游就是野外生存训练，少则一天，多则两三天，和现在的研学同中有异，不同的是，那时没有考虑风险和后果，但精细的预案化解了不可知的风险。

我带学生野游的地方是我家背后的神仙岩，早上7点从中学出发，沿着河水画近乎平行的曲折线，经过两河口、三岔河水库这些"网红打卡点"，一刻也不停留，雄赳赳气昂昂地挺进神仙岩。

走渴了，趴在清凉的河水里饮个神清气爽；走累了，掰一棵酸杆（一种水生植物，茎可食，味酸），皱着眉头用脆酸赶走疲乏。

4个多小时的急行军，血泡找上了不少同学的脚，而路越来越不像路，大家齐唱："敢问路在何方？路在脚下。"

山老鼠给我们刨出藏在树叶下的山核桃，砸开用干树签掏着吃，比家核桃更多木香味；松鼠见有人来，把毛栗子树一蹬，扑扑嗒嗒，毛栗子打得人生痛，剥开小口一咬满嘴清甜；架上的杨桃伸手可摘，半硬半软用嘴一吸，一股野性的甜充盈口舌；成片成片的大麦莓，就像戴着红色的厚绒帽，那浓甜而糯的味道赛过草莓十几倍；还有羊布袋奶，如羊的奶头饱满而微红，吃起来有一股天然的奶香。

林里有溪，溪边有路，就是没有路也可以沿着鸟兽踏出的路影走。溪水就成了向导和罗盘镜,指引着队伍向更深处行军。

山谷越来越暗,透过大树的缝隙,溪水像一面细长的镜子把光反射到树上、鸟的翅膀上,学生们的喊叫声吓得鸟们扑棱着翅膀向山顶飞去。

走着走着又出现一条明晃晃的路,那是山民采药踏出来的路。远远闻到一股尿臊味,学生们就在旁边找起来,向阳的坡地上有一窝形似芦笋的细杆子,根根向天挺着,有学生认得:"那是天麻!"用手刨开叶土,一个个黄亮亮带着竹节纹路的天麻像一个个大小不一的脚板,在溪水里洗干净,每人咬一口,骚味后有股土甜。"要是晒个半阳干,满嘴脆甜和叶香",挖过天麻的海生仰着头说。

那架子上挂满了一串串形似葡萄的东西。"看,那是五味子!"龙倜跟父亲采过药材,一眼就认出来了。"能吃,有股药材苦甜味!"你一言,我一语,你指我猜,几个小时时间,学生们还认识了好多书本上没有的东西:一柄生四叶的四叶参,与肉一起炖了能补身子;苦不堪言却因苦而"良"的黄连,煮水清火、消炎、除湿;独角莲形似莲而非莲,克蛇毒、治冻疮、祛风寒……这一切都让学生们大开眼界。

走到半山腰,一个满身是针刺的尺把长的家伙突然窜出来,好事的男生飞快地追赶,就在接近的一刹那,那家伙缩成一个圆球咕咕噜噜从山坡上滚到山下去了,女生们好奇而惊叹地指着、笑着:"刺猬,狡猾狡猾的!"山老鼠比家老鼠大一倍,在野生柿子树上吮吸红而软的柿子,偶尔和果子狸来一场食物争夺战,多数时候,山老鼠成为以小博大的典范。

从刘家洼登上神仙岩山顶,"看,山顶平缓得像一个圆毯子!多像张家界的黄石寨,神仙岩是个'小平头'。我的老祖辈为了躲避土匪就在这里住过几十年,当时张口吃饭的人丁30多人,养有几十匹骡马,种有几十亩自开发的耕地。后来一场大火烧毁了家族的兴旺,我的祖辈只得向山下搬迁居住。不久,神仙岩成了生产队的药材厂,也有十几年的红火日子。物是人非,山顶长满了蒿草,野鸡从草丛里飞向树梢,像战斗机飞来飞去,在为神仙岩义务执勤。

早听我伯说,神仙岩山顶有个天池洞,洞口很隐蔽,从洞口丢个石头进去,只听见叮咚、咚咚、叮咚一个劲儿地响,仿佛永远到不了底。我的"大部队"也使尽吃奶的劲儿去找,但那天池洞终不愿露面。"部队兵士"正在叹息之时,发现了一绺石岩,石岩斑驳似有刻痕,下石岩突兀着,像刻意被人

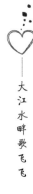

挪动，没有重庆的大足石刻那样被人为雕琢，却有风雨自然雕饰的本味。我带着一批勇士沿着石岩的缝隙攀登，一堆堆野羊的粪便似乎还冒着热气，"要是野羊垂天而降，我们退无可退"，我担心地说。我们装了些干粪便退回石岩脚下。

向下一看，一棵两人合抱不住的大树旁有一个圆形的东西泛着光亮。走近一看，是一口半人高的瓦缸，瓦缸外边所饰龙蛇花纹逼真生动，两人合力揭开瓦缸一看，让人大吸一口冷气：是一堆白骨，头直立着，骨架原地塌落，考古学家能复原瓦缸里的人安静祥和的面容和身姿。后来，听老人讲，这是武当山道人在瓦缸里坐化的惯例，这种坐化现象，我在《武当志》中没有查出记载，事情的来龙去脉，还是一个待解的谜。

时间就像白驹过隙，太阳已走下山。我们得趁天黑前下山，"部队"得安全转移到我家稻场的麦秸堆那过夜。

"靠自带的干粮自我拉练，不得中途接济！"我妈的心软为野外生存训练画了个问号。"别让娃娃们饿坏了！"她炒了一盆子湿香菇腊肉，还有一钵子腌蒜苗和一钵子煎酱豆，几盆子热气腾腾的面条。海生回忆说，这是他一生记忆中最香的一次美食。

晚上大家睡在麦秸堆上，睡到半夜，大家真真实实地体验了《老山界》的场景，"耳朵里有不可捉摸的声响，极远的又是极近的，极洪大的又是极细切的，像春蚕在咀嚼桑叶，像野马在平原上奔驰，像山泉在呜咽，像波涛在澎湃"。

"随君两日游，胜读十年书！"学生守虎在作文中曾经有过这样的慨叹。丽红同学说，她们在同学聚会时谈起这次野游，大家激动不已，都说这是影响她们人生的一堂最具色彩的课。

神仙岩的小溪以开拓者代言人的身份，送走了它的亲历者，这些曾经的亲历者将驾着河水让一个个美梦成真。

（点评：学生娃见证了瓦缸坐化，这个谜值得亲爱的读者去破解，你若有兴趣，别忘了邀请我一道哦！红孩儿：有故事的人在哪里都有故事！）

## （十三）那个伴

盐池河是一条有情感的河，一年四季流淌着自然的人情味，有日日夜夜的守护和陪伴，有齐心协力冲越河滩时的激越和勇猛；有不停迸溅、层层荡漾的感激和回馈。

逢年过节，单身教师总被有家室的教师接去做客，6个凉菜、6个蒸菜、6个热菜，大块吃肉、大碗喝酒赶走了节日的思念，催开了情投意合的心花。仍记得昌沛先生家的黄酒色亮劲大，洪国先生家的蹄髈软烂醇香，魏校长家的腊肉透亮干香……

一到冬天，单身教师就分散到各住户烤火追剧，还尝到了栗子软、柿饼甜、苞谷香、红薯甘。那个冬天的周六晚上，雪安、梅、峰、爽和我5个心高气傲的先生，在河滩举行了一场篝火晚会，5颗年轻的心跳着、笑着、叫着，或声情并茂地朗读，或有滋有味地说梦，或激情四射地唱曲。玩摆一个字游戏，每人都把字写在掌心，伸出手一看，都会心地笑了。就在火花子一炸的瞬间，大家卧倒火堆边摆出了"人"字形，都发誓要做一个有出息的教书先生。如今，峰已成了广州的名师，还成立了面向全国的名师工作室；雪安不停地给别人"做嫁衣"，据说他制作的精品课有5个以上获得省级一等奖；而我也熬成了县城一名小有名气的教研员。

每一份发自心底的关爱都会成为一种凝聚力；每一个不经意的瞬间都能成为一种向心力；每一次心的碰撞都会成为一种爆发力。

生与生之间的相处就像树和树之间的轻轻摇动。我给你扇个凉，你帮我讲个题；我给你打个饭，你帮我洗个碗；你帮我背个柴，我帮你提个包；走读生给住校生带一瓶菜，住校生送走读生野果子。大家互通有无，就像树上的鸟一唱一和，一呼一应。记得91届走读生强同学病了，住读生都你5角他1元捐款去慰问他，还安排同学轮流到家里给他辅导功课呢。男生和女生相处就像树与树的对望，自然地交往，纯真的情愫，纯洁的友谊，没有早恋的烦恼。你、我、他，就像山谷的树，直指青天，只争上游，因为比着长，长成参天成为一种常态。

学生对先生就像树对山的仰望。已是政坛新秀的波同学说，那时的先生个个英俊潇洒有才情，学生们没有兴趣班但有先生们的熏陶，个个都多才多艺！山里的学生会变着法给先生们一个个小惊喜：办公桌上放一捧栗子，或者几个红柿子，或者几个八月楂，或者几个红薯娃，或者一束含苞待放的野花……这一切都是学生对先生的崇敬和谢意。

河水日夜奔流不求回报，那些河水里游动的生命成为河的未来和希望，也正是这种鱼水关系，才互为因果，激扬着生命的活力和接续。

河水无怨无悔地流淌着生命的奇迹，就像母亲与儿女相依相伴，相爱相生，生命之河永葆青春。

有人说教育就是一种陪伴，盐池河中学教师是有陪伴基因的。和学生一道跑操，和学生一道种茶，和学生一道造纸，"和学生一道"成为一种风景。下晚自习送街上的学生回家，雨天送庄子村的学生过河，雪天送生病的学生就医，"送学生"成为一种惯例。出差回来，给班级学生带块糖；成绩出来，给后进的学生一个激励；活动获奖，给争光的学生一个赞美；"给学生"成为一种快乐。

陪护中也有意外。每年中考都到浪河考点考试，一帮心细如发的男先生陪学生中考，吃喝拉撒睡每个细节都建立预案，但91届中考还是出现了意外。半夜两名女生所住的房间后窗户被人撬开，伸进三个头，还用棍子戳。按照预案，两名学生大声喊叫，住在旁边宿舍的先生和学生闻讯赶来，不法之徒吓跑了。包括我在内的先生们细心地安抚了学生，两名学生中考没有受到大的影响。

令人刻骨铭心的是那次洪水大营救。雪芬姐妹和登菊三人周五放学回家，从中学出门走到第三个河水岔口，从三岔河流下来的洪水水头像几十头猛兽恰巧赶到，三人站在齐腰深的水里进退维谷，雪芬姐妹俩吓得大哭，登菊个儿高镇定地说："别慌，跟我来！"她一手拉一个，一前一后慢慢挪到一棵小树边。旁边放牛的老人大叫着："救人啦！救人啦！"我们几个像一群大鸟呼扇着翅膀抄近路飞到出事地点。"水已经没到我的脖子了！"登菊回忆说，"当老师们赶到时，我们几个眼泪都出来了，心想，有救了。"

这时候，庄子上的老百姓拿着粗绳子也赶到了，距离太远，绳子扔到半空就随着水流冲走了。我们几个商量，把那根粗绳子一头拴在河对岸的大树根上，一头拴在凸起河滩的树干上。会游泳的先生们游到登菊所在的小树那，刘杰回忆说，他的水性是菜鸟级，快接近时，他两次想站起来，脚下的细泥沙坍塌了，两次都倒在水里，还喝了几口水，第三次使尽全身力气终于站立起来了。刘杰后怕地说，如果第三次再没站起来，他就被洪水卷得无影无踪了。

河对岸的老百姓拉紧绳子，登菊她们拽着绳子，先生们组成人墙，一步一步，慢慢地，走得很小心，就像踩在钢丝上，终于到了对岸，大家抱在一起喜极而泣。听登菊说，回校后听说不少老师因此受寒感冒，刘杰脚被戳破了，走路还一瘸一拐。登菊说："我把这感天动地的呵护写到作文中，国勇先生还给我写了好长的点评呢！"

一向温顺的河水发起脾气来如受伤的猛兽横冲直撞，而先生们却用生命与河水斗争，用心血、汗水、时间、精力等守护着学生们，在危难时刻挺身而出，用自己的生命守护着生命。这就是盐池河中学先生们心底的誓言。

（红孩儿：没有大爱的人是不足以为师的，做你的学生是一种幸福！）

## （十四）那个赛

古语说："流水不腐，户枢不蠹。"《论语》中说："子在川上曰：'逝者如斯夫，不舍昼夜。'"流水争先是不争的事实。一滴水只有在溪水里越过，在河水里冲过，在江水里磨过，过关斩将，优胜劣汰才能流向大海。这一点我有体会。

自从在水竹园讲课拿了第一名后，我就开始海量阅读，阅读让我开阔了视野。我懂得了课堂教学既是一门技术，又是一门艺术，是技术意味着要付出艰辛的劳动，是艺术意味着创新。要让自己拥有教学技术和艺术，以赛代练是最好的方法。第一次参加全市政治课比赛，我就用了三招：用语文课的教法导入设计环节，用"歌诀记忆+事例联系"的方法突破难点，用"录音+创新板书"增添亮点。每个环节的衔接如何简洁而精彩？每个提问如何能牵动每个学生的神经？每个片段时间如何科学切片？我都一一做了反复练习和修改。初中各科25名教师参赛，我讲课成绩排名第二，却出现了插曲，评委会提出异议：政治课板书不应该留有让学生填写的空白。我说："这是我在上一期《初中政治课堂教学研究》杂志上学到的。"但评委会认为我挑战了权威。组委会只得再成立新的评委会再审我的课堂录像，打分还是全市第二名。

又过了两年我再次参赛，这次我参赛的学科换成了语文，还是25所初中25名选手，八仙过海各显神通，所不同的是，这次我参赛的结果是全市第一名，被授予"十大课堂明星教师"称号。这在一个闭塞的小乡镇也算是个新闻吧。

盈满记忆的还是那些演讲比赛。那次"一二·九"演讲比赛，我指导的义华同学获得全校第一名，我从稿子修改到演讲的身姿、语调都做了艺术处理，义华同学想象大胆、激情澎湃，"让盐池河的河水成为矿泉水家族中的名人，让盐池河的石头点石成金"。巧的是，后来他还在丹江建成了石头公司。

我和丽同学同台参加了全市演讲比赛。丽同学的演讲先声夺人，以歌声引出演讲内容，感人至深，获得二等奖。我演讲的内容是那次洪水大营救，故事真实，也获得二等奖。当时我的恩师欧阳指导的二中学生只拿到三等奖，他还专门过来给我道贺："了不起，你们师徒双双折桂。"

我还参加了市楹联协会举办的对联大赛，我拟写的对联"雪孕山山秀气，春催树树繁花"获得全市特等奖。主办方奖给我一个黑色中空的花瓶，那个花瓶已经碎了，但给我的历练和成长仍珍藏于心。

流水只争第一，投身进去就是在向前迈进。一滴水不妄自菲薄，蕴藏、历练、打磨，也能成为河水里那闪亮水花中的一员。

河水奔腾不息，为什么充满活力？因为每滴水都在争着向远方。如何让一所学校充满河水一样的活力，让每个人都动起来，让高质量的教育成为常态？魏校长和他的一班人在策划着。

我 22 岁身兼政教主任、年级主任、教研组长、班主任、语文教师，有人戏称"能者多干一肩挑五担"。我多次参加智囊团会议，讨论如何让质量的大旗不倒。有个故事让我们很受启发：

挪威人爱吃活沙丁鱼，挪威渔民在海上捕得沙丁鱼后两三个月才能抵达港口，到了港口沙丁鱼死去了一大半。一位精明的挪威商人在沙丁鱼船舱里放进了几条鲇鱼，鲇鱼是吃沙丁鱼的，沙丁鱼为了活命拼命奔跑，到了港口只有少量沙丁鱼被吃掉了，绝大部分沙丁鱼活下来了，那位挪威商人发了大财。这就是所谓的"鲇鱼效应"。

末了，我说要引入竞争机制，问题是如何引入"鲇鱼"。我突然想到了世界通行的综合国力计算办法，何不来个综合班力排名？我说："学校 9 个班，按照出勤、卫生、纪律、活动获奖、班级总平均分、及格率、优生率 7 个方面排名，按照综合班力的办法实行名次倒积分，综合积分高低，评选红旗班、优秀班主任、优秀教师。每天一公布，每月一汇总，每半学期一综合评比，这样一来就形成了比学赶帮超的热潮。"

具体到出勤、卫生、纪律，由学生会组成专班每天检查打分。学生会威信很高，历届学生会主席，如昌国主席、晶主席、继青主席等都是学生中的名人，历届学生会成员都为学校管理立下了汗马功劳。

幸运的是，魏校长力主推行综合班力排名措施。学校大事小情做到了事事有人管，时时有人管，人人有事管，全员管理、全过程管理、全方位管理成为一种内驱力。我们有时候不近人情，但回过头来，也许正是这点滴的执拗才换来满眼活水。

只争一流是魏校长的座右铭，也是当时教管会陈主任的目标要求。争先是河水的主旋律，争优是这块土地上教育管理者们的主节奏。

（红孩儿：爱岗敬业，坚持不懈，念念不忘，必有回响！）

## （十五）那个"九"

"鸟向高处飞，水往低处流"这一现象司空见惯，但水往高处流就会成为一件稀罕事。盐池河水流向低处的丹江口水库，而丹江口水库却真真实实地流向了高处北京，后人不得不为之叹服。

山东有个杜郎口中学，教学质量从倒数第一到名列该市县学校前茅，全国范围内数以万计的校长、教师奔赴该校参观学习，被称为"杜郎口现象"。而深藏在鄂西北大山的盐池河中学从1991年开始到现在已经30多年，教学质量一直位居前列，从这儿走出去的教师无一例外成为骨干教师或者名师，从这儿走出去的学生无一例外都发展得像模像样。在此，我们也慎重地提出一个说法：盐池河中学现象。

有人说，盐池河的质量与"钟"有关。钟是盐池河中学的代言人。"方圆十里听钟声"，历届学生印象最深的就是这"钟"，钟声一响，分水岭垭子、黄草坡、大岭坡、太山庙都能听得清清楚楚。据说这"钟"是郭老从丹江羊皮滩捡回来的，后来加装了一个钟锤，刘杰说一般人还敲不响。据分析这"钟"是日军侵略老河口时，战机兜圈子丢下的。响钟还有一种振兴中华、不忘国耻的警示吧。刘杰研究过这钟的打法，现在都换成了音乐，但这钟打起来还挺有趣呢！

三分钟：当——当——当。上课：当——当当，当——当当，当——当当。下课：当当——当当——当当。集合：当当当当当当当（由慢到快）。起床：当当当当，当当当当，当当当当，当当当当。预备：当——当——当——当——当（慢）。

有人把历届盐池河学生归结为生有九品：吃苦、勤奋、坚韧、竞争、信用、敢闯、创新、凝聚、感恩。

波呀，平呀，军呀，猛呀，偏呀，生呀，俊呀，利呀……一批批从盐池

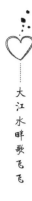
河中学走出去的学生，逐步走向行政岗位，并成为新秀，其中龙倜当上全国人大代表后，还提出了建议，修复丹江库区环境，适当增加中央的支出责任，她成了故乡人眼里的脊梁；世龙、登鹏、登慧、延红、毅、义华、东宾、海生……一批批从盐池河中学走出去的学生，投身商海，成为商海的弄潮儿。其中我采访过世龙创业的故事，以《苦是妙药，闯是灵丹》为题登在《职校生之友》头版，受到全国职校生的关注。还有虎呀，晶呀，红呀，燕呀，青呀……数以百计千计的从盐池河中学走出去的学生，成为各自行业的佼佼者或骨干力量；还有一种反哺现象，像秀华、清怀、正洪等一批从盐池河中学走出去的学生，又毅然决然地回到母校任教，回报培育之恩。

2003 年盐池河中学遭受洪灾，盐池河中学历届师生如蜂回巢般地为母校捐款、捐物，彰显了盐池中学学子的拳拳之心。

孔子说水有九德，我敢肯定地说盐池河中学教师像水，盐池河中学的历届教师群体无不具有九德：传承、无私、仁爱、智慧、勇敢、包容、正直、修身、坚韧。在中学，管理策略，教学理念、方法，教研成果，等等，都是口授心传的，优秀的、高效的东西都沉淀成学校的财富。盐池河中学 20 世纪 90 年代教师群体第一学历为中专的占 70% 以上，而课堂效果和教学成绩却很出色。分析认为，这批教师是当时成绩最好的师范学校毕业生，他们与今天"211"高校的苗子生有一比，他们智慧灵动，具备创新的潜质，他们其中一个特点是善于并勤于学习，像光华、聚钰、贤梅、若红等靠自学英语而教英语，成绩却出人意料得好。

在登菊的眼里，刘杰先生的数学课流程清晰，讲练结合；登贵先生的英语发音标准，引导得法；国勇先生读书声情并茂，作文批阅细致；群先生的化学课深入浅出，饶有趣味。

巨涛回忆说，徐先生编歌诀辅助记忆是一绝；思华先生每节课一黑板内容；龙宫先生板书工整，点点落实；明菊先生口齿清楚，注重训练；昌沛先生爱做实验，启发诱导；均华先生和学生打成一片，循循善诱，在疫情防控期间坚持边值班边上网课，突发心脏病去世，真正诠释了"春蚕到死丝方尽"的高尚人品。

有人把盐池河学校领导归结为帅有九才：眼光、表率、实干、革新、热心、无私、仁慈、善任、精细。20 世纪八九十年代的教管会陈主任是在全市率先完成学校结构调整的，调整后只有一所中学、一所小学和一个教学点，用现在的话说就是有超前意识。1989 年陈主任大胆起用魏校长担任中学校长，并在全乡镇选拔人才，举全乡之力办初中，是第一个在人事任用制度上动刀的。事实证明，陈主任的唯才是举、知人善任是正确的。魏校长雷厉风行、以身示范，热心教改，信任年轻人，仅用 2 年时间就交出了可圈可点的答卷：1991 年盐池河中学 47 人参加中考，上线 15 人，综合评价全市第三，打破了中考上一中线 0 的耻辱。以后，在中心学校世传、芙蓉、世群、光华等老师的接力下从没掉棒，中学在兴林、芙蓉、光华、清国等的接力下不辱使命，中考成绩一直名列全市前茅，而且历经 30 多年之久。

这是藏在鄂西北学校中的一个奇迹，一个不为多数人知道的现象，那就是质量长盛不衰，学生届届优秀的盐池河教育现象，一个有待后人记住并口口相传的长篇故事。

（点评：本期提出了盐池河中学现象，提到了日寇的炮弹，提到了 3 个"九"。王芙蓉：盐池河教育上曾经有一批批燃烧激情青春的人！岁月如歌，踏石有印！红孩儿：一群干劲冲天的青年人，日积月累地创造出的奇迹——盐池河中学现象。）

## （十六）那个信

我在盐池河教书的 7 年间并不寂寞，我在水竹园小学的那年，就有报社上班的勇哥到水竹园村去采风，路过这里来看我，他说："老徐瘦是瘦，但精神得很啦！"我说："我们山里娃子，给一点水滋润就活力四射！你看，我这水多得很，上边一库清水呢！"

在山里教书从周一到周五都很充实，因为天天在琢磨课堂、琢磨教学、陪伴学生，总有做不完的事。但双休日学生一离开学校，心里就空落落的。我们也常应学生邀请去家访，当看到学生家本不富裕，还忙着推豆腐、杀鸡做菜，盛情款待，我们会时时叩问自己的良心：对得起家长，对得起孩子们的一片赤诚之心吗？

最激动的是，我们不时会收到一些来信。每次收到信，就像被人猛然拍了肩膀半天心绪难宁。

1990 年 4 月 5 日晚上，我拆开了一封长达 12 页的信，信是韩东从中南财经大学寄来的，信中热情洋溢地讲了他的学习生活和对未来工作的打算，谈的更多的是他对教育工作的看法。他说他妈一辈子就是当教师的，很幸福。

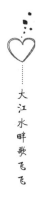
当教师需要耐心、恒心和责任心，面对有血有肉、活蹦乱跳的孩子，可以永远保持一颗童心；教好了书就会收获学生的爱，这是千秋万代的功德事业。信末，他问我谈朋友没。其实，这问题是山里年轻教师共同的苦闷，因为山里有知识的女同胞少得可怜，在僧多粥少的环境下，谈个朋友几乎是不可能的事。韩东的信就像及时雨，坚定了我做个优秀教师的信心。

1990年4月10日晚我又收到了老朋友刘刚的信，信是从华中农学院寄来的，洋洋洒洒十几页。信中他谈笑风生，就像我毕业时在他家那样，他无拘无束地谈论他所学的专业、教授的趣事、武汉的情况。信的末尾大意是希望我知足常乐，他写道：住惯城市的人羡慕大山里的山清水秀，而城市整天蓬头垢面的。这就叫"有其得必有其失"，既然"鱼"和"熊掌"不能兼得，又何必得了条"鱼"还想着"熊掌"呢！他的话都说到了我的心坎上。自从读了他的信，我变得快乐起来。还有老屈也从中南政法学院寄来了热情洋溢的信，在信中老屈拍着胸脯说要到社会上大干一番事业。

他们的来信，一次又一次激发了我干事创业的雄心，我要在教学领域干出点事来。打那时起，我就暗暗下定决心：做魏书生第二。我沉浸在《年轻的教育改革家——魏书生》这本书里，就这本书我先后做了3次笔记，反复萃取精华。1994年秋季，我下定决心开设魏书生实验班，并种上了属于我自己的一亩三分试验田。

在最需要的时候有人点拨一下，我们就会加快脚步，哪怕是一次畅谈，一个不经意的瞬间，或者一封信，就能让你我走出五里雾，拨云见日，走稳上坡路。

20世纪八九十年代，信是交流的有效载体。我常让学生给家长带去慰问信，带去家校合作的请愿信，帮助学生摆脱思想困境，轻装上阵。也常收到家长托学生带来的短信，信中多是感谢老师的辛苦培育，请老师在学习上严格要求，多帮忙辅导，等等。在与家长的信件交往中，我了解了家长的需求，收获了家长的信任。

在教师节期间我曾经收到过上百名已经毕业的学生的来信或明信片，信中内容多是感恩老师的教诲，回忆往事，感激之情溢于言表。也有十几页的来信，汇报她们在他校的学习情况，嘱咐老师要保重身体，还说来看望。这一切，都是我这个当教师的精神财富，我一直把它珍藏在心中，并激励着自己义无反顾地走好前面的路。

2023 年 6 月 14 日是我人生最难忘的日子。教育局已退休的杨书记给了我一份珍贵的礼物——一封信。那是一封 28 年前的信，信封完好无损，信件字字清晰。那是 1995 年我写给杨书记的信，一个山区学校的陌生教师给局领导的一封信，信的内容是汇报自己的教学工作，希望得到杨书记的帮助，帮我搭建教学改革试验的平台。摸着那封信，我百感交集地给杨书记回了短信："一位长者、一位领导，给一个一封信交往的陌生年轻人 10 年、20 年、30 年乃至一生的关注、爱护、重视和帮助，那是无价的珍爱和财富，更是一种稀世的珍藏，是受用不尽的浩荡恩情。抚摸着您为我珍藏近 30 年的信，我确信我是这世界上最幸福的人。而这一切来自您的厚德、坦荡、博大胸怀和高尚的人格魅力。"

写信的时代似乎一去不复返了，过去的信却成为珍贵的文物被保存下来，像路旁的灯，照亮我们前行的路；又像是火石，擦亮过往的岁月；更像钻石，珍藏在心中，成为无价之宝。

（陈小丽：期待出书，精彩人生，学生遇见良师，何其幸运！王珺：回味无穷，余音袅袅，激情岁月，催人奋进！红孩儿：精神富有的人生最幸福！李荣甫：不平凡的故事，激人前行！）

## （十七）那个"试"

那年，从乡镇 33 名候选人中筛选了 9 名教师进入市一中。我是其中之一，时间是 1995 年 8 月。

从此，我天天与汉水为伴，能随时欣赏到碧野笔下的《人造海之歌》，有一种与江水共舞的冲动。当时一中初中部有 4 个班，2 个快班 2 个慢班，我被分配带两个慢班的语文。班级学生中不乏调皮搞怪者，不乏"三无学生"（无书本、无笔、无作业本）。面对这种状况，我决心继续开展魏书生式教学改革实验。

我推出了五个一：即学生每天摘抄 400 字（包括笔记、摘抄、听写等），每周一篇周记，每两天背诵一个知识块，每单元自出一套试题，每月读一本课外名著。每周一检查，达不到量化标准的要写一份 500 字说明书，并在周六日补上。

开学第一、二节我带领学生把全书划分出 40 个知识块，对课下注释和课后"读读写写"进行编号，每 50 个字词 1 个知识块，每 20 个文学常识和文

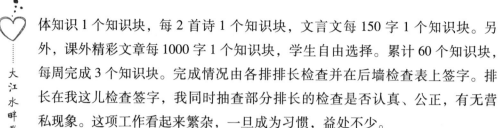

体知识1个知识块，每2首诗1个知识块，文言文每150字1个知识块。另外，课外精彩文章每1000字1个知识块，学生自由选择。累计60个知识块，每周完成3个知识块。完成情况由各排排长检查并在后墙检查表上签字。排长在我这儿检查签字，我同时抽查部分排长的检查是否认真、公正，有无营私现象。这项工作看起来繁杂，一旦成为习惯，益处不少。

自出试题也是一项出彩的事。我给学生提供模拟中考的样卷和格式，学生一开始选取一个点出，比如，只出积累运用部分并做答案，或只出古诗文阅读部分并做答案。经过三四次训练，学生要出一套题，收起来用正课时间互相抽做，分数达不到72分的学生再出题，再相互抽做，直到达到及格以上。学生转换到教师角色，就是在研究考试，研究学与考的关系，其意义不言而喻。

知识擂台赛也是学生期待的。根据单元内容用字条出抢答题、必答题和风险题等开展分组知识擂台赛，赛台上大家你争我抢，进入了白热化氛围。例如，文言文单元复习竞赛，我自出了单元15个题，再加上课外作业上的题，共计60多个。赞科夫说过，智力活动是在情绪高涨的气氛中进行的。先让学生情绪昂扬，每位学生为一个单位轮答，答对者坐，答错者站，站立的同学可以抢答别人的题目。抢答题每个题给20秒钟时间，不提前告诉组别临时点人。如所有姓张的答、和老师同姓的答、名字中最后两个字重音的答、所有穿红衣服的答、穿羊毛衫的答、课代表答、男生答、女生答、班委会答、名字最后一字是霞字的答等。学生在比赛做题又在猜老师，新奇辈出。

做自出试题的分数+小组擂台赛的分数+单元自测题分数得出综合得分，每月授予荣誉称号，前十名授予"十大学生元帅"，11～20名为"十大学生上将"，21～30名为"十大学生中将"，31～40名为"十大学生少将"，41～50名为"一级士兵"，51名后为"二级士兵"。

一个学期下来，每名学生摘抄72000字，20篇周记，背诵60个知识块，自出6套试题，读6本名著，单就摘抄本后墙就码了两尺高。

一年后，我所带的慢班与快班平均分只有3分之差。校长张正洪找我谈话，要我带2个快班。我说，我带1个快班、1个慢班，好比较试验的得失，我最终带了1个次快班和1个慢班。我的付出得到了认可，我就想高声唱歌。

"沧浪之水清兮，可以濯我缨，沧浪之水浊兮，可以濯我足。"先师孔子的歌颂声回荡在耳边，汉水滔滔，滚滚向东。

我喜欢站在高处诵读碧野笔下的《人造海之歌》，歌颂丹江口水库："白鸥在浅滩上群集，水鸭成群，浮在水面。大雁千百，聚集在水边的山洼。天光水色。有的水面浪花，远望如群兽奔腾。有的水面平静，波纹如丝……"

就是在中考冲刺那3个月，我也会天天摇头晃脑地读，我觉得那是一种释放，是一种灵感的点燃。读了《我的叔叔于勒》，我灵机一动，何不让学生演课本剧，于是全班分成4组，自由组合。晚自习时间大家兴致勃勃地演出。第一组先表演，黑板上有字幕。编剧是谁，导演是谁，灯光是谁，分工清清楚楚；菲利普、菲利普妇人、于勒、"我"、4个姐妹，各是谁扮演，写得明明白白。第一组按照课本内容表演，赢得了长久的掌声。第三组表演时，还加了个续集，于勒发达了，菲利普夫妇和于勒见面的情景更具有讽刺性。演出还没结束，张校长在查纪律："你们班咋闹哄哄的？"我说："报告张校长，我们班在演课本剧！""演课本剧？还有一个月要中考了，你们还有精力演呀？"张校长担心地问我。我说："张校长，你尽管放心，中考成绩一定会出彩的！"这个牛吹出去了，好在真的实现了。全市96分以上的有19人，我那个次快班占了12人，另一个特快班只有1人超过96分，市一中中考语文成绩稳稳地拿到了全市第一。

这背后除了平时严格落实"五个一"之外，还有很多做法，即便过了近30年我仍记得很清楚。

学习金字塔理论对我启发很大。听讲，2周后学生掌握5%；阅读，保留10%；声音和图片可以达到20%；示范可以记住30%；小组讨论可以记住50%；在做中学，可以达到75%；当小老师或马上运用可以掌握90%。因此，我在班级建立"语文词典"，每个同学都是词典的一个"部首"。一个或几个同学，哪方面好就毛遂自荐担任哪个"部首"。如拼音部、病句部、词语成语部、句子顺序部、文学常识部、文化常识部、文言文部、古诗部、记叙文部、说明文部、议论文部、作文部……各部都大量收集材料，找到方法诀窍，可以多人讨论汇成经验，并要成为该部的"专家"。不会的同学可以找到该"部"的"专家"向他请教，小老师越讲越有劲，越讲越通透。班级学生"专家"也一抓一大把。

毕业前两个月，我还开展了"五个一"作文提速活动。全班64名学生每人出一个作文题目，要求结合班级、学校来出题，接着抽作文题一节课快速写作，一节课互相评改，誊写后第一时间寄给报纸杂志社，一起合作出一本纪念册。

学生出的 64 个作文题，我还保留着：

本班最新消息；我班的女生；可爱的一中；我班的男生；我班的风流人物；三个女生一台戏；同桌的你；前座的你；花季日记；一起走过的日子；我班的风波；怪才某某英；英语老师真棒；某某老师的眼睛；暖流；花儿；风波在我班；班主任，我终于理解了你；掌声响起来；语文老师趣谈；政治老师风范；秘密；失败的滋味；他，也是我的老师；我班拿了歌咏冠军；我心中的一片绿叶；64 个头脑；贺卡情思；读信后；假如我当主持人；我心中的一片绿叶；我的爱好；三（1）班之秋；三（1）班之冬；校运会花絮；她的文章发表了；他在奥赛中获奖了；班级趣事二三；校园的桥；我终于学会了；大班长，真牛；献给老师的爱；我的老师大伙伴；风声雨声读书声；足球迷；军事迷；想象大王；记忆大王；问渠哪得清如许；升旗；体育课上；看车的奶奶；捡垃圾的校园清洁工；再过二十年我们来相会；一节别开生面的班会；我班去探险；我班到了太空；校园的沙树；别开生面的新闻发布会；我班赛过了四班；丹江一中 2000 年校庆；假如我是一中校长；假如我是丹江口市市长。

这些题目与班级、学校的人、事、物、情、景几乎零距离，大家写起来得心应手。64 篇稿子投出去后，有 5 篇在《学校与家庭》《初中生报》上发表，激发了学生写作的热情和积极性，也为中考作文搭建了更高的跃升平台。最后大家投票从这 64 个题目中选取一个作为作文纪念册的书名，大家确定为《一起走过的日子》，同学们自己设计黑白封面，每个同学根据自己的爱好，为自己保存的纪念册封面添光加彩。

一起走过的日子，让我们记住了过去，也张开了飞向未来的翅膀。

（点评：精彩来自不断地超越和创新！）

## （十八）那个"气"

汉江河欢笑着，我眼拙，看不出它在笑。我不会笑，而且一笑就看不到我的眼珠了。"当老师总不能板着脸吧！"我妈的话善意提醒了我。后来，见人先把笑挂在脸上，我学到了汉江河的形，却没有学到它的神。

那件事后我笑了，因为我赢得了老师的尊严。我在日记里这样写道：

时间：9 月 20 日　　天气：处于"秋老虎"中

学生黄某的爸爸前天下午第三节课找到我，向我要他儿子，说他儿子中午出走了。我气极了："你为啥找我要你儿子？""我儿子早晨来校迟到了，你让别个学生进去，偏把他留在教室外边，还要他写说明书。他受不了，中午回去吃饭哭哭啼啼，最后离家出走了！"黄某爸爸蛮横地说。

"你这个家长根本不了解你儿子，你儿子在家骗你，你知道你儿子心里想的是啥吗？"我和家长唇枪舌剑讲了半天，争得面红耳赤，年级主任听不进耳，来劝家长："早上我亲眼看见徐老师把你儿子一起放进教室的！"学生黄某爸爸出口脏话："你放屁！"

后来事情闹到了政教处，黄主任查明事情原委，为我出了口窝囊气，勒令他孩子转学。黄某的妈妈可急了，"我儿子到哪去上学？"黄某的妈妈哭哭啼啼和他爸爸闹，"你要是让我儿子上不成学，我就和你离婚！"黄某的爸爸整天夹着尾巴三天两头找班主任求情，找校领导道歉。两周过去了，学校答应他来校，条件是接受学校的处分教育，家长向年级主任和徐老师道歉。道歉会在周一下午 3 点举行，黄某的爸爸耷拉着头，后边跟着他老婆，胖胖的，一脸的尴尬。

黄主任先发话："老师尽心尽力教育学生，你们不但不领情，还来学校蛮不讲理胡闹。先由家长向老师道歉。"黄某家长站起来似鞠非鞠地鞠了一躬："对不起各位领导、老师，那天中午我吵了儿子后，儿子才出走的，和你们关系不大，我来了不问青红皂白就责怪辛勤的老师们，是我素养低，请老师们原谅。"

轮到我发话了："我说家长同志，你的话有问题，你儿子出走和我没有关系，不是你说的'关系不大'，我虽年轻，但凭良心说，我对黄某一视同仁，绝对没有因为他学习成绩差就厚此薄彼，我先后找他谈了十几次心。去年他出走了，回来后，我们还为他开了欢迎会，会上他哭着说要好好做人，可是今年一开学就三天两头缺课，我们曾多次和你们联系，但你们没有一次来校，那次他和余某打架，你们来后一句话都不说，而余某的家长十分重视，主动帮助解决好了问题，你们呢？视若未发生。最近，他还借了一盘黄色录像带在家偷看，你们知道吗？"

黄某夫妻面面相觑。"你们知道是啥原因导致你儿子产生破罐子破摔

137

的现象吗？你当爸爸的管教粗暴，当妈妈的过分溺爱，孩子有毛病还袒护，你们仨缺乏沟通，黄某心中认为父母的爱很假、很虚伪。"我不留情面地说。"那怎么办呢，徐老师，你有什么好的法子吗？"黄某父母迫不及待地讨教。"最近开个家庭会议，大家敞开心扉地说。其实，爱是一切的根源，爱是解决问题的法宝！"黄某爸妈若有所悟地离开了。

过了两个月，黄某变了，积极为班集体做事，在校有啥事就向他爸妈讲，关系变融洽了。有天在街上遇见黄某的爸爸，他主动上前握住我的手："徐老师，感谢您，还是你的办法灵验。我家儿子遇见您是福气！"黄某爸爸的感激之情溢于言表。

就在黄某爸爸转身的时候，我会心地笑了。

我合上日记，自言自语：这窝囊气也可以变成扬眉吐气。

丹江口水库下边的汉江河飞溅着，像战马飞越战壕般忘情嘶叫，流水争先，向着长江日夜奔腾。

"一名语文教师能排出上档次的节目吗？"我要为自己争口气。我在日记里这样写道：

时间：9月21日　天气："秋老虎"威力不减

今天市教委办公室打电话要我去领奖。我猜……

快开学了，教委文件要求丹江口一中要选送5个节目参加全市初中生文艺演出比赛。我看出了分管副校长石校长的心事：一中要排精品节目，拿最高奖项。我毛遂自荐：我班排一个节目。在场的"战友"投来怀疑的目光。

我睡在硬板床上想了整整3个晚上。合唱人多，有气势；多首歌，风格各异，有变化；加台词，画龙点睛；加乐队，场面宏大，节奏鲜明。

我先选了《春》《夏》《秋》《冬》4首歌，我让文艺委员带领大家跟随录音带唱，排练时，我用调试旋钮的手势，提醒大家：声音洪亮些，再洪亮些！可声音总在嗓子眼儿出不来。对了，我想起了歌唱家们练功的要领，尝试挺胸、收腹、提臀、清嗓、吸气5步反复练习，"一、二、三，唱"，声音若流水奋激而出，男生的浑厚低音与女生的高亢亮丽之音组合在一起，形成少男少女的袅袅之音，若高山流水清丽回环，像琴瑟合奏高低应和，似笙箫悠悠抑扬顿挫。

大家提议，我们是否也弄几个伴舞？主意出得不错，可怎么做？云云口快："选4个姑娘，春姑娘着绿装，夏姑娘着蓝裙，秋姑娘着黄裙，冬姑娘着白裙。"舞蹈动作是由文艺委员设计的，与歌曲节奏内容配合得天衣无缝。我还写了台词：

春姑娘来了，她提着希望，把绿色和芬芳撒向人间。

夏姑娘贮满清凉，用她那纤纤细手弹拨给酷暑煎熬下的人们。

秋姑娘舞动出金灿灿气象，丰收的号子吹出满腔的喜悦。

冬姑娘吐露着银子般的心声，在雪的召唤下唱响红梅花儿开。

一批灵活的学生娃用废弃的拨浪鼓、铁棒、三角铁、洗脸盆、油漆桶等打出歌曲的节奏。

我们的节目赢得了观众经久不息的掌声。

接到的电话是让我去领奖。站在一等奖的领奖台，我再一次笑了。这是喜悦的笑，是对自己赞美的笑，也是对"人活一口气"的正面回应。

（红孩儿：爱学生是对学生最好的滋养！）

## （十九）那个"忆"

翻开已经保存了近30年已发黄的《一起走过的日子》，用订书钉订后又用线绳穿过的历史遗存，封面已经不知去向，封底"后序"还残存一点：

初三，这最后的一年过去以后，同班同学就将各奔前途了。"天下没有不散的筵席"，在我们握手道别之际大家合作编写了《一起走过的日子》，让我们以示珍重。

这本书共有习作70多篇，是我们在徐老师的安排下，一节课写、一节课改，90分钟的创造，难免有不少不足和错漏，但记下了我们的心路历程，更记下了一群稚气未脱的少年的憧憬和向往……

翻开文集的第四篇便是王倩写的《语文老师二三事》，一下把我拉回到记忆的河流。

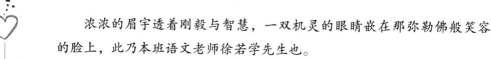

浓浓的眉宇透着刚毅与智慧，一双机灵的眼睛嵌在那弥勒佛般笑容的脸上，此乃本班语文老师徐若学先生也。

记得初二那年，他刚来给我们班教语文，很快就以学识和多才多艺及其独特的教学方法获得全班同学的爱戴。你想听听我们这位若学先生的几桩趣事么？好，让我慢慢向你道来。

若学先生特别擅长朗诵课文，虽说自幼生在农村，普通话不算标准，可感情却十分丰富，每次学习诗歌前，他总要先读一遍，然后，再听一遍录音，我们总是惊喜地发现，若学先生朗读时的感情比录音中的要丰富得多，不是我瞎吹，咱们不妨现在就看看。

最近我们刚学了女作家柯岩的一首诗《周总理，你在哪里？》，若学先生一上课就创造了一种极其悲凉的意境。他眼里噙着泪花，用他那深沉的声调向我们讲述周总理生平的感人事迹，接着，便满怀深情地朗诵起这首诗来。

"周总理，我们的好总理，你在哪里……"读到这儿的时候，若学先生的声音开始微微发颤，喉咙里像有个什么东西堵住似的，那一句句催人泪下的话语在教室里回荡着，同学们都被深深地感动了，有的甚至趴在桌子上悄悄抽噎起来。"周总理……你永远居住在太阳升起的地方……你的人民世代代想念你！"若学先生的声调提高了许多，声音也显得更加有力，当我们抬头看他时，只见一颗晶莹的泪珠顺着他的面颊流了下来。

听若学先生的课，是一种享受。在语文课上，教室里从来都是洋溢着欢声笑语的，因此，我们总是很轻松地掌握了语文知识。他总喜欢想一些五花八门的点子。比如，开个小竞赛啦，做个小游戏啦，出几个小谜语猜猜啦，抑或对几副对联，等等，凡是语文课本上要求开个什么辩论会、演讲会什么的，他总是如期举办，而且总是相当成功。课本上要求写小说、诗歌，他也总是鼓励我们大胆地写，大胆去投稿。不仅如此，他有时也会出其不意地在课堂上开个小小联欢会，让同学大胆地去展示自己的才华，有时来了兴趣，他也会亲自登台唱上一首自己最拿手的《射雕英雄传》，那雄浑高亢的嗓音真可以跟电视上的那些明星们媲美。若学先生的与众不同，常引得别班同学美慕不已。

上初二时，我们是在金岗小学那所破旧的教学楼里度过的，因为要盖新楼，只好委屈我们这些初二的学生。若学先生就住在离我们教室没几步的对面小屋里，那个不大的屋里常常传出一阵阵优美的音乐。每天中午放学后，总有几个住校的学生留在那里，因此，若学先生常把钥匙交给一位住校的男生张青青保管。可他偏是个非常调皮的男孩，有时会趁先生不在，偷偷跑进他的小屋里去翻他的笔记本看。头一次翻时见第一页写的是"×月×日"这篇日记只有几个字："我在三班讲课成功了！"初看时，搞得人莫名其妙，写的那天没有哪个班上公开课什么的。后来想想，这也许正如他所说的"无论做什么事，都要尽力把它做好"，他把每节课都当优质课来上。当他又一次去翻时，却意外地发现了几首小诗，有的如李清照诗词般婉约温柔，有的又如李白诗一般豪迈旷达。当张青青把他看到的几句诗讲给我听时，我惊叹地叫了起来：呵！看不出，咱若学先生还有一点诗人的气质呢！

末尾的责任编辑署名是卢丹青。我想起来了，卢丹青是我的语文课代表。那批学生思想学习如流水，处处争先，时时争先，事事争先。有想象大王梁安，写有数万字想象力超群的小说；记忆大王阳贝壳，还是多产作家呢，文集收录了她发表的3篇文章；尊师典范王俊丽写了《献给老师的爱》，孝亲典范王荣仙写了《献给母亲的孝心》，普世情怀李晓睿写了《看车的老太太》，评论员徐明慧写了《我心中的小树林》，张琼、李睿、梁蕊3个女孩是一台成功的戏。现在想想，当时学生都相当前卫，男生都是足球先生，女生都是合唱团员。

更值得大书特书的是，这届学生高中毕业有3名学生分别考上了北大、清华和人大，三四十人被名牌大学录取，第一次给丹江口市一中放了卫星。

（武当山太极湖：徐主任的文章就像一杯茗茶，越品越有味！文章有温度，有高度。）

## （二十）那个"籽"

你有一个苹果，我有一个苹果，我俩交换每人只有一个苹果；你有一个思想，我有一个思想，我俩交换就有若干个思想。你有方法成绩突出，我能学得和你一样吗？这是每个学生都关心的问题。

我带领班级学生做了一个鼓掌游戏：数1~50，看谁用的时间最短。短的

用时9秒，长的用时21秒，平均用时15秒，能否把平均时间提到10秒以内？我让10秒以内的同学表演鼓掌，让下边的同学观察分析。总结技巧如下：一是一动一不动，鼓掌时一只巴掌动，一只巴掌不动；二是数数时10个10个数，10以后省下了念"十"和"几十"；三是拍掌时右手前手掌对着左手掌心，两手距离靠近。大家用总结出来的经验，再数一次，这次结果全部在10秒以内，还有人进入7秒以内。

现在看来，这就是西瓜籽技术，用工具、流程、方法和标准把西瓜籽取出来。这个过程中，谁取得又快又好，就把谁确定为最佳实践者。把最佳实践者的技术提取出来，进行复制粘贴，每名学生运用最佳实践者的技术都能提升到接近最佳实践者的水平。教学技术既能复制粘贴，又可以传承，盐池河中学教学教研和管理经验的传承带给了我们近30年的惊喜，是另一个实证。

我经常开经验分享会、金点子共享等活动，同学们相互分享，共同提升。下边是欧阳春晖对记忆大王阳贝壳的观察分析：

能用3分15秒背完《愚公移山》《孟子》二章、《岳阳楼记》《醉翁亭记》《古诗五首》，堪称一绝，而创造这个奇迹的是记忆大王阳贝壳。

那是10月19日早自习的背诵比赛，阳贝壳从容大方地走上讲台，老师一声强有力的"开始"后，文字一冲而出，仿佛一个个字在进行百米赛跑。

一道道声音的激流，从她口里流出来，溅在地上，个个字真真白白地落在了每个人心里，那么流利，仿佛入无人之境，那拗口的文言文到了她嘴里却如同行云流水，一气呵成。同学们都很羡慕她有惊人的记忆力，其实得归功于她造了源头活水。

她时刻用"别人能自己为什么不能"来鞭策自己、鼓励自己，这叫"自信记忆法"；她把书中重点的字词写下来，把重点词编成歌诀，然后，丢掉这些内容，自己来想着记，这叫"取字头编歌诀记忆法"；还有她边上课边记忆，下课全记住了，叫"堂堂清记忆法"。

上边的例子，还引出了我提出的一个新词——记忆密度。密度是质量和体积的比值，那记忆是否有密度呢？我认为，有。

单位时间内说出的已背诵的内容（字数）越多，记忆密度就越大，记忆密度越大就越不容易忘记。为此，我用 3 分 55 秒背完《愚公移山》《孟子》二章、《岳阳楼记》《醉翁亭记》《古诗五首》，要求全班一口气背完，背的过程中要字字清楚，背完这 5 篇的速度不能低于我的速度。超过我的，在全班进行比赛，第一名授予"记忆大王"称号，阳贝壳用全班最短的 3 分 15 秒背完，被授予"记忆大王"称号。因为背得快，记忆密度高，已经过了近 30 年我还能诵文如流。从那时起，一口气快背就成了我教学生语文学习规定的比赛项目。

回想起来，那时西瓜籽技术运用很广泛。学生用西瓜籽复制粘贴教师的技术，充分发挥了小老师的作用。

"同学们，我要去红旗中学监考 3 天，这 3 天的语文课我请几个同学代上，以此锻炼一下大家的能力……"

梁蕊作为第一主讲，她将具体授课过程列了下来：首先是把所讲课文《老杨同志》课前预习读一下，让同学们对文章有一个初步了解；然后让倒数第二排的同学一人对一个生字词做出解释，检验大家对生字的掌握情况；接下来就是最主要的——读。读的方式多种多样，但究竟选择哪一种，还是要仔细斟酌的。"用什么来调动大家的积极性？"她一边回想着老师平时讲课的方法，一边又将书从头到尾看了一遍，发现本文不仅语言多，而且神态动作很多且生动形象，都充分展示了人物性格。对！挑几个动作让同学们来做，一来可以更深刻地了解人物性格，二来嘛！也可以活跃课堂气氛，这不是两全其美吗？快下课了，同学们给她鼓起掌来。

梁蕊把这次当语文教师的经历写成文章，还发表在报纸上了。

下边是学生记录我运用西瓜籽技术的例子。

每节课前听读一篇作文，把它记在定量作业本上，现在又搞快速作文，起初"40 分钟 600 字"，一听把人吓了个半死，说来也怪，每周用一两节课训练，5 分钟静思后，一动笔，词、句子都像长了腿似的直往外跑，到下课一数 817 字，批改下来，老师写了一个大大的"优"字。

——刘沙

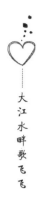
　　他把我们班当作一个字典，选第一名当典长，然后再给我们班8排分成8个学部，生字词、易错字词、多音字、文学常识、应用文、文体知识、语法知识、课后问题，他说，我们不可能人人当全面的专家，但可以当某一方面的专家，课堂是你们这些专家的用武之地。

——李智

　　不时地把课堂搞得像个足球场，打着"友谊第一，比赛第二"的旗号，让巾帼须眉擂鼓大战。再者，就是声情并茂地朗读，一处恰到好处的点拨，一句妙趣横生的幽默，将我们引领到语文的天地。

——肖艳波

　　就这样，课堂不是老师一人独享，而是师生共同有趣地进行智力活动的场所，共同将那前人总结的各类知识或经验进行记忆，共同将领悟到的心得进行交流。朱老夫子诗云："半亩方塘一鉴开，天光云影共徘徊。"我觉得那就是课堂的最高境界。

　　我的九年"抗战"，从懵懵懂懂的教书先生摆渡到爱语文、专语文、精语文的匠人行列；从湖北大学大专学习、华中师大中文系本科学习摆渡到华中师大硕士研究生。学历提升让我装上了风火轮，教学实践让我拿到了乾坤圈，练就在教育教学领域尤其是语文教学领域的本领，这是我对孔子提出"教学相长"的新的注解。凭着这些招数我用一腔热忱，铆足干劲，为我九年"抗战"做了无悔的注脚。

　　用我妈的话说，前面的路还长，还有好多事要做，还有好多路要走。

　　和汉江河一道奔流不息，直到太阳偏西也不停留。

　　（刘杰：一旦启脑，思绪万千；一旦下笔，妙笔生花！）

# 这个娥子不简单

## （一）娥子信条

　　在遇真宫上二中时，二班有"四大天王"，两男两女都姓王，成绩都一样牛，被传得"神乎其神"。我因为好奇，也曾找同学指认过四大天王：自兰、文娥、芙蓉、珺。文娥给我的印象很深，妹妹头下一张苹果红的圆脸，眼睛里神采飞扬，像邻家的小妹妹。

毕业10年后，我调到了市一中，听说文娥读完华师又被分配到职教中心，我们在"找呀找呀找同学"的日子里，惊喜地相遇了。娥子眉清目秀，眼有亮光，普通话流利，有种乐感。娥子单身，我也挂单，周六日我俩一起去张同学家蹭饭，到王同学家去叙旧。她邀同学到我这儿聚会，我跑她那儿和她搭伙做饭。我还要了一张娥子的照片挂在我的蚊帐内，同学国勇到我这儿，我指着照片说，这是我媳妇。国勇笑着说："你在哪儿弄的明星照。"我说："这人，你认识。"就这样，3年后我和娥子走进了婚姻的殿堂。我家给了500元，她家给了500元，我们在丹江饭店办了婚宴，典礼是在教研室会议室举行的，一名同事站在桌子上，手里吊着一个苹果，我们就在爱情的苹果上咬下了爱的誓言。

她的同事和我的朋友都喜欢叫她"娥子""娥娥"。我查了下字典，"娥"是美女的代称。而娥子说："在班上我不是班花，但一定是班草。"娥子的性格就像小辣椒，坦诚而直率，大概这就是一种自我保护吧；不认识她的人往往很难接受她的一句无心之语，这也许就是刀子嘴、豆腐心的典型表现。她曾经遇到管她分配的领导，还轻松地谈起为分配到宜昌而跟该领导拍桌子的事。领导笑着说："你现在发展得很好呀！"她笑着说，谢谢领导。看来她也从心里与领导和解了，怪不得她的口头禅是"没有过不去的坎"。

娥子的忍辱负重是出了名的，就像沙漠里的一只骆驼，任劳任怨，无怨无悔。在家里她就像一只不知疲倦的陀螺，没有人催促，她自愿担负了打扫卫生、洗衣、做饭、收拾等琐碎的家务活，而我偶尔做做饭，还会把厨房弄得杯盘狼藉，她还得在我后边打扫战场。我的脾气暴躁，她总是忍着，从不与我正面发生冲突。她对双方亲戚一视同仁，从不厚此薄彼。我终于理解了有"女"才"安"的道理。

都说媳妇和老婆子是天生的冤家，而她对老婆子是欣赏的眼光，她说："我们老婆子虽然不识字，但懂道理，老有所乐，老有所为。"她常说："妈在阵地在，你爹和我妈都不在了，现在只有你妈和我爹了，要让他们的晚年幸福。"这是王娥子的心里话。"趁他们走得动，带他们周游世界。"她是这样说的，也是这样做的，带着我妈和她爹旅游过台湾和新疆，她还和我带着我妈旅游了张家界、重庆、成都、新加坡、马来西亚、澳大利亚等国内外风景名

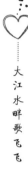
胜；生活中，给老婆子端汤送饭，嘘寒问暖，还带老婆子逛街，给老婆子买棉衣棉裤。难怪，我妈经常当着她姐妹的面夸王娥子好。

娥子的节俭是有口皆碑的。我写稿子有稿费，王娥子电子琴培训有辛苦费，一年下来手中钱还是比较富裕的。我说："你去多买件衣服，要知道女人四五十岁前最需要用衣物来装扮了。"但王娥子说："有衣服穿就行了，要把钱花在刀刃上。"女同学们知道后调侃她："我会花钱没有钱，王娥子有钱不会花。"王娥子只是笑笑。说了估计你不信，王娥子的衣柜里还有 30 年前的旧衣服，包括我们结婚那时的衣服都还留着，"新三年，旧三年，缝缝补补又三年"，父母教养的艰苦朴素的习惯和思想牢牢占据着她的内心。旧衣服，一来值得回忆收藏，二来，过段时间拿出来穿，搭配条新围巾，穿出新的感觉；或者把旧衣服裁剪下，又成了一件新衣服。

王娥子信奉的美学原则是"清水出芙蓉，天然去雕饰"。她一直喜欢素颜，认为人只要有美的内在不化妆也好看，这可能就是她追求的本真美吧。一次，她在城区一家服装店看中了一件合身的镂空绣花衣服，她嫌价钱贵，摸了又摸，比了又比，就是舍不得买，第二天再去时，衣服已经卖掉了，她为此后悔了半个月。"唉，为啥该出手时不出手呢，都是过于节俭惹的祸呀！"我随口调侃道。王娥子衣柜里的衣服数量不多，但在她眼里都是精品，比如，那件和商家商量更换过几次的皮草，那件定制的绣花苏州大衣，那件紧身的长裰……而她最珍视的是那件黑色对襟绣着国花的牡丹礼服，她会见同学或参加一些颁奖典礼时才穿这件衣服，还曾经穿着到北京红缨幼教大舞台上串唱戏曲节目《花木兰》。不管怎样，认识她或不认识她的人都说：这个女人有眼光，打扮得很时髦。

"走几个商场可能买不到一件她心仪的衣服！"娥子的审美眼光是挑剔的，但正是这种挑剔练就了她购物的眼力。她能一眼看出，哪件衣服适合周边的哪个亲人穿。我和女儿的衣服都是她挑选的，还有父母、姐妹、侄儿、侄女等的衣服都是她用眼力淘出的，穿起来不但合身，还能体现每个人的特点。其实，这就是艺术的眼光。

## （二）蜜蜂扇翅

你见过蜜蜂采花酿蜜吗？它，它们扇动着翅膀嗡嗡嗡忘情地飞呀飞，在这朵花上停三二秒，再到那朵花上吸吮芬芳，踩着绿叶，掠过花瓣，为谁采蜜为谁歌?

娥子就是一只蜜蜂，一只勤勉不辍的学习型蜜蜂。

竹山师范毕业后，她在石家庄小学、草店小学边教书边自学，废寝忘食，勤耙苦犁，终于考上了华中师大音乐系。那时，她每天像蜜蜂一样伏在手风琴和钢琴上练习，直到手指练得发木，嗓子唱得嘶哑。"同学们都是童子功，而我要用时间、汗水和她们比一比！我就不信，深山出不了金凤凰！"没有生活费，周六周日她就披星戴月，在武汉城区四处穿梭去做家教，心中只有一个念头：自己的命运靠自己。那时最大的奢侈是吃一顿美食，记得有次她和娟子两个人吃了一只肥大的烧鸭，她还余味无穷地回忆说，到现在还觉得那烧鸭味道鲜美。想象那吃相也肯定豪横狼狈，但何尝不是对自己的一种奖赏呢。

江山易改，学习的豪情难移。徐逗上二年级时，娥子又挑灯夜读，考上了武汉音乐学院音乐学本科，她拜钢琴系主任为师，用大把大把的时光练琴、记谱、回琴，忙得不知白天黑夜是如何轮换的。想逗逗和美食时，就坐一夜卧铺车赶回来，记得那时连续 3 天中午她几乎一个人吃完 3 斤排骨、3 斤土鸡、3 斤土鸭，把一个求学者对美食的贪婪展露得淋漓尽致，好在看着逗逗虽头发有些蓬乱，但活力四射，当娘的也就放心地上自己的学去了。

她在专业学习上的用心用意都毫无保留地回馈给了她的学生。她的学生在她的严格管教下，不少做了园长，好多学生回忆到她时不约而同地说："幸亏王老师教我们钢琴、乐理，否则我们还是无用的白麦。"已近 50 岁了，她还要求到职教中心代课，她要代她的专业课——钢琴，她要把她的全部所学教给她的学生，把一颗赤诚的心奉献给幼教生。今年她到武汉出差，她的学生胡静等知道后，还跑到她住的宾馆给她送鲜花。她在学生心中种下了太阳，收获了馨香！

娥子就是一只蜜蜂，一只懂得西瓜籽技术的应用型蜜蜂。

娥子的学习能力是惊人的。她多次参加亚幼会，每次笔记都整理得清清楚楚，重要的，一律用红笔圈点批注。结合学习，她推出了幼儿园 8S 管理的路径和策略，整理、整顿、清扫、清洁、素养、安全、节约、学习八方面，从厨房、仓库、教室、办公室入手，定标准，做标志，搞检查，评优秀。如今蓝天旗下的 6 所幼儿园和 3 个培训学校的管理水平都提高到一个新境界，8S 管理成为一种自觉和风景。她还推出了幼儿园流程化教研，即同课异构——

点评修改—上样板课—各园拓课。她还和陈丽丽、顾香一道研究语言课教学，并编写了有蓝天特色的内部使用的《滴滴早读书》。结交高人是娥子的另一项本领，每次外出学习她都能结交到真朋友，比如，江西的谢学军、邝润元，南阳的焦子熙，洛阳的燕子……她们不但互通有无，还建立了深厚的友谊。

娥子就是一只蜜蜂，一只勇敢的挑战型蜜蜂。

娥子上华师期间，家里的小哥溺水而亡，小嫂子无理起诉，她那段时间急火攻心，嗓子一下子发不出声音（用她的话说叫失声了），她从武汉火车站坐车回老营，快要进站时，一个人高马大的陌生人猛地握住她的手，不怀好意地问："姑娘几点了？"她说不出话，急得直摇头，然后猛地抽回了手，头也不回地便走了。那人一看是个弱女子，便在后边紧追不舍。娥子情急之中跑到对面钻进人群，那人也跑到这边，娥子又跑到对面，看到一个兵哥哥在站岗，她拽住那兵哥哥使出浑身力气说："快救我，有歹徒追我！"兵哥哥问："在哪儿？"她就领着兵哥哥到大厅，一看那人还踮着脚尖在四处张望："那个胖墩儿就是！"她硬是缠着兵哥哥把她安全送上车。娥子在讲述这些情节时虽然还有些惊慌，但充满了智慧、沉着和勇气。

人说四十不学艺。娥子在逗逗的高三陪读期间，帮助逗逗整理文章，她边整理、边背诵，她这是要当作家的前奏，都说作家在成名前都背了几十篇，乃至上百篇好文章呀；文艺宣传时兴二维码宣传和小视频宣传，她就到深圳去学视频制作；有了闲钱就要去理财，最近她还在网上报名学习炒股和理财，如今，她可以对股市的曲线图津津乐道，俨然"家庭经济学人"。

蜜蜂在花丛中放歌，那只飞来飞去的勤奋而勇敢的蜜蜂一定是娥子的代言者。

## （三）绣球花开

娥子喜欢养花、种花，她最喜欢的花是绣球花。"老板（习惯叫我老板），快来看，绣球花开了，今年的绣球花开得特别明亮！"她说，"你们知道吗，绣球花叫'无尽夏'，有数不尽的美好在里边，说不尽的希望在其中。"

幼儿园花园广场，还有我家窗台上的绣球花占尽了美丽的颜色，有红的、蓝的、绿的、粉的、白的，还有的颜色各半，花开三季，让人驻足。

娥子是品茶师。我爱喝绿茶的习惯还是她培养出来的，毛尖茶用开水清洗下，用三分之一杯的开水冲泡，一根根干丝便在水里滋滋成长，几分钟就翠绿显毫，碰鼻清香，抿一口，水里有股香味直冲向舌尖，蔓延到舌根，满嘴有种愉悦的冲动。大把抓绿茶，泡好后有些苦涩，但留在舌面上的是厚重的甜味。王娥子喜欢红茶，一只透明的敞口玻璃杯，一抹红茶在水里吐着土红的泡泡，带着露水的甜在她敲击键盘的声音中荡漾开去。

王娥子是我的御用品酒师。那次去茅台镇，当着怀庄酒业集团销售人员的面，我指着她说："这是我带的品酒师，把你们各种规格的酒都弄出来，我们品一下！"五种酒品过，我感觉都一样辣，但"品酒师"能一一道出各种酒的口感，排出酒的高下，让销售人员大吃一惊，被折服的销售员竹筒倒豆般地道出各种酒的价格，后来和他们批发商的清单一对照，发现给我们的就是批发价，这中间有品酒师的功劳在。说起酒量，我想起 20 年前，胡道阳到一中找我们玩，我们仨喝了 2 斤尖庄，我都醉得如泥了，王娥子还清酒百姓似的，我终于知道我的酒量在她之下。记得在武音上学那段时间，她几乎每月都要带 5 斤盐池河人自酿的苞谷酒，就着食堂的粗茶淡饭，不忘抿两口解解馋。或许生活、学习借酒劲，更能扬帆远航。

我们住在教研室平房时，夏天米饭有剩余时，王娥子就把米饭晾冷，拌上甜酒曲子，做一钵子甜酒。我喝过那甜酒，嫩酒新鲜口感好。老爹做的黄酒汤色清亮，味道香醇，她喜欢喝黄酒一定是受老爹的影响吧。一次，我们到盐池河王珺家做客，王珺爸爸拿出存放了 2 年的封闭黄酒，喝了 2 小碗，王珺劝她："算了不喝了，我们吃饭吧。"爱黄酒的王娥子提出："这酒味道好，我再喝一碗。"回到宾馆，王娥子酒性发作了，床上、地上到处滚，把我吓了一跳。后来，她到陌生环境，就不敢喝黄酒了。但这一口儿，却常常诱惑着她。

一个人在家的日子，她也把自己的日子打理得有光彩，不将就是底线。她一个人也要炒几个小菜，喝一杯小酒，日子浸润得光亮光亮。她的厨艺算得上上乘，煲的药膳汤老少皆宜，清淡而有营养，清亮而饱眼福。她最喜欢喝野菌汤，那次在云南，她不问价格，点了松茸、牛肝菌等一堆新鲜菌菇，结账时花了上千元，当时把她吓了一跳，但继而轻松地说，这汤味道鲜，值得一生回味，还打趣地说："不贵，不贵，人生难得喝一回。"

"永葆一颗童心""不与人计较""难得糊涂"都是她的座右铭。她遇事冷静，从不随便发脾气。一次，我因为银行的办事效率和工作人员吵了起来，她站在旁边冷不丁地冒出一句："算了，算了，别吵了，我给你们每人买一只

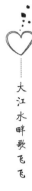
冷狗吃!"听了她的话,我们都不作声了。有时耽误了火车,或者没有做成事,她总会冒一句:"一切都是刚刚好!"她仿佛是一位哲人,在关键时刻让怨气来个猛刹车。

坐在餐台上点一杯拿铁,她说那是一种享受;逛街时,端一杯冒着热气的咖啡行走,她眼里充满光彩;劳累时,她喜欢冲泡一杯咖啡,说是对自己的奖励。我从马来西亚买回来的猫屎咖啡,她喝完了才兴奋地问我:"这咖啡咋恁香呢?"这就是王娥子的咖啡人生,绣球花一样的人生。

## (四) 如鸡司晨

王娥子属鸡,鸡是司晨的,是神的使者,有先见之明和超人的前瞻力,属鸡的人干事都全心全意,尽职尽责,一丝不苟。这些都是她的真实写照。

王娥子每天早睡早起,就像一只不知疲倦的鸡奔忙在家和学校之间。在家里整理季节衣物,晾晒被褥,除尘除螨,为家庭成员超前打算;在学校超前备课,超前训练,超前布置,超前检查,为她的学生超前引领。在大坝中学时,教学副校长齐晓红听了她的课,赞不绝口:"没想到王娥子对教学设计如此精心!"

母鸡的最大本事是爱孩子。备孕期间,她给自己定下三好规矩:好心情,好蔬果,好营养。我俩隔条河,她每次准备好一周的食物,她说"汤汤水水养人",徐逗生下来7斤4两,头发黑黝黝的,十分可爱。逗逗总是睡反觉,做妈的总是成夜成夜地照顾。逗逗小时候好咳嗽,她就每晚用她的前胸贴着逗逗后背,天长日久,她就弯成了一张弓,现在她的腰椎、颈椎疼痛或许和那时候有关吧。

最让人感动的是,她每天给逗逗写日记,一直写到6岁,我虽然没有一一读过,但字里行间一定充盈着辛劳、责任、欣喜、悉心和幸福。那是一种怎样的坚持和爱,一本本日记记载着深深的慈爱和刻骨的喜忧,我敢说就凭这一篇篇日记都可载入吉尼斯世界纪录,她还把徐逗从小到大点滴成长的荣誉和手工作品都精心保管着,也保管着一颗童心。

母鸡教给鸡雏们啄食、掘地、用土洗澡,一天教好多次好多次,不厌其烦半蹲着身子教。徐逗6岁前的成长教育她付出的最多,她每天睡觉前给逗逗讲故事,给逗逗做可口的饭菜,那时陪伴逗逗成长成了她的主打歌。如今徐逗性格开朗乐观,善于沟通交流,为人处世大气,漂亮沉稳低调,这一切都是她言传身教的结果。筱、红辉、苗苗、珺珺、莹莹等，她都给她们买过多套衣服鞋袜。筱的导师去世后，她十分担心筱的情绪，多次微信或电话安抚筱。她还出面为大欢张罗对象，曾经自豪地说："我第一眼看见张燕，就觉得像我的大侄儿媳妇！"在她的穿针引线下，他们喜结连理，还育出了聪明懂事的儿子。她帮珺珺转专业，比当妈的还要细心地指导珺珺练琴、练舞，给珺珺找专业教师辅导，给珺珺提供平台。她还花上千元给珺珺置办表演的行头，珺珺在她的引领下，变得乖顺而上进，以 490 多分的成绩考入江汉艺术学校。王娥子的话匣子一旦打开，能和所有的孩子火热交流。她能用三言两语搞定哭闹的幼儿，也能和郑凯元这样的小主持谈笑风生，能跟徐浩阳这样的历史迷侃几个小时的大山，她还能和不会说话的猫时不时来点情感互动，和她的那些花草倾诉衷肠，和瑜伽、广场舞来一场与身体的对话。

娥子是中医爱好者。娥子有一个专门的药罐子，一旦身体不舒服，她第一反应是找中医，药罐子一启动就是一两个月，那苦药也变成了家常饮料。如何除湿，如何养气血，如何养胃，如何练肩颈，她都有自己的一套方法。哪个医生方子对症，哪个医生用药猛，哪个医生有道行，她都能如数家珍。身边的亲朋多会在她的介绍下寻医问诊，开启喝"苦水"之旅。神奇的是多数人反映有效，娥子成了中医的广告代言人。

鸡子吃了虫草变成了香饽饽，人喝了草药焕发出生机和活力，听说属鸡的人都爱草药，这可能是人和草的感应吧。

## （五）梅花风采

娥子的小名叫秀梅，王娥子最拿手的歌曲是《红梅赞》："红梅花儿开，朵朵放光彩，昂首怒放花万朵，香飘云天外。"徐逗说，从唱腔中可以感受到老妈就是那朵最有神采的梅花。

十三四岁，娥子每周都会走几十里山路丈量家和二中的距离，肩挑着几十斤重的菜和粮食，到了学校肩膀磨破了，脚板会肿几天。在学校里，5 分钱的冬瓜汤她也舍不得喝，每月还能给家里带回 5 元奖学金。但她说："苦是灵丹妙药，苦尽甘来。"

2003 年起她在蓝天幼儿园背后默默地付出，设计宣传单，招聘教师，听课磨课，招生保生，她心甘情愿地给她的学生园长当铺路石；引进武术、京剧，她用所学的专业引领着幼儿园的发展，不出 3 年，蓝天幼儿园就以扎实的教学活动赢得了家长的口碑。

寒冷的冬天，她在老营街上钉广告，登门入户发传单，街头巷尾做演讲；酷热的夏天，她和老师们一道商量措施，策划活动，把家长引进园门。虹源园刚装修好后，就出现严重的损毁现象，她气得生病，多次入园调研改进。老河口开分园时，她拿出设计图，从外观到搭配，从造型到色彩，她用最原始的手绘办法画出草图，指导工人施工。有时，木匠不能理解她的意思，她就自己动手做模具；漆匠不明白她的用意，她就自己搭着梯子上去着色，累得腰酸背痛，也从不叫苦。

娥子有个特异功能——对色彩出奇地敏感。每次外出旅游，她都把色彩感强的建筑物拍下来，一来二去，她的拍照功夫练成了一流。外出旅游，亲朋都喜欢找她帮忙摆造型，帮忙设计画面，而她拍摄的照片都像大片，赢得了同行交口称赞。

蓝天幼儿园在初期建设中需要设计费60多万元，娥子自告奋勇：我们自己设计，省下来的钱用于软件建设。她俨然新派导演，边写剧本边演出。她受到在马来西亚拍的沙滩照的启发，把演出圆厅设计为蓝天、碧水、白浪花；她受新加坡建筑的启发，整个园区整体建筑如航母出水，各舰相护，整装待发，扬帆远航。建筑外观以明快温暖的黄橙色与低调内涵的灰色为主调，用色彩、线条、智慧和灵感呈现出宝贝们喜欢的积木形状，有拼插形积木、有台阶式积木、有品字形积木等。可谓积木堆上房，童话跑上墙。七彩楼、童心楼、欢乐屋一律盛装迎宾。17个活动室内，琴棋书画、梅兰竹菊、纸伞灯笼、蓝调、红墙、花窗等，博大精深的传统文化刻画在活动室的主题墙上，让中华优秀传统文化在潜移默化中经久不息地传承。环保教育润物细无声：蓝天碧水、太阳月亮、绿叶水滴、大树木屋、环保机器人等景物在走廊与活动室内随处可见，配以大量绿蓝色装饰，让人心驰神往，"拥抱绿色、呵护环境"之情油然而生。

娥子最在意的是"看得见历史"。她的衣柜里有她关于穿着打扮和朴素美的历史；她的影集里，有她从小到大的故事和风采；她的书柜里，有她几十年来的笔记、日记或证明其业绩的收藏。就连徐逗小时候画的画、写的只言片语、做的小手工，她都珍贵地保存着。她有好几个硬盘，还有网络空间，都能查找到20年来幼儿园发展的照片视频，她能用照片播放出六一演出的精彩历史，能再现年会的盛况和趣事，能历数各园的创新做法。她，还有她的团队的历史，都在她的掌握中。

梅花开了，香气从远远的地方飘过来，你一定看到了，那红艳艳的清奇中还夹杂雪白雪白的纯粹。

## （六）白鹭晾翅

不知什么时候，王娥子的老家井沟村飞来了一群白鹭，那白鹭翻飞着、唱和着、扑扇着，那地方三面环水，人们叫它白鹭岛。

"白鹭是一首精巧的诗。色素的配合，身段的大小，一切都很适宜。"郭老的这些句子用来形容王娥子再恰当不过了。有人说，娥子的生活着眼于画意和诗境，就像一只细脚高挑的白鹭。

娥子沉醉在琴键里的时候就像女神。手指在琴键上跳动，引来蜜蜂狂舞；摇动着身子，在和弦里弹出赛马的不羁；手指如锤重弹，"咚咚咚"，命运的敲门声响起来了。教学需要深入浅出，王娥子编有电子琴手写版入门教程，她还附有音符歌诀："高音谱像立白鹭，低音谱号像个圈，二分音符白了头，四分音符黑了头，八分音符加符尾，还有十六分音符，符杆下边两条尾。"她还整理出《钢琴演奏使用技能技巧》《钢琴初学者怎样科学有效地练习新曲谱》《钢琴演奏的六种指法规律》《浅谈钢琴手指的功力训练和艺术表现》等6篇系列讲座、3万多字的文稿，从理论上有效地指导了现阶段学生学习琴法的技能技巧，成为网课活教材。

"在清水田里，时有一只两只白鹭站着钓鱼，整个的田便成了一幅嵌在玻璃框里的画。田的大小好像是有心人为白鹭设计的镜匣。"这是郭老对白鹭的特写，娥子在她教学的田地里，观察、研究、琢磨、分析、实践，都说她是研究型教师，就像田里钓鱼的白鹭。她曾执教的《思乡曲》获十堰市中职优质课比赛二等奖，音乐欣赏《我们和你们》获十堰市一师一优课一等奖，音乐课《阳光少年》获湖北省教育厅一师一优课二等奖，课件《梨园百花》获湖北省中职杯一等奖。教学中，她能根据学生实际情况，因地、因材、因时、因人施教，灵活变通，选择合适的教学手段与教学方法，激发学生的兴趣。如学生学习乐理枯燥无味，她就把课堂分成6个步骤进行"自学—展示—答疑解惑—总结提升—积分评选—作业"，采用"小组自学、共同展示、积分奖励"的教学方法促使课堂有效进行。如何让学生齐步走？先与学生进行有效的互动与交流，提出了"抓两头带中间""一帮一、一带多"师徒结对教学策略，美其名曰"一个都不能落下"。

王娥子是不用扬鞭自奋蹄的头马。疫情防控期间，她指导学生下载网上钢琴 APP 练音准与单手触键；让学生在硬纸板上画出手绘键盘练习，跟着教师示范音频、视频练习，模拟在真实钢琴键盘上练习指法。她精心设计网上课堂，每节课 3 分钟左右小乐曲，播放自己录播的七八个教学视频，让学生做到一看就懂，备课录课常常到晚上 11 点多。她还实行网上分组责任制：把全班分成 7~8 个小组，每小组长带领 4~6 个组员，让课代表督促组长，组长督促小组成员及时上课与提交作业。网上批改学生视频作业是个费时的苦差事，但她一一批阅，定期统一开启现场语音视频教学，进行网络反馈活动，在线纠错、答疑和辅导。学生说，王老师的认真态度把我们逼上了路。

王娥子是教师中的研究者，研究者中的教师。如何让音乐作品感动学生，她总结了情感投入法、形象感悟法、巧借作品法和创设情境法等，并写成了《随风潜入夜，润物细无声》收录于《世纪讲台教育文库》。还先后发表论文《视唱练耳，请跟我来》（载《十堰教育》）、《大珠小珠落玉盘》（入选黄鹤美育节）以及《乘着歌声的翅膀》《借乐读诗》《以生为本让学生成为音乐课的主人》等有分量的研究型论文。

她承担十堰市级课题"民歌文化在音乐课中的渗透"，参与了省级课题"传承非遗文化，让民歌走进课堂"的研究任务，她依据采风内容，细心筛选、整理出适合丹江口市中小学生演唱的民歌 20 多首。她在吕家河开展民歌"老曲填新词"活动，改编的 4 首民歌《大坝中学特色歌》《十唱养成教育歌》《争创流动红旗歌》《均衡教育促发展》已经在学校传唱，还组织编写了丹江口市中小学音乐校本教材《民歌进课堂汇编》。

王娥子是一股奔腾不息、争先领先的清流。她先后写听课笔记、读书笔记、心得体会等 30 多万字，发表论文 20 多篇，有 10 篇教学论文在省、市评比中获奖，撰写优质课例、教案，制作课件有 10 余项获得国家、省、市、县级各种奖项。她 2003 年就评上了中学一级，但到退休还没评上中学高级，不是她条件不够，而是她不愿意争，"不争"成了她的气节和丰碑。

我又想起了郭老营造的一种境界："晴天的清晨，每每看见它孤独地站立于小树的绝顶，看来像是不安稳，而它却很悠然。这是别的鸟很难表现的一种嗜好。"

王娥子还是广告片的导演。她和电视台何瑞峰联手拍摄并制作了蓝天 13

周年和 20 周年宣传片，受到了社会的高度评价。13 周年确定的主题是"唱响蓝天之歌，打造幼教品牌"，她设计了 3 个模块：鹰一样的个人，雁一样的团队；课程齐全，特色凸显；保教一流，家园共赢。该片文画兼美，声情并茂，确立了"吃在蓝天、玩在蓝天、学在蓝天、长在蓝天"的品牌形象。20 周年宣传片主题是"注入活教育思想，蓝天幼教引吭高歌"，她设计了 4 个模块：创造一个人性化生命池塘，服务幼儿自然成长；创造一个阳光游戏场，促进幼儿自由成长；创造一个生活化舞台，引领幼儿自己成长；打开一扇魔法大门，推动幼儿自觉成长。音画贯穿，高端大气，确立了"魅力蓝天，魅力幼教"的品牌战略。

王娥子还是文化建设的规划者。在她的积极建言和精心策划下，蓝天幼教机构建成独特的文化系统，有 LOGO、园徽、吉祥物和文化语录。我写词她作曲，合作了作品《蓝天幼儿园园歌》，还有她写词作曲的《蓝天员工进行曲》。她还编写了与蓝天文化相关的《招生手册》《安全手册》，她引进文科老师的家庭教育培训资源，组织各管理层做讲座 40 多次，受众 2000 多人次。

我敢肯定地说，王娥子"是一首诗，一首韵在骨子的散文诗"。

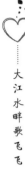
# 第四章　野人　野人　野人

## 野人　野人　野人

陈臻苒从小喜欢绿色，在绿色的丛林里追逐鸟叫，用一根木棍拨动绿水里的青山，用绿叶做插图记忆愉快的往事。一到吃饭的时候，奶奶找不到陈臻苒，就会直奔门后的林子，只见陈臻苒把绿色的叶浆涂了满脸，奶奶笑得直不起腰来。回来的路上，陈臻苒还缠着奶奶讲故事，奶奶边讲，陈臻苒边记，什么神农架传说、红毛野人传说，陈臻苒瞪着眼睛问奶奶："那神农架在哪呀？有没有树呀？你见过野人吗？"奶奶用手一指："在那儿，离我们这儿不过二三百里！那里可是树海呢？野人我没见过，但你爷爷的爷爷见过！"到神秘的神农架探险就成了陈臻苒的梦想。

### 4个泥人抱在一起哭了

陈臻苒与已经上中学的3个堂兄是无话不谈的好友，他们最喜欢的话题就是探险了。

暑假到了，兄弟4个决定到神农架去，"不行，你最小，很危险的！"陈臻苒父母十分担心。"没关系，我们都会照顾自己的！"在父母嘱咐声中4个人带着大水壶、面包、咸菜等，坐了汽车向神农架进发，从松柏镇往里走，很快接近了大森林的边缘。只见上面写着"野人出没""游客止步"。"止步？还没走进森林就止步吗？"陈臻苒和兄弟们往森林里走。森林里弥漫着花香、腐叶混合的泥土味。"沿溪水行走，免得迷路！"陈臻苒提议。这里的树遮天蔽日，一棵比一棵粗，陈臻苒抱了这棵抱那棵。"这儿有好多名贵的树木呀！你看，这是珙桐树！"陈臻苒边走边介绍。各种奇特的花绽放出绚丽的色彩，胆大的松鼠跳来跳去，各种叫不出名的小鸟从头上飞过，划出一条条优美的曲线。"这就是原始森林深处的魅力吧！"陈臻苒兴奋地想。"嗵——"从悬崖边的一棵树上掉下来一个山杏，陈臻苒一抬头，简直把他惊呆了：一只蓝脸、翘鼻、浑身披满金色长毛的美丽生灵正在树枝上够着山杏，那神态多优雅呀！陈臻苒从书上知道，这就是金丝猴。

"快来看，金丝猴！"陈臻苒激动得大叫。叫声刚落，一只，不，是一群金丝猴攀着树枝，一会儿工夫，便无影无踪了。在这渺无人烟的森林里，金丝猴的叫声长久在山谷里回荡。

陈臻苒一门心思想着奶奶讲的还阳草的故事，还阳草周身血红，你只要把它采下，它就会立即枯萎变成灰色，但只要把它放在屋顶上晒上三日，它又会变成红色，好比还阳，因此得名，此药可治百病，有起死回生的功效。"要是能采到就好了！"不知不觉中太阳已经西斜了，"我们赶快往回走吧！"兄弟们互相提醒着。他们恋恋不舍地往回走，大森林就是奇怪，太阳刚刚还在树梢，可没一会，天色就暗了下来。他们打开手电筒，穿行在森林里，森林里很静，静得可怕，他们唱着歌给自己鼓气。

不知什么时候，突然传来巨大的响声，"扑噜噜、扑噜噜"，树上歇息的鸟四散飞开，不断有树枝折断的响声，难道是——野人？！陈臻苒来不及多想，大叫着说："有——野人！"兄弟们听到后，先是一愣，陈臻苒不知哪里来的胆量，决定看看到底是什么玩意，叫兄弟们掏出背包里的手电筒，一、二、三一起打开开关，朝发出声音的地方照去！4个人被眼前的景象惊呆了，是熊！是熊！真正的熊！熊也似乎被手电光给激怒了，发出了慑人的怒吼！"快跑，带上包子！"陈臻苒的话成了号令。4个人不管三七二十一，朝着一个方向飞奔，不知摔倒了多少次，也不知跑了多少路。等到他们停下来时，已听不到一点响声。4个人浑身是泥，4个泥人抱在一起哭了起来。是惊吓，还是喜悦，只有他们自己知道。天刚亮，4个人往山外走，找不到小溪，也找不到来时的路。4个人突然意识到已经迷路了。"怎么办？"陈臻苒想起，进山时太阳跟着他们走，那就和太阳迎面走吧！

"国旗！国旗！"陈臻苒叫起来，他们看见对面山崖下有一个小屋，小屋前有一面红旗。有屋就有人，4个人高兴地向小屋走去，一个用木桩、竹子和塑料布搭建的小屋就展现在他们面前。"咯吱——"小屋门开了，走出来一个头发、胡子花白的老人："你们是来旅游的吧，是迷路了吧！"没等他们开口

老人先说话了。"是的!"4个人有些兴奋。老人请他们4个人进了小屋,很快做好了一顿野菜米糊,吃饭间,陈臻苒惊奇地问:"爷爷,你怎么一个人住在这渺无人烟的地方呢?"老人说自己叫张金星,为了考察野人,在这里已经住了8年,8年间只回过一次家。

"你亲眼见到过野人吗?""没有,但我收集到了大量与野人有关的脚印、毛发。野人智商略低于人,非常狡猾,人类很不容易发现。"

"你是如何收集到野人证据的?""每天我都在动物经常出没的羊肠小道上观察、收集证据。""如果你的考察没有结果呢?""此生无憾,为了科学考察能早一点揭开野人之谜,献出生命也在所不惜。"

"爷爷,我真佩服你!"陈臻苒由衷地说。

**"我看见了野人,足有 8 尺多高,全身披紫红色毛,还和我打招呼呢!"**

西藏有雪人的传说,美国有大脚怪的传说,这些传说都空悬着一个谜:"野人是否真的存在?""我也要想办法收集野人的证据,像张金星爷爷那样。"陈臻苒暗下决心。

两人智慧胜一人。陈臻苒的神农架之行在学校广播上播出后,引起了强烈的反响。同学们对野人更加关心了,陈臻苒决定在校内成立一个"野人考察俱乐部",野人考察俱乐部成员制定了考察三部曲:找目击证人,找实物证据,寻觅野人历史证据。

陈臻苒多次打电话到神农架林区,还写了好几封信到林区派出所查找1976年目击野人事件的司机蔡先志先生的下落,但一无所获。陈臻苒到图书馆去查找,他从发黄的《郧阳报》中找到了这样一段话:"司机蔡先志经过椿树垭时,发现公路下有一动物弯着身子向车走来。惊慌中,蔡先志就加大油门向动物撞去。动物闪身躲过,惊慌向边坡爬去,但由于边坡既陡又高,这个家伙没能爬上去反而摔了下来趴在地上。此时,他们下车围住它,发现趴在地上的这只动物一身红毛,不知当时是谁还砸了那家伙的屁股,那家伙从惊慌中慢慢醒来,最后消失在漆黑的树林中。"这篇报道让俱乐部的同学们十分惊喜。陈臻苒还找到了一个声称见过野人的李姓农民爷爷,但那爷爷已经70多岁,很多细节已经记不清,只是说:"那时我正在方便,等我猛一起身,那家伙已经从我面前风一般地消失了。那家伙高高的，一身红毛，脸上的毛也是红色的，比狗熊大着呢，但绝不是狗熊！"走访见过野人的人，也不能让陈臻苒得出神农架有野人的结论。

陈臻苒决定到野人出没的地方去寻找野人的踪迹，在地上寻找野人的粪便、脚印，在树下寻找野人的毛发，在山洞寻找野人的尸骨。"要是找到哪怕一星半点关于野人的证据，那该多好呀！"树枝挂破了他的衣服，石钉戳坏了他的鞋底，茅草和荆棘把他的手和脸划出一道道血口子。在一个向阳的大树旁，他惊奇地发现了一个大脚印："来看呀，野人的脚印！"他吃惊地大声喊着。伙伴们凑过来看，用尺子量，用笔画，但他们最后断定是挖药人穿的草鞋留下的脚印。陈臻苒和他的伙伴很少接触动物的粪便，他们便把见到的动物的粪便用纸包成团，装在袋子里背上，因为有的粪便还没有干，臭味把他们熏得难受极了，但他们仍然舍不得扔。到了晚上找到一个农家老伯让其辨认，老伯没有一样认不出来的。"我看见了野人，足有8尺多高，全身披紫红色毛，还和我打招呼呢！"第二天一早，陈臻苒向伙伴们津津有味地谈昨晚的美梦，他因此明白了什么叫日有所思，夜有所梦。

"有没有野人，老祖先们有记载吗？"陈臻苒走进图书馆，终于在屈原的《山鬼》、李时珍的《本草纲目》两本书中找到了关于多毛人的记载。他把记载摘抄下来，与现代科学家们关于野人的记载进行了比较，他得出了一个惊人的结论：神农架有野人！但俱乐部中柳琴房几个人坚持认为没有野人。

### "研究野人之谜，是一种乐趣，更是一种爱好"

"神农架有没有野人？"陈臻苒决定搞一次辩论赛。陈臻苒等为正方，柳琴房等为反方。柳琴房说："神农架没有大型哺乳动物存在的可能性！"陈臻苒有理有据："试问狗熊是不是大型哺乳动物？神农架不但有各种熊，还有世界上除北极地区外，独一无二的白熊。"柳琴房也不示弱："我看过一份资料，一个物种如果没有上千只，那必然要灭亡！野人也不例外！"陈臻苒胸有成竹地说："那大熊猫、金丝猴不是有几十只生存下来了吗？"争论没有结果，但争论使队员们开始痴迷起研究野人来。

"寻找野人化石是揭开野人之谜的一把钥匙！"陈臻苒和俱乐部的队员们决定到红坪镇的古犀牛洞去看看，听说那里出土过上千件动物化石，其中就有犀牛、长臂猿等化石。队员们来到古犀牛洞找一位老伯了解情况，巧的是

这位王伯就是当年发现犀牛牙齿的人。王伯滔滔不绝地讲起往事："我发现一只野猫正叼着我家里的一只母鸡。我就猛追，野猫慌忙中丢下嘴里的美食，钻进离我家不到 100 米的一个小山洞。洞口很小，我千方百计爬进洞里。谁知，一进洞内却越走越宽敞。在洞内深厚而冰凉的淤泥里，我还发现了一颗自己从未见过的巨大牙齿。经省文物部门鉴定是犀牛化石。"陈臻苒他们听着故事跟随老伯走进洞里，这里已经是旅游景点了，找不到一点儿有价值的野人的踪迹。

听说郧县的曲远河出土过古猿化石，他们决定到那去碰碰运气。天气阴沉得很，好像用手一碰天空的云彩就有倾盆大雨。他们带着镢头，在山坳里挖呀挖，挖到 90 厘米深时，陈臻苒突然眼前一亮，一个头盖骨挖了出来，头盖骨里满是硬结的土块。掏出土块，一看，多像人的头盖骨呀！他们小心翼翼地用衣服包好，送到文管所请求鉴定，文管所的行家一眼认出是熊的化石。

找野人化石难有结果，但陈臻苒还是四处寻找着。如果化石找不到，那希望仍然寄托在真的野人身上。陈臻苒浮想联翩：人是从哪里来的？——人是猴子变的！但究竟是不是这回事呢？真是这样的话？是怎么进化的呢？如果有真的野人，就能更清楚地解释人进化的过程。而要揭开这个千古之谜，仅靠推测和猜想是办不到的，只有踏踏实实地做科学研究，才能早日揭开野人之谜。

"我们的知识还很肤浅，更需要学习。解决这个问题需要方方面面的知识做基础，需要养成勤于研究的习惯和科学谨慎的态度。"

打那以后，陈臻苒像变了个人似的，把精力放在学习上，因为他知道，有了更多的基础知识和专业知识才能做好研究工作。陈臻苒在日记里总结着。

"长大后我要研究野人！"陈臻苒把誓言酝酿在心中。

（2004 年《少年科技博览》第 4 期；作者：徐若学，王文娥）

# 书刊银行：播云布雨惠茶乡

## 书中自有致富经

武当山下的浪河镇不大，汉十公路穿镇而过，镇南山上是绿油油的茶园，散发着沁人的清香；镇北是一片荒芜的茶地，野花带着露珠怒放，王豪杰的家就在靠近公路处。

王豪杰放假回家，钥匙插进锁孔却打不开门，贴着门一听，哗啦啦哗啦啦响个不停。他使劲敲门，门开了，客厅里烟雾缭绕，原来爸爸王明宽将搓麻"战场"移到了家里。

一天，两天，一个星期过去了。

"爸爸，你们每天这么吵，我怎么看书？"豪杰从卧室里出来质问爸爸。王明宽带着输钱后的懊恼起身给了儿子一巴掌。王豪杰没有流泪，推开门，向镇中心走去。在公用电话亭，他犹豫了好久，终于下了决心，拨通了110。

王明宽因聚众赌博被派出所拘留20天，豪杰流下了伤心的泪。

"儿子告老子，不像话！"村里人在背后指指点点。

薛大妈嘴快："那你们说老王就该赌，我看豪杰没准做对了！"知道内情的王婶悄声说："你们不知道，老王输了钱和嫂子怄气，还打过嫂子，他家还欠了5000多元的债呢！"

豪杰第一次到派出所去看爸爸，爸爸不理他。

"要让爸爸出来后有事干。家里不还有两亩荒废的茶地吗？"豪杰把从学校带回来的《茶园管理技术》《手工制茶技术》送到了派出所，请求转交给爸爸。

王明宽打开书，一封信滑落下来：

爸爸：

　　你已经输了钱，不能再输了志气。我知道你是条硬汉子，你不是常用"天上没有掉下来的馅饼"来告诫我要好好学习吗？你知道背后有多少人议论你吗？我和妈妈等着你，咱家的二亩茶地等着你。

王明宽看着看着，泪涌出来。"对，'天上没有掉下来的馅饼'。"

漫长的20天，王明宽平生头一次平心静气地看这么枯燥的书。20天后，王明宽直奔自家茶地，拔草、施肥、剪枝，在他的精心侍弄下，半年后茶园变得绿油油的。采了秋茶后，他和村主任商量又承包了村里的20亩茶地。一年后王明宽还清了赌债，还净赚3000元钱，换回了一个踏实的存折。

"书中自有致富经。"爸爸成了村中有正事干的"能人"。

何不办个书屋让村里村外的大人们有事干，让学生们有书看。

"爸爸，咱办个书屋咋样？"豪杰把想法跟爸爸一说，王明宽爽快地答应了。父子俩将西屋的风车、锄头等搬到东屋，忙活了大半天，腾出了间空屋。

## 书刊银行开业难

王明宽取出存折交给豪杰："取点钱买些钉子钉书架。"

回家的路上豪杰眼前一片豁亮，储蓄所多方便，存进去后想取就取。"咱这个书屋就叫书刊储蓄所吧！"妈妈插话了："大城市都叫银行，干脆叫书刊银行。"

村东头、村西头、镇中学门口、镇小学门口都贴着一幅带画的海报。

一个木屋房顶上栖着好多布谷鸟，"书刊银行"四个大字悬于房檐下，下面还写着一行小字：

> 我先存入 50 本书，准备创办一个书刊银行，志愿者只需存入新书 1 册或旧书 6 册，便可获得一份存单，凭存单可无偿借阅你所喜爱的书刊。
>
> 开业时间：每个双休日。
>
> 镇北王豪杰

豪杰想用自己的创意赢得村里人的支持。

"鬼话，天底下哪有这等好事？你若存 1 本书向他借 10 本书、几十本书他收不收钱？王家老大是不是在骗人？"邻居们议论纷纷。

给村里做好事还遭人猜忌，王豪杰灰心了。"豪杰，身正不怕影子斜，怕说搞不成事！"王明宽鼓励儿子。

1 天过去了，10 天过去了，没人来存一本书，王豪杰在失望中苦苦等待。

"把你的想法告诉你的伙伴们！"母亲为儿子出点子。

八（1）班张鹏飞第一个从家里搬来了《格林童话》《天方夜谭》，还将家里的《养兔技术》等书送到了书刊银行；七（3）班李泽苗从爸爸单位找来了厚厚一摞旧报纸，将《人民日报》《法治日报》《湖北科技报》《湖北法治报道》等送到了书刊银行；职教中心同学刘瑞峰将哥哥在外打工专程为他带回来的《职校生之友》《职业与技术》《职业技术教育》《中专生》等杂志送到豪杰手中。

同学们的慷慨相助，给了豪杰莫大的鼓舞。

书报杂志逐渐多起来，豪杰分门别类放在爸爸为他准备的书架上。

双休日开业那天，来了好多学生，有来询问的，有存书的，有借书的，这会儿豪杰开始"幸福着他的幸福"。

### 你的心愿我来珍藏

职业学校放假要早一个星期，王豪杰回到家的第二天，突然变得心事重重。

昨日的一幕在他脑海中久久不能抹去。

"李校长，学校虽然免了我们班2名学生部分杂费，但他们的书费至今未交，这个学期连书都没有，还是2人共用一本书。"

"李校长，我们班有3名学生成绩都很优秀，假日还帮别人采茶挣学费，交了学费却没钱买笔和本子。"

王豪杰到浪河中学打球，路过李校长窗口时，不经意听到几位班主任向校长汇报的一席话，他停住脚步，内心不禁一阵酸楚。

他把积攒的零用钱买了5套明信片。晚上伏在桌上写了一封信：

××班长：

你周围的同学因贫困上不起学怎么办？你也很想帮他，但心有余而力不足，请你转告你的朋友和同学，请他们参加"你的心愿，我来珍藏"活动。参加者只需向书刊银行存入用过的旧书、笔或本子，就可以获得一张明信片，写上你的心愿或祝福，在你指定的那天，我将把你的心愿送到你寄语的那个人手中。

浪河中学学生会原主席　　王豪杰

第二天早自习，浪河中学各班班长都收到了同样内容的信。

还是班长们神通广大。这个星期天上午，书刊银行门前便来了十几个"珍藏心愿"的学生。

即将毕业的刘晓睿同学抱着一大摞旧书，气还未喘匀，就填了一张心愿卡："将我用过的旧书捐给八（5）班需要书的同学。"

八（3）班明彦同学写道："我把姑姑送给我的两支笔送给刚入校门而无

钱买笔的同学。"

一个个心愿，一片片赤诚。

书刊银行的生意红火起来。

书报杂志由于存放在西屋时间过久，受潮发了霉，豪杰急得如热锅上的蚂蚁。

王明宽干脆和豪杰一道将西面临路的墙挖开，做成一个大门，这样太阳便可天天光顾这个温馨的小屋，风也天天到小屋里来品读。

"书屋的书报多呀，路人你走过来，请你歇歇脚呀，暂时停下来……"豪杰哼唱着改编的歌，在书屋前放上两张桌子和一些小矮凳。行路的人、邻里乡亲们便聚到书屋前看书、看报。

秋茶一上市，豪杰的母亲在桌边放上热水瓶，在茶碗中放点儿新茶，虽然不是汤色清纯，翠微显毫，却也清新爽口。

豪杰吟咏了几天的对联，也终于贴上了门。

上联：山好好水好好书屋门前无烦恼

下联：今读读明读读饮茶几杯做美梦

横批：书湖品茗

## 金点子上信息窗

十一放假，豪杰和张鹏飞约好去登山，七转八转，过了松林，转进一个山坳。见路边有户人家，他们便进去要口水喝。这家连件像样的家具都没有。一问才知道，他们家专靠种地过活，又用老品种土方法，所以收成不咋样，而且没有其他经济来源，日子过得一天不如一天。

下山时，豪杰问鹏飞："我那书屋中的科技书怎么无人问津呢？怎样让穷乡亲念起科技经呢？""唉，太难了！"鹏飞感叹道，"回去想办法吧，明天早上见。"

第二天早上鹏飞从家带来一块黑板，豪杰则拿出晚上从书报上摘录的科技秘方，什么小麦增产技巧、柑橘过冬秘诀、蔬菜大棚栽培技术、室内天麻栽培技术等。豪杰为两人的不谋而合激动不已。

第一个到书屋借科技书的村民叫陈天裁，他种有50窖室外天麻，但一遇干旱，天麻几乎无收成。他路过书屋，看到《天麻栽培技术要点》一书后，便央求豪杰把书借他看看。

"陈叔叔，借书可以，你得按规矩存书。""好！好！"陈天裁跑回家东找西找，总算凑足 6 本书。按照书中讲的，陈天裁回去用土筑 2 间屋，控制好室内温度、湿度，半年后盈利 8000 多元。陈天裁一高兴，托人从丹江书店给豪杰带回了 20 本科技书。从此，村里人有啥不懂的事，都会来书屋啦！

村书记高兴坏了。镇里早就定下了致富奔小康的计划，可怎样去奔呢？眼前有了这样一个学生娃，他心里有底了，找豪杰出主意去。面对这样一个严肃的课题，豪杰几乎一个星期没睡好觉。豪杰毕竟还是学生，不可能事事做大人的"点子顾问"。

到校后第三天，下课了，同学们都出去了。豪杰盯着课桌左上方的学习计划发呆。上学期每个同学写份计划贴在课桌上，别说还真管用，盯着计划和别的同学比，年终豪杰还拿了个三好学生奖呢！

"对，把'金点子'贴上门楣。"豪杰高兴得几乎要蹦到村书记面前，一醒神，发现自己还在教室呢！金点子就这样用几角钱邮票被寄到了村书记手里。

如今，村里家家门楣上都贴着一张红纸，别以为那是招财进宝一类的门神，那是"农家一年早知道"，无须进门拉家常，只要驻足细看门楣上的红纸黑字，各户全年的种养计划便一目了然，而且各项致富计划还有硬指标。村里年事最高的刘老爷子说："明宽家老大帮了我们大忙，以前是糊里糊涂过日子。如今儿子、媳妇读了那个什么书刊银行的书。定下'农家一年早知道'，致富思路亮堂了，乡邻们都相互盯着，暗暗较劲，完不成计划还真脸上无光呢！"

豪杰与鹏飞再次来到山坳那户人家时，门楣上的红纸虽然褪了色，但门前那亩魔芋长势好喜人哩，门后还有一片黄姜。虽然不能一步奔小康，但这户人家正与贫困告别。

## "每周说法"进农家

对豪杰自办书屋，浪河中学女生部部长刘思佳起初很不理解："职高生不务正业，办啥书屋？"当她从报纸、电视上了解到豪杰的成功之举后，也想加入。刘思佳最爱看中央电视台的《今日说法》，她向豪杰提议："你的书屋有个信息窗，就是少个法治窗，我听说，你们村有为鸡毛蒜皮小事打架斗殴的，有儿媳不孝顺公婆的，有不送孩子上学的，办个法治窗，兴许会派上用场。"

暑假一到，刘思佳找来法律、法规，摘出主要条款加上点评，王豪杰则从法治报刊中查找案例。村里有位张姓儿媳，一直不赡养公爹，公爹一到她家住，她就指桑骂槐，村书记拿她也没辙。这位儿媳跟着别人一起到书屋凑热闹。当这个只有小学文化的女人看到《儿媳不孝，坐上被告席》的案例分析后，不出几天，便叫丈夫接公爹回来住，破天荒地喊起了"爹"，弄得老爷子喜不自禁。

村里郭冬在海南打工挣回来一笔钱，决定盖新房娶媳妇。新房刚盖好，邻居陈志从新疆回来了。"你怎么把我家白果树东边的枝给砍了，那我家今年要少收多少白果？""盖房子白果树枝碍事，何况没有砍掉你家的树。"两个人吵着吵着，打了起来，都放出狠话："咱们走着瞧。"如果不化解，出大事也说不定。豪杰和刘思佳在法治窗上将这事曝了光，旁批打油诗四句：邻里争吵为棵树，相互让让都没输。要是两家都争强，法庭里面说得响。别人将四句打油诗说给陈志，陈志琢磨着，一点小事，何必去法庭，就主动和郭家和好了。

"每周说法"开办半年来，解决了村里好几起赡养纠纷、邻里纠纷、学生入学问题。

秋季开学不久，王豪杰参加了团市委的表彰大会，披上了"十佳好少年"的绶带。当记者采访他时，他只说了一句："把一切都存入过去。"

（2001年《职业技术教育》第22卷第2期；作者：徐若学，朱道兴，王文娥）

# 灵灵修笔队：灵起来了

如今纸巾代替了手帕，中性笔代替了钢笔，但钢笔的故事人们仍然念念不忘。

这里四周的山高高的，一围一挤，像盆，盆底便是镇。在山与谷之间稀稀落落地住着人家，山里的孩子便顺着崎岖不平的山路到镇上去读书，最远的要步行四五十里。

刘敬宇家离校40多里，父亲患病在家，母亲好不容易为他凑齐了学费，生活费又成了问题。为了减轻妈妈的负担，他每个星期的生活费不足5元，车费2元，为了省钱，常常吃不饱，肚子饿得发慌，可他咬紧牙，坚持了下来。7元钱，对别人来说真是微不足道的数字，可在刘敬宇眼里，这不是7元钱，而是妈妈的汗水、泪水和心血。

"放假了，可不知下个学期还能不能上学？"刘敬宇坐在车上对同班好友李一旦说。"唉，今年天干旱，我家香菇没有收成，恐怕家中也无钱供我上学。"两个人默默地走着。"对，我们能否自己挣钱供自己上学？可钱怎么挣呢？"两个人拼命地想，到餐馆给人帮忙，到工地上做零工，到同山上去挖野黄姜……都被他们一个个否决了。刘敬宇忽然想到自己文具盒里的好几支钢笔要么发叉了，要么变秃了，要么下水不顺，没有一支争气的笔。"有了，何不帮人们修钢笔？我二叔在一家笔厂工作过，听他说过一些制笔的事。"

放假的第二天，他们约上王才悦、李光山一起去找刘敬宇的二叔，拜他二叔为师，学修钢笔。

刘二叔从厂里回家种了一大块黄姜地，正忙着给黄姜锄草、追肥，他哪有工夫教这群孩子们，况且修笔，也是一门学问，需要很长时间。刘敬宇苦苦哀求，并决定一起帮他二叔干活，刘二叔最后才答应。干了一个星期，4个人累得腰酸背疼，王才悦的手磨破了，李一旦的脚被扎肿了，高兴的是刘二叔终于可以教他们了。

他们从拆笔开始，了解笔吸墨水的原理，分析笔不出水的原因，学习识别笔尖的好坏，学习调换笔的零件。

一个多月过去了。"喂，我们成立个修笔队吧！就叫'灵灵'，意思是让人们手中的笔'灵'起来。"李一旦高兴地说。3人都夸李一旦："这个名字起得好。"可成立个修笔队，还得有个小推车、修笔工具和笔材料。4个人正在犯愁，刘二叔走过来，提着一包修笔工具："喂，孩子们，这是给你们的。"

他们4人去找了截泡桐树，锯出4个二寸长小段，中间打出孔做推车的轱辘，又找了一个小旧箱连接在轴上面，用木板钉了一个托盘放在木箱上面，一个简易的小推车就这样做好了，却做得很结实。

他们4个人分头干了3天，刘敬宇到街上捡废纸，李一旦替别人采大棚平菇，王才悦、李光山帮拉面馆洗了3天碗，他们把钱凑起来共80多元，托熟人到十堰买了一批笔尖、笔舌头、笔管、笔筒等。

"唉，修笔啦！"他们开始将小推车推到大街上，学着大人的样子，但声

音太小，别人听不到，即使斗胆喊出声来，别人看他们几个毛孩子，"能修好笔么，莫把聋人治成了哑子"。他们想出了一招，先找学生模样的人修，修好后用3天再付钱，修1支笔1元，3支2元，介绍3个人来修笔可免费修一支笔。夏日山中，天晴一身汗，下雨一身泥。修笔队的队员们，从这一户推到那一家，手推车和它的主人们一起在石板路上磨过，在泥巴路走过，而木头车轱辘不过几天便磨烂了。

无车寸步难行，一则广告贴到了十字街头："我们欲买一辆旧儿童推车，车轮要大，有意者请速与刘敬宇联系。"一天后，他们用25元钱买了一辆推车，并进行了改装。在车上写"灵灵修笔队"5个大字。几天后，家长们也闻讯而来，修笔队的生意越来越好。

灵灵修笔队在干中学，在学中干，也碰到过不少难题。街上头的胡老板拿了一支高级钢笔，郑重其事地请小队员们帮他修，可队员们傻了眼：笔尖好好的，笔管好好的，可笔就是下水时快时慢，时而不出水，他们也没有办法。4个人商议按照笔包装盒上的地址，一封信寄到了笔厂，向笔厂工人请教。

一位40多岁的妇女和队员们吵起来了："娃娃们，你们修的啥笔，你看这笔尖！"娃娃们接过笔一看，"秃了"，凭经验他们知道这是钢笔在水泥地上被划坏的。队员们说："姨，别生气，我们给您换一个就是了。"临走队员们说："姨，您的小孩要是在水泥地上写字，明天可以再来换。"那位妇女面露愧色。

修笔队队员头脑也是"灵灵"的，他们总能找到解决问题的办法。

"一次修理，常年优惠。"为了实现他们的承诺，他们给来修笔的人发放跟踪卡，给和他们一样贫困的学生发送免修卡，教师节前免费给全校50多位教师修了上百支笔。一些钢笔小毛病，即使是第一次上门，他们也给免费修理。

为了把修笔的事儿做大，他们向邻居借来旧自行车，沿公路修笔。一路上花香扑鼻，鸟儿唧啾，队员们唱着他们用山歌旧曲调自编的修笔歌："哎——修笔啦！修笔啦！你有一支笔坏了，莫着急，我们来帮你！哎——修笔啦！修笔啦！我们靠自己，为自己争气……"唱着歌，看到几户人家，他们便把车子在公路边一扎，解下修笔箱，抱起来，麻利地向人家走去，打开修笔箱，三五声吆喝，一会儿便聚拢来一群人。

一次，他们在长滩河管理区修笔，碰到一位气喘吁吁的老奶奶。"娃子们，帮我修支笔！""奶奶，你还写东西吗？"老奶奶咳嗽着说："我是给我那小孙子修笔呀，我住在山那边，离这儿还有十几里路，听过路人说你们修笔修得好，我就来找你们。"小队员们很激动，很快帮她修好了，却硬是不要老奶奶的钱。这件事触动了队员们，他们决定背上挂包，翻山越岭，到每个村户去修笔。

他们利用双休日、节假日，沿校、沿街修理，两年多来，经他们"动手术"的钢笔有4000多支。因为他们修笔技术上乘，收费合理，深受男女老幼的欢迎。请他们修过笔的人，又会"连锁"地带一些新的朋友来修钢笔。所以，"灵灵修笔队"的生意出奇地好。他们除凑齐学费外，还余200多元。

"哎——修笔啦！修笔啦！你有一支笔坏了，莫着急，我们来帮你……"

队员们唱着修笔歌，歌声在山谷里回荡。一条小溪从山间淙淙地流出来，一个十一二岁的小男孩正趴在大石头上用铅笔写字，他旁边的牛正啃着青草。"小弟弟修笔吗？""家里有两支笔坏了，想修没有钱。""小弟弟上几年级了？""上半年在家没上学了""为啥？"他再也不吭声了。"你想上学吗？"他点点头，"我们家里都没钱，但我们靠自己挣钱上学，你说出来，看我们能不能帮你？"小男孩再也控制不住自己，噙着泪说着自己的家事：

我叫刘力，我家共有5口人，爸爸刘远超，妈妈常小莲，大姐今年读初中二年级，哥哥读六年级。前些年，爸爸在公路边开了一个小修理店，凭着自己的手艺再加上妈妈的勤劳苦作，一家人过得虽不富裕，但也算和美。可是在我上学的第二年，爸爸患了精神病，失去了劳动能力。家庭失去了经济支柱不说，他还整天疯疯癫癫的，把家里弄得一团槽。为了给爸爸治病，妈妈花光了家里所有的积蓄，还借了许多债，庄稼也荒废了，我们的家陷入了一贫如洗的困境。

最使人苦不堪言的是，爸爸由于精神失常经常闹事。在家里他打姐姐，打我和哥哥，还打我们的妈妈，在外面他也打人。去年春节前，爸爸和本村的一个哑巴小伙子打架脚被砸伤，指头被砸断，在医院里住了近一个月，花去医药费上千元，使本来就赤贫的家庭更是雪上加霜。过春节，妈妈拿不出钱去买肉，还是婆婆给了我们一只猪腿过了一个年。新年里，我看着别人家里的情况，我不能与他们比，我总是将伤心的泪

擦干后才回家，也从不提起我心里的羡慕，免得让妈妈伤心。

　　自从爸爸得病后，我们姐弟3人就不能正常上学读书了，姐姐虽然成绩优秀，可为了能让我们兄弟俩安心读书，能帮妈妈一把，她对妈妈说："我不读书了，回家帮您做点事，挣点钱供弟弟读书。"说这些话的时候，我看见大姐的眼里噙着泪。我知道，她也是想读书的。后来妈妈说："孩子啊，妈对不起你们，让你们受罪了，可是妈下了决心，就是砸锅卖铁也要供你们读书，只盼你们能好好读书，将来妈也有个出头之日。"话说完，妈妈抱着我们姐弟3个泣不成声。

　　虽说男儿有泪不轻弹，但队员们听着似曾相识的故事，内心一阵酸楚。

　　刘敬宇先发话了："刘力，好样的，跟我们一起干吧！""那怎么成，我什么也没有，什么也不懂。""我们可以教你。"李一旦说。刘力头脑灵活，加入修笔队后，大伙都叫他"小机灵"。刘力领着4位哥哥四处转悠着修笔，山里的人家有不少人想修笔，可一时又没有零钱，咋办？刘力想了一招，修一支笔换半两木耳或一二两香菇，集多了，拿到镇上一卖便换回了现钱。

　　假期结束了，刘力学会了修笔，刘敬宇他们一合计还给刘力分了80元钱，又拿出他们节余的200多元帮助刘力姐姐和哥哥交学费。

　　五四前夕，队员们收到了校团委书记诗一般的表扬信：

自强的修笔队员们：

　　小画眉衔来晨曦第一缕阳光，牵牛花把紫色的喇叭伸进窗棂，吹响欢乐晨曲，在五彩云铺设的路上奔跑，绚丽的花朵绽开在路旁。你们是自强不息的标兵，是优秀团员代表。

　　队员们不由得想起了《我能行》中的话：如果面前有一座山峰，我们就勇敢地去攀登；如果遇到一场暴风雨，我们就是翱翔的雄鹰。跌倒了，爬起来，说一声我能行，骨头变得更硬；失败了，不气馁，说一声，我能行！我能行，有信心；我能行，更坚定；我能行，去开创新的人生。

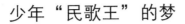

# 少年"民歌王"的梦

世界文化遗产名山武当山下，一层层薄薄的雾半遮半掩，清冽冽的吕家河流过村庄，这儿就是著名的中国汉民族第一村吕家河民歌村。看，断龙崖下，龙吟泉旁，龙泉冒着热气，鸟儿不时掠过头顶，"东风能源杯"民歌大赛在龙吟泉边筑起了赛台。各种山花装点着"游武当南山，听吕家河民歌"，台上两侧栽着苞谷、高粱、红辣椒。七邻八乡的村民吹着唢呐来了，70 岁的老爷爷带着孙子来了，中小学生排着整齐的队伍来了，1 万多观众齐聚赛场。

听着淳朴的民歌《闹五更》《十劝郎》……观众们鼓起掌来。

"还在上初中的张同周用民歌曲调唱自编的现代民歌《今日官山》。"主持人的话音刚落，一名学生在掌声中走上赛台，眉宇间透着睿智与自信。

"太阳照山岗，到处喜洋洋，吕家河民歌传呀传四方，丹江官山吕家河，敞开胸怀迎宾朋，前山上武当，后山也能上，公路修到田畈村，修到田畈村哎呀，幸福万年长。"

当张同周走下台时，掌声仍经久不息。张同周一举夺得了民歌大赛一等奖。

## 拒绝另类童谣

张同周从小喜欢唱歌，也是爷爷影响的。爷爷是村里出了名的"老歌星"，能唱 300 多首民歌，哪家婚丧嫁娶就会请爷爷去唱，而且唱得有板有眼。张同周是在爷爷的歌声中长大的。

突然有一天，他听一位小同学唱起校园另类歌谣。"小呀小儿郎，背着书包上学堂，既怕背不了，又怕会迟到……""不让我哭，不让我动，我只有眼泪模糊。要问原因，我又考了低分……"他觉得好奇，就记在本本上。

日积月累，他从报纸杂志上收集了好多校园童谣与同学们交流。

"找点空闲，找点时间，独自在家，把电视看看；带上倦容，带上心烦，打开书柜，把小说翻翻……""明明白白我的心，渴望一个真寒假，曾经为学习伤透了心，为什么还在培优班里听，星光灿灿风儿起，你把我关在屋子里，如果你愿意，就放我回去，我会真心感谢你，哦哦……"

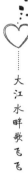

起初，张同周觉得推行素质教育后，同学们可支配的时间多了，利用课余编点歌谣，倾诉当今学生的苦恼，发泄内心苦闷，本无可厚非。但前不久他收到了转学到武汉的朋友帮他收集到的另类童谣，让他觉得很不舒服。

"在我心中，老师最凶，每次把我打得鼻青脸肿；老师走后，老妈最凶，每次把我骂得一窍不通……""本班女生一回头，也要吓死一头牛；本班女生二回头，羞倒一栋教学楼，本班女生三回头，长江也要往回流……"张同周觉得这些纯属低级趣味，还对老师、家长、同学造成了无法弥补的伤害。

更可怕的是色情歌谣："秋天到了，小鸟恋爱了，蚂蚁同居了，苍蝇怀孕了，蚊子流产了，蝴蝶离婚了，毛毛虫改嫁了，青蛙也生孩子了，年轻的你还在等什么……""这样的色情歌谣对我们学生简直是一种毒害！"张同周喃喃自语。

"既然大家爱自编自唱校园歌谣，何不把同学们的兴趣吸引到民歌上来！"张同周是学生会文艺部部长，他把自己的想法告诉了政教主任，政教主任认为是个好想法，他说："神农架人把当地民歌与风俗写进了《黑暗传》，被翻译成多国文字，享誉世界。我们吕家河人更应该传唱民歌，让它成为名牌。"

从收集民歌开始，进而把民歌传进校园，让深山里的学生业余有事干，张同周制订了行动计划。

## 民歌飞进心窝窝

张同周和好多民歌爱好者进入民歌村，这里地形奇特，高大的山峰四面相夹，但在山谷之中，又有一条不大的山脉沿着吕家河逶迤蛇行，活像一条弯曲的游龙。潺潺的水声，像丝竹低吟，溪水贴着山脚流出山沟田地，平铺出来像一面镜，映亮了山色，染绿了春光，路边的碎石早已被冲散，滚落在嫩嫩的水草中，一排卵石截断溪水排到对岸，平静的水面荡漾着诱人的绿。

他们入户拜访"歌布袋"，听原汁原味的歌，用简谱记下来，边整理边学唱："三岁娃，穿红鞋，先生先生莫打我，三岁娃，会栽葱，过路君子莫打动，摇摇摆摆上学来，吃口妈奶我再来，一头栽到河当中，让它开花结莲蓬。"唱着唱着，还不时为歌里的情趣所动，咯咯地笑起来。收集后，带回学校请音乐老师帮忙校正。几个月下来，他们收集歌曲 500 多首，整理出曲调70 多种，还找到了歌布袋的秘密。原来明代永乐皇帝崇尚道教，下旨大修武当山，共征集 30 万民工修了 13 年，民工们带来了各地的民歌，后来民工流连神秘而美丽的吕家河，留下了人也留下了歌。

"我们能否举行一个民歌演唱会，让校园流行民歌？"张同周的提议，很快得到了校方支持。让民歌登大雅之堂，可不是件容易的事。张同周招来各班文艺委员商量，同周自己先唱了："天当被来地当床，苦当盐来难当糖，咱们大家来商量，坎坎前头看太阳。"

演唱会由张同周主持，各班都派出了"歌星"参赛，临结束时，台下的观众有节奏地喊："张同周，来一个！张同周，来一个！"

张同周灵机一动把民歌的曲调换了新词："武当山哎，云呀云雾多，云雾深处飞山歌呀，唱得太阳红彤彤，唱得日子好红火；官山中学哎，歌呀歌星多，民歌飞出山窝窝，唱着民歌走四方，闯荡世界唱民歌。"

"晚会结束时大家齐唱一首歌多有震撼力！"张同周想，"对，编一首校歌，用高亢的山歌曲调做基础调。"张同周着手写歌词："绿水环绕偎依武当，古老的土地上有我可爱的校园……今日青少年群星灿烂，风华正茂桃李争艳，奋发向上迎接明天。"

### 小镇飞出欢乐歌

曲调是大家熟悉的，校歌很快在校园唱开了。张同周看大家对翻新民歌情有独钟，决定成立一个民歌之声学生创作社团。

没有海报，没有广告，成立社团的消息一传出就有五六十名学生参加。

社团成立，张同周和社员编的第一首民歌就是赞美党员干部的："党的干部大家爱，驻村入户问民计，减轻负担解民忧，调整结构助民富，扶贫帮困暖民心，收集信息学科技，增加销售增实力，哎嗨，务实的干部群众爱。"

张同周他们还为官山医院编了一首《前进，官山医院》，当院长接过学生娃为他们苦心编的院歌时，高兴地大声唱出来。

官山酒厂厂长找到张同周，张同周很快为酒厂设计了广告词："打武当拳喝官山酒，和武当山一起向世界走。"还编写了厂歌："清清泉水酿好酒，民歌做曲发酵好，民歌悠悠酒悠悠，哎嗨……"

民歌创作社团随着校歌、院歌、厂歌家喻户晓。吕家河村书记请张同周他们帮助创编了民歌村主题歌。

张同周在社员中征集歌词，但都觉得不中意。"民歌村的名声越来越大了，有更多旅客光顾，能否编得文雅些？"张同周自己动笔写下了下面的诗

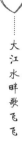
句:"吕家河民歌歌悠扬,武当青松感慨万千,花仙子钟爱吕家河,百花染村庄,苗木漫四周,鬼斧神工造自然……"

读着诗句,村书记连声叫好。"我们村还不富裕,怎样让老百姓富起来!"村书记把心思告诉了张同周,张同周给村书记出主意:"能不能建几家农家乐?"

"是个好主意!"村书记激动地说。张同周他们帮助设计院落、定菜谱、选民歌。两个多月后的一个双休日,农家乐正式开业,村书记请张同周到场,客人边吃饭,"歌布袋"边唱民歌。张同周也情不自禁地唱起来:"香菇焖腊肉,木耳炒鸡蛋,荃菜芥菜野韭菜,山泉黄酒苞谷酒,来来来,给你原汁和原味!"

当地的老百姓唱着山歌富裕起来,虽富了口袋,却穷了脑袋。

## 唱响山歌感山民

深山群众法律意识差,不时出现打架、赌博和邻里纠纷。张同周在全校号召成立一支山歌普法队,用山歌的曲调填上新词宣传法律,传承善良而朴实的民风。

他们利用双休日在田间地头与老农轮唱民歌,老伯唱一首老歌,张同周他们唱一首自编的学法新曲。那些爱为鸡毛蒜皮的小事而打架的山民,没过多久也学会了这些"旧瓶新酒"。村里出现了一件怪事,打架时也唱民歌,可不知为什么,唱着民歌动怒的山民们把抢起的扁担放下了,脸上在一瞬间绽放出桃花红。

铁炉村有个青年不赡养老爹,山歌普法队在那家附近搭起唱台,唱了起来:"乌鸦乌鸦对我叫,乌鸦乌鸦真真孝,乌鸦老了不能飞,对着小鸦啼,小鸦早早打食归,打食归来先喂妈,妈妈从前喂过它。""赡养老人是义务,你不养老人,法律来管你,来吧,读读《刑法》《民法》,莫做法盲学孝顺。"朴实的情理,动情的歌声,无不使听者动容。那个青年听了那歌羞愧难当,当天晚上悄悄地把亲爹接回了家。

在农闲时节,张同周他们最喜欢唱的歌是《莫赌博》:"我劝小哥哥,切莫学赌博,十分家务九分破,老来受奔波。起了赌博心,败坏子孙根,熬得五更守夜费精神,背后人谈论。"

张同周在小镇的学生娃眼里是颗耀眼的星,是少年民歌爱好者心中的

174

"民歌王"；在家长眼里是个长大的孩子，是歌的接力者和法的传播者；在老师眼里是个酷爱艺术、为校分忧的好学生，是校长、老师心中称道的人才。

"我要唱响吕家河民歌，长大后成为名副其实的全国民歌王。"张同周对未来充满了憧憬和希望。

# 普法小歌王

湖北省武当山经济旅游特区老君堂村的李德健，从小在爷爷的歌声中长大。

村里有许多村民唱着民歌富了起来，但村民的法律意识淡薄，有的不赡养父母，有的为鸡毛蒜皮的小事打架斗殴。

"为什么我们村子富了，法盲还是那么多？"班会课上，同学小进提出了这个问题。李德健想，不向大家宣传一下法律法规，村民哪有时间去读。

"用我们的民歌去感召村民！"李德健向他的歌迷朋友们道出了自己的心意。歌迷刘咏问："靠唱民歌能让大人们学乖吗？"

李德健胸有成竹地说："大人们很少读书学习，哪些是违法犯罪，他们很少意识到，我们这群学生有责任帮帮父辈们，利用寒暑假去宣传！"

"好！好！"歌迷们觉得李德健的话有理。这样，一支民歌普法队就诞生在青山绿水间。

### 唱民歌　学法规

暑假一到，李德健和同学们兴致勃勃地来到田间地头，一字排开，和地里的老农拉开了架势，老伯唱一首老歌，李德健他们唱一首自编的法律歌曲。渐渐地，他们"子弹"用完了，只好灰溜溜地败下阵来。

"唉！这样漫无目的地唱，唱不出效果的。"刘咏对李德健说，"我们要对症下药。""这个主意好，"李德健说，"可是从哪里开始呢？"

李德健闷闷不乐地回到家里，突然同学白晓甘来向他告别。"什么，你要去打工，为什么？"李德健大吃一惊，瞪着白晓甘。

"我家去年卖枣皮也有1万多元，伯伯说读书有啥用，还不如早点去赚钱。其实我也不想去。"白晓甘低下头，难过地流着眼泪。

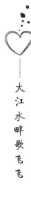

李德健突然眼睛一亮，新编的民歌正愁没人听呢！他马上找来民歌队的同学们，精心设计了一张歌卡，卡的背面工工整整地写着《义务教育法》《未成年人保护法》的主要条款和自编的歌词。

第二天，李德健一行来到小白家，唱起了自编的民歌。好新鲜呀，白家父母放下手中的活专心地听起来。当他唱到"儿女上学权利大，送儿上学义务重；侵犯权利违反法，不尽义务法不容"时，白家父母吓了一跳，问："娃儿，可是真的？"李德健翻开小册子，指给他们看："义务教育法上写得清清楚楚。"

看着条款，听着民歌，白家父母愧疚地说："我们还不知道儿女辍学在家也是违法呢，我们准备明天送孩子上学。"

首战告捷，李德健高兴得抱着小白又唱又跳。他们的民歌普法队也一下子在村里传开了。

## 普法变成小专家

每个星期天，李德健都要收看中央电视台的《每周一歌》节目，看久了，他不由得萌生了一个想法，"我们也来每周推出一曲新歌怎样？"李德健说。队员们都说好。

他们在村广告栏里办起了专栏，开辟了村里《每周一歌》。

周末，李德健给姥姥送药，走过一片光秃秃的荒山，他暗自寻思："这片荒山，最适宜种植板栗、核桃了！不种多可惜！"不远处一个老伯坐在门口晒太阳。李德健问老伯："这地是你家的吗？"

老伯点点头。"你为什么不种些板栗呀，现在板栗可好卖了！"老伯哼了一声气愤地说："去年我种了10亩地瓜，几分钱一斤都没人要！还要交税，这政策说变就变！我再也不上当了！"

李德健瞧瞧老伯家里，连像样的家具都没有。李德健想劝老伯，可他对农村政策一窍不通啊！

知法才能懂法。法都不懂，如何说服别人？回到学校，李德健一头扎进图书馆收集起来，满头大汗地找到40多种政策。这么多法规从何处下手？李德健挠挠头皮，难住了。哪里不懂，就从哪里学起。李德健把相关政策，一条一条理出来，土地延包、村民自治、减轻农民负担等，制成朗朗上口的歌卡，背得滚瓜烂熟。

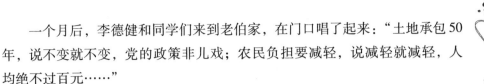

一个月后，李德健和同学们来到老伯家，在门口唱了起来："土地承包50年，说不变就不变，党的政策非儿戏；农民负担要减轻，说减轻就减轻，人均绝不过百元……"

老伯很诧异，听得一愣一愣的。"小娃子，哪有这么多的条条框框，该不是变着法子骗我吧？"老伯一脸的怀疑。李德健头头是道地讲起来，还拿出一揽子农村政策给他看，这回老伯像得到宝贝似的一字一句地读着，还让队员给他做解释。老伯说，他要把门前屋后的毛栗子全嫁接上板栗，他嫁接板栗很有一手呢！老伯情不自禁地哼起了队员们编的民歌："种上摇钱树，家家迈大步；靠山更养山，后代没负担。"

渐渐地，李德健懂的法律知识越来越多，同学们家里有什么纠纷，都来找他这个法律顾问。

## 歌声漫画齐劝赌

法律法规虽然可以用歌声唱出来，但李德健觉得少了一点东西能让人一目了然。队里喜欢画画的李咏也说："漫画通俗易懂，不如把漫画和唱歌结合起来，双管齐下！"

李德健用自己的零用钱买来100多张纸，把李咏的漫画装订成册，取名《不见不散》。一次民歌普法队来到山沟宣传计划生育，听说村里有个勤劳的青年叫柯喜发，前年染上了赌博，把家里的彩色电视机卖了还未还清赌债，家里破败不堪。

李德健他们来到柯喜发家，柯喜发家门上了锁，邻居张爷说："原来恩爱和睦的家庭，几个月时间就不像个家了，哎！都是赌博把这家害苦了。"嘴快的李婶扳着指头说："你看，喜发的妻子既贤惠相貌又好，那个不争气的喜发原来也还傲强，可到集镇上去第一次赢回了500元后，就什么也不想干了，把家里的钱输光了不说，还卖了电视机还债，喜发的妻子气得死去活来要离婚，一气之下去南方打工，说什么也不回来，孩子没人管，就在婆婆和奶奶家轮流过，哎，苦呀！这不，喜发这几天还在四处借钱翻本，可是能翻回来吗？！"李德健他们听着心里一阵酸楚。

李德健他们精心画了两幅画：《越赌越输、越输越赌》《赌博输钱揭秘》。他把两幅画装在信封里塞进了柯喜发的门里，画下角写着歌词："我劝小哥哥，切莫学赌博，十分家财九分破，老来受奔波。起了赌博心，败坏子孙根，熬得五更守夜费精神，背后人谈论。"

几天没借到一分钱，柯喜发垂头丧气地回到家，拆开信一看他傻愣了半天，是哪个好心人还如此关心着他，他一阵激动，看着漫画，柯喜发自言自语地说："我不就是画上那青年吗，染上赌瘾而什么都不顾，最后只落得妻离子散！"想着自己所做的一切，柯喜发有了几分懊恼。

李德健他们一直牵挂着柯喜发，这天他们又到了他家，又把《浪子回头金不换》漫画送到了柯喜发手里，还煞有介事地唱起了他们新编的《回头歌》："赌博赌博越赌人越薄，赌得家产败坏尽，赌得妻子要离婚，赌得孩子无人问；醒来吧，小哥哥，从头开始做新人，妻子孩子原谅你，和和美美过日子。"

柯喜发看着漫画，听着歌声，虽说男儿有泪不轻弹，柯喜发却想着因为自己妻子孩子在外漂泊而泪流满面。

打那以后，柯喜发戒掉了赌瘾，李德健他们找大人商量，每家转借给他200元，帮他种植黄姜，一下子种了5亩呢！李德健他们给柯喜发的妻子写了一封信，信里最后写了几句旧谱新歌："喜发喜发是好人，有错就改做新人，一心一意种黄姜，只盼亲人早日归。"

妻子收到信后不久就给柯喜发打了电话，夫妻和睦如初，全家在春节一起吃上团圆饭的时候，还念念不忘李德健和他的自编民歌。

李德健他们正默默地为父老乡亲传播着法的圣火，正是这样的痴心者从一点一滴做起，传播了和传播着法的思想和精髓，但愿星星之火可以燎原。

（原名：《民歌少年普法记》，2003 年《小学生》第 4 期；作者：徐若学）

## 学生校长

"听，谁在歌唱？时光如花朵般含苞待放，去拨动阳光的琴弦，和鸟儿一起飞翔……"学生主持人诗一般的开场白激荡在学校上空。

前一个星期，学校张贴了一张海报要在学生中选出"学生校长"。海报刚一贴出，便成了学校的头条新闻。好多学生都跃跃欲试，交了一份《我当学生校长》的应聘文章，学校进行了严格评审，并很快公布了 15 人的学生校长候选人名单。

那一天，要选出全校的学生校长。主席台上的评委除 1 名校长外，其他是清一色的学生评委。

"我当了校长，我要成立一个学生负担监督委员会，轻负担才能高质量，让同学们学得上瘾，玩得来劲。"

"我当了校长，我要在学校、家庭之间建起'电脑档案'，校长能在瞬间调阅全校每个学生过去、现在的档案情况，上了网的家庭也可以从网上随时查阅孩子的相关情况。"

一位留着妹妹头的女选手疾步走上讲台："我叫章成歌，我收集了好多治校策略……"她把"从政"的措施一一开列，"校长就是为大家服务，当了校长以后你们的烦心事、麻烦事，我能解决的决不推辞，不能解决的我会在 6 小时内反映给学校，让你如愿以偿"。

选手中年龄最小的是 11 号选手郭晶晶，八年级一位同学率先向她发难："你这么瘦弱，有同学打架你敢管吗？"

郭晶晶纯真的脸上透着灵气与率直，她爷爷是退伍军人，常向她讲战斗故事；二姑是老师，从小就教她登台表演节目。只见她双唇一抿："治校不在年高，管好学生是校长的天职，怕什么！"巧妙的回答赢得了全场学生的叫好声。

"同学们都建议去郊游，而张校长怕出事不让去，你这个学生校长该怎么办？"

"消除校长的顾虑，让美梦成真！"

"学生副校长和你闹别扭，你有什么办法解决？"

"用语言去说服他，用行动去感化他。"

问题像"飞毛腿"般一个个袭来，而郭晶晶的"爱国者号"拦截得恰到好处。

通过评委评分和观众的举手表决，郭晶晶夺得了学生校长的第一把交椅，章成歌和刘苨仁则当选了"学生副校长"。张校长当场发给郭晶晶"学生校长"的聘书，张校长激动地说："一个篱笆三个桩，一个好汉三个帮，我为有了 3 个好助手而高兴。"

## 网上风波

"你问我爱你有多深，我爱你有几分……""我悄悄地蒙上你的眼睛，让

你猜猜我是谁……""特别的爱给特别的你……""妹妹你坐船头，哥哥在岸上走……"学生们哼出来的歌都离不开这些情爱歌曲。郭晶晶便主持召开学生校委会："大唱特唱爱情歌曲不是现代中学生的时髦，我提议想办法让爱情歌曲溜出校园。"

章成歌迅速拟订了海报：大合唱，五四青年节开展传统歌曲大合唱比赛。

5月4日那天，《团结就是力量》《长江之歌》《我们的大中国》等歌曲响彻整个校园。

说来也怪，打那以后，课前3分钟从各班教室传出的都是嘹亮的革命歌曲和传统歌曲。

现代中学生好奇心特强，什么新鲜事物都想尝试。

"郭校长，我们学校有好些学生课余时间到网吧去聊天，八（5）班一名同学还……"一名同学向郭晶晶汇报。"还什么？""还在网上谈恋爱，他对同班同学自夸自己有5个'网上情人'呢！"

郭晶晶喜欢在网上读新闻、看名著、发电子邮件，很少上网聊天，只是从报刊上看到不少关于"网恋"的报道和评论。今天要她去管这事，她真不知如何是好。

不入虎穴，焉得虎子。晚上做完作业，郭晶晶便锁上房门，打开电脑，输入姓名和密码，以"冰糖葫芦"的昵称进入了"青春聊天室"。很快，菜单上出现了"冰糖葫芦进入聊天室"的字样。一会儿，一个名唤"一箭双雕"的跳出了一行字："冰糖葫芦，看到你的名字觉得好甜，你是男是女？"接着蹦出了其他网民好多肉麻的话："鸽子，亲爱的，几天不见，好想你。""老婆，你昨天到哪去了，叫我等你等得好苦。"下面的话更是不堪入目。"冰糖葫芦，你怎么不回话？""一箭双雕"急切地问。"这儿不适合我们！"郭晶晶退出了聊天室。"该禁止到网吧上网了！"郭晶晶下定决心。

"禁令"刚下，一些希望上网读书的学生把告状信写到了张校长那里，张校长批评郭晶晶："现在学生的负担减轻了，课余在网上读书扩大见识也有好处。"郭晶晶不服："有苍蝇蚊子，不打行吗？""上网有利有弊，关键在于引导，一棒子打死它，不就像倒洗澡水连同孩子一起倒掉了吗？这样吧，学校的电脑室向学生开放，你再想想办法把这件事妥善解决好。"郭晶晶点了点头，下去和两名学生副校长商议。

章成歌、刘苡仁在校务公开栏旁挂出了一则通知，她们还排定了各班进

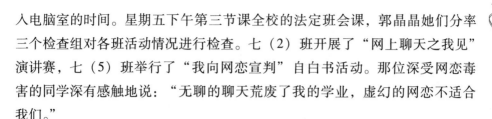

入电脑室的时间。星期五下午第三节课全校的法定班会课，郭晶晶她们分率三个检查组对各班活动情况进行检查。七（2）班开展了"网上聊天之我见"演讲赛，七（5）班举行了"我向网恋宣判"自白书活动。那位深受网恋毒害的同学深有感触地说："无聊的聊天荒废了我的学业，虚幻的网恋不适合我们。"

可没过一个月，就有一位张姓家长找到郭晶晶诉苦："我那孩子以前迷恋游戏机，前个月学会了上网，就在网吧里悄悄地上网，常到深夜12点才回来，我真担心孩子遭受黄色网站的毒害。"

"这种担心不是没有道理的，可我能做点什么呢？"郭晶晶冥思苦想。

"找市长去！"郭晶晶的好朋友刘一芯为郭晶晶出点子。郭晶晶迅速起草了一份建议信，不少学生纷纷签字，"……请市长管管网吧，给我们一方纯净的空间"。

过了一个月，那位诉苦的张姓家长高兴地找到郭晶晶说："谢谢你，郭校长！"一下子把郭晶晶弄蒙了："你这话从何处说起？""现在只要有人打开黄色网站，屏幕上立刻显示警告语——你访问的网站包含非法信息，已被禁止。"

家住公安局的"小灵通"告诉郭晶晶："原来彭市长收到你的信后，立即召集公安、文化、工商、电信等部门出谋划策，把全市的网吧全部与市公安局的'计算机信息系统安全管理网'联结，通过安装'网吧安全管理系统'和'远程监控报警系统'，市公安局网管中心对各网吧进行实时监控，当发现有人查询、发布、下载有害信息时，网络迅速自动报警，及时采取封堵、过滤、删除等措施。"

郭晶晶从内心感谢这位好市长。

## 多用箱

"学生盼什么，急什么？""有哪些治理学校的好点子，又怎样将这些好点子收集起来？"郭晶晶寻思着，"从各班推选出一名责任心强的同学担任校长助理，将好的意见和好点子汇集起来，交学生校委会。"

"建活动档案卡，内容包括兴趣活动的次数、时间、总数、好人好事件数。"

"组织学生课余做活动套餐，开读报会、时政辩论会、一周行为点评、模

拟法庭活动。"

点子越来越多，但意见很少。"不少学生怕公开自己的意见！"校长助理吐露真言。

郭晶晶请乡下的爷爷帮忙做了 3 个信箱，放在每个年级的廊道口，郭晶晶和章成歌她们整理后印出来给各班班长。

一次郭晶晶打开一封匿名信，信中说："郭校长，不知为什么，现在学生校委会会议越开越长，既耽误了时间，又不能收到好效果，末尾还写了一首打油诗：'会不在长，十句说清；事不在说，干了才行。'"

郭晶晶深受教育："我们这些学生校长主要的任务还是学习，而管事也只是课余的事，要讲效率，讲干劲。"打那以后，郭晶晶提前发布会议主题，校长发言控制在 5 分钟内。助理发言规定在 1 分钟内，会议总时间不超过 15 分钟。一次会议到了规定时间，而郭晶晶的最后发言还没有结束，郭晶晶看了一下表说："到此结束。"就这样，不良习惯从她改起，一个一个地改掉了。

一次，郭晶晶收到一名学生的建议信："我们现在课余负担不重了，头脑中产生了很多奇妙的想法，但无处交流……"郭晶晶、刘苡仁商议："把信箱下边加上'奇思妙想'4 个字。"不出两个月，便收到了 100 多名学生表达奇思妙想的信件。

"我设计了一种不沾水、不沾灰的衣服，为忙碌的人们解除洗衣之忧。"

"我为兴奋剂检测中心设计了一种测试试纸，运动员只要用舌头一舔，就能检测出是否服用了兴奋剂。"

在郭晶晶的提议下，学校不久便成立了创新俱乐部、画眉知心屋、乐乐文学社。每到双休日，俱乐部开展故事大王、书画大腕、歌王、发明状元等擂台赛。同学们纷纷登台献技、献艺，俱乐部里热火朝天，沉浸其中的同学品尝了文化大餐的快乐。

新学期的家长座谈会上，一位家长无意间向郭晶晶谈了一件事："我们晓娟在家从不做家务，饭也不会做，我和她妈都出差了，晓娟只有吃快餐面的份，唉，真可怜！"说者无意，听者有心，郭晶晶认为，现代中学生大多是在父母双翼的呵护下成长，可一旦离开了父母不知会出现多少尴尬，报纸上曾经报道一位在国际奥林匹克竞赛上获奖的中国中学生在北京某饭店住宿，因不会使用淋浴器而把自己烫伤，这哪里是现代中学生的风采。

星期五下午课外活动，校务公开栏挤满了人。"真新鲜，尝试第一次！"

本周全校学生各领到一项相同的家庭作业，"尝试第一次"。例如，第一次做饭、第一次洗衣服、第一次买菜等。晓娟从周五晚上开始为第二天的作业做计划、写菜单，向妈妈问各种菜的价格，做午餐时，她边看书边做，小火将鱼煎成七成熟后，放上各种佐料，添上少许水，用大火在锅里猛煮，做成了五香鱼，味道还真香呢！班会课上，大家饶有兴趣地谈论自己的收获，张晓娟的发言让郭晶晶、章成歌很受启发。郭晶晶向张校长汇报，与丹江宾馆联系办班的事。学生在家长的支持下，跟专门的厨师学习烹饪各种菜肴。美食班每隔两周开办一次，学习结束后，可以领到宾馆颁发的结业证。

"我们不做被人瞧不起的一代，我们要做强强的一代！"郭晶晶寻思着。"绿水环绕依偎武当，年轻的土地上有我可爱的校园。革命前辈浴血奋战，今日青少年群星灿烂。自信、自强、自立、自理是我们的誓言……"郭晶晶、章成歌、刘苁仁写出了校歌歌词，她们请音乐老师谱曲。不几天，校歌就唱响了整个校园。

"中学生要学会创造、学会生活、学会做人。"郭晶晶不止一次地哼着这句校歌歌词，这是中学生追求的目标。郭晶晶对美国中学生的"义务服务计划"很感兴趣，"这不是一剂良药吗？"郭晶晶兴奋地想着。

"每年每个学生必须有 60 小时的义务服务，通过帮助村民采茶、橘园劳作、清扫街道、清除丹江口水库边的垃圾等来完成任务。"这个规定刚传出，就在全校学生中炸开了锅。

"搞什么义务服务，万般皆下品，唯有读书高。"

"学美国那一套，不是盲目崇拜美国吗？"

郭晶晶很苦恼，她被闲言碎语折磨着。

刘苁仁和章成歌觉着劝也没用。

星期一的早上，宣传栏前站满了人。"中国孩子是美国孩子的对手吗？"醒目的标题把郭晶晶也吸引了过去。宣传栏里列举了美国炸毁中国大使馆、在中国领空撞毁中国飞机等让人义愤填膺的往事，对比列出中国学生和美国学生的现状。原来是两位副校长为加强宣传攻势而办的一期内容丰富的专栏。郭晶晶的眼圈湿润了。

### 一波未平一波又起

"安排劳动任务，有的班级不积极，总有个别班级早操出勤率低。"校长

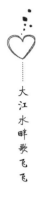

要管的事太多了，有时就如一团麻。乱麻若找到一个头，一切就能迎刃而解。

郭晶晶想起一个故事：一位挪威商人往很远的港口贩卖沙丁鱼，到目的地后，沙丁鱼死得所剩无几。精明的挪威商人再次贩运沙丁鱼时，在鱼舱放入鲇鱼。鲇鱼是吃沙丁鱼的，沙丁鱼为了活命，拼命地逃跑。经过一个多月的远航，到港口后，除少量的沙丁鱼被吃掉外，大多数的沙丁鱼都活着，商人因此赚了大把钱。

这个故事启发了郭晶晶："让全校活起来，就得竞争。"她把想法一股脑告诉了张校长："把学习、劳动、出勤、好人好事、义务服务、宣传报道、纪律等方面进行量化打分，一天一公布，一周一评比，一月计算一次综合班力，年底根据综合班力评选先进班级和好班长。"张校长直夸郭晶晶爱动脑子。有张校长的鼎力支持，综合班力量化评比活动很快在全校推广开了。

这一来，班长们可急了，他们纷纷拿出"撒手锏"，连班主任、代课老师也被带动起来了，他们更关注自己班级的情况了。

期中考试后，郭晶晶从小黑板考勤栏发现八（3）班有4名学生缺勤已两天。郭晶晶到八（3）班调查情况得知，4名学生因考试成绩差受到家长和老师的批评而集体出走。

现在的学生心理很脆弱，要让同学们能承受挫折，经历风雨，为他们营造心灵的乐园。郭晶晶她们请有经验的老师为学生校长和学生校长助理上心理辅导课，课外活动时间为同学们开展心理咨询服务。有个叫晓圆的同学遇事好冲动，和同学常发生矛盾，郭晶晶耐心地告诉他，人的自制力就好比汽车的刹车，没刹车的车很危险，郭晶晶还教给晓圆一些克服不良情绪的方法。一天，晓圆为了一点儿小事，和一位同学争吵起来，晓圆紧盯着对方，小拳头还紧握着，情绪到了一触即发的地步，突然，晓圆像发疯的狮子一样冲出教室。后来，有同学告诉郭晶晶，晓圆去厕所洗脸了。郭晶晶高兴极了，因为晓圆懂得了自制，他是在用"转换"的方法使自己平息怒气。

郭晶晶们的故事还在上演……

## 中国少年环保经理的绿色行动

"天哪！"5.2吨剧毒氰化钠泄漏殆尽。

2000 年 9 月 30 日早上 7 时，湖北丹江口学生白钦冰照例打开电视看中央电视台《早间新闻》，突然电视屏下角一条滚动播出的字幕，让他惊呆了："丹江口市人防办一号令：接到省人防办通知，9 月 29 日凌晨 2 时 50 分前后，一辆运载氰化钠的槽罐车行至陕西省丹凤段铁峪铺镇花庙村时，翻入汉江支流武关河内，5.2 吨氰化钠泄漏殆尽（此地距丹江口水库入口仅 100 公里），请市民不要到河里洗菜、取水、游泳。"

"天哪！"白钦冰留心看过权威资料，1 公斤氰化钠可以致 20 万人死亡。"爸爸，爸爸！快起来看！"儿子急促的叫声惊得爸爸白致泰一骨碌爬起来，白致泰是丹江口市化肥厂的工程师，他一看公告也傻了眼。"爸爸，怎么能遏制这种污染？"白钦冰很快找到中国地图翻到"陕西省"这一页，"你看！这里地形多复杂，这两天又下雨，污染数量又大……"爸爸沉思着，白钦冰绞尽脑汁："课本上学过治理黄河上游种树、种草，下游筑坝，这与控制氰化钠污染有何关系？"一石激起千层浪，白钦冰找来一些小盒子比画起来，"在污染河道的下方筑坝，拦截主要污染源，对水坝中主要受污染水源抛撒药品，进行化学分解中和。"白致泰也想出一招，他忧心忡忡地说："还要在群众中广泛宣传氰化物中毒常识，预防群众到河道取水。"白钦冰把这些想法很快写出来，他请爸爸准时送到丹江口市人防办。

时间就是生命！白钦冰气喘吁吁地跑到学校，将这则新闻在学生电视台《校园环保 10 分钟》电视新闻中进行了播报，并迅速写了一份宣传单《市民朋友，别慌，我有办法了》，掏出积攒了一个月的零用钱复印 30 份散发到各班，各班环保业务代理手抄的手抄、复印的复印、速印的速印，宣传单在 8 小时已印制了 5000 份。

白钦冰急切地向校政教处张主任说出他的心愿："请假去做环保宣传。"张主任毫不犹豫地答应了他的请求，白钦冰挑选了 12 名"环保邮差"兵分两路散发宣传单，于是，在丹江口城区的角角落落都有他们奔走相告的身影，在丹江口库区的居民家中有他们细心解说劝导的声音："不到河边放牧，不到河边打捞东西，不到河边洗东西！"

10 月 1 日下午 6 时，白钦冰自习前回家吃饭，一打开电视，又看到一条飞播公告："市民朋友，经监测，库区氰化物含量为 0.004 毫克/升，低于国家标准 0.05 毫克/升，请市民放心用水。"白钦冰一颗悬着的心终于放下来了。

## 怪！白雪化成了黑水

白钦冰的环保意识是从一场雪开始萌生的。

元月 15 日，丹江口市城区降了入冬以来的第一场雪，白钦冰高兴极了，他从药书中看到了一个偏方，就拿出瓷盆积了一盆雪放在家里，准备春天泡樱桃给爷爷治病。意想不到的是，第二天，当他要把雪水装起来时，发现一盆雪融化后竟变成了小半盆黑乎乎的脏水。

"是谁捣的鬼？"白钦冰和爸爸分析认为，是带油性的污垢中含有的焦炭成分造成的，主要是工业锅炉带来的粉尘，在大气中被雪带了下来。

"没想到我们居住的环境已污染到了这种地步，我要把这件事告诉给全体市民。"他向班主任谢老师道出了自己的心声，谢老师动员全班同学做实验，结果和白钦冰观察的一模一样。

"怎样让大家知道，怎样让大家重视环保呢？"班长李方胜说："把污水端到《十堰日报》驻丹江口市记者站，找记者去。"记者周鹏和两名学生娃来到丹江口市环保局。

韩局长一看傻了眼："你们端一盆脏水来干啥？""韩局长，这是洁白的雪融化后变成的，盆的四周还浮满了油性的黑灰。"韩局长非常吃惊，召集环保局各科科长到办公室观看这盆雪水。

"白钦冰上报了！"全校学生沸腾了。

不久，又一则新闻登上了《十堰日报》。2 月 15 日，丹江口市环保局已与 24 家重点污染企业及主管部门签订了达标排放责任书，对不能达到排放标准的企业，坚决予以关停，并实行污染工业一票否决制。

可白钦冰怎么也笑不出来。他读过碧野的《人造海之歌》，那时的丹江大坝多么美丽而诱人。而如今，这里的树木少了，飞禽少了，泥沙多了，灰尘多了。

"写环保连锁信，让更多的人关注我们的家园。"白钦冰找来同班好友，大家策划着，"将报纸上的报道剪下来，和倡议书、环保公益广告夹在一起寄到全市各校，收信人再抄写 10 份，传给其他同学，依次传递。"

环保连锁信像长了腿似的送到了学生书包里、课桌里，学生们争相传看。

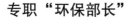

## 专职"环保部长"

写环保连锁信，给了白钦冰更多的启迪，从此他痴迷起环保来，他整天翻看《环境教育》《环境科学》《中国环境报》等报纸杂志。

那年夏天天热得要命，白钦冰一放假便到大山深处的盐池河镇黄草坡白致峰大伯家避暑。这里流水潺潺，绿荫蔽日，叶翠如玉，叶片随风而歌，一片连一片向山间铺展，白钦冰兴奋极了。一天晚上，他刚刚休息就被一阵凄凉的声音惊动了，他麻利地爬起来披上衣服往外跑，只见大伯手持铁锹向山沟奔去。"大伯等等我！"白钦冰飞快地追上去，月亮的清辉洒在林地上，远望过去，月光下，一团黑影动起来了。"蛇！钦冰过细（要留神）！"白钦冰怕极了，"1 条，2 条，3 条……10 多条蛇围着一个小东西，那小东西是啥？""娃娃鱼！"只见 10 多条蛇对着娃娃鱼虎视眈眈，娃娃鱼吓得大叫，那声音像小孩在哭。倏地，一条六七尺长的蛇用尾巴把娃娃鱼缠住，大伯用铁锹去拨蛇，蛇越缠越紧，怎么办？白钦冰灵机一动，他爬上一棵树，"大伯，快递给我一根棍子"。白钦冰用长棍子把蛇挑起来，娃娃鱼得救了！

回家的路上，白饮冰好奇地问："大伯，你为啥要救娃娃鱼？""去年，房后头老张因逮娃娃鱼卖被判了两年刑，说是非法贩卖国家二级保护动物，自此，村里的人都守着规矩。"白钦冰对大伯的敬意油然而生。

一天中午，白钦冰和大伯受邀在镇上一家餐馆吃午饭。正巧一位农民背着蛇皮袋在那里卖野味。"15 元钱一斤，小老板，要不要？"白钦冰打开袋子一看，一只猫头鹰已奄奄一息，两腿受伤，站都站不稳。"老伯，买卖野生动物是违法的！"白钦冰说。"怕啥，好多人都暗暗地搞，都没事呢！""若不买下来，别人买走了会怎么处置？"白钦冰不安地想着，立即掏出身上的 20 元钱买下了猫头鹰，并到医院买来"好得快"为其疗伤，还买了 2 斤瘦肉回到大伯家精心喂养。一天、两天、三天，猫头鹰什么也不吃；第四天，白钦冰将瘦肉切成条状后把猫头鹰放在一个空旷的地方，它立即欢快地大吃起来，白钦冰如释重负；第六天，白钦冰约上大伯到深山老林里，双手把猫头鹰举起来，猫头鹰扑扇了两下翅膀，飞到百米外的黄连树上望着白钦冰，久久不愿离去。大伯愁眉不展地说："钦冰，不知城里人为啥这么爱吃野味，不单青蛙、蛇遭殃，猫头鹰、果子狸这类国家级保护动物也在受害，你救了一只，不知还有多少只要受害。"白钦冰陷入了痛苦的沉思，他忽发"奇想"：给市委书记写信！

张书记：

现在城里不少人爱吃野味，许多野生动物被无情猎杀，我很想把假期的经历告诉你……武当山是世界自然遗产保护单位之一，救救野生动物吧！救救自然遗产，救救我们自己。

我建议开展一次环保世纪留言活动，在特制的明信片上写一段话，然后封存于武当山金顶新制环保坛中，100 年后开启。信中写上自己的心愿，寄给其选定的收信人。若撰写者同意，留言在封存前可在《丹江口日报》上先行发表。

丹江口市委书记张达华收到白钦冰的信后，立即批示："一名中学生环保意识如此强，实在难得，请《丹江口日报》登载，请工商、水产部门同志严查。"

入学后第三天，《丹江口日报》登载了一条醒目的新闻："中学生致信市委书记：救救野生动物！工商、水产部门联手出击，放生野生动物。"

15 日，丹江口日报社、市环保局、宗教局联合开展了环保世纪留言征集活动。

白钦冰的留言率先在《丹江口日报》公开，信是写给 100 年后丹江口市小学生的：

"……听爸爸讲，15 年前，这里常有一队一队雁阵高唱着应答的歌从头顶上飞过；小村的树顶上，总是架着一个又一个乌鸦和喜鹊的巢；收麦子的时候，时常有一只只或大或小的兔子从眼前掠过。而如今水塘变浑了，青山变秃了，甚至我们每日所餐、所饮也变了味，100 年后，能否激浊扬清返璞归真……"

20 日，《十堰日报》刊出一条新闻："一中学生致市委书记的信在《丹江口日报》上发表后，丹江口市环保局成立了 18 个野生动物监督岗，没收了猎枪 78 支，铁夹子 125 个，放生野生动物 89 只。"

白钦冰的事迹传到了学校，政教处主任宣布："学生会增设一位'环保部长'，由白钦冰担任。"

## 银杏树、木瓜树、胡杨树上了户口

"刘主任，我们在学校学生电视台上开辟一个《环保播报》，每天播 10 分钟环保新闻，每周四开设 40 分钟环保专题。"

白钦冰在丹江口电视台懂技术的詹叔的精心指导下，制作了《环保时空曲》：猴子从一棵树上跳到另一棵树上，油亮橙黄的果子狸在月光下的柿树上吃着甜柿子，大鲵（娃娃鱼）快活地在石窠间跳来跳去，黄鹂鸟从武当群山款款飞来，越飞越近，在清亮碧绿的丹江口水库上盘旋……

"怎样使环保专题的收视率高起来？"白钦冰好几天都在冥思苦想，"编一个环保剧，拍出来让大家看。"白钦冰和八（2）班表演迷高重阳想到了一块。

一个星期后。"昨天的环保戏真棒！你看过没有？"同学们在校园里议论起来。"没看，咋好看的？"另一个同学神采飞扬地讲起了内容："森林要召开环境保护庆功大会，狗警长向众动物发出邀请，以大灰狼、狐狸为首的一伙坏家伙密谋破坏，他们遭到失败后，又派黑蜘蛛倾倒垃圾污染湖水。狗警长同众动物及时赶到，将大灰狼和狐狸一伙一网打尽。"

"有人将废旧电池在学校操场上当球踢。"一天，高重阳向白钦冰提供线索。白钦冰手持"掌中宝"摄像机，要办一期校园《焦点访谈》。校园《焦点访谈》播出后，高重阳从家里拿来一个废铁箱，上面写着"废旧电池回收箱"，5 天多时间便收集到 1012 节旧电池，他把这些电池送到了垃圾回收站。

一个多月，白钦冰的课余时间全花在电视节目中，他感到很累。高重阳帮助其招兵买马，有 50 多人加入该电视节目制作。有同学戏称白钦冰为"经理"，那些脑袋瓜子灵活的学生就是他的"环保代理商"，那些不甘寂寞的环保爱好者就做了他的"环保邮差"。

"也在电视上搞些环保公益广告！"新加盟的女生陈彬晶说。她还带头写出了不少环保广告语：

呵护鲜花，让美丽伴你行。

绿色文明，有你，有我，有他。

请让我来保护你就像保护我们自己。

2000 年 5 月 20 日早上，校园东边那棵大银杏树的树枝凌乱地落在了地上。"怎么回事？"环保爱好者们又惊又气。"听说银杏树叶泡水喝能治高血压，是不是外边的农民晚上干的？"

"校园里有银杏树，有木瓜树，有胡杨树……"白钦冰犯起嘀咕。同学马成东脑子灵："为校园里的花草、树木上户口。"户口上登记有名称、年龄和户主（学生）姓名。

说来也怪，自从有了户口，校园里的花一直开到花谢。

**神农架真有野人吗？这个问题并不重要，重要的是……**

"我这个经理，只是小圈子的经理，我要把业务做大！"白钦冰把这个想法告诉了爸爸，爸爸十分担忧："在学校干这些事，对你学习有影响吗？"白钦冰说："我所学的课程我都提前自学了，可以在课堂 45 分钟内把问题都解决掉。""可你到社会上去宣传那是很耽误时间的。""我只用每个双休日的半天时间，您不是老说要我参加社会实践吗？"爸爸不再吱声了。

白钦冰的第一个绿色行动就是撕掉街上牛皮癣式的广告。你看，电线杆、宣传栏、墙壁上到处都是一些乱七八糟的广告，你今天撕他明天又贴上，简直把白钦冰、高重阳他们愁坏了。

"抢占宣传栏，把那些乱七八糟的广告换成街头诗吧！"

下班的人驻足细读起来：

> 你乱贴，我乱放，街道容貌受影响。丹江口是我家，文明靠大家。
> 丹江口城是一部靓丽的大书，树木和花草是最美丽的插图；挥舞扫把不让它藏污纳垢，每一天我们从梦中醒来又钻进画图。

学生在校园广告栏前停下脚步念：

> 一只小鸟，上树唱歌谣，把一片树叶踩掉，我多么心疼啊！因为那是我亲手栽的树苗。

"网上的世界很精彩，要是能建个网站，和国内外爱好环保的中学生朋友交流就好了。"上网高手李欣向白钦冰提建议，"那样会收集到更多的环保新点子。"白钦冰、高重阳眼前豁然一亮："我们抽时间去网吧学习上网，申请一个网上免费信箱，创建一个少年环保网站。"

白钦冰上网后感受到了从未有过的快乐。他第一次登上十堰网站，网上的一个调查一下子吸引了他："去年 8 月，一群来自山西的游客在神农架发现了野人的踪迹，近日，又有游客在神农架凉风垭处遇到野人，而神农架是否真有野人存在？"

10月1日，白钦冰和爸爸到神农架考察，神农溪的水清澈见底，森林湿漉漉的，藤萝飘拂，轻烟似的云雾弥漫着，耳边响起沙沙的脚步声，静穆与神秘让白钦冰陶醉了。神农架有没有野人已不重要，重要的是人类与大自然和谐相处，就会生出千古之谜，这谜底如同酝酿了千万年的酒，越陈越令人回味无穷。

"要是人与自然和谐相处，要是人与环境亲同兄弟，要是神农架与武当山融为一体，要是武当山与丹江口水库相依相拥，要是丹江口城与汉江河相敬如宾，那样会造出世上更伟大的奇迹。"白钦冰这么想着，不觉笑了。

天高地远，山水苍茫，雾罩云缠，一支嘹亮短笛吹奏着环保之歌。浓浓的气息迎面扑来，播撒阵阵馥郁浓酽。

（原名：《少年环保经理》，2001年《职业技术教育》第22卷第8期；作者：徐若学）

## "管得宽"环保传播团传奇

### 官司打到哪都不怕

在湖北丹江边长大的李贽萌，一天夜里，闻到窗外有一股恶臭。"奇怪，这是怎么了？"他赶快关上窗。睡在床上他想："这臭气，是哪个厂排出来的呢？"

第二天早上起床，李贽萌顺沙沟河往上走，他看见发黄的水里还散发着臭气："哦，是肥料厂排出的臭水臭气！"李贽萌把这个怪事告诉了同学们，大家就到实地调查根源。半个月调查，一无所获。李贽萌想："几个人的力量微乎其微，但一批人的力量集合起来就大了！"他与同学商议，准备成立一个"环保传播团"，关注身边的环保问题。

学校政教处的老师十分支持他们的行动。由李贽萌任团长，共有17人，作为校学生会下的一个自愿组织，活动的方式、活动的内容受到了学校政教处指导。他们活动主要是在业余时间收集环保奇闻怪事，在街头进行宣传，

到珍稀动物栖息地实地考察，适时开展一些环境保护活动。到外地考察前，必须得到政教处领导的批准，或家长陪同，或由学校教师随同，并进行一些野外生存训练，确保安全，万无一失。

将肥料厂的污染事件作为环保团的第一次行动！连续多个晚上李赟萌他们顺着沙沟河查找，功夫不负有心人，肥料厂的臭水每隔 3 天在深夜 12 点准时排放，李赟萌他们很快写成《怪，何来的臭气》，《丹江口日报》舆论监督栏目很快刊登了出来。

巧的是有个原籍丹江的中国台湾商人这几天正好与肥料厂洽谈合作事宜，他在当地报纸上读到这条新闻后，十分恼火，第二天就不辞而别了。

早上，肥料厂领导来到宾馆，发现财神走了，很恼火，他们打电话要求传播团在报纸上向该厂赔礼道歉，理由是他们没有排放污水和臭气，传播团诬陷他们。如果不赔礼道歉，他们将起诉这群娃娃。

传播团的队员一下子蒙了："多可怕，这么小就上了被告席多丢脸！""上法院，有什么可怕！有理官司打到哪都不怕！"李赟萌自信地说。

李赟萌他们到律师事务所去咨询，律师告诉他们，法律重事实证据。李赟萌回想起厂里有个大蓄水池，就不慌不忙地说："等是最好的办法！我就不信蓄水池是个宝池，他们守着不放水！"不出李赟萌所料，后来肥料厂果然又开始排污了。李赟萌他们把污水拿到学校实验室化验，并写出了化验清单。证据确凿，肥料厂败诉了，传播团的队员都很激动。

## 我们是太平洋上的警察

环保传播团的队员关心丹江的花鸟虫鱼草树，李赟萌他们做了一份手抄报《环保奇闻怪事报》，复印几十份贴到各个小区的宣传栏里。

一天，一个同学跟李赟萌聊天，忽然很感慨地说："现在吃山珍的人越来越多，将来人类的动物朋友都快绝迹了！""是啊！不知道武当山的猴子、果子狸等国家级保护动物是否安然无恙呢？"李赟萌说。

周末，李赟萌和传播团的团员们坐车到山高林密的平山去。下了车，就顺着崎岖的山路前进。山上人家越来越稀少，李赟萌走在前面，突然山坳里一位老伯痛苦地喊叫："哎哟，是哪个缺德的做这等坏事！"

原来老伯被捉野兽的铁夹子夹住了。李赟萌帮老伯把铁夹子取下来了。"老伯，你怎么踩到这家伙的？"老伯气咻咻地说："我到自留山上来摘柿子，不想哪个缺德的家伙在树下放了铁夹子，没留神，倒把我夹了！""现在山上果子狸多吗？""少了，越来越少了！猎枪收上去后，又来了铁夹子！把山上的动物整得差不多了！"老伯气愤地说。

团员们听了，都心头一颤。"让铁夹子无藏身之地！"李赟萌决定到山上柿子树下四处搜寻铁夹子。老伯激动地说："那，我做你们的向导！"在山上查找了整整一天，每人取了两三个铁夹子，背在背上，像背着战利品。走到半路上，两个山民拦住了他们的路，要拽他们身上的铁夹子："你们背上背的是我们的铁夹子吧！"

李赟萌镇定地说："你这夹子放在哪？已经捉了几只果子狸？"

"我们今年秋天捉了3只果子狸！"那个矮个青年扬扬得意地说。

"卖到哪去了？卖了多少钱？"李赟萌机智地套他们的话。

"你们是太平洋上的警察，管得那么宽！"矮个青年说着夺走了铁夹子，柳冰想去夺回来，李赟萌摆了摆手。硬碰是不行的，得智取！他们又回到老伯家，把矮个青年的长相一五一十地告诉了老伯，老伯凭模样断定是刘老二兄弟干的。于是，李赟萌把铁夹子的事报告了派出所。后来派出所的人打电话到学校说，他们已经将刘老二兄弟移交了公安局，检察院很快将起诉他们。

后来，李赟萌他们将情况用书信的形式报告给市长，市长十分重视，责令公安局、当地林业局、环保局管好此事。3个机构很快联合没收铁夹子、捕捉器等，半个月时间，没收并销毁铁夹子、捕捉器等1000多件。

### 将环保进行到底

世界只有一个地球，人类只有一个家！环保是一件全民的事，光靠李赟萌他们几个人是不行的。"我们得用一种形式，将环保的理念传播到大家的心中！"李赟萌了解到传播团中有不少弹唱的好手，他决定假期在市中心广场搞一次"世界真奇怪"的主题演出。但演出的开支怎么办？李赟萌找到新文化公司，公司的老总觉得这是一个宣传公司形象的好机会，决定赞助他们500元，钱虽少，但一个铜板掰成两半花吧！

架子鼓敲起来了，歌声响起来了，吸引了好多市民和过路人驻足细听。"请听快板《为了癞蛤蟆的爱情》。"李赟萌报幕说。只见团员郭西赤熟练地打起快板来："快板一打啪啪响，把环保奇闻来宣讲……"

观众们一看就是2小时，演出完毕，不少观众涌到台前问长问短，有位

60多岁的老奶奶说："我平常在家闷得慌，我能加入你们的行列吗？""能呀！"队员们爽快地答应了。

十一假期，李赟萌和团员商议在码头上度过。他们从电视上得知，大西洋有一艘油船漏油，污染了海洋，"我们的丹江口水库也有不少船，可不能让水库出现污染事件"。

水库航管所的叔叔阿姨很热心，教会他们怎么发现船超载，怎样查处船已经报废。李赟萌依计去做，但行不通，船主赶他们下去，让他们别捣乱。李赟萌灵机一动称自己的叔叔要运柑橘，过几天请他们帮忙。这个主意真灵，船主让他们上船，还让他们看证件。就这样在码头上待了好几天，但一无所获。

功夫不负有心人。第四天，码头上突然停靠了一只刷漆的新船，第五天傍晚李赟萌要回家的时候，忽然发现那只船旁停了一辆油车，很快，一只只油桶被搬上了船。李赟萌警觉起来，他发现吃水线慢慢浸没在水里。"老板，运的什么？""柴油呀！""有空吗，过几天帮我们拉船东西？""有呀！有呀！""你这船行吗，把你的证件给我看一下！"李赟萌接过来一看，只有驾船证，没有行船证，而且证件与以前所看到的证件相比显得模糊！"有购船证吗？""怎么，公安局查户口的？"船主有些不耐烦了。李赟萌发现了更多疑点，超载不说，证件还不全。

李赟萌给航管所打电话，把情况告诉了值班的叔叔。值班的叔叔很快赶到，细细查证船主没有证件而扣押了船，更可怕的是这"新船"是重新刷上油漆的报废船，随时都有出事的可能。李赟萌暗自庆幸这船还来不及祸害丹江口水库。

"管管可怕的黑船！别让希望号悲剧在长江上发生！"回家后，李赟萌情真意切地给省、市领导写信。巧的是，《湖北日报》在第二天就刊登了《从严加强航运和船只管理》的新闻，李赟萌看到这则新闻，高兴地把准备寄的信扔进了纸篓里。"关心环保的人越来越多了！今天晚上我可以睡个好觉了！"李赟萌高兴地笑了。

## 阳光心理吧

"雨后天晴，天上架起七彩虹；放飞风筝，风中飘动五色龙。忧愁、烦恼随风去，快乐跟着风筝游……"动听的歌声、优美的旋律、轻快的节奏感染着每一个人。这是初中生雷铮雨自编的歌。

### "你的心情，现在好吗？"

雷铮雨随父母工作调动进城读书，被学校随机分在初二（1）班，这个班加上雷铮雨后男生女生恰好都是29人。这个班从初一年级下学期开始，男生女生分两派开始唇枪舌剑，已经到了白热化的程度。男生说："两个女生1000只鸭子！"女生说："一个男生一条虫。"男生说："头发长见识短。"女生说："粗腿粗胳膊野蛮"。……

时间一长，班上的男生见着女生就眼红，女生见着男生就在背后吐唾沫，心理上产生了相互抵触的情绪，上演着"异性相斥"的闹剧。

"老师，在我们山沟里男生女生好得像亲兄妹，可这里的气氛我憋得慌！"刚接手初二（1）班的班主任朱老师说："我也觉得班上男生和女生不对劲，我还没想清楚该咋办呢，你有什么点子吗？"雷铮雨摇摇头，朱老师说："对了，铮雨，你是团员，又当过班长，你就担任班上的团支部书记吧！"没等雷铮雨说点什么，朱老师已经走出了教室。

"我可是山沟里的土学生，能把这城里的太阳组织起来吗？"雷铮雨的心里是十五只吊桶打水——七上八下，但他想山里人的规矩是站直了别趴下，既然老师信任我，我就要把它干好。

"想办法把斗红眼的牛分开，还要让他们成为伙伴。"雷铮雨找了好多书看，但没有一本书给他一个明确的答案。雷铮雨最喜欢收看《国际大专辩论赛》，精彩纷呈，扣人心弦。"同学们，我们这个星期班会上搞个辩论赛怎样？辩论的题目是女生比男生强！"雷铮雨提着嗓子说。"好呀！好呀！"女生异口同声地说。"不过，男生为正方，论述女生比男生强，女生为反方，论述男生比女生强。"口齿伶俐的女生队长李郯郯和口若悬河的男生队长郭亲屏一下子愣了。哇，这不是长别人志气，灭自己威风吗？你看，男生想赢就得毫不吝啬地夸女生比男生强，女生想赢就得大谈男生比女生强。

辩论赛如期举行，场面如此友好，辩论赛更像交友会，大家滔滔不绝，慷慨陈词，男生把女生夸得心花怒放，女生把男生说得头头是道。奇迹发生了，辩论赛结束时，男生和女生的手拉到了一起。雷铮雨请朱老师评判输赢，朱老师从学生座位上站起来激动地说："今天的辩论赛很精彩，输赢已经不重要了，重要的是大家学会了换位思考。可以说这是一堂生动的心理健康教育课。"

就在这节课上，雷铮雨第一次听到"心理健康教育"这个词。"学生是人，是人就有七情六欲。心情好学习效率就高，思想有包袱学习就会受拖累。"雷铮雨第一次认识到心情对学习的重要性。以后，雷铮雨更关注自己还有别人的心情。"让每一天快乐起来，做个快乐的人。"雷铮雨把这话当座右铭。

"脸是心情的晴雨表。"雷铮雨对班上同学的脸长时间观察后，发现大多数同学的心情都写在脸上。哪个同学愁眉苦脸，雷铮雨就会主动去问候他，哪个同学低头不语，雷铮雨就讲个笑话让他开心。

一次，英语老师狠狠地批评同学曹某："不是爱表现吗，今天让你说怎么不开口啦！"

曹某忽地站起来，把书往桌子上一扔跑出了教室。事后，雷铮雨了解到曹某的父母正闹离婚，曹某这段时间十分苦恼。"要是英语老师知道曹某的心情就好了！"

"你的心情现在好吗，栽棵心情树一看到就知道。"雷铮雨把想法告诉了班主任，班主任认为办法好是好，可教室总不能放棵树吧！"那把树画在后面的黑板上，四个组四个枝丫，一个同学一个细枝，写上名字，名字下挂一张脸谱。"

每天早上一进教室，每个同学根据自己的心情把"快乐""烦恼""痛苦"三张脸谱选定后挂上去。只要一看就知道谁有烦心事，同学们就会找他聊聊，老师就能对症下药。嗨，还真管用。

### "我让你的胳膊变红就变红！"

期中考试，雷铮雨从心情树上发现班上那位平时成绩很好但性格内向的女生王某挂着"痛苦"脸谱，雷铮雨走到她面前，同学王某递给他一个纸条，上面写着："我害怕考试，一考试就紧张，我该咋办？"雷铮雨想起好医生找病根的办法，他给同学王某写了一个纸条："请你回忆第一次考试紧张的经历。"同学王某慢慢想起小学二年级的时候，由于贪玩没考好，那种一拿起笔脑子就一片空白给她的印象太深了。找到根源后，同学王某一下子明白了很多，后来雷铮雨还结合自己的经验告诉她考前深呼吸、考前唱首快乐的歌等办法，同学王某紧张的毛病在不知不觉中扔掉了。

考试成绩下来了，有十几个平时成绩顶呱呱的学生考砸了，有的唉声叹气："完了！"有的抹眼泪，有的发愣。雷铮雨也考得不理想，但他想，学习之路也是不平坦的。班会上，雷铮雨向全班同学讲了一个故事："在我们村各家各户都是同一时间打板栗，打完后按大小分类。我爷爷每次摘完板栗，直接装进麻袋，摞上车，专拣坎坷不平的山路走，一路颠簸下去，小的漏在下面，大的便留在上面，这样就省去了挑选的时间，我爷爷最先把板栗卖出去，价钱也卖得最高。这说明了经历坎坷与不平之后才有成功。这正应了歌里唱的：'不经历风雨怎么见彩虹，没有谁能随随便便成功。'"大家听了故事，结合自己实际发表了看法，没有认输的。

"说说你的烦心事！"班会上，雷铮雨主持大家说说心里话，有的说自己基础差很苦恼，有的说比不过别人很自卑，有的说家长不理解自己很伤心……

"我能行！我能解除自己的烦恼！对自己说3遍，所有烦恼都会丢到九霄云外。"雷铮雨把从书上看来的东西教给大家，叫现炒现卖。雷铮雨说完拿着一张纸说："我让你的胳膊变红就变红，你信不信？"不服气的李云枫走上讲台，雷铮雨把纸蘸了水敷在李云枫的胳膊上说："我这是一种特效药，一会儿就会变红的。"5分钟后果真变得通红通红。雷铮雨告诉大家："我这纸是一般的白纸，蘸的水也是水龙头上的水，可李云枫的胳膊为什么变红了？""这是暗示在起作用！""当你害怕的时候，对自己连说几遍'我很勇敢'，你就会勇敢起来的，所有的烦恼都由自己所生。"

大家纷纷把自己的烦心事写在纸上，揉成团，扔进垃圾桶："烦恼没有了！"大家变得轻松而愉快。说来也怪，打那以后，同学们学会了暗示。冲动的时候暗示自己"冷静"，不守纪律的时候暗示自己"我是好学生"，自卑的时候暗示自己"我能行"。时间一久，班上的气氛变得十分活跃，同学们明白了一个道理：战胜别人容易，战胜自己难。大家都在为战胜自己而奋斗。

而雷铮雨渐渐成为同学们心中的心理大师。

### "苍蝇还真有本事！"

我觉得我的功课没有同学好，我烦恼父母不让我交很多喜欢的朋友，我烦恼自己的相貌、身材不受欢迎，我担心同学瞧不起我，等等，别班同学一有不顺心事就喜欢找心理大师雷铮雨倾诉。

"何不建一个知心屋!"团委书记发现雷铮雨是个好苗子,主动找到他说:"我聘你做我的心理辅导助手怎样?"雷铮雨爽快地答应了!"我提名你做学校团委宣传委员,这是钥匙,每个星期二、星期四下午课外活动就是你的活动时间,看你的了。"学生心理辅导员在全校是个尝试,在全国也是个新闻呢!

雷铮雨为知心屋取了个好听的名字:阳光心理吧。学生有心里话,给自己的同伴讲更放得开,也敢把秘密讲出来,雷铮雨替所有人保密。

一次,一位女生找到大本营说:"有个男同学给我写了封信,说喜欢我,并要和我做朋友,我该怎么办?"雷铮雨这可犯难了,他知道这就是早恋。他去向团委书记求教,书记告诉他:"早恋易疏不易堵,告诉他们把精力放在学习上。"

而那男同学不久也找到雷铮雨说:"我喜欢那女同学,想忘忘不了,咋办?"雷铮雨想起教生物的妈妈曾经和他一起做过的一个有趣的实验。雷铮雨约那男同学到野外捉来五只蜜蜂和五只苍蝇,放进一个瓶子,然后将瓶子平放,让瓶底朝着窗户,看会发生什么。你瞧,蜜蜂不停地在瓶底嗡嗡地找出口,可怎么也找不到,简直把蜜蜂急坏了,直到蜜蜂死在里面,而苍蝇则在不到2分钟的时间内,穿过另一端瓶口逃跑了。

"苍蝇还真有本事!它们能进能退,左右逢源;而蜜蜂,总是认死理,有光的地方一定有出口,就这样凄惨地死去了。"那男同学恍然大悟,他说:"我们还年轻,如果误入歧途不知返的话,后果和蜜蜂没有两样。""你喜欢那女同学,说明那女同学身上有不少优点值得你学习,你想想她身上的缺点呀,那样你会忘了那女同学,把精力放在学习上。"

这个实验真有意思,团委书记要他在团员大会上做给那些爱钻牛角尖,心胸狭隘得像小牛蹄坑似的同学,让他们看实验想自己。一个小实验派了大用场,是雷铮雨没有想到的。

雷铮雨对学生心理辅导越来越感兴趣,有时到了入迷的程度,但他想如果学习退步了,那老师、家长、同学会否定他的功劳的。从此,雷铮雨在学习上更卖力气了,数学提前自学,除老师布置的作业外每天还做5道数学题,天晴下雨,雷打不动;语文奉行"三多",即多读、多写、多记,他想叶圣陶、鲁迅等在成名前不是都背了几十篇乃至几百篇名作吗,一周背一篇好文章,风雨无阻;其他各科他都有自己的绝招。

雷铮雨的成绩在班上稳居前五名，而他的阳光心理吧生意照样红火。"一手不也按住了两只兔子吗？"虽然雷铮雨没这样说，但受过他帮助的同学都替他高兴。

"记住别人的名字等于给别人一个巨大的赞美。"卡耐基的话鼓舞着雷铮雨。所有来心理吧的同学的名字雷铮雨都想办法记住，他不单记在本子上，还记在心里。虽说学校有1500多人，来阳光心理吧的也有100人左右，但现在只要在学校的某个角落见到他们，雷铮雨还是能响亮地叫出他们的名字。

翻开雷铮雨的本子你会大吃一惊，和同学交心的时候，他从不记录，都是他凭回忆记下来大本营同学的心理档案，包括姓名、班级、家庭结构、家庭关系、家庭环境、兴趣爱好、交友、学习、交心内容等，话题多，内容全。

### "学生就不能搞研究吗？"

凭着这些资料，雷铮雨做起了心理研究，有同学笑他："中学生，搞什么研究，出风头。"雷铮雨只是一笑了之："人家美国小学四年级就布置写论文，难道中国中学生就不能搞研究吗？"

雷铮雨大胆地在初一年级中进行了一次简单的心理测试：你是一个什么样的人？请为自己画像。收集结果分析后，他惊讶地发现，凡用"不安的""烦躁的""孤独""情绪易冲动"等来形容自己的同学多数有烦恼和痛苦无处倾诉，学习容易分心，容易受情绪左右，而用"诚实""爱笑""爱交朋友""能约束自己"等词来形容自己的，大多数是乐观向上，情绪稳定，学习有成效的。

雷铮雨在心理档案上写下了下面的心得："健康的心理能促进人积极向上，尽管一个人对自己的评价过高容易盲目乐观、不思进取，甚至狂妄自大，这样必然处理不好人际关系，然而适当积极地评价自我，对心理健康是有利的。"

在研究过程中雷铮雨总结了学习的拦路虎：不适应新的学习环境，记忆力或能力逊于他人，基础比较差，心情不好，努力不够，教师水平低，学习方法不好，马虎，不够认真，不想学，意志力不够坚定，人际关系差，等等。雷铮雨总结了一句话：我们学习差，最主要的还是我们自己的心态问题。

雷铮雨以《心理辅导铲除学习的拦路虎》为题把自己的调查写成了论文在《丹江口日报》教育园地上发表出来，不少家长纷纷打电话到报社要求见

见这位"老师"，请雷铮雨给他的孩子做做心理辅导，可他们哪里知道，雷铮雨也是个少年郎呀！

雷铮雨还很小，但谈到理想，他自信地说："我将来考大学要主修心理专业，长大后在社会上开个心理诊所，为学生也为大人们开具健康心理的处方，让人们生活在阳光下，让亚健康状态的人少些，再少些。"

"……月亮微微笑，太阳跑跑跑，眉毛嘴巴往上翘，出左脚甩右手，让我们唱起欢乐歌。"雷铮雨的阳光心理大本营营歌回荡在校园里。

（2003 年《同学少年》第 4 期；作者：徐若学）

# 网络一线牵 痴心发明梦

## 牵网络之手

外面的世界很精彩，转学到丹江城区上学的柯昌盛在朋友的带动下学会了上网。

半个月后的一个星期天，柯昌盛在网上认识了沈阳的丽丽。

"听大人们说，十几年前的盐池河山大树大，半山腰上多是芙蓉树，大人小孩穿林过溪，用一根小竹竿采摘五倍子，也能卖个好价钱。采到山高林密处，扑噜一声飞出一只野公鸡，大人小孩们放下手中的活，去追那花花公子，哈哈，脆生生的笑声在山谷回响。"柯昌盛向网友讲述着。

"那现在呢？一定更像童话般美丽。"丽丽急切地问。

"前些年香菇木耳走俏，人们纷纷伐树点种，但好景不长，郁郁葱葱的山快成了光头，鸟少了。"

"能不能不点种香菇木耳，靠种树发财？"丽丽替柯昌盛出主意。"那可怎么行，哪有技术，况且观念转变难呀！""哎，那你可以从你家开始。""我们家嫁接了几百棵板栗树，但病虫害严重，好多树被虫拦腰截断，板栗刚打出来，没几天便生了虫，卖不出钱来。"

不久，他收到了一封电子邮件："读读吧，中国北方农业信息网上有你需要的东西。"柯昌盛把有关板栗栽培技术和病虫害防治资料下载下来，用小号字打出来，寄到家里。

爸爸收到信后，一阵惊喜，爱不释手地一字一句琢磨。当年秋天，昌盛的爸爸寄来了一封信："盛儿，你寄回来的资料派了大用场，今年秋天收了2000多斤栗子，卖了5000多元钱。""为什么才卖2元多一斤呢？"不久，昌盛给爸爸写了封回信。"因为不会保鲜，为赶着往出卖，要是保管到明年春天可卖到5元一斤呢！对了，盛儿，今年有了钱，我想养几只羊，你看咋养？"

柯昌盛把板栗贮藏技术资料又寄到了家里，他请丽丽帮忙参考一下养羊的事，他说丹江口市本地的羊两三年才能长到七八十斤。丽丽说："我们沈阳这儿有一种高腿小尾寒羊，可以长到200多斤。""可那怎么能运走呢？""对了，我姨父今年要到你们那儿买橘子，回来的时候让他带几只。"

不久，柯昌盛爸爸的心愿终于实现了，买回了2只小尾寒羊，宝贝似的侍弄着。

放假回家后，柯昌盛发现有只小尾寒羊咩叫呻吟，不断用后蹄踢腹，左腹部胀大，反刍时从口角流沫，这可怎么办？柯昌盛给丽丽打了个电话，丽丽很快寄来了网上下载的有关小尾寒羊常见病的内容，经诊断，原来是羊误食了塑料薄膜。爸爸按照资料，300毫升菜籽油加水1000毫升，灌进小尾寒羊肚子里，不出几天，羊好了，柯昌盛和爸爸那个高兴劲就别提了。

## 唱发明之歌

"在小山村，羊吃了塑料垃圾得了病，垃圾处理不好带来的危害真不小！丹江口水库是南水北调的源头，丹江城有20万人口，每天至少有四五十吨垃圾，若处理不好，会祸及北京，我们要搞一次丹江城的垃圾调查！"柯昌盛提议。

在调查中，柯昌盛发现丹江城垃圾处理方式很原始，要么深埋地下，要么焚烧，污染多大呀！突然，他头脑一闪念："树叶堆积时间一久就腐烂，是因为细菌作用的结果，能不能发明一种液体细菌来快速分解臭鱼烂虾和菜帮、菜叶、剩菜、剩饭什么的，那样城市居民不出门就可以处理掉有机垃圾，而分解的液体还可以浇花、养鱼，岂不一举多得。"柯昌盛激动得差点跳起来。

柯昌盛在网上查找，最令他惊奇的是我国已研制出了垃圾分解菌，很快将批量投入生产。"不谋而合！"这种奇思妙想让柯昌盛高兴了好一阵子。

不知不觉中柯昌盛迷上了环保发明，他说："走出山外，走进城市，才发现外面和山里一样需要保护，我希望天天能生活在天蓝水绿的环境中！"他萌发了搞发明的念头。

柯昌盛参加了植树造林活动，他发现年年植树，可树的成活率不高。柯昌盛绞尽脑汁地想："幼树死的原因多是因为缺水所致，怎么能让树成活率高起来呢？"

一次，他买了一碗快餐面，快餐面盒子上写着"环保"二字，他眼前豁然一亮："对，用这盒子栽树，不就能保湿吗？"说干就干，他在餐盒四周挖几个小孔，盒子里放入细土，养了十几盆花，过了几个月，花都活了。

凭着发明的激情，柯昌盛保湿盒的构想出来了，他发明的保湿盒获得了市"三小"活动一等奖，获奖的心情可真好！

假期到了，柯昌盛又开始犯愁，他们村在半山腰，可吃水要到山沟里去挑，一担水要向上跑三四里路，一到忙时，像昌盛这样的孩子都得去担水。

柯昌盛想起小时候在后山上玩，把竹竿的节打通，几根竹竿连起来，水就叮咚叮咚地流到低洼处。他对爸爸说："我们去买点塑料水管，把水接回家里吧！"

村里人听说后，也去帮忙，不出几天，村里几十户人都吃上了"自来水"，但正值暴雨期，水浑不说，还有一股腥味。柯昌盛查阅了网上不少资料，但仍找不到合理经济的办法。

他到取水口调查，河沙里流出的水格外清澈。他和大人们一起在取水口设计了层层过滤装置，最上层是大卵石层，接着是小卵石层、细砂层、稻草层。水是清澈了，但水里有异味，怎么办？

邻居刘大叔说："水引到各家各户后用漂白粉一漂就好了。""但那多不方便，况且成本又高。"柯昌盛反驳道。

柯昌盛忽然想起妈妈酿酒时酒里有异味时就放进几节木炭，炭有过滤功能，吸附能力极强，能清除异味。"对，最下边搞一层木炭，刘大叔家不是有几百斤陈炭吗？"这样一切问题都解决了。

柯昌盛和村里人把炭装进麻袋，制作了吸附层，甘甜清澈的水哗哗地流进了各家各户。

一次，柯昌盛一个人在家，他去水龙头洗手时，猛一用力，水龙头坏了，怎么拧也拧不紧，水汩汩地流了一厨房。这可急坏了昌盛，他找来钳子把水龙头拧下来，弄来一根短木棍插进管子里，水虽然不流了，但这一下深深地触动了昌盛。

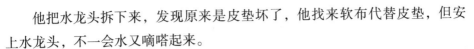

他把水龙头拆下来，发现原来是皮垫坏了，他找来软布代替皮垫，但安上水龙头，不一会水又嘀嗒起来。

带着疑问走进了学校，他在书中找办法，但没有结果。他很快与丽丽联系上了，丽丽说："你用玻璃弹簧代替皮垫，试一试？"丽丽还告诉他创造发明的一些办法，什么加减法、借光法等。柯昌盛这回真长了见识，柯昌盛一个劲地夸丽丽真行，丽丽说："别夸我，要夸网络，我也是在网上学到的呀！"按照丽丽的提醒，柯昌盛制作了新的水龙头，安上后一下子就拧紧了。但弹簧时间长了，也会变形，柯昌盛想起了电灯手按开关，手往前一按，灯就灭了，往后一按灯就亮了，在手按开关的启发下，柯昌盛开始制作手按式水龙头。

柯昌盛边做边唱："哎，你爱创造，我爱发明，动脑想想，动手做做，叮叮嚓嚓，新作品出来了，复杂的东西真简单，简单的东西不复杂……"

## 张开想象之翼

柯昌盛在网上告诉丽丽他做的手按式水龙头在市里获奖了，丽丽发来电子贺卡祝贺他。柯昌盛说："还得感谢你呢，都是你给的灵感！"

柯昌盛告诉丽丽村里的老百姓都用柴做饭，他很想改变这种浪费木材的做法。丽丽说："为什么不烧煤呢，我们这里烧煤做饭取暖，还很经济呢！"柯昌盛说："我们这里的老百姓习惯了，再说煤运到农村价钱已经够高的了。"

柯昌盛后来在网上查到了一种节能灶叫沼气灶，用垃圾产气，烧气做饭，还有相关的技术资料呢！柯昌盛激动得很，他把资料下载下来，寒假带回了家。

"爸爸，我们建一种沼气灶，只需要400多元钱！""什么沼气灶，烧柴好好的，费那冤枉力气干啥？""爸爸，柴烧完了怎么办，现在都在退耕还林，我们还得响应国家的政策呀！再说沼气灶又清洁，又省力，气一打开火一点饭就熟了！"听到这里，妈妈接腔了："孩子他爸，盛娃说得对，我赞成，一天三顿烟熏火燎我够呛，有这沼气多好！"

"二比一，胳膊拧不过大腿，那我只好同意喽！"一家人很快行动起来，挖深窖，铺管道，安阀门，一个多星期沼气灶建好了。一点火，吱吱地冒着蓝火，一会儿香喷喷的鸡肉端上了桌。村里人知道后，都纷纷来取经。到过年时，全村有200多户用上了沼气灶。

柯昌盛想："要是全国七八亿农村人都用这家伙，那到处是森林就不是梦了，那沙尘暴就没施威的可能了！"

不少人知道柯昌盛会打沼气灶后，来请他去做技术指导。李冰大叔是个养鱼户，他家新建的沼气灶不来气，就请昌盛帮忙找找问题，最后发现沼气窖未发酵，他进行了一番指导。临走，李冰大叔问柯昌盛："盛娃，我这鱼塘里的鱼为什么过几天死几条呢！"柯昌盛四处看看也愣了，他家的鱼塘与一条小河沟相连，鱼塘上边没有地，自然也没有化肥农药污染呀！

这天晚上，柯昌盛没睡好觉。到天亮他做了一个梦：一群妇女正在河里洗衣服，混浊的水流进了鱼塘，鱼儿蹦跳着死在塘里。

"哦，原来是这样！"他一骨碌从床上爬起来弄来洗衣粉，跑到小河里捉来两条鱼，放进去，不大一会，鱼就翻白眼了。"是磷在作怪！"柯昌盛自言自语。

柯昌盛家有棵皂荚树，奶奶用它洗衣服也真管用，他和李冰叔叔把一些皂荚分给了鱼塘上那几十户农户，请他们救救鱼塘里的鱼儿。但柯昌盛也很担心，不用洗衣粉，那天然的皂荚就没有污染吗？他想，城里人都用洗衣粉，对大江大河的污染该多大，要是发明一种不用洗衣粉的洗衣机多好。柯昌盛的头脑每天都在转着，他希望自己能圆这个梦。

## 绿色之路

减少污染、节约资源、保护生态平衡是柯昌盛的发明思路。他在日记中写道："我们要倡议中小学生行动起来，把蔚蓝还给天空，把清亮还给大河，把翠绿还给森林，让小鸟在天空自由歌唱。"

在柯昌盛的号召下，绿色狂想俱乐部成立了，成员们定期到一起海阔天空地发表想法，进行狂想。柯昌盛和成员们的话题从控制厄尔尼诺现象发生、抵御沙尘暴袭击，到保护身边的花草树木，无所不包。丽丽也是他们中的一员，每次话题柯昌盛提前告诉丽丽，丽丽从网上发来邮件参与讨论、想象。

"地球的温室效应是二氧化碳增多的缘故，发明一种化学药品，在空中将二氧化碳进行分解，而不污染地球环境。"

"地球周围二氧化碳多了温度升高，制造一种装置大量收集二氧化碳，把它制成干冰，用于森林灭火、人工降雨等。"

"石块粉碎后变成沙粒，发明一种喷洒剂，将沙粒变成石块，沙尘暴将会听从人类的指挥！"

"工厂烟囱排出的烟尘污染城市上空的空气，制作一种耐高温的袋子收集烟尘。"

"发明一种水质净化布，只要一碰这布，恶臭的污水就会变清。"

俱乐部的狂想让每个成员都过足了瘾，每一次都让他们激动和兴奋。

一次，柯昌盛发现职工大学迎公路的一面墙上的爬山虎被人全部扯掉了，绿得发亮的墙壁变得光秃秃的，他心痛极了，很快写了一篇《爬山虎死难瞑目》的文章登载在《丹江口日报》，成员们纷纷发表看法，讨论怎样杜绝此类事件的发生。

"缺乏监管是花草遭破坏的一个原因，要是有一种绿色电子眼安在墙上就可以避免被人破坏。"柯昌盛说。"对城市的花草进行电脑远程监控管理，只要哪有变化，电脑就会很快显示给园林部门！"丽丽从网上发来了邮件。

"不怕做不到，就怕想不到！"有了大胆的想象，就有了创造发明的源泉和动力。柯昌盛说："虽然我现在没有什么大的发明成果，但我热衷环保，热衷发明，我会沿着绿色的路走下去，做护绿爱绿的使者。"

（原名：《小发明迷：柯昌盛》，2002 年《良师》第 24 期；作者：徐若学）

## 梁安安和他的"神猫"

梁安安从小就非常喜欢读书，一直到现在，他的课桌里仍时常放着课外书籍，《少儿百科全书》《科学家的故事》《发明家的故事》等，有的故事他看了一遍又一遍，还写了 50 多篇心得体会。他在一篇体会中写道："我也要从平常处去观察，去分析，去多问几个为什么。发明创造太重要了，我要搞小发明……"

梁安安在班上爱钻"牛角尖"，有时连老师也被问得不知所措。

"既然烟囱放出的烟尘危害这么大，能不能发明一种特殊的一次性袋子把烟尘装进去……"

"前段时间报纸、电视天天报道北京人受沙尘暴的侵害，能不能发明一种特殊而廉价的黏合剂，从空中撒播下来固定沙丘……"

他爱问爱分析，课堂上老师一遇难题就要点梁安安回答，而梁安安在回答时总是先说说自己的思考过程，有时他又突发奇想："老师能不能这样……"

全城老鼠都知道了吗班主任张老师很开明，推荐他参加了学校的科技兴趣小组。在兴趣小组里，他掌握了好多发明创造的方法，什么加一加、减一减，他觉得既新鲜又好懂。"老师，我老是丢水笔，受隐形眼镜的启发，我想发明一种戴在手指尖的隐性水笔。"在发明小组的思维课上，梁安安争着发言。

"发明需要开放思维，但更需要亲手实践。"老师的话一直萦绕在梁安安耳边。

半年之后……

"嗨，知道吗，梁安安发明的'神猫'抓老鼠可厉害啦！"

"嘘！小声点，别让鼠辈听见了！"梁安安调皮地眨巴着眼睛说。

"你为什么想到发明这种捕捉器？"同学们好奇地问。

梁安安津津有味地讲起了往事："去年夏天，报纸上登出一则新闻说，石鼓镇一名四年级学生晚上睡觉耳朵被老鼠咬了一半，那时我总觉得这个故事编得好笑。过了两天，我家的猫被邻居的鼠药毒死了，夜里老鼠到我家'开会'，可能是'分赃不均'，鼠兄鼠弟们叽叽喳喳吵个不休。我整晚没睡着，气得我七窍生烟。我对天发誓，一定要想办法抓住它们。"

"发明特效药物！"梁安安突然想起，"李芬芳阿姨前年借200元钱买了两头猪，结果两头猪不小心吃了老鼠药，全死了。隔壁李叔的妈不小心把鼠药倒入面里，全家人吃了这面擀的面条，当场呕吐不止，几乎送了命。前不久，不是有拌药的残食被倒进河里，毒死了三只鸭子吗？"

"但是现在的老鼠精得很，一只老鼠吃了这种鼠药死了，而另外的老鼠很少再上当。不是说吃了鼠药的老鼠死在下水道里，全城老鼠都知道了吗？"爸爸说。

"既然鼠药作用小，而鼠药保管不善酿出的灾难那么大，为什么不用捕鼠器来抓呢？"他不解地问爸爸。

"捕鼠器一次只能捕一个，也没什么效果。"妈妈说，"你爷爷还制作了一个。"妈妈说着提出了爷爷做的捕鼠器给梁安安看。只见一个矮长矮长的木箱中间伸出两个支架，支架上横架着一个天平一般的钓竿，钓竿的一头是诱饵，一头是栓儿。老鼠只要一咬动诱饵，栓儿就会啪的一声把老鼠关进笼子。

"我要发明环保产品，既要抓住老鼠，又不让邻里受害。"梁安安说干就干，把挖了一个洞的簸箕覆盖在装有稻谷的酒坛上，用稻草盖住簸箕，终于有老鼠自投罗网，但一次只有一两只老鼠进入埋伏圈，而且捉的时候还弄脏了不少稻谷。

不过，这里的陷阱确实让梁安安开了窍："怎样利用'陷阱'原理让大批老鼠有进无回？"

用粗铁丝圈绷在尼龙袋子口，支起来成袋状，在袋子口用橡皮筋把两块半圆形的薄木片绑在铁丝圈上，木片上撒上米粒或玉米粒。做好后放在老鼠经常出没的地方。夜间，当许多老鼠都来吃食时，多个老鼠达到一定重量超过橡皮筋的弹性范围，木片翻下的同时老鼠一下子掉入袋子里。

三个月后，他决定制作单独的捕捉器，经反复修改方案，一项新的设计诞生了。

他兴冲冲地从屋里拎出一只油漆筒，对爸爸妈妈高兴地说："这是目前我唯一的一只'神猫'！"

"咋见得？"爸爸妈妈用怀疑的眼光看着安安。

安安像老师那样绘声绘色地讲起了原理："它采用陷阱原理设计，置放诱饵，诱使老鼠进入捕捉圈，不自觉中掉入陷阱。陷阱中的装置使其不能动弹、不能发声。随后，捕捉装置巧妙复位，不留皮毛、气味。别的老鼠看不见被捕的老鼠，听不见声音，还能一个接一个地进入捕捉圈。"

当晚，他把"神猫"放在家里美美地睡了一觉。

第二天一早，梁安安拎起"神猫"，突然觉得重了很多。他喜不自禁地拿来一个蛇皮袋装猎物，只听见吱吱吱一阵鼠叫声，哇，一大群呢！他提着一袋子老鼠来到好朋友家里，哈哈大笑，说："给你家的猫送食物来了！"两人一数，足足有52只，怕是吉尼斯之最吧！

梁安安从此给自己业余时间找到一个全新的去处：搞发明设计。

他说："我是环保主义者！"看到农村学校里粉笔灰影响教师身体健康，他准备研究一种免擦式教学板；看到村里炊烟袅袅，污染环境，他计划研制一种废气分解净化器。站在我面前的梁安安，衣着简朴，其貌不扬。说起自己的"神猫"，说起自己的志向，这位学生眉飞色舞，意气风发，踌躇满志。

梁安安最后说："我妈总是说，好好读书，考个好大学。可我想从现在开始，搞点小发明。开发开发头脑，将来说不定还有更好的前程呢!"

（原名：《发明"神猫"的少年》，2002 年《红领巾》第 4 期；作者：徐若学，王文娥）

## 学生 110 迷彩队

过一座二三百米的桥就到了丹江城。镇周围的山，绵长而青翠，清清的汉江河顺着它的脚边流过，河边的草滩叫羊皮滩，现在已是个游乐场了，那儿的鸟总爱擦着草皮，扑噜一声飞到河边的柳树上，有时也能飞到镇周围的山顶。这儿的空气清纯、明净，有一股甜丝丝的味道。

三年前，这所学校时常不平静。

镜头一：今晚全校共进精神晚餐——在操场上开文艺晚会，全校沸腾了。"第三个节目，舞蹈《校园小路》，由二（1）班表演。"主持人刚报完幕，便听见一阵打骂声，凭直觉是社会上烂仔又来捣乱了。

镜头二：下课了，学生们都来到操场围着小贩买笔墨纸砚。昨天，一（2）班有 5 名同学大呼，他们买到的 5 元一支的水笔要么不下水，要么分叉。

镜头三：三（1）班张某，因楼梯拥挤，被三（2）班刘某踩了一脚，两人因此发生了口角，张某同班的几个哥们在刘某课外活动打球时找碴儿，把刘某打得鼻青脸肿。

### "校园好事我们传，校园坏事我们管"

现在，校园总能看到这样一道风景：8 名队员身着迷彩服，4 名女队员一组，4 名男队员一组，排着整齐的队伍在校园中巡逻。有外面的人员随便进出校园的，有同学不按时自习的，有乱扔果皮纸屑的，有打架斗殴的，有拉帮结派的，等等，都是他们课后的工作目标，这就是声名远扬的丹江口市学生"110 迷彩队"。

"110 迷彩队"这个名字真逗。

法治副校长给学生上了一堂法治教育课，课堂以以案释法的形式讲了《中华人民共和国治安管理处罚条例》（以下简称《治安管理处罚条例》），最后张校长留给全校师生一句话："有事请打 110，找我们。"

"有事请打 110"这话点醒了刘子怡。公安 110 为群众解决了多少困难，制服了多少不法分子，我们何不成立个"学生110"，帮助学校维持秩序，保护同学安全？

"宁老师，我们想成立个'学生110'服务队！"刘子怡向政教处宁主任道出了自己的心声。

不久，圆溜光滑的棍棒人手一个，12人的110服务队开始在校园巡逻了。

一天晚上，正在放电影，两名社会青年又来到校园，在学生后面扔石块、吐唾沫，杨文峥、李国放慢慢地摸到他们身后，将准备好的绳索拉开，两个人围着他们飞快地向相反方向跑。一会，绳索把他们捆了起来。110队员赶来了，教师们赶来了，这两名社会青年被送到了派出所。

校长：

　　您好！我们学生110服务队为学校做了一些事，校园好事我们传，校园坏事我们管，希望得到您的支持……

　　　　　　　　　　刘子怡　李永久　杨文峥　李国放

校长看完信，把4名学生叫到了办公室，笑着说："你们干得好！你们大胆地干吧！有什么需要帮助的，尽管来找我们。"

"校长，我们组建这个110服务队，现在人员太少了，并且还想采用军事化的管理，队员都要着装迷彩服，可……"

校长思考了半天："我知道你们的心事，这样吧，学校为你们出70%的服装钱，队员个人出30%，这服装以后就归自己啦！"

政教主任李铁梁找到队员们："你们可以扩大团队，你们还要帮助政教处管理纪律、卫生、出勤……"

同学们：

　　校荣我荣，110迷彩队是学校的卫士，迷彩队将扩大为110迷彩总部，下设环保纠察队、外来人员纠察队、法治宣传队。准备再招聘队员。愿意者请到活动室报名，报名后要过三关。第一关，做一件好事；第二关，写一篇《我当110迷彩队长》的文章；第三关，即兴演讲。闯关时间另行通知。

　　　　　　　　　　　　　　110迷彩队总部

110 迷彩队海报一登出，第二天就有 120 多名学生报名，其中有一半是女生。报名的学生们过关斩将，有 44 名队员穿上了迷彩服。

课外活动、双休日，迷彩队请体育老师教他们武当拳，请派出所干警教他们擒拿格斗。

## 外来人员：纠察没商量

李文清现在是外来人员纠察队队长，他讲自己当上队长的事充满了自豪："那天中午，一位中年男子来到校园门口，他将正反面写有'5'和'10'的小标牌放入酒杯中，摇晃后盖住酒杯，请学生猜标牌正面数字，猜对了奖 1 支水笔，猜错了给 1 元钱，不少学生纷纷押钱，但十押九输，我十分纳闷，想知道这是怎么回事。我突然想到我玩吸铁石的事，用大吸铁石可以隔着物体翻动小吸铁石。我很快走近，揭开手帕说：'你这里有块吸铁石。'骗局被揭穿了，那人想溜，同学们一下子围上来要他退钱，那人就是不肯，最后我们在校外找了个电话，拨通了 110……"

邮递员进来了，打断了我们的谈话。邮递员送来了三官殿派出所的一封表扬信，表扬他们帮助所里捉住了两名惯偷。

3 月 18 日晚各班都在开故事会，队员张清明正在校园中巡逻，忽然发现两个黑影窜进女生院，张清明很快跟上去，借着朦胧的月光看，有两个人正在拨门，怎么办？张清明想："通知迷彩队总部会打草惊蛇的。"他很快跑到班上找到了女寝室长，随后靠近，待小偷们一进门，他便轻手轻脚来到门口。用钥匙轻轻地插进锁孔迅速地反锁上门，然后大摇大摆地去通知迷彩队总部，在棍子队的强力威慑下，两个小偷被反剪着双手，扭送到了派出所。

付冰石是环保纠察队副队长，他向我们讲起往事的时候，脸上总挂着笑意：

> 两年前，星期天放学回家，听爸爸说我家的柿子林里常有被偷的迹象。于是爸爸领着我，带上猎狗夜里在林里蹲守，谁知逮住贼一看，原来是只果子狸。"这东西可好吃了，味道鲜美，黑市上也能卖到 60 元钱一斤呢！"爸爸边说边将果子狸五花大绑地背到肩上了。我知道，果子狸是国家二级保护动物，就找来《中华人民共和国野生动物保护法》念给爸爸听，告诉爸爸杀害和买卖国家保护动物是犯法的。爸爸说："明娃，

别傻了，小贩上门来收，卖了谁晓得。"我没有办法就去找 110 服务队的刘子怡商量。刘子怡发动同学们捐钱买回果子狸。我们就把一分分钱凑了一塑料袋，共计 50 多元，放到爸爸手上："卖给我们吧，钱不够，我们凑齐了再给你。"终于感动了爸爸，十几天后经过精心的喂养，爸爸和我们一起把果子狸放回了山林。就因这件事，迷彩队让我做了环保纠察队副队长。

正讲着，他发现了两个同学边走边吐瓜子壳，他走上去，态度和气地问："同学，你是哪个班的？""啊，校园环保纠察队的。"两位转学来的同学忙弯腰，拾起地上的瓜子皮，放进路边的垃圾箱，他们红着脸，诚恳地说："谢谢你们的提醒。"

那边环保纠察队队员李慧同学正手持扫把，清扫道路上的落叶。"你参加过几次值日？""每周一天，也忘了多少次了，有 100 多次吧！""有什么收获？""流了不少汗，心里很舒畅，亲手做校园卫生，知道做卫生的好处，又给别人做了榜样，管别人时别人才服！"

"你们环保纠察队队员为什么袖上都佩上'五圈'标志？"付冰石说："第一个圈是水，现在地球上淡水资源缺乏，并有严重污染，所以红色圈是警告圈，我们第一个任务是保护水源、节约用水；第二个圈是白圈，是噪声，噪声虽然看不见，摸不着，但对人的身心健康有害，我们的第二个任务是让它消失；第三个是森林圈，树能吸入废气，吐出氧气，我们的第三个任务是植树，护好校园内外的树；第四个是垃圾圈，垃圾的危害很大，处理很难，我们的第四个任务是让校园里一尘不染；第五个是动物圈，野生动物与人类的关系日益密切，我们的第五个任务是要让野生动物平安地生活下去。"

### 模拟法庭开庭了

下午 5：00，"110 宣传队"模拟法庭在音乐室开庭。

当我走进音乐室时，正在播放《少年壮志不言愁》。"金色盾牌，热血铸就，危难之处显身手……"一会儿，女审判长走上审判席。

"下面开庭！"只听"审判长"一声重喝，音乐声停了。

"请原告说明案情！"110 宣传队张明亮清了清嗓子："我控诉纠察队 2 名队员刘志丹、李朝歌，我发现他们在星期六过了三官殿大桥后，顺着铁路行走，走一段时间还坐在铁轨上休息，这严重违反《中华人民共和国铁路法》'不在铁路上行走或坐卧'的规定，应给予从重处罚。"

"被告律师还有什么辩词？""审判长，被告虽然在铁路上行走坐卧，但其中事出有因，请审判长听我的被告讲完后，再做处罚。"

"被告讲！"刘志丹说："我们是去找辍学的张冷波。""审判长，他们已是第三次去找张冷波了，这次是他们带着同学们给他写的信，把他从游戏房里接回学校的。"

张冷波没来上学。刘志丹和李朝歌从同学那里打听到他家庭条件不错，他父亲贩中药材，每年也有好几千元收入。星期天，他们商量好去冷波家，冷波的父亲见同学来了，便说："你们别来找我们的冷波玩，我们冷波不读书了。"他俩一愣："为什么？""你们看，上学有啥用，现在大专中专都不包分配了，还不如早点回来挣钱。"

他们俩好说歹说要张冷波的父亲让冷波去上学，他父亲见拗不过，就说："你们回去，我下午就送他上学。"他俩信以为真，就冒着冷飕飕的寒风往家里走。

一天、两天……两个星期过去，张冷波还没来。他俩拿着总部散发的手抄传单，上面有《中华人民共和国义务教育法》《中华人民共和国未成年人保护法》的条款，背面是学校核查的辍学学生姓名，他们每人又抄了几十份，带上它到十几里外的龙河去，沿路遇人家就发。这两天正碰上天降大雪，他俩冻得直打哆嗦。农民伯伯看到娃娃这么卖力气，很看不过眼，跟着两个学生娃去找张冷波的父亲劝说，看着众乡邻，看着两个学生娃，看着纸上的条款，张冷波的父亲立即表示送孩子上学。

一天、两天……春节也过了，但张冷波还没来学校上学。倒是他的父亲守在校门口要找志丹他们："现在怎么劝他、打他，他也不去，年冬卖药材时他迷上了游戏机。"刘志丹和李朝歌就决定把张冷波从游戏机房找回来。当他们在游戏机房找到冷波，冷波撕开同学们的信，眼泪扑嗒嗒地掉了下来，当即下决心回校了。

法庭宣判："被告在铁路上行走坐卧的行为是违法的，责令其改正，其找流失生的事值得肯定，但理是理，法是法，下周日你俩要把全校的小树全部浇一遍水。"

"最后请大家齐背《治安管理处罚条例歌》。"

"妨害秩序与安全，侵犯人身与财产，户口管理身份证，交通消防要记全，自己坚决不违反，还向别人做宣传。"洪亮而整齐的声音响遍了整个音乐室。

"法庭审理到此结束。下周开庭审理的案件与《中华人民共和国治安管理处罚条例》有关，请大家提供线索。"

## 110迷彩队你我他

"坐如钟，站如松，行如风"是110迷彩队队员的军事口号。学生开饭时，有110迷彩队维护秩序；学生休息时，有110队员巡逻值勤，早晨起床时，有110队员发出"212"口令，即2分钟起床穿衣，1分钟叠被，被子要叠成豆腐块，左右一条线，2分钟刷牙、洗脸，拧干毛巾，牙缸一条线。

队员中的一个姓李的同学、一个姓陈的同学"爱管闲事"，同学们都叫他们李管事、陈管事。张老师家搬煤气罐他们帮着搬，刘同学的钥匙丢失了他们帮着找，至于打扫楼梯，查找法律书籍，更是家常便饭。

从外地转来的同学说："110迷彩队队员每个人都好厉害，都像是校长。"

今年毕业的程信文同学感慨地说："我们伴着110迷彩队生活学习，是我们最大的幸运，他们处处为别人，学校也一天比一天安宁了。"

校长如是说："传好事，管坏事，110服务队帮了学校，帮了学生们，对队员来说，更是一次次深刻的教育和很好的锻炼，我敢说这些学生娃将来一定能经风雨见世面，不少人将来是干一番大事儿的料。"

政教主任给我们提供了一组数据，近2年来110迷彩队队员参与值勤4000余人次，检查制止违纪行为200余人次，处理突发事件12起，查获违法嫌疑人15人，功不可没。

一位张姓迷彩队队员家长则担心：娃子们在学校管的事多了，有可能耽误了学习，但有一点值得肯定，现在娃子懂事多了，帮妈妈做家务，家庭有了矛盾，也总想办法调解，脑子似乎灵活一些了。

发起者刘子怡正哼唱着用《小白杨》曲调填入新词编成的《110迷彩队队歌》："一棵呀小白杨，长在校门旁，根儿粗，枝儿壮，咱们一起护校园，啦……小白杨，小白杨，我们一起成长。"

"你们110迷彩队队员管事会不会耽误学习?"刘子怡笑着说："你看，这56名队员有30多名被评上学校的三好生，干什么事都事在人为，学习也如此。"

（原名：《校园"110"》，2003 年《聪明泉》第 2 期；作者：徐若学）

# 苦是妙药，闯是灵丹

记得哪位诗人说过：闯吧，趁我们还年轻，即使失败，还可从头再来！

在鄂西北深山的盐池镇，人们靠刀耕火种度日。日出而作，日暮而息，日子过得十分清苦。这里有个读过体育中专的学生叫金世龙，立志走出深山，找到一条致富路。1996 年他还是一个初到广东身无分文的打工仔，如今已是一个拥有千万元资产的老板。如果你在网上点击"木工刀具"四个字，你就会很快找到"华龙木工刀具厂"，并轻松地进厂一游。

小时候，金世龙是听着爷爷那动听的龙的传说长大的，他喜欢画龙、剪龙，爸爸望子成龙，也因此给他起了世龙的学名。金世龙家住在水竹园水库下面，他经常到水库游泳逮鱼，练就了高超的游泳本领，身体也因此更结实。"我也要学体育！"1992 年金世龙从电视上看到了中国体育健儿走上领奖台那种激动人心的场面，就暗暗立下誓言："我要学体育专业。"

1993 年金世龙初中毕业后，不顾家人反对，毅然报考了体育中专学校，在学校他是校篮球队队长，抢篮板、防守这类苦活、累活他都争着干，因为他从 NBA（National Basketball Association，美国职业篮球联赛）学到了一句经典的话：从累活干起，将来才有作为。

## 熬吧，总有一段苦要你去熬，相信未来不是梦

在学校他没有实现走上领奖台的梦，也就是在那时候他清醒地认识到要面对现实，要面对自己。1996 年 8 月 8 日，金世龙决定动身到广州打工，但身无分文怎么办？金世龙找到了正上师专的堂兄："把你下个月的生活费借给我，挣到钱后加倍还你！"堂兄很爽快地答应了。

金世龙捏着借来的沉甸甸的路费，第一次坐上南下的火车，心中开始构想发财梦。车过江汉平原，平原往后退去，这个山里娃第一次感受着平原的慈祥和宽厚。高速飞驰的火车把一个又一个城镇送到金世龙的眼前，越朝南去，城市越漂亮，楼房也越高，金世龙抑制不住内心的兴奋和喜悦，差点大

叫起来。火车稳稳地停在东莞，金世龙匆忙走下火车，人山人海，我要到哪里去呢，他开始生出一种自卑和渺小感来。金世龙背着背包从一个厂走到另一个厂，好心人告诉他，看厂门外贴的招工广告。不少厂都贴出了招工广告，但都是需要有技术的熟练工人。在东莞转了两天，手中只剩下几元钱了，如果再找不到工作，就很难想象了。11 日，他忽然看到一家鞋厂正在招工，他没有顾得上看月薪多少就喜出望外地进了厂，进去以后每天要干十几小时，而每月只能拿到 190 元工资，每天吃的菜里没有多少油花，没过几天，金世龙就有些头昏眼花，但他想，忍一忍吧，也许过一段时间会好起来的。"熬吧，总有一段苦要你去熬，相信未来不是梦！"他忽然想起自己毕业时候那句自编的名言。

可进厂两个月后，工厂就宣布倒闭了。金世龙懊恼地在大街上漫无目的地行走："我该怎么办？"高大的楼房是那么陌生而又无情，绝没有来时的那种新鲜和好奇。这天晚上，老天好像故意跟人过不去，还下起了大雨。金世龙好不容易跑到一家屋檐下躲雨，可那家主人凶巴巴地说："快走吧！我们要关门了！"没有办法，金世龙只好在公共厕所里度过了大雨滂沱的漫长而又寒冷的夜晚。

有身份证、毕业证，但没有钱做押金，就进不了厂。金世龙走进了大岭山的大政家具厂，人事部门见他交不起押金，让他走了，但金世龙不死心，第二次去找人事部门的人求情："让我进厂吧，我真的一分钱都没有！"第三次他又去了："哪怕先干一个月，我不领工资也行呀！"赤诚感动了人事部门的人，就破例让金世龙进了厂。进厂后不久，他很快成了该厂的篮球运动员，还当上了篮球队队长，但一年下来也没有挣到多少钱。"这样下去不行，我要证实我的人生价值！""可我没有专业技术，能做什么呢？"金世龙思想激烈地斗争着。"学习做营销吧，你就迈向了经理、厂长的第一步！"他看到一家刀具厂正招聘业务员的广告。

### 学习做营销吧，你就迈向了经理、厂长的第一步

不怕做不到，就怕想不到。金世龙进书店买来有关营销方面的书悉心苦读起来，从营销的语言艺术到营销策略，金世龙读得津津有味，有时还做笔记，写心得体会。

1997 年 11 月，金世龙走进了这家刀具厂应聘做了业务员。"这些彩图你

看看！你只有懂得彩图，才能给别人做推销！"老板拿着彩图要金世龙尽快学会。"这是什么玩意，把人搞得晕头转向！"金世龙小声埋怨着，但埋怨归埋怨，老板的那句话一直激励着他："年轻人，只要用心做，没有做不来的事！"金世龙硬着头皮学习，搞不懂的地方去问老师傅们，半个月便熟悉了业务，还爱上钻研刀具图，甚至后来还自己设计一些刀具图。

搞推销，必须有三寸不烂之舌。金世龙用 5 个指头的各个关节用来记忆各种刀具模型的特点、用途："我头脑中有各种刀具的模型！"说着，金世龙随手画出了好多刀具模型，还写出了不少推销的解说词，从用料、质地到工艺水平、用途做了大量的准备，有时他还把自己关在屋子里，练习说话，见什么人说什么话。

"第一次走出去推销的情景最令人难忘！"金世龙感慨地说，"走了一家又一家工厂，人家问你找谁呀，我说找经理。那人问经理叫什么名字呀，我谁也不认识，只好溜走。"金世龙找了不知多少家大大小小的工厂，他发现所有工厂的门卫都是那样认真严肃。"进不去，你就没有办法跟工厂老板谈刀具生意。"金世龙说，"中午 12 点了，水泥地炙烤着，但门卫毫不留情地把你赶出门去，怎么会不灰心呢？"

就这样过了十几天，金世龙的推销业务没有一点起色。

晚上金世龙看了一个故事，说一个推销员到一个岛上推销鞋子，而岛上的人没有一个穿鞋子的，那个推销员垂头丧气地回去汇报："没办法，那里的人没有一个穿鞋子的，鞋子卖不出！"不久公司又派另一名推销员去，那个推销员回来后高兴地汇报："好消息，那里的人没有一个穿鞋子的，是个大好的商机！"不久，这位推销员很快凭着自己的智慧将鞋子推销到了那个岛上。"凡事需要自己动脑子！"金世龙悟出了推销是一门学问，得动脑子。

"要想办法让门卫开绿灯！"金世龙从工厂里出来的工人口里了解工厂的情况；了解保安的籍贯，听听口音，当发现口音和自己相仿时，就攀成老乡，老乡会高抬贵手的；施以口香糖、香烟之类的小恩小惠，从门卫口里了解工厂的电话、背景、主管姓名。金世龙把这些都记在自己的小本本上，凭着小本本他敲开了一个又一个主管、经理的办公室门。"我们和你们签一份 5000元的合同！"金世龙的第一笔推销终于成功了，这天晚上他兴奋到没有睡好觉。就这样，随着业务量的成倍增长，他的工资也从每月的 600 元涨到每月6000 多元。

"不想当厂长的推销员不是好推销员!"金世龙把拿破仑那句名言在心里不知改了多少次,他渴望有一份自己的事业,一份自己当老板的事业。1999年发生的一件事更使金世龙坚定了闯出一条路的决心。那是1999年秋天,一个老乡奔东莞而来,要他帮助找个厂打工,可进厂干了半年后老板卷着钱跑了,老乡一分钱也没拿到,金世龙自责了一阵子。"要是我开个工厂,给家乡的穷兄弟们创造一个致富的机会,多好!"

### 创业是艰难的,但有了钱,帮助人令人心情愉快

凭着敢说敢闯的勇气,1999年冬季,金世龙开始酝酿自己开办一个工厂,刚开始也比较困难,租厂房、弄启动资金、招工人、拉客户等困难和问题接踵而至。

"做生意要够义气!"金世龙说,"原来老板的客户我一个没拉走,得自己重新找客户!我和工人一样按时上下班,并亲自联系业务。一点一点地干,一分一分地积累,月营业额由几千元到几万元,经过不断的努力,营业额有了大幅度提升。""到2002年年底,我已经拥有固定资产近200万元,聘请了3个业务主管,也有了属于自己的小车,工厂请的工人几乎全是家乡人。"

"创业是艰难的,但有了钱,帮助人令人心情愉快!"金世龙是这样说的也是这样做的。去年,金世龙听说上体校时的一个老师没钱买房子,还住在破平房里,他心里很不是滋味,很快他给老师寄去6万元钱,前不久,老师说,已经将钱凑齐给他寄回时,他豪爽地说:"不用了,感谢老师对我的培养!"朴实的话语,真使老师感动。

2001年春节,家乡一个年轻人刚到金世龙厂里不久,偷了厂里一名工人的钱。金世龙狠狠地训了他一顿,用"饿死不做贼"开导这位老乡,不久这位老乡改掉了恶习。金世龙把他送出去学习了一段时间电脑后,把他送到天津一家台湾商人的工厂里,这位老乡很争气,很受老板器重,已经升为业务主管,月薪4000多元。

正月末过,金世龙的华龙木工刀具厂又迎来了家乡二三十名打工仔。金世龙把工厂办公楼腾出两层作为他们的临时住处。"我们厂不大,一时用不了这么多人,他们人生地不熟,我一边忙活工厂的事,一边为他们找工作!"金世龙说,"一天找不到工作,他们就在我这儿吃住,我要管到底。"

"我要到天津去发展!台湾客商约我去天津发展,再过几年相信我会做得

更好!"金世龙规划着自己的未来,"至于我自己,每天我都会抽出时间来学习,我认为学习比赚钱更重要,如果没有知识,那又怎样去管理财富、创造财富呢?"

(原名:《创业广州:我要做老乡的老板》,2003 年《职业技术教育》第 24 卷第 11 期;作者:徐若学)

## 不营利的广告公司

故事梗概:梁项泉从小就喜欢广告,一个偶然的机会,他学会了制作公益广告,为学校、社会制作了不少公益广告,受到了赞誉。但因为广告侵权问题,他陷入了极度苦恼之中。正在这时,一个下岗工人提着一筐卤鸡蛋来感谢他,他终于鼓起勇气继续在业余时间搞广告创作,帮助果农设计了艺术苹果,从而走出了困境。

"给我一个支点,给你一次惊喜!"

梁项泉一打开电视,眼睛就一眨不眨地看广告,口中念念有词,有时还学着明星的模样比画起来,现在他一口气能背几百个广告,而且模仿得惟妙惟肖。那次班上搞了一次绝活表演,梁项泉上台时紧张地两手发抖,但一句广告词一出口,脑海里满是广告词,心也不慌了,手也不抖了,5 分钟说出了31 个广告词,而且吐字清楚,同学们情不自禁地鼓起掌来,称他为"广告大王",他摆摆手说:"哪里,哪里!"打那以后,梁项泉更爱广告了。

梁项泉搞了一个摘抄本,从电视、广播上听来的用心记下来,从报纸上、杂志上看到的用笔写下来,一年下来也积累了 2000 多条广告,还写下心得:"酒香还怕巷子深,你看,广告是信息时代的象征,是时代进步的标尺!"

一天下午放学路过一个广告公司,往里一看,里面刚装裱完毕的广告画吸引了梁项泉。在一座森林中,一棵已被砍倒的树。镜头缓缓拉近,直到看见树干内表示树木年龄的年轮。一个箭头指向靠近中心的年轮:"拿破仑出生。"镜头向后拉,指着较外圈的年轮:"凡·高出生。"再向外的年轮:"爱因斯坦出生。"在接近树表的最后两圈年轮上,他读到:"砍倒这棵树的那个该死的家伙出生。"

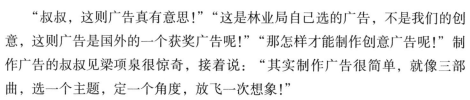

"叔叔，这则广告真有意思！""这是林业局自己选的广告，不是我们的创意，这则广告是国外的一个获奖广告呢！""那怎样才能制作创意广告呢！"制作广告的叔叔见梁项泉很惊奇，接着说："其实制作广告很简单，就像三部曲，选一个主题，定一个角度，放飞一次想象！"

简单的几句话，却给了梁项泉更多的启迪和动力。回家后，他一头钻进卧室，拿出笔为校园设计一些公益广告画。他画了撕，撕了又画，连晚饭也没顾上吃，到11点多画了40多张，左挑右拣，选出了5张。第二天，拿给昨天的那位叔叔一看，叔叔直摇头："太直白了！"只见画上，水龙头一滴滴地滴着，旁边写着一句话："浪费多可惜！"叔叔接过画说："如果把水滴画大点，每个水滴画成一尾小鱼，因为缺水而痛苦地挣扎……"梁项泉顿悟似的说了声："哦！"

梁项泉开始观察一些不良现象，他发现不少同学大手大脚惯了而不知节约，他画了两幅公益广告画贴在校园的文化长廊里。一幅的画面中，只有一点墨水的墨水瓶用瓶盖支起底部一边，另一边还有一些墨水，旁边写着："给我一个支点，给你一次惊喜！"瞧另一幅，一只扔进垃圾箱的铅笔头，委屈地说："虽然我很短，但我还有用呀！"梁项泉调查发现部分同学爱吃糖，又不爱刷牙、漱口，长期下去牙变黑生虫。梁项泉冥思苦想，在白纸上书写四行大字："四十四个石狮子想吃四十四个涩柿子，四十四个涩柿子不叫四十四个石狮子吃四十四个涩柿子。"在这个几乎人人都知道的绕口令下，加了一行小字："如果没有牙齿，你怎么读呢？"一个反问，让每个同学都去设想没有牙齿读这个绕口令的状况。看了这个广告，谁还会意识不到保护牙齿重要？

梁项泉的广告越来越引人注目，有好几个同学给他帮忙，当面叫他梁老板，开始梁项泉很反感，但时间一长，也就适应了。后来别人一叫，反倒幽默地说："我这个公司老板，没有办公室，没有秘书，没有资金，你给我解决呀！"

### "丹江下岗牌卤鸡蛋，5角钱一个，味道好得很！"

一次，梁项泉刚走到十字路口，一个中年妇女左右看看，见没有民警，既不管红灯已亮，又不走斑马线就往对面走，突然冲过来一辆车把那个妇女一下子撞倒了，那个妇女流了很多血。这件事给梁项泉的印象太深了，他想："大人也需要提醒！"

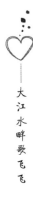
好几天，梁项泉都没睡好觉。梁项泉打开电视，看到《动物世界》正在播放非洲大草原上狮子吃斑马的场面，梁项泉激动地跳起来："对，用斑马代替斑马线！"不一会，他就画好了，他把画送到了交警大队，交警大队的队长细看后拍着梁项泉的肩膀说："画得好！我们正准备在高灯柱子上做几幅公益广告呢！得给你点辛苦费！"梁项泉摆摆手说："我还是学生，我不是做生意的，只要用得上，谢天谢地！"

没过半个月，公益广告张贴出来了，每次路过那儿，梁项泉老远就有两个动作：看看行人是否走斑马线，看看自己的创意。每当抬头看到自己的作品，他会漾起自豪：一只小斑马安然站在狮子面前，为什么狮子不吃它，为什么它不逃？因为它站在斑马线上。画上赫然写着"斑马线是你的保护神"。

梁项泉每年参加植树活动，但发现不少大人也只是做做样子，他好想在林地上立个广告牌呀！绿化办的领导欣然接受了这个主意，梁项泉在借鉴国外广告的基础上别出心裁地设计了两个武当松枝，柄相对，形状像人的肺，在旁边有一行小字："请屏住呼吸试试！"

梁项泉的名声和他的公益广告一样越来越有名。梁项泉的邻居王婶下岗了，很久没找到工作。梁项泉每次见到王婶都发现她愁眉不展，梁项泉知道王婶的心事。他敲开了王家的门："婶儿，我以前常吃你家的卤鸡蛋，味道真好，你是怎么卤的？"王婶一下子来了精神："我家祖传的，用茶叶、桂皮、八角、香草、灯芯草等十几种原料熬水煮，这种鸡蛋越煮越香！"

"婶儿，那你何不去卖卤鸡蛋呀！"王婶茅塞顿开，拍着脑门说："是呀，我怎么没想到！"

第二天，王婶一下子煮了200多个鸡蛋，但一天下来只卖了50多个，一个星期后，除去成本，没赚到钱。梁项泉知道后，十分着急。他想，卖豆腐的扯着嗓子喊，一天下来收入也不少呢！"王婶，买个喇叭，把词录进去，到街上叫卖！""正宗卤鸡蛋呀！味道好极了！"吃到王婶卤鸡蛋的都说好，王婶的生意有了好转。"王婶的鸡蛋好吃得有个牌子，不然别人滥竽充数，不是坏了王婶的名声？"机灵的梁项泉想出了主意：王婶是个下岗职工，靠自己的双手挣钱，就叫下岗牌吧！王婶觉得不错，她用自己录的广告词在大街小巷播放："丹江下岗牌卤鸡蛋，5角钱一个，味道好得很！"

王婶的生意一天红过一天，王婶高兴地边给梁项泉递鸡蛋边说："我昨天净赚了100多元呢，感谢你，天天到我这吃鸡蛋哦！"后来王婶还雇了几个

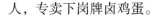

人，专卖下岗牌卤鸡蛋。

好景不长，和丹江毗邻的老河口市有个卖下岗牌卤鸡蛋的拿着注册的商标找到了王婶说："你们这样做，侵犯了我的权利，请你们停止侵权，赔偿损失！"王婶和梁项泉一下子蒙了。

梁项泉后悔没劝王婶到工商局注册，谁盗用谁的现在已经说不清楚了。为这事，梁项泉十分苦恼，好在梁项泉的二叔是律师，帮他出主意，法院以证据不足驳回了上诉。

虽然没当成"被告"，但这件事深深地触动了梁项泉："要是一早懂得运用法律保护自己的知识产权就好了！没有知识寸步难行，法律知识、经济知识、社会知识、书本知识，什么都重要！我要加紧学习！"

在班上成绩名列前茅的梁项泉像一个饥饿的人扑在面包上一样，但他更多的是去找窍门。凡学问都有获取的捷径，语文、外语是语言，要多读多写，数学要运用多种思维方法。有时为了攻破一道难题，他甚至彻夜挑灯研究。深夜做出来时，他会激动得大喊大叫，惊得爸爸妈妈一身冷汗。

梁项泉深深体会到了那句朴实的老话：帮助别人是一种无尽的快乐。但没有知识的盲目帮忙只能走到无助的边缘，梁项泉把他的体会写成文字《用今天的苦读为未来插上双翼》发表在《十堰教育》上，好多家长把这篇文章复印下来作为教育孩子的教材。梁项泉知道后，更是惴惴不安，暗下决心：不管将来是不是做广告人，都一定要从现在开始更加扎实地学习，将来才能成为一个有用的人。

**"艺术柚子，给老人一次开心，给孩子一个惊喜，给自己一个永恒的回味！"**

一天，梁项泉收到了一大束鲜花，花中还夹着一封信，信是一个下岗了的叔叔写来的，信中说："多方打听才知道是你创作了那么多好广告，是你那幅挂在劳动局门前的'走下岗位，天地宽'的广告，让我悟出了人应该去闯荡。我现在培育了4亩地的花卉，年盈利3万多元，这束花应该属于你！祝你学业有成！"

梁项泉闻着花香，读着朴实的话语，再一次激起了他对广告的热爱。梁项泉在日记中写下了一道公式：学习+广告＝梁项泉。

秋天的一个星期六，梁项泉和爸爸、妈妈一起去柚子园买苹果。园里的柚子个大溜圆，梁项泉忍不住吃了一瓣，甜而微酸，他边吃边摘，一会儿摘

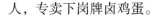

第四章　野人　野人　野人

---

|221

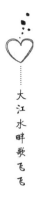

了一大筐。梁项泉问卖柚子的老伯："老板，你们一年要挣很多钱吧！"老伯摇着头说："可别叫老板，叫我秦伯，你看现在柚子价钱低，加上化肥、农药等开销又大，一年忙下来，搞不了多少钱。"秦伯掰着指头给梁项泉算了一笔账，梁项泉只是点头。

梁项泉虽说是个男子汉，但有时偏偏多愁善感："秦伯忙活一年却挣不了多少钱，我要想办法让老伯的汗水不白流！"

梁项泉想起他前不久读到的一个故事，一个日本筷子商人筷子卖不出去，商人来了灵感，在筷子上刻上"母亲节""祝你生日快乐"等字样，很快他的筷子成为畅销货，还赚了大把钞票呢！"能不能做些带字柚子？"梁项泉把他的想象大胆地说给了秦伯听。

秦伯有些犹豫："费那么大的劲要是柚子卖不出怎么办？"梁项泉把自己的想法告诉了爸爸妈妈："把秦伯作为我们的扶贫户，支持他发展绿色无公害的艺术柚子！"爸爸妈妈见儿子这么有爱心，也欣然答应。

秦伯的柚子树上什么肥，施什么农药都要遵循梁项泉制定的绿色指标。等到来年七八月份，梁项泉把剪好的艺术字一个一个地贴在柚子向阳的那一面上，等到买主来买时，把字揭掉，青黄相间的底子上露出白嫩嫩的"祝""你""健""康""寿""比""南""山""生""日""快""乐""学""业""有""成"等字样，价格比市场售价翻了一番，但买主仍然络绎不绝。

梁项泉还帮秦伯印了一些宣传单："艺术柚子，给老人一次开心，给孩子一个惊喜，给自己一个永恒的回味！"宣传单发出不久，就有好多人提前来预约订购，不出 10 天，柚子还挂在树上，可是已经预订一空。有送给病人的，有送给情人的，有送给朋友的……有字的，有图案的，能做的秦伯自己做，不能做的等到双休日，梁项泉帮着做。

"一个图案一个字，一箱柚子一箱情。"梁项泉把这句不工整的对联贴在秦伯柚子园的园门上，增添了不少雅致。

"长大了，莫不是要做广告人？"一向爱说爱笑的梁项泉却望着我，笑而不答。

（原名：《梁项泉和他的公益广告》，2004 年《小学生》合刊 1 期；作者：徐若学）

# "特别特"在行动

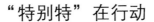

"特别的爱给特别的你，你的难处是我攻克的城堡，你的心情是我的晴雨表，你我手牵手，风雨中一起走过前面的道。"老远传来"特别特"队员自编的新歌。

## "特别特"爱心吧

教室的一角传来一个女孩的哭声。"哭什么呀？"同班同学陈天轩赶忙跑过来问李楠。"想爸爸，想妈妈！""那你爸爸妈妈在哪呀？""他们在广州打工。"一会儿，围过来一群同学，看着李楠那个伤心劲儿，不少同学也跟着哭起来。"你们到底怎么啦？""我想在外打工的爸爸！""我想在外打工的妈妈！"陈天轩"啊"了一声："我昨天看了一篇《请关注留守孩子》的文章。""我的这些同学就是'留守孩子'吧，如今大人到远方去打工了，只留下孩子和老人，我要想办法帮帮他们。"陈天轩在头脑中萌发了这样一个念头。穷人的孩子早当家，陈天轩10岁就会做饭，自己的事自己料理，一直是学校学生会主席。

小时候玩过家家的游戏，陈天轩记忆犹新，做留守孩子的"编外亲人"。陈天轩找到李楠谈心："我就是你的大哥，以后有什么事尽管找我！"他说完羞赧地递给李楠一个不倒笑翁。李楠用手一推，露出一个字条："你快乐吗？我很快乐！快乐本是一件很容易的事情，哦快乐！"看着不倒翁那个可爱的模样，李楠笑出声来。

陈天轩在日记中写道："当编外亲人还真操心，都是些具体事，进步了、后退了都要跟家长通气，星期五放学了要跟他们交代，回家后洗个澡，把衣服洗了，休息一下，完成作业；路上骑自行车要注意安全。真的有些累，还用光了我的零用钱……一个篱笆三个桩，一个好汉三个帮。一个人的力量是有限的。我要倡议成立一个爱心俱乐部，把特别的爱给特别的你。对，就叫'特别特爱心吧'。"陈天轩为起了这个时髦的名字兴奋了一整天。

陈天轩把想法告诉了张校长，校长可高兴了。这几天，好几个留守孩子的事正困扰着学校呢！陈天轩的新闻在学校传开了。

"……把特别的爱给特别的你！你有一份爱，我有一片心，我们合在一起叫爱心。我们把他的名字叫'特别特爱心吧'。来吧，用我们力所能及的行动，让我们的心灵环境越来越和谐……"爱心倡议刚张贴出来，就有好几个同学报名。3天后已经有40多人报名，"编外亲人"成了校园的特大新闻。爱心吧召开了第一次群英会，会上，同学个个大显神通，各出奇招。"把留守同学统计出来，来个困难问卷调查！""每月提醒留守同学给父母写一封信！"

## "特别特"储蓄所

"我爸爸到外地打工到现在还没找到工作。"一位留守同学张雨岛不无焦虑地找到陈天轩诉苦。"什么原因？""走时，我爸说去托老乡，碰运气，可到了建筑工地我爸大工干不了小工又不缺，有的单位还怀疑我爸的来路，有的单位担心我爸的技能，找到合适的活难哪！"陈天轩也没辙，晚上他翻来覆去睡不着，天快亮的时候，他做了个梦，梦见那同学的爸爸拿着大学毕业档案，有好几个厂争着要他呢！醒了，陈天轩觉得这梦太荒唐了，那同学爸爸只是初中毕业呀！唉……可他转念一想，对呀，初中毕业要是也有个档案，用人单位不是更放心了吗？说干就干，他找到了教导主任借了一份学籍档案，爱心吧的同学一起设计档案的内容：姓名、性别、年龄、身份证号、个人基本情况、特长、技能培训经历等。"这还不行，还得盖上公章人家才信你呢！"嘴快的李成心抢着说。"对，找村委会、镇政府、派出所盖上章子！"他们找到村委会时还算顺利，可政府办事人员说什么都不行。"你们一个娃娃，要搞什么名堂？这章是随便能盖的吗？"吃了个闭门羹，大家心里都不是滋味，"算了，算了"，有的成员在打退堂鼓。陈天轩说："别着急，不是说，猴子不下树，多敲一会儿锣嘛！"陈天轩斗胆走进了镇长办公室，说明来意后，镇长十分感动，叫来了管印章的同志，还给派出所所长打了个电话。很快，张雨岛给爸爸寄去了档案。半个月后，他爸爸打来电话说，就是这个档案帮他找到了工作。张雨岛的爸爸还说要谢谢这些好心人呢！

"某同学只知道要别人帮助而不知道去回报别人。""某同学还讥讽我是假雷锋。"有队员向陈天轩气愤地说。现在的学生大多是独生子女，认为索取天经地义，而没体会到"给"远比"拿"快乐。献血的人，当自己需要输血的时候，可以无偿得到同血型的血。储蓄所里只有存入，才能取出，成立一个"特别特"储蓄所的想法在陈天轩的脑海里诞生了。怎么存入呢？"也设计一个存折，用名片纸做!"张雨岛说出了自己的想法。可没有钱怎么办?"我建议向张校长汇报一下。"张校长知道后说:"你们的爱心令我钦佩，德育教育是全国的热点，我们开了好多会做了研究，但没有具体的措施，你们这个主意好。学校为你们出钱做，不过我有个要求，要在全校搞一个授折仪式，自愿参加的都可以发一个!"意外惊喜使陈天轩不知说什么好，他结结巴巴地连说了三个"好"字。授折仪式上，全校师生感到前所未有的惊喜。那红红的存折内页上印有户名、账号、发放单位、签发时间、服务时间、服务对象、服务内容、证明人等。仪式结束后，队员们变成了明星，同学们围着他们问这问那，眉宇间流露着激情和兴奋。

储蓄所第一次集体活动是别开生面的。星期天一大早，储蓄所进行了"真情互换"活动，小储户们从自己家里拿来用过的学习用品、玩过的玩具、看过的图书，与其他同学进行自认为的等价交换。所有的物品都不标价，只要双方认可就行。不愿交换的，就到爱心义卖专场去义卖他们的物品，义卖的钱全部投入"特别特"储蓄所储蓄罐里，义卖所得的钱存起来救助本校特困生。

## "特别特"的明星们

今天陈天轩哼着小曲，大家都知道一定有什么好事来了。

这一天，储蓄所收到了一封信，信中写道:"我是那个讥笑过你们的同学，今天，我也要申请参加'特别特'储蓄所，并向大家承诺，在今后的日子里，伸出自己的手，用行动实践'我为人人'的诺言，去帮助困境中的人。"陈天轩同意了。

干一件好事容易，长久去做好事不容易。陈天轩要老队员们出出主意，设计方案。"你们看，一个企业长盛不衰，一定有很好的管理，而管理得靠制度。""我们也制定一个激励机制。"大家七嘴八舌，一个新的构思出来了。

"每学期志愿服务时间超过15小时的，即作为'特别特'储蓄所爱心明星候选人，参加评选活动;获得储蓄所明星表彰的，将颁发'爱心服务荣誉证书'，并将其表现情况向家长反馈。"达到50小时评为"银杯储户"，达到100小时评为"金杯储户"，达到150小时评为"钻石储户"。秦琴和她的同学们活跃在学校，双休日活动在居民中间，帮张爷爷洗衣服，帮李奶奶做家务。而陈天轩不赞成去居民家里，他的理由是莫耽误了学业，再则安全问题无法保证。队员跟他辩解，他不知如何应对。

秦琴在学习上很有一套，她说："我们的队员除爱心行动外，还可以搞点学习方法研究呀，让大家走捷径，不也是奉献爱心吗？""特别特"储蓄所开办起了学习方法讲座，什么巧记妙喻、作文创新十法、快速解题八招、逆向思维好处多等，有时候他们自己主讲，有时候他们请老师点拨，有时候他们请学习状元解密，多管齐下，一个学期下来，储蓄所的队员成绩提高了一大截，还吸引了更多的同学参加呢！

"不可能不接触社会。我们多进行一些安全情景模拟，而且到社会上开展活动一般得 3 个人，且每次活动不超过 2 小时。"这些主意，陈天轩慢慢接受了。

看到"爱心储户"的队伍里不断出现新面孔、"爱心储蓄额"不断上升，陈天轩不禁想到中国志愿者形象大使曾说过的话："正因为还有许多需要帮助和扶持的人的存在，你的举手之劳对一些人来说，并不只是一份爱心，将会是一生永远的馈赠。"

请听听陈天轩在爱心储户大会上的发言吧！"爱心储户"们，让我们来做个约定吧，把你埋藏多年的心点燃并释放出你的爱，让生活更加美好。

# 神奇的石

梗概：一次奇石展使中学生石磊对奇石产生了浓厚的兴趣，并开始到野外寻找石头，由于自己的无知，把一块很有价值的石头毁坏了，石磊从此悟出知识的重要性。石磊到三峡意外寻找到了一块带文字的石头，围绕着这块石头又发生了一个感人肺腑的故事。请细读：

石磊，名字里有 4 块石头，他收藏了 100 多块石头。有人上门要花 3 万元买他其中的 4 块石头，他说什么也不答应，还振振有词地说："黄金易得，奇石难求。"

## "一块石头改变了我！"

石磊讲起过去时不无愧疚地说："我以前总觉得在学校学的这些东西没意

思。""是什么让你改变了对学习的看法？"我问。"一块石头改变了我。"石磊不假思索地说。

那是前年十一，石磊参观了十堰市奇石展，偌大的展厅挂着醒目的 10 个字：盛情涵四海，奇石寓千言。馆里，墨湖石，玲珑剔透；汉江石，七彩纷呈；钟乳石，千姿百态。什么"月上柳梢头""欲穷千里目""海阔凭鱼跃"等奇石，让石磊目不暇接。特别是那块"鹤驾瑞云"的石头简直把他惊呆了。

翻开石磊的日记你读读这是一块怎样的石头："你看，远看像一只深蓝色的熊猫，近看石头的上方有一轮圆圆的月亮。中间两只白天鹅正在凌空翱翔，下面七只天鹅仪态万方：有抖羽毛的，有展翅欲飞的，有登高远眺的，有引颈高歌的。底座是紫色的，仿佛天鹅正驾祥云飞来。这哪里是石头，这是一幅天然的画，这种美无法用言语形容。"

"世间还有如此妙的天然艺术品，我要开始收藏石头！"石磊规划他的未来。"双休日，我要去河里找石头。"石磊把想法告诉了妈妈。妈妈说什么也不答应："你一个孩子跋山涉水的，要是有个三长两短，那该怎么办？"但石磊已经决定了。

星期六早上，他悄悄地骑上自行车带上快餐面沿汉江河向西寻找，走着走着，公路离河越来越远，路边绝没有好石头的。石磊把车子存在一个农户家，沿河而上，水清见底，水中倒映着山、树，还有天。石磊情不自禁地哼起自编的歌来："我走进石与水的世界，和自然说句悄悄话，哪里有奇石呀，快给我一个惊喜。"可大大小小石头瞪着眼睛，河水唱着儿时的歌，石磊搬动着一个又一个石头，有些纹路、色彩，但都显得很一般。走着走着，河道出现了好多分岔，石磊走进了一条小溪，溪水散发着花草的香味。突然一块巨石横亘在石磊面前，怎么办？他拽着一根藤子往上爬，不好，藤子从石缝里往下滑，石磊一急，一下子摔进深潭里，他挣扎着从水里爬起来往岸边游时，手触到一个软软的东西，他定睛一看，哇，石磊吓得浑身发软，一条五六尺长的蛇，弯着身子游进了石洞里，等石磊走出深潭，浑身水湿，冻得直哆嗦。他一步三挪地回到家，已是黄昏时分。夜里石磊发烧了，一感冒就是三四天。

第一次的经历是苦涩的，但石磊想："追求必须付出时间、精力还有痛苦、危险。"石磊的寻石梦被好友胡怀愈探听到了，胡怀愈爱收藏邮票，其中有好多关于奇石的邮票，胡怀愈决定帮助石磊圆梦。他们两个做伴继续沿裸露的河滩、山谷寻觅那透着古气的奇石。走进一个山沟的河底，脚下一滑，

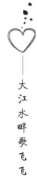

石磊摔倒了，等到他爬起来，满手是血，突然他眼前一亮，划破手的那块石头，黑青黑青的，中间多像一棵树，树下不是一对相依的恋人吗？他顾不得痛抱起那块石头，要胡怀愈快来看，胡怀愈一直点头，"我想起了一句诗：月上柳梢头，人约黄昏后"。石磊说："是呀，可就是没有月儿呀！"石磊和胡怀愈用树枝把石头捆起来，找来一个木棍，两个人抬着走起来，但走不了多远就要歇一会，不出半小时，肩膀磨破了，好歹把石头抬到公路边，架上中巴车运到了家。

"石头是好，可就差月亮！"石磊想，"凿个月亮怎样？"说干就干，石磊买来凿子、小锤，叮叮咚咚地凿起来，也凿出了一个圆圆的亮点，周围一打磨，又成了一只鸵鸟。石磊拉着奇石行家亮叔来家指点，亮叔直摇头："一经雕琢，自然之气荡然无存，真可惜呀！"亮叔接着说："玩石头也有学问啦，讲究加工方法，你还得懂古诗词、绘画呢，否则的话，即使是奇石也'奇'不了。"石磊开始后悔起自己的逃学生活，打这以后，石磊认真学习，像变了一个人似的，老师同学很不理解。"一块石头改变了我"，石磊的讲述让老师同学替他高兴。

### "一只公鸡喔喔叫着，正昂首向着远方！"

石磊把自己的双休日也排得满满的，周六出去找石，周日上午上绘画兴趣班，下午读读文学名著。每周都到野外去，收获也不小，半年下来也采集了大大小小30多块石头。石磊的爱好也更广泛了，有时间就到书店买几本关于雕塑、盆景、奇石收藏这类以前看也不看的书，而且做了几大本笔记，到哪里采集奇石？怎样加工奇石？怎样保存奇石？怎样为奇石命名？……这类问题都是石磊在书中想要寻找的东西，书中枯燥的东西，石磊却能读得津津有味。

石磊向爱好奇石的同学眉飞色舞地高谈灵璧石、新疆大漠石、三峡石、柳州石、太阳石、月亮石，大家感觉很陌生，石磊就从家里电脑上下载一些图片，用彩色喷墨打印机打出来，色彩鲜艳，形态各异。"让我过过眼瘾！"同学们争着看，一不小心撕得粉碎，情急之下，石磊会伸出拳头，但脑海里一转念，同学们也爱奇石呀，这叫志趣相投，他把伸出的拳头又缩了回来。

五一到了，石磊就缠着妈妈带他到三峡去旅游，因为听说三峡石很美。石磊游了三游洞，洞中的钟乳石和美丽的神话，叫他流连忘返。船行到九马华山一带，石磊说什么也要下船去，那水清澈见底，而又人迹稀少，肯定有好石头。"那怎么行，船一走，我们就得在山里过夜呀！再说船也不会靠岸呀！"石磊急了，咚咚地跑到船长室与船长商量，但船长说什么也不答应。石磊一急，就要从船头纵身往下跳，船员一把抓住他："好！我们答应你！"船长和船员靠近一个带着鸬鹚打鱼的竹排，把石磊全家送上了竹排，还答应明天接他们回宜昌。一下竹排，石磊兴奋得不得了，他在清澈的水里摸石头，在岸边的草丛里寻石头，突然蚂蚱一蹦把石磊吓了一跳，顺着蚂蚱跳的方向，石磊看到了一块白色底子上有着独特花纹的三峡石，石头的纹理依稀可辨"下"字，上边、下边有绽放的莲花图案相衬。他想起，三峡石最有名的要数有"中""华""奇""石"四个字的那四块石头，石磊想，这块也不错，只有他有一块似像非像的"下"石，石磊如获至宝："爸爸、妈妈快来呀！"没带工具，石头埋在土里，石磊就用手刨，刨着刨着，一个石刀子把石磊的指头划了很深的一个口子，鲜血直淌，石磊痛得不得了，他咬着牙不叫出声来。"没有消炎药，手会发炎肿胀的。"爸爸妈妈心疼得不知如何是好。"听人说尿液可以消炎！"石磊边说边背过身去把自己的尿液浇在指头上，一会血止住了。爸爸妈妈帮石磊把石头刨出来，呀，足有 100 来斤！晚上，山谷静得出奇，山峰像野兽的脊背晃动着，不时传来猴子的叫声，石磊吓得哭起来。爸爸弄来一捆柴火，妈妈弄来树叶，点起了一堆篝火，爸爸说："有火，野兽绝不敢来犯！"石磊破涕为笑，还情不自禁地唱起歌来。

"下"石经过肩扛手抬、竹排托、轮船装、汽车载、火车运，千里迢迢终于被运到了石磊家。石磊操起水龙头用水冲洗，泥巴洗掉了，但还有一些脏东西除不掉，石磊就弄来一些稀草酸浸泡，"下"石杂物除掉了一部分，但石缝中的杂物给石磊出了个大难题，石磊拿起刷子刷，浅缝刷干净了，但里面还是有一层黑乎乎的东西，石磊就找来钢针细心地挑出缝隙和石孔中的杂物，一点一点，杂物清除干净了。

"石头的美是需要美的眼光来发掘的！"凭着这种激情，石磊找到了不少奇石，有兴奋也有苦涩，有收获也有辛劳。石磊自己欣赏，也不忘带好友到家一起欣赏。看了石磊的奇石，不少同学手也痒痒的，但大多觉得自己是奇石行里的"菜鸟"，石磊就教他们玩石。这样，在学校石磊玩石已经不是什么新闻了。石磊把爱石的同学召集起来，成立了一个"奇石聚"俱乐部，定期交流奇石经验。

十一快到了，奇石聚的同学琢磨着给全校师生一个惊喜！"把大家的'珍宝'搬来搞个奇石展！"石磊的建议得到了大家的认可。石磊他们在植物老师的支持下，把一个个奇石搬进了植物园，放在空地上。"这样横七竖八地乱放，有碍参观。"石磊很着急，"奥运会开幕式不是常常用上万人摆出字或图案吗？把石头集中起来，摆出一个具有象征意义的图案多好！"说干就干，大家动手用200多块石头很快就摆出了一幅中国地图，石磊高兴地说："你瞧，一只公鸡喔喔叫着，正昂首向着远方！"

## "奇石有价，真情无价！"

"奇石聚"里的会员们定期举办奇石展，每次都由石磊确定主题，什么百鸟朝凤、文字名号等，每次展出都吸引了几千人观看，有本校师生、外校学生和慕名前来的人。看着大家驻足评点，石磊高兴在心里。

"生活中并不缺乏美，而是缺乏发现美的眼睛，这眼睛就是知识。"石磊学习更用功了，所不同的是他更注重学习方法了。"要找到好石头必须有与众不同的方法，学习也如此，如果他加班加点，你也采取加班加点的方法，那你的成绩绝对胜不过他。"石磊出奇制胜的观念使他很快在学习上找到了捷径。他说："你看，要记忆的东西用编歌诀、取字头、编奇特想象的故事等办法，记忆起来又快又好；数学我尝试先不看例题，先试着把例题做一下，如果做不出来，再看书自学，这样印象就深，学习起来效率就高。"学起艺术课，更是津津有味。凭着出奇的方法，期中考试石磊竟奇迹般地名列前茅。

一个星期六，石磊和胡怀愈又一起去寻找奇石，胡怀愈对石磊急切地说："我们班有位叫甘融融的女生患上了白血病，已经休学了，医生说治好这病得上10万元呢，她家没有钱治疗，听说学校下个星期要搞募捐活动呢！"石磊忽然间变得多愁善感起来："我能为她做点什么呢？"

回家后，石磊看了又看他收集的石头，只有那块"下"石最值钱，他摸了又摸他用心血捡回来的石头！但最后他还是狠下心，把这块石头卖了，把钱捐给那个同学，他的想法提出来后遭到了父母的极力反对。"我把这块石头视若生命，而我们的同学如果没有捐助就没有了生命！"倔强的石磊还是说服了爸爸妈妈。常言道："三分长相，七分打扮。"这石头还得有个配座。石磊看到过很多座架都是用珍贵的名木做的，座架上刻着流水、行云和花鸟等。但石磊手中只有几百元压岁钱，用树根做底座既经济又耐看！石磊就到树根市场买来一个干树根，用凿子、刀子刻起来，用石蜡一涂，用油漆一漆，不出半个月，就做出了一个好座子。

"下"石的名字不好听，名字起得好，等于给石头增加了价值，石磊左思右想，他的逆向思维起了大作用，把石头倒个个儿稳稳当当地放在座子上，这不成了倒放的"上"石吗？他突然想起小时候背的一句古诗"大漠孤烟直"。当他把这5个字放在座子上后，妈妈高兴地说："不错，这名可谓画龙点睛之笔。"要把石头卖个好价钱，最好拿到拍卖行去，在拍卖师的拍卖槌落下的那一刻，石磊也得到了8500元钱。

石磊和胡怀愈一起走进了甘融融的家，把卖石的钱还有胡怀愈的压岁钱全部递到了甘融融的手里，甘融融流着泪颤动着嘴唇说："真谢谢你们！"甘融融的父母更是千恩万谢，石磊他们扶起甘融融的父母，还嘱咐甘融融："要振作精神，向病魔挑战！"甘融融点着头不知说什么好。

石磊的石头已有100多块了。有个收购石头的商贩找到石磊说："听说你上次卖了块石头救助了一位病人。"石磊说："是呀，奇石有价，真情无价！""那把你那4块奇石卖给我，我给你这个数！"那人伸出三个手指头，这回石磊说什么也不答应，还振振有词地说："黄金易得，奇石难求。"

（2003年《独生子女》第3期；作者：徐若学）

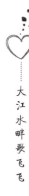
# 第五章　桂树十里列香阵

## 桂树十里列香阵

### （一）四季桂树飘清香

一年四季披挂着绿色的"玉镂绿衣"，就像长大的巨型绿色蘑菇，还在阳光下闪着亮光，这是四季桂独有的神采，而我是在四季桂的恩惠下成长起来的。我要说，四季桂树就是我生命中的灯塔。

母亲家门外那低矮的四季桂总是每隔三两个月开一次花，淡淡的黄，淡淡的香，就像母亲教给我的两个字：舍得。舍得一年四季开花，舍得把花香给别人，舍得把精彩的拿出来。"有舍才有得，吃鱼你只吃七分留三分，只有处处想着别人，别人才会想着你。"母亲是这样说的，也是这样做的。她借酒、借肉做成饭菜，给打猎的、挖药的陌生人吃，她什么都不图。她走上半天路给外婆送吃、送喝，她什么都不图。正因为什么都不图，她心里的桂花才越开越盛。

父亲懂得在屋子四周种杜仲、竹子、枣子树、桂花树，父亲少言少语，却总是埋头干事。他说：桂花树的枝杈像鹿角，任何时候都要学会对别人鼎力相助，你助了他人，你自然会在枝头绽放馨香。在芒种忙收时，父亲总是撂下自己的庄稼帮别人抢收，说是换工，其实是把自己的收成置之度外。父亲还把耕牛免费给别家使用，帮那些无钱的乡亲免费磨面粉、打玉米糁等。由于父亲的精心侍弄，我家的桂花开得格外慷慨。

乡里乡亲喜欢用桂皮煮老玉米，然后用热灰瓣里啪啦地爆出满锅桂香；雷婶、柯嫂喜欢采摘桂花，泡桂花茶，做桂花酒，炕桂花饼。乡亲们说："桂

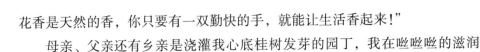

花香是天然的香，你只要有一双勤快的手，就能让生活香起来！"

母亲、父亲还有乡亲是浇灌我心底桂树发芽的园丁，我在嗞嗞嗞的滋润下抽出枝条，长出嫩绿，变出翠色。

有这样一群人，他们在背后默默地支持你、指引你、召唤你，那一定是你生命中的灯塔，这个我深有体会。投稿发稿，报纸杂志编辑给了我宝贵的意见建议，我学会了润色文稿。文章发表了，有读者发来信函交流，无论是批评或是赞美我都视如珍宝。我写减肥日记期间，每天写1000字短文，大坝中学在内的一批人每天晚上9点等着读我的文章，那是对我的鞭策。后来，不时在微信朋友圈发些原创的短诗或者散文，总有不少人点赞，更有好多人留言点评。在《那是一个秋天》中，我的老师杨平给我点评道："写得恢宏浪漫，又呈现历史故事。"孙春香老师、寇章云老师等，凡朋友圈里发的初创文字几乎篇篇为我点赞，还有众多的亲人、朋友、同学为我加油打气，还常常催我出书。特别是我的同学张红多次给我大段大段点评，如在《我的九年"抗战"》中，她写道："师生守望相助，以命相托的故事感人至深。师生情、同事情，让我想起来《凤凰琴》和《美丽的大脚》这两部电影，在这个团结友爱的大家庭里，奉献无怨无悔，青春激情四溢，当得起'不负韶华牢记使命'这几个字。"我写了一系列我的语文同行者（文章在此文后边）后，姚安涛老师激情澎湃，以诗歌形式点评道：

丹江语船徐舵主，众人划桨号急促。艳华槐花分外香，奥卡姆刀竞风流！

乡村教育一面旗，富海语文堪奇迹。出口成章顺口溜，栎树人生创佳绩！

竹林深深竹叶青，下水文章诉衷情。作文教学唯创新，巾帼美秀成匠人！

玉兰香远益清亭亭立，红姐淡雅馨香最相宜。杏坛立德树人标新异，思源教书育人凯歌曲。

香樟郁郁葱葱耸云霄，鄂五书声琅琅墨香飘！安乐河水蜿蜒波滔滔，三官殿里福哥光芒耀！

野菊凌寒傲霜举，栀子花开芬芳溢。漫山哪来香如许？橙红橘黄印保菊！

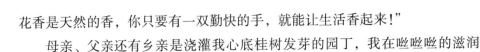

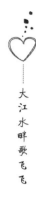

我在《我的九年"抗战"》第20期结尾写道："大家用发财的小手为我点赞，那是何等的耐心和爱心，有大家真心真爱真意，真让我这个平庸的小人物恍惚活成了大人物，让我这个懒人变得勤快起来。"当你要做一件事，别人都在守望你、呵护你、鞭策你的时候，你一定会感受到巨大的鼓舞和热烈的召唤。

我在写《大江水畔歌飞飞》这本书的过程中，印保菊老师、爱人王文娥、女儿徐逗逗全程参与校对、修改、润色，他们不怕"眼苦"，不惜"心累"，我心存感激。在《我的九年"抗战"》写作过程中，不少当年学生、同事提供了宝贵的文字或图片资料，比如，魏正菊、魏勤波等提供了大量实证材料，保证了故事的原生态。在写《我爹是王老师》时，王东萍、王文娥等全程参与，印象拼接，问答采访，硬是把60年以来的往事做了还原。这一切我都铭记于心，感激之情溢于言表。陈连菊是逗逗的舅母，特别能吃苦，特别勤快麻利，特别善解人意，家族的客人都是她在厨房忙前忙后打点出来的，她长年累月地帮80多岁的老爹洗洗浆浆，给老爹提裤子，用行动诠释了儿媳妇孝顺的内涵，更让我敬佩不已。

那四季桂似球接纳天地灵气，花一笑露出满脸乳黄色稚嫩的面孔，一激动就会落下柠檬黄的花雨以谢天地。

## （二）银桂如雪飘天香

校园角落里的银桂身材瘦高，精气十足，大枝开展，枝叶稠密，"兰叶春葳蕤，桂华秋皎洁"，银桂与春兰一样的芳洁。我要说，银桂是我的领路人。

迈过咿咿呀呀的儿时进入小学，李业秀老师予我百般呵护，我手上的疤痕留下了师爱的见证；程培德老师落在讲台上的教鞭，留下了严爱相济的回音。陈业新老师、周长春老师、张广辉老师用朴实的情怀、新颖的教法、火热的指点，让我这个山沟里的野小子意外地考上了均县重点初中，我成了村里人眼中的金翅鸟，同学眼中的"银桂香"。

均县二中的老师都身怀绝技、精益求精、匠心独运、点石成金。徐志英、石桂军、刘汉珍等一串串名字就如一树树银桂，开在我生命的原野，就像永不凋谢的纯洁的桂花，米粒状的、银样的白，清香四溢，高高地站立在我生命的季节里，无论春夏秋冬，无论午夜曦分，始终着一身翠玉，庄重典雅、严谨华美、卓尔不群。

均县师范的老师以文化人，以身示范，以德服人，以教示人。班主任王传广老师带领我们游隆中、登华山，开启了现在流行的研学模式；王新学老师讲生活中的微积分、时空中的相对论，让我在数学的天空里开放带着桂香的思维；李如英老师的化学课堂点燃着酒精灯，在魔幻般的演示中曾经让我如痴如醉，我从此懂得实验现原形、实践出真知的道理。

在湖北大学读函授本科，在华师大读硕士研究生，那些教授多是自己著书立说，讲起课来滔滔不绝。李白是盛唐之音，《水浒传》中的"三"字经，《三国演义》中的三"绝"，《红楼梦》中的三种境界，《金瓶梅》中的三种暗示，等等。他们开创了一个个鉴赏的窗口，营造了一个个文学的画廊，打开了"一千个读者有一千个哈姆雷特"的文学天眼。也就在这种一学期兼一个多月的学习生活，我和肖磊、张立军、姜家永等建立了银桂般的深厚情谊，和肖磊赛球、和立军赛棋、和家永赛学，那满树的银桂挂满枝头，真可谓"一支淡贮书窗下，人与银桂集聚香"。

特别值得一提的是，自谓"盐池河四名和尚头"，国勇果敢、芙蓉通达、珺哥谦恭，互助心飞扬，我们同船度过九年，齐御过凌侮，分享过喜乐，分担过风雨，畅想过未来。读函授时我和芙蓉还同住在一米宽的上层架子床上学习，为的是省钱。我们在吃苦中结同心，跋涉中聚合力，患难中凝真情。

"忽如一夜秋风来，千树万树银桂开"，一树树银桂仿佛约好了似的，同时绽放，如雪、若云、似银，秋阳下被镀亮的银桂，雍容华贵、超凡脱俗、分外高洁。

### （三）金桂灿灿飘浓香

办公室里飘来阵阵浓郁的香味，那香味中流动着带着甜味的金黄色诗意。金桂树树势强健，枝条挺拔，叶缘波曲反卷，朱熹有诗赞曰："叶密千层绿，花开万点黄。天香生净想，云影护仙妆。"我要说，金桂是我生命中的高人，用金手指指点前路，布局将来。

王家海、吴明文第一次听我的《白杨》一课，便给了我很高的评价，说我的参赛课眼里有学生、心中有情趣，那短短一句话就激励我在今后课堂教学中励志创新、追求品质，要像金桂花一样闪光。魏正己校长认定我是一匹黑马，给我提供参加市级比赛的机会，给我压上五条担子，让我在风霜雷电中长本领，难怪连炊事员都说，校长最在意的人有两个，我是其中之一！"人才需要流动"，原教管会主任陈业新力排众议，支持我调到市一中开疆拓土。金黄色的桂花每朵大约有四片花瓣，一枝一枝在树上开着，那一簇簇、一串串黄金般的桂花就在心中开成了一种追求和远方。

张正洪校长发现我带的两个慢班成绩和快班不相上下时，他力主我带两个快班，张校长不拘一格的用人策略，激励我在语文教学中推陈出新。原教委杨主任先后送给我两本书，其中一本是关于有效知识量理论的书，他鼓励我大胆开展教学改革试验，并鼓励我考教研员，我是为数不多的通过笔试、面试进入教研室的教研员，2023 年 6 月已退休多年的杨主任把他保存了 28 年的信递给我，接过穿越了 28 年时空的信，我差点落泪。他勉励我继续像信中说的那样，不忘初心，扎根教改。

我喜欢金桂，它潇洒飘逸，"乱落桂花如金雨"，洒落下来，像是金砾铺地，枝枝叶叶，花花朵朵，言行举动，分外珍贵。在教育局办公室期间，办公室原主任胡东启让我学会了公文写作的字斟句酌，学会了用文学手法编故事，那时我写了 150 篇新闻稿，写了 80 多篇故事，每月意外得到 2000 多元稿费，这也算是意外惊喜。办公室原主任雷明钊让我学会了自己的事自己负责任，做人做事要清醒，该负责的一定负责到底，要像金桂那样谋事在人，竭尽所能。

"露渑黄金蕊，风生碧玉枝。千林向摇落，此树独华滋。"教研室原主任石桂均有很多经典的话就如桂香深植我的心底。"有为才能有位！""要做好服务，要服务到校长和教师不好意思的程度！""你若想做好，总会找到方法，你若不想做，总会找到借口！""教研员就要像握住铲子的厨师不停地在学科里搅动，才能做出一锅好粥！"教研室原主任毕光熙鼓励我做全市教改的总设计师，我们在全市推行"一管四学五法"，践行金字塔理论，运用西瓜籽技术，我市初高中教学质量在 10 年的时间内曾经有过辉煌的战绩。教师发展中心现主任郑磊、副主任王部军支持我开展语文教学"五个一"活动，关注我开展语文教师积分制激励和评选全过程，鼓励我开展初中语文博览会活动和"掌上作文"系列活动，我市初中语文中考成绩多年在十堰市名列各县市前列。

数十枝花聚成一簇，成百上千簇花挂满桂树林。金桂盛开之时，满树披满金纱，那米粒般大小的桂花让人心醉，激人奋进，"金桂同米小，也赛牡丹开"。

## （四）丹桂橙红飘馨香

丹桂在绿色的绣花布上缝进一粒粒橙红、橙黄的珊瑚，美丽芳香独占鳌头。有个神话传说，月宫飘落下的银光点点，桂枝是焦山姑娘桂花与鹰强的定情信物，他们把桂枝栽种培育成高大的丹桂树，每当丹桂花开时都会引来彩凤绕树飞翔。我要说，丹桂就是我生命中的贵人，总是在我困苦不堪时推我一把，我顿时进入风暖花明的境界。

30 多年前，我父母点种的木耳愁销，我先斩后奏，把 100 斤木耳从邮局邮到均县镇，快到的当天我给李荣甫打了个电话，说有个难题帮我解决下，"杜甫"（李荣甫名字中带一个"甫"字，又有才华，同学们都这样叫）说，就是"跑断腿"也要帮老徐销出去，"杜甫"说到做到，至今令我感怀。"杜甫"说，同路人有的走着走着就淡了，有的走着走着却更亲了。我相信这句话，你看，周庆、睿哥、"杜甫"等，我们越走越近。他们都在我攀爬时手足无措的情况下，拉我一把，托我一掌，垫我一指，陪我一程，在我心中仿佛流动着一树树如火的丹桂香，我从此鼓起勇气再向上攀登，我喜欢用心去亲近这点点猩红的丹桂，哪怕那只是一星半点的开放，我都觉得是一种难得的风景。

说起来，你不相信。时隔 25 年，我一眼就认出了陈睿，我说你现在叫陈睿，你以前叫陈澄清，他当时惊呆了。后来，我有个急事给陈睿律师打电话，想请他帮忙，而陈睿在近千公里外的泰州办事，他立即买张车票连夜赶回来，夜里 3 点帮我处理问题。以后，所有的问题都是睿哥帮忙处理，他更是当成自己的事来办，件件都上心，件件都办得漂亮。从别人的口里得知，睿哥在闭门考律师资格证的时候，发生了火灾，家徒四壁，但睿哥没有流泪，硬是凭着硬汉子的性格挺了过来，这让我心生敬意。火苗般的花蕊团簇在青长的桂枝上，沾满秋露，散播着弥久不衰的香气，成为心底的永远。

"有困难找国庆"，国庆的热心肠是出了名的，也是诚心诚意的，还是"指到黄河做到边"的那种，他帮过我多少次，我数不过来，就像丹桂树上的花大大小小，你没办法数。那个冬天的早上，路上积雪半尺深，中巴车都停运了，我要到老营处理一件棘手的事，国庆知道后冒着生命危险帮我开车，硬是在冰天雪地的路面上惊险地"滑"到了老营。还有一次晚上，我有一件火急火燎的大事，必须搞定那位不讲情理的主，才能让我弟的事业活下去。

国庆明知是个涩柿子，但他没有推辞，去后跟那人聊天聊地聊风聊雨聊家常聊人情，但人家就是不松口。"猴子不下树，多敲一会儿锣！"国庆抱着事未办成誓不罢休的念头，"熬吧，看谁熬得过谁！"夜里3点半，国庆下楼了，事情办妥了，我兴奋地发现那树丹桂开花了，开的不是白花不是黄花，而是红花。丹桂为谁辛苦为谁红？在秋夜的月光里，丹桂从翠丽的叶片下开出一朵朵火红的花，它只管尽力开放，不经意间，已经火遍了人间。

"该出手时就出手，风风火火解人忧。"五哥以人格魅力聚集着一批智谋和人缘极佳的正能量高人，五哥的风格是帮你办事可以把他自己的人脉一网打尽，他能办常人办不到的事。3年前，有一件在我看来天大的事夜不能寐，有人提议我请五哥出马，五哥找人很快接触到了管事的，通过"以理服人"、"以情动人"、"舌战群儒"、"信函交流"、走"法律流程"，将大事化小，小事化了。在这个过程中，五哥用自己的公文根底亲自操刀，写就了情理法俱佳的文案，凭此一举驱散了几十上百人心头的乌云，我也从此恢复平静。秋雨一过，丹桂那火苗般的花开得更加鲜艳，正所谓："何须浅碧深红色，自是花中第一流。"

桂花树静悄悄地，倾其所有，开着似米非米的小花，不为自己，浓烈的芳香如潺潺的泉水，丰润了他人心底的干涸。

桂花树在绿肥的枝头开出花朵，或白，或黄，或红，无论浅与深，薄与厚，都开得倾其所有，或为一张饼添味，或为一坛酒增香，或为一幅画绘色，它用奉献的活法浸泡出灵魂的超然。

桂花在眼的光圈里散发出季节独有的花香，或淡，或浓，或清，或醇，无论远与近，多与寡，都开得恬静自得，或为风声添色，或为雨露增趣，或为人生添彩，它无与伦比的天然味道沉淀出人间大爱。

桂花树是树中的精灵，它用色香味形扇动我振翅高飞的理想。我感恩桂花树，它驮着我生命中的灵魂越过大漠荒原；我敬重桂花树，它铺开慈善和真诚的魔毯带我飞越壕沟天堑；我歌颂桂花树，它用黄、红、白的三色琴键弹奏出舍己为人的乐篇。


# 桐子树情结


盐池河杉木观村小的桃花开了，粉红中夹杂着雪白，而半坡桐子树在草丛中和春天捉迷藏。

"明天天晴，大家带上镰刀，割桐子树林。"记忆中李业秀老师说话掷地有声，脸比桃花红，还有个大大的酒窝，喜欢笑，一笑就露出两颗镶嵌的银牙。

学校背后那半面山坡桐子树林是我们的勤工俭学基地，草长莺飞的三月，桐子树才偷偷地冒出一丝新芽。"要让桐子树长，不能让草长！"李老师指挥着大家挥镰割草。我个子矮，但总是不服输，割起草来生龙活虎，一会儿就割了一大片，李老师走近我，拍拍我的肩膀，还帮我擦汗。"若学就像小老虎，干啥像啥！"李老师笑着，满树的桃花也笑了。

桐子树的芽儿贮藏着绿的希冀，在阳光下眨巴着眼睛，一只蜜蜂嗡嗡嗡地在我眼前晃动，我一抬手，呀，镰刀一下子割破了我左手靠近食指根部的手背（到现在还留有历史的疤痕），鲜血直流，我大哭起来。

"李老师，李老师，徐若学手割破了！"桐子林里一阵喊声，李老师闪电般地跑到我身边，用双手紧紧握住我的手，十几分钟过去了，血止住了，她用她的花手帕，把我的伤口先简单包扎了，然后背着我快步到学校卫生室，李老师亲自动手，用碘酒消毒，撒上云南白药，然后精心地包扎好。

"若学，痛不痛？"李老师每天都要询问我。我一见李老师就情不自禁地哭起来，现在想想，可能就是"小娃见了娘无事哭三场"吧。李老师每天下午为我换药，总会摸摸我的手，微笑中更多的是鼓励，眼神中更多的是心疼。

记得每天11点，李老师总在厨房忙碌着，她把我们带来的玉米糁煮一大锅。李老师心灵手巧，在锅里添加南瓜或者红薯，或者一把米，或者一把豆子，里边放点油盐，我们当八宝粥吃。有时，从家里带来的玉米面饼子太硬了，她帮我们在火里烤热，还给我们倒碗开水喝。

四月底，桐子树满树苍翠，大有蓄势待发之势。

程培德老师头发光亮光亮的，说起话来杠杠响，走起路来四平八稳。他有一根竹棍做的教鞭，那教鞭在黑板上跑，在讲台上敲，但从没在学生身上试过，偶尔有个比他个子还高的男生站起来和他理论，他扬起了教鞭，却轻轻地落在课桌上。程老师改作业用的笔尖大而宽，他的红钩和红叉醒目得很，我因为经常满页红钩，他还会在本子下角批上"100"，下边加两条横线。

一场阳光的催促，桐子树绿色的华盖上便缀满了大朵大朵怒放的花朵，白花红蕊，絮如凝脂，是五月雪吗？微风吹过，花香荡漾，我们沉浸在氤氲的似雪非雪的花瀑里。

"立正，稍息！"程老师每天放学就要敲钟集合，"山高路陡，大家互相照顾！""老师再见！""同学们再见！"程老师和同学们重复着这老掉牙的话，向东向西分两路排着队回家，边走边甩袖子，还齐唱《三大纪律八项注意》，这种仪式感强的道别和回家，不知为什么山民们都一致称道。

入秋，天渐渐冷了，程老师指挥各班在教室中间烧一堆火，左边是一年级，右边是三年级，一年级烤烤手写作业，三年级端端正正坐着听讲。左边是二年级，右边是四年级，二年级上体育课，四年级在课桌上画画。就这样来来回回交换着，就像春夏秋冬自然轮替，这样的复式教学没有你想象的"按下葫芦起来瓢"。那时大手牵小手，大哥哥大姐姐给小弟弟小妹妹做榜样，也许是榜样的力量，使得秩序井然有序。

桐子树的果实由青变成暗红、紫红、黑红，最后变成黑褐色。程老师和李老师各带一路人马去收捡桐子，个子大的爬上树一摇，一阵桐子雨就落下来了，还有顽固不化的桐子，我们就用长长的竹竿去打。篮子里堆满了探着脑袋的桐子，它们被请到屋角玩堆叠游戏，这样一玩就是一个多月。

"明天剥桐子，大家自带工具！"程老师和李老师安排着。剥桐子的场面格外壮观，一篮篮桐子如"沙场秋点兵"。分班分组，一人锤或用剪刀剪开，另一人手剥或者捏开，还有的同学用脚踩，用木棒敲，一股淡淡的腐臭味在蔓延。"劳动就要不怕脏不怕累。"老师的这句话一直激励着大家，同学们手上、脸上都是桐子的腐泥，但没有一个退缩，没有一个喊臭，热火朝天成了当时场面的注脚。桐子卖了钱，程老师给学校买回了一箱箱粉笔，一根根跳绳，一个个皮球，校园更有生机了。

定期交面蒸馍吃！这是村小的例规。"桐子叶有清热、解毒、生肌的特性，用桐子树叶垫在蒸笼里蒸馍，味道格外好。"李老师见多识广。一到要蒸馍那天，李老师经常喊我去摘桐树叶，我叫上伙伴哧溜哧溜爬上桐子树，摘一抱子青绿色桐叶。李老师会从青而老的叶子中挑选一部分清洗干净，然后铺在蒸笼里，架上蒸笼开始上气，麻利地把白而软探着圆脑袋的面团放进蒸笼，等上半小时，馍就蒸熟了。吃的时候只需提着细长的叶梗，慢慢揭掉桐叶，白胖白胖的馍散发出香甜的气息，轻轻咬上一口，又热又软，又香又甜，满口生津。

杉木观村小早成为历史，而桐子树成为荒野的看客，一茬一茬的五月雪还会飘吗？一片一片的桐子叶还在抒写过往学生娃的童年趣事吗？桐林中的风声还在絮絮叨叨地讲述师生的故事吗？

我突然想去看看村小那片桐子林了！我会轻轻地走进，轻轻地离开，不会惊扰那满山满树的白花红蕊的。

（魏正菊：桐子树开花，麦子扬花，乍暖还寒，耳根从此不得清净，"布谷，布谷""阿公阿婆，割麦插禾！"……学校附近的田埂被嫩绿色包裹着，牛群贪婪地在上面啃食着，我想：如果我是村小附近的那头牛就好了，就可以目睹作者村小学习的快乐了！卢美秀：读着读着，让我进入了桐子花的世界，文字的意义真神奇！）

# 柚子挂满树

### （一）遇见柚树

遇真宫大殿有很多柚子树，枝繁叶茂，树杈坚挺，树冠腾空而起，气势非凡。20世纪八九十年代在均县二中（现在改名丹江口市二中）读过书的人都记忆犹新。

那时我12岁，我是在晚霞中挑着一担子吃喝走进校门的，那担子中挑着一漆桶腌菜和几袋子馍干。"快放下歇歇，你是若学吧！"有人问我。我用惊异的眼光打量着她：齐耳短发，白净净的脸庞溢满微笑，鼻梁上架着一副眼镜，那眼光充满和善。我嗫嚅地低声问："老师，你咋知道我的名字的？""你是最后一个报到的，我也姓徐，和你是本家，我知道盐池河山高路远，挑这么多东西，跑这么远的路，整整一天，不容易呀！""现在感觉好多了！""山里娃子能吃苦，今后要有长期吃苦的准备哦！"我嗯了一声。我和徐志英老师的第一次见面就像见了分别已久的亲人，既陌生又亲切。我扫视了一下校园，那角落里的树绿得发亮，从树叶间探出几个碗大的果子，我从没见过这么大的果子，我充满了好奇，就像对徐老师充满好奇一样。

进校后，我很快熟悉了地形。进大殿门后，左边三条通道，前边一条通向男生寝室，中间一条通向教师食堂和学生食堂，第三条通道是从学生食堂斜着通向主殿。主殿一带住的全部是教师。主殿里，左右两排树，经查问叫

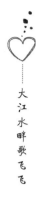
柚子树，树冠端正，树形漂亮，清香绕殿。进殿门后右侧有侧殿，中间几排房屋是初中班级教室，靠后几排房屋是高中班级教室，高中班级教室也可以直接通到大殿。从这进殿仍是满眼的柚子树，柚子树翠绿挺拔，树叶浓密闪亮，风光醉人。

"晚自习时间，全校各班进行安全检查！"徐老师带着班上的配班老师对本班学生寝室一一开箱检查。打开我的箱子时，浓浓的酸味冲箱而出，那是我从100多里外的家里挑来的酸豆角；还有一袋子馍，那馍一掰开就扯出很长的黏丝；还有一些柿干和栗子。徐老师说："你快把这豆角倒了，长期吃会得腮腺炎，那馍也要扔了，会把胃吃坏的。"我嘴上应允着，心里想：我可舍不得。

翻到最下边，翻出一个纸包。徐老师打开一看，愣住了：一个大红裤头，一个红肚兜。"你放这个干什么？"徐老师问。跟随的配班老师接话说："他这是搞封建迷信，藏着红肚兜说是12岁本命年保佑自己不生灾星。"徐老师用和蔼的眼光望着我，我只得老实交代："是我妈亲自给我缝的，让我带在身边！"徐老师转过头来对那位配班老师说："这是妈妈对儿子的呵护！"又转过身对我说："你妈处处时时牵挂着你，你得心里有数。"我点点头，徐老师若无其事地离开了，我一股热血涌了上来。

我的"舍不得"和口是心非，最后真应验了徐老师说的话，我患上了腮腺炎，腮帮子肿胀，滴水难进，还痛得很，没有钱去打消炎针，就这样熬着，熬了一段时间，奇迹般地好了。同铺的同学戏谑我道："不听老师言，吃亏在眼前。"

到了夏天午休时间，我就成了不愿睡的"逃犯"，我趁老师睡了，跑到大殿的柚子树上去捉知了，用手指去按知了，知了却顺着树往上爬，我也跟着爬上树，一把抓住，"看谁厉害，哼！"我把知了装在墨水瓶里，暗自庆幸徐老师没有看见。转回寝室把瓶子放在寝室门上，用一面小镜子照知了，也把镜子里的光照进寝室。"你在干啥？"徐老师突然出现在我眼前。我狡辩说："我在做光的反射实验！""不错，你初一就开始自学初二内容了呀，那你写出实验的步骤和结果，晚自习时交给我！"天哪，这可比批评来得更猛呀！我借了物理书，自学了这个章节，然后依葫芦画瓢写出了实验过程和结果交给了徐老师，徐老师看都没看，问我："你还有啥要说的？"我说："我中午不午休，对自己不负责任，是一错；另外用镜子向寝室反照，影响别人休息，是二错；我给班级抹黑，是三错。"徐老师啥也没说，用手背朝我荡了荡。

徐老师管教学生严厉中透着灵睿，慈爱中盈满真情，她因势利导、反弹琵琶的教育智慧常常奏效。

我是每月都会拿到 5 元助学金和 5 元奖学金的，徐老师告知我："你 4 月成绩下滑，本月的助学金和奖学金都可能取消。"我心里郁闷，晚上下自习后就跑到大殿去看女排比赛，大殿挤满了学生，鼓掌和喝彩声摇曳着两旁的柚子树，加重了我的失落和惆怅。"快出来，跟我到办公室！"突然从人缝里伸出一只手拽住我的衣襟，我扭头一看，是齐耳短发的徐老师。"按学校规定排不到前 15 名，助学金和奖学金都要取消，我给你争取了助学金，给，这是本月的助学金！"我接过那带着体温的 5 元钱，不知说什么好！但我心里有股子劲：我是山里娃子，我可以像女排那样拼搏，我一定会赢的。

站在大殿的柚子树下，我陷入了沉思：徐老师如果是其中一棵柚子树，我可能就是她树上的一个果子，这果子在别人看来是歪瓜裂枣，徐老师却用她的爱和包容，给了我更多的养分，让我获得了一种前所未有的动力，我便萌生了做个大个柚子的想法。徐老师虽然只带了我们一年，却影响了我一生。

（点评：那时的均县二中初中部可是江南才俊唯一羡慕的殿堂，每个乡镇只有十几名学生能拿到门票，真正是 20 世纪 80 年代初期学霸荟萃处，精英云集地。）

## （二）柚林吐翠

柚子树长在深宫高殿，本身就很神奇。在我们这些学生眼里，均县二中的教师个个身怀绝技，和柚子树一样是神一般的存在。

均县二中一带"土地平旷，屋舍俨然，有河流桃林之属"，桃林花开时节，雪白、霞粉、火红，那些蜂呀，蝶呀，在桃林间追梦。那一棵棵桃树就是一道道风景。

张华秀老师出现在讲台上时总是满面堆笑，手里总是提着一个木制吊篮，吊篮里一定有酒精灯和一些实验材料，张老师的化学课妙趣横生，课本中的每个实验他都精心演示，还做课本外的实验，他让大家观察记录实验，还要学生轮流上讲台展示，人人能做，人人会做是目标。

张老师还是个奇才，他说他曾经研究过用棉花制作导弹，他还给有关部门写过信，虽然石沉大海，但他坚信他的提法是有科学道理的。张老师最善

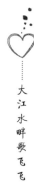

于编化学学习歌诀，就是过了 30 多年，我还能背得滚瓜烂熟。比如，金属元素活性，钾钙钠镁铝锌铁锡铅铜汞银铂金，我可以倒背如流。氧化反应和化合反应，他取字头教我们背：失高氧还，得低还氧。意思是失去电子，化合价升高，被氧化，还原剂；得到电子，化合价降低，被还原，氧化剂。他这一编一记想混淆都难呀！他还编有化合价歌：氢（H）氦（He）锂（Li）铍（Be）硼（B）；碳（C）氮（N）氧（O）氟（F）氖（Ne）；钠（Na）镁（Mg）铝（Al）硅（Si）磷（P）；硫（S）氯（Cl）氩（Ar）钾（K）钙（Ca）。从此，我们爱上了化学。

刘汉珍老师操一口广西普通话，手里拿着导线，串联并联、电流电阻、灯亮灯灭，我们都瞪着大眼睛看着，要是哪个学生走神，是绝对逃不过他的火眼金睛的，他快速地跑到那个学生课桌旁，用手里一把电线敲着桌子外沿："看仔细点，要思考为什么。"在他的严格监督下，我们的物理素养不见其增，日有所长。

记忆中，郭老师每次上课都拿着地球仪，他将地球仪端端正正地放在桌子上，便用方言抑扬顿挫地说着永恒不变的那句话："今天，我们来面究面究（研究研究）……"他旋转着地球仪滔滔不绝地开讲了，同时吱吱嘎嘎地板书课题，他字如其人，遒劲有力，刻板中透着灵活，沉稳中透着睿智。

"看，他跑得多快！"初二时教我们数学的祝爱华老师是"全能冠军"。他在篮球场上简直就是小老虎，腿上生风，左冲右突，前插后转，底线溜板投篮，几乎百发百中，他简直是篮球天才，可惜身高不达标，只能在学校的业余队做"表演明星"。祝老师的数学课神采飞扬，他喜欢在讲台上边写例题边走动，来来回回，去去往往，每节课下来，板书黑压压，衣服湿漉漉。"静如处子，动若脱兔"这是对祝老师最贴切的写照。柚子树叶被夜风吹出沙沙声，与祝老师悠扬的小提琴声应和着，成了曼妙的小夜曲。

大殿一带那柚子树排列得整整齐齐，清一色的青翠欲滴，清一色的昂首挺胸，清一色的志存高远。你细看，每棵柚子树枝干高耸，枝丫疯狂地延伸，出落成心的形状。它们脚踏石殿，挑战着雷电雪雨；默默无闻，迎送着春夏秋冬；无怨无悔，奉献着青春年华。

提起军人出身的石桂均老师，大家都会不约而同地想起那首《妈妈，我们远航回来了》！石老师有军人的嗓音、军人的气度、军人的深情。记得那时 3 个班 180 多人搬着凳子在学生食堂上音乐课，石老师踩着脚踏风琴，字正腔圆地领唱着。"军旗军旗在舰上飘呀飘，心儿心儿在胸中跳呀跳，再理理飘带整整军帽，我们踏着波涛远航回来了！海鸥海鸥在弦边叫呀叫，手旗手旗在风里摇呀摇，平静的大海举出浪花，欢迎我们回到了母亲怀抱，您好呀亲爱的祖国，妈妈呀您好您好……"

唱着唱着，突然下边一阵阵抽泣。石老师纳闷，大家没有军旅生活经历呀，咋动情了呢？他停下来，哭声更盛了。"班长起立，什么情况？""报告老师，大家想家了！"原来刚入学，大家都是第一次离开家，都是十二三岁，像我，离家100多里，哪有不想家不想妈的呢？

"想哭，你们就尽情地哭吧！"石老师似在安慰又似在嗔怪，我们这群不哭少年，含着眼泪唱着："泪珠泪珠在脸上掉呀掉，脸上脸上在尽情笑呀笑，湛蓝的大海纯洁晶莹，像是献给母亲的蓝色捷报，您好呀亲爱的祖国，妈妈呀您好您好！"

石老师还教会我们唱好多歌曲，柚子树的风声是那样迷人，脚踏风琴是那样耐听，《学习雷锋好榜样》《军港的夜》《二十年后我们来相会》《让我们荡起双桨》……新歌刚问世，石老师就现学现卖，我们成了时代的追风者。元旦晚会，石老师男扮女装，"左手一只鸡，右手一只鸭，身上还背着一个胖娃娃"，他演唱《回娘家》，风趣幽默，逗得大家掌声震天响，给二中校园打入了鸡血，给"团结紧张、严肃活泼"的二中校风做了生动的注解。

有一个问题一直困扰着我：大殿到处是石板，柚子树时空受限，为什么却如此枝繁叶茂，生机盎然？

## （三）柚林华发

你也许不知道，柚子树在4月底就有奇迹发生。柚子开花了，昨天还是青绿色，今天却成了鹅黄色，明天就变成了玉白色，一天一个颜色，好不灿烂好不神奇。

老校长石靖汉用河南人的豪爽打造了一个风清气正的质量型二中，他以身作则，率先垂范，老师和学生每天都能在大殿看到他奔忙的身影，在他的举手投足间透着管理者进取向上的风范。

均县二中的老师个个意气风发、潇洒倜傥、治学严谨、独领风骚；均县二中的老师用满腔热忱点燃了属于他们那个时代激情燃烧的岁月。虽然也有新老师因为管不住学生，学生哭他和学生一起哭，但不出一个学期，这样的老师很快就像柚子树一样一天一变，让你刮目相看。

大殿里的柚子树比着长，在霜雪中磨炼，炼成铁一般的臂膀，把雄伟的大殿紧紧抱住，大殿高台上两侧的柚子树则向天眺望，这既有传承又有展望。

"读书！"均县二中每个教室的晨读都人声鼎沸。有念"有朋自远方来，不亦乐乎"的，有念"人之为学有难易乎"的，有念"扶摇直上九万里"的，孙世华老师左手拿书，右手在胸前挥动，每每读到动情处，就像三味书屋里的先生那样"将头仰起，摇着，向后面拗过去，拗过去"，先生对读书的执着和痴迷，潜移默化中润泽着柚子林里的幼苗。杨平老师大眼睛透着睿智和灵气，在我们心中她是标准的美女老师，身材高挑，笑脸上挂着酒窝，张嘴读书就像水磨河里的清水哗哗地流淌，还伴着草木和泥土的香，余音绕梁沁人肺腑。"远远的街灯明了，好像闪着无数的明星。天上的明星现了，好像点着无数的街灯。"欧阳富华老师朗读《天上的街市》时，用磁性的声音营造了一个个场景，用抑扬顿挫勾画了一个个画面，用情用意谱写了流动的五线谱。他的课就像一块磁铁，把一群少年的眼睛和心跳都吸进他的磁场里，在他磁力线的切割下，每名学生都会来电。

"当当当"，上课的铃声一响，站在教室外的杨应云老师会准时熄灭他手中的烟，迈着老当益壮的步子走上讲台，端端正正地放上教案和课本，但从没见他打开过。对他来说，教材已经烂熟于心，教学流程变化也在他的头脑中。杨老师板书例题、答题格式、答题步骤，轻声慢语，娓娓道来，有学生说那是杨将军在排兵布阵，沙盘推演，运筹帷幄。杨老师教数学，兼初三班主任，他用慈爱和每名学生进行光合作用。他曾经不止一次帮我在教师食堂打寸把长的油盐热面条，要知道学生食堂是吃不到的；我亲眼见他把课代表冻坏的手放在他的手心里焐热，要知道住校生半年难得感受到一次父爱。后来，我当老师了，有幸和杨老师一起阅中考卷，在丹江二中吃饭期间每顿我都会给杨老师盛一碗面条，杨老师眼圈却总好红，他客气地说："我们是阅卷场上的同事，这可要不得。"我说："杨老师，我是您的学生，我曾经多次吃过您帮我打的热面条呢！这是天经地义的！"

"二中老师在武当山上抢险救人啦！"这个消息传遍校园。我们好奇，是谁呀，咋救的？"是李德才等几名实习老师一起把摔伤的游客抬下山的。"天哪！李德才老师是我们班的实习老师，现在成了我们的英雄，我们都不敢相信。从山顶沿着陡峭的山路抬病人，那是脚步和肩膀的磨难，是对耐力和意志的考验，是生死抉择的奋不顾身。曾记得，李老师身材细瘦但精神抖擞，课间带领我们做操，课外活动带领我们游戏、唱歌、对对子，为我们初三枯燥的生活增添了"一抹活跃的亮色"。还记得李老师写上句，要我们对下句，上句是"三水浩渺，江河湖泊海洋"，几天后，在李老师的启发下，我们中有人对出"六木森森，杨柳松柏梧桐"。"李老师，别走！"李老师实习期满那天晚上，我们在黑板上写上5个大字，教室里一片抽泣声。"天下没有不散的筵席，在我们握手道别之时，说一声珍重！"李老师的话里透着坚强和不舍。那天晚上，柚子花却像燃烧着的一簇簇旺盛的火焰。

柚子树花开旺了，花蕾显淡紫红色，花瓣洁白，层层叠叠，成为一道道靓丽的风景。

## （四）柚树守望

遇真宫门口两侧也有柚子树，枝繁叶茂，翠色欲滴，深情对望着九龙山下的水磨河，那粗壮的柚子树以守望者的名义守护着师生。

鸟雀还没醒来，起床号还没吹响，就有学生娃围着遇真宫外边城墙跑步，我每天雷打不动都要去跑步，用脚画出一个偌大的正方形，柚子树沙沙地鼓掌，也鼓出了我们这些追梦者的激情。也有在田埂上走来走去诵读的，柚子树就是侧着耳朵，也听不懂那叽里呱啦的英语，那半懂不懂的古诗文。就像播放的晨曲，东一簇、西一群的晨读队伍唤醒了稻田里高一声低一声的蛙鸣，鸟从柚子树飞到稻田上空叫起来了，晨读翻动着田野里那梦想和希望的书卷。这时候大殿的柚子树下三三两两的读书声开始调大音量，就像鸟雀在赛歌。校园内外到处是运动的足音，琅琅的书声和鸟们的歌声，整个校园一下子沸腾了。

门口的柚子树目睹了二中师生进出校门的奔忙节奏，也见证了穿行于校园与田野之间的情感转换。周六傍晚住校生都会端一盆子衣服到水磨河去洗，被捶洗得发亮的石板边齐刷刷地蹲着学生娃，那些十二三岁的娃娃们都有一本洗衣经：用肥皂打在袖口领口上搓洗，重点突出；把粗布衣服打上肥皂，卷起来，衣服摩擦衣服，卷着洗，措施得力；用短木棒捶打衣服，翻着转着捶打，捶着洗，敢下狠招。水里的鱼儿摆着尾巴，剪着霞光，也剪掉了学生娃们一周的倦乏，剪出一河的快乐浪花。

周日总要安排个时间去拜访水磨河亲近九龙山，一周学的啥内容要在这

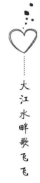

行走中倒腾出来，叫"过电影"。在水磨河蜿蜒崎岖的小路上，我们这些住校生就像一只只蜻蜓，好奇地落在一片青绿的树叶上，停在山里红的红果果上，站在秋菊的花瓣上，就在这走走停停中，语数外政史地各科都抖搂出来了，还有哪些不会的问题，掰着指头数数，记录在指缝间，回学校后猛翻书。回去的路上，老远就望见门口那葱绿的柚子树，就像母亲在屋前凝望，无声地、默默地、深情地凝望。

门口的柚子树目睹了一群群山里娃的担子功夫：开学时进校门都挑着几十斤坛坛罐罐，里边多是腌菜、苞谷花、半干的红薯娃。我们盐池河学生到校多数是用脚板丈量来的，天不亮就出发，一直走到天黑，有时走进校门时第一个晚自习下课的钟声已经响起。郑辉说，最幸运的是能坐上班车，那是敞篷车，顺着九曲回肠的公路向朱坡垭扭来扭去，车上的人都拽着头顶的钢管，人一会儿摔到东边，一会摔到西边，有时会摔倒堆在一起，哗哗啦啦，菜瓶子被摔得粉碎，车上就有学生叹息着："哎，半个月没得菜吃了！"路上扬起的灰尘落得满身都是，就像卖炭翁那样"满面尘灰烟火色"。快走近校园时，先到水磨河洗干净，整理整理衣服，振作精神走过校门口的柚子树，走进久别的校园，感觉一身的轻松。

"门口的柚子树下拴着一匹匹高头大马！"听到这个消息，学生们趁下课时间纷纷跑去看，说要在遇真宫排演《武当》电影。上午第三节课，学校破例放了一节课的假，我们就蹲守在大殿的柚子树下看稀奇：马被绕着圈牵进大殿，演出的内容主要是送信那个场面。电影也把柚子树拍进去当了一回群众演员。

"昨天，你爹给你挑了一挑子东西，是不是？""你咋知道的？""我路过时，看见他在柚子树下问认识你吗？""那是我小爷！他一天走了100多里路挑来的！""都有些啥？"我的后排女生好奇地问。"馍干和腌菜之类！""那可是好东西。""你这是富裕不知穷人苦，是好东西，是我一个多月的口粮！"一不留神，柚子树泄露了我吃的秘密。

门楼里边也有柚子树，高高大大的，呈蘑菇形状。每个周一早上站在柚子树下，准能看到西北方的公路上停着一辆大巴车，那是电器三厂接送专车，从车上下来的"四朵金花"，成为我们眼里独特的风景。佩服的是，四朵金花比我们还善于勤学苦练，她们富而不骄，学而不倦，更坚定了我们这些山里娃子"靠勤奋改变命运"的信念。

校园门口的柚子树和校园里的柚子树拼着长，长成了氤氲着绿和上进的使者，长成了登高而呼的造梦者。

## （五）柚子味道

"大家现在所处的校园就是遇真宫，这里曾经是皇帝专为一名武当道士修建的，这名道士叫张三丰。张三丰是中国道教史和武术史上的一个神奇人物，他苦读经书，通晓天文地理，才华横溢，且武艺高强，来无影，去无踪。后来，张三丰离开武当山，不知去向。明太祖朱元璋及明成祖朱棣都曾下诏遣使求访张三丰其人。明成祖还在给张三丰的信中说：'……真仙道德崇高，超乎万有，神妙莫测。朕材质疏庸，然而至诚愿见之心夙夜不忘……'至高无上的皇帝为武当山的一名道士建造宫观，并塑像奉祀，派官员洒扫，这在中国历史上是绝无仅有的。"

我不明白，为什么开学时校长总会讲这个故事。是说苦是灵丹妙药吗？是说学如修道吗？是说成才的味道吗？

过了霜降，大殿的柚子树挂满了散发清香味的柚子，那双手都握不住的柚子闪着金黄的光泽。

柚子的香味飘散在校园里，秋天风嗖嗖地刮着，我仍穿着夏天的单衣在柚子树下跺着脚读书。再冷一些，我就再加一件衬衣，那时我就是靠两件单衣和两件单裤度过秋天熬过冬天的。第二年，我的段家姑姑看我可怜，就给我打了一件毛背心，我一个冬天和这暖和的毛背心相依为命，第二年春天毛背心被一种恶心的东西（跳蚤）占满了，我咬着牙狠心扔掉了那救命的暖背心。

寝室窗外也有几棵柚子树，它的枝条从我们寝室的破窗里伸进来，寝室里飘散着柚子的叶香。被子里的棉花早被我的"铁脚"蹬得东一坨，西一朵，冬天的冷直接通过被子无棉花处贴近我的身体，我从此开始咳嗽，而且一咳就是一夜，直到春天天气转暖，从此，我害怕冬天，"单衣不暖锦衾薄"。

我们吃粮是靠划支拨证（父母把粮食卖到粮所，粮所再给我们开一张支拨证，用信寄给我们，我们拿着支拨证到学校兑换餐票），11月过了，我的支拨证还没有收到，可我已经"弹尽粮绝"（箱子里的馍干和腌菜已经吃完，餐票已经用完），我清楚地记得，我饿了3天肚子，现在想想可能是碍于面子不好意思向别人借吧，哎，都是面子惹的祸。

那时，早饭是稀饭，中午是米饭，晚上是馍，一份冬瓜汤 5 分钱，一份瘦肉 2 角钱，我很少舍得买。一早一晚，买个馒头飞也似的到校门口，到胖老奶奶的摊子前买 1 分钱的酱豆，我把馍掰开，老奶奶熟练地把酱豆塞进馍的夹缝，我两边一压，酱豆就粘在馍上了，掰一坨馍蘸一点酱豆吃，边吃边向教室走去。

稀饭可以配的东西够多了，酱豆、豆腐丁、酸菜、馍干、豆腐渣、火面。火面是在老营住的同学们带的，把麦子面炒熟再拌上猪油炒香，冷火面和热稀饭简直是绝配。有时，我的好友刘刚也带些豆腐肉丁之类，配啥吃，都是美味，我称之为幸福旋钮。

一日三餐抢饭是真正的实力比拼。我和刘刚一组，我负责跑去站队，刘刚负责送钵子，我就是在那时候练出的百米冲刺，用脚尖着地，加大步幅加快步频，一会儿就超过好多人，我常常排在队伍的前列。那次，我终于排到第一了，后边来的人浪向前一涌，我用手猛地去抓打饭窗口外的木板下沿，呀，一个钉子把我左手大拇指下边划开了，手掌上的一坨子肉一下子掉了出来，我赶紧用右手猛地一按，把肉又按进手掌，然后用左手 4 个指头死死地把伤口捏紧，不让血流出来，然后右手接过刘刚递过来的饭钵子，打好饭，刘刚帮我端到寝室。在去寝室的路上，我就用右手揪了一把柚子叶揉碎敷在伤口上，伤口没有肿胀，两天后还长好了。也许就是这次的壮举，让我和刘刚更加惺惺相惜了。

幸福的是，我段家姑姑和姑父就住在学校后边的沟里，我可以隔三岔五地去打牙祭。姑父一家勤劳、善良、敦厚、热情，我一去，就把最好的饭食做给我吃，我最喜欢吃姑姑做的苦瓜炒肉、清炒丝瓜、烧冬瓜、西红柿炒鸡蛋，这些农家菜，吃一回我就会快乐好几天。姑姑家烧的是柴草，以草为主，做的米饭还带锅巴，吃起来香极了。姑父一家少言少语，但我能感觉到他们把我当家人看待，给我盛饭夹菜，问我学校的情况，嘱咐我，山里娃子只有好好读书才有出路。姑父家种有半山坡的橘子，也有几棵柚子树，入秋后他会给我准备一袋子橘子和几个柚子，要我带到学校吃，就是在姑父家我第一次吃到柚子的。

记得，那次姑姑拿了一个葫芦样的东西问我："若学，你知道这是什么吗？"我说，是柚子，我们学校大殿树上有好多呀！"你见过但没吃过，今天你尝尝啥味道。"姑姑先切开有柄的一头，拿下一个圆圆的盖，然后在柚皮上均匀地划上三五刀，用手一瓣一瓣地剥下薄薄白白像海绵一样的皮，露出了白里透红的柚芯，柚芯由数片胀鼓鼓的柚瓣簇拥在一起，白里透黄，亮晶晶、水灵灵，耳朵似的。看到它，我早已垂涎三尺，拿着一瓣柚子，剥开外边白色的膜，那柚子肉有红有白、晶莹剔透，吃一口，有点苦甜味，但越吃感觉味道越甜！

姑姑、姑父一起陪我度过了漫长的初中生活，给了我柚子的味道。而我呢？毕业了，却很少去看望姑姑、姑父，借口说自己没混出个名堂无脸见面，可姑姑、姑父已经长久地离开了人世，我到现在还为自己不知感恩充满愧怍和不安。

后来，二中搬迁到老营了。南水北调中线工程蓄水后，为了让遇真宫不被库水淹没，国家出资 2 亿将遇真宫抬高了 15 米，这是一项创造世界纪录的建筑物"长高"工程。遇真宫"长高"了，柚子树被毁的命运却未能幸免，可均县二中师生对柚子树的集体记忆永远不会磨灭。

梦里，我看见遇真宫的柚子树又抽出了嫩绿的新枝，碧绿的树叶绿得发亮，一朵朵粉白的花朵像火种一样，点燃绿意盎然的季节。

（红孩儿：这柚子花是在苦难中开出的花。尚秀丽：苦是灵丹，回忆起来才更觉得可贵！）

# 栀子花开

"栀子比众木，人间诚未多。"这是杜甫对栀子的中肯评价。

栀子从冬季开始孕育花苞，直至夏至初绽，含苞期愈长，清芬愈久远；盛开的栀子花，那素洁如凝的花朵缀满枝头，花瓣晶莹润泽、玲珑剔透，仿佛白玉雕琢成的，淡雅得没有一点装饰，纯洁得没有一丝杂质。看似不经意绽放，其实经历了长久的努力与坚持，"喜悦"就是栀子的花语，就如生机盎然的夏天充满了未知的希望和喜悦。

在浪河中学一干就是 20 多年的印保菊老师最喜欢栀子，她说自己就是山村的栀子花，愿默默地开在一捧光阴里，开在那群追梦的孩子的心里。

印保菊老师虽未读过《正面管教》，却凭借"和善而坚定"的信念，凭借"不惩罚、不骄纵、多激励"的信条，成为有效教育学生的成功范例。

学生黄小雨双手畸形，拿不稳东西，说话吐字不清。印老师用智慧的三部曲，改变了黄小雨的人生。"小雨同学，我想给你一个艰巨的任务，不知你愿意接受吗？"黄小雨有些好奇和犹豫："好呀，老师，什么任务？""请你擦黑板！"半个月过去了，印老师在班会课上提议，请黄小雨同学谈谈他是如何坚持每天把黑板擦得干干净净的。黄小雨站在讲台上涨红了脸。印老师鼓励他说："别慌，慢慢说，是不是不好意思表功呀？请同学帮你说可以吗？""每次先用黑板擦擦一遍，又用抹布抹一遍！"劳动委员率先开口。"他能够坚持每一节下课及时擦！"班长补充道。"他还擦讲桌，用湿抹布擦一遍又一遍！"角落里有女生插嘴。印老师因势利导地对全班同学说："请大家根据今天班会课的内容，写一篇周记《我们班的'牛人'》，我请黄小雨同学当'小老师'，看谁写得最像。你可以写几句评语，也可以直接打分数。"黄小雨兴奋地点了点头。从此以后，小雨同学变得爱说话了，爱笑了。

栀子花开了，雪白、润洁、清新、靓丽，一朵、一簇、一片、一树，争先恐后，在微风中翻飞、跳跃、旋转，轻盈自若，千姿百态，变换着光和影，愉悦着观者的心。在印老师眼里每个孩子都是一朵花，她扳起手指都能细数一二三四，子丑寅卯，洞若观火，了如指掌！

印老师了解到家境贫困的张军同学靠放假到村里砖厂干杂活、和爷爷上山挖药材、在街上捡破烂来完成学业，却不愿接受40元的捐助，内心很是感动，于是竭尽所能帮助这个坚强的孩子，借一本本的名著给这个孩子读，坚定了张军做"保尔"式的人的信念，培养了一个"不靠天不靠地自己命运靠自己"的新硬汉。后来，张军上大学还做了3份家教，每年都拿到最高的奖学金，不光能够养活自己，还能够补贴部分家用。

在批阅学生周记时，那篇《花开的时候希望你来看我》引起了印老师的注意："……栀子花已经绽放得像亭亭玉立的少女，随风舞动着雪白的舞裙，……我知道妈妈你快回来了……"印老师了解到这个叫晓阳的同学父母离异，妈妈在离开的那天和晓阳有个约定：插活的栀子再次开放的时候，就会回来看晓阳。印老师心头一颤，想着怎么能帮助晓阳圆梦。印老师一次又一次拨通了晓阳妈妈的电话，还把晓阳的作文《花开的时候希望你来看我》拍照发给了她的妈妈。人心都是肉长的，晓阳和妈妈相拥而泣的那一天，晓阳妈妈还送给印老师一束正在开放的栀子花，那洁白如雪的花瓣调皮地往里卷曲着，衬着嫩黄的花蕊，极香，极艳。

印老师爱学生乐此不疲，念兹在兹；对教学执着痴迷，有人说她就是教学点子公司的经理。

她在班级建立了"课堂词典"，每个学生担任某一方面的小专家，有哪方面不懂都由小专家订单式讲解。两个班的语文作文批改量大怎么办？印老师先把中考作文要求介绍给学生，学生明白好作文标准后，引导学生小组批改作文取平均分，又引导学生互批、自批。怎么修改升格作文，印老师自有妙法：针对学生作文中出现的普遍问题，还是以"文本"为例，每次作文落实一个重点，引导学生从字、词、句、段、标题、开头、结尾等各方面进行系统指导，这样学生的写作水平迅速提升。下水作文是印老师的必杀技，她写的《香蕉往事——我的暖心故事》《老骥伏枥志千里，化作春泥更护花》《花开的时候你就来看我》等均获省级一等奖。

印老师就像一块磁铁，课上课下就像磁场，吸引着一拨拨学生。许多老师打趣问道："印老师，你有什么魔力让学生那么喜欢你？"印老师笑而不答。

印保菊老师用一次次鲜活、旺盛、顽强的绽放，燃烧着自己火热的芳华，无欲无求，无怨无悔，灵动舒展中散发着栀子花般的芳香。

校园里响起了歌声：

栀子花开呀开，栀子花开呀开，
像晶莹的浪花盛开在我的心海，
栀子花开呀开，栀子花开呀开，
是淡淡的青春，纯纯的爱，
栀子花开如此可爱。

（点评：乡村孩子心灵的绣花神，她用一针一线绣着孩子的心花，让每个孩子都绽放！语文教学的创艺师，她用慧心慧眼在自己的语文园圃里种下出众的栀子花，让乡村的孩子沉浸在顽强的绽放里！）

## 辉子树果闪闪亮

传说老子出生在李子树下，当地老百姓为了尊敬和纪念老子，就把李子树改称"辉子树",红辉的网名就叫"辉子树",红辉说,她喜欢辉子树。

辉子树发出了嫩芽,绿色的、小舟似的叶片慢慢展开变大,叶面的银光在风的催促下一闪一闪的。红辉出生18天后就被送到盐池河深山的外婆家,红辉是喝奶粉和山泉水长大的,婆婆下地干活她就乖乖地待在箩筐里,再大一点儿,就在田间地头爬,红辉打小就与泥土、庄稼结成了朋友。外婆家养了条看门狗见人就咬,红辉2岁多时邻居雷爷挑粪从门口过,她猛扑过去抱着狗脖子:"没事你过去,有我!"一天来来回回几十次,她就抱几十次。"人小智勇过人,这娃子将来有出息!"邻居纷纷赞许。

长尾巴鸟在辉子树上闹腾起来了,风翻动着青碧的叶片,也翻动着鸟的翎羽。红辉打小就成为外婆家的小小饲养员,咕咕一声,小鸡就来了,呜呜一声,黄狗就来了,喵呜一声,小猫就来了。时间长了,她就成了小动物们的情感大师,小鸡在她稚嫩的手掌里啄食,小猫安详地卧在她怀里,小狗蹭她的小脸。她还帮大舅母择菜,用剪刀剪菜根又快又干净。她跟着外公去点种木耳、香菇,她小手塞菌种按塞子就像玩游戏般开心。她撕玉米,从红缨子处双手一分就撕开了,脸上头发上到处都是红缨子,但她依然心花怒放。红辉是在树林里长大的,外公说松树、花梨树、李子树、桦树等都是做栋梁的木材,红辉突然冒出一句话:"我也要做栋梁。"三四岁时,她看到徐霞姐姐在做作业,她就缠着徐霞教她读书写作业。6岁那年红辉要回到父母那里,离开那天她躲在房里哭着不肯走:"要走,婆婆、外公和我一起走!"

"遥知不是雪,为有暗香来。"四五月份李子树开满了花赶趟儿,细小花瓣簇拥着25根花蕊,花香在诗意地流动着,一朵朵、一团团、一簇簇,是白色的绣球挤压出来的香,还是雪花雕出成长的花香?读书废寝忘食是红辉的童年趣事,一坐几小时是红辉练就的学功,勤学+巧学是红辉为学的不二法宝,初中毕业考入郧阳一中创造了山里娃读书成才的一个奇迹。

李子树一阵花雨过后,扁圆而青溜溜的李子藏在翠绿的叶间,微风一吹,李子谦恭地低着头。从湖北大学读研到中科院大学读博,再到澳门大学的博士后,红辉一读就是12年,而且读的是最难学的心理学,还是"认知控制"方向。红辉节假日走街串巷做调研问卷,在实验室里做脑电波测试,在电脑上做枯燥的数据统计分析,一做就是几个月,有时几个月下来实验失败,还得从头再来,那种熬更守夜后失败的打击就如在心头插把刀。每当这个时候,她总乐观地说"每一步都很痛,但大概率付出就有回报"。红辉还常常帮她的师哥师姐们收集数据，撰写文稿，但完全是尽义务，别人说她傻，她笑而不语。她还到德国汉堡大学交流了一年，其间冒着被感染的风险奔走在实验室和人群之间，用蹩脚的英语跟德国人聊针灸、聊心理、聊认知控制。"自己的和尚念不了自己的经"，她是研究心理学的，有关自身的爱情、心情常让她寝食不安，但就是这种矛盾的历练，她出落得更靓丽睿智。李子树结满了红果子，那鲜红的颜色还是藏在斑驳的叶片间，不显山，不露水，不张扬，不招摇。她博士毕业时我情不自禁地送给她一首诗："二十四载风雪途，学海泛舟成气候。晴空一鹤平地起，展翅一飞九万里。"红辉谦虚地说："三舅过誉了，我不是鹤，只是一只会飞的鸟。"

红辉说她敬奉稻盛和夫的"敬天爱人说"，在她博士毕业论文中不厌其烦地提到了她要感谢的上百人的名字，那其中还有个我，我其实就是她的一个啦啦队队员。她感恩外婆的养育之恩，定期给外婆寄水果、发零食，知道不识字的外婆想听《圣经》，就给外婆买平板播放器，几乎每周都会给外婆视频嘘寒问暖。她很敬重父母，"爸爸要注意休息，妈妈要多运动！"她在微信视频中总不忘在结束时细细叮嘱。"我很佩服我妈，那次我爸妈用三轮车做橘子生意，下坡时三轮车刹车失灵，我妈大声提醒我爸爸：'别慌，往里边开，向土厚的山坡开去！'正是我妈的英明决策，在关键时候两人安全无恙。"讲到这时，红辉眼角湿润了，这是一种后怕和担心。红辉的心里装着别人，唯独没有她自己。上个月，她甲状腺查出问题，在广州医院做手术，亲人们都担心得很，但她不让亲人去照看她，还微笑着说："没事，这是小手术，做了就好了。"回家休息了3天就又回到了博士后的岗位上，沉浸于工作中。

我们收到了红辉寄来的新鲜的刚上市的辉子，红扑扑、粉嫩嫩，咬一口，从舌尖一直甜到心底，"这辉子，好甜好甜！"

（点评：从小看大，三岁知老。年轻人中勤学巧练成才的人比比皆是，其中知恩图报、敬天爱人者更显得金贵。王文娥：此文角度巧妙！晏根合：这辉子，好甜好甜，这文章，好美好美！）

# 槐树青青槐花香

## （一）

我见过贵州苗寨的千年古槐，拜访过山西大槐树，也曾感恩戴德地与大小槐树为邻，我对槐树有一种敬意，不是因为它象征着三公宰辅之位，也不是因为它有科第吉兆，而是因为它不追名而有名，不慕利而有利，质朴中透着灵性，顽强中盈满智慧，柔软中盛着刚毅。

有槐树的童年是有故事的童年，艳华的童年是被古荆门那两棵古槐树拥抱着，在槐树发芽时念《百家姓》、读《三字经》，在槐风阵阵中听爸爸讲《薛仁贵征西》《岳母刺字》，听妈妈絮叨《穆桂英挂帅》，在两棵槐树的"推搡"中硬是练出了新版的"花木兰"。

"平原尽头有什么？"艳华问。"高山峻岭！"爸爸答。"高山里有什么？""有大人小孩，有树有花。""那里的小孩能在槐树下听故事吗？""这个不一定，因为山里有文化的人并不多。"好奇心驱使着艳华甩出一串串追问，也萌生着一个个念头。

天遂人愿，槐花开的时节，艳华收到了大学录取通知书，她如愿走进鄂西北深山的郧阳师专读书。这里能见到漫山遍野的槐树，米白的鸟在槐叶间唱和着，闪亮的槐枝扇动着飞翔的翅膀。"我要让山里的孩子也能听到动人的故事！"凭着小时候的念想，3 年后艳华毅然决然地留在六里坪学校，做了一名"女匠人"。

20 世纪 90 年代初期，六里坪学校用"破烂"一词形容一点不为过。"没有筷子用手抓，没有凳子坐地下。"艳华的乐观写在刚毅的脸上，她给孩子们描绘外边的世界，跟孩子们一起摘槐花捉蚂蚱，一起画插图做教具，她写的第一篇下水作文就是《会哭的女孩笑了》。

曾艳华说她喜欢繁钦那首写槐树的诗："嘉树吐翠叶，列在双阙涯。旖旎随风动，柔色纷陆离。"她说她就是一棵槐树，自自然然，实实在在，本本分分，不惜吐翠沁芳，不辞艰难困苦。

她是一棵有信有情有爱的槐树，而学生就是栖息在她这棵树上的群鸟，树对鸟的百般呵护，鸟对树的深沉眷恋，形成了一个巨大的相互吸引的磁场。张同学父母都不在了，依靠爷爷过生活，而爷爷大病缠身，曾老师就帮衬着"她的生活"，张同学病了，曾老师第一时间到医院去看她，告诉她："有困难找我，我是你的靠山！"就是张同学面临高三，她还不忘悉心叮咛。槐树的深情凝望使鸟的飞翔有了动力和方向。

"不漂亮的鸟也有飞翔的渴望。"曾老师闪动着眸子说，"我班一位女生因为皮肤黑而自卑地用刘海遮住眼睛，我试图走进她封闭的内心。我的一句'其实你很有个性，长得有特色'化解了她心中的坚冰。'我能给你提点建议吗？'那姑娘点点头。'如果你穿亮一点的衣服，将头发好好整理一下，阳光一点，你会更漂亮！'那姑娘当时半信半疑，但还是照做了，从此赢得了大家的好感，变成了一只快乐的鸟。"

曾老师讲起她和学生的故事时总是那样动情，仿佛那些山里娃都是她的孩子。她用爱的阳光照进每个孩子的心田，在每个孩子的心中种进槐花的芳香，也种进了人生的光芒，难怪那次在武汉她的学生接待她就像接待自己的母亲那样亲密，那样自在，那样光彩。

（许红慧：曾老师是我老师，是我心中的女强人，她女儿的名字中就有曾老师喜欢的那首诗中的第一个字"嘉"，母女俩并称"嘉人"。）

## （二）

一串串白色的花朵，仿佛是一串串摇响时光的风铃，催生着一片翡翠般的新绿，唤醒沉睡迷茫的心，跃出窠臼，扇动飞的理想。那位不知礼的孩子在她的换位思考下已经变得彬彬有礼；那个写小字声调高的孤僻孩子，在她一串串槐花般的鼓励下变得斗志昂扬；那个一说话就脸红，背对着同学表演节目的瘦弱女同学，在她"一遇到就跟她牵手"的温暖下，考上了理想的大学；那个和父亲水火不容的孩子，在她与孩子父母促膝交谈中打开了爱的开关，父亲的爱从此变得细腻有声，她这个局外人也从中享受了和解的幸福。

槐树经历了风霜雨雪，尝到了酸甜苦辣，但槐树无怨无悔。"一身绿色、一身清爽、一身绝技。"槐树在初夏后会冒出一撮一撮的新绿，那叶片就像一个个绿色的铜钱堆叠着、错落着、晃动着，满树绽着绿意和豪爽，满树闪耀着光明和睿智。

曾老师的课堂就像在演绎波澜起伏的剧情：在《海燕》迎风雨飞翔中，

学生"勇敢高傲"地朗读——不惧艰险，搏击风浪；在《孔乙己》悲剧的一生中，围绕"孔乙己为何人"的辨析，学生发出"怒其不争，哀其不幸"的慨叹；在《鱼我所欲也》的"鱼"与"熊掌"的两难抉择中，学生做出"舍"与"得"的价值判断；在《沙漠里的奇怪现象》里，"驼铃"声声，学生见识了自然的神奇和科学的威力。

"一花开放不是春，百花齐放春满园。""小鸟也要大声唱！"每一节课，她都会设计一个让学生参与的"亮点"，让学生像小鱼儿一样在语文的河流里游弋。

"让每个学生都有发言的机会"，即使碰到不会的，她会让学生去找本班的小老师或找她；碰到胆怯、不敢回答的，她会很期待地说："你只要说话，我就会为你点赞！"这样，她的地盘永远激情四射，波澜起伏。

初夏槐花还是星星点点的米粒，一到盛夏槐花开出粉红，接着花瓣伸展时变成浅黄，最后变成白色，那一簇簇一串串的白，让人心惊得明亮，是飘洒的璎珞？还是闪光的碎钻？是何等高明的匠人琢磨出如此高贵的稀罕之物？

作为特级教师，曾老师的利器是"奥卡姆剃刀原理"，就是将复杂的事情简单化。她主持名师工作室工作，雷厉风行，敢说敢干，"要做就做得风生水起，要做就做得像模像样"，她就是别着奥卡姆剃刀的领头兵。

如何读整本书，她利用思维导图理清整本书的思路，她带领学生对精彩的部分进行摘抄分析，对重要故事情节和人物主要特点进行梳理，做到读"整本书"，悟"精彩段"。

她放手让学生读、诵、译、悟、背，增强文言语感，让学生在"经典背诵"中去理解字词，学会疏通的技巧，采用小组合作或两人搭档，边读边译，然后放手让学生学会多角度评析课文，老师只做舵手。

她别出心裁地从教材中找技巧，从片段中找技法，在点上作文章，让学生掌握基本写作技能；再引导学生走进生活，从生活中找"米"；根据不同学生的特点肯定其写作优势，她的《微点作文》课题在推广运用中影响了好多语文同行呢！

一棵槐树守住平凡岗位，却展现王者风范。为了鸟儿的安身和飞翔，她用浓郁的、甜蜜的香气明亮着鸟儿的眼睛，鼓动着鸟儿的双翼，那是一种让人心醉的叮嘱、守望和希冀，是一种缱绻缠绵的唤醒、催促和激励，是一种无私无畏的奉献、给予和牺牲。她就是一棵槐树，一棵为人辛苦为人甜的开花树。

（点评：她，他，他们把一坛密藏的封坛之爱给了别人的孩子，他们把千辛万苦采得的蜜一股脑倒给了别人的孩子，他们把跋山涉水采摘的雪莲都给了别人的孩子，他们是食人间烟火的人，也是摆渡人生的神！）

# 栎树人生

栎树就是著名诗人舒婷笔下的橡树，它义无反顾地坚守在鄂西北的山村里。石鼓中学的富海说，他喜欢栎树，向天而生，黑质灰章，枝干笔直，守护山村。

26 年前，杨富海被分配到石鼓中学任班主任兼语文教师。"老师，教室门坏了！""老师，我没有笔，我的钢笔坏了。""老师，我裤子破了，我要请假回家！"……每当这个时候，富海用混杂着河南方言的普通话说："那都不是事。"富海喜欢琢磨，锁的原理是什么？钢笔为什么不吸墨水？衣服的针脚如何藏起来？打那以后，他的工具箱里装着锤子、起子、针头线脑，学生背后叫他"杨修理""杨裁缝"。

一开春，栎树在雨水的点化下急急地开出了长条形穗状花，鹅黄鹅黄的，如风铃柔柔地垂下，鹅黄的香味随风飘洒。富海有栎花的急性子，他每天第一个来到教室，和值日生一起干；下课，他像点水雀一样，捡拾地上的纸屑、瓜子壳。奇怪的是，他没有一句命令，但班上同学都成了"弯腰族"，学校哪个角落有垃圾，就有他班孩子的身影。

栎树的新叶嫩生生的，在阳光和风的呵护下，荡起变化和希望的秋千。2016 年秋季，富海接手了一个有 60 多名学生的大班，但他发现竟有一半学困生。"我若想做好，总会找到办法。"富海暗示自己。成绩好的学生好的原因都是相同的，学困生差的原因总是不同的。他利用空闲时间，和学困生一一交心，用他的话说，"让学生的心瀑在我心上流过"。他设身处地地查找每个学困生的不同原因，并开出不同的"方子"，这些"方子"，有的给了家长，有的给了代课老师，有的给了班级的优等生，更多的是给了学生自己。就这样，搭起连心桥，让每个孩子有路可走；制定跳一跳摘桃子的目标，让每个孩子都能品尝到属于自己的甘甜；比一比，赛一赛，让每个孩子心中都激荡着争胜的潮水。奇迹就是这样发生的，明同学手脸摔伤了，仍坚持训练体育中考项目；龙同学走出了零的耻辱，语文诊断考试还过了及格线……

　　过了4月，栎树一袭新绿，郁郁葱葱，撑开一把绿色的大伞，鸟在绿色的伞盖下忘情地飞。在留守孩子眼里，富海是爹又是妈，给每个孩子建一份留守档案，富海最喜欢记录他们的故事。他开展了"四个一"留守行动，即每个留守孩子参加一个课外兴趣小组，每月读一本好书，每月写一封亲情书信，每月做一件助人为乐的好事，等等，留守孩子有事做了，有做事的动力了，都像打了鸡血。洁同学父亲外出打工出事故死亡，母亲留下年幼的弟弟另嫁他人，到初三下学期洁同学面黄肌瘦，弱不禁风，富海就把电饭锅搬到办公室，每天给小洁煮一个鸡蛋，这样一煮就是两个多月。"您比我父亲还要慈爱！"毕业时小洁给杨老师的明信片这样写道。

　　"当老师有时候身不由己。"富海满怀愧疚地说，"2008年春天，我父亲得了肺癌，病情突变，妻子打电话让我快到医院！看着几十位学生聚精会神的眼睛，我咬着牙上完课才赶到医院，我对不起父亲！"说这话时他噙着眼泪，露出了一个男人面临舍得、忠孝抉择的痛苦。"面对讲台下孩子们那一双双求知若渴的眼睛，我内心就是放不下，好在父亲还是挺了过来，否则我会一辈子不安的。"富海似乎又轻松了些。

　　入秋，橡壳像一只粗糙的瓷碗托着一个红褐色的迷你"腰鼓"，那腰鼓圆溜光滑，栎果长成了一个超凡脱俗的艺术品。富海提出"看得见的语文"主张，在语文教学上推行"五个一"，而且做到了极致。他把班级学生每4人分成一组，形成一带三模式。每名学生每天摘抄不少于400字，每周背诵3个知识块，每周1篇周记，每单元自出1套试题，每月读1本名著。如何落实这"五个一"？他创设了"用积分制夯实语文素养"的策略，采用组长登记—登分人统计—教师公布的流程，有奖分也有扣分，奖惩分明，说一不二。用积分制每月汇总一次分数，并对前10名学生分别颁发奖状、奖品，还将其作为评优的长线依据。一学年下来，每个学生摘抄本有十几本，达到11万字，3年下来每名学生累计三十几本计33万字，每个人的摘抄本码起来就有一米多高，这就是学生动手、动口、动脑学习语文的历史见证。有人做了统计，凡是杨老师带初三，他班的语文中考成绩就会全市名列前茅。用富海的话总结说："就是人人体验，人人参与，人人检查，让每个人都成为一节动车，自带动力，用动车效应学教语文，学生学得轻松，教师教得快乐！"

"我喜欢栎树。"富海感慨地说，"既然选择坚守，就要享受清苦之乐；既然选择教书，就要教出艺术水准；既然心中有诗，就要不忘初心，风雨兼程。"

（点评：富海用严慈刚柔揉成了育人的艺术面团，千揉百擀擀成了一案板细细的面条，情感的火把面煮得满屋香。那每名学生一米多高的摘抄就是这样"揉"出来的，"擀"出来的。晏根合：文章写出了真富海、真性情。白元伟：作者笔下的富海是其本人的真实写照。）

# 又见山里红

## （一）

"那是你秋天依恋的风，那是你漫山醉人的红，那是你含情脉脉的心，酸酸甜甜招人疼。"东萍姐喜欢听这首歌，她说："像我们这样的村医就是一树树山里红，把'燃烧的岁月，融化在心中'。"

山里红上部开枝散叶，枝繁叶茂，从菟处发出许多枝条，或近乎匍匐，或旁逸斜出，交互错杂，织成一座绿色的小篷，那小篷就像赤脚医生背的药箱，风一吹就左右晃荡。"我16岁就穿草鞋走乡串户，凭着'一把草药、一根银针'，当起了名副其实的女赤脚医生。"东萍姐嘴边总是挂着笑，语气中充满着自豪。

"20世纪70年代末，我们天天都在忙防疫。一开始防疟疾，我天天就像'敌后武工队'那样到山林里去采草药，提着水瓶到田间地头给老百姓送草药水。""草药太苦，老百姓不喝怎么办？"我问。"我每次亲眼看着每个人喝进肚子里，也有背着我吐了的，我会再倒一杯让他喝进去。我还告诉大家，别跟自己过不去，知道吗，因为疟疾，非洲可是死了好多人哦！""你那草药有效吗？""我翻看过古医书，我用新鲜的青蒿挤出蒿水制成药水让大家喝，效果不是一般的好。"

东萍姐说话有些幽默，一张口就杠杠响，做起事来风风火火，在以后预防低钾病、斑秃病、血吸虫病、麻疹、脑膜炎等战役中，以全村老少无一人"中招"而大功告捷。

　　起初，山里红从枝条上的叶下，伸出青色的花梗，梗上再举着一簇花苞。花瓣抱成一团，外面裹着五片绿萼。东萍姐背着药箱，常常望着山里红那个蔫了的花苞陷入了回忆：20世纪90年代初期是出生高峰期，她经常背着娃子和药箱走田埂，爬高山，四处接生。记得，1991年春天，她一路小跑翻过四架梁子五架山去接生，可到那后，发现新生儿已经停止了呼吸，屋内屋外一片抽泣声。她迅速抱起新生儿，麻利地清理羊水，提着婴儿的腿脚头朝下，轻轻柔柔地拍打着，按照书本中的步骤做着心肺复苏，哇的一声，那孩子活过来了，全家人高兴地和她又搂又抱，"神医呀！神医呀！""赶快护理孩子！"东萍姐十分冷静地说。就在今年山里红红遍山野的时候，那孩子结婚了，结婚前还专程来谢东萍姐的再造之恩呢！

　　"你给别人接生，肯定有喜钱吧？"我问。"别说喜钱，就是饭都没吃过人家一顿！""那时人们都穷，因为到医院生不起孩子才让我去接生，我可是分文未取。"东萍姐说起往事总是滔滔不绝，"那时挂号费是3分钱，可老百姓兜里没钱呀，一年到头全村还欠我十几元挂号费，我们那时就是尽义务，还时常贴钱，是真正的'赤脚'医生。"

　　当山里红白色的花苞完全开放时，一簇簇的，一丛丛的，像洁白的药箱，素清、内敛，花心青黄色，挑着一二十根花蕊，就像药箱里的一根根银针。东萍姐早出晚归，披星戴月。卫生室需要坐诊，村民发病要上门出诊（东萍姐称之为"跑诊"），家里有老人孩子，一日三餐需要料理，鸡鸭猪牛需要喂养，橘子地需要侍弄，庄稼要收割归仓，她就像一个陀螺，没日没夜地旋转忙碌，却又井井有条。

　　到了六七月间，山里红结果了。小如指头，大若铜钱，形似眼珠，状若腰鼓，色如铁青。东萍姐说，她"跑诊"时尝过，青果子寡淡无味，酸涩难当。2011年东萍姐的诊所因为移民外迁搬到马家岗垭子上，她离黄家沟的村民更远了，她买了自行车，但不管哪家生病她都得"骑得更快"。3月12日下午东萍姐骑车到杨永莲家"跑诊"，回来时突然窜出一条大狗把东萍姐连同自行车掀翻在地，东萍姐眼前一黑，失去了知觉，等送到太和医院，医生惊奇地发现她的双眼眼珠翻了个，脑髓也出现了裂缝。当她醒过来时，医院建议做开颅手术，她用尽全身力气摇了摇头，坚决要保守治疗。医生问她痛不痛，她却说不痛，医生惊掉了下巴："大脑脑髓都开裂了，会不痛？"也许东萍姐就是凭着超常的忍耐力和超人的毅力才渡过了生死劫难。不可思议的是，

6 月 12 日下午，她的眼珠突然又翻转到正常位置，这种奇迹谁能解释。

（点评：这是一名有故事的村医！她，他们是黄土地的脊梁，是农民眼里的活神仙，是在苦水里熬出来的！比阿香婆还能熬，比菩萨心肠还软，比土地上的石头还坚定！这是一群在 100 米外都要向他们敬礼的人！）

## （二）

一到 7 月末，青色的果皮中便洇出红晕来，摘下一颗，两指一捏挤开来，里面全是黄褐色粉末状的东西，就像东萍姐给病人包的药粉子。说起药粉子，东萍姐说，她给公公、婆婆包的药粉子估计有好几碗，就是凭着这些药粉子，延长了公公婆婆七八年的寿命。"那时，婆婆患子宫癌，我怕她感冒引起并发症，只要一打喷嚏，我就赶快给她端水喂药！最后 3 年的 1000 多天，我每天给她打针，给她端饭，从没嫌烦过。""你的孝心和医德，让所有人动容！"我说。"做儿媳的我从不计较公公婆婆待我如何，我是用心待人，老爷子一身的病，我一样给他治疗、给他端饭倒水，连裤头、袜子都洗，老爷子是噙着感激的眼泪离开的！就是亲爹亲妈我都没有这样做过呀！""你亲妈，离开人世前，你不照样天天拖着疲惫的身体去陪护她吗，你的孝心天知地知呀！"我说。"我出嫁后离娘家远了，对娘家的吃喝拉撒睡也放在心上，但后悔的是老娘的病情我知道得晚了，不然可能还有救，这是我这个当医生的女儿的一块心病。"在灿烂的秋阳里，山里红的枝头攒着一簇簇红，像缀着一粒粒珊瑚珠，连缀一起就像一面红色奖章，那分明是为东萍姐刻意制作的。

算盘珠般的山里红，变戏法似的出现在我的眼前，它们闪着暗紫色的幽光，像璀璨的红宝石。说起变戏法，东萍姐兴奋地讲起她妙手回春的故事。"2018 年也就是山里红成熟的时节，我们这个移民点有个叫朱之英的老奶奶脑血管破裂，4 家医院都拒收，家属找到我，我看着可怜，就应允下来，给病人降血压、扩血管、消炎，过了 3 个多月，奇迹出现了，那个老奶奶能自己走路，自己吃饭，见了我还握着我的手不放，感激得眼泪涟涟。""这也说明你医术高！"我不由得赞美起来。"我是名村医，村医自有朴素的医者之心，不会瞻前顾后，不会患得患失罢了。"

深秋的山里红似酒，灌得一树的脸红；似舞，动得一树的斑斓；似歌，唱得一树的璀璨；似火，燃得一树的耀眼。东萍姐喜欢吃山里红，她说山里红那青黄的果肉中，浸着酸甜的汁水，靠近内核的地方，透着丝丝嫣红，证

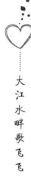

明山里红熟透了。吃着山里红，东萍姐讲起了近3年的防疫故事。"我们每名村医就像一树山里红，树树红才能漫山红。我冒着生命危险，查核酸，早上打开头灯进门入户登记，晚上披星戴月查核验，吃一顿热乎饭在当时都是一种奢侈，但我们硬是挺过来了。"

东萍姐拿出照片告诉我："这是我操持的卫生室，作为全省145家南水北调移民卫生室示范点代表，我所在的马家岗卫生室受到湖北省、十堰市的表彰。"

一枚、一枝、一树，漫山红遍的山里红，把美丽乡村装点得分外妖娆。远处正在播放那首熟悉的歌曲："又见山里红，故乡的山里红，你把燃烧的岁月，融化在我心中。"

（点评：一沙一世界，一树一风采。一株山里红翻出潜藏在黄土地里的大爱诗篇，一串红果果贮满艰辛、坚韧、坚实，一簇簇山里红唤醒了被人遗忘的世风，镀亮被黄土地上的人敬若神灵的凡人！那不是一个人，而是一群人！红孩儿：医者父母心。赵立珍：东萍姐是神话，你们也同样是神话！魏正菊：山里红，下霜了才好吃，酸甜可口，健胃消食，不厚的果肉里包满了籽，那些籽都整齐地围在一起。这可能就是圆满的生活吧！因为生活有酸有甜，尤其是经过风霜后的生活越发甜了，这是对主人公的褒奖。）


# 向日葵花始盛开


圆盘里脱落的瓜子钻进土里，又从土里长出了两片小叶芽，歪着面颊，带着残壳的小豆芽在微风中欢快地笑着。小丽说，她刚开始学瑜伽就像刚出土的向日葵的芽，稚嫩而神往，一旦开始生长便痴迷而疯狂。

开始练习瑜伽是要经受身体和心理的双重折磨的，小丽说，因为热爱，她从未感觉到苦和累。瑜伽是什么？为什么要练瑜伽？怎样练瑜伽？这3个问题一直困扰着她，于是她开始了寻瑜伽之旅。

"梵音是中国瑜伽界的清华北大！到梵音去学习！"这个消息让她激动得在瑜伽垫上翻腾，第三天她就打点行装奔赴最近的梵音培训基地赤壁，这里曲径通幽，有山花木屋，有竹林台阶，有星星点灯。跟随大师学习哈他，练习哈他就像达·芬奇画蛋那般单调枯燥，但练习久了就内化于心了，一下子有了底气。30个日日夜夜，30个一天一得，30个身心沉浸。小丽不无感慨地说："我是为瑜伽而生的，就如向日葵是为太阳而生的。"

向日葵总带着阳光的味道，那个圆圆的脸盘总是对着太阳开心地大笑，这是一种生活的态度，明知其酷热偏向酷热行。

2018年10月，小丽背起行囊穿起那条发白的牛仔裤再次来到赤壁，她白天学习阿斯汤加，晚上还得学梵文。梵文就像天书，小丽一坐就是一晚上，嘴里念念有词，心里波澜不惊。她专注的神情就像苦行僧那样凛然，在正位训练中汗水顺着脊背流淌，在饱满的呼吸里舒展着深底的愉悦……"你的考核成绩优秀，为你的努力鼓掌！"辉辉老师的话一下子扭开了小丽的泪点开关，那时她哭得像个孩子，无遮无掩，无拘无束，是激动、幸福还是欢快，连她自己都不知道。

向日葵的那些芽和叶片渐渐长成了指头般粗细，颜色也由嫩绿变成了亮绿，对太阳唱着歌。

这以后，小丽还去拜访了一些瑜伽成功人士的工作坊，就是在疫情防控期间她还冒着生命危险去大本营研修。"练瑜伽就够了，你为什么还要坚持每天跑步5公里？""我要通过跑步训练我的呼吸，锻炼我的肌肉，让塑形变得随心！"她的话简短但通透。更让我吃惊的是，她一个弱不禁风的小女子如今变得自信而坚韧。她说："瑜在静修，伽在顿悟！"她说："瑜伽中，别无他事，正位体势邀请正位饱满的呼吸！感受体位的力量，体味呼吸的柔软。"我似懂非懂地问："体位和呼吸是瑜伽的灵魂，对吗？"她又像发出哲思："瑜伽的体位，来源于生活，反过来又指导生活。前屈使人谦卑，后弯使人包容，扭转使人纯净，支撑使人坚毅，倒立使人勇敢，内心所有的问题，都可以通过体式练习而改变。""难怪你现在如此坚韧！"我这个门外汉若有所悟。

"一点一点，向喜欢的东西零距离靠近！"我认定小丽已经是个真正的瑜伽痴，她的朋友圈每天都有瑜伽语录，有瑜伽照，有瑜伽视频。她在山上练，在水边练，在栈道上练，在楼顶上练，随时随地，朝朝暮暮。就连外出旅行也不忘每天练习1个小时，那次到新疆受到瑜伽学友的盛情接待，临走她们还一起在瑜伽垫上切磋了几个小时，方恋恋不舍地离开。她说，练瑜伽者都有相吸的气场，彼此间都有感应。

向日葵日渐长高，小手腕粗的茎和手掌大的蒲叶在暖风和阳光下有节律地摇曳舞动。

小丽在电信局 16 楼也开起了工作坊。"我开工作坊就是一种爱好。"小丽说。近 60 岁的瑜伽学员兴奋地说:"郑老师是我见到的最专业的瑜伽教练,她的口令,她的做派,她的教法,在我们学员心中就是神一般的存在。""从她那里你学到了什么?"她随口答道:"我和瑜伽成了闺蜜,我学会了各种体式,更重要的是我学会了呼吸和冥想,我的生活就像高山流水!"学员静说:"在小丽老师的悉心指导下,我懂得了瑜伽实际上是一场修行,看见的是体形与仪态的改变,看不见的是内心的专注与平和,感受的是练习时大汗淋漓的酸爽,收获更多的则是在身体健康基础上的精神愉悦。"

向日葵开花了,偌大的花盘,四周开满了奶黄色的瓣。瑜伽就是小丽心中的向日葵,正如凡·高的《向日葵》一样,在一片灿烂的金黄色背后,是一种对美好生活的渴望,是对阳光般的微笑,是对内外兼修的追慕。

(点评:痴是热爱生活的一种极致状态,投入、浸泡、忘我,本书的瑜伽爱好者已经"走火入魔"了,但这是一种向真、向善、向美的"魔",是一种正能量的迷醉状态!这种执着沉醉值得鼓掌!)

## 香樟花开

### (一)

香樟,也叫芳樟。唐代白居易有"素华朱实今虽尽,碧叶风来别有情"的诗句。李时珍在《本草纲目》中道:"其木理多文章,故谓之樟。"古人将樟树比作栋梁之材,位列江南四大名木之首。

樟树喜欢扒在江边、岸坡上、崖壁间,只需要一寸缝隙、一滴山泉、一米阳光、一缕山风,就活得生机勃勃。福哥说:"我老家房前屋后就种这种樟树,一到春天,一串串小米状的素白色樟树花静静地开了,花香淡淡,氤氲在房前屋后的每一个角落。上中师的时候,舅爷用樟木给我做了一个衣服箱子,说樟木箱子不但防虫,还能增加衣服的香气。这个樟木箱子伴我上完中师,参加工作,一直到结婚成家。"

三官殿中学处于城乡接合部,福哥在这里教书 20 多年,因名字中有一

"福"字，学生也亲近地称他"福哥"。这里学生基础差，底子薄，如何让所有学生像樟树一样成为栋梁？福哥想起著名教育家苏霍姆林斯基的话："请记住，儿童的学习越困难，他在学习中遇到的似乎无法克服的障碍越多，他就越应当阅读。""谁愿意早上6点起床跟我一起读书？"第一天早上只来了三五名学生，福哥配上轻音乐带领学生读课本中的诗文，用各种音调对比着读，大家兴趣盎然。第二天、第三天人员逐渐增多，一周后已经有20多人。

"樟花飘落乳燕飞，小蝶相戏穿林追。朝霞含羞染书册，孺子读书不用催。"清风拂过，樟树的花朵在微微晃动中露出令人心动的含笑，仿佛可以聆听到它轻柔曼妙的花语，深情而悠然地浅唱低吟。

"大家知道吗？在大家读书的地方，就是600年前雄踞三省的鄂五书院，可惜如今已经成为长眠地下的瓦砾！"福哥唏嘘不已。"陈老师，为什么起名鄂五书院？""明朝由均州、南阳、襄阳、郧阳、丹阳五州府共同出资在三官殿建立的书院，后于抗战硝烟中被拆除，并在大家读书的地方建立金葫乡国民小学校政厅，也可以说，大家就踩在鄂五书院的遗址上。"福哥如数家珍。"如何传承鄂五书院的文脉呢？"福哥明知故问。"把我们的读书社改为'鄂五书院读书社'。"同学们提议。

鄂五书院读书社成立了！只读教材还远远不够，还要读课外书。可是，只有几张破书柜几十本书，没有书怎么办？福哥想起以前在这搞过小康社教的教育厅领导。他搜寻出校档案室的老照片，编成《匆匆那年》纪念画册，亲自送到教育厅原小康社教工作队员的手中，并表达了孩子们的愿望。省教育厅领导十分感动，一次性捐赠价值10万余元的图书。"竖起招兵旗，就有吃粮人。"学生很快增加到100多人，先生也增加到12名。8年时间累计吸收社员1100多人次。

"只是单一的素读还远远不够，如何创新读法？"福哥提出"悦"读和"智"读新主张，他或让学生从名著中自选文段进行朗诵，或让学生画阅读手抄报或思维导图，或让学生自己组织名著知识竞赛，或让学生"演"名著，或写名著读后感，或改名著，或仿名著，或召开名著辩论赛。他总结为"诵、画、赛、演、评、仿、改、辩"8种读书展示经典模式。2023年4月21日，湖北省青少年读书行动启动仪式上，福哥的读书引领经验在会上展示分享，受到了省厅好评，学校也被确定为省阅读示范基地学校，又被评为全国温馨校园经典案例。

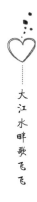

一到寒暑假，福哥就进行鄂五读书社线上读书活动招募，义务开展线上整本书阅读活动，他在线上做读书辅导，学生在线上展示自己的读书成果。开学以后，各班组织学生在线下展示，展示成果、汇集成册。其中重头戏是在全校开展"画""诵""演"展示活动，如今已成为校园的一道大餐。福哥说，要将鄂五书院文化完全融入三官殿学生的精神血脉里，世代相传。

樟树花开淡然宁静，蕊香淡淡，透出一丝丝素朴、开拓的情怀。樟树拿出全部的生命力成为栋梁，尽情挥洒馨香余韵，在静默低垂中尽显高洁心志。

（点评：福哥是鄂五书院锲而不舍的传承人和孩子阅读路上光彩夺目的灯塔！）

## （二）

樟树俊秀苍翠，四季常青，樟枝层层叠叠，缀着满树花儿，结出串串"珍珠"，一颗颗珠子，绿中透亮，由黄而绿，由绿到紫，但每颗珠子有每颗的神采，每串有每串的看点。"学生的作文如何做到如樟果般各有各的看点呢？"福哥陷入了思索的深潭。"一花一神采，一人一定制；一串一看点，一组一突破"，福哥通读了全班所有学生的作文，然后根据每个学生选择的题材、擅长的写法、惯用的结构、语言的风格等各自的特点将全班学生作文水平进行分类，做到分类指导。然后针对每个学生的作文提出个性化修改方案，保留学生原稿和修改稿，并把修改部分用红色标示出来，一路走来，每个人都能看到自己作文水平的变化。"每一朵花都尽情地开，每一串花都美成风景"，这是福哥主张的"作文个性化定制"的愿景图。最近几年，福哥整理了《鄂五雕文》《文露》《顾尘》《耕言》《采彩》《逐境》等作文集24卷，优秀作文800余篇，他所任班级学生多次成为全市作文状元。福哥主编的《鄂五雕文》《鄂五新韵》《师者丹心》成为丹江口读书的成果集。

樟树木质细腻，坚固紧密，防虫防潮。"'叶茂枝繁身伟岸，荫浓冠阔气轩昂。春秋炫彩红黄绿，冬翠夏凉常溢香''朴实质材堪大用，温情缱绻赋诗章'，樟树给了我很多启示。"福哥不无感慨地说。

2012年福哥在学校建立奇石根艺社团，后更名为"融创体验馆"，他曾说："朽木可雕，别看它朽，却是上天创造出的独特样子，只要独具慧眼，一定能成独特上品。"所以他从来不会嫌弃任何学生，认为每一个孩子都是上天给的独特艺术品。2019年春季，福哥在制作根艺过程中，角磨机锯片脱落，直接把右手大拇指锯断。后来经过 3 次住院治疗，自费 4 万余元，终于保住了手指，但功能受限。福哥看着一个个根艺作品，交代学生："以后所有电动危险的工具都不许再用，以手工为主，主打小件。"随后他又建立"慕竹堂"，重点和学生一起探索竹根埙和竹箫制作，其中竹根埙的"一孔三音阶"制作方法为其独创；2020 年福哥创立"鄂五印舍"，学习钻研中国篆刻，吸纳社员 40 多位，刻印 1000 多方，形成《鄂五印痕》8 卷；他还每天坚持组织"午习书法"，学校在书写综合评价中多次获全市第一……

"痴心一片终不悔，也学樟花竞相开"，这是福哥的心语。樟树树体端正，冠幅开展，用低调完美的花颜、珠玉般的果实、独特的香气，引领着成长的花期，"乔耸凌云，高华可爱"的形象定格在云蒸霞蔚的画框里。

（点评：作文可趣味定制，根石篆刻成融创；编书评文苦中乐，樟树精气书香传。计耀强：此美文传递了一种精神，彰显了一态风骨，凝聚了一方文化。）

# 玉兰花开香满城

## （一）

"净若清荷尘不染，色如白云美若仙。微风轻拂香四溢，亭亭玉立倚栏杆。"阳春下，微风里，白玉兰树斜斜地伸展着枝干，无叶无绿，却朵朵优雅宁静地绽放，那白的有些温润的花瓣含笑初绽。

"小红姐，玉兰花开了。"她的弟子都知道她的心心念念。"那本周六就去环库游！""好呀！好呀！"弟子们掌声雷动。"你们快看，那千枝万蕊的玉兰花莹洁清丽，朵朵向上，如琢如磨，晶莹夺目。"弟子们若有所悟：莫不是张老师在点化什么。"你们再细细端详，玉兰在风中摇曳着身子，咬紧牙关，努力绽放！"张老师没有"忆苦思甜式"的唠叨，没有空泛乏味的说教，总是自然而然，水到渠成，弟子们却像玉兰花那样静修顿悟。

弟子们喜欢在玉兰树下听小红姐讲故事，听着听着，弟子们学会了"对号入座"。别像《马车声》中的空马车，夸夸其谈只会让人鄙视！改掉"坏习惯"，莫让鞋里《一粒沙》毁掉梦想！只要勇气还在，意志尚存，我们就没

有输，只是暂时《没有赢》！《欣赏对手，才会翱翔蓝天》，乐于竞争并让自己成长为被他人敬重的对手！"先花后叶，思想先行"这是自然的启示，也是小红姐的睿智。

"玉兰有玉一般的质地和高雅，要让每一朵花都高高地绽放在枝头上！"这是张老师走上讲台那天起的誓言。弟子平龙与70岁的姥姥相依为命，平龙也一度思想偏激，敌视他人，小红姐找校方给他减免学费，又说服任课老师多给他点儿辅导，还给平龙买学习资料，但平龙时而对张老师依恋，时而还攻击张老师。张老师没有灰心，用脚步和心在平龙家来回穿梭。人心都是肉长的，姥姥感动了，平龙也变了，变得乐观、友善，经过初中和高中的努力，还考进了如意的大学呢！

"让赏识的阳光普照花的心田"，但赏识也得像玉兰那样，淡淡的、清清的、幽幽的，若有还无，飘飘袅袅，不浓烈，不娇艳，方能激人奋进，这是小红姐的教育艺术。俊杰在日记中写道："以前，我大错三六九、小错天天有，成为老师办公室的常客。后来，到了小红姐班里，让我惊讶的是，小红姐总是能从我的一大堆错误中，找出我一个个小小的闪光点，于是我变了，不再和老师唱反调了。"小红姐喜欢陶行知那句教育名言："在你的教鞭下有瓦特，在你的冷眼里有牛顿，在你的讥笑中有爱迪生。"她相信，每朵花都可能开成一道风景。

"我恨爸爸妈妈，我想杀了他们！"听着这位15岁的外表清秀的男孩秋航所说的话，张老师心头一颤：多可怕而又多可怜的孩子呀！打那以后，小红姐就成了他的聊友，听他说，走访他的父母，和他聊家庭、聊为人子女、聊感恩、聊交友，无论他又犯了怎样的错误，她从不正面批评，而是转换角色，"若是我，我会如何处理"，或者给出几点建议、几种方案，让他自己选择。小红姐每次都不忘强调一句："记住，你是好男孩！老师相信你！"一年后，秋航在日记中写道："张老师，你知道吗？你是我生命中的贵人，也是指引我前行的高人。我以人格向你保证，我会像你说的那样，做一朵玉兰花努力绽放！"可喜的是，秋航的成绩已经跃居全班前十名，他和父母和解了，他的心花已经怒放，注定成为枝头的亮丽。

玉兰开了，有的似一只鸽子展翅飞来，有的像一排铃铛摇动，更有的像雄壮的军号在吹奏着。张老师把30年教学归结为鸽子展翅法、铃铛摇动法和军号吹奏法。鸽子展翅的过程总结为独立展翅—试探扇动—互助飞翔—整羽归巢，运用在学习上就是自主学习—探究学习—合作学习—整合学习4步。铃铛摇动法指"情趣浓厚、情境和谐、情感互动、情思开阔"的四情教学风格，军号吹奏法就是"试一试就能行、拼一拼才会赢""多一种经历、多一份财富"，这些激励的话语张老师常挂嘴边。

（点评：先花后叶是艺术创新。复杂的事情简单做那是行家，简单的事情重复做那是专家，重复的事情用心、用情做，她才是赢家！）

## （二）

在玉兰的秃枝上，洁白的花萼，圣洁的精灵，高雅地绽开，每一个花瓣上都凝结着智慧和创新，每一个花蕾都闪动着灵性和愉悦。红姐的课堂可动可静。"今天我们也模仿央视来个挑战赛如何？""好呀！"弟子们异口同声。"那今天来个课前3分钟词语、文常、古诗文听写大赛挑战下自己？""好！""谁来报、谁来听写呢？"小红姐的弟子们总是热情、主动、积极、阳光！"第一次小红姐报近3天才学的，口答得分最高者自动晋升为下次听写老师，以此递推。不看任何资料，3分钟以内报一个加2分，答对一个加1分，计入周评分。今天开始！"小红姐把参与课前3分钟活动的视频发给家长，一些家长非常吃惊：原来我家这个沉默寡言的小子这么大方呀！人人参与、静听抢答，比看电视还要专注耶！

若用"动起来"形容红姐语文的课前3分钟，那课后作业就是全体学生"静下去"了。编写生字词题目并附答案，给阅读段出题目并作答，每周摘、赏、评、背一篇话题美文，亲子共读名著按老师要求梳理归整，观察生活坚持日记……大家都习惯之后很快体验到了成就感，才暗暗佩服——红姐女神乃真名师也！

玉兰雪白雪白的花瓣或紧或松地聚簇成一朵花苞，朵朵玉兰又合拢成咕咕叫的大白鸽，每一朵花仿佛都安装了动力，放开歌喉。小红姐当了几十年班主任，自创的小组自治管理体系成了她管班的不二法宝。在疫情防控期间，小红姐被封控了14天不能到校面授，她的小组自治管理接受了火的考验：日常班务增设云泽班长协管，语文新课由佳欣班长和课代表奥彤两位组织大家自学、练习并改评，每晚由金林班长负责跟小红姐通话汇报当天情况。每个小组成员们跑操站一起，集会坐一块，打扫卫生分一片，积极挣分抢优胜，根据小组周评分整体选座位。组员们团结协作互助成长，组荣我荣，组损我耻，10个温暖上进的"小家庭"掀起竞争共进的热潮。

小红姐在日记中写道："2020级学生让我成为菜鸟老班。这么多年煎熬过的一切、积攒的经验教训、吃过的苦水还会在下一届重演吗？其实都得像于漪说的那样，'做了一辈子老师，还得一辈子学做老师'。"为了后进生学习成绩的提升，小红姐做过各门学科的辅导老师，恨不得自己长出三头六臂，把他们都教会，实在不希望他们在课堂上啥也听不懂，呆若木鸡。小红姐推出了"包学到人"工程，这招最后经验证是成功的。更令小红姐头痛的是那个偷开别人电动车、屡次玩手机、三番五次夜不归宿的女生，小红姐使出浑身解数还是变化不大。"就是一块石头也有被焐热的时候"，小红姐用母爱的名义做那个女生的"心灵牧师"，最后那个女生像变了个人似的，成为班级的积极分子。

每年冬天，白玉兰树上的叶子就会落光，料峭的三月，白玉兰树上冒出了一个个白色的花骨朵儿，两头尖，像玉雕的艺术品，洁白无瑕，散发着清香。"没有寒彻骨，哪来玉兰香！"小红姐多年带双班语文教学兼班主任，曾多少次嗓子嘶哑、心力交瘁，曾多少次半夜找学生心急如焚，曾经多少次为没能多陪护母亲、女儿而心生不安……小红姐却满怀幸福地说："当出差回来听到学生说'我们想死你了'时，当教师节学生打来电话或接到学生送来的鲜花时，当弟子哭着说'老师，真想喊您一声妈妈，没有您，就没有我们的今天……'时，一种感动和自豪就会油然而生，做语文老师，当班主任，这辈子值了！"

"要是管得不错，教得顺手，那真是幸运，值得珍惜；要是这一届做得很不顺，甚至被领导批评指责，被同事说三道四，那也是一种财富，值得收藏……可谁不是一路跌跌撞撞走过来的呢？谁不是一路摸爬滚打、满身泥浆的呢？"张老师和盘托出了她的心灵鸡汤。

"看到弟子们那一张张朝气蓬勃的稚嫩笑脸，我真想剪一头短发，向天再借30年跑回20岁，一切从头再来！"小红姐饱含深情地说。

白玉兰片片精巧的瓣，似在莹雪中浸过，似用玉石雕刻，美得高雅，美得朴素，溢满了人间的芳华。

（点评：教育、教学就像根雕，得精、准、狠，一刀一刀下去行云流水的操作，更显匠心独运！）

# 与竹同长

她住的小山村到处竹影婆娑，美而灵秀，父亲便给她起了个名字——美秀。

当了语文老师，她喜欢给学生讲竹子的故事：竹子用了 4 年的时间，仅仅长了 3 厘米。从第五年开始，以每天 30 厘米的速度疯狂地生长，仅仅用了 6 周的时间就长到了 15 米。其实，在前面的 4 年，竹子将根在土壤里延伸了数百平方米，这是人间的奇迹。"如何让作文教学也发生奇迹？"美秀老师冥思苦想。自己从小喜欢写日记，把自己的作品分享给学生！站在学生的角度写作文！她有了一些思路。

美秀想念多年前在二伯家吃过的清香的竹筒饭，她灵机一动，找来粗而老的竹笋，装上米，插进锅里蒸起来，吃上一口竹香绕舌，美秀老师说，那样一下子找回了温馨的记忆。"月亮走，我也走，以后学生课堂作文时，我跟他们一起写！"天哪，这个主意太大胆了。

第一次听美秀老师的课我就被惊到了，题目叫《熟悉的地方也有风景》，她只抓住"也"和"风景"这 3 个字做重点解读，一声令下，计时开始，美秀老师和学生一起动笔，教室的沙沙声像春蚕在咀嚼桑叶，像溪水流过草地，平静中蕴含着激荡。美秀老师的即兴作文片段如下：

又是同一个地方，又是平常的一个晚上，兄弟俩读书的情景，构成了一道靓丽的风景。

你瞧，他们在抢着读呢。还是哥哥抢赢了，当起了响当当的小老师，只看见他食指贴在嘴唇边竖着，小嘴努着，做出"嘘"的动作，又听见他语气和缓地读，停顿了一下，是叫弟弟填词呢！弟弟一副勤学的样子，大声说："秘密！"哥哥又深情款款地重复他的动作："嘘，这是一个……"弟弟更兴奋地大声回应道："秘密！"显然，有了激情，少了感情，不合格。于是哥哥右手摆摆，迅速纠正道："不是，要轻轻地读！"随即弟弟发出了第三遍回答，声音低了许多分贝，许是理解了小老师讲的课了吧。

美秀说，我喜欢看外公划竹竿，啪的一下用刀砍开一个口子，刀口向左一拧，向右一翻，重复一遍又一遍，一根长竹子，顺顺当当就被破开了。外公说做任何事都需要顺势而为，才能势如破竹。她用第三只眼看学生，转换各种角色体验生活，体味人生，沉迷于"寂然凝虑，思接千载"；用各种形式记录，或日记或随笔或小叙或小议，沉醉于灵感的闪念。她和学生一道开展"我也是某某（角色）""我手写我心""共读时光、分享文字"的活动。扑通一声，她和学生一道下水，体验"游泳"之愉悦，交流"游泳"之技艺。

疫情是个体验场，她的下水作文《致敬我的同路人》没有写医护人员抗疫，而是写教师在疫情防控期间如何支持抗疫大计"停课不停学"，学生领略了"人不写我写，人写我出新"的魅力；《一元五角的重量》的故事发生在校园里，老板因多收了美秀一元五角而诚信返还，她把这件小事写成了文章，和学生分享，学生们大胆模仿，捕捉生活小事，写出了不少真情实感的文章。《西安三日游》是她2019年国庆节期间游玩西安古城时有感而发，文中引用了大量的唐诗名句，学生说："老师用的这些名句依境而生，天衣无缝。""我也有过类似经历，老师的作文让我们醍醐灌顶。""原来叙述是另一种抒情，情到深处自然浓！"学生们的感悟越来越深刻。

美秀说，她最欣赏外公的竹编工艺品，细长的竹条到他手里像变魔术，菜篮子、盒子、鸟笼、背篓、竹筛子、簸箕，方的、扁的、宽的，形态各异，情态动人，作文无不如此。《初心不改矢志前行》《渐入佳境》写的是她练字的成长经历，一材多题；《因为"艾"，所以爱》《飘在时空中的艾香》《及时止损》也是一材多题，写的是她成长两个阶段，两个妈妈对她无尽的关爱。其实这和外公一竹多编同出一门。

因为喜好和坚持，她形成了独树一帜的"下水作文"教学体系。2020年她主持的课题《教师下水作文对学生示范引领作用之探索》被评为优秀课题，该课题整理了26篇下水作文，题名《教师下水作文集》，同时整理她所执教的九（9）班和九（11）班近百篇作文，汇总成作文集，供学生传阅，学生的阅读热情远远高于书店购买的作文书。她所带班级语文成绩比同级班优生率要高出30%以上。学生说，卢老师和我们同题同时作文，是一种陪伴，也是一种引导；是一种激励，也是一种点化；是一种热爱，也是一种执着。

叶圣陶先生曾经说过，写作文，无非是把所见、所想、所闻、所感，想一想，想清楚了，构成个有条有理的形式，用书面语言给固定下来。她的下水作文正践行了叶老的作文经。但看竹风，静听竹语，她和学生一起在竹林里快乐着他们的快乐！

（点评：广西人在丹江成为一道光！"和学生同题同时作文"，下水一次容易，经常下水就成了奇迹！她带的班级中考成绩高出一大截！背后的故事你可知道？）

## 姐妹柿树

### （一）

丹江口水库边有两棵树，一棵是柿子树，另一棵还是柿子树。两棵树靠得很近，一起扎根在厚厚的黄土地上，枝枝叶叶都伸进天空，人们称作"姐妹树"。

柿子树发青了，一棵嫩绿闪亮，一棵绿亮耀眼。梅儿都叫成了"长得美"，留着妹妹头，大眼高鼻，手脸雪白，是洁净中的第一奇人。云儿就像是天空飘着的五彩红云，神采里透着睿智，内心沉静如水，行事热情如火。她俩上师范时是打饭搭档，云儿送饭钵、梅儿抢站队，两个人都喜欢吃饼子，每次吃到第7个饼子时你一半、我一半分着吃，吃着吃着就吃出了"你中有我、我中有你"。那绿里透黄的椭圆形叶片慢慢舒展开来，一丛丛一簇簇把柿子树装点得春意盎然。毕业时，云儿给梅儿留言："我们的每一点都值得回忆，哪怕那一小块烤饼。"毕业时，同学们依依不舍，聚在一起玩了一个通宵，临别时哭得一把鼻涕一把泪的。"到我们盐池河玩吧！"盐池河的"四和尚"盛情邀请。十几位同学欣然前往，"把盐池河的美食一网打尽！"梅儿和云儿兴奋地说。她俩第一次吃到水田泥巴里的青柿子，涩里有股脆甜。再看看那两棵柿树，扎根泥土，枝繁叶茂，枝头挂满果实，梅儿云儿相约做姐妹树。

姐妹柿树枝叶相互伸展成牵手状，就像无话不谈的闺蜜。毕业后，她俩一起拿过粉笔头，一起做过管理，心里都相互惦念着。梅儿在镇中学教书教得生龙活虎，"和学生在一起是一种享受"，镇上要提拔她当副镇长，但她婉言拒绝了，而是调到城区学校继续当她的老师，还成了有名的普通话测试员。

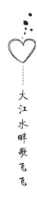

云儿引导学生学得情趣盎然，她被提拔到校长岗位，要知道全市女校长当时只有两位，她一度把江北的乡镇中学管成了教学质量一流的学校。一棵柿树开花了，另一棵柿子树也比着开，叶间托出黄白色的花蕾，那淡雅花香藏在青绿的叶片间，似隐似现。一棵柿子树花密密麻麻，另一棵柿子树花白白亮亮。

忽一日，你会发现翻转的花瓣中心，竟出现了碧绿的柿胎。麦子梢黄的时候，有的柿子开始变黄了，圆圆的柿子一嘟噜一嘟噜地挂在枝头，虽然个头小，但表皮鲜亮、很有精神。没几天，树梢上几颗柿子变得鲜红，再过几天，软软的、稠稠的、似蜜一样香甜的柿子汁充满口腔。梅儿在局人事科操持全市职称评聘，她铁面无私，不讲情面。"一把尺子量到底，在我这儿没有面子，公平公正了，大家才服！"她帮助村小和边远山区教师争取政策，给予特殊优待，扶弱济困，理与情交融。云儿到城区大型学校当副校长，严格管理是她的座右铭，教师们服她，家长们服她，学生们服她。2012 年 4 月云儿成了启明星团队的成员，在担任江南乡镇小学校长的重任时，她已经把自己当成了一棵柿子树，要让山村学校开花结果。刚去时，寝室里到处都是蜘蛛网，连吃饭的地方也没有。她没有被困难吓倒，硬是用半年时间放弃节假日解决了 7 大难题：9 名教师有了住房，300 多名师生有了餐厅，危房拆除了，危墙改建了，环境整治了，岗位设置好了，课程安排妥当了。一个心地无私，一个严爱相济；一个情理结合，一个披荆斩棘。她俩走着走着成了闺蜜，连她们的孩子都能从铃声中听出是谁的电话，在固定时间，晨歌听到电话铃响就幽默地说："妈，一定是云儿同志。"卢遥听到电话铃响就笑着说："妈，一定是梅儿同志。"小小的柿胎似翠如玉，晶莹剔透，有圆的，有扁的，镶嵌在花中如笑脸，一个个鲜活的故事就这样续写着。

（二）

两棵柿子树在岁月风霜中不自觉地把根伸向对方，就像两条旱地的鱼儿，你给我一沫沫我给你一沫沫，这样根与根交错盘列，枝与枝互相抚慰。梅儿调到装备站，而云儿也调到了教师发展中心，她俩在一栋楼里办公。她俩每天下班都要切磋 2 小时的乒乓球，梅儿喜欢扣杀，云儿喜欢推挡，梅儿喜欢嘻嘻地笑，云儿常常眼里带笑。

我问云儿："'长得美'和你相处中，让你最感动的是什么？"云儿说，她说不出来，要给我写出来："从1985年相识到现在，38年了，不长不短的岁月里，感动于她总记得3年中师生活我俩相处的点点滴滴，感动于她总记得我生病时的样子，感动于她在我遇到不公时的义愤填膺，感动于她在我检查出甲状腺病后比我还紧张啰唆念叨的样子，感动于她阻止我喝酒坚持不让我熬夜，感动于她新冠疫情防控期间给我送药，等等。"她接着写道："还有近年我下班回家的方式有很多种，她执着地让我变成一种，那就是她必须开车载我回家，我有时嫌她啰唆嫌她烦，我还开玩笑说以后喊她张妈妈，她好像从没有感觉和在意过，该咋样还咋样。我之于她，俨然成为她生活的一部分；她之于我，也许若干年后啥都记不起时，记忆深处还有2个字不曾忘记，那就是'梅儿'。"

我问"长得美"："云儿和你相处中，让你最难忘的是什么？"梅儿说，她不喜欢写，要给我说："中三云儿把刘海和发梢烫成卷发的形象还定格在我脑海里，那时觉得她很前卫。"接着梅儿又说："我俩都不是小肚鸡肠的人，不计较鸡零狗碎的事。她却是我的情绪桶，有啥不开心的想不通的我都一股脑倒给她，她帮我把负面情绪朝阳光处倒，天上掉下5个字，那都不是事！我活得开心，感恩有她！"

柿子树枝硬得很，风刮不摇，果多不折，大拇指粗的树枝我都不能撅折，这使我顿生敬意。疫情防控期间梅儿脚崴了，她在家休息了几天，就硬要来上班："还有好多事要处理，我在家里心不安。"我也曾背过梅儿上楼下楼。那段时间，云儿还给梅儿熬了鸡汤，晚上熬让她早上喝，这着实让梅儿感动了。而云儿后来查出甲状腺问题，在十堰太和医院做手术，梅儿第一时间赶到安抚云儿，云儿没有休息多长时间就又拖着虚弱的身体来上班，"还有好多学员等着我辅导，我不能耽搁了正事"。

她俩都喜欢吃柿子，"柿子是营养最丰富的水果"，她俩在柿子树下吃着，笑着，嘴角沾满红红的柿子汁。活不到90岁都是自己的错，她俩向着健康的步道并排跑着，"锵锵——锵锵——"夜晚柿子树为她俩点着灯笼，月儿在梢头播放睡眠曲，夜风给她俩造一帘幽梦。"锵锵——锵锵——"阳光把她俩镀成金色，柿子树花为她俩铺路，柿子树为她俩颁发友情勋章。

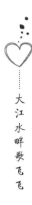
# 第六章　游戏池塘荷生香

## 小荷才露尖尖角

那是 20 年前的 2003 年，孙丽还是一位清纯苗条的幼儿教师，说话时嘴角总是带着活力的笑，仿佛一朵出水待放的荷花，膨胀着开放的激情和追云逐月的梦想。有诗为证：才女抡起开山斧，千勾万勒轮廓出。激情如涛呼百应，闯滩夺礁本领殊。

"我感觉幼儿园将迎来朝阳时代！"孙丽在人民路打字复印店小坐时，不经意的一句话，冰石和王老师眼前一亮。这一晚小小的斗室里就像涌动的汉江潮，澎湃着、激荡着。"要像建荷塘一样，创建一所梦想中的幼儿园。"冰石提议。"陈鹤琴提出活的教育，幼儿园的孩子应该像蓝天中的鸟儿一样自由飞翔！起名叫蓝天幼儿园。"学幼师的王老师想法更有诗意。"从爱开始，引艺术之水，开智能之渠，育蓝天精灵！"冰石为办园宗旨绞尽脑汁。

建造荷塘要选择风水宝地。于是，冰石骑着新大洲踏板车穿行在丹江所有的巷子里。"体育场中学楼房现在闲置着，你们去看看！"好心人指点着。很快，他们租下了三四楼和楼下的游泳池，挂上了"蓝天幼儿园"的横幅，"竖起招兵旗，专等吃粮人"。

孙丽披挂上阵，组建"挖池塘"队伍，满城张贴招生广告，迎着酷暑走小区、爬楼梯，挨户张贴广告单。"你们来干啥？""我们……"一开始孙丽的队伍羞答答，但一周后就练出了胆量。酷暑的威逼利诱、严刑拷打，那些"挖池塘"的队员斗志昂扬，祖波、柳青、自清、黄艳、邓婷等硬是被孙园长锻造成了钢铁战士，9 月 1 日开学，蓝天幼儿园的池塘沸腾了，47 名幼儿"游"进了这个名不见经传的池塘，这个只有游泳池大小的池塘，这个简陋但充满生机的池塘。

"如何让每条鱼儿都快活地游动，让每条鱼游动的影子都看得见？"孙园长尝试每月每班一展示，让家长看得见孩子的变化。第二个学期，已经有72名幼儿。"如何让每名教师都动起来？可否根据家长满意度、幼儿喜欢度、出勤率、展示情况等综合积分，评选保育标兵、教师之星、金牌班长、红旗班、文明班，并给予定额现金奖励？"经过讨论，大家一致赞同，从此荷塘注入一股清亮亮的活水。圆圆的叶卷成两头尖尖的绿腊，从水面浮出来，风一吹，在水面轻轻地摇摆，隔一天再见，就是圆圆的荷叶了。水面生动起来了，鱼儿在荷叶间游来游去。

孙园长聘请了园外的武术教练和戏曲教练。"刘大哥讲话理太偏，谁说女子不如男……"戏曲的唱念做打就像石子落入池塘，鱼儿开始兴奋地跳跃。"卧似一张弓，站似一棵松，不动不摇坐如钟，走路一阵风，南拳和北腿，少林武当功……"在音乐的伴奏下，鱼儿们更长精气神了。王老师把电子琴课搬进了大班课堂，于是园歌中有了"小班的朋友在舞蹈，中班的朋友在画画，大班的朋友在弹琴"。咕咚咕咚，池塘里落下3枚石子，激荡起层层涟漪。

一阵风吹皱了池塘，荷叶被风吹得翻起灰白的内衫，似乎要连根拔起。2006年老广场要开发了，"幼儿园搬往何处？"成了大家的心病。冰石还是骑着那新大洲踏板车四处寻寻觅觅。"你在忙啥？看你天天都在巷子里跑。""我在为幼儿园找家。""那个院子里，已经没人办公了，你去问问！"冰石的小爷那"金手指"一点，幼儿园最后又搬到了丹一巷的康居公司院内。

你听，蓝天幼儿园的孩子正高声咏唱古诗："小荷才露尖尖角，早有蜻蜓立上头。"

## 荷盖圆圆倾新绿

团团的荷叶上，一颗颗亮晶晶的水珠，水晶一般在荷叶上滚动，荷叶带着水汽的清香脉脉散发开来。天气转暖了，青蛙将带着星星点点的芝麻样的卵产在荷塘的水草边，浮在水面的新叶偶尔挑逗下那黏稠状的蛙卵。

"孙园长，你结婚回老营了，谁来当园长？"冰石问。"朱自清。"孙丽不假思索地回答。就是那个和写《荷塘月色》作家同名的朱自清，短头发，白风衣，腼腆又清纯，白皙的脸上写满了执着和创新。有诗为证：荷花裁剪做衣裳，领先潮流做榜样。追品求质尽心力，攀岩过隙身手强。

"袖珍幼儿园如何长盛不衰？得有特色和亮点。"朱园长自言自语。"对，抓三高：队伍颜值高，活动质量高，教学水平高。"一走进丹江蓝天幼儿园，教师个个高挑漂亮、人人神采飞扬，孩子们的笑声传遍了整个丹一巷。

"以游戏沉浸教学、以活动沉浸教学、以教具沉浸教学"，王老师和朱园长总结了池塘活动法则。顾香有股钻劲，带领大家研究了上百种识字方法，你看：孩子们可以画出日、月、目、木、苗、山、水等，然后再识字，这叫象形识字；把两个及以上形象符号画到一起再识字，叫会意识字。"小朋友，你们看，明、林、森这些字就是呀！"做动作识字是小宝贝最喜欢的游戏，比如，认识"一、人、大、头、犬、买、卖"，边说边表演："一人展臂大，大头点两下，大犬点一下，头上戴帽要买，头上帽多要卖。""一年三百六十五天"这一串字中都有一个一字，这叫字串记忆法。魏自菊用游戏、教具把拼音游戏玩得出神入化。蓝天的幼儿人人都会读书、看报、写拼音日记，奇迹就是这样发生的，爱读书、爱动手、爱游戏成了蓝天孩子的一张名片。

"小狗也要大声叫！"孩子千差万别，但"蹲下身子"，你会发现每个孩子都优秀。朱园长相信"好孩子是夸出来的"，在大班她用4句话贯穿课堂："棒棒棒，你真棒！行行行，你真行！好好好，太好了！帮帮帮，我帮你！"有时还带上音乐，配上律动，孩子们沉浸在成长的快乐中，这4句话最后写进了园歌。

黄艳少言寡语，但心细如发，她给班上每个孩子都准备了汗巾，在她心中，每个孩子都是她的孩子，一声声"宝贝""心肝"地叫着。她班上有一名幼儿只跟自己玩，总是四处乱跑，不参与任何活动，于是她努力走进孩子的内心，和他游戏，整天牵手进出。后来奇迹发生了，那个孩子懂得了规矩，变得自信而快乐，活动时还会帮老师放音乐。以后她所带班级巩固率总是百分百，这就应验了那句"成绩是干出来的"。

余太春在蓝天做保育，已经干了十五六年了，她说："蓝天人相处得像姐妹一样，蓝天人对待家长像亲人一样，蓝天人爱孩子胜过爱自己的孩子，我喜欢有'家'的感觉。"有次，一名幼儿误吞了一颗纽扣，憋得满脸通红，气都喘不上来，在场的老师手足无措，余老师大声说："别慌，我来！"她托着孩子的双脚头朝下，轻轻地拍打孩子的背部，慢慢地，柔柔地，纽扣落地的一瞬间，孩子突然哇的一声哭出来，余老师若无其事地拿起拖把擦洗地板。

公平对待每个孩子是蓝天员工的最低要求，所有蓝天的员工每天都在践行六个一。每天给每个孩子一个拥抱；每天给每个孩子一个微笑；每天给每个孩子一句赞美比如，今天真勤奋，今天真努力，今天你真棒，等等；每天找一位小朋友给老师当助手；每天有一位小朋友当值日生；每天换一位小朋友领操。阳光照进每个孩子的心田。

"丹江蓝天幼儿园质量高。"朱园长用理念打造了蓝天的口碑，就连靠近谷城孙湾的孩子都成车地拉进了袖珍蓝天幼儿园，高峰期幼儿园竟然涌进 250多人，要知道，180 人就到了满载。竞争总是要碾压弱者的。蓝天幼儿园人多了，孙湾那的幼儿园就招不到孩子了，于是就发生了 3 天 3 次拦车事件。第一天孙湾幼儿园集结了社会闲杂人员 30 多人拦住校车不让过，冰石知道后，打的士只身赴会，刚下车，便见一位半裸文身、膀大腰圆的壮汉气势汹汹地瞪着，冰石不慌不忙地走近壮汉，猛然拍了下壮汉的肩膀："兄弟，为啥拦车？""你们的车越过了谷城地界，不能再来了。""那好办，这里的老百姓有需求，只要镇里下个通知盖个章，我们就不过来了，你说我说的有道理吗？"冰石说。那壮汉想了想，"也行"，于是车就放行了。第二天，孙湾幼儿园又找来 3 辆校车堵住道路，不准蓝天校车通行，冰石一到现场就说："家长们，你们看这种情况咋办，我们退你们学费吧！"那个男家长抢起锄头说："你们女家长把女的拉住，男家长一起把堵我们的车推到路边。"刚说完，那堵车的都识趣地把车开到路边。第三天，孙湾幼儿园又带着全园人堵在路上哭着说："你们下来拉孩子，让我们幼儿园关门没饭吃呀！""把心思放在办好幼儿园上，办好了自然有人来上。"送孩子的家长异口同声地说。事后，朱园长问冰石："你咋有恁大的胆量，不怕人家对你施展暴力呀！"冰石坦然地说："我认定大家都是奔着解决问题的目标的，都有底线。"自此，朱园长开始了各处幼儿园的访学，把幼儿园办成丹江城区的名园，把生源的触角退回城区，扶持孙湾幼儿园，这是以朱园长为代表的蓝天人的胸怀。

荷叶从水中冒出来，如亮绿的手在风中挥动，如折叠的碧扇欲开未开，如玉盘摆在水面，仿佛要摆一场天大的饕餮盛宴。有的荷叶高出水面，露出了带刺的茎，高低参差，俯仰生姿。一只绿黄相间的青蛙从一片荷叶跳到另一片荷叶上，荷叶与荷叶互相碰撞，顿时响起一片哗哗声，恍如青蛙用脚弹响了水的琴键。黑头芝麻似的蛙卵仿佛酣睡了，没有一点儿动静，有些好奇的小鸟站在草丛中啄那蛙卵。低飞蜻蜓的"机翼"碰到荷塘的水面，水波就像母亲的手温柔地抚摸着那黑头蛙卵。

## 却看池荷跳雨声

雨用柔情蜜意敲打着墨绿的荷叶，荷叶中央那只青蛙圆肚一鼓一收，细密的雨水结成了珍珠就在荷叶上滚动着，一开始顺时针滚动，荷叶慢慢倾侧，水珠又做逆时针旋转，水珠越滚越大，荷叶再也挽留不住了，就扑嗒一下向水面落去，一群鱼儿恰好钻出水面刚把头扬起，那珍珠般圆溜溜的水滴正好打进鱼儿的嘴唇上、头上，鱼儿们左右摆动，溅起一阵水雾，又游到另一片荷叶下了。比芝麻还大的蛙卵被雨水冲成了几片，鱼儿在这些蛙卵中间探头观望，雨一停，蛙卵又慢慢集合到一块。

2009年康居公司企业要改制，幼儿园面临第二次生存危机，要么搬离，要么买下来，可蓝天幼儿园办的是情怀幼儿园，根本没有利润。"必须再办一所上规模的幼儿园，用规模效益参与康居公司房屋的竞拍。"冰石开始了市场调研，骑着摩托车跑到老营。"老营的孩子五六岁都不上幼儿园，都有爷爷奶奶照看着，办幼儿园招生肯定难啦！"有人献疑。冰石讲了个故事："一家鞋厂要推销员去一个岛上推销鞋子，第一个推销员去后回来沮丧地说，'这个岛上没有生意可做，岛上的人都不穿鞋子'。鞋厂又派第二个销售员去，那个销售员回来惊喜地报告，'有大喜事，这个岛上没有一个人穿鞋子，只要我们让他们免费试穿，一定会畅销'。第二个销售人员成功的例子告诉我们：'老营再办一所幼儿园肯定会红火！'"

冰石开始了漫长的寻租之路，来来回回，风里雨里。"老营街道的地图我都能画出来，有几条街道有几栋楼房，每栋楼房有几个单元我都了如指掌！"冰石诉说着。好多次，冰石租车到老营去找房屋场地，有一次回来时走到新庙河的拐弯处，突然来了个大货车，占了道，"天哪！"冰石车上的师傅紧急刹车，车来了个180度大转弯，然后翻到沟里了，幸好车又翻转过来，4个轮落在大石头上，他们只受了点皮肉伤，大难不死必有后福。那次过后的一个端午节，冰石天蒙蒙亮就在街上寻找，在三丰市场对面的水库招待所院内有一栋三层楼的空楼房，多方努力，终于按下了第二所幼儿园办园的按钮。

陈晓丽梳着马尾辫，红润的脸上总被笑冲开两个酒窝。她做起事来像暴雨敲打在荷塘里，雷厉风行，说起话来如池塘里的水哗哗作响。陈晓丽不止一次感激地问冰石："为什么会选中我当武当山三丰幼儿园的园长？""你能管好一个班，相信你也能管好一个园，你做事的风格我们欣赏。"冰石说得有理有据。有诗为证：三丰荷塘她开挖，勤耕苦作莲开花。鱼戏蛙戏活水激，雁过留声后人夸。

万事开头难，装修还没结束，晚上幼儿园的场子里就开进了3辆车："你们老板是谁，不准在这院子里开办幼儿园，这是在扰民！""国家有规定，可以利用闲置的房屋在小区内办幼儿园呀！"冰石据理力争。第二天早上，二楼、三楼的走廊玻璃被人用大石头击破了。冰石没有退缩，找当地人查找始作俑者。"他们办幼儿园是情怀幼儿园，收费比其他幼儿园还低，他们这是为老营幼儿教育添色增彩的。"那些人被成功说服了。

晓丽一边协助装修，一边招兵买马，冰石和王老师在老营街道上搭着梯子钉广告，阳光总是把汗珠子照得闪亮，风总在脚步的快节奏中按下快门，鸟雀总在蓝天幼儿园的宣传单上留下痕迹。2010年春季，晓丽的团队开挖的荷塘已经冒出大片新绿，数一数，有170多个翠玉般的圆盘，秋季一下子达到270多个，不到2年已经达到400个翠玉盘，自此学位已满，要进蓝天三丰幼儿园必须在上学期预定学位。

"幼儿园在成长，如何让员工和幼儿园同步成长？"王老师率先发言："提升员工素质，办法是以赛代练。""如何以赛代练？"大家疑惑重重。王老师胸有成竹地说："提前告知教师从活动组织、教案、乐器、唱歌、舞蹈、书法、绘画、演讲等方面——进行比赛，保育员从书面测试和技能考核方面进行比赛，根据得分进行评比，并与工资挂钩。"这个主意就像太阳底下竖起杆子，看得见效果。

"我家孩子想到蓝天幼儿园上学，请给个名额！"有亲戚的电话，有政府领导的电话，有找到幼儿园恳求的。"生源爆满，如何解决家长的需求？"王老师着急地问。"再办一所幼儿园，给家长和社会一个交代！"冰石早已有了打算。

四处打探，虹源宾馆闲置多年，明天就要跟草店小学签订办学前班的合同。"能否想办法说服虹源公司领导，争得发球权？"冰石立即给陈睿打了电话："可否把虹源公司领导约出来谈谈？蓝天幼儿园在老营有成功办园的基

础，同时房租在原来的基础上给翻一倍。"陈睿的人脉极佳、口才超群，硬是凭着三寸不烂之舌和蓝天人的教育情怀拿下签约权，生源爆满的困境就这样瞬间翻转过来。

春雨丝丝缕缕，一针一线地在绿色玉盘上缝制着一个个惊喜，水面荡开一个个笑纹，鱼儿吐着快乐的泡泡。那蛙卵变成了蝌蚪，在水里扭来扭去，好多聚集在一起，匍匐在卵膜或水草上。

## 绿荷舒卷凉风晓

风摊开双手推动着水面上的荷叶，荷叶四处游动，叶茎一拽，荷叶在水面摆动，翠玉盘急得跳着脚。高处的荷叶被风卷起，就像成百上千的公主掀起了绿色的长裙，而那点头施礼的荷叶，就像成百上千的王子脱帽让行，叶香和着泥土的芬芳在快乐的空气里荡漾开来。约一个半月后，蝌蚪尾巴的根部开始膨胀，一个星期后长出后腿，荷叶为它们撑起了绿伞，挡住了风也遮住了雨。

"如何让孩子生活在童话里！"智囊团会议提出了一个新话题，大家七嘴八舌，"每名幼儿1个成长袋、1筐玩具、1把剪刀、2盆花、10本书、10张纸……""每个班建7个区角""建成数字童话角、童话班、童话园"，让每个孩子在童话里享受童年生活。

"如何给员工装上发条，不用扬鞭自奋蹄？"园长会议上大家有话要说，"学历、能力、岗位不同，如何让待遇有区别？""采用评选职称和星级，根据职称和星级评定工资等次，干多干少不一样，干好干坏不一样！"竞争机制一下子让荷塘激荡起来。

孙园长担任三丰幼儿园园长是经历了火和冰的双重考验的。水库招待所办园用房纠纷弄得师生心神不宁，"我要做个定海神针。"孙园长用她的机敏和沉着扭转乾坤。2013年秋季开始，孙园长忙着新园搬迁，从头到脚都是新的幼儿园，如何让它一降临就能见风长？孙园长一边用武当文化装饰幼儿园，一边想着封闭式管理。封闭式管理在老营还是新鲜事，"我要第一个吃螃蟹！"她召集班子成员商量，和全体员工沟通，和家长面对面交流："封闭式管理有利于培养孩子的好习惯，让孩子尽早独立自主！"就是凭着"不怕做不到，就怕想不到"的信念，孙园长在 2014 年春季开学就打了个封闭式管理的漂亮仗。孙丽手下有一位汉江师范学院毕业的美学女青年，不愿考编，立志蜗居幼儿教师岗位，她就是出水芙蓉钱珍，钱珍有楠木的秀颀，有兰花的韵致。冰石曾问钱珍："我给孙园长打个招呼，让你做中层干部！"钱珍摇摇头："那可不能，我要凭借自己的实力竞争中层干部！"钱珍硬是用自己的才情过关斩将做了文艺部长。

2012 年年底冰石接到一个神秘的电话："请你来老河口苏州仁和有限公司一趟，我们有重要事跟你谈！"冰石抱着好奇心去了，女经理黄玲笑着说："我们决定把原来特校的房产租给你们办幼儿园。"冰石惊呆了："你们咋在两年后还想起了我？""你那时来要租我们的房子，看你言行举止像弥勒佛一样，相信你是个做事的人，所以就找到你以前留的电话联系上了你。"冰石想起两年前曾三十几次到老河口找场地办园，还和几位三轮车车主说："如果谁帮忙找到办园场所，给 5000 元报酬。"一位张姓的三轮车车主提供了信息，冰石来找黄总谈过，当时黄总记下了冰石的号码。"命运靠打拼，缘分天注定，这一定是缘分的力量。"冰石讲起这个故事时总是显得很神秘。

"如果你是一个天鹅蛋，就是生在养鸡场里也照样孵出白天鹅。"这句话用在陈丽丽身上很贴切。陈丽丽名如其人，漂亮睿智，心底敞亮，"形比玉兰，花开高处""神似荷花，香远益清"，是雁阵中的头雁。她曾是丹江城区的一名园长，弃城从乡到虹源幼儿园做一名普通教师兼文艺部长，她的到来成了陈晓丽园长的坚强臂膀下，她举手投足间透着文艺青年的神采，一言一行彰显着管理者的风韵。"一所好幼儿园需要一名好园长。"王老师找到陈丽丽，帮忙为老河口仁和幼儿园物色一名园长，陈丽丽不假思索地说出了一个名字：程先慧。就是在这次谈话中，王老师发现陈丽丽是块埋在地底下闪光的金砖，"她一定能担大任"。半年后的 2013 年春季，陈丽丽就成了新成立的蓝天幼教机构办主任，管理旗下的 4 所幼儿园，有诗为证：沙场点兵比木兰，舞台导演赛飞天；心管情理叫丽丽，完美将才人称羡。黄艳担任机构办财务部长，黄艳做事勤勉，是认真中的第一奇人，不管是账目还是日常工作，都是闭环式独立完成，明察秋毫，绝不允许有半点差错。她还是个热心肠，谁需要帮忙她都会第一时间赶到现场，人称低头干事的"黄大姐"。有诗为证：端坐数阵里，坚守三分地；啪啪绣细账，诚心当可鉴。

程先慧 2013 年夏季上任蓝天仁和幼儿园园长，程园长充满灵动和雅致，

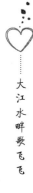

一双会说话的眼睛总是盈满神采，是花中的翘楚，是树中的王者，是将高颜值、高智商、高情商集于一身的园长。程园长为人处事总是用巧劲，有四两拨千斤的气魄。她的团队就像风一样刮遍老河口72条街道，家长和幼儿将幼儿园挤得水泄不通，几千件礼物摆在幼儿园院子当中，家长带着幼儿来玩、来领礼物，直到孩子们领到手软为止。宣传车所到之处为幼儿园发声，商场的舞台都能深情讲述蓝天的教育情怀，一时间"蓝天"的名字风靡整个老河口，开园时报名幼儿120人。还是机构办第一所实行封闭式管理的幼儿园，两年后仁和幼儿园已经达到350人，已基本满园。程园长有胆有谋，一名社会人员提着汽油桶多次到幼儿园闹事，说要烧幼儿园，程园长并不慌张，她不激怒那人，首先报警，和警察一起心平气和地处理好问题。以后，凡是遇到棘手问题，程园长要么和陈主任沟通处理办法，要么找警察出面解决，大事化小小事化了。有人说，程园长心里藏有一根魔杖，魔杖一挥，便能"逢山开路，遇水架桥"。有诗为证：蓝天一鹤排云上，满腹才情溢碧霄；一鸣惊人锦绣处，智巧天宫花盛开。

阳光照在荷塘上，荷塘像绣上了一层金丝绒，绿得发亮，蜻蜓扇动着蝉翼般的翅膀在"机场"上起起落落。"鱼戏莲叶东，鱼戏莲叶西，鱼戏莲叶南，鱼戏莲叶北。"鱼儿快乐着它们的快乐。那小蝌蚪前肢开始成形，尾巴同时缩短，这时候，小小的蝌蚪就变成小青蛙。青蛙的身体短小扁平，没有颈和尾巴，眼球突出，皮肤湿润平滑，后肢长而强健，在荷叶和水草上跳上跳下。

# 荷叶五寸荷花娇

荷叶挨挨挤挤铺着荷塘，是谁拿着粗大的画笔蘸满绿色的颜料一挥，荷塘成了绿色的海洋，那些层层的叶子中间，零星地点缀着些白花，有的袅娜地开着，有的打着朵儿；远看如一粒粒的明珠，如碧天里的星星，又如笑得合不拢嘴的仙桃。微风过处，清香一丝一缕，仿佛远处鸟群的歌声。

"如何借船出海，搭上快车？""加盟北京红缨连锁幼儿园吧，红缨的课程资源丰富，这是我们急需的。"在陈主任的提议下，蓝天武当山虹源幼儿园成为红缨教育连锁幼儿园1700多家加盟园之一。红缨的线条画、打击乐、大合唱等课程都设计成"傻瓜式"，好学好用好教，这些课程如荷花慢慢开放。"要培养什么样的孩子？"在红缨的启迪下，蓝天制定了"好身体、好习惯、好脑瓜、好品质"的"四好幼儿"目标。2013年年底王老师和陈主任参加了红缨的年会，两人还代表湖北在年会上表演了戏剧串烧，《花木兰》《女驸马》《天仙配》的串烧还在年会上"烧"出了名气呢。戏剧表演节目成为蓝天"六一"必演的经典节目传承下来！接下来连续两年北京红缨的年会，蓝天的节目都会入选，《花溪花溪》《雨中花》《走在山水间》等节目走上了北京的大舞台，彰显了蓝天人的风采！

"如何管理好4所幼儿园，有没有现成的经验可复制？"陈主任的迷茫写在脸上。王老师带队到江西谢学军处取经，到已经办了30家幼儿园的邝润元那去研学，但水土不服，她们没学来。面对新的管理怎么办？冰石首先想到的是鲇鱼效应，要把竞争机制建立起来，班与班之间每月每学期按照出勤率、卫生、成果展示、创新工作、家长满意度等各项工作名次倒积分，计算总分，依据综合园力的算法，计算综合班力，评选红旗班和文明班，给予班级奖励；园与园之间，每月每学期按照巩固率、拓展率、满园率、出勤率、卫生、活动排名、机构办检查的合格率、优秀率等各项工作名次倒积分，计算综合办园力，第一名授予金牌团队称号，并按人头奖励活动经费。

2013年冬季述职会议上，冰石发现老营2所幼儿园招进的学生多，但流失的学生高达20%以上。巩固率是幼儿园质量的温度表，巩固率低说明家长还未完全认可，说明工作还有很多漏洞。"如何提升巩固率，如何让蓝天办出品牌，办出口碑？用什么杠杆可以撬动？""重奖之下必有勇夫！"冰石眼前一亮，从下学期起，巩固率不单与工资、评优、评星、评职称挂钩，百分百班级最高可奖励过半万。"先酒后枚""一言九鼎"，2014年春季就有30%的班级巩固率达到百分百，机构办兑现了承诺，在颁奖大会上，连红缨的培训师李江都眼羡。

红缨的活动课程设计是科学的，但如何让每个孩子都浸泡进优秀的活动中，学习金字塔理论走进了幼儿园，游戏活动讨论可让孩子掌握50%，实验操作效果为70%，当小老师效果为90%以上。陈主任在各园开展了活动革命，各园掀起了分组活动、分组游戏的热潮，分组轮流打饭，分组轮流如厕，分组轮流上下楼梯，分组轮流进7个区角，在分组中培养孩子们的合作意识，在分组中培养孩子的竞争精神。教师和孩子创造了导乐—自乐—对乐—群乐的游戏学习流程，在小组的指引下，小娃娃们学会了自主、合作和探究。

陈主任举止优雅，心思缜密，是名副其实的领头兵，她的词典里没有"不能"，她有军人的雷厉风行和说一不二，像特种兵那样特别能吃苦，特别能战斗，特别能创造。陈主任总结的工作思路是以培代学，以查代促，以赛代练，以评代督。一检查就是一两个星期，起早贪黑，舟车劳顿；马不停蹄地听查看问访，一丝不苟地计算结说报，腰酸背疼腿抽筋是经常的事；因为问题查得准，措施定得狠，通报数据清，提升了各园的运转效率，成了蓝天发展的巨大推手。冰石说，陈主任和他是同一个属相，都属狗，为人处世最彻底、最勇敢、最坚决，她的学习力、执行力都是人所不及的。王老师说，陈主任是人脉中第一奇人，她组建了蓝天人才网，不拘一格，大胆用人，用人所长，人心所向。陈主任还是全才，她干过各种岗位，她是行家里手；她的艺术天赋在蓝天无人企及，舞蹈非洲鼓一学就会，她指导的节目大气而上档次，她指导的奥尔夫音乐年会表演震撼人心。她三言两语的点化总是让人耳目一新。园长们都说陈主任虚怀若谷，宽容大度，心底无私，随性洒脱，天大的事儿在她那都有解决的办法。在员工们眼中，陈主任就是完美好人。

2014年冬季述职会议上，冰石发现蓝天个别园伙食的满意率竟然只达到75%。"民以食为天，食物有着特殊意味，伙食满意度是幼儿园的口碑，也是对人良心的拷问。幼儿正处于长身体的关键时期，从孩子牙缝中取利就是缺德，必须千方百计保证每个孩子营养健康！孩子的伙食费要花够、花足！"冰石在总结会上发了脾气。"但如何办好伙食呢？"冰石想起小米公司新上市的产品请人找产品缺陷，谁能找出来并帮忙设计，出来的产品先送给谁；还有电视台现在热播节目都是请一名毒舌来找问题、挑毛病。"我们每周请3名家长来品餐！再加上一名园领导，一名员工，5人一起品孩子们吃的早餐和中餐，厨师长到场陪着吃，吃完5人小组按照色、香、味、形、营养5方面点赞，然后请家长录个评价，好与差都要说，而后把家长的视频发到每个班级群，告知家长'舌尖上的蓝天'正在行动。"一石激起千层浪，来品餐的家长越来越踊跃，家长的意见和建议让伙食品质迅速提升，也提升了幼儿园的流量。

蓝天孩子有"四好"，蓝天有口皆碑，各小学把蓝天的孩子平均分到各班，然后再填充其他幼儿园的孩子。就这样，园长们经常发愁，总有家庭预约不到蓝天的下学期学位，而四处托人情打电话，冰石说他也经常接到这样的电话，有一种沉甸甸的责任在。

满塘平铺的绿色绒毯下，一群群鱼儿摇动着出水的荷花，那摇曳的荷花像射出的一支支荷箭，那箭头燃着火焰，抑或是带着白羽，映得荷塘如脂如染。青蛙从塘埂上跳到水里，和鱼儿一起推开波纹，荷花晃动得更厉害了，而那荷叶上的水珠也跟着滚动起来。

## 胭脂雪瘦熏沉水

月亮的清辉把荷塘抖动得波光粼粼，叮咚！叮咚！过了一会，周围渐渐静了下来，荷叶躺着睡着了，荷花却是站着睡的，成了亭亭玉立的睡美人。青蛙不安分地呱呱叫着，但很快识趣似的低了下来。

根据厨房日点赞、周点赞和月点赞的多少，4 所幼儿园每月评选一个好味道厨房，一个金勺子厨师。如法炮制，每月评选出一个优秀汽车班组，一名好司机，一个保护神。机构办、园长、三大管理岗和值班领导每日点赞，周汇总，月兑现，依据赞数评选出月、学期的优秀管理班组、优秀管理人员、形象大使、优秀教师、优秀保育员，在发放奖金的同时，光辉形象上榜，流动红旗接力。

2014 年冬季，他们创造了蓝天速度，3 个月时间在老河口仁和幼儿园西区建造了 1100 平方米的教室，而且通水、通电、装修到位。可有谁知道，这个房屋是冰石自己设计的钢构砖混结构，跨度达到 11~17 米，规划部门审核图纸时得出结论，完全符合结构力学要求。王老师遵循"万事万物都是幼儿的教科书"的理念，做了大胆设计。园所主体建筑墙面以橙黄、正蓝、草绿三色搭配，而活动室以浅黄、浅绿、浅粉为主色调，顶部主要造型为太阳、水滴、花朵、风车、钢琴、数字、图形、书本、彩虹柱等简笔图案。王老师用手绘效果图的笨办法，和木匠一起爬高上梯，硬是做出了精彩的作品。

"外边的世界很精彩，我们去看看！"2013 年 11 月，陈丽丽、程先慧、王老师和冰石一行 4 人首次奔赴广州亚洲幼教年会。日本藤幼儿园的以幼为本，德国森林幼儿园的人与环境和谐教育，各种理念交织，各种做法碰撞，"采百花酿自己的蜜"，于是蓝天人有了个内部幽默：我们都是"采花大盗"。王老师首次提出"人无我有，人有我精，人精我优，人优我特""特色亮剑"

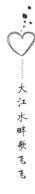
活动，机构办在陈主任的带领下，开展了"阳光大课堂""安全教育"的流程化教研。打这以后，亚洲幼教年会蓝天人几乎一次不落，飞苏州，过厦门，上青岛，走深圳，历北京，记叙着蓝天人勤学不倦的故事。蓝天人都有外出学习的"吸星大法"，那就是做笔记—复习笔记—分享531经验—链接实践。王老师不单学习力超群，每次外出都能结识行业内的高人，比如，前边提到的谢学军、邝润园、郑州的燕子、南阳的焦子熙、宁波的陈青、江苏的徐振国、武汉的张春华等。春种秋收冬藏，蓝天也有一批成果问世，如《蓝天幼教安全手册》《蓝天幼教招生手册》《滴滴早读书》等，成为蓝天人自己的智慧结晶。

2015年春季，程先慧担任仁和园东西区园长，刘阳代理东区常务副园长，刘阳柔中带刚，做事有思路、有方法。程园长事必躬亲，制定招生方案、活动方案，全程督办。她把钱看得很轻、很淡，却又是极为节省，一滴水、一度电、一张纸都把得很严，难怪财务部门总是说程园长是节俭中的奇才，"把钱都花在刀刃上了"。与此同时，钱珍调任虹源幼儿园园长，钱珍虽使出浑身解数，但连续3个学期生源下降的事实令人汗颜，钱园长屡败屡战，斗志不减，从第4个学期开始，虹源幼儿园人数直线上升，在期末总结会上她发出了"让暴风雨来得更猛烈些吧！"的慨叹。钱园长的自我革命和自我革新成就了自己，当她认识到工作的短板后，立即采取"多外出活动，多请家长到园"的策略，不久便走进了柳暗花明的新境界。正应了她说的，"人变了，世界也变了"。最后全园人数由260人上升到500人。有诗为证：心如溪流波不惊，聚人聚事聚才情。球操戏乐必躬亲，轻言细语也"雷人"。

徐静在丹江园做了两年文艺部长后到深圳一家托育机构上班，2016年春季成为蓝天仁和幼儿园东区园长。徐静梳着妹妹头，一幅精干的样子，她有一股按不住的冲劲和扯不断的韧劲，是那种干得多说得少的人，人称拼命"徐郎"，是孩子们的知心大姐，是家长们口中的好姐妹。有诗为证：一肩多担苦磨炼，坚定柔韧比蒲团；拼闯抢干风暴行，坦率真诚如明镜。徐峰是2016年春季加入蓝天幼教机构的，徐峰身体壮实，多年生活在新疆，皮肤黝黑，做事是出了名的踏实肯干。徐峰在机构办担任后勤部长，就像一头老黄牛不声不响地干，任劳任怨地做，就像他总结的那样：不停地做事。似乎没有什么困难可以挡住他，一次他在新疆为汽车拉力赛搞供油服务时，不小心身体陷入了沼泽里，他硬是凭借毅力脱离了危险。"有了徐峰，我从此不再东

290

奔西跑，没日没夜了。"冰石释然地说。"徐部长，帮我们把水龙头修一下！""徐部长，帮我们修剪下花草！""徐部长，帮我们修下电灯！"……徐部长成了各园的修理工、园艺师，王老师说："各园的美化、香化，徐部长是有功之臣。"有诗为证：勤耙苦犁比深耕，明察秋毫他眼明；废寝忘食勤缝补，养花构景总出新。

人性化管理是蓝天独有的，蓝天200多名员工都结下了蓝天情结，舍不得离开蓝天，就是离开了蓝天很快又回来了，那些跟随蓝天十几年的员工也有几十名，但每年都有十分之一的员工因为结婚、生育等特殊原因离职，新进教师的培训、培养成为当务之急。蓝天幼教机构启动了春秋两季"新员工入职培训"活动，陈主任和顾香一道创设了"过五关"活动，在5天封闭式培训中，人人——要过文化认同关、备课关、讲课关、特色活动组织关，培训结束后，要过师徒结对入职考核关，闯过五关的员工很快就能独当一面。

独木不成林，深山里的树木互通有无、共享营养比着长，都长成了参天大树。如何让蓝天园所"优质资源共享、亮点复制粘贴"，王老师和陈主任一道创设了"蓝天幼教机构流程化教研"：园长教研员化、教研流程化、教研园本化，园长和机构办成员分别担任不同领域和特色课教研员，学期开始制定网格计划，可以分片区开展，也可以5园集中开展。教研流程分2轮进行，第一轮是各园推选出特色课，然后集中磨课，形成优课，最后回各园人人参与拓课，拓课是原原本本地运用优课的设计和课件，上完课，将优课人员上的效果和自己的课进行比较反思；第二轮是新手在师父帮助下人人上汇报课。教研园本化就是根据本园存在的问题进行教研，找出解决问题的办法。流程化教研和园本化教研轮周进行。教研是提升活动质量的金手指，教研让活动点石成金。

月亮的银辉就像老农撒种子那样均匀地洒下来，荷花仙子把清香一把把递给夏风，夏风向空中一抛，荷叶闻香起舞，花仙子咯咯地笑出声来，鱼扑棱着尾巴，荷香在涟漪的荡漾下沉入水里，那些调皮的小虫小虾顺着荷茎爬上荷花顶端跳街舞，远处夜莺的叫声就像背景音乐妥帖，荷香便张开双臂拥抱夜莺的歌声，荷塘的童话剧已经开演。

# 前后红幢绿盖随

一塘的绿擎朵朵的白，朵朵的红，俨然一塘无声的歌，歌里带着甜味，飞舞在荷塘上空，被阳光一照，那歌声仿佛激烈起来，含苞的荷花受到感召鼓着绯红腮，花瓣裂开了一道缝隙，红蜻蜓在花骨朵上一蹬，荷花小手似的花瓣便微微张开，露出点点金黄的花蕊。红蜻蜓又飞到另一朵盛开的花心里，蹬落的一片花瓣便落到水面上，水里鱼儿一惊，跳了起来。

"阳光无限好，在确保安全的情况下能不能把孩子们领到大自然中去，沐浴阳光，拥抱自然？""德国的森林幼儿园就是让孩子在自然中展现天性呀！"陈主任在每月一次的智囊会上提出了这个议题。我们可以开展阳光游戏、阳光课堂、阳光阅读、阳光活动、阳光采摘、阳光野游、阳光牵手、阳光义卖，六一节目走进社区，牵手福利院里的老人、走进超市购物、走进农夫山泉参观，和消防队一起演练……思路一变，境界开阔。

文化是灵魂，是统帅，是蓝天发展的生命线。蓝天幼儿园的灵魂是什么？靠什么来统帅？还是在陈主任主持的每月一次的智囊会上做了 30 分钟研讨：冰石编写文化语录并做诠释，钱珍设计 LOGO 和吉祥物，王老师修改园歌并编写员工进行曲。

说干就干。不出两个月，钱珍用"太阳花+儿童"做原型，以"我健康、我游戏、我快乐"为主题，设计了康康、乐乐、聪聪、优优和逗逗，它们分别代表好身体、好习惯、好脑瓜、好品质以及好儿童。吉祥物一问世，就受到家长和幼儿的喜爱，每年开学和活动，大型人偶吉祥物与孩子们握手，每天上课吉祥物手偶与孩子们对话，幼儿积分领取吉祥物，家长、亲子金奖杯领取吉祥物，吉祥物成了蓝天形象和精神的代言人。钱珍在余建明老师设计的基础上，用三原色，把红手、蓝手捧着一个金苗苗组成的图案，外围是两个同心圆，圆内有汉字和拼音的蓝天字样。这个醒目的园徽，成为各园的文化认同。

每天晨会和晚会，大型活动，员工都要团呼。请大家挺胸吸腹提臀，把右手放在左胸口，做团呼：

我们是谁？我们是蓝天人。

我们的愿景是什么？做人性化生命池塘的开发者、建设者和创造者。

我们的核心价值观是什么？立世有信度，做事有效度，处事有广度，品牌有温度。

我们的使命是什么？爱自己的孩子是人，爱别人的孩子是神，爱一群别人的孩子叫蓝天女神，我们做蓝天女神。

我们的团队文化是，

第一句话：我的责任就是我的方向，我的经历就是我的资本，我的性格就是我的命运。

第二句话：复杂的事情简单做，我就是专家；简单的事情重复做，我就是行家；重复的事情用心做，我就是赢家。

第三句话：我若不想做，就会找到借口；我若想做好，总会找到方法！

第四句话：在心里种鲜花我就收获馨香，在心里种太阳我就收获温暖，在心里种爱心我就收获幸福。

第五句话：三人搭台唱好戏，一人拆台"独角戏"。

第六句话：用动车效应服务团队，用动车效应服务保教，用动车效应服务幼儿，用动车效应服务家长。

第七句话：吃苦是幸，吃亏是福，多干事是占便宜。

第八句话：和优秀的团队在一起真的更重要。

第九句话：不串岗，不打听，不传话，不生气，不懈怠。

第十句话：学习是一种福利，课堂是一种享受，游戏是一种快乐。

每一次团呼就是一次文化洗礼，每一次团呼就是在自我革新，每一次团呼都是在凝聚团队。那洪亮的声音，那雄壮的气势，那铮铮的誓言，形成了一种巨大的力量，"这力量是铁，这力量是钢，比铁还硬，比钢还强，向着胜利勇敢前进"。

每天清晨，你一定能听到教职工们铿锵有力的文化宣言，每天的工作中都能看到他们时刻践行着蓝天文化；每次家长会中都能看到老师们给家长传递蓝天文化，用文化温暖家长的心，用文化搭建家园共育的桥梁；在每一天的教学中，都能听到蓝天宝宝们稚嫩的童声诵读蓝天文化，他们是一个个小精灵，虽然对于诵读内容的含义懵懵懂懂，但是那种精神已经扎根内心，它会在未来的某天为孩子的人生保驾护航。

每到团队打造、团队活动和员工颁奖时准会响起王老师写词编曲的《蓝天员工进行曲》："……万能智慧圣母慈爱，只为那笑脸绽放，我们是蓝天的精灵，燃烧爱的激情！"蓝天人的激情再次被唤醒，情感再次被激荡，精神再次被点燃。

以文润人，以文炼人，以文化人。在蓝天文化的熏染下，蓝天精神开始生根，长出铺天盖地的荷叶，开出无比娇艳的荷花。"出淤泥而不染，濯清涟而不妖，中通外直，不蔓不枝。"你仅看那荷叶，水落在荷叶上自动聚集为水珠，水珠滚动将叶面上的泥土污垢粘吸滚出叶面，使叶面始终保持干净，"荷叶效应"让蓝天的团队更为纯洁，更有凝聚力和战斗力。

## 芙蓉向脸两边开

"我要开花！""我要歌唱！"荷花挨挨挤挤地抢着开花。白花唱着纯洁的歌，红花唱响红色的赞歌。

幼儿园仅仅有口碑还远远不够，还需要有品牌，突出特色，突出风格。"蓝天的品牌不仅要做到'你无我有，你有我优，你优我特，你特我新'，还要做到'一园一品，一班一品'。"王老师首先发言。"蓝天的品牌要结合自身实际，将我们走过的路进行概括。"陈主任接着说。"家长最关心吃，吃得好是幼儿园的命根子。"程先慧说。"游戏活动是幼儿教育的主阵地。"孙丽也表达自己的看法。冰石想到了习近平总书记那"红红脸""扣扣子"的明白话，将蓝天幼儿园十几年的经验概括为"吃在蓝天、玩在蓝天、学在蓝天、长在蓝天"简称"吃玩学长"，这样"吃玩学长"就成了蓝天的品牌战略。

"幼儿园厨房、仓库、教室、操场等物品处摆放十分随意，有的园凌乱不堪，这种状况要改变。"王老师给大家做了8S管理的培训，"整理、整顿、清扫、清洁、素养、安全、节约、学习"注入每个蓝天人的心田，由机构办做了一批颜色和文字标识统一张贴，"放回原处"成了各园、各班、各清洁区的标配和标准。"一尘不染、清清爽爽、各就各位、舒心敞亮"成了领导和家长对蓝天幼儿园的赞美词。

"如何让优秀员工不吃亏？" 2017 年冬季，陈主任组织蓝天人学习积分制管理创始人李荣的《让优秀的员工不吃亏》，2018 年秋季起蓝天幼教机构全力推行蓝天积分制管理，这种管理以 A、B 分体现。A 分为物质分，侧重于对员工的物质激励；B 分为精神分，强调对员工的精神与荣誉激励。A 分在当月工资奖金中体现，发放后即失去作用；B 分将终身有效，B 分累积至一定标准后，可享受各种不同形式的待遇，同时通过 B 分排名，幼儿园可给予教师丰富的多元化激励，比如，月底转盘奖励，拿到机构办或园第一名还能有外出旅游机会或大额奖金。每名员工每天 10 赞每赞 1 分，园长每周有 5 倍员工数的奖励分，中层管理班组有 3 倍员工数的奖励分，同时管理者还有扣分，扣分为奖分的 10%。"今天我为幼儿园做了一件好事，请给我记上。""昨天为啥扣我 1 分？" 大家对分看得很重，人人有事做、事事有人做、时时有人做，成为常态。

什么样的幼教能保持长久芳香，让花永不凋谢，如静水深流呢？冰石想到了"魅力"这个词，蓝天幼教要走魅力幼教的道路，冰石从八观的角度提出了蓝天人应该回答的 89 个问题：

从儿童观的角度看：是发现幼儿，还是等待幼儿被发现？每一朵鲜花都开在春天吗？顽皮是幼儿淘气，还是幼儿智慧？对待问题幼儿是强调惩罚，还是强调引导？是对孩子的一时负责，还是对孩子的一世负责？如何引导幼儿在分组游戏活动中学会合作？3~6 岁幼儿发展要达到哪些目标？描绘下 0~6 岁幼儿的魔法岁月？

从教师观的角度看：如何给幼儿一个值得一生回忆的快乐体验和幸福感受？蹲下身子和幼儿交流，还是站着交流？如何体现身教？教师和幼儿是亲子关系还是师生关系？如何落实教师公平"六个一"？如何对待问题幼儿或特殊幼儿？案例观察和分析有何价值？幼儿喜欢什么样的老师？幼儿教师喜欢什么样的幼儿及家长？教师的幸福源泉在哪里？怎样克服职业倦怠，增强创新意识？如何做专业型教师？严师出高徒还是民主出高徒？

从家长观的角度看：家长和教师是亲人关系，还是互助关系？家长应树立什么样的人才观？孩子是家长的复印件还是原件？家长的人格魅力是教育的关键吗？幼儿园教育能替代家长教育吗？是否好幼儿园就能给幼儿提供好的教育？家长和孩子对话的原则和智慧是什么？是"棒打出孝子"还是好孩子是夸出来的？表扬和激励哪个更有效？家长应培养孩子什么样的品质？家长如何培养有创新精神的孩子？

从教学观的角度看：什么是小学化，小学化有什么危害？孩子在幼儿园应该学什么？如何培养幼儿的好习惯和自理能力？如何培养幼儿学习能力？幼儿最好的学习模式为什么是游戏？如何创造性地开展游戏和活动？如何做到游戏生活化，生活游戏化？如何培养幼儿的社交能力？如何因年龄因性别教育？如何活学活用"四乐八环"教学？环境、区角、阳光、社会、游戏、活动等为什么成为幼儿学习主阵地？教师如何做一眼泉？

从教育观的角度看：为什么培养人，培养中国人，培养现代中国人是儿童教育的根本宗旨？如何运用幼儿的天性，如好奇心、好动、模仿、好群、野外生活等开展幼儿教育？如何看待幼儿的主要教育方式是游戏？如何理解大自然、大社会是幼儿学习的主要课堂？如何理解发展个性，培养创新是幼儿教育的主要任务？如何理解注重直接经验是幼儿教育的基本原则？如何培养好身体、好习惯、好脑瓜、好品质的"四好幼儿"？教师是标准件的制造者，还是学生的文化使者？教师和幼儿是不是学习共同体，师幼一起学习成长？教师应像幼儿学习一样引导，幼儿要像教师引导那样学习？

从课程观的角度看：预设课程占三分之一，生成课程占三分之二；显性课程和隐形课程如何并驾齐驱？主题课程和分领域课程有何异同？环境课程与五大领域课程是何种关系？如何设计游戏课程？如何设计活动课程？传统课程与优势课程，比如，打击乐、大合唱、线条画、英语童话剧、语言大剧场等课程传承问题？蒙氏课程的优势是什么？如何推行全蒙？金字塔理论如何指导园本课程？兵教兵理论如何落实？特色课程与园所特色如何相辅相成？流行课程与园所发展如何取舍？

从教研观的角度看：如何培养教师写观察日记？如何落实教师每月读一本专著？如何开展教师保育"六个一"（一节优质课、一篇论文、一份计划、一个总结、一份优质课件、一份优教案）活动？如何举行"园本教研制度建设"课题启动仪式，开展"有效的园本教研活动的观摩、案例大讨论"？如何提高园本教研的针对性和时效性，跨园所同学科的流

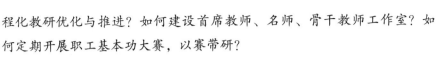

程化教研优化与推进？如何建设首席教师、名师、骨干教师工作室？如何定期开展职工基本功大赛，以赛带研？

从文化观的角度看：幼儿园的核心文化是什么？为什么园长自身文化会影响幼儿园文化？为何要构建等距离文化？幼儿园为何要构建激励文化和包容文化？为何要推进幼儿园制度文化建设？如何构建园文化、班级文化、管理班组文化？如何做一个有文化的教师？如何落实幼儿园文化语录及解读？如何让幼儿园环境文化成为园所的识别标志？

从评价观的角度看：专家型园长具备哪些素质？为何有经验的人往往是危险的人？积分制管理的优缺点是什么，如何优化？如何科学评价幼儿园、园长、教师和幼儿？如何评价优秀教师业绩和贡献？如何用现代媒体评价幼儿园及岗位？如何让优秀管理者和优秀员工不吃亏？

幼儿教育的办园目标是幼儿快乐、教师幸福、社会满意，这才是蓝天人的集体意识。而赏识激励、再赏识再激励才是蓝天魅力幼教的出发点。要培养出魅力幼儿必须有魅力教师、魅力家长、魅力课堂、魅力活动、魅力课程、魅力环境、魅力教研、魅力管理和魅力文化。这就是蓝天人关于魅力幼教的深层思考。

蓝天人走着走着就走进了深水区，但蓝天人相信蹚过深水区一定会荷花满塘，就如那荷花定律。荷花第一天开放的只是一小部分，第二天，它们开放的数量会是已开放的 2 倍。到了第 30 天，就开满了整个池塘。然而，到第 29 天时荷花仅仅开满了一半，直到最后一天才会开满另一半。最后一天的速度最快，等于前 29 天的总和。


# 映日荷花别样红


荷花的花瓣有两层，外面的一层向四面展开，内部的花瓣围着一个圆圆的淡绿的还没有成熟的莲蓬。花瓣的顶部是生红色的，渐渐往下就是粉红色的了，好像画家用一支画笔饱蘸了，画出了粉红的渐变色来。

梳着刘海、内心如火的柯佳和外美内强的朱延菲做了搭档，老营蓝天培训学校风风火火，人数从 100 多人很快增长到 300 人。柯佳的模特课神一般

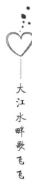
的训练，模特学员一出场全场掌声雷动。有诗为证：桦树亭亭绿盖地，少儿T台出佳绩。风生水起理培训，心慧手绘绣锦旗。

朱延菲的主持人语言课声情并茂，学员主持节目个个有着明星台风、技压群芳，她们俩开展活动珠联璧合，相映生辉，她们俩点子如星，总有意外收获，每天与每个孩子及家长一一沟通，检查网上回课情况，她们培养的孩子在全国、全省获奖50多人次。朱延菲把流量为王做到了极致，策划活动有流量，活动展演有流量，口碑品牌生流量。有诗为证：栀子花开香满园，少儿主持展新颜。策划活动人惊艳，纤纤风华性情坚。

培训学校两三年间就发展到4家，老河口培训学校刘阳有主持人经历，又善于学习，学校很快有了雏形，有诗为证：园丁修剪忙不停，心向远方步流星；步步为营寻捷径，主持培训样样行。

丹江培训学校徐畅，人称"畅爷"，舞蹈教练出身，家长信她，孩子们喜欢她。有诗为证：临水杏放芳菲出，红装红车红火舞。白鹭一抖百鸟呼，三尺舞台亮畅处。

陈主任是机构办公认的消防队长，她跟培训学校校长一起出谋划策、组织活动，谁有缺课她就顶上，连续两年假期在培训班代课，老营没有语言老师，她每个周六就去代课。哪个园有急事她都会第一时间赶到现场，第一时间出主意想解决办法。

2019年春季蓝天幼教机构开始筹办第六家幼儿园，这是蓝天第一家股份制幼儿园，要把这个占地近万平方米，建筑面积4000平方米的场院建成首家园林景观式幼儿园，首家传承南水北调调水文化幼儿园，首家净化绿化香化美化的生态园。"仅仅装修设计费就需要五六十万呀！"会议上大家做了分工：把一分钱掰成两半来花，陈丽丽和钱珍负责总体构想，冰石负责外部景观设计，王老师负责园内色彩和教室主题墙设计。

蓝天碧水幼儿园设计理念是每一处都是一幅画，每幅画都是教育。每种教育都重细节，每个细节都溢满爱。冰石说："我就像没有剧本的导演那样，指挥着工匠这个地方建一个亭子，那个地方建一个爬梯，边建边增减，那实在是绞尽脑汁。"

冰石指着草图说："泡桐生烟囱，桂花树迎宾，歪脖子树挡道。"你看整个园内景观可以概括为一谷一街两通道，一台一伞六广场。先来看看一谷一街两通道吧！从西门穿越动力小火车，进入武当草药谷，草药谷有植物迷宫和草药九宫格。沿东边旧墙有上下两层融游乐、迷藏为一体的迷宫一条街，树屋、空中晃桥、金话筒表演台、木偶表演屋、旋转风车，俯仰生姿相映成趣。有色彩张扬、放飞想象的花园隧道，也有一路欢笑一路惊心的探险通道。

再来登临"一台一伞六广场"。在启航楼的顶上有 200 平方米的虚拟古均州城所见八大景的观景平台，在童心楼上有一把白色巨伞（图书分享伞），前院有熊猫广场、彩虹广场和绿茵广场，后院有与花园隧道相连的花园广场，还有车广场，楼顶有奇观广场。

西南门以丹江大坝为背景，创作了六泉映月的大门造型。武当花谷、伍家沟故事村、吕家河民歌村、武当山、千岛画廊、太极峡、金蟾峡、均州古城，这些耳熟能详的名字都能在幼儿园里找到踪迹。户外大量采用生态木建设，亭台楼阁，小桥流水，木屋风车，沙池山洞。辘轳汲水，三泉转水，水滴旅行，熊猫对望。曲径通幽，路路交错，半空相通，如行树梢，木质路、石板路、水泥路、草皮路、木桩路、砂石路、树叶路，皆如自然，各具情态，各得其所。一花一草皆传情，一树一木尽生爱。竹林生笋，蜡梅吐绿，华盖托树，杏树出墙，更有友情树相拥，泡桐生烟囱，桂花树迎宾，歪脖子树挡道。

王老师领着同行参观时，自豪地介绍："你看，蓝天碧水幼儿园整体建筑如航母出水，各舰相护，整装待发，扬帆远航。三栋楼主题建筑墙外观以国际流行的灰色为主调，搭配橙色、黄色、蓝色，用色彩、线条呈现宝贝们喜欢的积木样，积木堆上墙，童话屋跑上房，有台阶式积木、品字形积木、拼插形积木等。七彩楼、童心楼、欢乐屋一律相互守护、盛装迎宾。七彩楼有蓝天白云、碧海沙滩、树林木屋、绿波翻涌，环保理念从小注入娃娃们的心中；童心楼里有琴棋书画、梅兰竹菊、纸扇灯笼、青花瓷饰的主题墙，中华文化在潜移默化中经久不息地传承；欢乐屋与大型功能厅用浩瀚星空、嫦娥飞天、人工智能等高科技场景感召幼儿。"

陈丽丽、钱珍介绍说："户外设计了篮球、足球、交通、探索、攀爬、玩水、玩沙、建构、表演等 17 个大型区角，每个教室设计了至少 7 个区角，区角中放飞孩子的天性。出家门，进区角，自主、合作、分享、探究成为主旋律。玩具分享亭、图书分享伞、棋艺分享阁、鼓艺分享台，必将成为分享文化的聚光场。"

园区似建于花园中，以孩子为中心，一切出发点都是孩子。环境即教育，细节即教育，让教育润物无声，日有所长，成为匠心独运。

徐峰和王德友全程管理指挥工程的实施，他们俩身先士卒，以身示范，一唱一和，默契配合，将工地上每天上百工人指挥得井井有条。徐峰一人顶多人，就像一头不知疲倦的牛，每天第一个来工地，最后一个收工，100多天都是浑身水湿，废寝忘食，干了三四个月没有领一分钱补助，在施工中手不小心接触到了水泥，出现过敏反应，造成身体的长久伤害，但他没有抱怨过。杨树森戴着眼镜记账付款，账目理得一清二楚，还进进出出买东购西，毫无怨言，杨树森从老营三丰园到碧水园为4所幼儿园竭尽所能，吃苦吃亏在所不惜。李传山号称蓝天"鲁班"，他带领木工从武当山干到老河口，再到丹江口碧水园，室外童话屋、探险通道，室内装饰造型，都留有他灵动的思想。王德友做起事来一人顶两人，踏实肯干效率高，他见多识广，技术娴熟，先后参加了5所幼儿园和3个培训学校的建设，出主意提效率，敢说敢管，有勇有谋，在丹江园装修过程中从楼梯上摔下来，手臂都破了皮，但他坚持轻伤不下火线。老潘父子参与了幼教机构所有打墙抽槽工作，满面灰尘一嘴泥土，从不叫苦叫累。朱宏伟技术过人，包揽了幼教机构所有的视频监控、电脑、广播、一体机等电子产品的安装、调试和维修，经常加班到深夜，确保了蓝天幼教机构电化教育的正常运转。

接下来的酷暑招生就交给了陈丽丽和朱自清，她们带领团队战天斗地，也就是在这个时候，程智、顾香、周静、兰素慧、李霞、刘娇、张露等加入蓝天碧水团队，她们不惜力、不怕累、熬酷暑、战炎热，个个如女战士，临危受命，冲锋陷阵，一往直前，秋季开学招收新生120名。她们在全新陌生的领域从不退缩，短短一个学期时间里，她们个个做亲子活动，内外招生，活动主持，从经验不多到身经百战；从没做过到做得更多。半个学期下来，她们一起做亲子活动40多次，接待家长2000余人次，做线上父母课堂20多次，线下父母课堂10次，800多人次家长受益。特别是程智，忘我工作，全情投入，人称"拼命三娘"。投身活动，和孩子家长打水仗，经常浑身湿透，她说我只有投入地玩，孩子们才能"嗨"起来。一个夏天不间断的活动诱发了中耳炎，医生劝她要长时间住院，她坚持只住几天，一好转就立即奔赴工作岗位；夏天超负荷工作，连带着颈椎病更加严重，疼痛剧烈时脖子难以直立，但她依旧勤勉工作。因为她心里记得，"班上孩子们都在等着我，我没时间生病"。

看着满塘怒放的荷花，我突然想起冰心的那首诗："成功的花，人们只惊羡她现时的明艳！然而当初她的芽儿，浸透了奋斗的泪泉，洒遍了牺牲的血雨。"

## 至今莲蕊有香尘

青蛙从塘埂上一跃跳上发黄的荷叶，伸展的细腿碰着莲蓬，那拳头似的莲蓬晃动起来，红眼睛蜻蜓扇动着双翼与莲蓬嬉戏，莲蓬上的露珠像从跳台优美地一跃，鱼儿在水下拍摄了水珠落入水面的波纹照。

2019年春季代珍做了老河口仁和幼儿园东区园长，代园长一脸沉静、温和、智慧，前三天不声不响地看着、记着、想着，凡事"商量商量"是她工作的妙招。"大家看这样改行不行?"在"改一改、试一试"的过程中大家凝聚了共识，东区园终于走出了生源的瓶颈，生源如芝麻开花节节攀升。代园长在述职会上讲着讲着就动情地哭了，一次两次，是一种感激、感谢、感动的爆发式释放。代园长的稳重细腻是出了名的，她致力于有品质且精致的管理，有思想、有魄力、有干劲，她骨子里有一种"不服输"的倔强劲。有诗为证：心如溪流波不惊，聚人聚事聚才情。球操戏乐必躬亲，轻言细语也"雷人"。

钱珍在暴风雨中历练成了"海燕"，2019年10月她当上碧水园园长后咬定品牌不放松，"求之品质、行之匠心"，以活动带动，以游戏案例为抓手，在美化、香化、净化上用力，把幼儿园打造成了丹江城区特色幼儿园。在她执着的引领下，碧水园两年后已经达到400人。钱珍的冲劲看得见，她就像一个魔法师，想要什么就会创造出什么，幼儿园就是按照她的设计一步一景一学期一个惊喜；她是一个指挥师，用她的心灵手巧指挥着几百人聚焦一个方向，奏响蓝天幼教的强音；她是一个百事通，会背《本草纲目》，是学用结合的典范。

张燕性格直爽，用心做事，她接替钱珍当上虹源幼儿园园长后，从改变环境入手，抓生源池塘建设，坚定不移地推CYS游戏，高峰期幼儿达到400人。有诗为证：头燕声声春雨急，四渡剑河登鸦岭。冲锋陷阵展红旗，终登金顶喜煞人。

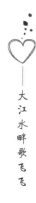
2020年秋季程智挂帅蓝天丹江园，程园长一边进班代课一边搞管理，她主动与社区联系，非洲鼓打得个性张扬、竹竿舞跳得花样翻新。有诗为证：冲锋陷阵打头阵，沉浸蓝海不惜命。逆水行舟奋力撑，浪打波颠扬激情。

蒋厚琴2021年10月担任蓝天幼教机构财务总监，是蓝天公认的风险报警器，她用双手"弹琴"，一边梳理财务一边做机构办其他事务，自从她接手财务后账目理得一清二白，在合情合理合法的基础上创造了新的价值，她有一双发现问题的慧眼，她帮老营三丰幼儿园降低了水费，帮老河口东区幼儿园争取了更多的赔偿，她旋动了水、电、气节约的阀门，她还负责机构办检查人员车辆接送、检查、通报，样样都做得细致而周全。她性格直率、待人坦诚、锐意进取，做事麻利，员工说她工作上有"三高"：高速度、高效率、高质量。有诗为证：蒋家才女会"弹琴"，拨着算盘六园行。勤理节财出效益，数据分析查得准。

"如何去除小学化，要继续走百游戏零体罚的路！点亮孩子的童年！"2019年秋季的管理岗培训会议上冰石介绍了安吉游戏，春季蓝天团队奔赴远安县学习安吉游戏。陈主任又3次带队到山东利津幼儿园学习赵园长自创的利津游戏，这个黄河入海口的利津游戏，让蓝天人如获至宝，蓝天人有能力创造蓝天人的游戏。

在后来的531学习体会的交流中，大家群情激昂。"滚铁环、跳绳、跳皮筋、丢沙包、踩高跷、跳竹竿舞等这些传统游戏要进园！""要大力推行建构、表演、种植、阅读、美工等区角游戏！""室外有滚桶、箱子、梯子搭建，有滑索、有野战、泥塑等。"听了大家发言，冰石总结道："大家提出的游戏有3种，传统游戏、野趣游戏和室内外游戏，我们把这3种结合起来，取3种游戏的第一个字母叫'蓝天CYS游戏'，咋样？"大家表示赞同。

"仅有想法还远远不够，得倒逼推进。"陈主任说出自己的想法。于是冰石和徐峰购买材料，他们到襄阳拉回不同规格的粗水管、接头和防腐木，请心灵手巧的李传山师傅做成不同规格的滚筒、梯子、箱子，各园设计游戏回环通道，增建攀爬墙、晃桥、探险通道、亭台、沙池、水区、泥塑区、音乐区。陈主任下发文件分三步走，采用体验式家长会，让家长首先感受CYS游戏的魅力，让员工人人会玩，还能带着幼儿玩，幼儿分班分区开展CYS游戏，这个三部曲唱响了蓝天CYS游戏。

蓝天自创的CYS游戏是一场游戏革命，把游戏的自主权还给宝贝，推出想象、创造、游戏、分享、反思、再想想的螺旋式流程，浸润在爱、冒险、探究、合作、喜悦、成长中，让游戏一路尖叫，一路欢笑，蓝天 CYS 游戏点亮孩子的童年。孩子在蓝天 CYS 游戏中撒开了玩、野性地玩、自由地玩、变着法子玩、一蹦三尺高地玩、有思想地玩、有灵感地玩，我们看到了孩子的笑脸、快乐、天真、活泼、自然，以及由此生发的创造力和想象力。

朱自清和陈丽丽着手推行 CYS 游戏，用西瓜籽技术找出最佳实践者，然后把最佳实践者的经验用手法分解出来，找出其中的工具、流程、方法和标准。自此，竹竿舞、跳绳花样翻新，滚筒、梯子、板子搭建更为大胆而富有创意。CYS 游戏有前奏的小组画图，教师观察分析，孩子搭建，游戏后的反思。

"今年六一节目主题是什么呢？""让 CYS 游戏点亮孩子的童年，把 CYS 游戏搬上六一大舞台。"2021 年春季开学培训会上，陈主任建议趁热打铁，六一再添一把火，冰石想起 2014 年老营大剧院蓝天的六一演出，现场观众有上千人，节目精彩、场面壮观。2019 年老营 2 所幼儿园在太极剧院演出时，国庆看了节目惊呼："你们的节目个个'高大上'，能跟中央电视台《六一晚会》媲美呀！"其实蓝天有个传统，每年的六一节目都要进大舞台，还要各园进行评比，节目一经评比更为出彩。特别是陈主任来蓝天后，她业务精湛，艺术水准高，对节目的要求更高，指导得更细，从筛选节目、排练节目、演出及外出展演，每个环节都高标准严要求，每年都给社会一个别样的震撼。"突出蓝天的特色，这个主意好！"王老师赞同地说。虹源园搭建了武当山全景图，包括玄岳门、太子坡、紫霄宫、南岩和金顶，杨峰还专门搭建了太子坡的一柱十二梁呢，后来还搭建了"重走长征路"。三丰园搭建了太极湖全景图，包括武术馆、太极剧院、太极楼，后来还搭建了机器人系列、龙舟系列和武器系列。丹江园和碧水园搭建了丹江全景图，包括网红桥、丹江大坝、净乐宫、龙山塔等。老河口西区搭建了江滩外景，包括老河口大桥、钟楼、剧场等，后来还搭建了庙会、飞机场、华侨城等。老河口东区搭建了滨江公园，包括河流、堤坝、建筑等，后来还搭建了方舱医院、天安门、长城、"我们的幼儿园"等。这些搭建一次一个主题，一次闯过一个新的难度，每次都是上百人一起动手，用上千件玩具、物品搭建，场面热闹非凡，作品无比壮观，极具想象力和表现力。

2022 年夏季朱自清临危受命虹源园园长，朱园长设计了瓦罐水转水车的

景观，整理种植园，改造场地，给幼儿园穿上了文化内衣，同时力推一球一操一戏一乐并震撼亮相。她乐于分享她的点子和做法，以柔克刚，刚柔相济，用温柔坚定、坚强内敛征服着周围的人。蓝天人说她越活越通透，越活越精彩。

塘上嗡嗡地闹着，是蜂儿蝶儿在采集余荷的香艳，雀儿在踩着莲蓬低低地飞翔，与蜂儿蝶儿撞个满怀，荷塘的童话剧演出新的一幕。

## 溪头卧剥莲蓬

荷塘注入了一股浩荡的清流，荷花怒放过后，莲蓬举着密密麻麻的拳头在庆祝丰收，感恩荷叶荷花的滋长，那莲蓬在发黄的荷叶上镀了一层薄薄的绿光，露出成熟的喜悦。

蓝天幼儿机构如落地的娃娃见风就长，如今拥有6家幼儿园和3家艺术培训机构，在园在校幼儿近3000人。蓝天人在实干中发展魅力幼教，让幼儿更快乐，让员工更幸福，让家长更满意，蓝天魅力幼教成为蓝天永不凋谢的品牌战略，成为蓝天人的诗和远方。

在做中学，做中干，做中进步。注入"活教育"思想，在尊重、培养、启发、唤醒中，我们惊喜地发现：蓝天1111快乐号高铁正在提速。

蓝天幼儿园创造了一个生机勃勃的生命池塘，让幼儿自然成长。就是文章中经常提到的荷塘，天光云影，鸟鸣蝶舞，露珠在荷叶上滚动，荷叶护佑着红莲，小青蛙在叶面上跳跃，小蜻蜓在点击水面，一派生机勃勃，昂扬着年轻的生命，这是蓝天人构想的幼教。

蓝天幼儿园的每一处墙角、柜子、楼梯拐角都用软包或硬包包上；门轴、台阶、滑梯等孩子易受伤害的地方都有警示标志和特殊防护；桌椅、书本、玩具等都有醒目的位置指示。"放回原处""别弄疼了孩子！"这是蓝天用8S管理建造生命池塘的外延。

个个班级都是童话班，曲径通幽的区角拥抱着孩子们的笑声和笑脸，大自然中的松果、橡壳、芦苇秆、玉米芯等都是孩子们喜闻乐见的玩具和材料；可乐瓶、酒瓶、石头、笋叶、桦树皮等都是孩子们的画布。每个孩子都有一个装满他（她）们成长印记的成长袋，这将保留在幼儿园，成为孩子看得见成长的历史。

她们打造开放、互动、灵活和挑战的室外活动空间，让幼儿充分感受自己、看见自己、看懂自己、放飞自己。每个园所都有木质游戏屋，有微风长廊、微涵洞、微索道，他们把树木花草变为感官公园，把沙地角落变成孩子们的雨水溪流，幼儿园同时提供各种工具，鼓励孩子观察、发现、交流。

每个角落都是童话角。每名孩子和教师各养三盆花（今后还要种养一盆金银花），孩子们在自然角观察、测量、比较、归类，孩子们发现：爱心草的叶子是两片两片对称长的，风信子早期根部长得比叶子还快。这激发了孩子探究的欲望，培养了孩子爱观察爱思考的习惯。

环境成为教育，她们魔法般地用新色彩、大空间、新理念，建造一方池塘，构建适合幼儿自主成长的生态环境。

蓝天幼儿园创建了一个生活化舞台，让宝贝自己成长。蓝天幼儿园打造"吃在蓝天、玩在蓝天、学在蓝天、长在蓝天"的品牌战略。

"吃在蓝天"成为金句。吃得好的标准是孩子们说好才算好！蓝天幼儿园由营养师制定定量食谱，做到色香味形、营养搭配，食谱一周一公布，一天一发送，每周至少请3名家长进园品餐并发视频监督，每月开展一次好味道厨房和金勺厨师评选。每学期召开一次供货商会议，确保原材料安全、新鲜、有营养。每周五下午开展一次孝心加餐，重温餐桌礼仪，知书达理从幼儿做起。"妈妈，我要到幼儿园吃饭"成为蓝天孩子的口头禅，舌尖上的蓝天成为名片。老河口西区程先慧园长是流量明星，把美食作为幼儿园的金字招牌，精心挑选新鲜食材，精心制作美味食物，餐食的抖音视频发在网上后，蓝天厨房一时成了流量网红，有人打电话要预约饭菜，程园长说："谢谢你！我们这是幼儿园，只提供给本园孩子食用！"程园长的用心用意收获了家长的锦旗、鲜花和掌声。

"玩在蓝天"成为常态。蓝天碧水幼儿园立足打造童话般的教育，幼儿园是童话园，班级是童话班，区角是童话角。户外设计了篮球、足球、交通、探索、攀爬、玩水、玩沙、建构、表演等大型区角，每个教室设计了至少7个区角，区角中放飞孩子的天性。出家门，进区角，自主、合作、分享、探究成为主旋律。玩具分享、图书分享、生日礼物分享、鼓艺分享台，成为蓝天独特的分享文化。

"学在蓝天"成为范本。在去除小学化过程中，蓝天幼儿园探索出了"用

游戏带动教学、用活动带动教学、用教具带动教学、用教研带动教学、用分组带动教学"的路子，培养孩子习惯力、自理力、交际力和学习力，四力并举成为主打歌。开展阳光活动，包括感恩行动、快乐阅读、阳光体育、阳光课堂、拥抱自然、亲子游戏、魅力活动、阳光表达等。迎节日、找春天、庆丰收、亲子马拉松、亲子运动会、音乐化装舞会、野外采摘、职业角色体验、爱心义卖，给养老院送祝福等，一月一主题波浪式推进。用金字塔学习理论作为指导，培养幼儿喜欢运动、喜欢动手、喜欢表达、喜欢动脑的良好品质。培养好身体、好习惯、好脑瓜、好品质的蓝天"四好幼儿"。

"长在蓝天"成为共识。家园共育，育教相长。幼儿园开展"大手拉小手""我与小树一起长"等活动，让幼儿享受成长的快乐；积极开展亲子金奖杯活动，家长助教、家委会活动、家长义工，家长参与幼儿园各项活动的热情空前高涨，幼儿自主发展，家长激情参与，让家园共育池塘出现意想不到的新气象。

蓝天幼儿园创建了一个游戏场，让宝贝自由成长。游戏是孩子的主要工作。五大领域课程纳入游戏课程，做到课程游戏化，游戏课程化，游戏生活化。创新开展非洲鼓、少儿篮球、少儿足球等游戏化课程，积极推进蒙氏数学、奥尔夫音乐、打击乐大合唱、英语童话剧、手工制作等特色课程。全国首创游戏分组活动的模式，推行四乐八环游戏活动流程，并将这种分组游戏运用于一日常规，分组早操，分组活动，分组上下楼梯，分组喝水，分组做小帮手，在分组中培养孩子的合作意识、自我管理能力和自信自强品行。

蓝天幼儿园创新开展"零体罚百游戏"的主题活动，开展了400人次的区域教研活动，开展体能大循环，把游戏内容还给孩子，把游戏的时间还给孩子，把游戏的快乐传递给孩子。她们开展了180多场次户外阳光课堂，六一节目巡演，蒙氏、非洲鼓、篮球、舞蹈展示活动。她们每年开展一月一主题的班组及园所活动达600次，包括春游、秋季采摘、庆元旦趣味运动会、器械操巡演、亲子手工竞赛、唱红歌迎国庆、自理小能手比拼、消防演练、地震演练、超市购物、采摘义卖、丹桂飘香迎中秋、年货节、早操比赛、护蛋行动等有滋有味的活动。

蓝天幼儿园坚持每天户外游戏时间不少于 2 小时，游戏中突出"自主"两个字：自主选择材料，自主选择场地，自主选择游戏，自主选择同伴，等等。在游戏中，老师担当观察者、记录者、反思者。

一次，小朋友们在玩自主梯子搭建中，发现两个梯子之间的板子太短了，连接不到梯子上，怎么办？旁边的老师想去帮忙，后来让孩子自己尝试，站在旁边看着他们，其中一个女孩说："把两个板子往中间动一下。"另一个男孩说："换一个长板子就行了。"说完，小女孩就开始行动把梯子往前移动，小男孩把板子连接在梯子上；其他小朋友看板子连接好了，就迫不及待地上去玩，而那个小男孩还用手把板子摇一摇，看有没有放稳，孩子们会自己注意游戏中的安全问题，因为他们尝试过了，他们会自己保护自己，慢慢一步步从板子上走向梯子，再从梯子上爬到板子上。孩子们自己思考、解决游戏中的问题，同心协力完成，同时也在游戏中学会保护自己。

在多材料搭建中，孩子们搭建长城，首先讨论搭建成什么样子，再讨论用什么材料搭建，孩子们一起用笔画出来，然后到室外进行分组搭建；在讨论中，发展了孩子们的语言表达能力和思维拓展能力，在分组搭建过程中，有用彩砖搭建长城围墙的、有用炭烧积木搭建烽火台的、有用 PVC 管搭建台阶的……大家齐心协力，共同完成。

最引人注意的还是孩子的"游戏故事"。幼儿园孩子不会写字，但是能用画来表达在游戏中发生的故事；孩子们游戏搭建完后，回到教室里，把自己在游戏中的故事用画画的形式给呈现出来，并且自己把画的故事给讲述出来：果果和豆豆一起抬板子搭建长城台阶，西瓜组一起用彩砖为长城做围墙，朵朵和欣欣滚滚桶，等等。游戏故事不仅使孩子画画的技能提高了、胆子变大了，更主要的是锻炼了孩子的语言表达能力。

蓝天幼儿园打开一扇魔法大门，让宝贝自觉成长。蓝天幼儿园在动车效应的魔法中提速，采用了层级管理和目标管理，日点赞周汇总、月检查评优、学期综合评比活动，特别是开展评选爱心女神、感动蓝天十大人物、红旗班组，唤醒蓝天人心底的责任心和爱心。她们建立了入职影子培训、跟踪结对考核的快速成长通道，创造了新职工上岗一个月就能完全胜任岗位的创举。

她们在实干中发展质量回应家长诉求：她们每年开展 50 多班次的"家园零距离，你我共成长"的家长半日体验活动，家长会、家访、家长助教、家委会、家长品餐、家长课堂，让家长参与幼儿园管理，当好幼儿园的军师；她们开展了亲子金奖杯，她们为家长开设了"解密领袖儿童成长密码"的家长课堂，先后开设免费讲座 100 次，5000 多人次家长受到洗礼。她们给上万名家长每天发送一条育儿经验，免费开展亲子育儿讲座 160 多场次。

在仙桃荷塘边，我吃过那里的莲子，那莲子穿着青绿而厚实的外衣，剥开一看，白嫩嫩，水灵灵，吃起来脆甜而微苦，香味绕舌。吃着清甜的莲子，我眼前浮现出自由、天然、热闹的荷塘，是那样舒适，那样祥和，那样和谐，这就是诗意吧。

## 莲蓬青青莲心香

荷塘边小孩子把莲蓬剥开，一个个两头尖中间稍鼓的莲子散乱地睡在荷叶上，数来数去，滚来滚去。"把莲子摆成一个形状，看谁摆得好看！"有孩子提议，有摆成太阳的，有摆成荷塘的，有摆成"心"的形状的，有摆成"爱"的字样的……我心头一颤，想到了蓝天老师们的大爱。

爱自己的孩子是人，爱别人的孩子是神，爱一群别人的孩子是蓝天女神。蓝天人都有爱园如家的情结。陈丽丽把寝室安在三个地方，调研、商量、帮扶、督促、检查、通报、发文，那一摞摞的资料数据留下了她奔忙的身影，见证了她工作的辛苦和劳碌。她能轻松地从几百人的团队中叫出某个人的名字，说出某个人的脾气秉性，她是她们的姐妹，是她们的知音。陈主任用数据说话，用事实说话，用身体力行说话，用公平公正的态度说话，用用心用情的服务说话，用小病不下火线的精神说话，董事会服她，管理干部服她，老师们服她，家长和幼儿也服她。

后勤部长徐峰就连休息日都在为幼儿园修修补补、种种养养。2022年春季，他在碧水园架子上安装，踩空了木板，他一屁股坐到架子立面的钢管头上，钢管的尖头一下子戳进了他的大腿根，他捂住伤口坐了一个多小时，然后又步行走到大坝卫生院，医生揭开伤口一看，吓呆了："我们不敢接收。"最后在王德友的帮助下送进市医院的急救室紧急检查，伤口深达3~4寸，鲜血直往外冒，我害怕地按住出血的伤口，徐峰却说："没事。"十几天后他不顾医生的劝阻，坚决要出院："机构办事多得很，不能耽误呀！"

程先慧因为过敏，做了两次鼻子手术，在武汉医院的病床上她还在安排工作，视频指导，遥控管理。她忍痛把嗷嗷待哺的孩子留给家人照看，一心扑在幼儿园的管理上。她眼光独到，能敏锐地捕捉到机会，是名副其实的"点子大王"。虽然生源竞争白热化，但她每年都能超额完成生源目标，成为蓝天的一面旗帜。

蒋厚琴在疫情防控期间一边上班一边照顾生病在床的双方老人，她悲痛地送走了公公，又沉痛地送走了母亲，但她没有被悲伤打到，而是用"女汉子"的坚强挺了过来。"10号前必须把员工工资发到位"，她心中想的是大家，却忘掉了自己。黄艳就像套在磨坊的一头奔跑的驴，几十年如一日，不知疲倦，不知牺牲了多少休息日，加班加点核对、清查，做到了账目零误差。丹江园王敏的丈夫不幸坠楼身亡，家里还有正在上学的孩子和年迈的父母，"天都塌下来了"。别人问她怎么办，她坚强地说："我有蓝天幼儿园做靠山，没有什么可怕的。"一周后她又紧张地投入工作。

蓝天还有个叫人感动的传统做法：挺着大肚子忍受妊娠反应坚持上班，生完小孩挺着虚弱的身体上班。"幼儿园还有好多事等着我去处理，班上的孩子还巴望着我们"，孙丽、朱自清、陈晓丽、黄艳、顾香、程先慧、张燕、徐静、钱珍、朱延菲，还有好多员工都是这样想的，也是这样做的。虹源园李敏把后勤管理得井井有条，把自己家里长势好的菜苗移植到幼儿园菜地里，供幼儿种植、观察、采摘。碧水园顾香在蓝天工作20年不忘初心，管理有思路，教学有创新，获得幼儿喜爱、家长、同事好评，是蓝天的"金牌老师"。

蓝天人都有爱生如子的情怀。丹江园孔伟东爱孩子爱幼儿园，自己经常买许多小奖品、小礼物、小零食奖给孩子们，孩子们叫她"东东姐姐"，排练节目需要道具长竹竿，她父亲到山里挖了几天竹子，找齐长短粗细类似的竹竿送到幼儿园。

三丰园刘艳红老师来蓝天已经11年了，她有母爱般的磁力："小跟班"徐达炳、"黏人精"巫沐莛都是她的"粉丝"；陈鑫宇小朋友若听到妈妈或奶奶说刘老师一个不字，她就哭得不行；咪哆非要给刘老师送一把糖。刘老师做小班工作心细如发，增减衣服、垫汗巾，她都有一套，班级出勤率属她班高，一心扑在小班孩子身上。家长们都夸刘老师细心，可谁知道刘老师把自己上小学的孩子扔给了孩子外公，她却把愧疚默默地藏在心中。她对待意见大的家长的办法是做好孩子的保育，要做到让家长不好意思的程度。

仁和园西区杜珊珊女儿骨折住院，母亲患癌，却没请一天假，她说班上孩子是她的天。有个叫尹一翔的孩子有严重的皮肤病，鼻子旁边经常擦破皮，并且不住地流脓，杜老师买了艾叶水为孩子洗脸，自己出钱买消炎药为孩子擦拭伤口，并且手把手教会孩子处理伤口。她拥抱单亲孩子玲玲，让她给老

师当助手、当小班长，给玲玲买长筒袜，玲玲笑了，笑得很开心。

仁和园东区的余莉关注那个反应慢半拍的孩子，一遍遍不厌其烦地给那孩子讲故事，在听故事中孩子爱上了老师。还有个小朋友奶奶病重，余老师二话不说照顾起孩子的饮食起居，余老师还是"流量"教师，她拍的照片视频总是让人过目难忘。

蓝天人的爱是无私的，她们一把屎一把尿地护佑着每个可爱的精灵。蓝天人一声心肝一声宝贝，充满了她们的真心、爱意。她们没有一星半点杂念，没有一丝一毫想得到回报，只有用心去爱。

虹源园一名自闭的孩子经常大小便失禁，王光秀把他当作自己的孩子用心护理。三丰园吴发菊老公因病住院做手术，手术完后她没有留在身边迅速回来上班。园长问她为什么不多照顾几天，她说："班上的孩子怎么办？"不论何时她的心中都装着孩子。

三丰园周京燕老师天性爱孩子，见了孩子都想抱抱，见了家长都想聊聊，在街上见到带幼儿的家长她总会主动跟家长唠家常，唠育儿经，好多陌生家长慕名到蓝天幼儿园，还要孩子进她的班，家长们都称她为"热心燕子"。周京燕老师抱抱孩子，亲亲孩子，冬天给孩子买棉衣，孩子的欢喜凝聚成一声声甜甜的"周妈妈"。

沈秀秀在蓝天工作已 10 年了，她的两个孩子没人带，老二因支气管炎住院，白天她坚持上班，晚上陪孩子打针。她班有个孩子低血压，不能磕着碰着，吃饭还挑食，孙老师联合班级 3 位老师给孩子构筑了安全网，孩子在幼儿园生活得很开心。宋语鑫内向且体质差，她和孩子玩游戏，鼓励孩子开朗自信，改掉了孩子挑食的毛病，受到了孩子父母的赞誉。

蓝天人的爱是普世的。她们每天对每个孩子一次坦诚微笑；每天对每个孩子一次深情抚摸，比如，拍肩、拥抱；每天给每个孩子一次真诚的赞美："你真棒！""今天帮老师这么多忙，你真是个热心人！"她们会特别呵护体弱多病的孩子，给孩子们更多的关注、帮助和鼓励。

李敏在蓝天一干就是 12 年。她用爱浇灌了一个叫彤彤的缺爱的孩子；她俯下身子与壮壮沟通，不爱动手的壮壮变得心灵手巧。她帮同事修电脑、剪辑音乐、做课件，她当教师、跟车、管后勤一人三责，起早贪黑，风里来雨里去，笑对工作生活。

齐琴是花的使者、爱的乐师，她有一副热心肠，"有困难找齐琴"，她就像一头骆驼，任劳任怨，笑口常开。她善于学习钻研教学教研，蒙氏数学、CYS游戏这些难题都迎刃而解。她管理班级总会用家庭的温情来营造快乐的氛围，每个人都乐于和她搭台唱戏。她了解到班里双胞胎姐妹中的"姐姐"受到冷落后，用自己的行动为孩子争取到平等的爱的同时，给予"姐姐"更多的爱。

付珊酷爱运动，充盈着热情和力量。她的节约经是出名的，如何用小钱办大事她是行家，给幼儿园树立了节俭的榜样。她带头干，摘取了"明厨亮灶"的闪光招牌，她教研花样食品、拍视频上传，请膳食委员会品餐，还在大门口让家长品尝刚出锅的美食。几乎一夜间，老河口蓝天幼儿园的餐饮有口皆碑。

蓝天人的爱细如发丝。保育老师们都藏有一把汗巾，哪个孩子好出汗，活动后她们就会垫在后背心；天气晴朗的中午，值班老师会让孩子们的鞋子在太阳底下排队，让午休醒来的孩子闻到阳光味道。哪个孩子今天没来，她们会打去热心电话问候；哪个孩子哭鼻子了她们会给予心灵鸡汤；哪个孩子想在外打工的妈妈了，她们会让孩子喊自己妈。

虹源园朱冉冉、刘春丽被称为汗巾老师，她们把汗巾用到了极致。活动前垫汗巾、活动后取汗巾、晾汗巾，午休前垫汗巾、起床后取汗巾、晾汗巾，用心做事，赢得了家长的口碑。处处是爱，点点是情。

蓝天人是有艺术气质的。她们创意无限，用巧手制作了礼物、头饰、教具、玩具、动画、课件，开展了亲子水果拼盘、爱心小超市、年货节、我和花草一起长、家长助教、走进养老院、博物馆和消防队、野外采摘、放风筝、户外作画等独具匠心的活动。魏琼给留守的女孩们每天梳一个花样的辫子，并把照片发给外地打工的孩子的妈妈，自此，孩子们都叫她"辫了姐"。

碧水园李霞是一位人见人爱、花见花开的老师，她把每位家长的事都放在心上，她的三言两语都是育儿经，她的一颦一笑都是孩子们快乐的指挥棒，孩子们都亲切地叫她小米老师。她是一个摘星星的人，对爱尖叫的甜甜她用心接纳，用爱沟通，上百次的鼓励，擦亮了甜甜这颗并不耀眼的星星。在家长心中，她是一个有温度和深度的教师。家长们信她，成为她朋友圈的点赞者，她的生源池塘总是惊喜不断。

三丰园周京燕笑得最灿烂，她组织活动写案例是一把好手，她写的游戏案例荣获了十堰市一等奖呢！

赵诗语，名如其人，她幽默乐观，敢说敢管，踏石留印、抓铁有痕是她的写照。

薛媛媛有一呼百应的感召力，聪敏智慧方法多，活动组织得有声有色，人称薛妈妈。

兰素慧是宣传的小灵通、舞蹈的小精灵，文武双全，能征善战，是蓝天的"花木兰"。

周静静是个多面手、"百事通"，家长们喜欢的"话唠"，园门口接送、班级替岗和家长交流，她能记住好多幼儿的名字并轻松地叫出来，她简单的话语也能获得家长的信任。

莫智文在阳光下引领孩子游戏活动，创新阳光游戏的方法，被称为"孩子王"。

顾香，在蓝天工作近 20 年，担任副园长也有十几年，她善于学习，运用西瓜籽技术推进奥尔夫音乐、非洲鼓、CYS 游戏等，乐于实践、坚持练习，学有所用。她用爱的抱抱安抚了爱哭"小安子"。她善于运用"爱画画、喜夸奖、好助人、做榜样"4 个兴趣点管理班级。

蓝天人的爱是博大的。丹江园园车师傅孔祥军冒着暴风雨钻到了满是泥泞的车底修车，顾不得擦去一身泥巴、满脸机油，把一车孩子安全准时送到家长手中。孔师傅的爱人风湿性痛风半身瘫痪，生活完全不能自理，孔师傅不离不弃，喂饭、喂药、擦洗身子，十年如一日，他用无私的爱唤起妻子生活的信心，用军人的肩膀挑起家庭的重担，谱写了感天动地的人间真情曲。

蓝天人爱的背后更有大爱鼎力。蓝天人的丈夫、妻子、孩子，还有她们的父母家人都给予了蓝天莫大的鼓舞、支持和关心。2018 年 7 月程先慧园长诞下了宝贝，9 月开学时因无人照看孩子而急得团团转，80 多岁的奶奶张万久主动担当起重孙女的养育之责。耄耋之年的奶奶白天照顾重孙女吃喝拉撒，事无巨细，到了晚上，还坚持让重孙女和她睡，夜晚起来喂重孙女奶粉也是家常便饭。这样日复一日，竟坚持了 500 多天。这是一个撼天动地的感人故事，是值得蓝天人永远记住并传扬的大爱故事。

爱是可以播种的，爱是可以传播的，爱是可以代代相传的。爱的传递，每天每时每刻都在进行，永远没有尽头。今天，蓝天人依然在废寝忘食、兢兢业业、默默无闻、任劳任怨……"吃苦是幸，吃亏是福，多干事是占便宜"成了蓝天人对职业的真情告白。

荷花燃成了壮烈，留下绿色的花托，留下了夏荷一杆杆精彩的卷轴画。那拳头高高举着，为生命的精彩而呐喊，那拳头里孕育着白胖胖甜丝丝的莲子，那一个个莲子就是一帘帘梦一般神奇的幼教童话。

## 莲心嫩白众人尝

我多次喝莲子粥，清香微苦，但回味悠长。喝莲子粥是一种享受，总会勾起人们想起青青的莲蓬、碧绿的荷叶和美丽的荷花，还有那一塘跳跃的生命。

一学期一次的述职会如期召开。陈丽丽主任对各班组画龙点睛，点石成金。王老师总是听着，记着，点评着。王老师画出了好多蓝天管理者的画像，并对号入座。

陈丽丽——璀璨翩舞赛仙子，睿智管理比姜尚。玉洁松贞真女神，蓝天帅将第一人。

朱自清——恭敬勤勉持家园，拿放有度烹小鲜。秀外慧中人称颂，蓝天幼教司旗人！

黄艳——丝丝入扣自留地，默默坚守三分田。兢兢业业处事，本本分分做人。

徐峰——蓝天称他壮黑牛，做起事来不抬头。壮观基建一片片，微观巧构一个个。

蒋厚琴——蒋家后代奇女子，左拨算盘右能医。能上厅堂下厨房，尊老爱幼心高堂。

程先慧——此女只应蓝天有！蓝天有佳人，一动全园动，二动全城惊。

代珍——海纳百川显气度，娉娉袅袅如处子。风清气正逐上游，不待扬鞭自奋蹄。

钱珍——芳华待灼砥砺深耕，奋楫笃行履践致远。呼唤暴雨迎难而上，兰心蕙质迎刃而解。

孙丽——千磨万击还坚劲，任尔东西南北风。洗尽铅华始见金，沉潜幼教显匠心。

张燕——腹有诗书气自华。心怀点恩涌泉报。善带团队当头燕（雁），一

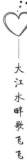

心向善家春秋。

程智——躬亲周慎藏才华，奋力前行比赶超，激越豪情带团队，冲锋陷阵势必胜。

徐静——身兼数职多历练，性比岩石还坚韧。坦率真诚勇做人，能闯敢干徐才人。

刘阳——育苗堪称好园丁，主持誉为牛（刘）口才。心存希冀步不止，目有繁星梦成真。

陈晓丽——肤白貌美玲珑心，口直腿勤爽快人。勤持家园是好手，待人接物处处行。

在述职会上，冰石总是被感动着，他给团队的点评是礼赞和希冀。

"茅檐长扫净无苔，花木成畦手自栽。一水护田将绿绕，两山排闼送青来"是对该园的全景式赞美。你们用 8S 理念在教学、文艺、后勤、卫生、游戏、活动等方面开展"长扫"工作，收获了鲜花、阳光、温馨和幸福；你们践行"吃苦是幸、吃亏是福"，教、育、保三者并重，家长的好评、孩子的笑脸见证了"花木成畦"的美；用爱心、责任、奉献护佑孩子成长，社会和家长用满意率为你们点赞。你们是一群会学习、会研究、会创新、会追梦的蓝天女神（蓝天碧水幼儿园）。

"潮平两岸阔，风正一帆悬"，你们是立在潮头的风。"解落三秋叶，能开二月花。过江千尺浪，入竹万竿斜"，你们用勇气、担当、爱和付出铲除困难、踏平坎坷、解开心结。你们关注留守儿童，病弱幼儿，推广班级积分银行，让每一位孩子都能开出艳艳的花来，一张张湿纸巾，一方方汗巾，凝聚了你们如丝般的爱。你们用真情、热情和激情掀起了幼教的千层巨浪，如竹子般的孩子和家长为你们倾倒。你们是一群智慧灵动、战天斗地、流水争先的蓝天女神。（蓝天仁和幼儿园西区）

你们用精气神打造了蓝天的生命池塘。"蓝天可采莲，莲叶何田田，鱼戏莲叶间。鱼戏莲叶东，鱼戏莲叶西，鱼戏莲叶南，鱼戏莲叶北。"我们仿佛看到了小蝌蚪快活地游，小青蛙从叶片上蹦到水里，叶面上的露珠滚动着，这是何等畅快的境界。你们为家长服务，服务到家长不好意思的程度，家长为你们点赞；你们用细心、耐心、爱心和责任心，让孩子成为快乐的小精灵；你们迎难而上，打非洲鼓，玩 CYS 游戏，走出了太极拳法制胜之路。你们是一群胸有丘壑、雷厉风行、破茧成蝶的蓝天女神。（蓝天仁和幼儿园东区）

"蓝天虹源花满蹊，千朵万朵压枝低；留连戏蝶时时舞，自在娇莺恰恰啼。"你们都是研究型员工，明察秋毫，让每一个孩子都像花一样绽放；你们用案例故事+照片+截图诠释你们对幼教的行动，点点滴滴、丝丝缕缕都是压弯枝头的爱；阳光下给鞋子排队，记住每个孩子的喜怒，孩子对你们满心依恋，你们是一群会歌唱、会展示、风雨兼程的黄莺，为你们的精彩叫好！（蓝天虹源幼儿园）

你们喜欢红色，你们构成了毛泽东笔下的诗句："看万山红遍，层林尽染；漫江碧透，百舸争流。鹰击长空，鱼翔浅底，万类霜天竞自由。"你们用智慧、爱和汗水，潜移默化，润物无声，浸染着幼儿，染得幼儿红得可爱；你们用琢琢磨磨、精益求精、别出心裁的工匠精神，让"内卷"发挥到极致，竞争进取，如百船竞发；你们用创新创造，让孩子如鱼怡然，如鸟惬意，如马驰然。你们是一群能打硬仗，匠心独运，独领风骚的蓝天女神。（蓝天三丰幼儿园）

"雪孕山山秀气，春催处处繁花"是你们的写照。你们是第一开渠人，开挖荷塘、引水种荷、放鱼入塘，你们用爱创造了第一个人性化的生命池塘。天光云影、风抚雨润、鱼跃蛙跳，生机勃勃的荷塘里有你们的欢声笑语；"人人读书看报""人人习惯好""人人知礼懂礼"，是你们创造的看得见的奇迹；你们第一个学非洲鼓，第一个推行分组游戏，你们是一个孵化器。你们是一群迎难而上、搏击长空、战天斗地的蓝天女神。（蓝天丹江总园）

物换星移，荷的身影离我们越来越远，但荷塘永远在。我们常常回想荷塘美景，思念带着淡淡苦涩味的荷香，永远开放的，是留在心间的那片荷之图。

## 荷茎倒悬藕芽嫩

曾经花红叶碧的地方也倔强地挺立着数杆黑褐色的茎，被寒风凄雨侵蚀得早已失去风华的枯叶倒悬在折断的荷茎上，倒映在水面，如一幅铁骨铮铮的水墨画。

2020年春节疫情铺天盖地而来，整整8个月"躲进小楼成一统"，200多名员工生活怎么办？疫情无情蓝天有情，蓝天幼教机构硬是四处借贷100多万元给大家发放了生活费，这在民办幼儿园中是少有的。这就是诚信，这就是人情味，这就是蓝天人的蓝天情结。

一天一天，一月一月，3年的疫情，蓝天人挺过来了。但经济不景气，出生率断崖式下降，幼儿园关门已成为常态。"如何活下去，如何让蓝天幼儿园20年后还活得很好？"冰石在会议上用按捺不住的激情朗读了高尔基的《海燕》："让暴风雨来得更猛烈些吧！"蓝天人重拾信心，确定将金银花作为蓝天的园花，每人要种养一株金银花，要像金银花那样有股狠劲、拼劲、冲劲、狂劲和变劲，要四季常青，开不败香不消。

你看，蓝天的非洲鼓乐队打得震天响，打出了蓝天人的威风与气势，打出了蓝天人的拼搏和倔强，打出了蓝天人的坚定和执着。还记得蓝天的非洲鼓乐队在丹江口半马赛上擂鼓助威，那是沙场点兵，狂野鏖战。如今，非洲鼓已经在各园敲响，"咚嘟嘟咚达，嘟嘟达达达达达"，验证着优胜劣汰的自然法则。

内涵式发展的号角已经吹响。蒙氏教育潜滋暗长，成为各园的风景；《滴滴早读书》在晨光中流淌成诵读的河流；CYS游戏浸泡在快乐的时光里成为孩子们津津乐道的"大餐"……王老师道出了内涵发展的真谛："匠人匠心是基础，参与'内卷'是根本，边研边创是行进，多元精微走大道。"

为了活下去，蓝天人做好了过苦日子难日子的准备，坚定了脱一层皮掉一块肉也要取胜的信念，导演着一场生死存亡，绝地重生的大戏。大家自练内功，强筋健骨，迎风斗雨，积淀经验；大家挥汗如雨，挖池塘，引活水，养鱼苗。大家精诚团结，倾尽心力，八仙过海，各显神通。

晨霞照亮了活动场，鸟雀在树梢跳跃着啾啾唱歌，新鲜的空气翘首企盼每周的六个一展演：一球一操一乐一戏一脉一诵。你看，篮球玩出了视觉盛宴，足球踢出了蓝天精神；曳步舞跳出了时代节拍，器械操练出了物我合一；非洲鼓打出了蓝天神采，奥尔夫音乐营造节日盛典；竹竿舞跳出民族活力，动手搭建出梦想乐园。一条再现地方文化的文脉正在试画成图。

为了活下去，蓝天人的手牵得更紧了，她们紧盯"美丽蓝天魅力幼教"而行稳致远，她们用立体思维整装待发，用西瓜籽技术创新创造。她们以蓝天为家，每月要过蓝天人的生日，分享蓝天人的成长喜悦。她们说，前边路还很长，每天走1万步，要为蓝天工作50年。

蓝天人创造了或创造着自己的历史。她们正在创造看得见的历史，走出蓝天幼儿园的孩子，要留下蓝天的手印、足印，要让家长看得见孩子的成长，要让社会看得见蓝天的情怀，要让汉江见证蓝天人的大爱，要让一库清水逆势而上，逆袭为历史的慨叹，迎接幼教的春暖花开。

入冬了，荷塘干涸了，翻开淤泥的那一刹那，人们惊呆了：白嫩嫩的藕静静地躺在地下，那是荷叶荷花投胎所生的吗？那是莲子心长出来的吗？那是奋斗者的一种意外的奖赏吗？人们挖了藕，又把藕芽小心翼翼地深埋进泥里，来年定是满塘荷花满塘香。一年一年周而复始，在时光的相册里，未来的荷塘是诗和远方。荷塘的韵美，让人心旷神怡；月色的朦胧，让人如痴如醉。蓝天人愿绽开成一朵朵洁白的荷花，扎根荷塘。有朝一日，香飘万里，不论人世间是否有第六花界，蓝天人只愿盛开在蓝天的荷塘里，掩映醉人的月色，镀亮人间的芳菲！

## 走进我的魔法世界

6年前，笔者在书中有幸结识美国儿童心理分析专家弗雷伯格，读了她的《魔法岁月》，在她的全程引领下，结合自己的长期观察，试图从"我"的角度来讲述0~6岁儿童的魔法故事。

### （一）8个月前，我不知道我是谁

我刚出生时会因为饥饿或不舒服从长长的睡梦中醒来，我睡眼蒙眬，有人在我旁边不知叨叨了什么，我偶尔也会有一丝微笑，但这都是我吃饱喝足的缘故吧。4周大时我会哭闹、发火，但这并不是冲着妈妈发火，我还不认识那个恩深似海的妈妈呢。虽然我不认识我妈，但我妈没日没夜地喂奶、换尿布、抱我、哄我、摸我、亲我，我成千上万次地感受到了妈妈的安抚，她给我满足、快乐和保护，我已经有了印象，虽然我还没有视觉记忆。妈妈抱我打针我会很乖，把我放在床上打针我会拼命哭闹，因为我怕，怕那个似曾相识的人消失了。

2个月后，我看到了妈妈的上半身，我会微笑了，不是条件反射的笑，也不是满足的笑，而是回应爱我的妈和爸的笑，这时候笑得开始自然了。在这个过程中我看到了脸，我获得了愉快，有了些许安全感，在多次反复后，我

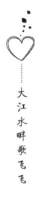

记住了能给我快乐和安全的脸。直到 8 个月，我还不能分辨爸爸、妈妈还是奶奶的脸，所以谁抱我可能都会笑，都会乖。

8 个月后，我慢慢分辨妈妈、爸爸、奶奶和叔叔的脸，我会逐渐认出妈妈的脸，奶奶在给我喂奶时我的小脸会皱成一团，"我要妈妈喂"。过不了多久，我也会认出我的亲人，包括和我亲近次数多时间长的人。我把妈妈当作最亲近的人，我会对妈妈咯咯地笑，妈妈一离开我会不高兴地哭闹。我开始把妈妈当作一个人来爱，这可是我几百上千次记忆的结果呀！

### （二）我如何知道我是我

2 个月时，我认识了人脸（但不知道是谁的），还有乳房、奶瓶、手、声音、愉快感觉一起形成了一个人的印象（但不知道这个人是我还是别人）。我不知道妈妈的手指和我的手指是不同人的手指，也不知道我眼前的手和我自己放在嘴里的手是不是同一人的手。

过了几周，我把自己的手放在眼前抚摸，在成千上万次重复后我才发现自己抚摸自己感觉好特别呀！哎呀，抚摸自己和抚摸其他物体也不一样呀！这就是一种天大的了不起，我知道我是我。

这样我有了两幅图像——一幅妈妈出现的图像，一幅我记忆中妈妈的图像。经过千百次，我发现记忆中的乳房不能解决我的饥饿，真实的乳房和奶瓶才让我满足。

6 个月后，我慢慢区分自己和外界是怎么回事。我靠什么与外界联系起来呢？是爱！所以父母在我 6 个月后惊喜地说："宝宝怎么一下子长大了呢！"一旦妈妈离开，我就要抗议，在我睡觉时离开，我会痛苦地大哭。有时妈妈会说我磨人，不是这样的，因为我害怕妈妈消失，怕妈妈再也不来了，我怕妈妈消失我就会饥饿。

9 个月后，我已经真的知道我是我，我依恋妈妈，我爱妈妈，因为我已经知道这个女人最爱我，她给我安全、快乐、满足，我离不开妈妈了，妈妈是我的神！

### （三）我发现世界是个巨大的拼图

六七个月大时，我会抓妈妈的眼镜，妈妈把眼镜藏起来我会盯着妈妈的鼻子看，我认为眼镜已经消失了。

9个月时，妈妈把眼镜藏到沙发下我会去找到，但妈妈又把它藏到另一个沙发下。我当时会在第一个沙发下找，但用不了多长时间，我就会在第二个地方找到眼镜。

感谢妈妈陪我玩捉迷藏游戏，玩手指虫虫飞的游戏。

1岁半了，我的眼已经能随着东西看了。妈妈会跟我玩更复杂的游戏：把钥匙放入钱包，把钱包放入沙发垫子下，再悄悄取出钱包里的钥匙。"钥匙哪去了？"玩几次后，我终于找到了钥匙，我是这样想的：钥匙在不知情的情况下离开了钱包，但它一定在一个地方。这太有趣了。

我眼中的世界是什么样的呢？是成千上万个碎片乱堆在一起。9个月前，我只能看到椅子的一个角度，9个月后我会从上下、前后、左右，怀着敬畏之心全神贯注地研究像椅子这样的奇迹，有时我还会用牙齿咬椅子腿，感受它的味道如何，咬得动吗。我把眼放在杯子口看杯子里边，有时我会啪的一声把杯子摔到茶几上，杯子里的水或牛奶流了一地。我把这些碎片一块一块地拼成一个完整物体。

1岁半后，我会起名字了：花、树、电灯。妈妈惊奇地说："宝宝是天才！"从这个时候开始我不知道什么叫累。我对什么都有兴趣，灰尘、纸片，甚至一个瓶盖都会让我兴奋不已。我吃一点东西后就会到处敲打，我会满世界地跑，我不想睡，我是地道的不知疲倦的奔跑者、小旅行者，我就像诗人笔下被陶醉的情人。我的成就大，但离不开妈妈的爱，是妈妈给了我自由、安全、信心。

### （四）我学会了爬和直立

9个月，我还无法忍受与妈妈分离，9个月后，我想要离开妈妈。我用几周时间把肚子贴着地爬，开始时倒退着爬，接着往桌子底下爬，有时头上碰个大包，但妈妈摸摸后，我又继续爬。有时碰流血了，妈妈心疼得很，简单包扎后，我又从妈妈腿上挣扎着到地上爬。我抬着头，慢慢地，我会爬上矮墩子，过段时间我能爬上茶几，妈妈说："真是个野小子。"

我爬上楼梯一级、二级、三级，越来越高。爬行和爬到高处的冲动，没有什么可以让我停下脚步。

我抬起身子，越抬越高，形成直立的姿势，越来越长时间地保持这个姿势，以前妈妈换尿布，哼个歌一二三就能搞定，现在妈妈抓住我，把我仰面

朝天摁在床上，再摘掉尿布的一刹那，我就熟练地坐起来，冲妈妈笑，妈妈又把我摁下去，我又会踢着坐起来。直起身子的欲望太强烈了，所以我每天不停地练"我要站起来"。

我曾经在睡梦里爬来爬去，妈妈牵着我走几步，我有时扶着桌子椅子走，几周后，我向妈妈的怀抱走上五六步，可别笑我笨拙哦。1个月后，我能独立站一小会儿，虽然我摔倒过，流过血，蹭破过皮，但正是通过这种爬、攀登、行走，我最终战胜危险，赶走了焦虑。

感谢妈妈，让我自己探索，正是这个过程让我受益终身。没有这个过程，就没有我今天的心智。

### （五）我犟吗？

9个月到1岁你给我一把勺子换我手中的螺丝钉，我愿意。我不知道勺子和螺丝钉哪个更有用。

9～15个月大，妈妈准备断奶了，说杯子比乳房更新奇和方便，当我学会使用杯子喝奶和喝水后，妈妈又向我推销卫生观念，让我使用坐便椅或坐便器。妈妈开始把生锈的螺丝钉、苹果核、扣子这些小物件全部藏起来，爸爸妈妈开始阻止我爬高上梯，不让我蹚污水，不让我拽狗尾巴，不让我倒空垃圾箱玩。爸爸妈妈爷爷奶奶用干净的尿布、衣服引诱我离开那些有趣的事，或者干脆建议我去睡觉。为了让我得到更高的文明，这些干涉也许是必要的。1岁后，在这种文明的教化下，虽然无趣，但我学会了使用水杯，控制大小便，懂得卫生，按时睡觉，避免了摔伤。

1岁后，我意识到妈妈和我是两个人，我不再是她被动的舞伴了，我有自己的个性和风格，那时爸爸妈妈就觉得我在反抗了。就算吧，因为我觉得跟爸爸妈妈对着干很有趣。

在学步阶段，无意中我发现了"不"这个词，我把这个词当作无价之宝收藏到我的字典中，我几乎会对大人提出的所有问题断然说"不"，我常发"不"音，但没有一点拒绝的意思。"你喜欢小猫吗？"我兴高采烈地说"不"，这是怎么回事？是我不知道意思吗？完全不是，这是我努力作为一个人，并想以独立的方式与世界建立联系。但请相信，我还陶醉在探索中，我还是一个通过爱的纽带与世界联系的快乐的小孩。如果爸爸妈妈不理解，大肆进行镇压，我会大发脾气或进行各种强烈的反抗。但只要不打压这种新出现的独立精神，把我引向其他方面，鼓励我把这种精神用在控制自己上，我会理智地约束自己、遵守禁令。

### （六）我哭了，妈妈抱还是不抱

0～3个月，我断断续续地哭了几个小时，我大吃一顿后打个盹，又醒了，呜咽着烦躁地哭着，然后尖叫。妈妈抱我我可能平静一会儿，但很快又会大哭大喊，我生病了吗？医生说我没病，可也没有饿呀。

"让他哭吧，哭是一种运动。"

"让他吸奶嘴。"知道吗，我除了饥饿外，我还有吸吮的需要，这有别于饥饿。放心吧，6～9个月后我就对奶嘴不感兴趣了。

我在出生后1个月里，4个小时醒一次，那是按时喂养好呢，还是一饿就喂养好呢？妈妈不知所措。刚出生的几个月我还不能延迟消除饥饿和抑制胃口，我饿的时候是一刻也等不了呀，如果妈妈不给我吃，我就会感到痛苦和无助，就会闹腾。

到1岁半或者2岁，妈妈就开始按时喂养，否则，长大后重大缺憾就会在我身上发生：以自我为中心，极端依赖，没礼貌。

请理解我的分离焦虑。6～9个月妈妈离开我一小会儿，我就会抗议，我抱怨妈妈在另一个房间做事，不要别人来照顾，可我哪里知道，无论自己是否看到妈妈，妈妈都永远存在。而妈妈是有经验的，她不会在我每次哭的时候就安慰我。

9个月～2岁，就算妈妈不安抚我的抗议，我也一会儿就会平复，除非我尖叫急迫惊恐，妈妈才会安慰我。当我哭着醒来时，妈妈爸爸一定要来安抚我啊！但在此期间请不要换保姆，因为一个个陌生的面孔让我更加焦虑。有时，为什么我会惊恐地醒来呢？这是白天可怕的经历在梦里再现了，这是梦的反应，也是我对父母的呼唤，因为我无法区分梦与现实。

这个时候，我兴高采烈地玩捉迷藏的游戏、虫虫飞的游戏。我用围裙蒙在脸上，然后快活地叫喊着和爸爸妈妈玩捉迷藏，我会玩得忘了时间。妈妈还常跟我玩"离开、回来"的游戏，妈妈藏起自己的脸，妈妈回来了，妈妈藏在墙角，妈妈又出现了。

这种游戏很快让我明白：无论自己是否看到妈妈，妈妈都永远存在，也让我把焦虑变成愉快。

### （七）为什么我绝食？

为什么我的孩子只吃肉？为什么我的孩子每天必须追着喂？这是很多妈妈遇到过的问题。

9个月断奶后，妈妈急着给我喂饭，但我会推开妈妈手中的勺子，打掉妈妈的杯子，抱怨地大哭。我甚至绝食3天，请相信，我真的没病呀！妈妈似有所悟，她允许我按照自己的心愿拿杯子、勺子，我变得顺从了。妈妈开始给我杯子里倒很少的牛奶，随着我的本领增强，给我倒更多的东西。牛奶被我撒一地，嘴上脸上到处是饭粒，地板上还有残渣，妈妈极富创造性地给我做土豆泥、炖水果、煮熟鸡蛋，自此我的饭量大增。

那餐桌礼仪怎么办？请放心，我很快就会对这种把食物弄得一团糟不感兴趣了，我开始学着使用勺子、杯子。神奇的是，我开始对餐具感兴趣了，虽然不到1岁，我开始用手或者筷子吃东西，用杯子喝水，我是周围人中最早会灵活使用餐具的小机灵了。

拿东西，真好玩。我喜欢翻动桌子上的摆件、书本、玩具，喜欢玩锅碗瓢盆。"妈妈呀，你就别说'不'啦！这不能做，那不能玩。"我可能从此不再听话，我甚至开始把"不""不"当成好玩的游戏，成为妈妈的对手。

### （八）给我触碰和研究各种物品的机会吧

我有个姐姐，都4岁了还不会说话，她奶奶不许她接触任何物体，心理学家弗雷伯格采用了一种有效的方法补上了她语言发展阶段的缺课，允许她触摸、摆弄物品和体验物品。这个故事告诉妈妈们，在童年时期极端地限制和禁止孩子摆弄和体验物品，会让孩子出现问题。

9~18个月我渴望看、触摸、摆弄东西，如同消除饥饿一样急迫，我通过上百次、上千次触摸、摆弄和体验，慢慢知道了一些物品的名称，比如，桌子、凳子、椅子、茶杯、衣服、铲子、筷子、瓶子等。因为触摸摆弄，当我会说话时，我会一下子说出这些物品的名字，连妈妈都惊奇得不得了。

岂止说话，动作也是这样发展起来的呢！"我要站起来"的强大动力推着我，我会成千上万次地重复练习每一个动作，才能掌握爬行、攀登、站立和行走技巧。我渴望我的行动不受限制，这样一天之中，我会无数次地让自己陷入危险之中，妈妈会把我从高处抱下来，从电视柜里拉出来，我会对营救非常愤怒，因为我根本看不到危险，但妈妈的营救是必须的哦。

这个阶段我需要更大的空间，如果限制我的活动，我将来长大了会易怒、爱发脾气，并与家人起冲突。给我自由吧，我真的需要四处乱闯。

## （九）我开始练习排便

15~18个月是我练习排便的关键时期。

虽然在8~9个月我的排便已经有了规律，但我还不会配合，我的成功是由于妈妈对我的消化规律很了解，我之所以心甘情愿地坐在座椅上，是因为我不会自己爬，除了坐着，也没什么事可干，坐着还是蛮舒服的。当我会走的时候，大人们让我用坐便器，他们说这是文明的，但我觉得意义不大呀！

我13个月的时候，在妈妈的精心安排下，我第一次在便盆椅上排出了大便，天哪，妈妈高兴得手舞足蹈，"好，好孩子"。妈妈高兴，我也跟着高兴，虽然我不知道妈妈为什么对这便便如此高兴。

在随后的几周和几个月中，由于妈妈的高兴和我偶然的几次成功，我开始与排便和便盆椅建立了联系，我终于明白，便盆椅里的东西是我自己制造出来的，我感觉它是我身体的附属物，我的排便使妈妈高兴，渐渐地，我把排便当作礼物送给妈妈。

我把这便便视为珍宝，妈妈冷漠地把它冲进了下水道。可我珍视这东西，就像珍视我深爱的人、心爱的玩具和珍惜的物品。我奉献如此有价值的礼物，却被以如此奇怪的方式接受和处置。那个张着大口的马桶或者蹲便器吼叫着吞掉便便，让它消失在神秘的深渊里。

## （十）第一个神奇的魔咒——叫"妈妈"

出生后不久，我无意之间发现了我的神秘力量，那就是我身体一紧张，妈妈便神奇地变出乳房或奶瓶来缓解我的紧张。需要会带来一个让我满足的人，我想要啥就来啥，愿望成真的信念将永远存在于我身体的某个神秘角落里。

9~12个月我发出了"爸爸""妈妈"的声音，爸爸妈妈激动不已，我自己也感到惊奇和高兴，我会在一天内不断地喊。但我还真的不知道妈妈是什么。我会直视那个女人的眼睛，对着她说"妈妈"，那个女人会融化的；我会看着爸爸的眼睛喊"妈妈"，爸爸会尴尬地纠正；我会一边去捉狗尾巴，不停

地念叨"妈妈";我会一手拿着饼干,一边大喊"妈妈";我躺在婴儿床上,嘟囔着"妈妈、妈妈"。但我头脑里还没有将"妈妈"和妈妈这个人联系起来,我只知道是当我反复地喊"妈妈",这个极有用的妈妈就会出现,她能满足我的需要,并能保证我的安全。于是当我想要饼干的时候,我会叫"妈妈",我的意思是"妈妈,我要饼干"。只要在我紧张、午睡、晚上睡觉这一类情况出现时,"妈妈"这个咒语也能让妈妈出现。

通过在各种场合成千上万次重复,我发现,这个咒语只能让妈妈出现,而不能让爸爸或者奶奶出现。"妈妈"这个音节也不能让狗出来,允许我拽着狗的尾巴,也不能让饼干出现解我的饥饿,最终"妈妈"这个词等同于回应"妈妈"的人,那就是妈妈本人。渐渐地,"妈妈"这个音节就指妈妈本人了。

18个月前我统治世界,如果我闭上眼睛,我就能让世界消失;我睁开眼,我就能让世界重现。我内心安宁,世界就一片和谐;我愤怒了,世界就地动山摇。我开始了神奇的点菜外语,我心中有了一些愿望,我只要说出几个有魔力的音节,想要的东西就会出现。我说"妈妈、饼干、再见、汽车",就是我要妈妈、要吃饼干、要离开、要坐汽车。18个月后当我掌握了语言魔法,我发现我以前的魔法开始逐渐消失,我会用语言来发布命令。

## (十一) 高级的咒语出现了

"妈妈"这个词能把妈妈召唤到自己身边,也能唤起妈妈的心理意象,并且需要时,我就能运用想象让妈妈在脑海里出现。

我1岁多时,说了"晚安"后爸爸妈妈把我一个人留在床上,不久,我的哭声就停止了。我的欢快独白"爸爸可口多阿拉拜拜妈妈,可可爸爸爸爸爸爸爸爸格嘎,嗨雾都都都都姆目",这段话可以翻译为"爸爸、拜拜、妈妈、可可",我的演讲和变奏曲持续了一二十分钟,直到我睡着,我根本没打算与故事中的人物见面。这就是词语的魅力,在睡觉那一刻,我因为要离开那美丽的世界,心爱的人、物而感到非常痛苦,我通过说出这些名字把他们都带回来了,重现了我失去的世界,我通过呼唤名字把他们召唤回来了。用几个词语代替事物本身,用心理体验代替真实体验,我就不再焦虑。

一次散步我被花园中的花迷住了,我要去采花,爸爸阻止我去采花,我小声地哭了几声"花",在接下来的几天,在楼下散步时我并没有坚持要去采花，我停下脚步对着花说："花，皮亮（漂亮）。"然后抬起头看着爸爸，与他一起分享快乐的感受。"非常漂亮，非常好看！"似乎这样我就很满足了。是什么让我自愿放弃采花和拥有花的快乐呢？又是词语的魅力。"花""漂亮"这些词语代替了物体本身，用词语与花接触，通过叫出花的名字来欣赏它，而不是直接采花。这明显是用词语代替了行为。之所以只有人类能够控制、延迟甚至放弃满足生理需要，在很大程度上是因为语言让高级行为成为可能。

## （十二）神奇的语言控制了行动，我开始成为理性的人

有个实验很有趣：有只聪明的狗，它能听懂为数不多的几个词，比如，"走""趴下""不""待那儿"。但狗不是每次都能理解这些词，每天晚上主人沿着楼梯往下走，手里拿着饼干，吹着口哨，发出狗回应的声音，让它走下台阶到地下室的床上休息，这时狗是不情愿的。狗在这时会一动不动，它想抵抗食物的诱惑，它不想下楼梯，可它又抵抗不了饼干的诱惑。几分钟过去了，狗再也忍不住了，走下台阶到地下室，几分钟后听到它在地下室里呜咽。

4年了，几乎每天都在上演。为什么在重复了几百上千次，狗还不能抵抗诱惑，而人能呢？是因为只有人会语言，人用语言控制冲动。我一旦学会说话，有时就能通过对自己说出父母的禁令来控制自己的冲动或者避免危险。一两个星期前，我还不会说"烫"，我摸炉子时，妈妈总会说"烫"，那时是靠父母说"烫"来控制自己的行为。现在呢，我要摸炉子时，我会默默对自己说"烫"，然后把手缩回去。一两个星期前，我不知道电源插座的危险，我一拽电线妈妈就会说："不，危险。"但现在一摸到电线我就会对自己说"不、不、不"，我学会了用"不"来约束自己的冲动。

对，是语言让我内化了爸爸妈妈的口头禁令，并遵守禁令，自我控制。一个有好品质的人都是以语言为基础的。那样就能解释，对2~3岁前的事我大多不记得了，因为我还不会说话，或者只能说只言片语。到了2岁各种事物都被我贴上了标签，但事物之间是什么关系，我还一概不知。2~3岁我的世界仍然是混乱和无序的。

### （十三）大人国的经历

我2岁半了，一家人准备到北京旅游。爸爸妈妈说我们要飞到北京去旅游。听到这个消息后，我这几天一直闷闷不乐。为什么呢？因为我还不知道怎么飞，我想我不会飞呀！妈妈告诉我，是坐飞机，可我没见过飞机，怎么坐呀？各坐一架飞机吗？因为我不知道全家人要坐在一架飞机里。我这个年龄，所有的东西都要通过实物才能让我理解（我要学什么，我得看见它呀，最好能摸摸，闻闻）。

2岁到2岁半，我最大的苦恼是语义不明。一天我看见蚂蚁后大哭，因为我听奶奶说："蚂蚁会把所有的东西吃掉。"那它也会吃掉我呀！我害怕呀！奶奶说："不会的，因为蚂蚁小，你的身体大！"我却没想到这些。在我眼里，大人国里一切皆有可能。2岁时，我还闹过笑话：我不想洗澡，一洗澡我就哭。那是我看到厕所里的水随着下水道消失了，我想："我洗着洗着，也会随着下水道一起消失，为了安全我还是不洗澡为好！"爸爸给我买了个大布娃娃，我把它抠了个洞，一阵乱扯，拽出了棉芯，布娃娃变成了干瘪的布袋，我恐惧极了，我想："我也和布娃娃一样，有一天失去了填充物，便什么都不是了！"所以我恐惧得大哭。

2岁的世界仍然是一个阴森恐怖的朦胧之境，它更接近梦，而非现实。不过做梦的人醒过来后，会庆幸地说："天哪，好在那只是个可怕的梦！"

### （十四）魔法师变成了科学家

2~3岁的我充满了热情、激情和好奇。我会把废纸篓、垃圾桶、衣橱、厨房的橱柜、抽屉的东西翻得到处都是，把那些我感兴趣的东西撕成碎片，我要考察那里面到底有什么。爸爸出差回来了，我会把爸爸的衣服、提包翻个遍，我会对洋娃娃、毛毛熊动手术。把玩具散落在地板上，把玩具拆成一件一件的。我喜欢摆弄电器开关、电视旋钮，我有一个伟大的科学梦：让它们动起来！

我还是一个观察家。我会发现绘本上小精灵的帽子上插着羽毛，另一页却没有，我会指出爸爸复述的故事中漏掉的细节，我发现拼图中神秘的一片是一个人脸，等等。在我的研究中，只有一件事情是错误的，那就是结论。我发现，电视机之所以来画面是因为旋钮管着（却不知道真正的原因是打开后收到了信号而看到了画面）。

　　1 岁半时，我看到大人吞云吐雾，还认为天上的云就是大人们吐出来的；我听到了打雷，还真认为老天爷生气了。我更会奇怪地问妈妈：那树为什么没有脚呢？

　　还有个有趣的故事呢！

　　一天我看到隔壁的阿姨怀孕了，我问都不问，因为我知道："吃得多多的，肚子大大的，我也能怀孕。"所以我拼命地吃起来。过了几天，我不愿洗澡，因为我担心肚子里的小宝宝。但妈妈告诉我，只有妈妈那样的大人能怀孕，我不能怀孕，我才将信将疑。那我是怎么想的呢？我是通过自己的身体和功能得出的可笑的结论：你看，通过吃东西吃到肚子里，让它一直待在肚子里，它就会长成小宝宝。

### （十五）我的身体很奇妙

　　我刚出生时，给我带来快乐的器官是嘴，用嘴吃喝来消除饥饿。但到 9 ~ 18 个月，因为排泄会产生紧张感和释放感，肛门作为身体满足感的中心在一段时间变得更为重要起来。

　　2 岁后，生殖器官因能带来愉悦感而变得重要起来。

　　2 岁后，我会在擦破皮、割破手和碰伤后大哭，可在以前我只是哭几声。这个阶段你若想给我好印象的话，就送我一盒创可贴吧，对我来说这可是珍贵的礼物，我会牢牢记住你。我会把它贴在难以察觉的地方，哪怕一个小小的伤口，我只要贴上一个创可贴就感觉身体完整了。这是为什么呢？在我看来，身体就是一个"肚子"，是一个中空的大管子，有时填满了食物，有时没有食物，我不小心擦伤后会流血，所以我想我身体这个中空的管子里装着血液、食物和残渣。一受伤我就担心我的身体不完整了，就要慢慢消失了。为什么在我 2 岁后更注意身体以及身体的安全和完整呢？因为我的自我意识增强了，同时身体也是我快乐的源泉，我对受伤的恐惧来自对疼痛的恐惧。

　　2 岁后，我会直觉地认为，每个人都和我一样有一个脑袋，两只手臂，两条腿和一个与我一样的生殖器。当我偶然看到小女孩没有和我一样的生殖器时，我会十分吃惊。我想："一定是有人把它拿走了，或者被切掉了。"小男孩会把小女孩当作残疾人，生怕灾难降临到自己身上。而小女孩呢，好像真的受了伤，她身体上的确有什么东西被取走了。如果这种想法一直困扰着 2

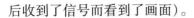

岁的你我，那将影响我们对性别气质的理解。

如何克服这种不安的感觉呢？对 2 岁的我们进一步观察后会发现，身体有两种不同的类型，2 岁多的我们就会把自己归为男人或者女人的行列，并为此而骄傲。爸爸妈妈也会告诉我们，身上的东西并没有被拿走什么，而是一出生就是这样，男孩子身体结构跟父亲一样，女孩子的身体跟母亲一样。直到 3~5 岁这种性别的困扰可能还在梦里经常出现，但随着年龄的增长，我们知道这种恐惧是没有必要的，也就坦然了。

### （十六）我和我的较量

2 岁半，我向帮我穿衣服的妈妈抗议："我自己穿！"在我的词汇里，我和你还只是一个模糊的词语。当我会说"我"就是在寻求满足和需要，我要每天都能从早到晚地说。"我要"是一首颂歌，是一句有魔力的咒语，我相信只要简单地重复"我要"就能带来我想要的东西，或者让我希望的事情发生。

当汽车驶过田地，"我要牛！我要牛！"这种颂歌一直唱到一群羊进入我的视野，"羊，羊，羊，我要羊！"一辆大客车出现了，"大客车！大客车！爸爸，我要大客车！"我要田地，我要大客车，我要商店……我一直往我的清单中添加东西，清单长到无法一一列举。但幸运的是，我会朝两个方向走。如果我不能拥有一头牛，我可以用一根绳子配合家人或者某个家具创造出一头牛，我越来越能接受不能实现心愿的替代品。

2 岁半了，我发现厨房只有我一个人，妈妈正在打电话，桌子上有一碗鸡蛋，我突然有种强烈的冲动，想把鸡蛋打碎，便伸手去拿鸡蛋。另一种念头是妈妈绝对不允许我打碎鸡蛋，"我要"和"不，绝对不能"两个我冲突起来。妈妈回到厨房发现我正在高兴地向地上扔鸡蛋，每扔一次，我狠狠地责骂自己："不不不，绝对不能做！不不不，绝对不能做！"

2 岁 8 个月，我穿着带着褶皱的裤子在外边玩，我想要小便又不愿意回到屋子里，这样就尿湿了裤子。虽然妈妈没有说什么，但我还是自责自己。

### （十七）替代成为一种有效的绝招

2 岁到 2 岁半之间我还是一个意志薄弱的小大人，这个时段我的语言还没真正能控制自己的行为，几个月时间爸爸妈妈会重复地对我说出禁令，你会看到我在重复自己的把戏前的犹豫，受到爸爸妈妈责备时的内疚。我对爸爸妈妈的爱，对爸爸妈妈的赞同和否定极大地影响着我的行为。

我还不能很好地理解爸爸妈妈说出的"不"字的含义，不是我智力有问题，也不是我倔强，是因为我的欲望很强，不知道如何对自己说"不"。你没办法和我这个年龄的人讲道理，因为世界是我的，我的地盘我做主。那怎么办呢？我要看爸爸手中的书，我要妈妈厨房里的铲子，"找替代品"这个主意不错，要爸爸妈妈手中的东西是我喜欢爸爸妈妈的一种表现。这比爸爸妈妈天天对我说"不、不、不"要好得多，因为这样我不会紧张，慢慢学会了自我控制。

1岁半的时候我们可能会玩便便，但不知道羞耻。到2岁半我们就会感觉到不文明，会喜欢泥巴、橡皮泥等这些替代的东西，也能让我们玩起来感到快乐。

有个故事：张阿姨最近又给小哥哥生了个小妹妹，小哥哥在头几周里模仿大人咿咿呀呀地逗妹妹，他还帮着照料妹妹，但有时候被遗弃感和妹妹夺走了他的爱的感情交织在一起，他会掐她、打她，用木棍威胁妹妹。阿姨不允许哥哥伤害妹妹，但小哥哥会在一天无缘无故地发几十次脾气。怎么办？

买一个胖娃娃玩具，让他生气时打胖娃娃代替妹妹，这个办法一开始不灵，但过一周后果然奏效。不这样做的后果很可怕：假设小妹妹时常被哥哥打，不久之后她会变成一个没有任何攻击行为的模范孩子，她会出现严重的睡眠障碍，她害怕很多东西，每天黏着妈妈。如果压制小男孩不准攻击妹妹，让他用爱的行为代替对妹妹的敌意行为，他就会形成一种习惯，对任何不喜欢的东西都表现出一种夸张的爱，而且还会用尿床来释放被压抑的情绪。

### （十八）如何处理冲突，最好的办法是用语言

我开始学会说话，妈妈就教我不只是释放攻击行为，而要让我说出感受，用语言处理冲突。

我鼓足勇气说："我很生气，要打你。""我对你很生气，我要对你发脾气。"

当我要发脾气时，妈妈说："你是个大孩子了，你可以把你的感受说出来！""你可以告诉我你想什么。"妈妈用语言鼓励我用自己的语言表达出来，我乱发脾气是不会受到奖赏的。

生活中时常看到，六七岁的孩子在其他方面发育正常，但会乱发脾气，

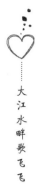
攻击别人、尖叫，一有要求不满足就生气发火。这就是父母一味迁就造成的。这种用原始机制释放情绪的孩子，不仅会行为不当，他的智力发育也会迟缓。也就是说，他还不能用高级心理活动替代直接行为，他情绪释放的方式还停留在低级水平上。

2 岁半的我们不停地阻止自己"不不不，绝对不能这样做"，其实就如路口的信号灯，一旦闪现，冲动就会被阻止或者释放。而有时候忘了打开信号灯，所以就违反了规则。

我在 2 岁半以前通过原始手段释放情绪，请爸爸妈妈宽容些吧。2 岁半以后就得有事说事，爸爸妈妈大可赏罚分明了。

### （十九）我不再咬人和尿床了

2~3 岁是规则形成时期，必须在严和爱中找到一个度。如果我做了错事，爸爸妈妈过分放任我，不批评我，也不期待我承认错误，那我就会越来越放纵。

如果我有一星半点问题，爸爸妈妈都小题大做，大惊小怪，惩罚我，否定我，有时甚至恶语相加，那我可能会开始不爱自己，认为自己顽皮，或者对惩罚感到恐惧。

我可能因为爱一个人而咬人，也可能因为愤怒而咬人。无论怎样，爸爸妈妈都要耐心地劝导："我不喜欢这样，你不能这么做，这很疼！"这天晚上，我做了个梦，梦见狗咬了我。我从梦里醒来，哭成了泪人。这是爸爸妈妈禁止后，我也在禁止自己做这种咬人的行为，梦里是我对咬人冲动的恐惧。这就是我 2 岁半用尽力气在控制冲动的行为。

我见到下雨就害怕。我不喜欢下雨吗？当然不是。我怕地上湿吗？也不是。我正在为自己不尿床而努力奋斗，当我醒来看到床尿湿了，我会很烦躁、很苦恼、很紧张，所以我怕"湿"，从而怕下雨。如果尿床了，妈妈再苛责，那我可能会不敢睡觉，不敢玩水，不敢洗澡。那怎么办？放宽要求吧！爸爸妈妈说几句安慰话，或者抱抱，在我不尿床时鼓励我，欣然接受我的失误，我减少了紧张和恐惧，慢慢就不尿床了。

### （二十）我突然怕洗澡

爸爸经常起早贪黑，回来后，一旦发现我顽固不听话，爸爸就会很严厉地责备我；一旦我发脾气，爸爸的脾气比我还大。因为每周和爸爸相处的时间少之又少，和爸爸在一起的时候，就只有爸爸的埋怨。在我眼里，爸爸就像头狮子在吼叫。

2岁或者2岁半时我不能很好地控制自己的情绪，而又想博得爸爸妈妈的好感，这种冲突使我很焦虑。这时爸爸放下架子，抽出时间陪我，我们以两个男人的身份对话，我越来越崇拜爸爸，我学着爸爸控制自己的情绪。

1岁9个月，我从前一直很喜欢洗澡。可最近一走进澡盆就反抗，妈妈气得发抖，认为我是故意捣蛋，有人提议：打我一顿就好了。我不会用语言表达，但就是对洗澡恐惧。妈妈突然想起前几天，我在浴缸里玩时看着水慢慢下降，最后一滴水流进孔里，当时我急着要离开浴缸。原来，我害怕自己会像水一样流走，从此消失掉，但我还无法明白自己这样大，孔是那样小，是流不走的。妈妈让我玩水管倒流游戏，让洗脸盆里的水流到池子里，再让池子里的水流到脸盆里。我逐渐发现水不会消失，恐惧感也就消失了。

### （二十一）原来我不是宇宙的中心

3岁时，在一次与小伙伴玩耍时我突然宣称自己是上帝，让所有人听命于我，如果不听命，我就大发雷霆。这就是我做的一个白日梦：我充满了法力，我希望自己主宰世界，希望自己强大，我的世界中没有其他人，只有我自己。

4岁时，我担心过自己的坏念头，但我知道只是想那些坏事还不会伤害到别人，但真的做了就会伤害到别人。我明白想法和行动不是一回事。

5岁时，我已经知道老鼠不知道自己是一只老鼠；狗比老鼠聪明，可狗也不知道这一点。我已经知道，自我身份的理解与智力绝对有关系，人的智力比动物智力高一个等级。

6岁了，我的口头禅是"以我的经验"，"以我的经验"来看自然、天文、地理、生活，我的看法有正确的，也有错误的。我不相信女巫，为什么呢？因为我从来没有见过，我的逻辑是我没有看到，我怎么知道是真的呢？没有见过细胞我就不相信细胞的真实性。我第一次知道地球是圆的后，我更好奇了："我会从地球上掉下去吗？"你要问我从哪个地方出来的，我一定犯迷糊，因为妈妈告诉我是从一个特殊通道出来的，因为我没有见过分娩，那我还会说从头上出来的呢！

6岁了，我的世界是一个有着道德规则的乌托邦，我心中的社会是公正、

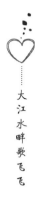

合理、不独裁，对越界的事情严格处理。6 岁了，我学会了像爱自己那样爱别人。从 3 岁到 6 岁反映了我作为人类的进化过程，即从以自我为中心，变为认识到自己是一个普通的成员。

## （二十二）什么时候才有"感同身受"

3 岁时，我打了别人，而且把别人打坏了。你若问我："要是别人也这样打你，你会有什么感受？"说实在的，我会无动于衷，因为我真的不在乎别人的感受，也无法想象他人内心的痛苦，因为在我的心中——我就是一切。这时，你若用换位思考来教育我没有作用呀。

记得 4 岁时，平时温顺的我看到毛毛虫在地上爬，我走过去，露出邪恶的笑，抬脚就碾碎了毛毛虫，我还蹲下身子研究这一摊肉泥。那时爸爸妈妈责备了我。

6 岁了，我一看到地上死的毛毛虫或者死鸟，就非常难受，有时还会哭。因为我知道：它死了，就永远不会活过来。在接下来的 2 年中，我失去了破坏的兴趣，所有的生命都是珍贵的，毛毛虫的生命和人一样珍贵，消失了就永远失去。我运用想象把自己摆在昆虫的位置，为昆虫的感同身受而感到痛苦。

这个过程真的了不起，我一下子变成了文明人。对毛毛虫的破坏乐趣消失了，取而代之的是对这种行为的厌恶和反感，"其他人会有什么感受呢？"成了我焦虑的问题，这个时候我生出了同情、爱、认同他人、珍爱生命，甚至对破坏行为进行批判。但如果我踩死了毛毛虫，爸爸妈妈没有责备我，而是给我赞同和欣赏，那我就会继续我的破坏行动，结果是我没法感同身受，我可能在发展中的道德感的过程中遇到障碍。

## （二十三）我是谁？我从哪里来？

这个问题是我最大的烦恼，让你我的后代永远陷入怀疑、猜测、不安和追寻真理之中。我的孩提时代重演了人类的发展史。我通过触摸自己、吸吮手指和看着自己的手在眼前晃动，形成自我的概念。

出现"我"这个词，逐步区分"自我"与"非我"。

通过自己身体、情绪与自然的相似之处解释自然。

对自己身体的观察和他人身体的观察，形成男孩、女孩的概念，进一步巩固了"我"的感觉。

从对自己身体和排泄物的态度获得关于"好""坏"的感觉。

3~4 岁，我开始知道我是谁，开始对我从哪里来这个问题感兴趣。

5 岁时我问妈妈："在出生之前我在哪？""在妈妈肚子里。""在肚子里之前呢？""你是一个很小很小的卵细胞。""在卵细胞之前呢？""你什么都不是。""啊，我怎么什么都不是呢？"我会反复问两个问题："出生之前我在哪里？出生之后我要去哪里？""是爸爸种下的种子，种在妈妈的肚子里。"

即便是最为开明的父母的孩子，也很难理解他们的父母会有性生活。这个阶段无论怎样解释，我这么小的小孩都无法理解我从哪里来。因为这个时段的孩子看不到精子和卵子，也看不到神秘通道，看不到他就无法理解。

## （二十四）性教育的意义

一个 3 岁男孩发现观察小女孩怎么小便很有趣，我们允许孩子在上厕所时自然观察，这种兴趣会自然减弱，但若孩子到了 7~8 岁还将其当作玩笑的话，或者给他提供这种机会的话，那就不仅会给孩子帮倒忙，还会伤害到其他孩子。一个小男孩或者小女孩无意识地去摸自己的生殖器，那大人们尽可不必大惊小怪，既不要批评也不要赞同。

如果一个孩子对母亲或者父亲身体构造感到好奇，应该给他看父母的裸体，满足他的好奇心吗？专家的建议是没有必要。有个值得推广的方法是可以让孩子提问，然后爸爸或者妈妈给予解释。聪明的父母设法用提问引导孩子的好奇心，用讨论帮助他澄清一些错误的认识。每一位明智的父母都知道，在孩子自慰或者玩性游戏时，什么事都不要做，一定不能让孩子产生羞耻感，也不能威胁孩子。如果与生殖器有关的羞耻感和焦虑感过高，会严重扰乱孩子的人格发展，并且可能造成孩子成年后的性功能障碍。

对于玩性游戏的孩子，妈妈平静地要求两个孩子穿好衣服，找点其他事情做，再找个恰当机会私下谈这件事。但是通过看和做游戏，小孩子找不到答案，他可以向爸爸妈妈提出他想问的问题，而爸爸妈妈让他明白这是怎么回事。用这种方法，他不会感到羞耻和害怕，正常的好奇心也不会受到伤害。

## （二十五）恋父（母）情结

3~5 岁的孩子会有俄狄浦斯情结。古老的希腊传奇里，有这么一个预言：底比斯王的新生儿，有一天将会杀死他的父亲而与他的母亲结婚。底比斯王对这个预言感到震惊万分，于是下令把婴儿丢弃在山上，想让他死去。但是有人发现了新生儿，把新生儿送给邻国国王当儿子。俄狄浦斯并不知道自己真正的父母是谁。长大了以后，他创下许多英雄事迹，而娶得伊俄卡斯达女王为妻。不久，有场可怕的瘟疫降临底比斯，然后他才知道自己曾经杀死自己的父亲——那是很久以前死在他手下的一个旅行者。他也发现原来他娶的女人是他的母亲，预言一一实现了。俄狄浦斯王羞怒不已，他弄瞎了双眼，离开底比斯，独自流浪去了。

3~5 岁孩子有个白日梦，那就是小男孩要取代父亲，小女孩要取代母亲。弗洛伊德把童年早期对异性父母的爱和依恋，以及与同性父母的冲突导致的各种后果，如攻击性、内疚感以及解决方式，称为俄狄浦斯情结，通过观察发现，正常孩子都要经历这个阶段。无数父母从来没有听说过这个情结，即使他们在孩子身上看到了这种情结，也意识不到这是什么。事实是无论父母是否了解俄狄浦斯情结，对孩子来说结果都是一样的，他们都会以失望和放弃而结束白日梦。孩子在 6 岁左右表现出强烈的认同感，好像在说："既然我不能取代父亲，不能成为父亲，那就像他吧。"男孩子开始模仿父亲，追随父亲；女孩开始模仿母亲，追随母亲。

下面是听来的故事，请你用俄狄浦斯情结分析。餐桌上 4 岁的男孩说："等我长大了，我要娶妈妈。""那爸爸怎么办？""爸爸会老死。"男孩要娶妈妈，但他又很爱爸爸，内心很矛盾。晚上睡觉时，他想让爸爸给他读个故事，爸爸给他讲这个故事，他说："不，不"。爸爸给他放唱片，他说："不，不"。他哭着说每个人都很刻薄，他恨这座老房子，他怒气冲冲地打了爸爸，最后爸爸命令男孩去睡觉，不读故事也不放唱片，这似乎是他要的结果："你真坏，你是全世界最坏的爸爸，我希望你死。"男孩砰地关上了房门。男孩怎么了？男孩招惹父亲，挑战父亲的极限，是男孩子要求父亲惩罚自己的罪恶，利用惩罚证明他有理由生父亲的气。从男孩莫名其妙的焦虑中我们可以看出隐藏的俄狄浦斯情结。

### （二十六）父母在俄狄浦斯情结中的角色

童年时期的这种爱，以及对这种爱引发的矛盾的解决办法，会影响孩子青春期和成年后对爱的态度。如果男孩对母亲或者女孩对父亲这种依恋一直持续的话，日后，孩子将很难用成年人的爱情代替童年的旧爱。

在出生的头几年，要让孩子认识到父母有自己的私生活，孩子会怨恨这一现实，但要帮助他接受，父母的卧室是私密的象征。尽管孩子深爱父母，但不能干涉父母的亲密关系，不能分享父母生活中的亲密，不能独占父亲或者母亲的爱。想取代父亲或者母亲，那是白日梦。同样，孩子偶尔对父母表现出的羞涩或者调情不能视为可爱。不能威胁孩子，但要通过智慧不让孩子在父亲或者母亲的权威面前感到被动或无助。

一个小男孩不能成为自己的父亲，但他可以像父亲；一个小女孩不能取代母亲，但她可以像母亲。童年早期的失恋转化为一件好事，强化了男孩或者女孩的气质。孩子对父母的模仿早于对父母的认同，对父母的认同在童年早期就已经生根。在认同的过程中，被认同的那一方的某些特质会被认同方接受下来，并永久地成为后者人格中的一部分，父母就是孩子的一面镜子。小女孩接纳自己女性的身体和女性命运，对自己的期望和生理发展相协调，她就不会有强烈的思想冲突；如果这个小女孩觉得女性不受重视，或者女性不会得到认可，她的生物事实与自己的期望冲突，就会导致人格冲突。

一个很有趣的现象：无论男孩还是女孩在3岁左右都会经历一个假装异性的阶段，女孩把自己打扮得像男孩，男孩会突然宣布自己怀了宝宝。如果到了七八岁，孩子对性别仍然很反感，那就是问题了。

### （二十七）如何让女孩有女孩气质，男孩有男孩特点？

当3岁的小女孩知道有一天她能像妈妈一样孕育小宝宝时，她就会对性别感到满足。而这位女孩的父亲很高兴有个女儿，很珍视女性，会极大地促进女儿的女性认同感，对母亲类的女性有强烈的情感，对男性没有攻击性和强烈的敌意，乐于参加女性活动，被视为已经具有女性特质。但也有妥协的时候，比如，女孩丢下洋娃娃，去和男孩子一起玩。

我曾认识一个小女孩，她恨与女孩和女人有关的一切事情，并公开说自己看不起女性，她与自己的弟弟以及邻居家的男孩子竞争，并在男孩子的游

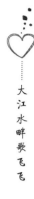

戏中取胜，她讨厌穿裙子、扎头发等女孩游戏，并且抵制妈妈把她打扮成淑女，这究竟发生了什么呢？是她弟弟出生后，她没有找到女孩的满足感，仿佛她不相信自己作为女孩能得到父母的爱。在女孩的女性特质发展中，母亲是核心人物，通过母爱和母亲的认同，女孩形成自己的标准，实现自己性别的积极认同。

同样，男孩在 6 岁前要有男孩子气质。一个 6 岁男孩，在小区里为非作歹，用棍子攻击邻居家小孩，闲暇时模仿超人，在家具之间飞奔，粗野顽皮，但夜里尿床。这是为什么呢？原来这个孩子是害怕被其他孩子攻击，他幻想做超人，做硬汉，晚上恐惧又来折磨他，他就尿床了。那些积极养育儿子的父亲为儿子树立男性的榜样，父亲和儿子有共同的爱好，共同参加活动，但父亲不需要做儿子的玩伴。那些欺负别人、发脾气、破坏东西和施虐的行为可以通过体育活动或者学习创造性活动来释放，把精力转移到其他活动中来。母亲是孩子的规范和品德的教导者，对培养孩子的才智、价值观都起了不可替代的作用。

## （二十八）孩子自控力的秘诀——内疚感

2 岁的孩子还没有良知。2 岁的孩子能否控制自己的冲动，要看妈妈是否在场；对自己的顽皮是否感到羞愧，要看这种行为是否被发现，他可能因为父母的赞成或者反对而知道对错。

父母的爱和赞同是孩子自控力培养的抓手和核心。每个 3~5 岁的孩子都希望得到父母的爱和赞赏，父母不赞同就会让他感到父母暂时收回了对自己的爱和重视。

孩子淘气而受到父母批评后，他就会感觉暂时失宠了，自信心受到了打击，孩子几种情绪交织，就产生了内疚感。内疚感是孩子学会控制自己的秘密武器。内疚感成为一种警报信号，无论大人是否在场都有发出的时候，就形成了良知。

一个一脚踹坏哥哥飞机模型的孩子表现出的懊恼自责，这是一种正常现象；如果一个孩子因为怕伤着别人而害怕在游戏中传球，怕说出相反观点而被视为攻击行为，从而不敢发表与别人相反的观点，这就是内疚感过重了。

孩子应该对这些行为感到内疚：乱发脾气，喜欢破坏，向小朋友扔石头，危及别人孩子的安全，坚持我行我素，不达目的不罢休，在街上玩时不遵守父母制定的安全规定，已经知道偷窃意味着什么还偷小玩意，做了某种被禁的行为还要撒谎，等等。

### （二十九）父母应该为自己内疚吗？

这里有个公式：孩子为了得到父母的爱和赞同而行动—父母不赞成—孩子产生了内疚感—孩子靠内疚感控制自己。比如，一个扔石头的孩子，内疚感要达到什么程度为好呢？是让他感到自己是个潜在的杀人犯吗？不不不，那样他就会因为自己的攻击行为而否定所有的攻击行为。这个度就是能阻止他扔石头就足够了。

那父母是批评孩子本人呢，还是批评他的行为呢？如果我们只指责这个孩子扔石头的行为不好，这样他会觉得这种行为与自己无关，他会把责任归咎到想象中的同伴或者超自然的力量，他就会逃避责任，不为自己的责任负责。要让孩子明白：是他自己导致了这种行为，他应该为自己的行为负责。

孩子跑得快不小心摔了一跤，父母去打凳子，埋怨凳子绊了他，这种做法可取吗？这也是一种对责任的逃避。那对淘气的孩子表现出了不赞同，孩子出现了内疚，父母愧疚地给孩子一个拥抱和亲吻，这种做法可取吗？这就是内疚感倒置，会强化孩子淘气。当然父母反应过度，愚蠢地威胁孩子或者不公正地批评孩子，父母应该感到内疚。

有这样一个案例：孩子只要一淘气，妈妈就打他一巴掌，然后这事就过去了；而孩子的父亲只要一个责备的眼神，孩子就很难受。那这个孩子的良知是母亲的巴掌还是父亲的眼神呢？是父亲的眼神，是父亲的不赞同让孩子很难受，而妈妈的巴掌没有让他留下任何内疚的痕迹，孩子是这样想的："我很淘气，我已经为此付出了两巴掌，现在我们两清了，过去的一笔勾销。"

### （三十）打屁股真的管用吗？

上面这个案例告诉我们一个事实：有的小孩子就是靠找打来抵消自己的内疚感，你打了他正中了他的下怀，可孩子并没有学到什么。

小孩子犯了错误，家长的做法是打屁股，还振振有词："有时候只能这么做。""你得让他们知道你是认真的。""有时候他们就是想要打屁股。""我们小时候也是这样挨打的，也没什么呀！"

家长的记忆中肯定也混合着小时候被打屁股时的屈辱、无助。可问题是，

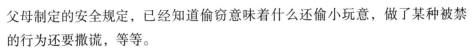

打孩子是唯一一种会让父母上瘾的惩罚，孩子从中不会学到什么，却会造成犯错和被惩罚的恶性循环。为什么有的孩子挨了打，可还是屡次犯错呢？因为挨打的孩子控制自己不是由内疚感发出的，所以他只需要确定自己淘气不被发现就好了，有时在权衡快乐与挨打之后，他还是选择了先快乐再说。他的逻辑是，快乐后用挨打来抵消。这就是个别父母的口头禅："他就是在找打。"而对这样的孩子恰恰不能打，不打的效果是让他的内疚感占据内心。

我们来看看下面一个案例：一个 6 岁男孩偷了商店里的零用钱，当被抓住后他承认几个月以来的大部分偷窃行为，可他毫无内疚感，这是为什么呢？这是因为小男孩的父亲就是用打来管教孩子，而小男孩就是靠大人的打来减轻自己的内疚感。有的孩子执意要某种东西，当父母打他一巴掌他就平静下来，这就是孩子自找惩罚的例子，遇到这种情况怎么办？父母找出原因，终止孩子这种自罚的行为。对那个偷窃的孩子来说，如果父亲不再打他，而是用别的方法帮助孩子，孩子就可以为自己的行为感到内疚，这样，父亲用内疚感控制孩子的不良行为。

## （三十一）惩罚如何做到有益——符合逻辑

合理的惩罚是必要的。不要体罚，要惩罚，合理的惩罚不是教育者对孩子的报复和反击，而是因为孩子的行为而导致的合理的必然后果。也就是说，惩罚对孩子的道德发展有利，孩子心理上能接受，不会让孩子产生仇恨和不公正的感觉。

请看下面的案例：6 岁的小女孩想和爸爸、妈妈、妹妹一起到公园去玩，但下雨了，妈妈让她做平时喜欢的事情，比如，画画，给洋娃娃缝衣服，但她今天异常烦躁，不停地发牢骚，嘲笑妹妹，关掉爸爸的电视，用刺耳的声音大声唱歌，受到责备后，她变本加厉。遇到这种问题怎么办？其一，给她讲道理；其二，不让小女孩看电视；其三，罚站；其四，让她回房间反思 3 个小时；其五，必须回房间，直到她成为一个理智的家庭成员后，欢迎她回到客厅与大家待在一起。第一种显然不行，因为孩子处于失控状态，她还不能认清错误。第二种剥夺了她看电视的权利，显然没有逻辑关系，孩子不会从中学到任何东西，会让孩子感觉你在报复她，加深受到不公正待遇的感觉。第三种做法是一种体罚，更要不得。第四种让孩子不得不在房间煎熬 3 个小时，她在房间会把全部心思放在如何复仇上，孩子不能得到什么。第五种做法就很可取，她可能在房间待 5 分钟，10 分钟，无论多长时间，都取决于她让自己冷静下来所需要的时间。

这里特别提醒教师和家长，孩子一犯错误就一律不准他干自己喜欢的事，这种做法千万要不得。

### （三十二）掌握惩罚的度——不过于严厉，也不过于温和

我热爱读书，到图书馆借书是我的生活中最有意思的一件事，爸爸为我办了一张借书卡，但是我很快忘了还书，有时候图书馆的罚款会增加，在爸爸多次警告无效的情况下，爸爸将我的借书卡没收了一个月。爸爸的做法合适吗？爸爸采用这个极端的惩罚对 6~7 岁的我来说太长了，再说大多数 6~7 岁的孩子不应该为还书这样的小事而承担全部责任，监督提醒我们还书是父母日常的职责之一。

下面是另一个例子：5 岁的贝贝在幼儿园吃饭时，用让人倒胃口的方式玩食物，向小朋友扔豆子，制造噪声，用各种方式让自己在饭桌上不受欢迎，老师让他离开饭桌不让他吃饭，这种做法可取吗？食物对所有人来说有着非常复杂的象征意义，它触及人的心灵深处，如果我们的惩罚牵涉到食物，就可能引发孩子心理上的连锁反应，会使孩子愤怒，甚至会导致孩子把教师想象成一个让年幼孩子挨饿的妖怪。那该如何做？可以让他单独在一个桌子上进餐，他不会产生不准自己吃饭的愤怒。记住任何时候，不要用食物来惩罚孩子，那样的做法很愚蠢。

如果一个孩子打碎了别人的玻璃，你要他自己去赔偿，而且要花掉他自己几个月的零花钱，显然这样的惩罚肯定过头了，孩子不会感到内疚和后悔，只会感觉到愤怒。如果一个孩子骑自行车违反了家长的安全规定，你剥夺他骑自行车的权利，但是如果这种惩罚是好几天，最终这个孩子会充满故意。所以，惩罚的度很重要。

父母警告 4 岁孩子和小朋友打架时一定不要扔石头，但意外还是发生了，他把邻居小孩的脸打破了，他亲眼看见血从脸上流下那可怕的一幕。父母还要再惩罚孩子吗？答案是没必要，因为孩子已经看到了惨剧，他的内疚感对自己的惩罚已经足够了，让他完全为自己的内疚感所影响，这样会更好。

### （三十三）我们要让孩子感受痛苦吗？

父母对杀人犯的强烈反感、对别人的真诚、待人接物的用心，比说教更有力量。一个通情达理、不惩罚孩子的父母，可能因为害怕向孩子表达你的真实感受，到头来使孩子变本加厉。如果孩子有偷窃行为，父母拿警察来抓孩子，关进拘留所等来威吓孩子，这种做法专家认为不可取。父母该怎么做呢？要表示对做出偷窃行为的孩子的失望和担忧。

要不要让孩子接触电视、电影和漫画中谋杀、暴力和施虐的故事呢？专家建议还是不接触为好。因为孩子对这些没有体验，所以对悲剧不能做出反应。

孩子需要感受痛苦和表达愤怒吗？答案是需要。父母努力保护孩子免于痛苦，就可能剥夺了孩子适应痛苦经历的最佳机会。悲痛，即便是为一只死去的仓鼠的悲痛，对于克服死亡造成的痛苦也是必不可少的。如果不允许孩子感受宠物的死亡带来的悲痛，孩子就会退回到原始的方法进行抵御，就会否认死亡带来的痛苦，对损失感觉无所谓。这样的孩子就会变成一个内心贫瘠的人，就会缺乏丰富而深厚的情感生活。

孩子有权感到气愤，并表达自己的感受，但只能在一定范围内。有时孩子会用身体攻击父母，有时会对父母说粗话，那父母怎么办呢？第一种做法是听之任之，认为孩子还小，不用管。第二种做法是用语言叫停这种行为："够了，我不想再听你说这样的话，你完全失控了，我不喜欢你这样，等你平静了，再和你讨论这件事。"第三种做法是打屁股。答案显而易见。

同胞竞争是孩子的另一项权利。家里的兄弟姐妹和幼儿园小朋友之间竞争是很正常的现象，但出现身体攻击、语言谩骂是要叫停的。一旦孩子和伙伴之间的竞争超出了边界，变成了身体或语言攻击，父母必须加以限制，不管什么原因导致孩子不舒服，必须让孩子找到文明的方法解决问题。父母要让孩子认识到，自己不能独占父母的爱，也不能独占教师的爱。还有个问题：孩子觉得父母爱自己、教师爱自己是天经地义，但能否要求孩子爱父母、爱老师，这就是很深层次的问题了。爱出者爱返，福往者福来。一个要求得到爱，却不知道去爱父母、爱教师的孩子是一个以自我为中心的孩子，这样的孩子长大后，或可成为孤独的婚姻伴侣。即使是小孩子，也要承担起爱的义务，爱是被给予的，但也是赢得的。

孩子在成长的过程中不断缩小自恋的范围来赢得父母的爱和赞同。换言之：要有舍有得，要舍弃许多自私自利的愿望，更加看重对父母的爱。爱若不循环，那就是教育的失败，培养的人心中只有自己，而没有别人，这不是社会的人，而是被社会遗弃的人。

此《走进我的魔法世界》，是笔者读美国儿童心理分析专家弗雷伯格的《魔法岁月》后，受她的引领，用通俗易懂的语言写下的关于 0~6 岁孩子的魔法世界。对比汉译本，笔者的这部分内容是经过整理的，各年龄阶段衔接得要更好，读起来更容易。在这一部分，读者可以从孩子的视角进入那个神奇的魔法世界，掌握不同年龄阶段孩子的精神世界，对幼儿教育者、幼儿看护者无疑是重要的。当然，作为每一个人都要经历的过程，想要更好地了解"我是谁"，也是趣味横生的。

# 第七章　我听到雪的心跳了

## 我听到雪的心跳了

独自一人在雪里走了八公里，我听到雪的心跳啦！

你，鼻翼一张一翕
如甜梦中的婴儿，吸长呼短
唑——唑——唑——唑——
在鲜活的收放自如中滋长

你，心跳如少女般曼妙
树枝上滚落的雪球
有节律地嗒嗒嗒嗒
和冬水一起咚咚咚咚

你，有艺术气质的画家
咯吱咯吱断枝声，你在磨墨
簌簌簌簌扑打声，你在铺纸
洋洋洒洒，无声大作一挥而就

你，有灵性的乐者
一瞬间，田地如蒙上雪白的羊皮
行人用双脚做鼓槌，嘎吱嘎吱

汽车小心翼翼地滚奏，呜呜轰隆

你，技惊四座的舞者
白色的裙摆随风旋转、飘飞
同堆雪人的孩童一起欢笑，咯咯哈哈
哗哗的汉江应和着雪的舞步

先有雪然后才有童话
噗噗噗噗，分明是
白雪公主和七个小矮人
在烛照的林子里絮语

你，默默蕴聚一鸣惊艳
沙沙沙沙，用动人心魄的白
击打着草木、山水、魂灵
汨汨流淌，你的激情、热血和追逐

# 盐池河

盐池河，藏在武当山背后的密码
盐池河，鬼斧神工之后
躺卧成枝繁叶茂的树
沟壑在枝条的伸展中如虫鸣叫
三岔河、两河口、吴家河、长滩河
枝丫在清溪两两的交汇中嘹亮地吹着
千年如歌，千年老树

化而为龙，盐龙吐盐后
腾跃半空，从武当山血脉里蜿蜒入汉水
龙鳞在星星点点的村落故事里忽闪

343

分水岭、大岭坡、水竹园、马家山
盘虬于青林翠竹悬崖峭壁之盆沿上
盆里世界，藏龙卧虎

满篓故事，老人点破后
神仙岩、棺材山、寄死窑、瓦缸埋道士
生与死轮回在山光水影间反影复照
老君殿、娘娘庙、财神庙
人与神在膜拜中迎来幻梦和期冀
二十八处古村寨，踏着行板走来

威风锣鼓，叮咚起来后
巴河沿途已听不清李宗仁的马蹄声
山谷里分明响着红三军的号令
课堂上，静得能听到花开的声音
山坡下，药材拔节正叫得山响
河水如时钟般精准、回环、激荡

## 修道的武当

海洋般群山密林中
深藏着举世无双的皇家宫观
绵延着千年的道的气息
经久流传，古老的传说
净乐国太子只身修炼道法
历经四十二年，终于，得道成仙
留下仰望苍穹的千古一叹
开启了无为而有为的寻道之旅

得道成仙者被尊为玄武大帝

试问此山因此得名武当山吗？

武当绝顶天柱峰苍茫辽阔

七十二峰却为何众星拱月

历史与自然回应了名正则言顺

六百多年前朱棣夺取侄子皇位

暗示用自己的样子塑造真武像

却为何用太子修仙的故事修建武当？


在碧波荡漾的丹江口水库下

深藏着古均州城和城中之宫净乐宫

从均州古城人的世界开始

到紫霄宫地的世界

直到真武南岩成仙后的世界

这人地天是三比二比一

却分明是一生二，二生三，三生万物

一气呵成，成就太子寻道旅程


依顺山势由低到高三层崇台

紫霄宫便落座在展旗峰下

蓦然回首，紫气东来

层层的石阶诉说着太子修行的艰辛

仰望大殿顶部

彩绘缤纷富丽堂皇

三十六根杉木巨柱高高擎起

仅仅是为了张扬皇家的排场吗？


人间的繁华留不住太子的心

受到磨针的感召，又回到了深山

天乙真庆宫就镶嵌在他住的岩洞中

仿佛空中楼阁落在万丈绝壁上

近处看，那是仿木结构的石殿

梁柱门枋全由巨石精雕细刻
与岩与壁天衣无缝自然而然
这分明与苦心修道者浑然一体

太子得道成仙后
一夜之间成了天柱峰金殿的主人
只见这重檐庑殿九彩斗拱
三千六百个铜制卯榫插在一起
仰望巧夺天工的鎏金大殿
屹立在万山之巅笑对苍穹
殿外山风呼啸，殿内香烛一丝不摇
莫不是得道成仙者在人间显灵

## 我就是太极湖

央视有言：问道武当山，养生太极湖。近在咫尺，山与水倾诉着千年的衷肠，水与山相拥着日月忠贞的诗行。请听听武当山和太极湖这对恋人的深情对白。

太极湖，我问你，现在的家在哪里
我的家，在十堰，丹江口那水库边
我问你，大美女，是不是现在改了名
忆往事，叫草店，现在改名太极湖

为什么，要改名，叫湖却不是一方湖
快乐事，告诉你，如今成了养生地
武当山，别生气，改名没有改心意

我，不是湖，是你采摘的云彩掉进了水里
我，也是湖，是真武大帝练就的太极图

我，就是湖，是仙人跪地叩拜的倒影处

你，不是山，是源远流长的道法自然。
你，也是山，是与丹江一脉相承的诗仙
你，就是山，是剑河滋长的刚强硬汉

我，谈笑间，切磋着山水灵犀千年
你，阴晴里，传递着汉子的柔情万般
湖光里，你，泼洒着山色缤纷画卷
山色中，我，书写湖光盛世激越的书卷

流淌着，你，群山中以静制动刚柔相济
挺立着，我，河湖里以柔克刚兼收并蓄
我们，新时代，患难中见证着真情真意
我们，大变局，携手书写爱与拼的历史大戏

# 听

逗逗 2017 年听唱英文歌 1793 首，即兴作诗一首。

我听见了你的心，每天听六首曲子，快乐的日子，和音符一起跳跃
风和日暖，曲子从绿绿的心田吹过，放飞自己放飞灵魂，也放飞青春和梦想
暴风骤雨，音符舞动绕梁三日，抚慰心情鼓舞心魂，也驱赶阴霾掬起诗意

晨曦光里，在天与地的缝里冒出希望，如汩汩泉水叮咚叮咚，伴着穿林打叶声
午后的林子，投下影子和鸟们一起啾啾，心随爱一起写七行诗，哆来咪发嗦

晚来夕阳，水做琴弦风弹拨，弹皱一湖春水两山画意，日子在节拍里活成灿烂

曲子无时不在，张开双翼撑起大伞，若襁褓般护佑着，那飘飞的碧玉

## 他是战狼，来自北方

他，才追管仲，勇比萧何
年少时，绝非"小鲜肉"
心宽体胖，眼透杀气
他，两次到金国科举
却为了一摞摞一篓篓敌国的信息
他，两次追杀"老鹰小丑"
波澜起伏，比武侠小说还要惊心
黑云压城，甲光向鳞
"燕云十八飞骑，奔腾如虎风云举"

他，乘腾风云，心驰塞外
虎啸南归，身回宋营
主和对阵主战，黑云压城
他，美芹十论，笔战群儒
潮起潮落，宦海浮沉
平茶军，建飞虎，"飞镜又重磨"
"斫去桂婆娑。人道是，清光更多"

他，二十年来弃置身
稼轩，稼轩，"高处建舍，低处辟田"
呼朋引伴，"春在溪头荠菜花"
间或"醉里吴音相媚好"
偶或"稻花香里说丰年"
更见小儿"溪头卧剥莲蓬"

念念"风飘絮",悲悲"雨打萍"
"而今识尽愁滋味""却道天凉好个秋"

他,老骥伏枥,乘奔万里
虽六十有四,反问"廉颇老矣,尚能饭否?"
有诗为证:"马作的卢飞快,弓如霹雳弦惊。"
"梦回吹角连营""沙场秋点兵"
北固亭,闻听三国鼓声阵阵
试问"天下英雄谁敌手"
"生子当如孙仲谋"
"坐断东南战未休"

他,写词就爱大声吼
振林樾,冲霄汉,飞云端
"夜半狂歌悲风起,听铮铮"
"八百里分麾下炙,五十弦翻塞外声"
"人生自古谁无死,留取丹心照汗青"
词坛一真龙,飞龙在腾渊
研墨安天下,驾车定乾坤
他,一身铁骨何处寻
"众里寻他千百度,蓦然回首,那人却在灯火阑珊处"

## 亘古男儿一放翁

撒豆成兵,洒墨成诗
洋洋洒洒一生,洒出诗万首
兵魂萦怀,国魂盈胸
铁马秋风,楼船夜雪,捷报频传
晨曦,"中原北望气如山"
夕照,"尚思为国戍轮台"

这是一个男人的澎湃心潮

有个女孩名叫唐琬
明眸如水绿鬓如云
她和放翁似漆如胶，蜜里调油
涟漪乍动，惊飞鸳鸯
"桃花落，闲池阁。山盟虽在，锦书难托"
"梦断香消四十年，沈园柳老不吹绵"
这是一个汉子的千年痴情

四十有八，大散关前
"铁衣上马蹴坚冰""飞霜掠面寒压指"
万里觅封侯，"匹马戍梁州"
一片丹心为国死
"议和""议和"，北伐泥牛入海
"胡未灭，鬓先秋，泪空流"
这是一个兵哥哥的愁肠寸断

放翁傲娇为寓公
酷爱"芋羹豆饭家家乐"
乐见"白稻雨中熟，黄鸦桑下鸣"
"枝上花空闲蝶翅，林间甚美滑莺吭"
"莫笑农家腊酒浑，丰年留客足鸡豚"
正是"造物有意娱诗人，供与诗材次第新"
这是一个诗人的乡村世界

烈士暮年，壮心盛长
"三万里河东入海，五千仞岳上摩天"
"夜阑卧听风吹雨，铁马冰河入梦来"
写了一辈子诗，爱了一辈子国
八十有五，临终前

仍"悲不见九州同"
这使一个壮士撕心裂肺

珠穆朗玛峰，游走的高度，这就是陆游
马里亚纳海沟，爱情的深度，这就是陆游
粉身碎骨，爱国的热度，这就是陆游
稻麦蚕豆，爱物的温度，这就是陆游
流水静深，人生的风度，这就是陆游

# 我是东坡，我是神

夜来幽梦，我咋成了黄州种菜的东坡
"燕子飞时，绿水人间绕"
蔬果成畦，一钁头一锄头
红泥小火炉，一方块一方块香猪肉
"待他自熟莫催他，火候足时他自美"
东坡肉，十里香
"早晨起来打两碗，饱得自家君莫管"

忆同学少年
幸得欧阳醉翁钦点
以第二名入列公务员行列
斗胆与"不畏浮云遮望眼"的诗人
怼起来，谪守杭州也不悔
西子湖畔，"水光潋滟、山色空蒙"
涟漪微动，隐隐笙歌沙鹭飞
山光、水色，作诗、填词

三年后，升任密州市长
"老夫聊发少年狂"

一心御西夏

"会挽雕弓如满月，西北望，射天狼"

呵呵，密州壮士随我抵掌顿足而歌唱

一日，夜梦亡妻，"小轩窗，正梳妆"

"相顾无言，唯有泪千行"

他日中秋明月夜，大醉

子由我弟"明月几时有，把酒问青天"

银月传言"但愿人长久，千里共婵娟"


"世事一场大梦，人生几度秋凉"

御史台里柏累累

柏树枝头鸦阵阵

各路仙鸟衔着我

轻飘飘丢到了黄州

"拣尽寒枝不肯栖，寂寞沙洲冷"

没有束脩，不发束脩

城东废营一山坡，起屋、种地、翻墙、唠嗑

人们叫我苏东坡

仅是我烧的东坡肉，做的东坡饼？


黄州一梦整五载

人称我的奇迹年

春天沙湖遇大雨

"一蓑烟雨任平生"

"回首向来萧瑟处，归去，也无风雨也无晴"

寒食节里诗兴发

郁郁《黄州寒食帖》行书几笔就写下

重游三国周郎那赤壁

"乱石穿空，惊涛拍岸，卷起千堆雪"

"划然长啸，草木震动，山鸣谷应，风起水涌"

"飘飘乎如遗世独立，羽化而登仙"

人生股票，跌罢涨停

急流漩涡，一个激灵到杭州

一锹一锹筑出绿荫杨里那苏堤

一笔一画勾勒成三潭那映月

后来历经三连贬

既从英州到惠州，再从惠州到琼州

"枝上柳绵吹又少"

"多情却被无情恼"

肉和海鲜不得食

羊蝎子吃出螃蟹味

都说我旷在于神

我说钟爱在本性

## 这个女人，她是谁

她，一生跨越两宋

坚如磐石，有汉子硬骨

"生当作人杰，死亦为鬼雄"

她，一挂瀑布，总是，美丽一跃

幸福、悲苦、被骗、凄凄惨惨戚戚

"感时花溅泪，恨别鸟惊心"

于她，每一程磕绊总是风景


她，用心建造了愁的世外桃源

"只恐双溪舴艋舟，载不动许多愁"

"独抱浓愁无好梦，夜阑犹剪灯花弄"

她，史上第一才女第一词宗

用自然之语，发清新之意

或急湍甚箭，或乘奔御风，或九曲回环

于她，每一首词都刻骨铭心

她，收藏金石古卷，《金石录》三十卷
卷卷绽放并蒂莲
"共赏金樽沉绿蚁，莫辞醉，此话不与群花比"
她，妙通音律，引物据典，吐露真性情
《词论》放胆，直言苏欧不和音律
笑谈王曾，敢说秦观不接地气
于她，每个举动都透着率真和个性

她，年方十六岁，"误入藕花深处"
生怕"惊起一滩鸥鹭"
她，芳华十七岁，偶遇"雨疏风骤"
却吟出"绿肥红瘦"
"寻寻觅觅，冷冷清清，凄凄惨惨戚戚"
叠出了世人望尘莫及和难以言表
"梧桐更兼细雨，到黄昏、点点滴滴"
一描一画，让后辈吟咏不衰
于她，每一句词都点石成金

她，感情细如梦，用典信手拈
"征鸿过尽，万千心事难寄"
"云中谁寄锦书来，雁字回时，月满西楼"
"雁过也，正伤心，却是旧时相识"
她，说家常话，清水出芙蓉
"宠柳娇花""燕航莺吭"
于她，每一次造句都予人脱胎换骨

她，既有巾帼之淑贤，更兼须眉之刚毅
她，既有凡夫之感慨，又具壮士之情怀
她的词，语尽而意不尽，意尽而情不尽
她的人，敢爱敢恨、高标一帜、卓尔不凡
她，曾经"帘卷西风，人比黄花瘦"

也曾"花自飘零水自流，一种相思，两处闲愁"

更有"至今思项羽，不肯过江东"

曾经沧海汹涌，波诡云谲

她，岿然不动，易安易安

# 沁园春·千岛画廊（外五首）

跃出三界，牛河卧波，大坝领口。看牛郎种绿，织女领舞。千只翠簪，千俊挥袖。日月翔碧，调水北流，尽生千岛独相守。潜水底，问一库翘嘴，谁造水都？

回眸环库公路，唤均州风物齐聚首。抖万米景观，千尺画布。白鹭啄羽，果香追袖。均县古城，出水芙蓉，梦回繁华竞风流。御高铁，丹江一归去，不看神州。

### 蓝天碧水幼儿园咏春

石楠微动红比火，茶花易怒自放歌。

油菜吐金樱含苞，五色具备春意多。

### 马家岗问柳

牡丹醉卧珍珠滩，文冠缀银压枝燃。

尤怜园中红牡丹，花开时节恋夏难。

### 疫情刚过

山使平梯水接天，林转路随生暮烟。

半卷五色傍汉水，花开时节见天仙。

### 沙沟河行走

昔日浊水无微澜，今却清涟涌河岸。

红砖绿道沟连天，一河排闷城焕然。

### 疫情开放第一天

红卧绿丛人不知，鸟上梢头唤春归。
却是一年春好时，花燃时刻不见君。

## 春的绣娘

绣娘在春寒料峭时，便铺开春的画布
枯枝败叶隐隐约约，极细极细地勾勒
芽，嫩叶，绿叶，一夜间魔法般闪现
枝头一下子响动了生命

绣娘飞针走线，一针紧似一针
绣了满山绿
哎呀，绣针扎破了手指
落在山腰上，一滩艳红的花

## 赠乞大姐（外三首藏头诗）

响雷乞雨声振夏，弄花成趣众人夸。
咔嚓云影露虎牙，乐山好水走天涯。
色婉人俪日夕佳，桑榆多晴五年发。
理卷吉书群折桂，心种祥瑞满枝丫。

### 赠陈文风

自在陈香韵脉脉，诵咏文学亮胸怀。
李林凤栖天长久，毛诗佳作竞春彩。

### 赠陈新生

逐鹿追日嘉年华，四十余载生江花。
柔肠侠道新境界，浩气盈汉陈风发。

### 赠张红

桂花一开才久久，盘金运银女中秀。

香远益清张双翼，金猴逍遥红霞游。

# 丹江口思源实验学校行走

香港林子里，青霞袅绕，灰白燕子

衔着一坨泥巴，飞到丹江右岸，筑巢

褐红色，混着土灰色泥巴，储满智慧

水边一群鱼，读汉江

"沧浪之水清兮，可以濯我缨"

燕子呢喃，那声音来自东方神话，卷册


花褪残红，梧桐兼细雨

桂树摇绿，于是，群燕织清风

东方羊肚白，阵燕出巢，咕咕剪春雨

"晨兴理荒秽，戴月荷锄归"

青春做伴，日夜放歌。胸中有山水，眼中有乾坤

刀耕火种，勤耙苦犁。燕舞伴随娃跳，虫鸣托鸟语

由深入浅，深入浅出。一根青绿葛藤

深到图书馆的最后那架书，浅到足球场的边界处

足迹，点点滴滴，化繁为简，化简为单

繁到吃喝拉撒睡，简到一叶一世界

扇动哲学的翅膀，飞翔，于生活的真实


育雏，绝不只是口口传食

桃李不瘦，杏子肥，雏燕飞时

一挂对联，从香港飘到思源的大门

"家事国事天下事，事事关心

歌声笑声读书声，声声入耳"

357

繁华与瘠薄，串在一起，就是思源

旅游港的游艇听到了，细如梦的，翻书声
文质彬彬，丹江大坝的翘嘴白鱼收到了，薄如蝉翼的书信
运动的脚步声，沙石公园的沙粒随风传来
有节律的抽穗声，有腔调的击石声
均州老街的水流声，哗哗哗地，转着历史的叶轮
薪火相传，铁打的均州铁打的丹江人

练飞，过树梢，跨丹江，跃中原
练硬翅膀，扇出烈烈西风，腾出呼呼热情
风雨操场起飞，运动场落脚，蓝天磁场展翼
炼火眼，明察秋毫中寻梦初心
练划艇，流水争先中逆势而上
梧桐树梢，狂风大作时，一飞冲天
（注：思源实验学校是由香港林青霞女士捐赠一千万启动资金而建）

# 语文是什么？

语文是什么？
白云挥动蓝天的彩袖？飞瀑激越高山的巉岩？
还是鸟儿对叶的轻唱？或是风拥吻树梢的羞赧？
那样，语文是很本色、很清纯，很自然、很人性的……
如祖母绿的一溪清水流过时光的缝隙，流进宇宙的黑洞

语文是什么？
从大海喷薄而出的红脸太阳？惊起夜莺的水镜明月？
还是牛郎邂逅织女的惊艳？或是红娘牵线的西厢巧记？
那样，语文是情韵悠长、广博优雅、情意盎然的
如浪漫与现实的联姻，中西器乐的合奏，一发而不可收

语文是什么？

捕鸣蝉的牧童突然闭口立？鸡鸣桑树颠的恃才傲物？

还是百千犬吠的喧闹紧急？或是百千人哭的痛彻心扉？

那样，语文是生活的、生命的、生态的……

如在宣纸上泼洒着豪情万丈，在滚滚向前的车轮上雕刻着不可能

语文是什么？

醉里挑灯看剑的忧思？马上传语的执手相看？

铁马冰河入梦的难眠？策勋十二转辞功还乡？

那样，语文是高瞻远瞩、顾盼生辉、运筹帷幄的

如一鼓作气的军士，雄赳赳气昂昂地迈步飞越

语文是什么？

峰回路转的醉翁亭？柳暗花明的山西村？

还是高山流水样的澎湃？或是一马平川式的窃窃？

那样，语文是虚实相生、动静有致、情投意合的

如在楼阁上看桥上的人，桥上的人在看楼阁上的风景

语文是什么？

用时间阳光雨露等来的花开？是悉心泡制的一杯香茗？

还是苦苦追寻昙花一现的落寞？或者是千年等一回的错过？

那样，语文是哲学的顿悟，佛法的修炼，载道的车轴

如量子力学穿越时空，神秘、深邃而不可捉摸

语文是什么？

可群可怨可读可写？可食可观可听可说？

还是捉之无形弹指有声？或者起梁架屋巧夺天工

那样，语文是人间烟火，白云苍狗，唾手可得

如邻家的女孩，门前流水，屋后鸦雀，总添生机

语文是什么？

励志、交锋、感悟、体验，抑扬顿挫、跌宕起伏？

还是高山流水，绕梁三日，或者风起云涌，起承转合？

那样，语文是大众音乐，百姓家宴，大户人家的天伦之乐

如小说的波澜，诗歌的入情，散文的神聚，文字功夫


其实语文就是语文

刻进汉民族骨髓的文字，迸发心智的语言传承

既是忘我的思想桃源，又是用滚烫的烙铁烙过的传统

中华儿女，都读语文，解开衣衫显露一样的文化肤色

无论走到哪里，秦砖汉瓦，唐诗宋词，明清小说

那是语文的肌理，兼收并蓄汇聚了语文的源泉

语文，永远是语文


# 盐池河中学


盐池河是一根洋桃藤

那吴家河、盐池湾、三岔河、两河口和后河

就是结着一把抓一把抓洋桃的藤蔓

在后河和盐池湾的交汇处

诞生了亘古的盐池河文明

盐池河中学就在这里发芽、开花和结果


那个莺飞草长的年代

河水，两排平房与半山腰茶园

成多条打着旋的平行藤蔓

水泥路、石阶和黄泥路延伸到山顶

一棵树上缠着多圈藤条，蒙络摇缀

一茬一茬，山里娃和藤树结下瓜秧深情


筒子楼里也住过我和战友的魂灵

那藤上蹦跳的鸟，也使劲叫过

即便声音有些嘶哑，也都是清音

玉白的茶树花，金黄的油菜花

紫色的泡桐花，还有山娃子们送的兰草花

次第开满，香清盈远，记忆中从未开败过


那个赤脚追鱼，说鱼快乐的男生

如今在哪打拼？无论是南方还是北方，想必光彩照人

那个探手采毛尖，俯身吻书香的女生

一定在时光隧道里圆梦，无论是商海还是宦海

定会意气风发

记得名字的，记不得名字的

都散在海角天涯，挑战霜雪，风雨兼程

阴平垭水库蓄满了，记忆中的勤苦、奋发和攀登

新盖的教学楼，着实记录了猕猴桃般的青涩和坚韧

水田边的蛙鸣，一阵紧似一阵

催生藤花之灿烂与流动


河水清且涟漪，碎玉般流向藤的根

鱼儿往来翕忽，银蛙样向树梢跃动

日月之行，周而复始

河对岸，芦苇抖白羽，黄豆裂开荚

藤子深青，你看那，一树金光闪闪的果子

带着阳光的味道

永远，留在写满惊叹的藤树里


## 丹江大坝的那些事


幼年，登上金顶，从武当山南坡

只为，看一眼丹江口水库，如羞赧的少女

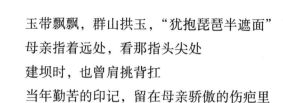

玉带飘飘，群山拱玉，"犹抱琵琶半遮面"
母亲指着远处，看那指头尖尖处
建坝时，也曾肩挑背扛
当年勤苦的印记，留在母亲骄傲的伤疤里

上初中，父亲送我，见了遇真宫
我们的教室，就在宫殿里
那天，心长了翅膀
第一次零距离接触丹江口水库
羊肠水道通向天际，"浮光跃金""沙鸥翔集"
父亲摸摸铁驳船，"也曾乘船，穿越丹江口水库"
"到淅川买红薯干"
当年渡来渡去的艰难，留在父亲的扁担里

20世纪80年代中期，一纸通知，机缘
仿如隔世，我又上了坝下的师范
渡船上，第一次，一睹大坝雄姿
分明是，成千上万的托塔李天王
举着万吨巨石，拦住了汉江的狂妄不羁
纹丝不动，水滴石穿的精神铸就高坝
又分明是，精卫填海的壁画
坝下，翩飞的水鸟，带着血性
就是那种古老的衔石姿势，咕咕嘀嘀，神神秘秘
讲述修坝人的故事，破译建坝的密码

一千多个日子，逡巡、钻洞、探秘
曾见过升降船闸，坐上货船，钢丝绳嘎吱嘎吱
巨无霸从下游升上大坝，那当中还有个我
也曾，夜间从坝体中间的廊道，黑咕隆咚
穿越隧道，水流惊天动地
恐惧如狼般驱赶着，逃出洞口一刹那

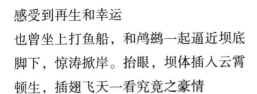

感受到再生和幸运

也曾坐上打鱼船，和鸬鹚一起逼近坝底

脚下，惊涛掀岸。抬眼，坝体插入云霄

顿生，插翅飞天一看究竟之豪情


一次，坐上坝内升降电梯，从坝顶向下望

肉跳心惊，野马般的汉水拽都拽不住

向着长江方向扑去，嘴里絮絮叨叨

两岸，密密匝匝，鳞次栉比

分明摆着一排排琴架，等待主人弹拨

是油画，流光溢彩，等待大师盖上印章

转身，看坝上，山光、云影、水世界

千山护水将绿绕，天光殷勤送影来

飞鸟回环，白鱼吐泡，波纹眨眼

隐隐山歌，游船竞渡，云动风斜

那水面，波光翻滚，可别走，一场大戏就要上演


从渡口到学校是三里

从学校到渡口却没有三里

人来人往，铁驳船来来回回

急湍甚箭，任流水猛浪若奔

水鸟百鸣千啭无人能解，因啥

飞跃船体，老人说，它们在画有故事的书页

这渡口，这航线，以前有桥

发大洪水，那年，保护、保护、保护

闸门大开，脱缰群兽摧枯拉朽

水漫大桥，设计者慷慨赴死走上桥去

"桥在我在！" "桥走我走！"

水魔吞噬了一切，从此，渡船成了渡口的情人


修过坝的老翁，我家邻居，装有一箩筐故事

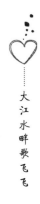

以前，"汉江大水浪滔天，十年倒有九年淹"

1958 年，那是一个秋天，十万大军，吃糠咽菜

沧浪绿水落差最大点，截断汉江烟雨

搬运基本靠手，交通基本靠走，那个年代

方法只有一样，蚂蚁啃骨头，小刀割大树

十年后，硬是用钢筋水泥，苞谷米南瓜汤

造出了傲视群雄的汉子，伟岸、雄壮、威武

天哪，身高竟然一百六十二米

# 山子与库儿之恋

## 君子好逑

武当山（人称山子），名副其实的情种

臂膀厚实得要命，心底通透得透亮

绣球从秦岭的山沟，抛到三省五县

她，袅袅婷婷，心纳百川，不知道那抛下的叫绣球

她，名叫丹江口水库（人称库儿）

她，蓝天罗裙一色裁，天光云影水中开

她，"水沉为骨玉为肌"，翩若惊燕踏绿龙

她，"回眸一笑百媚生""欲话离情翠黛低"

山子和库儿未碰面，千里姻缘绣球牵

诗云：关关雎鸠，汉水之洲，窈窕库儿，山子好逑

## 飘飘欲仙

伍家沟故事，包罗万象，古老但耐听

"一座院落在天空中飞翔，落在丹江水边下"

无比奇异而壮观的玉石院子

"鲁班骑着木架子，在空中飞来飞去上下班"

库儿感觉非常神奇有趣

"道士蛇搭凉棚，将毛巾变成扁担挑水

将一块砖头变一座山，一碗水变成丹江"

库儿惊得掉了下巴

"一道士吃了修行千年的何首乌精，小道士成为神仙

把煮何首乌的水浇在道观的四周

道观伴着云彩飘飘然飞升到天宫"，库儿也随之飘飘欲仙

万能法术

库儿，有一背篓故事

人鬼恋，出生入死，或几番转世

生死考验，最终团圆

库儿相信"田螺精姑娘"的法术

羡慕"蚌蛤精姑娘"的法宝

山子送来的榔梅果，她吃了

她相信黄果果孕育着万能法术


**舌尖甜蜜**

形似金橘，味甘如蜜

净乐国太子少时

铁杵磨针点化后

太子折下一段梅枝插在榔树上

却道："吾若道成，花开结果。"

梅枝果然发芽、开花结果

库儿看时，"色敷红白"

甜而微酸，舌尖甜蜜


**一汪清水**

兴许是吃下了半个榔梅，一忽间，顿生勇猛威武之神力

"今后，天塌下来，山子顶着"

山子冷不丁立誓言，铁骨铮铮，谁人不信？

是笑山子迂？月亮穿过树叶也听到沙沙声

一把抱起万斤巨石，吓人，山子要证明什么？

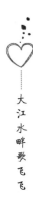

铁石有心，大石有灵，小石有魂

细看时，色彩丰富，沉稳古雅，图案精美

再琢磨时，造型奇特，敦厚逼真，清秀俊逸

细分辨时，每块石头的纹路，咋都有一个"心"字

眼里的水珠，滴到地上，变成了一汪清水

## 浪漫追逐

冬去春来，寒来暑往

他和她，追过不知疲倦的游匠，在商南县的溪水里

逮过活蹦乱跳的黄鳝，在西峡县的秧田里

卧剥过白嫩嫩的莲蓬，在淅川县的藕池边

捕过怯生生的鸣蝉，在郧阳区的树林里

听过脆生生的鸟语，在丹江口的沟沟岔岔

这不，有条清凌凌的河，因他们而命名

浪河，浪漫的河，温情的河，恋人的河

她和他，阳光射进树缝时，摘过镶金的橘子

大雨滂沱时，栽种过厚实的玉兰树

春风玉露不相逢时，采摘过欢实的嫩茶

泛着黄晕的月光底下，指认过北斗七星

这不，有条河为他们见证，七星河

山子牵手库儿的河

那一定是让牛郎织女脉脉相望的河

## 引吭高歌

离丹江九十公里的山里

深藏着一个奇葩——吕家河民歌

山子和库儿对歌、斗歌

库儿从开天辟地一朝一代往下唱

山子就从明元宋唐一朝一代往上唱

库儿先唱：子女孝亲敬亲，黄天厚土

山子就唱：鸦反哺羊跪乳

库儿唱：娘睡湿、儿睡干，左边尿湿睡右边

山子唱：右边尿湿睡左边，若还两边都尿湿，娘叫儿子睡胸前……

**趣翻田埂**

库儿巧妙地为山子设一圈套

山子破解后，再设难题将库儿困住

双方兵来将挡，水来土掩乐此不疲

库儿开口：你是铁，我是炭，把你装进八卦炉中炼

山子回应：化成水，化成浆，我们俩熬成了一锅汤

山子大胆唱：高山流水用心听，哥是妹妹的知音

库儿豁出去应：妹妹相中哥一人，雷劈地裂不变心

山子试探性地唱：待到月亮东山起，笙箫合奏到天明

库儿羞涩地应道：盼就盼哥吱一声，妹妹就是你的人

**赠坡鲜花**

山子变着法地浪和漫

方圆八百里都是有名的

他没有金山银殿相送

却是沟沟壑壑四季的山花树叶

一片片，一簇簇，一堆堆

春天，桃红李白菜花金

夏天，满塘荷香一坡紫薇

秋天，地上铺金毯，树上枫叶红如燃

冬天，梅花若染雪盛开

晨起，叫烟雾给库儿梳妆打扮

晌午，派阳光用丝线设计合身时装

中午，烟云送来饕餮盛宴

午后，山光组团演奏倒影曲

下午，清风掀起修长的薄如蝉翼的长裙

黄昏，归鸟衔来白天采摘的新鲜乡愁

薄暮，炊烟袅袅，几笔勾勒出库儿的娉婷

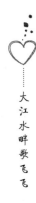

月不出，萤火虫送来朦胧的梦
月既出，嫦娥点燃沉香丝丝缕缕
就这样，一天天，一月月，一年年

**草药有情**
库儿的童年是在山洼里度过的
穿溪流，钻林子，爬巉岩，采草药，是必修课
五味子，九仙子，千里光，玉竹……是闺蜜
李时珍在武当山采过的药草，他必能如数家珍
小时候母亲让她背过《本草纲目》画满了杠杠
随身的小本本，密密麻麻地记着民间单方
用青蒿一把捣出水，治好过山子痢疾
用七月一枝花敷好张爷蛇咬伤口
用独角莲治愈了孤寡老人的冻疮
连翘花吐着金色的泡泡
柱状红艳的曼陀罗花傲娇地挺立着
库儿告诉山子，药草也有爱
看吧，当归爱茴香，黄连爱干姜
苍术爱黄柏，苏木爱降香……
人间有真情，药草也有爱

**白鹭唱晚**
"惊飞远映碧山去，一树梨花落晚风"
路过老营井沟，你可曾听过
上万只白鹭，每年来过
在丹江的水库边，你可知晓其中缘由？
白鹭叽叽喳喳，为睹沉鱼落雁之容
鹭鸟飞掠水面，为观闭月羞花之貌
库儿，智比采桑的秦罗敷，勇比替父从军的花木兰

## 我是丹江我是水

（合作写作者：徐怡冉）

一阵带着泥土芬芳的晚风
从庄稼地里跑过来
拽拽我的衣衫，擦擦我的泪眼

若要问我为什么泪满双眼
看看张奶奶你就知道什么叫难舍难分
张奶奶抚摸着浑身长满癞疮的黄狗
一定要牵上牵上
儿孙们嫌烦，齐劝张奶奶狠下心肠
张奶奶一句“要扔干脆把俺也扔了吧”
噤得谁都不敢吭声
儿孙们哪里晓得
鸡、鸭、牛、羊、黄狗的吟唱
就是一曲曲乡谣，一番番衷肠

平稳如席的车厢里
乡人手里都举着绿茶、矿泉水
只有张奶奶倒杯热开水，然后
窸窸窣窣解开脚下的编织袋
轻轻地捏一撮丢于水中
那不是茶叶不是菊花
那是一撮故乡土
这土，也能当茶
张奶奶眉宇间写满了骄傲
土不但止泻，还能助眠
有了这土，无论走到天涯海角

都感觉不到夜长

离开故乡，离开家园
我噙满两汪热泪
心情和张奶奶一样难舍难舍难舍
但还得北上北上北上

广播里又深情地唱着
"为什么我要离开家乡
只因为心中怀揣梦想
一江清水送北方
让干涸的土地鲜花绽放
捧一把泥土藏进行囊
想家时闻闻老家的芳香
漫天星斗为我送行
等待远方那一轮朝阳"

我明白，我流淌的
是白色的血液，它源于大地
源于武当山脉的根部
源于丹江口市四十万人的心底
源于我的村庄，源于我
源于我是珍贵的丹江水

我就从风水宝地向北流淌
你站在水库边，聆听……
这汩汩的流水声，就是我
心脉的流动……
我激动的心跳，永远，永远不会平静……
祖宗在丹江口，我们的根就在丹江口
丹江口，让我再看你一眼

再看一眼久违的村庄和院落
再看一眼我那亲亲的故乡和亲人
可是
北方干旱，北方的麦地需要南方的雨水浇灌
北方的嘴唇开始龟裂
水，需要更多的水，深情的水
把我们的眼泪和生命，一起给他们吧
给北方，给北方彻夜不眠的爷辈叔辈兄弟姐妹

兄弟姐妹在哪里，我们的血脉就在哪里
故乡也会在那里。丹江，让我再看你一眼
再看一眼熟悉的山脉和太阳
再看一眼我那伟大的故乡

我们就此别过吧。丹江口，让我
记住你的模样，让我再看你最后一眼
当我在他乡泪流不止时，还能记起你
曾经的肃穆和庄严，能够记起
我们无数次相遇过的清晨和傍晚

听，歌声响起来了……
故乡啊丹江永难忘
妈妈呀丹江口别忧伤
我把心儿贴近祖国胸膛
一江深情万古流芳

## 赠诗一组

### 赠律师陈睿

家逢灾厄志愈强，木板床上成法匠。

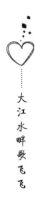

大案要案显身手，胜诉连连不张扬。
泰州十堰万里路，深夜奔波为谁忙。
拿下租下解心结，蓝天有难必到场。
喜闻银苑全接盘，胸有丘壑财运旺。
才思敏捷本天生，律界之星亮东方。

### 赠杨书记

洒脱飘逸运筹忙，引教领研看前方。
昔日赠书启心智，培植后生意绵长。
信笺留存二十八，慈滋爱润暖心房。
妙语连珠绽风采，高山流水淌时尚。

### 赠桂均老师

石坚志远挑重担，桂馥德馨亮杏坛。
均平慧理捷足登，雷厉风行军人范。
搅粥理论有为篇，鞠躬至臻师生赞。
共苦同甘管或研，爱女美满福报远。

### 赠部军主任

一耕绞国王者范，二耕职教部周全。
三耕教研军人范，四耕中心品为先。
落棋掼蛋慧心显，躬亲身行气惊艳。
王子王孙正绕膝，夜不释卷永向前。

### 赠陈业新老师

特色管理声鹊起，小大校长接连升。
布局调整全市赞，重用贤才佳绩寻。
严爱相济透初心，抿嘴一笑暖师生。
儿女家业皆出色，古稀岁月韵长吟。

### 赠文娥

井沟白鹭王者范，三十六载文曲现。
出水芙蓉娥眉展，学研洞察叫开眼。
清流不争女领先，激扬音符高难见。
沉浸琴法雅可观，诗化逐梦歌腾潜。

### 赠同学国庆

潇洒倜傥不自夸，鼎力蓝天金银花。
武当谈判三更定，冰雪同行路不退。
逢难出手不迟疑，常存善念意无涯。
热情澎湃胜似火，萨克斯声唤彩霞。

### 赠荣甫

"杜甫"才俊气宇昂，教海宦海风帆扬。
忠义堂把同学聚，运筹帷幄绽锋芒。
助销木耳没商量，解困倾囊爱未央。
柔克刚坚智慧藏，福报晨歌汉水长。

### 赠五哥

五哥五哥喊声响，供销岁月大篇章。
发改委里展风采，人防办上故事长。
蓝天碧水破坚竹，写稿寻路定方向。
爬梁过坎迎刃上，脸黑心红人气旺。

### 赠同学肖磊

汉水肖似飞天镜，武当磊落向光行。
教院坦露班长情，校长荡桨春风盛。
勤办坚守亮德馨，杏坛毅然献忠诚。
龙凤奋楫扬帆去，福寿进门黏孝心。

## 赠同学家永

仙桃姜公摆阵法，均州家燕催杏花。
教院永记三声幸，筱竹雅怀筑高塔。
舞文弄语染云霞，绿李红桃齐排闼。
江南人称好男儿，春秋生香同通达。

## 赠同学立军

随父张翼云擂鼓，郧师立教划桨处。
教院军范诵棋谱，白鹭博远大丈夫。
松涛学德品高不？景岗多木育龙虎。
秋风识得语文面，桃李成蹊载千古。

## 赠文砚老师

文心二十载，砚墨育英才。
语文课新创，学子乐开怀。
团支好答卷，党办听花开。
眼镜映智慧，内外皆出彩。

## 赠若翔哥

水田徐风入江城，广播若命伴今生。
长虹翔空志高远，追逐强盛性情真。
奉母长养九十载，为女命奔成都行。
饭后百步健如飞，古稀岁来如日升。

## 赠军平夫妇

冰石一行青海归，"等你快来"暖心扉。
六人远至眉县处，幼儿园里笑语飞。
徐香厅内话酸甜，特色菜肴映月辉。
夫妇激扬如渭河，五粮玉液醉不归。

### 赠大姐若兰

古稀徐妪品如兰，远赴襄阳爱意绵。
美味细做勤奉献，暖汤每晚润心田。
核桃轻砸情无尽，扒心掏肺心也甘。
三子皆成荣耀路，花开叶前香满园。

### 念二姐若清

贤淑慧女名若清，太极悠悠爱意盈。
勤耙苦犁深耕耘，俭省持家亮德馨。
一儿一女皆成器，一世一生真性情。
厚德利落人人敬，慈心闪亮耀光明。

### 赠逗逗姨婆

姨婆姨婆老远响，童年舌尖回味长。
家园接送风雨路，陪伴作业韵书香。
知冷知热换衣裳，柔声呵护心底淌。
二女勤勉传孝道，贤良长辈韵流芳。

### 赠东萍姐

东萍仁德奇，赤脚行乡里。
疫情勇担当，入户测温急。
救危脑出血，仁心创奇迹。
虽遭移民困，正义终不欺。
勤勉一生路，和善广结谊。
子嗣皆才俊，风范后人题。

### 赠魏波女士

盐池执教展才商，面试演讲颂师长。
从镇到市琢磨事，魄力担当内力强。
和亲素朴品如梁，红叶佳作韵悠长。
心针行线绣风采，预拍前方新风光。

### 赠龙倜女士

昔时初一小笑星，短发飞扬虎牙生。
野炊敬酒显沉稳，他日龙倜绽华英。
太和担当护士长，敢管善理众人惊。
荣为代表展风采，提案为谁谋福宁。

### 赠向群先生

李氏仁商名向群，药房廿处映丹云。
和协字号公平立，交往宽和无世争。
贤妻能干竹山女，子入强企志不焚。
年近花甲心未老，犹谋发达献殷勤。

### 赠同学光军

石化天空展翅行，丹江老营熬半生。
忽如一夜改单飞，累累战果照前程。
分享阳光情无价，善组活动意自真。
二子皆优堪赞叹，高处放光更缤纷。

### 赠同学泽生

泽生外柔胆气豪，深圳创业路途遥。
贸易经营压满枝，早教幼教结新桃。
归乡评估业绩高，女秀儿优妻出招。
风云商海从容渡，汉江水畔乐逍遥。

# 你画不出

你画出的武当，是铿锵的武当么
八百里汉江，是他乘风而飞的丝线
逶迤绵延的大（秦）巴山，是他柔情的臂弯
你画出了他的顶天立地

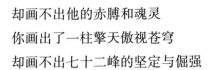
却画不出他的赤膊和魂灵

你画出了一柱擎天傲视苍穹

却画不出七十二峰的坚定与倔强


你画出的武当，是空灵的武当么？

泉水激石，是三十六岩撞击出的爱恨情仇

鸟鸣响涧，是二十四涧奏出的风云雷电

你画出了武当山的筋骨雄健

却画不出剑河水的脉络和血性

你画出了他情歌的荡气回肠

却画不出他落入太极湖的痴癫狂放


你画出的武当，是神话的武当么？

如琢如磨的绣花针，是缝制净乐国太子得道飞天的仙衣

对抗呼啸的长明灯，是照亮天地人之间纠缠不清的光影

你画出了他的故事藤蔓

却画不出他的神秘和梦幻

你画出了他历史错叠的年轮

却画不出拱立年轮的立体


你画出的武当，是历史的武当么

南岩的石殿，砌着张守清弃官从道以身燃道的崇敬

藏身的遇真宫，盼着张三丰来去无踪平畴交远的遇见

你画出的玄武神酷似朱棣

却画不出篡逆者精心掩饰的惶恐和戴着镣铐的伪善

你画出了皇家道场的气派

却画不出龇牙咧嘴的风霜雾岚


你画出的武当，是建筑的武当么？

你画出的一柱十二梁，力与美在凝固与流动的音乐中变幻

你画出的南岩宫，是把故宫挂在峭壁悬崖上历经哲学般拷问

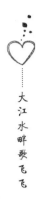

你画出金顶的辉煌富丽
却画不出 48 根铜柱的来世今生
你画出天柱峰的一本正经
却画不出艺术胸襟的抟土造山

你画出的武当，是道家的武当么？
你画出的道家的宫观，是不显山不露水的含蓄幽默
你画出道士们的仙骨，是以柔克刚将髯笑对的超然
你画出了太极拳的一式一招
却画不出拳法自然，如水如冰的散聚理念
你画出了武当剑的一笑一颦
却画不出以退为进天人合一的道学精髓

你画出的武当，是文化的武当么？
道乐袅袅，就连神农架的木梯也被玄乐陶醉得神魂颠倒
道医妙手，就连李时珍采过的草药也迷醉仙丹的神奇
你画出了信徒虔诚的膜拜
却画不出道亦有道的清规戒律
你画出了你中有我的阴阳八卦图
却画不出历代炼丹者的接踵延绵

你画出的武当，是自然的武当么？
你画出了"五里一庵十里宫，丹墙翠瓦望玲珑"
你画出了"楼台隐映金银气，林岫回环画镜中"
你画出了仙山藏地气，百里听鸟鸣
却画不出逍遥谷猴子的积伶积俐
你画出了晴空一鹤排云上
却画不出榔梅树上结新果的酸甜

你画出的武当，是今日的武当么？
你画出的阡陌交通，在手掌的纹路里来和"便利"赛跑

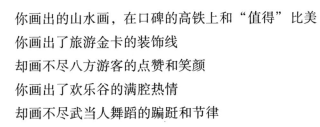

你画出的山水画，在口碑的高铁上和"值得"比美
你画出了旅游金卡的装饰线
却画不尽八方游客的点赞和笑颜
你画出了欢乐谷的满腔热情
却画不尽武当人舞蹈的蹁跹和节律

你画出的武当，是明日的武当么？
你画出的网红点，是那时青年人奔赴延安的豪情和诗意
你画出的四季风物，是各国旅游者的梦和远方的心心念念
你画出了太极剧院的精气神
却画不出游人尖叫的剧情和刻骨铭心的期盼
你画出了武当的长睫云鬓
却画不尽，武当未来的华丽转身和转身后的五彩斑斓